冀東藝文叢編

澗于日記

[清]張佩綸 著
高光新 點校

燕山大学出版社
·秦皇岛·

圖書在版編目(CIP)數據

澗于日記 / (清)張佩綸著;高光新點校 .— 秦皇島:燕山大學出版社, 2022.7
(冀東藝文叢編)
ISBN 978-7-5761-0338-0

Ⅰ. ①澗… Ⅱ. ①張… ②高… Ⅲ. ①日記—作品集—中國—清代 Ⅳ. ①I264.9

中國版本圖書館 CIP 數據核字(2022)第 073482 號

澗于日記

[清]張佩綸 著　高光新 點校

出 版 人:陳　玉
責任編輯:柯亞莉
封面設計:吴　波
出版發行:燕山大學出版社 YANSHAN UNIVERSITY PRESS
地　　址:河北省秦皇島市河北大街西段 438 號
郵政編碼:066004
電　　話:0335-8387555
印　　刷:中國标準出版社秦皇島印刷厂
經　　銷:全國新華書店

開　　本:710mm×1000mm　1/16　**印　　張**:39.75　**字　　數**:600 千字
版　　次:2022 年 7 月第 1 版　**印　　次**:2022 年 7 月第 1 次印刷
書　　號:ISBN 978-7-5761-0338-0
定　　價:160.00 元

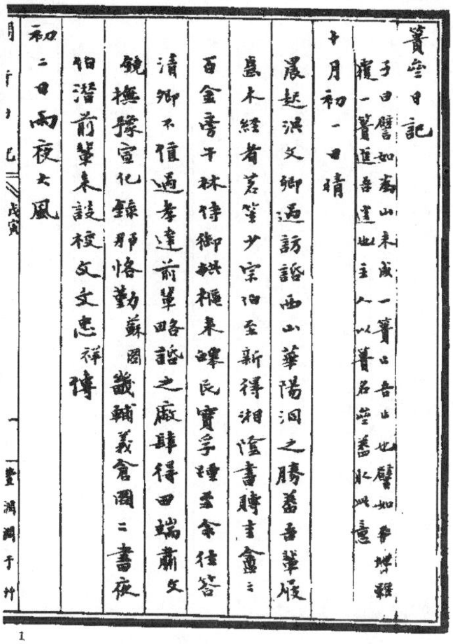

簣室日記

子曰譬如爲山未成一簣止吾止也譬如平地雖

覆一簣進吾往也主人以簣名室蓋取此意

十月初一日晴

晨起洪文卿過訪語西山華陽洞之勝蕃吾華屐

盡木經者若笙少宗伯至新得湘陰書肆書畫二

百金壽平林侍御拱樞來謁民實孚禮丞余往答

清卿不值過孝達前輩略語之廠肆得四端肅文

鏡撫豫宣化錄那格勤蘇圖畿輔義倉圖二書夜

伯潛前輩來談校文文忠祥傳

初二日雨夜大風

澗于日記　戊寅　一　豐潤澗于艸

1

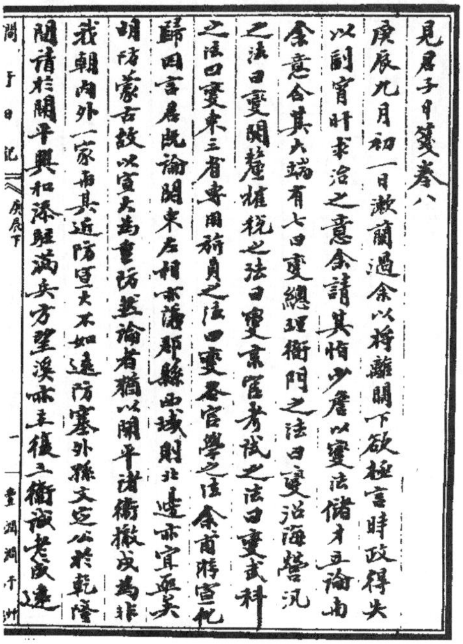

見君子日箋卷八

庚辰九月初一日漱蘭過余以將離闕下欲極言時政得失

以副宵旰求治之意余請其備少詹以變法儲才立論而

余意合其六端有七曰變總理衙門之法曰變沿海營汛

之法曰變關權稅之法曰變京官考試之法曰變武科

之法曰變東三省專用旂員之法曰變各官學之法余前請宣化

歸田言居既論關東左相亦論郡縣西域則北邊亦宜亟矣

明防蒙古故以宣大為重防甚論者猶以關平諸衛撤戍為非

我朝內外一家而其近防宣大不如遠防塞外孫文定公於乾隆

間請於關平興和添駐滿兵方望溪亦主復三衛議老成遠

澗于日記　庚辰下　一　豐潤澗于艸

《澗于日記》書影（一）

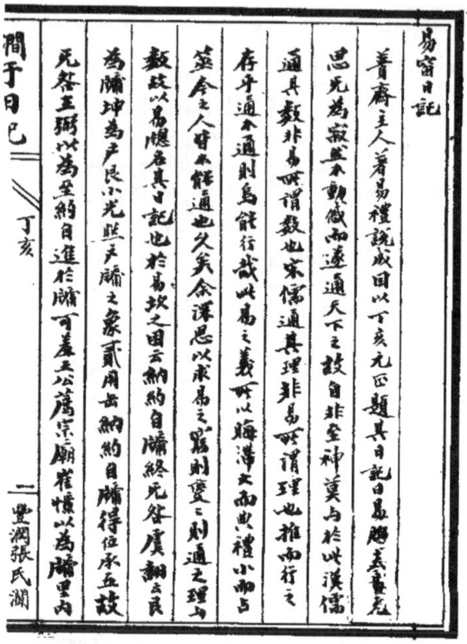

易牖日記

蕢齋主人著易禮説成因以丁亥元旦題其日記曰易牖蓋老
思无為寂然不動感而遂通天下之故自非至神莫與於此漢儒
通其數非易所謂數也宋儒通其理非易所謂理也推而行之
存乎通不通則烏能行哉此易之義所以晦濇大而與禮小而占
筮今之人皆不能通也久矣余潭思以求易之窮則變變則通之理與
數故以易牖名其日記也於易坎之困云納約自牖終无咎虞翻云艮
為牖坤為户艮小光照户牖之象貳用缶納約自牖得位承五故
无咎王弼以為至約自進於牖可羞王公薦宗廟程頤以為牖里內

澗于日記　丁亥　一　豐潤張氏澗

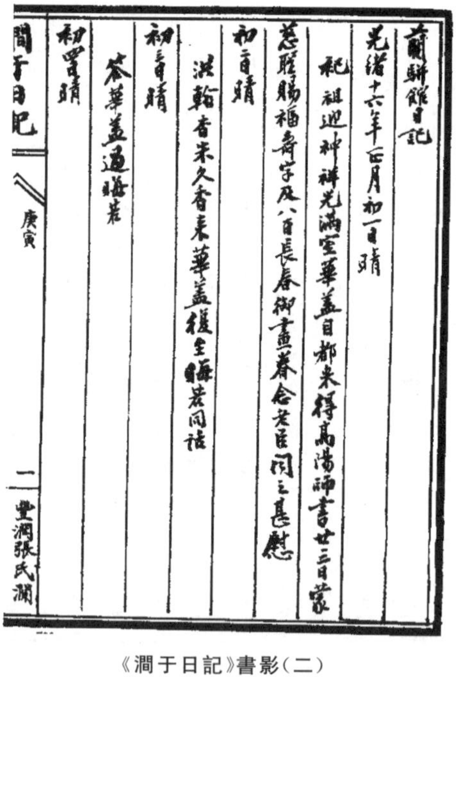

蘭駢館日記

光緒十六年正月初一日晴
祀祖迎神祥光滿室華蓋自都來得高陽師書廿三日蒙
慈聖賜福壽字及八百長春御畫恭念老臣聞之甚慰
初二日晴
洪翰香來久香來華蓋復至晦若同話
初三日晴
答華蓋通晦若
初四日晴

澗于日記　庚寅　一　豐潤張氏澗

《澗于日記》書影（二）

前　言

張佩綸（道光二十八年十月廿九日—光绪二十九年正月七日，即1848年11月24日—1903年2月4日），字幼樵，又字繩庵，號簣齋，直隸豐潤齊家坨（今河北省唐山市豐潤區）人。《清史稿》卷四百四十四有傳。同治十年（1871）進士，授編修。光緒元年（1875）擢侍講，充日講起居注官，多次上疏談論國家大事，糾彈大臣，與吴大澂、陳寶琛等人號稱“清流党”，後成爲李鴻章幕僚。八年（1882）升左副都御史，晉侍講學士，中法戰事起，張佩綸主戰，十年（1884）以三品卿銜赴福建會辦海疆事宜。馬尾之戰敗績，張佩綸被認爲是罪魁，革職流放張家口。十四年（1888）張佩綸戍邊期滿回京，李鴻章再延入幕。中日甲午之戰（1895）敗績，張佩綸被劾干預公事，命回原籍居住，於是遷居南京。庚子事變（1900），奉命入京協助李鴻章談判合約。光緒二十九年（1903），卒於南京。張佩綸著述頗豐，有《澗于集》《澗于日記》《管子學》等，另有《張佩綸家藏信札》，收録信札五千餘通。

《澗于日記》由七部分組成：簣齋日記（光緒四年至五年）、嘉禾鄉人日記（光緒六年）、見君子日箋卷八（光緒六年）、出塞日記（光緒十一年至十二年）、易窗日記（光緒十三年至十四年）、津門日記（光緒十五年）、蘭駢館日記（光緒十六年至二十一年）。各部分日記并非連貫，中間有間隔。比較特殊的是見君子日箋卷八，首先是名稱爲“日箋”，與其他部分稱“日記”不同，其次是“卷八”，僅僅記了九月初一、初三、初四、初七、初九和十二日，十月初四、初五，共八天，内容比较少，似乎還有别的，這一部分應該是某一大類日記的一小部分。與此類似的是葆石齋日記，出塞日記於光緒十二年九月一日標“葆石齋日記”，截止至除夕。

晚清著名學者和官員往往有記日記的習慣，如李慈銘、葉昌熾、王闓運、翁同龢、曾國藩等，其日記不僅記載了當時的一些史事，反映了近代社會和歷史的變遷，具有重要的史學研究價值，而且記載了大量的讀書筆記，反映了清末學人的學術思想和學術批评成果，具有重要的學術史意義。張佩綸也不例外，其《澗于日記》百分之八十以上的内容是讀書筆記，他讀書多，品鑒精，其讀書筆記同樣具有較高的學術批評價值和學術史意義。

張佩綸出生於官宦之家，少時學詩，長大後更是以讀書爲職志，手不釋卷，博覽群書。自云："余自十七以來，終日惟藉書消遣，略觀大意，可養心神，近則開卷紛馳矣。"（光緒己卯十二月十七日記）他繼承了乾嘉學派至清代晚期以來考據學者的治學方法，閱讀非常勤奮，遍涉經史子集，每有考證或心得，便條之於日記中。也正如張佩綸自己所說："每日於經史子集必詳考一事，以免坐荒，亦治心之一策也。"（光緒己丑三月初一日記）《澗于日記》呈現了張佩綸近二十年的閱讀史和學術批評成果。尤其是在撰寫《蘭駢館日記》期間（蘭駢館是張佩綸與李鴻章之女李菊耦婚後在直隸總督行署後院的居所），即光緒十六年至二十一年之間，張佩綸爲學日益精進，讀書以經史爲主，史書中又以唐史和北宋史爲主，而兼筆記、詩文，旁及金石碑帖、書法繪畫。

張佩綸的讀書活動包括購書、藏書、摘抄、考證、校注、品評等。《澗于日記》細緻記載了張佩綸購書、受贈書、藏書等的經歷，至光緒十九年十二月底，張佩綸已"得書數萬卷，書高於屋"（光緒癸巳十二月三十日記）。在日記中張佩綸經常抄撮大量文獻，如大段摘録《禮記・月令》與《淮南子・時則訓》的對校異文、三禮鄭注引《論語》者、《孟氏易》解字、《漢書・五行志》載董仲舒公羊災異説、西漢律令等等。對於《史記》《三國志注》《水經注》等史地之學、小學之書和唐宋史事等，張佩綸則反復考證。讀書既廣，眼界既寬，考證就有所得，張佩綸每治一書，都有相關發明甚或系統的論述。如他讀《莊子》，有《莊子年表》、《莊子楚人説》、《讀莊》十篇、《莊子漢義》等多種著述，他認爲顔淵於孔子學多有傳承，莊、列即承顔子學術緒餘，其《讀莊》十篇詳演其義，與惠棟之説正相發明。（光緒癸巳九月二十六日記）讀王安石詩，則以宋人稗説補南宋李壁的《王荆公詩注》。（光緒壬辰九四月十一日記）睹惠棟《王安石論》《温公論》二文，張佩綸欲作《熙豐元祐用人行政得失論》一篇，以探討北宋治亂之要。（光緒辛卯七月十八日記）鑒於梅文鼎《文紀》不可得，而張溥《漢魏六朝百三名家集》體例未善，張佩綸"思輯兩漢三國之文以自娱"，"乃以四史及舊類書爲主，分門别類，冀得兩京文字之流别，於以上紹周秦，下瞰六朝"（光緒辛卯八月二十五日記），這想法雖未付諸實施，却比嚴可均《全上古三代秦漢三國六朝文》印行於世早了三年。總之張佩綸非常注意從讀書中發現新的學術觀點和學術課題，稱爲"讀書得間"，並以此为自得。

張佩綸於書無所不窺，爲學也必追根溯源，擇善而從，顯示出博綜約取、毅然獨立的氣象。他頗不認同桐城派於唐宋八大家之外一筆抹倒的做法，認爲這是"守一先生而暖暖姝姝者也"，"若無萬卷書爲之融會，則辭不雅馴，意不精卓，未有不寒儉枯窘者。桐城流弊大率病此"（光緒甲午三月初一日記）。他讀《莊子》，以《吕氏春秋》和《淮南子》證之（光緒癸巳二月十五日記），其《莊子義詁》，"擬先將文字考定，然後略釋其命意之所在，還以周秦諸子互證之，而折衷於六經"（光緒甲午正月二十五日記），這樣的學問做得固然博大精深。其《管子注》一書，從光緒十一年開始校注，一直到他去世也没有最終定稿，因爲他經常是"日注《管》而夜讀書"（光緒辛卯五月十六日記），欲用萬卷書來校注《管子》。在他去世後，其家人以手稿影印行世，名之曰《管子學》。

對於學術界有名的漢宋之争，張佩綸與晚清主張漢宋息争、漢宋調和的大趨勢基本一致，即采取兼綜的態度。雖然其師倭仁是晚清有名的宋學家，但張佩綸表示："余半生所學，殊無可强附師門者"（光緒庚寅五月廿三日記）。他既不尊漢也不尊宋，認爲漢學、宋學各有優劣，應當兼綜折衷、融會貫通，不偏主一家，不分門别户。他明白表示："固自宜漢宋兼綜，不必立户分門，落叫囂凌競之派也"（光緒辛卯五月初三日記），"以漢學之考證，求之制度事物，識其大者而小者可遺；以宋儒之義理，歸之身體力行，踐其實者而空者可略"，漢學、宋學各有所長，無論漢宋，要以切於世用、砥礪名行爲主，而通儒之學則"外能濟世、内能律身"，因此他思輯《漢儒近思録》《漢唐以來學案》，以糾正學術偏見，申明立身制行的重要性。（光緒壬辰六月二十九日記）在清代考據學家中，張佩綸最爲推尊錢大昕，認爲其人品學術均非戴震、段玉裁所能及，就是因爲"潛研書有静穆氣，若膺則無處不有叫囂氣，可以覘其養矣"（光緒庚寅十二月二十日記）。對於西學，張佩綸也主張汲取其合理的方面，反對"據一二譯出之書，人云亦云，爲趨時捷徑，而二三大人先生敝敝焉，舉國從之，而究未嘗窮西學之所由來"（光緒癸巳十月十九日記）。

張佩綸爲學從學詩入，他有著鮮明的詩學批評主張，那就是論詩應知人論世，以人品爲主。他説："余讀詩，每以知人論世爲主。其人不肖，其詩必不能佳。衆以爲佳，余亦不取"，元好問爲汴京元帥、後投降元朝的崔立樹碑，畢竟於名節有虧，故其詩不足論。（光緒己丑正月十八日記）杜牧乃"一代奇才，學識並超"，當牛李黨争之時，既不入牛黨，又不入李黨，"人品才學均超出元白之上"，而"以餘事作詩，猶能豪邁如此"，在這一點上，與之並稱"小李杜"的李商隱實不能匹敵。（光緒己丑正月二十七日記）《初學集》和《有學集》均爲錢謙益的詩文集，《有學集》却是錢降清後所作，張佩綸認爲《初學集》站得住，而《有學集》是站不住的，因此再三强調："凡詩文能勝人者，均先以人品衡之，有人品高而不能詩文者，未有人品不高而能爲詩文者。"（光緒癸巳二月二十九日記）

至於詩人，張佩綸於唐取李商隱，於宋取王安石、蘇軾，於清則取朱彝尊。張佩綸明言："余亦有三山，則義山、半山、眉山耳"，"由半山以溯昌黎，由眉山以規李杜，此學詩之津梁；通唐宋之界，而上無晚唐波靡之音，下斷西江粗直之派，則亦詩之中流也"。（光緒壬辰正月初一日記）學詩從李商隱、王安石、蘇軾入手，則既無晚唐波靡之音，也無宋代江西詩派粗直之病。具體而言，李商隱之詩"沈博絶丽"（光緒己丑正月二十五日記），其人却因陷於牛李黨争，而"賦命窮薄"（光緒己丑三月初四日記），張佩綸不滿《新》《舊》唐書的評價，對之多有駁正。王安石之"新法可議，而其文章固未可輕議"，其"自作一詩，往往推敲入細，改至三五次始定"，頗有獨到之處。（光緒壬辰五月二十日記）於苏轼，張佩綸則情有独衷。蘇詩縱横開闔，收放自如，"蓋統觀坡詩，則一首之中忽縱忽斂；分觀坡詩，則一生之中幾縱幾斂”,“言其道則用行舍藏,言其詩則神明規矩”。(光緒辛卯七月十三日記)而且,張佩綸“少践清班,中遭坎坷”(光緒甲午十二月二十九日記),一生幾起幾落,與蘇軾的人生經歷頗有相似之處,這讓張佩綸産生强烈的情感共鳴。中日甲午戰争後張佩綸再次被劾,他情不自禁地發出“余平生不合時宜,真略似坡公也”的感慨(光緒甲午七月初六日記)。而對於江西詩派之祖黄庭堅,張佩綸認爲他調停北宋元祐黨争本就荒謬,“即以詩論,升堂入室均子路事,雜入仲弓,亦復節外生枝,故余於詩不甚取山谷,正謂其識力未老耳”,不過“徒斤斤於句法”而已。(光緒辛卯三月十七日記)清代詩人中,張佩綸推朱彝尊,不喜王士禛。朱詩“使事繁博,足資稗販”(光緒辛卯正月二十六日記),且“初學盛唐,晚乃入宋,才氣突過漁洋”(光緒甲午正月二十六日記);王詩却“塗澤多而無所爲真神韻,七古、五絶太弱太呆,尤所不喜”(光緒壬辰二月初一日記)。其餘如錢大昕的詩文,“亦紆餘委備,自入歐、曾之室而無考據家之習氣”(光緒辛卯十二月三十日記),也是張佩綸所激賞的。袁枚的詩則“儘有功夫,未可輕貶”(光緒辛卯四月初五日記)。

張佩綸讀書非常重視版本。善本不易得,如遇上紙板俱佳又價格公道的古籍精刻本,張佩綸會毫不猶豫地購藏;退而求其次,儘管不是善本但有校勘價值的古籍,他也會酌情購藏。每次得書,張佩綸都會詳細記録版本信息,諸如篇卷分合、目録、序跋、附録、内容差異等等。如元張養浩《歸田類稿》,“《四庫》輯《大典》及明本,得雜文、賦、詩五百八十首,釐爲二十四卷。此本則二十八卷,後附文忠碑銘像贊,較明本多一卷,乃朱竹垞先生藏本。寫手古拙,其中斷裂殘闕,悉依原本,殆從元刻影抄者”。(光緒癸巳十一月初三日記)元曹道振編《羅集》,“至正癸未先生五世孫鋟本,凡一十三卷,《附録》三卷,《外集》一卷,《年譜》一卷,道振有跋。此本以《年譜》别置於前,殆明成化八年張泰重刻本也。既失曹跋,並張泰序去之,以充元本耳。卷一《經解》,有録無書,故近本並去其目”。(光緒甲午五月二十七日記)詳細記録版本異同,明晰版本源流,判定版本优劣,這是進行學術研究的前提條件,也是文獻學的基本内容之一。

當然,張佩綸治學方法也是有缺陷的,那就是過於求博,難免陷入雜而不專的境地；考證過於繁密，難免陷入餖飣瑣碎的境地。他很有自知之明，深刻地認識自己爲學的弊病，並且盡力找到補救的方法。“近日讀書，每苦愛博不專，雖手不釋卷，而掩卷輒忘”，其補救措施是：“以專静反復求之，庶不至虛擲光陰耳。”（光緒癸巳十月十三日記）“覺兩年來大爲蟲魚所困，讀書漸趨煩碎，思有以參之”（光緒丁亥九月二十二日記），四年後，其妻李菊耦也有同樣的看法：“内人以余困於蟲魚，詩文漸少奇氣，勸余稍輟考證，其言亦是。”他的補救措施是：“乃檢三史於案頭，擬日閲十餘葉，以培其氣。”（光緒辛卯九月十七日記）張佩綸所謂的氣，即英氣。張佩綸深知，爲學不僅要有“法度”，更要有“英氣”，二者缺一不可，這不僅是爲詩爲文爲書之道，也是處事之道（光緒壬辰正月初五日記）。知人者智，自知者明，能清楚認識自己的弱點並盡力去彌補改正，這是張佩綸的過人之處。

《澗于日記》底稿現藏上海圖書館，最早由澗于草堂石印，共四册。吴相湘主編《中國史學叢書》（臺灣學生書局 1966 年版）和李德龍、俞冰主編《歷代日記叢鈔》（學苑出版社 2006 年版）收録的都是該日記的影印本。謝海林點校《張佩綸日記》（鳳凰出版社 2015 年版）是日記全部内容的簡體字標點本。該簡體字本依據稿抄影印本點校，同時體例上進行了一定調整，如在原農曆月日後添加公曆日期，空格後再接續第一段，其餘自然段照舊獨立；眉批移入脚注；正文改字用增删符號表示，圓括號（）表示删字，方括號［］表示增字，甚至通假字也都括注出；適當統一了稿抄本中人名的同音字；等等。這些都大大方便了讀者閲讀。但是正如有的讀者所指出的，該簡體字本最大的問題就是録文、斷句、標點訛誤不少。

本次點校，爲繁體横排，體例一依謝海林簡體字本，但底本中已有增删符號的不再標出，通假字不改字；同時竭力改正簡體字本的録文、斷句和標點的錯誤。然因張佩綸學識廣博，整理者却讀書有限，錯誤可能仍在所難免，懇請方家指正。

整理者

二〇二〇年二月二十日於唐山師範學院

目　　録

簣齋日記

子曰："譬如爲山，未成一簣，止，吾止也。譬如平地，雖覆一簣，進，吾往也。"主人以簣名齋，蓋取此意。

戊　寅

十月初一日（光緒四年，1878年10月26日）晴。　晨起，洪文卿過訪，話西山華陽洞之勝，蓋吾輩屐齒未經者。茗笙少宗伯至，新得湘陰書，賻圭盦三百金。旁午，林侍御拱樞來，皡民、實孚踵至。余往答清卿，不值。過孝達前輩略話。之廠肆，得田端肅文鏡《撫豫宣化録》、那恪勤蘇圖《畿輔義倉圖》二書。夜，伯潛前輩來談。校《文文忠祥傳》。

初二日（10月27日）雨，夜大風。　復趙菁衫司馬書。午後，之趙氏齋。

初三日（10月28日）晴，有風。　安圃爲甥女作伐，受顧氏聘。午後，延汝翼定生母方。解星垣來。夜，作洪修撰母潘太恭人七十壽文一首竟，讀王文勤《奏議》五卷。

初四日（10月29日）晴。　早過伯潛前輩、實孚、汝翼，均少譚即返。午後，柳門司成、介軒同來。是日，邸抄傳壽彤降調。

初五日（10月30日）晴。　叔濤師來。旁晚伯潛前輩至，飯後孝達來話，二君去已月午矣。許南臺應鑅由贛南道擢豫臬。

初六日（10月31日）晴。　文卿來。午後，之趙氏齋。夜以《義倉圖》勘《（營田水利）［水利營田］圖説》，閱《豐潤縣［志］》一頁，已多疏脱，《營田圖》與《説》地名尤互岐異，不甚豁目。

初七日（11月1日）晴。　午後，答廖氏昆仲。晤仲山。之長椿寺，吊劉雅賓同年繼室朱孺人。謝黄覲虞、林心北，均未晤。夜讀《通鑑》一卷，校王文勤《奏議》竟。文勤官京朝時，與倭文端、吕文節、曾文正相友善，世所稱"四君子"者也。以忤穆相意，積資久不遷。丁未大考，受知慕陵，由編修擢學士。咸豐朝，署大京兆，貳農部，以勁直懾權貴，以綜核察疆臣，出秉節鉞，歷秦、晉、蜀三省，均有治績。同治初再起，未入都而卒，海内惜之。余擇其言之可法者，著於讀書記中。

初八日（11 月 2 日）晴。　晨，過伯潛、可莊、旭莊。午後，返院。吏送俸米票來。晚偕安圃過孝達，同造柳門，以清卿遷居兵馬司中街也。與楊鶴峰、顧皞民、李玉舟同酌。

初九日（11 月 3 日）晴。　閱《營田圖說》，用《義倉圖》證之。夜，大風。

初十日（11 月 4 日）晴。　四鼓起，侍慈甯門班，賀萬壽節，退過子騰前輩、介軒同年，飯奎樂山。許樂山時遷居什錦花園，謁常師母歸，汝翼、伯潛在坐，與伯潛夜譚。

介軒頗致箴言，謂余自圭盦歿後，出言多諧謔處，識之。是日在車中甚不樂，念圭盦也。圭盦五月將歸，贈一字與余，曰木。君謂余須做到木字方好，孝達於山中頻賞斯言，以爲真砭到余病根。余自問病實在褊、在急、在弇陋、在懶惰、在無恒、在不能事，然友人譽余者，則曰通敏、曰高明；即其謗我者，亦曰好事、曰多詼語。譽者非余志也，謗者則均是。從不能木來，擬作木字說，以識吾友遺意。

十一日（11 月 5 日）陰，晚微雨。　今日未能課一事。暮，再同來，伯潛繼至，夜二鼓始去。再同言子壽先生爲蓮池師，命士子日有記録，積久成帙，佳者選刻之。此可爲讀書程範。

十二日（11 月 6 日）晴。　早過潛史。午後之趙氏齋，夜潛史、可莊、旭莊昆仲來話，安圃時過窓齋，客將散始歸。

十三日（11 月 7 日）大風。　午後，賀吴清卿前輩太夫人歲生，香濤來譚，夜同孝達、緝廷、鶴巢、康民集清卿齋中，柳門出《史晨碑》精拓見示。論近日人材，清卿以無材爲慨，孝達、安圃以爲人材抑塞。余是孝達、安圃說。

十四日(11 月 8 日)晴。　入城,吊寶東山師珣。午刻,與鄧蓮裳、李濟卿、樓子通、樊介軒、張曉蕃、趙儀宣酒樓小敘,邊門弟子也。介軒同車至厰肆,别得《畿輔七家詩選》。七家者,文安紀朏庵炅、中山郝復陽浴、鉅鹿楊猶龍思聖、永年申鳧盟涵光、雄山王茨庵炘、清苑郭快圃棻、任丘龐雪岩塏,茨庵子中丞公企埥選刊者。夜孝達招飲,暫過伯潛,至孝達齋已月上矣。同集者汪柳門、吴清卿、顧皞民及余叔姪,曾君表後至,觀清卿所藏薛氏《鍾鼎款識》搨本,凡廿六段,卅五葉。

十五日(11 月 9 日)晴。　十四日有諭飭廷臣,恭録之。諭曰:“上年十一月間,曾經降旨,諭令各部院堂官進署不得後時,爲司員率。近來召見各部院堂官,屢經詢問,每以逐日到署奏對,乃詳加訪察,仍復因循,或數日進署一次,或到僅止片刻,虚應故事,漫不經心。遇有應辦稿件,輒令司員奔走私宅,或在朝房呈畫。俄頃之際,豈能詳細講求?該堂官等皆受國厚恩,洊陟崇階,理宜激發天良,力圖報稱,乃竟怠惰自甘,不知振作,朝廷訓諭視爲具文,以致公事仍多積壓,弊竇未能盡除,玩愒成風,殊堪痛恨。嗣後,各部院堂官務當懔遵節次諭旨,破除積習,奮勉從公,常川進署,將應辦事宜互相商榷,期于措置咸宜,庶無負朝廷勤求治理,誥誡諄諄至意。”

讀史一卷。

十六日(11 月 10 日)晴,夜雪。　晨起,訪伯潛、可莊、剛侯,略談。午後,之趙氏齋。夜,趙笙陔、張孝達來話。

十七日(11 月 11 日)晴。　詩孫來談。夜,伯潛、可莊、旭莊招同覲虞、詩孫,酒樓小酌,取醉而返。復過潛公處,品普洱,茶甚清,乃李君雨農贈可莊者。

十八日(11 月 12 日)晴。　得容舫書。是日訪汝翼、伯潛,作閑譚遣悶,甚念圭盦也。

十九日(11 月 13 日)晴。　夜,校《水利營田圖説》,孝達前輩來話。

二十日(11 月 14 日)晴。　得四兄書,即作復箋,寄清湖。

二十一日(11 月 15 日)晴。　過伯潛少話。夜,柳門、伯潛兩前輩,詩孫舍人均來。八弟將行,飲酒甚悶。

二十二日(11月16日)晴。　八弟之浙江。弟來都求官不得,甚鬱鬱,送之悽然,許武笑人哉。過伯潛,歸飯,至香濤處略譚,假郎亭《乾隆府廳州縣圖志》來。夜校《營田圖說》。

二十三日(11月17日)晴。　郎亭邀過譚,叔濤丈在坐,旋去,遂與郎亭、安圃入厰肆購書,過潘[1]《畿輔水利四案》一書,較吴先生邦慶《叢書》尤詳。

二十四日(11月18日)晴。　吴贊誠病免,裕寬擢閩撫,成孚擢豫藩,德馨調豫臬許應鑅調蘇臬,金國琛補粤臬,夏獻馨授粤糧道。

二十五日(11月19日)晴。　入城吊全相冢婦喪,過樂山、介軒略話即返。作《水利營田私議》一首,呈伯潛。

二十六日(11月20日)晴,大風。　過趙氏齋。傍晚,訪伯潛、可莊昆季。聞伯潛言林方伯穎叔能治河,惜不見用,因縱論及直隸吏材。聞王樸臣炳燮甚誠篤,勞玉初迺宣剛正愛民,均可任。孝達前輩至,乃歸詢讀書之法,談至夜分始散。

二十七日(11月21日)晴。　過香濤略話,漱蘭來談。

二十八日(11月22日)晴。　夜,過潛史話,遇再同。

二十九日(11月23日)晴,早陰。　到椒山祠祭,先生諱日也。主事者介香濤,延余叔姪入會與祭,勉應之。忠愍之精氣充塞宇宙,原不獨鄉人當祭,獨惡夫祭之者之以忠愍爲名也。過再同、茗笙略話,歸。

十一月初一日(11月24日)晴。

初二日(11月25日)晴。　鄧蓮裳同年邀食魚膾,柳門、寅臣來。

初三日(11月26日)晴。　緝廷、伯潛、可莊來,往吊徇予内艱。

初四日(11月27日)晴。　出門,過柳門、香濤話。

初五日(11月28日)晴。　夜,清卿來話,自津沽歸,將引見矣。

初六日(11月29日)晴。　到趙氏齋。是日財盛館再奠葉母。

初七日(11月30日)大風。　伯潛來話。傍晚,香濤來。安圃至清卿處,柳門置酒來招,不果往。安圃入夜始返。

初八日(12月1日)晴。　清卿來招,應之,坐客鎦叔濤先生。席闌

[1] 原文此字下空兩格。按,《畿輔水利四案》作者潘錫恩,字純夫,又字蕓閣。

與汪、吴同詣香濤,未得雅譚,匆匆而别。

初九日(12 月 2 日)晴。　夜,延潛史來話,以所作《合肥太夫人壽序》請正。

初十日(12 月 3 日)晴。　訪汝翼、實孚談。午後,潛史暨二莊來,潛史獨留夜話,論文甚有理致。

十一日(12 月 4 日)晴,大風。　詩孫來話,與安圃論篆書,終日校《地里志》。

十二日(12 月 5 日)晴。

十三日(12 月 6 日)晴。

十四日(12 月 7 日)晴。　同鄉公餞丁廉訪,並延張中丞、香濤約同去,勉赴松筠庵,坐客譚笑甚鄙。

十五日(12 月 8 日)晴。

十六日(12 月 9 日)晴。

十七日(12 月 10 日)晴。　吴清卿自津歸,送部引見,是日召對便殿。

十八日(12 月 11 日)晴。　議刊圭盦詩,伯潛謂當手寫一册,古誼可感可佩。江蘇學政林天齡卒于松江,賞子開棻舉人,命毓慶宫授讀。侍郎夏同善視學江蘇。

吴大澂以道員發山西,交曾國荃委用。

十九日(12 月 12 日)晴。

二十日(12 月 13 日)晴。

二十一日(12 月 14 日)晴。

二十二日(12 月 15 日)晴。　召見截取道給事中張觀準、截取府御史孔憲彀。

二十三日(12 月 16 日)晴。

二十四日(12 月 17 日)晴。　諭旨申飭疆臣偏袒同鄉,護庇年世交誼;將弁虚報名糧,冒銷軍火;樞臣勿避嫌怨,部院大臣力戒因循,仰見聖人求治之切。一二具臣其知愧悚否耶?

二十五日(12 月 18 日)晴。　入城祝常師母壽,飯後始散。阜師因病請開缺，聞明日疏陳矣。

二十六日(12月19日)晴。　皁師以病免。

二十七日(12月20日)雪。　合肥以潘霨之母捐振請額，不允。

二十八日(12月21日)晴。

二十九日(12月22日)晴。

三十日(12月23日)晴。

十二月初一日(12月24日)晴。

初二日(12月25日)晴。　廖氏昆仲召同清卿、香濤、鐵生諸前輩，午橋庶子小集廣和居。散後，香濤、清卿過我少談。

初三日(12月26日)晴。

初四日(12月27日)晴。

初五日(12月28日)晴。　讀香濤前輩《樊口議》。

初六日(12月29日)晴。

初七日(12月30日)晴。　御史孔憲穀以樊口建閘築堤有關農田水利，請派大員覆勘，不允。附劾方武昌大湜，命潘霨查辦。

初八日(12月31日)晴。

初九日(1879年1月1日)晴。

初十日(1月2日)晴。

十一日(1月3日)晴。

十二日(1月4日)晴。　安圃爲友人招飲，密繕疏懷之，有客至，縱談，近夜分始去，初不知余將待漏也。二更後驅車入朝，論大臣子弟不宜破格保薦。

十三日(1月5日)晴。　上諭："翰林院侍講張佩綸奏大臣子弟不宜破格保薦一摺，據稱四川候補道寶森係大學士寶鋆之弟，特膺保薦，恐以虚譽邀恩。刑部郎中翁曾桂係都察院左都御史翁同龢之兄子，並非正途出身，不由提調坐辦，而京察列入一等，恐爲奔競夤緣口實等語，所陳絶無瞻顧，尚屬敢言。丁寶楨特薦寶森，著有何項實迹，着該督據實奏聞，毋稍迴護。所稱寶森前官直隸，並無才能一節，並著李鴻章查明寶森在直隸時官聲政績究竟如何，詳細具奏。刑部郎中翁曾桂，平日差使若何，此次京察因何列入一等，着該部堂官據實復奏，至司員不由正途出身，京察保送一等，是否與例相符，並著吏部查明具奏。欽此。”

何廷謙病免，祁世長銜命督學直隸。午睡，醒，出門，過弢䒫。晚，朱茗笙召飲長譚。

十四日(1 月 6 日)晴。　何鐵生、張子騰過談。

十五日(1 月 7 日)晴。　孝達邀飯，以余疏太辣，亦頗稱其膽。

十六日(1 月 8 日)晴。　奉旨停捐。

十七日(1 月 9 日)晴。

十八日(1 月 10 日)晴。　上諭：“吏部遵查捐納人員京察保送一等，曾于嘉慶年間欽奉諭旨，載在例文，惟應分别年資，統計歷俸試俸，並無不准保送之條。刑部奏郎中翁曾桂在部行走十餘年，才具優長，實堪一等，向無不由提調、坐辦不列一等各一摺，翁曾桂既據該部奏稱列入一等並無不合。張佩綸所奏，著毋庸議。”

《起居注》書成，送内閣。子騰召飲，聞清卿授河北道，歸睡。

十九日(1 月 11 日)晴。連日頗有春意。　御史樓譽普疏劾抽查漕糧，御史英震營私舞弊，命倉場侍郎查辦。

二十日(1 月 12 日)晴。

二十一日(1 月 13 日)晴。　得吴子備書，王慶來詢悉子儁眷愛消息，太夫人甚憐惜之也。

二十二日(1 月 14 日)晴。

二十三日(1 月 15 日)晴。　夜過擕雪侍御略話。

二十四日(1 月 16 日)晴。　邀同人小酌，以豁煩悶。

二十五日(1 月 17 日)晴。　鶴巢招同清卿、皡民、蔣迪甫户部小酌義勝酒樓。

二十六日(1 月 18 日)晴。　寄南中書。

二十七日(1 月 19 日)晴。　夜，伯潛前輩招同孝達、可莊、旭莊及余叔姪同酌，可莊以林夫人沈幼丹制軍婦，林文忠女也所書聯，分贈坐客。蓋文勤出使時浼幼丹所作，而夫人代幼丹操管也。四坐贊歎，以爲勝幼丹書倍蓰。

二十八日(1月20日)晴。　是日,寶竹坡學士有封事,得旨嘉納,以寶鋆、榮禄差務較繁,寶鋆開國史館總裁、閲兵大臣,榮禄開工部尚書、總管内務府大臣,全慶調工部,文煜調刑部,崇厚擢總憲,未到任,以志和署理。入城辭歲,夜同人小集。

二十九日(1月21日)雪。　同安圃過孝達,削鹿脯下酒,得高麗使者書。名趙同熙,字東石,官内翰直殿。薄莫歸。

己　卯　上

己卯正月朔日(光緒五年,1879年1月22日)晴。　三鼓入内,辰初與桂杏村少詹、慶雲橋學士、張子騰侍讀侍慈甯門班,禮成,辰正二刻百官於太和殿下行朝賀禮。出城爲諸知己賀歲。何鐵生、張孝達、王可莊、旭莊、陳伯潛前輩旋至。

初二日(1月23日)晴。

初三日(1月24日)晴。　孝達招同伯潛前輩、可莊同年、再同編修、安圃舍姪同游慈仁寺,老松殘雪殊有閑趣,晚飲於廣雅堂,伯潛以宴客歸,至已席散矣。

初四日(1月25日)晴。　夜,孝達來話。

初五日(1月26日)晴。　入城答客,過叔濤師。申刻,柳門邀飲。

初六日(1月27日)晴。　安圃初四日小病,至今未愈,過潛公,小飲。

初七日(1月28日)晴,微陰,有雪意。　過孝達,略話,致吴子備書。

黎撫部以賀長齡遺愛在民,請開復原官,予謚立傳建祠。得旨,斥其冒昧並偏袒同鄉,不允。所請仍交部議處。近年請謚過濫,得此足挽狂瀾,論者或謂賀公賢者、黎亦邊材爲惜,不知賀之賢不在官之復不復,黎誠才,此舉寧得爲公乎?吾以爲聖人嚴明,治象也。

初八日(1月29日)晴。　喜都護昌來辭行,詢及吉林情形,言有瓦里霍屯地可耕,有黑金,人忠而强,宜致之,勿授敵,誌之。茗翁邀話,聞柳門、伯潛過我，始返。夜，詣孝達。

初九日(1月30日)晴。　鍾編修德祥過訪，談臺灣事，甚詆沈幼丹，亦議丁雨生。鍾嘗客張總兵其光幕，丁保之辦臺灣事務，廣西人，丙子翰林。廣西余惟識曹謹堂，極篤厚，鍾云亦識謹堂，他日當問其人品何如也。過可莊兄弟，祝其太夫人生日，至輔臣同年處。

初十日(1月31日)晴。　香濤過談，于次堂前輩繼至，勸勉甚殷，質直可重。伯潛來話。未刻，香濤招同清卿、柳門、文卿、伯潛諸前輩，張吉人武部度、顧皞民觀察小飲，安圃以疾未往。

十一日(2月1日)晴。　伯潛過話。繆小山編修見過，名荃孫，江蘇人，香濤門下，能鑒别金石、校勘經史，時髦也。

十二日(2月2日)晴。　偕孝達游廠肆。

十三日(2月3日)晴。　偕孝達、健庵游廠肆，夜飲于孝達齋中，清卿亦至。

十四日(2月4日)晴。　約孝達、清卿、柳門同之廠肆。

十五日(2月5日)晴。　過唁皞民，初一生子，十四妻亡，子先期殤。代爲扼腕。伯潛來談。夜深始去。

十六日(2月6日)晴。　同孝達游廠肆。

十七日(2月7日)晴。　奎樂山觀察過談。

十八日(2月8日)晴。　子涵令妹加笄，約陪冰人，曰鍾雨辰，曰樓子通。夜，香濤拉往張吉人處，看蜀石經殘本。《周禮》《穀梁傳》《左傳》。吴、汪二前輩在坐。

以英震一案迄今未復，飭倉部迅即具奏。

十九日(2月9日)晴。　過詩孫，得吴子儁眷屬消息。之伯潛處，子恒年丈右體偏重，自昨日至今方略見效也。

二十日(2月10日)晴。　茗生來，夜香濤過話，廖仲山授河南學政。

二十一日(2月11日)晴。　過伯潛，問子恒丈疾。夜，詣孝達。

二十二日(2月12日)晴。　江西按察使國英開缺，入城答客。

二十三日(2月13日)晴。　孝達前輩過話。夜，漱蘭前輩招同李苾園、許僊屏、吴清卿、汪柳門、張香濤諸前輩小集宴賓齋。是日，聞潘伯寅調户部左侍郎,知察典頗有除汰,未得其詳。從友人假得李雨蒼都護論西域文三首,讀之。

二十四日(2 月 14 日)晴。　伯潛招同清卿、孝達、柳門、文卿、潤生、可莊飲。讀邸抄,知樞臣開復處分,左、李、沈優敘,殷侍郎以户部改禮部,仍直上齋。侍郎惠泉、德椿、閣學載慶均原品休致。自同治初元後,察典有甄無别,至是觀聽爲之一悚。當戊寅求言詔下,子偁疏陳十事,曾及察典,留中不報,歲暮竹坡學士聞亦論此,殆天心早定,二臣之議偶契宸衷也。

二十五日(2 月 15 日)晴。　張兆棟以憂去,裕寬調廣東,李明墀擢閩撫,黎培敬以前案降三級調用,以張樹聲代之。

二十六日(2 月 16 日)晴。　清卿、文卿、柳門、伯潛、孝達及張叔憲武選齋中小飲。

桑伯儕師開缺,三品以下京堂察典,休致太醫二人。

二十七日(2 月 17 日)晴。　叔憲招飲。潘祖蔭擢總憲,翁同龢升刑部尚書,王文韶調户部,祁世長擢禮部。

二十八日(2 月 18 日)晴。　柳門來話,夜過孝達。

二十九日(2 月 19 日)晴,早雪。　早起,過郭廉翁,孝達來,與柳翁晤談。過伯潛,與仲獻談。

三十日(2 月 20 日)晴,有風。　飯後答客。夜,皡民、安圃集清卿齋小飲,文卿至,旋去。入夜二鼓許,香濤就談。

二月初一日(2 月 21 日)晴,風甚大。　輔臣召飲,客伯潛及趙鐵山水部,借《楞嚴經》閱之。是日,王之翰因昨日召見,不稱旨,開署禮部侍郎缺,以許庚身署理。

初二日(2 月 22 日)晴。　子涵令妹受王氏聘,邀余陪媒。

初三日(2 月 23 日)晴。　至朱處賀喜。子涵妹嫁王夔石世兄慶楨。

初四日(2 月 24 日)晴。

初五日(2 月 25 日)晴。　昨日唁皡民於廣惠寺,歸,知李蘭蓀師見招,清晨赴之,論會館事。過朱宅陪新郎。緝庭過我少話。文卿邀清卿、緝庭、孝達、伯潛、張叔憲、汪柳門小集。

初六日(2月26日)晴。　晚,孝達招同人集齋中小飲。

初七日(2月27日)晴。　同鄉集議松筠庵,到者沈、李、焦祐瀛、郭長清、桑彬及孝達與余耳。桂侍郎清卒。

初八日(2月28日)晴。　送清卿,賀何鐵生娶婦。

初九日(3月1日)晴。　伯潛寫圭[盦]詩告成。孝達來話。

初十日(3月2日)晴。　何鐵生前輩招飲,赴之。王宅會親。答文叔平前輩,黄侍御請復河運,殊謬。

十一日(3月3日)晴。　段鼎燿以冒銷振銀四千兩,曾、閻請斬監候,特旨正法。原參官司業汪鳴鑾也。大哉聖人!殺一貪吏,足以儆動百寮,彼姑息者第恐一家哭耳。

十二日(3月4日)晴。　過孝達略話,知東鄉案已奏入。鄭溥元劾山東撫臣文格,命廣壽、錢寶廉往治之。於是,漢侍郎僅實任三人矣。使星絡繹,亦近年所罕有也。

十三日(3月5日)晴。　東鄉之獄,李有恒忽認忽翻,命嚴行審訊。灌縣隄工丁寶楨欺飾乖方,與丁士彬、陸葆德均交部議處。夜,過孝達談。

十四日(3月6日)晴。　孝達來話,伯潛踵至,小酌。

十五日(3月7日)晴。

十六日(3月8日)晴。　蘭師約孝達與余同話,過柳門。

十七日(3月9日)晴。　茗笙招陪張振軒。

十八日(3月10日)晴。　王夔石、朱緝甫、伯潛均來。

十九日(3月11日)晴。　丁寶楨革任處分,改爲三品頂戴留任。丁士彬、陸葆德均革職。孝達、伯潛來話。

二十日(3月12日)晴。　張藹青來訪。

二十一日(3月13日)晴。　許竹篔來。午後,袁子久、趙寅臣、陸蔚庭、朱茗笙見過。

二十二日(3月14日)晴。　賀柳門得中允之喜。唁笣僊兄喪。

二十三日(3月15日)晴。

二十四日(3月16日)晴。　張子騰來,時奉命在毓慶宫學習行走。

二十五日(3月17日)晴。　過李蘭師,時將扶櫬歸也。坐中遇香濤。是日，柳門、文卿均來。

二十六日(3 月 18 日)晴。　上《河運費鉅弊深萬難規復疏》。商人李鍾銘開設寶名齋書鋪，工部尚書賀壽慈妻以義女，與之因緣爲奸利。長西臺時，科道率引李爲援，干求差使，楊玉科、方濬頤等賄通權要，李實主之，聲勢赫甚。余因附片，請旨驅逐。命都察院訊奏，其揑稱賀壽慈親戚，詰問該尚書，其人手眼甚大，不知能得其要領否。待漏下直，至三藐庵奠送李太夫人。午後，伯潛、香濤均來。

二十七日(3 月 19 日)晴。　駐藏大臣錫縝奏請開缺，其人覬覦京秩，憚遠引疴，可恨。伯潛在坐。

二十八日(3 月 20 日)晴。　賀壽慈以商人李鍾銘並無真正戚誼，素日亦無往來覆奏，得旨，都察院確切查究，據實具奏。

二十九日(3 月 21 日)晴。　伯潛、香濤前輩來話。

三十日(3 月 22 日)晴。　聞香濤得司業，甚喜。伯潛來話，孝達亦至。

三月初一日(3 月 23 日)晴。　健庵至院署接見，香濤託書謝表，倩朱景庵寫之。鶴巢來話，伯潛得撰文。

初二日(3 月 24 日)晴。　袁子久侍讀招同吴柳堂侍御、端木子疇舍人、何鐵生編修、張孝達司業、黄霽川比部小飲，以子疇欲見孝達及余，而孝達欲與柳堂接也。柳門來譚。夕，孝達、弢庵過我，聞漱蘭得學士。

初三日(3 月 25 日)晴。　子涵招同輔臣陪王穉夔公子行反馬禮也。賀徐季和閣學娶子婦。夜，孝達來話。

初四日(3 月 26 日)晴。　内子震將九月，忽吐血升餘，時方歸甯，迓之。歸，委頓殊甚。可莊來話，端木子疇過訪。夕，柳門、孝達均來。漱蘭以賀壽慈覆奏欺罔，抗疏糾之，得旨：著該尚書據實覆奏，並著都察院堂官會同刑部嚴訊該商。學士此疏深得詞臣之體，視李御史之毛舉該商劣迹者固佳，即余之避實擊虚，亦自愧勿如矣。

初五日(3 月 27 日)晴。　作楷數百字。

初六日(3 月 28 日)晴。　賀尚書覆奏，以曾向李鍾銘所開寶名齋買書，並於演龍輔車時，順道至該鋪查閲書本。上以該尚書此次所奏各節，前奏未據實陳明，且恭演龍輴車係承辦要務，所稱順道查閱書本，殊屬非是，賀壽慈著先行交部議處。佩綸於友人坐中讀此旨，謂進退大臣有體矣。

初七日（3月29日）晴。　派出隨扈同行五人，貴午橋恒、黄漱蘭體芳、福振亭錕、英和卿煦、劉小甫爆。夜，柳門來。

初八日（3月30日）晴。　過伯潛飲，其夫人生朝也。

初九日（3月31日）晴。　合肥來，余答拜之。

初十日（4月1日）晴。　伯潛招飲。賀尚書降三級調用。

十一日（4月2日）晴。　夜，飲孝達處。

十二日（4月3日）晴。

十三日（4月4日）晴。

十四日（4月5日）晴。　皞民歸自天津，來此夜話，伯潛亦至。

十五日（4月6日）陰。　伯潛來，賀茗笙得兵部侍郎。

十六日（4月7日）晴。　至下斜街估工。午後，孝達齋中作課。

十七日（4月8日）雪。　憶庚申暮春雪中光景，胸次作惡數刻。伯潛、黄濟川、貴午橋均來。

十八日（4月9日）雪霽。　孝達齋中作課。大女生。

十九日（4月10日）晴。　内子患兒枕痛，號叫徹夜，晨始安怗。

二十日（4月11日）晴。　詳《東陵行紀》。至廿九，凡十日，其初一以後事附見。

閏月十七日（5月7日）晴。　陵上歸來，人甚疲苶，又遭柳翁之變，意興闌珊，久不理日課，而半月來慈親及内子均日延醫診治，令人終夜不得安枕，悶急之至。

是日柳翁疏入奏。懿旨令王大臣、大學士、六部、九卿、翰詹、科道妥議具奏，適薊使已歸，乃知柳翁於初五日卯刻仰藥自盡。讀其與廟中同道五紙，上有血疏。蓋初擬自刎，復擬自縊，以白綾三尺餘繯結，書十四字，曰“九重懿德雙慈聖，千古忠魂一惠陵”。旋以無梁可懸，一板庋門上，動摇易墜，恐有聲致救，乃服洋藥以終。可謂百折不回矣。

王稺夔公子來訪，訊慈侍疾，適服秦春帆户部藥，已見痊可矣。夜，柳門前輩來，香濤司成踵至，與論會議事。余以爲惟有請明降懿旨，嗣後傳授大統之皇子，即係穆宗毅皇帝之嗣，最爲直捷痛快。香濤則主兼祧之説，而又恐涉於趨時。余於兼祧之説亦以爲是，而以爲臣下直不必論，亦直不可論，故俟香濤言及“趨時”一語，甚贊嘆之。香濤甚愠，疑余誚其作張璁、桂萼，忿争良久。余嘗謂南皮人甚虚懷，而貌似拒諫；人甚愛士，而貌似侮慢，皆此類也。彼此皆以正直自信，豈有因其一言而疑爲諂附者乎？他日當再亟諫之，以盡朋友之道，亦足見君子和衷，且頗不易，而望與小人共事耶！余其休矣。

十八日(5月8日)晴。　晨起，有投一書於門者，曰粤東布衣古銘猷，其詞曰：“前左遷侍御吴柳堂先生以身殉諫，識者悲之。公直聲震天下，九重褒美，海内傾心，伸侍御未伸之志，非公而誰？會議時，但當據理直言，不可稍有愓疚，以失朝野之望，以辜皋蘭之知，天下幸甚，士林幸甚。猷伏而不出，人微言輕，未識荆州，冒昧上啟，跼蹐之至，拙作四首録呈：國是誰能以命争？烏臺禄重豸冠輕。不圖一死從容甚，我爲先生熱淚傾。白髮霜飛年七十，青楓燐嘯月三更。料應仰藥人含笑，從此年年侍惠陵。　清時節不尚龍干，恩重何容一死拌。地下竟從先帝去，人間早當古人看。文如韓愈迴瀾久，事比朱雲折檻難。可惜史鰌生太早，不知隔代有皋蘭。　三間老屋夕陽村，煙樹淒迷莽薊門。仁裕不歸光澤里，牧之竟葬樂遊原。絶無悽戀譏兒女，直以心肝奉至尊。一様征夫沙磧死，模糊敢信是忠魂。　非夫人慟而誰爲，公吊他人我吊公。此老居然追古直，旁人未免惜愚忠。生無前輩誰知己，死果留芳即考終。莫上金臺高處望，五更風雨薊門東。”詩格不甚高，而大致尚合。其人知重柳翁，且致余書中規勸數語，亦見直道。斯真不愧姓古矣。余裁答以講讀不預議告之。

春帆來談，是日大女彌月。午後過高陽師，得見皋蘭疏，答子久、濟川、香濤、柳門。歸，潤生在坐，皡民寄一書來，並以詩哭柳堂侍御：“尸諫從容竟叩閽，疑君真有戴盆冤。求僊不悔金丹誤，鑄錯還思鐵案翻。共説賈生能痛哭，獨從望帝化春魂。工愁更念張平子，寂寂鄰春合閉門。”用玉谿生《哭劉司户》韻也。

十九日(5月9日)晴。　柳門約孝達、伯潛及余叔姪同話，雲孫在坐。午後歸，偕伯濳訪再同，不值。夜，再同編修、孝達司業集弢庵處，余後至，論柳翁疏意，與再同意不合，以其引證甚博，嘿然未有應之。

二十日(5 月 10 日)晴。　午後，過伯濳處，遇再同。

二十一日(5 月 11 日)晴。　大袷。奉派陪祀，是日到遲不克入。午後，與仲獻、孝達集弢庵處略話。

二十二日(5 月 12 日)晴，夜大風。　悶甚，不能作書，過香濤、柳門兩處略話。

二十三日(5 月 13 日)晴。　延春帆爲慈親定方，慈親意在南行，但病中斷難就道。余自東陵歸，用世之志鋭減，重以親病，益欲抽簪養志，侍奉南征，但菽水無資，不能自決耳。枯坐瞑想，萬念奔馳，至華佗廟求聖方，親命也。

午後，春帆又來，子久踵至。春帆言有三河查君願捨地十余畝爲柳翁葬地。子久言内閣定稿主駁，引高宗不建儲聖訓中有“漢臣雖舍死沽名者亦不允”云云爲證。主稿者王憲曾，陜西人也。朝議、輿評何大懸絶耶?

聞左恪靖有疏，請將吴編修事實宣付史館，附見者三人，不知聖恩若何。

昨夜不能成寐，借柳門《北江年譜》《曉讀書録》諸書讀之。

(二十三日晴。)

二十四日(5 月 14 日)晴。

二十五日(5 月 15 日)晴。

二十六日(5 月 16 日)晴。

二十七日(5 月 17 日)晴。

二十八日(5 月 18 日)晴。

二十九日(5 月 19 日)晴。

三十日(5 月 20 日)晴，夜雨。

己　卯　下

七月二十日(9 月 6 日)晴。　自四月初六酉刻，遭生妣毛太恭人大故，苫凷偷生，不啻死灰槁木。二十八日，奉靈櫬暫寄官菜園上街觀音寺，倚廬伴宿，親友均以禮規戒，不得不延息以求勝喪。時内子已病劇，旋于五月五日巳時下世，哀痛中不復覺喪婦之痛，惟憶坡公《亡妻墓銘》"君得從先夫人於九原，余不能"兩語不置，二十五日以其柩附厝佛舍。七月五日，所生女韻蘇小名簪兒殤。四兄、九弟亦自浙奔喪。至十六日，百日設祭，謝客三日。人如夢如疑，其酸惻悲涼，非筆墨所能盡者。

蒼、濳兩兒暫寄舅家，月以十金資之，不得已而出此下策，如何如何？

清晨，驅車出門，孝達贈醬菜，常師母贈素羊裘，師友之誼可感。至廟中靈前斂辭，較三月間隨扈就道時，真如隔世，不覺血淚霑裳，酸淒填臆。至筱棠京兆苫次略話，周亦以内艱在廟也。出齊化門，赴通。去年今日正爲圭盦執紼，憶及增痛。張君文虎《舒蓺(堂)[室]隨筆》六卷，爲朱景庵編修所贈，久鐍内閨笥中，行篋取以自隨。書眉略有朱恭人遺墨，㡳帷淺學，輕易涉筆，本不足取，幸皆就前輩所言與相訂證，可免孟浪之譏。而酒底燈前，吟聲在耳，又觸我幾許悲懷矣。

住韓家客店。

二十一日(9月7日)晴。未刻，微雨一陣，旋止。　通州曉發，歷馬坊、馬頭兩鎮市，夜泊香河，行一百五十里，逆風故也。

閲《莊子》一卷。

二十二日(9月8日)晴雨相間。　過河西務，小泊，詢秋成分數，沼河大熟，近城均苦潦，以沼河有河洩水也。甚矣，吾民之惰於溝(恤)[洫]。河西務屬香河，天津有關，别有一局，咫尺相望。舟人云屬工部。不知其詳，俟考。是日，天時雨時晴，舟時行時止，行一百八十里，泊韓口。河西務屬武清，舟人誤以爲香河，香河至河西務五十里，河西務至蔡村五十里，蔡村至楊村五十里，楊村至韓口三十里。

二十三日(9月9日)晴。　辰刻，微雨，津沽水益大，通商大臣署前浮橋圮，改作之。午刻，抵三岔河，泊舟，暫寓針市街大伙巷顧皞民觀察許。往謝合肥相國，相國初有書與張藹青，欲邀余入幕，至是面訂辭之。與論事，頗承肯可，而憂讒畏譏之心正復不免。聞高陽師以余南下，囑合肥加意相待，可感也。歸寓，與皞民相見，談次涕淚交頤，不堪回首。

二十四日(9 月 10 日)晴,時雨。　申刻,合肥來答拜,承假白金千兩,爲營葬之需,並委四兄充津捐局紳士,月領三十六金,先世交情之耐久如是,孤兒真感德銜悲也。寄家書及宗書、孫子授書。

二十五日(9 月 11 日)晴雨相間。　坐豐順輪船赴上海,夜到招商局,以合肥託其支應行人也。葉同知送至舟,絜官艙一間,爲余設卧具始去。

二十六日(9 月 12 日)晴。　夜漏四下,放舟,有風,甚顛簸。余以憂勞餘命,復歷重洋,氣體不支,嘔吐大作,向夜萬念環起,熱淚縱横,幾不知置身在何許,轉無復摇蕩傾側之苦矣。

二十七日(9 月 13 日)晴。　至煙臺,巳刻就泊,夜始放行。輪船司事以所居官艙多風,復易一間,果較寬綽,亦會風定濤平,了無所苦。皞民假《南宋雜事詩》兩册,閱其注中瑣聞碎録,以資消遣,未暇記也。

二十八日(9 月 14 日)晴。　天色軒明,黑水洋亦平静可渡。

二十九日(9 月 15 日)晴。　未刻,抵上海吴淞口,礮臺已成,殊不得勢。坐小舟,寓裕通恒葉子晉許。入城,拜夏壽人師,師益衰老矣,談次悽然。時肄業龍門書院,因就見院長劉融齋先生熙載,承以所著《持志塾言》《藝概》兩書相贈,時年六十有七,强飯健步。念吾母甫及大董,使人子謹於扶持,何遽及此,坐不成酬對,遂退。壽人師留飯,談兩家事,增悲益痛耳。見世兄元燿,年二十。夜,失眠。

八月初一日(9 月 16 日)晴。　買舟赴南匯,葉君送至舟,詢以招商局弊竇,云二唐因緣爲奸利。順風渡黄浦,夜泊新場,距南匯廿四里。是日更换學政,不知諸知己及安圃有司文衡者否?

初二日(9 月 17 日)晴。　晨,抵南匯。吴子備聞信,先來少譚,同入城,拜圭盦之母,見圭盦夫人及公子毓熖,甚茁壯秀静。子備留素飯。未刻,返舟。子備又來送。子備聲音形貌與圭盦有張氏二喈之似,眷念亡朋,殊多感觸,而余處此艱邅,九原知己亦當爲我酸咽也。子備言崇明轄洋面太寬,有陽山、石硅畧兩處漁户械鬥,甯波往往搀越,宜設營汛,以專責成,並言接日本海中數百里輒有小島云,幸民貧地瘠,日本不佔據,姑録之備考。

由南匯回舟，至新場已更鼓動矣。十二里至航頭，十二里至羅家匯，舟未至匯，因潮來，野泊，四鼓過羅家匯，又十二里至閘港，順風過黄浦。

初三日(9月18日)晴。　余昨不適，服子備藥即就枕，醒則已達閔港矣。使非風利，則逆潮不能過浦，又須候至午後，此天憐也。讀朱子《家禮》，吴督部棠刊本。案，王懋竑《白田雜著》以《家禮》非朱子之書，紀文達輯《四庫書目》，深韙其説。特以從宜從俗，録而存之。然《家禮》實亦不合，于今之宜協乎？今之俗士夫平日既以講求喪禮爲大忌，臨事瞀亂，無所適從，實多負疚。今年惠陵會葬，致禮臣不嫻儀節，耆臣全無戚容，一切草率，深可痛哭。及遭毛太恭人之喪，不孝學既空疏，性又迷罔，欲思略存古意，勉盡人子之心，賴孝達博雅、伯潛果決，資爲考核，而習染已深，仍不免牽於流俗。安得博雅君子纂《家禮》一篇，得古人之精，合時王之制，簡而可行，使人人臨變不亂乎？

讀《漢書・韓信傳》，班氏將蒯通説詞删去，較《史記・淮陰侯列傳》相去霄壤。

舟行一百里，宿青浦北門外。閘港至豆腐浜六十里，至青浦又四十里，實則四九三十六里。四九者，吴人土語也。

初四日(9月19日)晴。　讀《公孫弘卜式兒寬傳》。入卜式，似不類，贊中云"質直則汲黯、卜式"，長孺社稷臣，乃視之與牧羊兒等乎？孟堅殊無識。

《平當傳》："漢興，唯韋平父子至宰相。"案，絳侯、條侯亦父子宰相也，班氏何以遺之？

夜抵蘇州，自癸酉至今七年矣。

初五日(9月20日)晴。　晨起，至金太史場寓，朝叔母及大嫂，均健，諸孫林立矣。與容舫譚，撫今追昔，益覺悽然。寄八弟及宗五書。

初六日(9月21日)晴。　至仁壽庵謁田淑人厝所，告遷，遷五兄柩于培德堂。

初七日(9月22日)晴雨間，秋成殊損。　至元妙觀。《清河書畫舫》：伯驌高宗時嘗奉詔寫天慶觀様，命吴中依様造之。今之元妙觀是也。趙伯驌，仕至觀察使。《妮古録》：趙伯駒與弟伯驌並以畫名。《清河書畫舫》謂是伯駒之兄。

初八日(9 月 23 日)大雨。　寄八弟書。

初九日(9 月 24 日)陰雨。　容舫出二兄遺著,共讀。其成書者,曰《周易增正》《孝經注》,又有手校《管公明别傳》《風俗通》兩册。二兄少有足疾,讀書養疴,所藏祕籍三五千卷,兵火中均入劫灰,僅存此吉光片羽,可悲也。

初十日(9 月 25 日)晴。　出門謝客。在京來吊者吴廣安刺史承潞,寄賻者沈渚雲履慶、吴誼卿大衡、陶笠亭懷達、同年生徐景福、李文燿、張庭蘭、典史張沅辰。午後,至蓮溪謁大兄及諸兄姊弟靈,入目慘然,淚不可遏。敬遷庶母李太恭人靈輀于外舟中。容舫言劉園已屬盛旭人康,木石重新矣,改名留園,俞樾有記,時顧子山新創怡園於尚書里。盛、顧均以道員解組,坐擁鉅貲者也。盛方入都候簡。

十一日(9 月 26 日)晴。　遷李太恭人柩于舟。

十二日(9 月 27 日)曉霧漸晴。　奉遷先妣田淑人靈櫬至舟,即日擬解維而北,而佩綸頭眩殊甚,叔母暫留之養疴,舟泊葑門外。寄孝達書。

十三日(9 月 28 日)晴。　得都門二姪書,知未銜使命。十一日吴君承潞來訪,已見學政全單矣。謀進止之策,夜與容舫作書復之,勸其挈婦子南旋,亦無聊極思耳。

十四日(9 月 29 日)晴。　得四兄書,知於初四日到天津,即住津捐總局。九弟寓旅店,措置殊未妥。此心怦然,欲急北發,芷鄉百日,適在中秋,必以今日設祭,度兒輩呱呱正哭母也。

十五日(9 月 30 日)晴。　毛太恭人生日,不孝何以爲心。

十六日(10 月 1 日)晴。　同容舫至直隸會館一游,故拙政園也。張子青先生撫吴時,率鄉人割俸建,長康司事,今已漸形荒落。在都時,與李蘭孫師、張孝達前輩方營畿輔先賢祠,當作書告之,務慎選司館之人,以此爲鑒也。

十七日(10 月 2 日)晴。　寄番錢一餅,屬六姊遣奠邵香巖丈。時薄暮,得八弟與容舫書,不果來。

十八日(10 月 3 日)晴。　晨起,放舟,留蘇逾十日,叔母、大嫂憐之甚至,容舫夫婦均賢,諸孫亦依依,殆難爲别。買段《説文》及陳氏奂《毛詩疏》，舟中讀之。余幼從師讀，至十三歲避兵即棄書，於小學茫然，遑論治經，早知窮達有命，恨不十年讀書，噫！

逆風，泊崑山，作寄八弟書。

《説文·玉部》："琚，佩玉石也。"段注各本作"瓊，琚也"，今正。《詩·鄭風》正義、釋文皆引《説文》"琚，佩玉名"，《衛風》釋文又引"琚，佩玉名"。按，雜佩謂之佩玉，見《周禮》《大戴禮》《玉藻》《詩·鄭風》《秦風》《衛風》《尚書大傳》，贅以名字，語不可通。琚乃佩玉之一物，不得云佩玉名也。毛公、大戴皆云琚、瑀以納閒，許君以瑀字厠於石次玉之類，然則"名"字爲"石"之字誤無疑。佩玉石者，謂佩玉納閒之石也。《木瓜》毛傳云"琚，佩玉石也"，許君用之。今《毛傳》石譌爲名，莫能是正。陳奂親受業於若膺先生，其《木瓜》疏不改名字，後箋以段爲誤，不知段云《木瓜》毛傳云"琚，佩玉石"所據何本。余淺人，不敢妄定。

十九日（10月4日）晴。　昨夜睡不安，午眠始酣。逆風行九十里，泊黃渡。圭盦有《黃渡寄弟寄内》詩。上海轄。

《步部》："歲，木星也。越歷二十八宿，宣徧陰陽，十二月一次，从步戌聲，律曆書名五星爲五步。"段注此釋从步之意，近人張文虎以律曆九字爲後人妄增，殊繆。

二十日（10月5日）晴。　《又部》："叟，老也。从又灾，鉉本作从又从灾，闕。"段注引玄應曰："又音手。手灾者，衰惡也，言脈之大候在於寸口。籀文叟，从寸。老人寸口脈衰，故从又从灾也。"此説蓋有所受之。《韻會》引《説文》从又灾。灾者，衰惡也。蓋古有此五字，而學者釋之。張文虎曰："《又部》：'叜，老也，从又从灾，闕。'案，許列叜字於父字之下，當是从父，非从又，以不列父部，故以類附此。《玉篇》别立父部，而叜字仍在又部，蓋所見許書已誤。其篆當作叜，从灾之義，不可考矣。姑以意説之。宀者，交覆深屋，老者所安居也。《耳部》耿字，解云'耳箸頰垂'。疑此亦象年老頰垂，从父者，家所尊也。《韻會》引有'灾者，衰惡也'五字，此妄人所增。玄應從爲之辭，鄙矣。"佩綸案，从灾之意不傳，玄應説固未愜心貴當，張君支離附會，尤陋劣可笑，俟歸取嚴、桂諸説考之，並質孝達也。

逆風，午刻抵上海。

二十一日（10 月 6 日）午前雨，午後晴。　寄容舫書。附復八弟書。

寫定豐順船票，得四兄書。

吴子備於余至南匯時，面贈百金爲賻，緩且非禮也。余以子儁故，不欲作色峻拒，至是作書却之。略曰：佩綸航海而南，孤行三四千里，未肯輕見一人，惟買舟入境，踐先友登堂之諾，其意君固知之矣。面賜賻金，豈敢固辭，但以義始，而以利終，質之先友，必曰非空。硜硜之私，尚乞垂鑒。番銀百餅，遣使納上。《孟子》曰："恭敬者，幣之未將者也。"然則天下事在敬不在幣，可知子備吏才甚勤敏，惜乎浮華不實，殆難與圭盦相提並論也。一家競爽，豈易事哉？

廿二日（10 月 7 日）晴。　午後，與夏壽人師晤譚。欲買桂《説文》，書賈以湖北局刻來售，孝達序在簡耑，問其爲誰，曰乾隆間人。洋涇僅書坊四處，可慨。

《申報》中見沈督部《漕項難以議撥海運難以議分疏》，與余官侍講時，論河運難復，大致相同。沈公歷事老練，所言自與新進不同，但專駁畢倉部之疏，亦主復河運。而於黄御史所奏不一及，豈其疏未寄出耶？抑大臣論事不必照顧前後耶？不可解矣。明發之旨，不應未見，噫，直詔書挂壁而已！

廿三日（10 月 8 日）晴。　未正恭奉靈柩上豐順船，葉顧之、徐雨之兩道相晤，告招商局情形，知今年較可支持。蓋葉君粤人，與洋商熟悉，又家業已足，志在求榮，不若朱雲甫之欲名利兼收也。寄蘇州書。

廿四日（10 月 9 日）晴，大風。

二十五日（10 月 10 日）大風，微雨。　兩日舟中，苦狀可想。

二十六日（10 月 11 日）晴。　到煙臺已未初矣。

二十七日（10 月 12 日）晴。　至大沽口，水淺候潮。望見礮臺對峙，假使兩軍相拒時，我伺其舟閣淺時，爲簡之師迫人於險，阿奴未必爲下策。耶穌教中人聞吾語亦怖否？

二十八日（10 月 13 日）晴。　午刻潮至，舟已卸載及半。始入口，抵紫竹林已夜分矣。

二十九日（10 月 14 日）晴。　清晨，招商局員葉同知邀至局中小坐，時已覓定馮姓船，即飭局中工役恭奉靈柩過舟。唐觀察廷樞，局總辦也，來謁。道飢渴,以小輪船送至三岔河,水大湍急,乃頗賴之。寄南中書。過皞民略話,至夜返舟,勞苦愁痛之餘,心氣覺虧,虚陽發越,夜睡時中宫微張,苦甚。四兄覓舟,當同去也。

九月一日(10月15日)晴。　得安圃書,知姪女已於八月廿二日下世,爲之淚下。僕本恨人,更多感觸,因憶姪女來都營嫁時如在目前,不堪回首。安圃出都之計不果,作書復之。

夜讀《吴竹如先生年譜》。竹如與倭文端師以理學相切磋,卒年八十一。先生謂李文清德行粹然,惟學術尚未能純一,論殊褊刻,講學家習氣也。古人講學,嚴於律己;今人講學,苛於責人。余最嫌之。反復不成寐,此心萬念循生,不能自制。

初二日(10月16日)晴。　至皞民處,復安圃書,爲壽人師事浼皞民,懇清卿作書致劉芝田。午後歸,施叔隅來譚,七年未見矣。静坐遣悶。

初三日(10月17日)晴。　合肥相公命開礦之道員唐廷樞送行,以小火輪船帶余舟而前,七里海、塌河淀與河連成一片,潮平湍急,順風相送,行一百六十里至蘆臺泊。埭頭距津三岔河三十里,新陀七十里,至蘆臺六十里。

禮親王《嘯亭雜録》,外舅大理公盛稱其書,然所紀如云張清恪與噶禮互劾之獄,爲其母見上言子貪狀,因置禮於法,語殊失實。《滿洲名臣傳》,噶禮因張清恪劾奏落職,其後爲母所訟伏法,並非一事也。他若兆文襄謚作兆文毅,及謂錢宫詹所講字書株守許氏《説文》,别解者皆遭排斥,則陋矣。然五朝逸事頗賴以傳,亦稗史中之佳者。

初四日(10月18日)晴。　唐君舟乏煤,辭之,順風行一百八十里至豐臺豐樂橋下,族人佩續、佩紀,表弟孫履慶已候六日矣。

初五日(10月19日)晨陰,旋晴。　豐臺距齊家陀四十五里,道積潦不可行,奉靈輿過小舟,至青陀,水程三十里。過西淮沽、環莊、西濟陀,舟行田埂上,水深四尺餘。抵青陀已申刻,扶靈輿宿王家店。

初六日(10月20日)晴,晨微霧。　奉靈輿還齊家陀,合族來奠,謹暫奉第二層廬舍中。

初七日(10月21日)晴,夜大雷雨。　至大王莊十八里,過李保寨、報喜陀今名抱子頭、來臨務今名楊家莊、高門口、坎上,過泥河,至莊,地窪於余村，與趙菁衫之兄宇香同知話。菁衫子恩澎，字丹來，曾執業門下，亦侍坐焉。歸而雨至。

初八日(10 月 22 日)晴，大風。　同四兄至缸窑舅氏，時母舅已下世，兩表弟福長二十五歲，福鴻十九歲，奉其生母以居。逆風行五六十里，甚苦。

初九日(10 月 23 日)晴。　午後，由缸窑至喬家屯。時唐廷樞承合肥檄，開礦唐山，立局於屯上。洋人七、工人數百群處。民初驚疑，近稍相安。唐君延江西李錫蕃昌言來局，精堪輿，特薦與余，因往迓之。時唐尚未至，留宿局中。

初十日(10 月 24 日)晴。　唐君至，時已約李君行，遂歸。李君，江西南豐人，年六十四，主蔣大鴻盤，傅以三元旺氣爲説。唐山以唐太宗征高麗駐蹕得名，有支山名晾甲石，開礦處俗名鐵菩薩山。

十一日(10 月 25 日)晴。　同李君至祖塋周歷，以爲局勢甚大，合武曲金星格，步行十餘里，於莊東得一穴，又於歡喜莊東南得一穴。後有窑，前有水。然二穴，一嫌逼近他姓墓，一嫌地勢太窄，余及四兄意尚未愜也。李君人甚誠竺，藹然可親。吴前輩嘉善之兄死於上海，遺一女一子，李君賙之甚至，可愧士夫之澆薄者。

十二日(10 月 26 日)晴，大風。　至八户莊東覓地。午後歸。安圃自都遣人至，以定計南下，促余回京。先是，安圃決計明春再返蘇州，以書告余，未十日而又改圖，則余已四出覓地，頗有就緒，不能兼顧矣。使者以昨夕來，即作書復之。

十三日(10 月 27 日)晴，大風。　送李錫蕃還唐山，道出中門莊，詢吴仁波家，則零落難言矣，爲之立馬踟躕。先是，唐山開礦，欲延公正紳士與居民聯絡，苦無其人，又欲開王蘭莊故河以利運，合肥意屬四兄，恐不屑就。唐觀察屢以爲請，兄勉允之，遂與司道公請入局籌濬水道。

十四日(10 月 28 日)晴。　自唐山歸。

十五日(10 月 29 日)晴。　過陀上梁氏，買定梁藝林地三十畝，每畝東錢六十千，小租五千。梁氏昆仲四人，長麟祥紱廷，次文祥藝林，次蘭祥瑞廷，次桂祥。月上始歸。

十六日(10月30日)晴。　至前街族人處問候,從叔印甲早世,配欒氏,年十九,撫一孤女,織席三十餘年以完貞操,今歲以節孝旌。余入室倍致敬禮,庶鄉人知所矜式乎?

十七日(10月31日)晴。　議地不成,信步至廟中,建福禪院,金時創建。雙柏下讀金鄉貢進士李千都所撰碑文,庸劣不可録。明嘉靖碑爲術士孔經撰,術士殆經字,爵里不能考,上有“大陽郡”三字,其族望歟?詳《浭小志》。

十八日(11月1日)晴。　李錫蕃暨唐景星之從姪來。

十九日(11月2日)晴。　買定梁文元官租地九畝,價東錢乙千千,至梁坨定券,梁藝林讓户地三十畝,價每畝六十千。借《豐潤縣志》一部。

二十日(11月3日)晴。　又買地十九畝。午前至八户莊,定穴,庚山甲向,微帶卯酉。先大夫棄養二十餘年始得吉卜,不孝之罪何以自贖耶?

二十一日(11月4日)午後雨。　送李錫蕃、唐郁君還唐山。

二十二日(11月5日)晴。　至八户莊量地,計梁藝林地二十七畝,東錢乙千六百二十串。梁文元官租地九畝,東錢乙千串。王福永、福順地十二畝三分八釐,東錢乙千二百三十八串。趙永利地六畝八分五釐三,東錢六百八十五千三百。復以安穴在梁文元地内,酧東錢一百五十千文,中人每千串酧三十串。凡爲田五十五畝一分三釐三毫大錢。

二十三日(11月6日)晴。　至新軍屯。

二十四日(11月7日)微雨。　四兄、九弟至礦局,余所覓車中變,借一薄笨車至屯,宿廣順永店。唐郁君賫銀至,留之同宿,以與四兄左也。

二十五日(11月8日)作雪不成,午後晴。　送郁君還唐山,由屯啟行六十五里,宿玉田。

二十六日(11月9日)晴。　晨起行五十里,别山午飯。憶乙亥恭送梓宫,歸途繞道省墓,留齊家陀一夕,以九月二十五過别山,有《憶内》詩,時將臨娩也。夜宿邦均,主人知余名姓,來問竹坡。余陽爲不知,謝之。聞柳堂先生於十月初三安兆,惜咫尺不得往吊。夜坐,覺金華舊夢,茅店秋心,五中棖觸,不能抑制。二十一日腸紅,今日復然,甚餒。

二十七日(11 月 10 日)晴。　五更起行七十里,住下店,早飯。過泃河,見盛京禮部差奏事官争渡甚横,可嘆,余叱之,始奪氣去。然商民已有受其鞭笞者矣,及過渡,乃陷淖,衆大快之。至煙郊,余車失道,過潮河已昏黑。

二十八日(11 月 11 日)晴。　侵晨,由通州行。午後,至京。安圃已出都,寓觀音院。聞香濤繼室亦以娩逝,走慰之。至朱宅,兩兒出見依依,四姊病,歸廉宅,甚窘。

二十九日(11 月 12 日)晴。　過孝達、可莊,得安圃書。

三十日(11 月 13 日)晴。

十月一日(11 月 14 日)晴。

初二日(11 月 15 日)晴。　李蘭蓀師、朱茗笙、袁子久諸公相繼來。

初三日(11 月 16 日)晴。　宿孝達處,得容舫書。

初四日(11 月 17 日)晴。

初五日(11 月 18 日)晴。　命倪泰至通州覓舟。

初六日(11 月 19 日)晴。　過朱宅,賃其東院,奉神主,遷兩兒居之。

初七日(11 月 20 日)晴。　有客至。夜,孝達、再同話。

初八日(11 月 21 日)晴。　奉生妣及内人、殤女柩出都。夜,乘月放舟。

初九日(11 月 22 日)晴。　作致合肥書。夜,放舟,過楊村破曉矣。

初十日(11 月 23 日)晴。　午後,抵天津。吴觀察毓蘭來吊,張藹青戚也。合肥遣人來,借礮船爲衛,管船游擊袁文彪。是日寄容舫、安圃書,孝達、伯潛書,唁胡介卿書,謝張子虞書。夜夢見圭盦。

十一日(11 月 24 日)晴。　按,《直隸河渠志》:薊運河至盛家莊,還鄉河北支自東北來會,又東南至江潢口;還鄉河南支自東北來入之,逕梁城所北分流環城,仍合於城南,又東南逕蘆臺、軍糧城,會天津新河入海。此行由天津新河上泝薊運入還鄉河,舉其所經者,列於左。

陳家溝。《河渠志》:塌河淀,上無來源,下通潮汐,以陳家溝、賈家沽二河爲出納焉。

塌河淀。今與河成一片。

七里海。今與河成一片。

精忠河。舟師以爲在淀與海之間，舟所經由之道。《河渠志》："塌河淀東南有小河一道，出西堤頭，逕城兒上入七里海。"即此。得名之由則不可知，俟考。

俵口。吴邦慶《畿輔水道管見》："王家務引河，逕俵唐兒注於七里海。"即此。距蘆臺五十里。

河口。入河距蘆臺十二里。

夜宿河口，候潮放舟，以四更至蘆臺。

十二日(11月25日)晴。　午刻至甯河，過東窩、田家莊等處，問稻地，均無存者，北人惰弛可慨。

甯河諺云：三灣九十五，如不信，問埋珠。九月間，河流横溢，一片汪洋。舟由埭上直行，至豐臺才四十餘里，至是水涸，廉氏阡前又築埝禁舟，迂迴曲折，勞逸判然矣。埋珠村名不知何所取義，因憶亡婦嘗言侍其大父甯河官署中，以能解春帖語意，賜以銀鎖。扁舟過此，附櫬同歸，雖憂居深痛，未暇言私，然梁城所何啻稠桑驛耶？珠者，朱也，埋珠之讖，爲亡婦兆矣。泊江潢口。

十三日(11月26日)晴。　晨至豐臺，遣磤船歸，改舟赴青陀，仍宿王家店。南泊水仍未退，與油胡盧泊毗連。南北二十里，東西五十里，若洩水於王蘭莊河，規爲稻田，實上腴也，俟與四兄商之。

十四日(11月27日)晴。　晨起，奉生母靈櫬並挈亡婦柩至家，入屋淒涼，人生至此，何堪設想？吊者甚衆。

十五日(11月28日)晴。

十六日(11月29日)晴。　入縣，報扶柩到籍，邑令諶瑞卿命年留宿衙齋，談至夜半始寢。諶君，上元人，壬戌進士，老吏也。

十七日(11月30日)晴，大風。　巳刻，由縣歸陀，過天宫寺，不暇一游，得牛鼎搨本。今日在衙齋遇陶作舟孝廉楫，乃壽人師同年，辛未曾在号舍一遇，今又萍水相值，亦緣也。造物何心，使與陌路之人每每巧合如此，而母子、夫婦間必强割之，何歟？思之，怨憤痛恨交集五中矣。

附自陀至縣路程：

齊家陀五里，山王寨又三里，西歡陀又七里，何家莊又三里，蕭家莊又五里，崔家屯又十二里，女過莊有店可尖，又五里，白沫子近黑龍河，有水田，又五里，孫家莊又五里，南臺又五里，豐潤縣，共六十五里。

十八日(12月1日)晴。　謹將靈櫬及亡婦柩暫厝。

十九日(12月2日)晴。　過糧。梁名下，過糧每年銀三錢四分四釐；王名下，過糧每年銀壹錢三分壹釐；趙名下，過糧每年銀六分，共銀五錢三分四釐。官租地，壹兩四錢八分八釐，共合銀二兩二分二釐。

二十日(12月3日)晴。　趙宇香來。

二十一日(12月4日)晴。　買驢一頭代步，晨起，由陀起行，孫表兄履恒偕七十里，住玉田東關仁和店。

二十二日(12月5日)晴雪相間。　至玉田，啟行三十里至燕山口，望燕山祠，不得上，又三十五里至馬伸橋。時柳堂先生已葬鎮之東側，攜隻雞斗酒哭吊其墓，奠時雪勢甚大，禮成雪止。因思柳堂出都時雪，今余至又雪，若雪塼與柳翁爲緣者。堂名攜雪，不虚也。乙亥冬，柳翁被召入都，是日得雪，都人謂之御史雪，今宜稱爲雪御史矣。行十餘里，宿壕門。

車夫言油葫盧泊非官地，緣泊種葦甚獲利息，如此恐洩水於河有阻之者，即不阻，水涸，又争種雜糧。營田之計，難因勢利導矣。

是日至燕山口，行十餘里至張智河，渡梨河，橋爲村人所建，而不許人行。余至，村人皆攜鋤填土扶輿而過。余犒以錢，不受，因勸其勿再掘阱，以便行旅，村人同應之，其意殊可感也。

二十三日(12月6日)晴，有風。　由壕門取道薊州四十五里，至邦均早飯，夜宿棗林。

二十四日(12月7日)晴。　由棗林至煙郊，聞通州浮橋圮，改道平灘五十餘里，至通州柵欄店，已二更矣。夜夢伯潛。

二十五日(12月8日)晴。　晨至李村夫人處謝，少坐即入城，酉刻至北半節胡同。夜不成寐。

二十六日(12月9日)晴。　至孝達處少話。

二十七日(12月10日)晴。　至張藹青、王可莊昆仲、蔡輔臣處道謝，朱茗笙過談。得合肥書，作家言寄容舫、安圃。

二十八日(12月11日)晴。　閲《縣志》，沙流河在縣西四十里，出黨峪山，下經兩山口，又西南至姑嫂橋，合還鄉河，引《方輿紀要》元致和初懷王襲位，上都兵自遼東入討，撒敦等拒之於薊州東沙流河是也。佩綸考《金海陵紀》：貞元三年八月甲午，遣平章政事蕭玉，迎祭祖宗梓宫於廣甯。九月丁卯，上迎梓宫及皇太后於沙流河，命左右持杖二束，跽太后前，曰："亮不孝，久失温凊，願痛笞之。"太后掖起之，曰："凡民有子克家猶愛之，況我有子如此？"叱持杖者退。此事《縣志》失引。

午後，過香濤，觀其作書，至二鼓始返。

二十九日（12月12日）晴。　入城至王穉夔處謝，並謁常師母，詣奎樂山午飯。生日而生我者不生，人生至此，《蓼莪》之詩何可再讀哉？

十一月初一日（12月13日）晴。　稍絜書室以資憩息，風甚大，獨坐不出户庭。蔡輔臣來話。

聞崇地山使俄，因伊犁事，許俄三事：一曰犒師，款二百六十八萬；二曰通商，嘉峪關准出入，天山南北貿易免税，張家口設行棧，尼布楚、歸化城通運道；三曰定界，伊、喀、塔三城重定界址。

初二日（12月14日）晴。　正欲假寐，潄蘭前輩來話，知其於前月八日召對，聖人求諫綦切，臣下何以上副耶？晚，兒子輩來書舍嬉戲，真所謂焉能便嗔喝者。

是日居室苟完。午前與旭莊入廠市買書數册而歸。

初三日（12月15日）晴。　晨起，往奠張孝達繼室王恭人於龍樹院。至趙寅臣處謝。寄邊潤民師書求貸。寄容舫書。得八弟書，並捐照一紙。午後，信步至澄秋閣，買舊白地磁盤四，又成化窑磁盤四。焚香絜茗，爲生妣及亡婦設供，焄蒿相感，雖死如生。夜作致黄子壽箋。

初四日（12月16日）晴。　昨夕夢見亡婦縞衣而坐，悄無一語。惟有五律一首，亦不知爲余作爲婦作，姑録之，曰："魂遠君尤遠，魂歸君未歸。十年成斷翮，五夜感玄機。月冷空牀簟，風寒客邸衣。夢中無一語，握手暫依依。"復與倪泰渡海，有俞秀才邀之飲酒。坐甫定，内子自内招余，則凝妝如平生，然亦寂不言。夢中覺，是夢蘧然而覺，惟詩歷歷可記，殆重眠故榻之因，果其魂魄重來，未應淡漠如此也。悲夫！

午後，樂山來。夜，可莊見召，商榷館賦。

初五日(12 月 17 日)晴。　傍晚,謝子齡來論時文。

初六日(12 月 18 日)晴,夜大風。　憂悶不可遏抑。午後,至厰市買山谷題名數紙。詣潄蘭,談不暢。遇孝達,亦不能雄辨也。歸,茗笙來兩次,云有事見告,晤則議姻,焉有母喪未終、妻死未朞而以此相干者? 余自大故後閲歷稍深,姑婉却之,不與之憒争也。歸而感觸彌甚,淚盈衫袖。夜,作致伯潛書。吴西白來譚。

初七日(12 月 19 日)晴。　煩甚。往省四姊。歸,買古銅鑪,齋居焚香,庶召神魄。過旭莊,談亦不暢。晚,孝達來,並載至其寓中。再同亦至,酒行而主人睡,遂歸。作家書,未寄。

初八日(12 月 20 日)晴。　蔡輔臣、廖穀士同年均至。夜静坐,過孝達。

初九日(12 月 21 日)晴。　冬至先一日奠祭,愴然。午後張藹青、王旭莊、趙寅臣均來。夜,感傷身世,不能自奮,有離群出世之想。謝子齡來論文。

初十日(12 月 22 日)晴。　晚,孝達來話。是日冬至。

十一日(12 月 23 日)晴。　草府君及先妣、生妣、庶母行述。

十二日(12 月 24 日)晴。　晚,過孝達。

十三日(12 月 25 日)晴。　煩愁鬱結。答康民。過輔臣。晚,又過孝達,許僊屏、李苾園來話,食餺飥,較南皮夫人存時風味頓減矣。得蘇州書。

十四日(12 月 26 日)晴。　作墓銘,苦不能短。讀汪容甫、曾文正所作,覺醇厚可佩,不及遠矣。

沈督部卒,天下惜之。沈與余無一日之雅,苫凷中承來吊唁,極可感佩,以未葬不能箋謝。何圖老成遽隕,冥冥之中負此知己,如何如何! 聞優詔贈䘏,不知誰爲替人也。

十五日(12 月 27 日)晴,大風。　夜,至龍樹寺詣孝達談,其夫人盡七也。孝達言,余之爲人如玉質間石,不加磨礱,未能成材。若抱質以游,必至無人相與款洽。其弊也,得無用之君子,有才之小人而已。聞之竦惕,俟他日得間,當求其痛加鍼砭,免爲先人玷也。

劉峴莊調兩江，張振軒調兩廣。劉長於吏治，在今日疆吏中尚是佼佼者，可莊云近亦老境頽唐矣。振軒殆因剿平李揚才功也。

十六日（12 月 28 日）晴，大風。　李苾園約至龍樹寺夜談，坐香濤諸君子，與再同並載歸。

十七日（12 月 29 日）晴。　入城，詣郭廉夫，不值。

余自十七以來，終日惟藉書消遣，略觀大意，可養心神，近則開卷紛馳矣。王晉卿"豈知憂患耗心力，讀書懶去但欲眠"，洵非虚語也。

十八日（12 月 30 日）晴。　至廠市買書。過孝達商榷墓志。夜，復過孝達論文字，嫌其太長爲累。

十九日（12 月 31 日）晴。　蔡輔臣約談，論八弟驗看事。午後，王夔石來。夜，詣旭莊，孝達來約，遂去，因欲輯《畿輔先哲録》也。

二十日（1880 年 1 月 1 日）晴，大风。　晨起，過孝達，輯《先哲録》。午後歸，寫墓志清稿一通。

二十一日（1 月 2 日）晴。　過孝達，輯《先哲録》。飯後，論道光來人才，當以陶文毅爲第一，其源約分三派：講求吏事，考訂掌故，得之者在上則賀耦庚，在下則魏默深諸子，而曾文正集其成；綜核名實，堅卓不回，得之者林文忠、蔣礪堂相國，而琦善窃其緒以自矜；以天下爲己任，包羅萬象，則胡、曾、左直湊單微，而陶實黄河之崑崙、大江之岷也。今左恪靖雖大功告成，而論才太刻，相度未宏，絶無傳衍衣鉢者。閻丹初得其精而規模太狹，李少荃學其大而舉措未公，不知將來孰作嗣音也。

二十二日（1 月 3 日）晴。　香濤訂修《畿輔先哲録》。是日坐客甚雜，以昨有旨將崇厚開缺嚴議也。詳見《君子日箋》中。

二十三日（1 月 4 日）晴。

二十四日（1 月 5 日）晴。

二十五日（1 月 6 日）晴。

二十六日（1 月 7 日）晴。

二十七日（1 月 8 日）晴。

二十八日（1 月 9 日）晴。

二十九日（1 月 10 日）晴。

三十日(1月 11 日)晴。

十二月初一日(1月 12 日)晴。

初二日(1月 13 日)晴。

初三日(1月 14 日)晴。

初四日(1月 15 日)晴。

初五日(1月 16 日)雪。　墓志寫定。

初六日(1月 17 日)晴。

初七日(1月 18 日)晴。

初八日(1月 19 日)雪。

初九日(1月 20 日)晴。

初十日(1月 21 日)大雪。

十一日(1月 22 日)晴雪相間。

十二日(1月 23 日)　恪靖寄百金爲賻,作書却之。

十三日(1月 24 日)晴。

十四日(1月 25 日)

十五日(1月 26 日)

十六日(1月 27 日)

十七日(1月 28 日)

十八日(1月 29 日)

十九日(1月 30 日)　《畿輔先哲録》成,此一月中余心力疲乏極矣。天亦時有雪霰,爲十餘年所罕見。

二十日(1月 31 日)晴。

二十一日(2月 1 日)晴。

二十二日(2月 2 日)晴。　延黄漱蘭少詹、再同編修、王可莊修撰祀竈,改題先大夫及庶母神主。

二十三日(2月 3 日)晴。

二十四日(2月 4 日)晴。

二十五日(2月 5 日)晴。

二十六日(2月 6 日)晴。

二十七日(2 月 7 日)晴。

二十八日(2 月 8 日)晴。

二十九日(2 月 9 日)晴。　斗室枯坐,萬念俱灰。

嘉禾鄉人日記

庚　辰　上

二月初一日(光緒六年,1880 年 3 月 11 日)晴。　柳堂先生臨命時所作家書,公子之桓裝作卷子見示,余將還山負土,公子亦盡室將行,泣跋數行歸之。己卯閏三月,先生就義薊州,後一月佩綸遭母喪,横街鄰屋,僅隔一墻,兩家哭泣相聞也。烏虖,先生爲忠臣,佩綸爲不孝子,冥冥之中何以教我?悲夫!先生甲戌謫官歸里,恪靖優禮之,忌者或爲讒間先生,家人頗聞其語。實則先生還朝後,恪靖使至,必問先生起居。生前聘書,歿後賻祱有加等焉,治命中恐公子惑于浮言,故一及之。覽者幸勿以辭害意,成元白隙末之謫。家書緘封上有"吴子儁老驥詩宜善藏庋"語,宜補入。又有偶道陳伯潛、王可莊兩君語,亦宜補入。王即己卯十二月初五日上封事者,名仁堪。劉薊州枝彦甚才。先生歿時衣行衣,劉自解端罩、朝珠斂之,豸補用采畫,薊門地僻,倉卒不克取辦也。有富人自營柏櫬,購爲先生葬具,一時賢士大夫無不多劉者。先生甲戌西歸,佩綸及吴望雲、吴子儁、何詩孫餞之,何作《圍鑪話别圖》紀其事,坐皆有詩,先生樂甚。兩家眷屬曾相往來,亡婦朱氏因亦賦一篇。先生謁惠陵日,猶擕之行笥中,公子之桓并先生贈子儁詩裝衍成卷,今藏余家,遺疏稿别裝一卷子存公子處。書中所云契友阻止上疏者,乃粤東陳君。陳亦端士,因初稿有未確語耳。先生之喪,有壯士突入吊哭,留百金爲賻,問姓名,不告而去。故舊貴人乃無一至者,不特薄俗可鄙,亦可謂誤用揣摩矣。公子既葬先生薊州,庚辰二月將奉母歸皋蘭,出家書見示,苴絰相對,誦書輒淚下不止。"哀哀父母,生我劬勞。"願與公子互相激勵,無隊家聲,爲異時相見地也。

孝達前輩命其子權及頲從余游。頲郎甫十二歲，余愛之。前輩因并命長嗣執業，抗顔爲師，殊自愧赧耳。

漱蘭前輩同在廣雅堂，夜談，知孫琴西先生有引疾之志。余通籍晚，不克見琴西，惟觀其致外舅修伯先生書，知家藏圖史甚富，學問亦淹貫古今。其論事則不免偏激，如曾文正將所募水師分布長江改爲經制，先生以爲特因安插湘軍之地，乃文正敗筆。其弟侍講學士鏘鳴爲恪靖所劾，遂每論恪靖必用深文。沈文肅督兩江，先生由湖北移藩江甯，夜入會城，即日受篆視事，以文肅乃學士門生，不無挾長之意也。然孝達前輩謂其吐屬風雅，氣息清高，猶有乾嘉諸老遺意。私冀就官冏寺，當因漱蘭展謁，一親謦欬，而先生樂永嘉山水，遂欲田居，復志遂初，朝衣懶著，令人悵惘久之。余友吴望雲祭酒視學江西，任滿乞假還里，聞亦欲買山而隱，録入《止足傳》中，可愧今之鍾鳴漏盡，夜行不休者。

孝達前輩臨别拳拳，手《近思録》見贈，曰："君之才氣，一時無兩，但閲歷尚淺，遇事可加一番講求，加一番思索，然後出口，則萬全無弊矣。"前輩愛余之深如此，謹當書紳以期進益。夜談甚依戀，久之始退。

初二日(3 月 12 日)晴。　淩晨，孝達來送，言此行可至大沽北唐各海一覽形勢，蚊子船、碰船式樣亦宜留意。

夜，宿通州李問樵丈家。丈同母弟載文以舉人大挑一等，發往廣西，歷馬平、平南縣知縣，守平南七十餘日，爲巡撫勞文毅公、侍郎王子懷先生論薦，擢桂林遺缺知府，命下而城已破，君不及聞矣。君巷戰遇害，爲賊支割。其家人覓忠骸不得，僅辮髮存耳。詔贈太僕寺卿、雲騎尉世職。同治中，謚壯烈。時同人輯《畿輔先哲録》，從丈索《壯烈傳》，郵寄孝達以資考證。通州王侍講大鶴供奉内廷時，和致齋當國，昌陵心不能平，侍講輒於手書一"忍"字，上意始解。及和敗，侍講已解組，徵召不出，事見州志。問樵丈爲余言，它日當考之。

初三日(3 月 13 日)晴。　逆風，過馬頭二十五里，泊楊家灣。

初四日(3 月 14 日)晴。　逆風，夜三鼓泊楊村。

舟中攜兒子壽蒼歸里，課之識字，頑劣可憐。

康熙五十四年，廷議屯田鄂爾坤、圖拉裕軍食，詔土謝圖汗勘履所部可耕地，奏言附近鄂爾坤、圖拉之蘇呼圖喀剌烏蘇、明愛察罕格爾、庫爾奇呼、札布堪河、察罕廋爾布拉罕口、烏蘭固木及額爾德尼招十餘處，俱可耕。雍正二年四月，振武將軍穆克登奏，鄂爾坤一帶尚有昔人耕種處，及故渠灌田蹤跡，圖拉等處現有大麥小麥，非不可耕之地，旋奏産瑞麥。九年，收穫麥糜一萬六百三十石有奇。十三年，平郡王福彭於鄂爾昆、額爾德尼招迆北興工建城。福彭奏，六月二十二日自烏里雅蘇臺啟行，七月十二日抵鄂爾昆。五十四奏自張家口至鄂爾昆，大站二十九，腰站十六。節《蒙古游牧記》。

初五日(3月15日)晴。　至津河，方巳刻。聞陳家溝水淺，須改陸行，登岸覓車，價甚昂。午後，命舟人往探，云唯二丈許淺，可用人力助之，過此仍可行也。既覓車不得，始聽舟人之策。

合肥已至津，聞余至，約午後談。詢海防及東北兩路情形，意甚殷殷。余不知兵，唯主用人之説，謂清卿宜擇賢員、戰將輔之，北路須用邊兵，海防須練水師，頗承肯可。聞北洋未與專餉，海防經費歲僅得三十一萬，淮軍餉歲僅支九箇月，均無貧，和無寡，是在樞臣計臣耳。

初六日(3月16日)晴。　易舟而行，至陳家溝，則河道淤淺，幸昨夜塌河淀土壩已開，舟行淀中，順風甚駛。舟人武姓，靜海人，不如前兩次舟人之熟嫻也。夜泊蘆臺。

靜坐，檢《近思録・改過克己篇》閱之，擇數則録爲韋弦。明道先生曰："治怒爲難，治懼亦難，克己可以治怒，明理可以治懼。"王文勤公嘗以"治懼"句對"止謗莫如自修"，書以自警。伯潛，文勤孫婿也，復書以勖余。竊謂余之病在怒不在懼，不如易克己可以治怒。屬文勤公孫可莊修撰更書之。堯夫解"他山之石，可以攻玉"，玉者，温潤之物，若將兩塊玉來相磨，必磨不成，須是得他箇麤礪底物方磨得出，譬如君子與小人處，爲小人侵陵，則修省畏避，動心忍性，增益豫防，如此便道理出來。閱此，覺尤怨俱消，寸衷冰釋。謝子與伊川先生别一年，往見之。伊川曰："相别一年，做得甚功夫？"謝曰："也只去箇'矜'字。"曰："何故？"曰："子細檢點得來，病痛盡在這裏，若按伏得這箇罪過，方有向進處。"伊川點頭，因語在坐同志者，曰："此人爲學，切問近思者也。"問："上蔡才高，所以病痛在此。"朱子曰："此説是。"○謝氏謂去得"矜"字。後來"矜"依舊在，説道理愛揚揚地。"矜"字病根甚大，宜自克也。

初七日（3月17日）晴。　順風，夜至豐臺。表弟孫三履泰及車夫吳八已在鎮相候。同孫三入街市小步，貿易之家，多縣洋燈，商人無不以洋藥勸客者。地近津沽，俗趨浮靡，可慮也。余爲陳説先輩儉德，用砭鄉愚，坐徒面從而已。然亦姑存藥石之言，以待有志之士相與挽障耳。

初八日（3月18日）陰，午後微雪。　由豐臺車行四十里至家，於靈坐前行禮，悲淚難勝，少定，命蒼兒行禮。四兄自都還唐山後，於初四日先歸，故廬一切均布置井井矣。冒雪至各門尊長處問候。

初九日（3月19日）晴。　同四兄至八户莊新阡，敬閲一周始返。族中長幼相繼過談，至夜分始散。

初十日（3月20日）晴。　族叔印彬賈於建昌。詢糧價，小米五千六百，高粱三千八百，麥四千，每石重四百二十斤，當二石之數。又有賈於赤峰者，云黍價每石錢八百，每斗重二十斤。建昌錢五百爲一千，赤峰則足陌也。

十一日（3月21日）晴。　至新塋閲視，界地作栅，以便堆積木石。

聞崇文山作熱河都統，操守甚清，而於整飭吏治殊不得法。兵米一事，延樹南革去米局承攬之弊，以銀一兩四錢作一石米價，發兵自購。文山矯延之墨，亦奏復舊規，尤拂商情，此何異司馬公之改差役哉？近年滿洲、蒙古乏才已極，亟當儲植以備干城腹心，否則殆矣。

十二日（3月22日）雨，晴。　寅時，開兆，延表兄玉田孫履恒祀土神，行禮時春風甚大，微雪灑空。佩綸隨四兄敬詣墓左，禮成始返。鄉間富厚之家喪事專務奢靡，題主祀土神，每延貴官巨紳當之，厚幣往聘，輿從招摇過市，以爲觀美。兹與四兄議，均一遵禮而行，以孫君篤孝友愛，特延之莅祭，執事皆宗親姻戚，皆鄉望耆年，既合有事爲榮之意，亦寓國奢示儉之心。吾鄉後起庶不以爲儉爲非禮耶？歸後，雨止。

十三日（3月23日）晴。　唐山送新報至，燈下閲之。擇其與俄事有關繫者録數則。外洋電報云，俄國近又有人聚衆同謀，欲用棉花火藥焚毁王宫，事隨洩，人亦就獲。德、俄兩國於泊拉士地方會議，因語言不合，竟至用武。俄已調兵數十萬至波蘭地方屯劄。己卯十二月十三日。《西報》言近接俄國西十二月來信，報稱俄國現在派往霍薩克馬軍四隊，約計三四千衆，自阿侖伯克起程，前往中亞細亞所屬各境。查阿侖伯克爲通中亞細亞總匯之區，西南則至末爾弗，東南則至阿夫干，東路又通伊犁。此次調往之兵，正未知何往耳？十四日。昨閱《西報》，知俄人近在瑞典國船廠定造全鋼輪船一隻，機器馬力一百匹，欲在昔比爾及中國庫倫口外北海地方貿易，先將船料分造，載入他船，運至北海，後年春初當可駛行云。查北海實則大湖，各河水匯入者二百餘處，其消水則流入安加勒阿，此河流急，冬冰，貨物須以冰車濟渡，春夏始解凍也。十五日。吐谷曼，游牧部落，向處裏海之東，其酋長則居於末爾弗，俄兵往剿，爲吐谷曼人所敗。玆聞俄皇命大將考甫曼於明春攻其後，復派一軍自裏海攻其前，吐谷曼往駐阿夫干之英官乞援，倘事不濟，即往印度求救，説見《西報》。二十日。

十四日（3 月 24 日）晴。　修西門，葺墻垣，竣先塋，木石甎土均備。谷甥夜話，家事淒然，相對者久之。

十五日（3 月 25 日）晴。　袁升之子袁貴自都舁墓志石至。得南皮前輩書，聞南皮已升侍講矣。

塋工始興，請從兄佩績往督役作，土甚堅而潤澤細緻，土人均以爲環村十數里無此土色也。

十六日（3 月 26 日）晴。

十七日（3 月 27 日）微陰。　同四兄往閱塋工，掘土三尺餘，於指穴處得周元、熙寧錢各一枚。

十八日（3 月 28 日）雨。

十九日（3 月 29 日）晴。　遷柩前期，族人設祭，吊客不期而至者衆，連日悲泣勞乏，人甚不支。

二十日（3 月 30 日）大風。　蘆舍甚危，悚惕之至，先人游宦十餘年，敝廬如此清，恐人知，思之良爲愴然。家聲負荷，殊難也。徹夜反復不能成寐。

二十一日（3 月 31 日）晴，無風。　辰刻發引，奉府君及先妣柩合葬八户莊東新塋，生母暨庶母祔葬，亡婦窆於墓左第二穴。天氣晴明，工作堅固，從形家言，庚山甲向兼酉卯一度，以戌正一刻三分三(杪)[秒]安位。

終夜告封，憊則倚廬，起則負土，深恨不能相從九原，與四兄握手悲號，有倀倀無依之痛。

二十二日（4 月 1 日）晴。　居墓旁蘆舍中。

二十三日（4 月 2 日）晴。

二十四日（4 月 3 日）晴。　至墓廬，歸。之先祖塋，告窆，復至新阡，行再虞禮。遣蒼兒先返都中。

二十五日（4 月 4 日）清明，晴。　同族人至祖塋祭埽，敘六門譜系。

二十六日（4 月 5 日）晴。

二十七日（4 月 6 日）晴。　四兄回唐山，同載，住礦局中。

附齊家陀至唐山所過村莊：大容各莊、皂心莊、于林莊有河、翟莊、後辛莊、小元莊、八心莊、劉户心莊過小黑龍河、張家達莊。

二十八日（4 月 7 日）晴。　至缸窑田表弟處謝，宿東缸窑秦履安甥婿家中。缸窑距唐山十二里，家多業陶者，壘石爲垣，覆以碎甓殘甌，饒有野致。履安所居曰東缸窑，去田氏又五六里。父寄商，年六十四，敦厚古拙。履安娶谷氏姊女，生四男，三世聚居，直率有味，令人深羨其人倫之樂，便覺桃源猶在人間。吾輩動遭憂患，欲買山而隱，作《樂志》之論，賦《閒居》之篇，豈可得乎？中褱棖觸者久之。甥女請名其子，命之曰庠、度、廉、庚。

四子之師曰王秀才桀森，劬於讀，所購《登瀛社稿》，文有余作，曰：“慕子久，讀子文爛熟矣。”余愕然，出文見示，則贋作也。余感其意，爲論向學之道。秀才頗奮勉，余期秋後再過秦氏，證所業焉。

二十九日（4 月 8 日）陰，夜雨。　巳刻飯，北米三舂，較南尤腴，恨吾鄉富民不務耕稼耳。未刻還礦局，有曾溥者，因四兄來見。曾，粵人，在外國讀書八年，己卯始返，甚有志於文翰，約之同至蘆臺。曾君精化學，有聲於外國，日來攜之同至山畔觀西人機器，每事詢其用法，答對均有條理。

三月初一日（4 月 9 日）晴，有風。　啟行，至津。四兄攜曾溥送余，順道測陡河。夜宿王蘭莊客店，行六十里。

過韋家莊，有新修精舍一區，榜曰靈覺寺，爲莊中趙舉人萬全及其姪鈞鑑所重建者。趙氏於姚家油房兩莊設義田贍族，立碑于廟，以垂久遠，有亭曰接僊，則趙嘗扶乩於寺，亭爲衪所，並樹一石，刊先賢言子及吕僊乩語，可謂謬妄不經。鈞鑑爲富不仁，好訟欺弱。其建廟也，云有神降梦使然，或曰萬全賢而鈞鑑不肖，故一寺之中邪正雜糅如此也。趙鑑新選廣西一令，家固漢軍豫邸莊頭。

初二日（4 月 10 日）晴，大風。　王蘭莊五十里至蘆臺，欲至北塘，風大，不可。晚，余登舟。

初三日（4 月 11 日）晴，守風。　回蘆臺，换船，從礦務分局借新報閲之。四兄及曾溥歸唐山。夜風定，放舟行三十里，宿小河口。

初四日（4 月 12 日）晴。　泊埭頭，日將莫矣。上岸閒行，測看水勢。

去年今日芷鄉自其母家吐血歸，思之愴然。芷鄉言將嫁夕，梦萬騎環列，步上一高臺，臺上立一人，狀貌肖余。戊寅冬，芷鄉愁悶中倚畫几，謂余："君必貴，惜吾不及見矣。"余猶戲叱之，曾幾何時，都成陳迹，悲夫！

初五日（4 月 13 日）晴，有風。　巳刻到津，泊新浮橋側。詣皞民談，知藹卿在津。夜，藹卿來舟話，得家書，知容舫病，不能入都應試。

初六日（4 月 14 日）晴。　謁合肥，邀住節署中。午後，合肥來話，張藹卿來。

盛旭人鹽道康有密陳防務疏，大略言，水師南北洋二路，每路鐵甲船二，快船兼碰船四號，水雷船八號，自造根礮船八號，再益以蚊船、魚雷，護守各口礮臺，以爲後路水師。就外海水師挑選，選宿將二人爲統帥，延有名洋將爲教習，優其廪禄，毋重其事權，餘參用出洋學生。北洋以大（蓮）[連]灣爲坐營，南洋於福州、厦門之間，凡船隖、礮臺、水雷、阻樁皆須籌備。陸師三路，新疆、張家口、東三省張家口五六千人、東三省三萬人，東三省用淮皖軍二萬，湖南、湖北、江西軍五千，本地兵五千，而大致歸於減兵增餉，其他節餉用人定限率多窒礙之説。餉，户部籌二百萬，各省八百萬，作購礮購船之用，又以五十萬作沿海電綫，募商捐百五十萬足之。人才，東三省不分滿漢，統兵大臣必有封疆之職。餉事，南北洋專派一員，兼顧東中兩路。採買，派一員會同李鳳苞。定限，調勇二萬五千人，一月限，餘三月限。裁兵併餉，一月限復奏，半年限辦成。餉，一月限解二百萬，五月限又二百萬，十月限又二百萬，共二十月限解清。佩綸按，盛子宣懷官直隸，故於北洋事論之獨詳，陸路乃陪筆，餘皆興到語耳。其疏中有云："局中則拘守成法，局外則輕議朝章；事來則倉卒震驚，事過則因循中止。"

上二語有揣摩，下二語有諷諫矣。天下唯老吏之議論不可忽也。

初七日（4月15日）晴，夜雨。　藹卿來。午後，合肥幕府薛叔耘福成、趙桐孫銘來話。薛通洋務，趙爲學人。夜，合肥師來話。

直隸練軍數及餉項附録：

保定練軍步隊中後兩營，官弁兵夫一千一百四十一員名。

保定練軍步隊前營，馬隊右營，大名步隊中後右三營，共二千五百九十七員名。

保定練軍步隊左營，官弁兵夫五百七十員名。

正定馬二營，步二營，一千七百七十三員名。

遵化練軍步二營，一千一百四十一員名。

馬隊中營三百一十六員名。

古北口出防奉省馬步各一營，一千一十員名。上年十月撤回兩哨。

古北口練軍前左步隊兩營，馬隊中營，一千四百五十七員名。

宣化出防庫倫馬隊前營，三百五十六員名。

宣化練軍馬隊中左右後四營，一千二百六十五員名。

熱河馬隊練兵一小隊，官弁兵夫一百三十員名。

直字營練軍勇一千三百三十一員名。步隊並小隊。

義勝後營練勇七百三十員名。步隊並小隊。

保陽練勇步隊六百二十五員名。

臬司親軍一百二十二員名。

護勇員弁勇夫一百五十三員名。大建五百八十兩五錢，小建五百六二兩五分。

樂字營出隊六百九十員名。

又馬隊四百一十二員名。

又馬小隊二百五十一員名。

又步小隊一百二十員名。

凡練兵馬隊十一營，步隊十四營，又練勇步隊五營，馬隊一營，又馬步六小隊，共三十一營，六小隊，一萬六千一百九十員名。大建支銀八萬零四百九十五兩八錢八分九釐，小建銀七萬八千一百四十二一錢八分二釐七毫。

初八日(4 月 16 日)晴,午後雨。　顧皡民、張藹卿均來。夜作書寄孝達。借薛叔耘日記觀之,即走答薛及趙桐孫。遣郭順回唐山。寄四兄書。

初九日(4 月 17 日)晴。　午後,合肥來話,論永屬私鹽驟難整治,以韓果靖公曾力止之,不忍苛於零星小販也。韓之言,當不妄。

初十日(4 月 18 日)晴。　午後,薛叔耘來,趙桐孫亦至。合肥約同至電綫房,問大沽信,頃刻而至,電綫旱路價省,水道較費。

十一日(4 月 19 日)陰。　至皡民處談。夜,合肥來話,詢及水師將才。現在鎮東、鎮西、鎮南、鎮北四船統帶,曰邱寶仁,曰鄧世昌,曰劉步蟾,曰林泰曾,以劉爲最優。丁雨生論張成近執,吕翰近猾,劉步蟾近矗,林泰曾近柔,蔣超英較爲純粹,而年過輕。伯潛稱嚴宗光者,器識閎通,天資高朗。合肥已往閩調之來津矣。談及俄事,以將士均氣盛同心,猶堪一戰,並以余能勝閫外,曰爲將須心定氣壯,子皆有之。余知合肥素喜薦舉,因力拒焉,此皆余鋒鋩不斂之病也。

十二日(4 月 20 日)晴。　潘晴軒來談。

十三日(4 月 21 日)晴,午後微雨,大風。　藹卿來,訂明日觀海。合肥允以鐵龍輪船見假。夜作孝達書。合肥來話,宣化王總兵請分防獨石口及多倫諾爾。與合肥論軍事,期以兼顧北路。合肥謙讓未遑也。

十四日(4 月 22 日)晴。　午刻,合肥來話,旋登舟,與藹青同至大沽,二百二十里,一點鐘行,七點鐘到大沽。協副將羅榮光來話。

十五日(4 月 23 日)晴。　晨起,至南岸礮臺閱視。羅副將邀飯。飯後,渡至北礮臺。大沽五礮臺,南曰威、鎮、海,北曰門、高,口門東向,敵船入攔港沙後,須由威字營曲折而鎮而海,南岸較爲喫重。口門寬八十餘丈,地勢天險可扼。唯礮臺均雉墻顯露,用三合土而不用泥沙,外無斜坡,恐難受礮。羅協體肥,頗事酬應,亦恐非將材,臨敵須用大將督陣也。礮則以後膛克鹿卜爲最,大礮子來福二十四磅,次前膛瓦瓦司,中國聘馬格里所造,鐵礮不佳,銅礮尚可用。凡五營有礮二百三十餘尊,兵及礮手二千餘人,内有水勇二十人,能伏水中數刻之久。舟折回唐兒沽,車行二十五里,至北塘南岸礮臺通永鎮,唐仁廉守之,試克鹿卜礮,甚震。唐與郭子美軍門不協，有自危之意。

十六日（4月24日）晴。　曉起，登臺觀日出。渡至北礮臺，總兵吴育仁守之。吴，淮人，不及唐之勇猛矣。閲畢，回唐礮臺飯。至唐兒沽，三十里至新城，入北門，曰鎮遠門。有督臣行轅。合肥割奉建東西北三門，外皆有礮臺，旋轉而入，高七丈餘，周盛傳屯田于此，南門外水田六萬餘畝，均有規模。飯後回舟，七點鐘回節署。藹卿回天津道衙。夜，合肥來話。

十七日（4月25日）晴。　藹卿來，緝庭踵至。合肥來話。夜，至藹卿舟中送行，時將還都下也。曾劼剛書來，言出使俄國之難。吴清卿書來，知初九成行。銘鼎臣奏請於松花江造舢板，調唐仁廉、郭長雲，命楊岳斌保水師宿將。此君全不知兵，可嘆也。

十八日（4月26日）晴。　丁雨生書來，有欲出之意，以爲合肥辦糧臺爲名，實在兩江一席。又有致總理衙門書，多迎合之語、恫喝之詞。余至合肥處略話。

十九日（4月27日）晴。　黎召民書來，以嚴宗光不能即到見覆。嚴，伯潛所薦士也。合肥來話。

二十日（4月28日）晴。　夜，與合肥論事，甚暢。薛叔耘以所作古文見示。

二十一日（4月29日）晴。　郭提督松林見過，詞鋒靈敏之至。

二十二日（4月30日）晴。　美領事云，俄人深以中國廢約爲耻，兵端必開。傍晚，合肥來話。粤匪之亂，創辦團練之説，倡於吕文節公，於湖南則薦湘鄉，於安徽則以合肥自隨。卒之文節殉難，而平賊者皆由團練倡始，公亦可謂能以人事君者矣。文節以言事受知定陵，其時，祁文端秉政，貌託知交，心實忮刻，於曾、吕均多掣肘，吕之不獲柄用，祁有力焉。辛亥試浙江，壬子典京兆，黄漱蘭、張香濤均出其門。二君争大統、論俄約，一時直聲赫然，不愧文節門下，而文節之暗中摸索，獨具隻眼，亦可想見。世多以黄、張爲吴江門生，噫，豈知文節與吴江同使浙江，沿途相處，早有微詞耶？

二十三日（5月1日）晴。　晨起，甚悶。至皞民處略話。午後，得家書，知安姪婦於月之初七日下世。余與安圃一年之期，均有騎省之戚，亦奇矣。中襄悵觸,不能自解,作書覆安圃。合肥來話,論用人得失,語不甚合。夜,大風。

二十四日(5月2日)晴。　薛叔耘、趙桐孫約同游海光寺。機器局局員王筱筠德均,中國已能自造電綫、水雷、洋槍、銅冒、各種槍子,學徒天津人多。余登臺親試水雷,二電綫甫發,雷聲已震,一瞬真可千里也。得孝達書。

二十五日(5月3日)晴。　余建議欲令曹克忠至張家口外募練邊軍,合肥然之。而曹昨日入謁力辭,合肥以余謀告。今日余甫起,曹至,人甚有權謀。余以忠義激發之,始諾。因與合肥參語定議,令曹先往審地勢,宿將至提鎮,非重臣即不能驅遣,新出治軍之儒臣,宜審之也。又得孝達書。

二十六日(5月4日)晴。　余欲還都,合肥留待。清卿夜請合肥定北洋水師規模,以阻浮議、戒因循,合肥遂以相屬談。次及進退人才事,余以爲此本朝强弱之機,未可委諸天數,合肥瞿然。

二十七日(5月5日)晴。　曹軍門復來辭行,走答之。連日肝氣發,夜不成寐。

二十八日(5月6日)晴。　清卿來談吉林事。午後,詣合肥略話,以清卿欲邀余游吉林,而合肥期以明年就決行止,良久始定。至河北答清卿,遇皞民,夜登舟。

二十九日(5月7日)晴。　行一百七十五里,住王家浜,作寄夏壽人師書。

夢中爲人作一聯,甚奇特,醒而忘之。

三十日(5月8日)晴,甚煖。　王家浜去河西務二十五里,沿途灣多水淺,舟行不駛。舟行至香河,作寄安圃書,節録之。

姪體耐辛勞,氣亦壯。往天生此材,必將有用,然近年爲境遇所折磨,豪情稍減,氣體亦差。今天既割其兒女之私,正欲磨鍊干將,使之出匣。若試之艱苦之地,盛氣漸平,議論均踏實不亂,則所造正未可量。若遂委靡不振,坐以待斃,固非所以處己,而徒恃血氣之勇,不能下人,亦未足以成才。海防自大沽、北唐外,由豐潤黑巖子至山海關,計十餘口,雖沙多水淺，喫水過重之洋船雖不能入，而無人扼守，隨地可以上岸，兵分則力單，備疏則心怯。建議者或曰造小根鉢輪船以梭巡，或曰創團練以保衛。但小輪船由外海行走，則敵舟在攔港沙外，正可用礮轟擊；由内河行則河皆淤淺不通，團練則沿海村落甚少，或七八里，或十餘里，有一二僻小莊户而已，設之鎮市，俟敵登岸而擊之，庸有濟乎？佩綸之意，莫如沿海屯田濬河，河既設險，田可贍軍，此策行則團練巡船可次第舉辦。前與合肥談及，頗以無屯丁、無經費爲辭。佩綸委曲進言，意爲之移，但其後未敢竟言者，地在京東，事須紳士，欲求督理屯政之員，合肥意在吾族。姪於農工水利頗知竅要，以此議爲然否？願詳計見復也。

見君子日箋卷八

庚　辰　下

庚辰九月初一日(光緒六年,1880 年 10 月 4 日)漱蘭過余,以將離闕下,欲極言時政得失,以副宵旰求治之意。余請其指,少詹以變法儲才立論,與余意合。其大端有七:曰變總理衙門之法,曰變沿海營汛之法,曰變關釐榷税之法,曰變京官考試之法,曰變武科之法,曰變東三省專用旂員之法,曰變各官學之法。余甫游宣化歸,因言君既論關東,左相亦議郡縣西域,則北邊亦宜亟矣。明防蒙古,故以宣大爲重防,然論者猶以開平諸衛撤戍爲非。我朝内外一家,與其近防宣大,不如遠防塞外。孫文定公於乾隆間請於開平、興和添駐滿兵,方望溪亦主復三衛,誠老成遠識也。今俄人通市恰克圖,以利誘四愛曼其汗,皆有貳心。其部落皆與深結,而我駐庫倫大臣率以冗員謫官處之,無兵無餉,烏科兩城僅宣大换防兵二百餘人,供將軍以下使令猶且不足,此豈可以爲常哉? 誠增烏里雅蘇臺之戍,則宜屯田推河以使軍食,復於庫倫設重鎮,屯勁兵,河魚山炭足應取求,近則購米於土謝圖部之伊琫各處,遠則徵糧於多倫諾爾、烏蘭哈達,漸復三衛,招民墾田,督兵游牧,使漠北數千里郡邑相望,十年之後成效可睹也。少詹韙其説,擬采以入告,願執政一審度之。

初三(10 月 6 日)夕,高陽師聞余將出都,約過師邸。時曾使方請俄主召回布策,而凱陽德以布策已至紅海,難於折回。合肥致余書及之,譯署未知也。師聞余言,愕然曰:“布策不歸,奈何?”曰:“此國之利也。劼剛抗命畏俄,果於自用,使與布策定約,終不能存國體、饜人心,明甚。佩綸唯懼布策不來,不懼布策之來也。”高陽壯之。

初四日(10月7日)與蔡輔臣吉士、容舫姪出都,輔臣同載。至八里橋,顧輔臣曰:"此可守也。僧邸何以致敗?"輿者曰:"君不見某公墓樹乎?僧邸將戰,先期命農家皆割新禾,守冢户皆刊林木。於是,十里之内一無障蔽,意欲便騎兵馳逐,反爲英人所乘,遂致敗績。"今他冢均植新樹,惟某公墓樹皆截頂,望之慘然。

初七日(10月10日)舟至天津三岔河。合肥遣戈什哈邀談。時鎮北各船均歸提督丁汝昌管帶,陰奪許鈐身權。大沽礮臺以總兵劉祺協守,潘撫部鼎新駐新城,李軍門長樂駐蘆臺,銘、盛兩軍爲游擊之師,合各鎮練軍近二萬人,津防較密。合肥以言者過詆淮軍,曾、鮑分守榆關、昌、灤,散而無紀,語涉憂憤。余以修己之説進,合肥韙之。因思余己卯十二月上合肥書,勸其以東北兩路自任,使從余言,何至使曾、鮑撓其柄哉?鮑軍新募烏合,久處畿東,恐將滋擾;曾威毅神采枯憊,兩足痿疲,誓不出榆關一步,見者失望。合肥問余有何良策,余曰:"七月以後,政府言路議和議戰,步驟均亂矣。以愚見論之,宜一以北洋全防責公。公宜促起劉軍門銘傳駐錦州,以固陪京。令曹軍門克忠駐煙臺,護三鎮之兵,汰弱留强,以固山東,罷威毅,歸太原。鮑春霆宿將難制,宜請朝命改授古北口提督,陰受鈐束。如此則臨戰犄角相衛,久防亦首尾相維,三口庶聯爲一氣乎?"合肥曰:"如子言,春間行之,事集矣。"

初九日(10月12日)晤幕府薛叔耘,詢鎮北各船,測量各口水道深淺尺寸。沙壘田,無口,水深四十八尺。清河口,水深十五尺。牛莊,口外攔港沙上水深九尺,口内水深二十四尺至三十六尺不等。胡盧山,口門水深六十尺,口内水深二十二尺。黄牛尾,水深二十二尺,在會灣口内。螞蟻島,水深二十五尺,在會灣口内。皮島,無口門,水深三十尺。大二三羊頭,水深二十四尺,有小窪名羊頭,窪水極淺。旅順口,口門水深十五尺,口内水深三十六尺。小平島,口門水深一百十四尺,口内水深二十四尺。大連灣,口門水深九十尺,口内水深二十七尺。海洋島,口門水深四十八尺,口内水深二十一尺。煙臺,水深百六十尺至五六十尺不等。按,測量口門水,則宜兼潮汐長落而言,此許鈐身所禀,較郭軍門《榆關日記》疏矣。薄暮,送輔臣、容舫至紫竹林,時保大輪船已至,因秋深潮淺,攔港沙水僅九尺,船受水十一尺,不得入,須候大汛。

十二日(10 月 15 日)輔臣、容舫放舟。合肥招余節府小住,仍下榻舊處。時合肥奏設電報,由上海以達天津,北洋主之;由天津以至通州,總理衙門主之。余謂設電報當別立中國字,以杜漏洩。合肥曰劼剛已行之矣。其所纂電音可一(馬)[碼]數字,北洋、總署(馬)[碼]既不同,即難辨識。劼剛聰穎有餘,惜乎急功利,喜攀援耳。合肥又欲開鐵路,自鎮江轉漕後,由揚州直達京,通歲可節漕費百萬。一旦海上有事,陸運捷便,無憂乏食,而徵兵轉饟亦益迅利,其款可貸之法人云。余以爲果興鐵路,必自邊境始。今日之勢,西域爲首,關東次之,漠北又次之,其地曠人稀,事前無紳民阻撓,事後使商賈利賴,屯兵四出應援,可免饋運之艱、風雪之苦。邊境有效,然後推行腹地,事半功倍矣。合肥擊節以爲名論。

[十月]初四日(11 月 6 日)孝達以吴清卿書見示,其略言:"前月創練一營,親督將士,服習勞苦,滿山風雪,支帳而居,不敢自耽安逸。與鼎公商委三統領,均尚得人。戴孝侯統馬隊二營、步隊三營,駐三姓之巴彦哈達;副將郭長雲統馬隊二營、步隊二營,以三營駐琿春,一營劄琿塔適中之地;副將劉超佩統馬隊一營、步隊二營,駐甯古塔,省中留劄馬隊一營,亦由孝侯分撥哨官數員,營制悉照湘淮舊章,勇則兼用西丹,官則兼選旂員,爲東省開此風氣。他日練成勁旅,必可爲烏喇東邊之屏蔽。軍火費四萬金,槍礮子藥月内可到,不至茫無把握。喜桂亭參贊疏請募軍五千,徑劄琿春,年内斷不能集事,於此中條理全不明白,徒縻餉糈,恐無實濟,請飭各城副都統預選精壯及嫻熟槍法之甲兵蘇拉、西丹。其意專用旂兵,不知平日未經操演,亦並無器械,安有熟習槍法之人?其顢頇一也。不求將才而貪多務得,五千子弟非數十員不能統率,安得如許可用之才?其顢頇二也。近來軍火,舍洋槍洋礮無可操練,津局不能代購,滬上無從設法,神機營即有存械,至多撥槍一二千桿,器械不備,何以成軍?其顢頇三也。琿春無糧可買,無錢可换,市上交易用布,不用錢。無木植可采,山中大木極多,距琿春一百四五十里,非車馱不能運載。無車路可通,無馱羸可(顧)[雇],不蓋營房無以禦風,不先運糧無以資軍食。郭副將所募千數百人已有轉饋維艱之勢,若驅五千將士麇集偏隅,談何容易!以吉林本地人而不知吉林之地勢情形,其顢頇四也。鼎臣書亦慮彼此各樹一幟,不能與我兩人呵成一

氣，俟其到省會商辦理，如專顧琿春，練軍五千大可獨當一面，擬將郭副將四營調劄甯古塔，劉副將三營調至三姓，則三姓亦有三千餘人。桂亭如能和衷商榷，固所願也。松花江上下游淺深寬窄，夏間曾派專員由吉林順流而下至黑河口，直抵烏蘇里江口止，探量水勢，造具清册，迨七月中，親自泛舟按驗江流深淺，亦不能準。兩路淺灘甚廣，中流節節沙洲，土語謂之涵。數尺之間或深至丈餘，或淺至一二尺，如舵工不熟水道，駛入套流，雖小舟亦有閣淺之慮。論其大勢，伯都訥城北至三岔口，有極淺之處十餘里，現在設立水關之巴彦涵，江面最窄，其深處不過五六十丈之寬。擬於今冬封江以後，即就江邊火石，搬運數十塊堆積冰上，春融凍解，石沈江底，必可阻遏輪船。自此以下至黑河口，江面愈寬，夏秋水漲深至兩丈有餘，更無險要可扼，每與營中赫哲人等細訪水路情形，最爲熟悉，但恐允其通商，俄人必以赫哲爲嚮導，亦可無虞淺阻。或用小輪船上下駁運，亦不患無路可通。時人皆以俄人勾結金匪爲可慮，其實金廠與俄界相距甚遠，窮民本無可用，大半鳩形鵠面，或遇匪黨入山，搜括一空，並此微利不保。密查三姓境内，太平溝、樺皮溝兩處金苗不旺，偷挖無多，無煩亟撫。所可慮者，赫哲部落半隸俄境，其人驍健善騎，熟習鳥槍，稱俄人爲老羌，近年頗受老羌籠絡。三姓旗官及鋪户人等皆以赫哲爲可愚，不免倚勢欺淩，以貨换貨，無不大占便宜。大澂結以恩信，始爲我用。敝營所調之赫哲不過二百人，擬爲添設兵額，仿旗營披甲之例，酌選三四百名，設協領、佐領管轄之，無事聽其漁獵，有事守望相助，爲三姓扞衛，使界外赫哲聞風嚮慕，已商之鼎公，不日疏陳，當蒙俞允。三姓可墾荒地甚多，現與長潤生都護商議，招墾酌留附城，百里以内爲旗官旗民設屯之地，其餘南路、東南路各處山溝，膏腴不少，已屬皡民隨帶佐領二員前往履勘，惟距城較遠，民户寥寥，恐其不甚踴躍。琿春彈丸地，距省一千四五百里，由省至甯古塔八百里，尚通車道。由塔至琿六百里，實有七八百里，無驛無店，重山疊嶂，中有居民兩三户，林木蓊鬱，無人刊伐。離琿百四十里，即無樹木。輕車簡從，亦須裹糧。以吉林地勢論之，琿春既不通海，亦與内地隔絶，即俄人有意侵占，尚與大局無關。伯都訥則爲三省咽喉，四通八達，若松花江恣其出入，黑、吉兩省無法防守，兩害相權則從其權，此鄙人之私議，而未敢形諸奏牘者也。惟琿春與高麗唇齒，俄踞琿春，與高麗毗連，漸有蠶食之虞，患不在目前而在日後。至吉省之(蕃)[藩]籬，棄一琿春不足惜，棄一松花江不堪設想矣。”佩綸觀清卿此書，布置有遠勢，興建有永圖，良可欽佩。唯論喜桂亭四端，殊失之苛。琿春遮蔽高麗，即所以遮蔽吉、黑。喜桂亭正洞悉形勢，力爲其難耳。調依克唐阿等，求將材矣。在津購來福槍三千桿，選軍火矣。旂將專用旗兵，固豐鎬之舊風，亦湘淮之近例也。安可以此而議其顢頇哉？

初五日(11 月 7 日)得薛叔耘書，知俄海部伊沙士基之至海蔘崴，實欲於此設一重鎮，蓄謀在二三年之前，不僅因俄約而起，從此卧榻之前有人鼾睡，利則進，而退則守，東三省其岌岌乎？東防之論，圭盦最先倡之，惠陵上僊時，嘗上書高陽尚書，力言極論。高陽以示文文忠，文忠韙之，而覺其言之太亟也。第命崇樸山尚書莅陪京，無經略，混同左右意。文忠既逝，文勤亦亡，高陽復以憂去，言者不復措意關東矣。余以丁丑冬曾論邊防及之，政府不省。屈指計之，圭盦立論之時，正俄人垂涎之始。曲突徙薪，真老成遠識哉！聞圭盦太夫人之喪，念其家事，觸我悲褒，爲之低徊不置。

出塞日記

乙　酉

四月初一日(光緒十一年乙酉,1885 年 5 月 14 日)宿宣化。

初二日(5 月 15 日)至張家口敦陞店,萬全縣知縣張上和來見。浙江仁和人,字沚蒓,難蔭知縣。

初三日(5 月 16 日)往見署都統永德字峻峰、參領景祺字介臣。

初四日(5 月 17 日)永都統來答,張口同知褚瑨來見。字文軒,湖北舉人。

初五日(5 月 18 日)景介臣來,派頭臺效力。察罕託落海。

初六日(5 月 19 日)報出口,到臺。

王粲《從軍詩》:"許歷爲完士,一言獨敗秦。"李善《選》注:"完,謂全具也。言非有奇也。《論衡》曰:'西門豹、董安于,誠爲完具之人,能納韋絃之教也。'"《淵鑑類函》引此"完士,今之四歲,刑士也"。不知引五臣注否,記之備考。《漢書》張蒼定律,"諸當髡者,完爲城旦舂,滿三歲爲鬼薪白粲。鬼薪白粲一歲,入於隸臣妾。隸臣妾一歲,免爲庶人。"完士似作刑士爲得解。《説文》:"寬,古文完字。"疑完爲城旦之完,即寬宥之寬也。

初七日(5 月 20 日)晴。

初八日(5 月 21 日)往見紹都統祺字秋皋,紹以余不拜臺員,頗致規諷,其意良厚,然余被讒以出,若盡改其素守,以求合於群不逞之徒,非艱貞之道也。

遣楊啟泰、賈振勝回津。合肥、琴生均有書。附寄閩書二。伯潛寄牛乳餅,周子玉謝《韻會》。都下書四。高陽、醴陵、南北兩宅。兩弟書各一。

午後急雨一陣。

《晉書·和嶠傳》:"太傅從事中郎庾顗見而歎曰:'嶠森森如千丈松,雖磥砢多節目,施之大厦,有棟梁之用。'"《庾敳傳》:"敳聚斂積實,都官從事温嶠奏之,敳更器嶠,目嶠'森森如千丈松,雖磥砢多節,施之大厦,有棟梁之用'。"長輿、太真名同,以致複載,亦疏矣。

初九日(5 月 22 日)時雨時止。　《晉書》疏誤特甚,《直齋書録》案《唐·藝文志》爲《晉書》者,有王隱、虞預、臧榮緒、謝靈運、干寶諸家,太宗以爲未善,今偶檢陳《志》裴注及《文選》李注所引各書,尚較房書詳核。

初十日(5 月 23 日)晴。　往答褚同知。庚辰偶游張堡,略識塞上情勢,三廳改用滿漢並補,即余議也。孝達推之於山西七廳,墾荒理訟,邊人便之。嗣後,恪靖議治合河口,余據郡志力止。其後在西臺,則撤游牧差;在譯署,則禁俄棧地。八年,臺站大旱,疏請振貸。此數事,余幾忘之,而邊城吏民猶能道其事,今日重來,爲之慨喟不置。夜不成寐。

十一日(5 月 24 日)晴。　寄家書,附張叔憲書。淀湖之别,感賦長句,録奉清鑒。塞上間有山寺可游。坡云:"每出勞人,不如閉户有味。"謫居深味此言也。通惠河魚頗美,猶去嚴瀨松江遠甚。邊鄙求枯鱅不可得,正當以羊酪抵蓴羹耳。

唐張鷟號浮休子,《宋史》張舜民字芸叟,自號浮休居士,何張氏之均悟浮休也?

十二日(5 月 25 日)晴。

十三日(5 月 26 日)晴。　晚,龍松琴來,擬續李申耆《地理韻編》,借口北三廳志。

十四日(5 月 27 日)晴。　作書甚艱窘。

十五日(5 月 28 日)晴。　近人書有似雅實俗者,如言銀錢三百則曰《毛詩》,廿四則曰花信之類。偶閲《山谷尺牘·致句宗啇》一則:"鮮自源,閬中文行之士。聞兩三到門,昨乃幸一見,承有哀王孫之意。不識能割甫田歲取之數否?如不能,則自契至於成湯亦佳也。又不能,則盤庚徙民涉河猶可。若乃衛文公之騋牝,吾何望哉!"聯篇謎語廋詞,閲之噴飯。蓋吝者嗇財,貧士求助文節,不得已而以妙語解頤耳。豈可據爲典要哉?

十六日(5月29日)晴。　寄家書。南北各一函。

十七日(5月30日)晴，午後陰。　肄書無所得，學山谷而病似坡，不能雙鉤懸腕，奈何？

十八日(5月31日)晴，午後風霾，作雨不成。　得都下家書，内人病未愈十二日書，甚悶。

十九日(6月1日)晴。　檢閲邸報，朝邑乞病賞假十五日，聞和約猶未定議。寄家書。

歐陽公《研譜》："凡瓦皆發墨。"今見官府典吏以破盆甕片研墨作文，書尤快。近人率以銅合貯墨，更快於破盆甕片，而館閣及士人遇殿廷試，率用程君房、方于魯磨墨汁，一試費墨不知幾螺，亦松滋浩劫也。①

二十日(6月2日)晴。

二十一日(6月3日)晴。　午後，倪泰來信，知粹玉病日增，遣褚福歸，並寄邊潤民師書，作家書，南北宅各一。附寄合肥、高陽書。

二十二日(6月4日)晴。　褚福早行。是日見邸報，查辦軍臺，恩詔兵部奏，奉諭佩綸軍務獲咎，毋庸查辦。

二十三日(6月5日)晴。

二十四日(6月6日)晴。連日始有夏意，然猶袷衣也。　午後，龍松琴來談，言玉皇閣有經幢，有字而無年月，乃宫昱署張廳同知時自塞外輦來者。龍去，張令至，言甚雜，惟言隋碑一通在完縣，擬託勞玉初搨贈云。

晚得合肥書，九日方到。和議已成，事由赫德電商法國定約，合肥及兩使簽字而已。

歐陽公有《辨左氏》一首，不取《外傳》柯陵單襄論晉厲語，謂"因容知心，聖人不能"。反復讀之，不解公命意所在。殆少作耳！②

二十五日(6月7日)晴。　往答張大令、龍户部，均小坐即返。

寄家書。附九弟及許鶴巢書。

二十六日(6月8日)薄莫雨。連日天煖，可衫。　寄復合肥書。交

---

① 此處眉批：《欒城集·缸研賦敘》："先蜀之老有姓滕者，能以藥煮瓦石，使軟可割如土，嘗以破釀酒缸爲硯，極美。子瞻游益州，有以其一遺之，授余爲賦。"足補六一《硯譜》所不及也。

② 此處眉批：柳柳州亦駁之，曰："視遠步高、犯、迂、伐、盡者，皆必乎死，則宜死者衆矣！"柳久謫，多憤鬱語，不足怪，歐公何爲者？且既見於柳之《非國語》，則此文可删矣。

驛遞。

二十七日(6月9日)晴。　椿壽賜奠外部過此。

二十八日(6月10日)晴。　和歐陽文忠《班班林間鳩寄内》詩。

二十九日(6月11日)晴。　讀《莊子》。《漢書·敘傳》:"嗣雖修儒學,然貴老、嚴之術。桓生欲借其書,嗣報曰:'若夫嚴子者,絶聖棄智,修生保真,清虚澹泊,歸之自然,獨師友造化,而不爲造化所役者也。漁釣於一壑,則萬物不奸其志;棲遲於一丘,則天下不易其樂。不絓聖人之網,不齅驕君之餌,蕩然肆志,談者不得而名焉,故可貴也。今吾子已貫仁(誼)[義]之羈絆,繫名聲之韁鎖,伏周、孔之軌躅,馳顔、閔之極摯,既繫攣於世教矣,何用大道爲自眩曜?昔有學步於邯鄲者,曾未得其髣髴,又復失其故步,遂匍匐而歸耳!恐似此類,故不進。'"《敘傳》稱嚴子,避上諱,而《藝文志》仍書"《莊子》五十二篇",不諱。

三十日(6月12日)晴。　子涵臨行,贈余《柳河東集》,附《龍城録》,明郭氏刻精本也。《直齋書録》謂《唐志》無此書,蓋依託,或云王銍性之作。《山谷内集》,其甥洪氏兄弟所編,斷自退聽堂以後,而《直齋》曰進德堂以後,《直齋》不至誤,聚珍板失校耳。

五月初一日(6月13日)晴。　得家書,巳刻緒福亦歸,攜瓜壺、巢豌甚豐。

曉帆書言,都下傳言余賜環往勘琿春界,數日始已。

得八弟書,劉巡撫檄辦台州海門釐捐。

初二日(6月14日)天煩熱,午後雷雨。　《離騷》:"吾令豐隆乘雲兮,求宓妃之所在。"①子建本之,作《洛神賦》,"盛年莫當""良會永絶",皆自喻也,"潛處太陰,寄心君王",明明道破矣。乃無端造感甄之説,誣謗陳思。在甄氏,雖再醮之婦,不可言貞,而鬼若有靈,以糠塞口,冤恨以没,亦何暇蒙羞自薦?陳思憂讒畏譏,明禮知義,即有恍忽夢寐之遇,亦安敢撰爲詞賦,自取誅夷耶?記極庸妄,或即郭后等所造之謗,李善采以入注,可云無識。余故表而出之,以雪甄后地下之冤,以洗陳思不根之謗。是亦史

---

① 此處眉批:張平子《思玄賦》:"載太華之玉女兮,召洛浦之宓妃。"謂明帝改洛神,豈賦中語上帝所改耶?子雲及《騷》亦有之。

還於《陳平傳》先叙逐嫂之意歟？行篋攜書不多，是説當有發之者，如無人拈出，當作一文辨之。

初三日(6月15日)晴。　枯坐甚悶，作《悼鳳》詩。

初四日(6月16日)晴。　得章琴生同年書，附詩六絶。李仲彭、孫闇如均有書。

初五日(6月17日)晴。　賜兒山有泉兩泓，上注者曰歕玉，仄出者曰汎珠，命僕汲泉，品龍井茶，味寒洌。

《後漢·王霸傳》："盧芳與匈奴、烏桓連兵，寇盜尤數，緣邊愁苦。詔霸將弛刑徒六千餘人，與杜茂治飛狐道，今蔚州飛狐縣，北通嬀州懷戎縣，即古之飛狐口也。堆石布土，築起亭障，自代至平城三百餘里。凡與匈奴、烏桓大小數十百戰，頗識邊事，數上書言宜與匈奴結和親，又陳委輸可從温水漕，《水經注》曰：温餘水，出上谷居庸關東，又東過軍都縣南，又東過薊縣北，益通以運漕也。以省陸轉輸之勞，事皆施行。"○趙氏一清論㶟餘水，以此注爲傳寫之訛，且以竹垞先生援此注疑温水，非無據，詆爲不學之甚。博如竹翁，乃以不學詆之，措詞亦太過矣。

初六日(6月18日)晴。　至米市街卜居，不就。

復琴生、仲彭書。

郎顗《七事》："凡九二困者，衆小人欲困害君子也。《經》曰：'困而不失其所，其惟君子乎？'唯獨賢聖之君，遭困遇險，能致命遂志，不去其道。"章懷注："《易·困卦》曰：'澤無水，困，君子以致命遂志。'《困卦》，坎下兑上，坎爲水，兑爲澤，水在澤下，是爲竭涸之象，故以喻困致命遂志，謂君子委命困窮，不離於道也。"近孫淵如《集解》亦未及此，但史徵《口訣》尚引用章懷所注，必本舊説，似亦可采。

初七日(6月19日)晴。　都司王金榮自津來，言四月廿七日與法定約。

蔡邕徙朔方，上書奏其所著《十意》。章懷注："猶十志也。"案，桓帝諱志之字，曰意耳，注未明。

得葉子晉書，又得倪僕等禀。

閻相初一病起。

初八日(6月20日)晴。

初九日(6 月 21 日)晴,夜有風。　得再同書。

初十日(6 月 22 日)晴。　寄安圃書。

《莊子》:"魯有兀者叔山無趾,踵見仲尼。仲尼曰:'子不謹,前既犯患若是矣。雖今來,何及矣!'無趾曰:'吾惟不知務而輕用吾身,吾是以無足。今吾來也,猶有尊足者存。夫天無不覆,地無不載,吾以夫子爲天地,安知夫子之猶若是也!'孔子曰:'某則陋矣。夫子胡不入乎?請講以所聞!'無趾出。孔子曰:'弟子勉之!夫無趾,兀者也,猶務學以復補前行之惡,而況全德之人乎!'"讀之有感。

午後,張沚蒓來,言錫、鄧兩使初二到都復命。

十一日(6 月 23 日)晴,午後微陰,甚燠。　王都司爲余賃一屋,在下堡南門内,地僻屋潔。余往視,甚愜意,不必如坡公之營雪堂矣。寄家書。

夜雨甚快。

十二日(6 月 24 日)晴,午後雷雨。　得安圃書,知粹玉病愈。

錫、鄧復命,知巴特諾於約定後報孤拔已死,託言病殁,各國言馬江之役爲陳英礮擊死。初四、五間有日本人赫田顧内游歷過此,踵門求見,言孤拔已斃於陣,張公何以在此?余屬僕輩以不見外客却之,咨嗟而去。

十三日(6 月 25 日)晴,夜大雨。　胡守三寄百金來,作書却之,交琴生。

十四日(6 月 26 日)晴。　叔濤祭酒五月端午卒於杭州,故交老輩,爲之感慨。代安圃作祭文一篇,寄安圃書。十五夕發。

十五日(6 月 27 日)晴。　晨起,得合肥書,言潘伯寅尚書過津入都,時有旨命李、左、曾、彭、張、楊籌議水師。合肥將以無人無財復奏云。

得伯潛書。四月廿二日寄。

偕僕人行菜畦中晚眺。

十六日(6 月 28 日)晴。　挈朱存、袁起兩僕赴軍臺,出大境門東北行,倚郭朝陽村、黄土窑東西兩村、陶賴廟廿里過一山坡、察罕託落三十里、五十家五十里、黄花坪上下兩村,過五十家山路甚險仄、察罕託落海六十里。朝陽村,嘗與樂山茗話。黄土窑兩村緣山雜蒔鶯粟,花色如錦卉,毒如鴆。過陶賴廟,半山行矣。五十家皆山西榆次、五臺民遷此,種青稞自給。王都司爲余設食於此。察罕託落海爲第一臺，在山顛。臺後有一廟，乾隆間立，山名曰夾沙窪，碑云“盤龍雙鳳山”。臺屋三間，旁屋六間，均狹小，蒙古官居之，兼以候往來藩部官吏。旁有旃屋兩三帳，臺員無可棲止，其相沿不赴戍所，非得已也。嘉慶以前居元寶山，今山爲洋商所據，土伎所居，流人率在下堡矣。歸，宿陶賴廟。廟康熙年間立，祀關壯穆，有稚松六株，芍藥兩叢。自境門外地皆名察罕託落海。蒙古語察罕者白，託落海者帽，狀其旃廬之色也。察罕即插漢，察哈爾三十里之察罕託落，乃萬全遞六十里之察罕託落海，乃旂臺同一地名，即陶賴亦託落之轉音。若夾沙、龍鳳，則土人自造名字，無關考證者矣。清水河在頭臺之西，有壩宛延而入境門，道中絶流而渡者屢，水或由地湧出，雜匯山溪而大也，《縣志》謂即《水經》之寧川。

十七日(6 月 29 日)晴。　晨起，由陶賴廟歸，得僕倪泰啟寄韓文小唐碑至。潘伯寅師服闋至都，奉旨仍在南書房行走，署理兵部尚書，徐桐解兵尚。潘，光緒八年入樞直，九年丁父憂，居政地三月餘。

得顧皞民書，皞民自吉林分巡罷歸。

十八日(6 月 30 日)晴。　作陳伯潛前輩書。

十九日(7 月 1 日)晴。　作復合肥書，明日遣戚姓兵至都，共寄合肥、伯潛、樂山、鶴巢、吴子述、葉子晉、宗載之、八弟、粹玉、安圃十書。

二十日(7 月 2 日)晨雨，午後雨止，沈陰竟日。　得粹玉十六、安圃十八書。商賈間覓急足寄書，兩日而至，十八書適得人便耳。

昌黎《與大顛書》，歐陽公《集古録跋尾》云：“以《繫辭》爲《大傳》，謂著‘山林與著城郭無異’等語，宜爲退之之言。”①東坡《雜説》：“或者妄撰退之《與大顛書》，其詞凡鄙，雖退之家奴僕，亦無此語。今一士人又於其末妄題云‘歐陽永叔謂此文非退之不能作’，又誣永叔矣。”余主坡説，以此文非昌黎作。○東雅據世綵引《考異》以跋爲歐親筆，又引洪慶善辨證別傳僞作。永叔跋吴源明云：“徐君平見介甫不喜退之，故作此文。”觀《答孟尚

① 此處眉批：《直齋書録》以朱子校定韓集，有益後學，獨用方崧卿本增大顛三書。方氏删削甚嚴，存此書以見邀速常語，初無崇信之説，欲明世間問答之僞，而不悟此書爲僞之尤，蓋由歐公跋語之故。不知歐公自以《易大傳》之名與己意合，從而實之，此自通人之一蔽。東坡固嘗深辨之，朱公決以爲韓筆無疑，方未足責，晦翁識高一世，所定迺爾，殆不可解。

書簡書》:“與之語,雖不盡解。”大顛身分可想矣。鄧璛謂《與孟簡書》文過飾非,而以撰大顛之辭非之,爲公自取語,亦太過。特公以諫佛骨貶,而貶所乃與僧往來,幸而有孟簡書至,得以辨證,否則流聞都下,不亦責君厚而處己恕哉?

二十一日(7 月 3 日)雨。　錢獻之《斠注地里志》“上谷郡廣甯”下注:今延慶所。“(口)[甯]廟諱”下注,在今延慶州西,引《魏土地記》大甯城、小甯城爲證。“茹”下注,今興和衛。佩綸案,《水經注》于延水東逕小甯縣故城南,又東逕大甯縣故城南,又東南逕茹縣故城北,又東南逕鳴雞山。若以延慶當廣甯及(口)[甯],豈水已逕延慶,復逆流而至興和?不可通矣。獻之既以下洛爲宣化府城,《魏土地記》曰:下洛城西北百三十里有大甯城。漢魏下洛是否一地,俟考。要之,在居庸西北百三十里矣。斷不得以延慶當大甯、小甯也。延慶在宣化東南,其誤顯然。萬全縣《宣鎮志》以爲楨陵,固謬。獻之定爲延陵應音征,《畿輔志》以爲大甯,《縣志》以大甯、小甯相距二十里,定爲兼廣甯、(口)[甯]兩縣之地,以于延經流考之,近是。

二十二日(7 月 4 日)晴。　得葉子晉書。

二十三日(7 月 5 日)午後雨。　褚同知璠自津歸,過我,辭不見。

二十四日(7 月 6 日)大雨,有雹。　得家書,寄白金二百兩,爲移居計。寄皞民書。①

二十五日(7 月 7 日)晴。　得再同書,寄王刻“十子”來。

岑毓英以唐炯居官廉潔,乞貸一死,奉旨嚴議。

瞿子玖視學浙江,顧肇熙仍以道員選用。

二十六日(7 月 8 日)晴。　晨,專使自京歸,得安圃書,許鶴巢、黄再同復書。移居張家口下堡南門城根城隍廟街。

得奎樂山五月十八日書。

閱邸抄,岑毓英嚴議處分,由革留加恩改降二級留任。十八日于次棠前輩到京。

龍松琴來談,言游馬家梁之石佛寺,有明成化石刻。

---

① 此處眉批:皞民謂武侯不可及,在明志、致遠兩語,此宋人語録魔障。“非澹薄無以明德,非(口)[寧]静無以致遠”,乃《淮南·主術訓》語,武侯特誦之耳。

二十七日(7 月 9 日)晴,午後急雨一陣。　《淮南・本經訓》:"民之專室蓬廬,無所歸宿。"高注:"專、持,小室也。"余按,專,古甎字。

"羿善射,奡盪舟。"孔、馬均不詳其世,朱注以爲有窮后羿及澆,亭林以羿爲堯時羿。"無若丹朱傲","罔水行舟",傲即奡字,與禹、稷同時,故並論之。[1] 南宫豈以弒君之賊與兩聖較量?朱注似不可從。《淮南・氾論訓》:"炎帝於火而死爲竈,禹勞天下而死爲社,后稷作稼穡而死爲稷,羿除天下之害而死爲宗布,此鬼神之作所以立。"高注此堯時羿,非有窮后羿。此亦堯時之羿,與禹、稷並論之一證也。

《淮南・詮言訓》:"羿死於桃棓。"注:"大杖。"《説山訓》:"羿死桃部。"注:"地名。"莊逵吉謂桃部即桃棓,説較長。此處窮后羿也。

寄再同書、家書。

二十八日(7 月 10 日)陰,午後急雨一陣。　柳州《辨晏子春秋》,以劉、班父子録之儒家爲不詳,宜列之墨家,是也。揚子《五百篇》:"墨、晏儉而廢禮。"是揚以晏爲墨也。柳嘗删定《法言》者,糾劉、班之失而没揚之説,何歟?

二十九日(7 月 11 日)晴,早晚微雨且雷。　答龍户部,小坐即返。

六月初一日(7 月 12 日)陰雨。　夜卧,聞水聲,塞外溪河匯注也。遣褚福歸。福有疾。

初二日(7 月 13 日)晴。　得家書,粹玉病頗反復,復作一書寄都。

閲邸抄,論宣光功,岑毓英加雲騎尉,唐景崧花翎記名,劉永福等賞巴圖魯有差。

初三日(7 月 14 日)雨時作時止。　寄樂山書初一驛遞、劉仲良書交都司王金榮,仲良有書復之。

《説文》:"厲,旱石也。""砅,履石渡水也。《詩》曰:'深則砅。'"段以爲假借字,莊逵吉《淮南・本經訓》篇"吕梁"注下謂"在彼淇厲",以例推之,亦當作砅。梁、砅,俱置石水中以渡行旅,毛、鄭注《詩》,恐未得其解。因許疑毛殊過,毛不得解,豈《爾雅・釋水》亦不得解乎?余疑砅即厲之或體,故"深則厲",韓作"深則砅"。《禹貢》"厲砥",《玄應》作"砅砥",僞《説

---

① 此處眉批:《本經訓》篇:"堯乃使羿,舜乃使禹",亦羿、禹並論之證。

命》"用汝作厲",宋庠《國語補》引作"砅",其作濿、作礪,皆孳乳之字也。以衣涉水,履石渡水,兩義互相發明,强諸説而均就《説文》,亦乾嘉間説經之一蔽也。毛"淇梁","石絶水曰梁"。東原以橋梁釋砅,與莊説梁砅同義,恐並失許意。段以爲若今有水汪,竩甎石而過,此水之至小至淺者,《邶風》當曰淺則厲矣。〇毛《匏有苦葉》傳:"以衣涉水爲厲。"謂繇帶以上也,合《爾雅》二語爲一,斯爲通解。段以履石渡水乃水之至淺,無待揭衣,與"深則厲"絶然二事,糾毛而轉背許,安知渡水者非手攝衣、足履石耶?經生之固,可一噱也。胡給事《毛詩後箋》未在行篋,當續考。厲作砅三證,均段《説文》所引。

初四日(7 月 15 日)陰,時有飄雨。　連日米價漸平,不知居庸以南如何。

蘇詩《徑山道中次韻答周長官兼贈蘇寺丞》:"空巖側破甕。"王見大引合注《易林》"毁罌破甕"。余按,柳子厚《游黄溪記》:"其略若剖大甕,側立千尺,溪水即焉。"此蘇所本,足見無一字無來歷也。

初五日(7 月 16 日)晴。　讀書宜有程課,三十以後精神不如兒時,與其泛覽,不如專精。

得家書。寄安圃、再同書。

初六日(7 月 17 日)晴。　《漢・武紀》元朔六年詔:"孔子對定公以徠遠。"臣瓚以《論語》及韓子皆言"葉公問政",今云定公,與二書異。余按,定公是也。若是葉公,必與"直躬"章連記矣。

初七日(7 月 18 日)晴。　天氣甚燠,邊人言十餘年無此暑矣。龍松琴來。

《禮記・月令》《淮南・時則訓》皆抄合《吕氏春秋》,行篋未攜《吕覽》,以《禮》與《淮南》互校異字,聊以遣日而已。

孟春

日在營室。作招揺指寅。其日甲乙上。多"其位東方"四字。下。多"盛德在木"四字。帝神。八字無。蟄蟲始振蘇。《月令》無"蘇"字。魚上冰。《淮南》:"魚上負冰"。鴻雁來。作"候雁北"。天子居青陽。《淮南》作"天子衣青衣,乘蒼龍,服蒼玉,建青旗,食麥與羊"。下有"服八風"數語。朝于青陽左个,以出春令。無"其器"句。

是月也，以立春至天子乃齋。《淮南》無。“布德施惠，行慶賞，省徭賦。”《淮南》在前。

立春之日，天子親帥三公九卿諸侯大夫以迎春于東郊。《淮南》删“諸侯”，“迎春”作“迎歲”。還反至於朝。《淮南》無，作“修除祠位幣禱鬼神，犧牲用牡”。命相布德。《淮南》約紀於前。乃命太史至入學習舞。《淮南》無。乃脩祭至毋用牝。《淮南》作“修除”云云。禁止伐木。《淮》無“止”字。毋覆巢，毋殺孩蟲，胎夭飛鳥，毋麛毋卵。《淮南》無“毋”，作“毋覆巢，殺胎夭，毋麛毋卵”。毋聚大衆至埋胔。《淮》省“大”字。是月至之紀。無。孟春行夏至不入。“雨水”作“風雨”，“蚤落”作“早落”，“時有恐”作“乃有恐”，“猋”作“飄”，“大摯”作“大雹”，“首種”作“首稼”。月末，《淮南》有“正月官司空，其樹楊”。以下仿此，不備載。

仲春

日在奎。作“招搖指卯”，以下每月日在某，均作招搖指某，不備載。甲乙。上下删，增“如孟春”。先脾。同。始雨至爲鳩。同。天子。下倒置，與孟春同。朝于青陽太廟。上仍有“服八風水”數語。

是月也，安萌牙至止獄訟。作“命有司，省囹圄，去桎梏，毋笞掠，止獄訟，養幼小，存孤獨，以通句萌，擇元日，令民社”。① 綸按，“父同”特倒置耳。

是月也，玄鳥一節。《淮南》無。是月也，日夜分至必有凶灾。《淮南》作“蟄蟲咸動蘇”，無“啟户始出”字。“乃發”作“始發”，無“始電”字，“將發”作“且發”。日夜分，則同度量，鈞衡石，角斗甬，正權概。《淮》作“令官市，同度量，鈞衡石，角斗稱，端權概”。② 耕者兩段。《淮》作“毋竭川澤，毋漉陂池，毋焚山林，毋作大事，以妨農功”。

天子乃鮮羔至習樂。無。祀不用至皮幣，同《禮》作“祭”。行秋令至爲害。同。“相掠”作“相殘”，“國乃大旱”作“其國大旱”。阮校、惠棟校宋本，“熟”作“孰”。孰即熟字也。

季春

---

① 此處眉批：《月令》：“肆掠。”肆謂死刑暴尸也。《周禮》：“肆之三日。”高注：“毋笞掠，言不用也。”余謂笞與掠類。

② 此處眉批：阮《校勘記》：“甬作桶。”盧文弨校云：“廣疋方斛謂之桶”。高注：“斗，稱量器也。”疑甬、桶、稱，相因而譌，《淮南》亦當作“甬”也。

荓始生。作"萍始生"。鄭注:"荓,萍也。"高注:"萍,水藻也。"桐華,諸語同。①

薦鞠一節。無。命舟牧覆舟,五覆五反,乃告舟備具于天子焉。天子始乘舟至祈實。《淮南》作"舟牧覆舟,五覆五反,乃言具于天子,天子烏始乘舟"云云。高注:"烏猶安也。自冬至此而安乘舟,故曰始。"莊逵吉按,各本"烏"皆作"焉"。注作:"焉,猶於也。"佩綸謂:高注義自是作"烏",但烏實焉字,末節而倒置,譌爲烏耳,無煩曲解。

是月也生至賢者。《淮南》無"布德行惠"四字。"倉廩"作"囷倉","賜"作"助",無"周天下"三字,"勉"作"使"。

是月也,命司空曰至障塞。《淮南》無"是月也"及"曰"字,"道達"作"導通",下曰"達路除道,從國始,至境止"。無"開通"八字。

田獵至九門。同。"畢弋"二字在"置罘"上。餧獸至餧毒。是月也,命野虞至戴勝降于桑。"是月也"三字省。"命"作"乃禁","戴勝"作"戴鵟"。高注:"戴鵟、戴勝,鳥也。"具曲植籧筐。作"具撲曲筥筐"。后妃至敢惰。作"后妃齋戒,東鄉親桑,省婦使勸蠶事"。餘無。是月也至蕩上心。作"命五庫,令百工,審金鐵皮革、筋骨箭幹、脂膠丹漆,無有不良"。餘無。②

是月之末至視之。作"擇下旬吉日,大合樂,致歡欣"。是月也至于牧。無"是月也"三字。犧牲至書數。無。命國難至春氣。同。行令一節。同。《淮南》上有"行是月令甘雨至三旬"九字。"不收"作"不登"。阮校"國難",石經"難"作"儺",《淮南》亦作"儺",然儺、難一字,校古書,偏旁小異,此類不足論也。

初八日(7月19日)晴煖。

孟夏

日在畢。作"招摇指巳",餘類推。丙丁上有"其位南方"。下有"盛德在火",無"帝神二語",下兩月可推。蟲至先肺。同。螻蟈鳴至苦菜秀。同。"蚯蚓"作"邱螾"。《月令》惠棟校宋本"蚯"作"邱"。天子居明堂。作"天子衣、乘、服、建"云云。"食

---

① 此處眉批:阮校《月令》亦有誤作"萍"者。宋大字本、惠校宋本、岳本、衛氏集説、石經,同作"荓"。余意《淮南》當亦作"荓"。

② 此處眉批:高注:"撲,持也。三轉謂之撲。"錢別駕謂三轉乃三輔。孫編修謂撲即曲簿。《説文解字》曰:"専:六寸,簿也。"三轉當作三専。莊逵吉以兩説無可定,姑附之,俟考。佩綸按,専説是。《説文》:"専:六寸簿也。一曰:専,紡専。"毛曰:"瓦,紡専也。"高注《本經訓》"専室":"専、持,小室也。"撲與専,訓同爲持,可證。段大令謂綱絲者,以専爲錘。《廣韻》曰:"𨬍,紡錘。"《集韻》:"𨬍,一曰紡専。"鄭注:"植,槌也。"然則撲、植,異文同義耳。《周禮·考工記》:"摶埴之工。"鄭注:"埴,書或爲植。"因悟摶即専字。阮校據《釋文》以唐石經作"摶"爲誤,而轉從"摶",非也。《始皇紀》:"摶心揖志。""専"作"摶"之證。

菽與雞”，下有“服八風水”云云。朝于明堂左个，以出夏令。是月也，以立夏至欣說。作“立夏之日，天子親率三公、九卿、大夫以迎歲於南郊。還，乃賞賜，封諸侯，修禮樂，饗左右”。阮校頗論各本帥、率異文。帥、率一字，不足論也。乃命樂師八字。無。命太尉，贊桀俊至毋伐大樹。“選賢良不”作“遂”，“長大”作“孝悌”，“必當其位”作“佐天長養”，“壞墮”作“隳壞”，“起土功”作“興”，“毋發大衆”四字省。[1] 是月也，天子始絺。無。命野虞至毋大田獵。“命”作“令”。行田原無“出”字。勸農事，驅獸畜，無令害穀。餘無。農乃登麥。省。天子乃至寢廟。無“乃”字。是月也至出輕繫。首尾六字無，“小罪”在“輕刑”前。蠶事兩節。無。行令一節。同。“敗其城郭”作“敗壞城郭”。

仲夏

小暑至至無聲。同。養壯佼。無。是月也至祝敔。《淮南》無“是月也”三字。琴瑟上無“均”字。“調竽篪，飭鐘磬”，在“執干戚戈羽上”。無“笙簧祝敔”字。阮校各本鍾、鐘異文，《淮南》作“鐘”，作“鍾”是也。命有司至盛樂。同。“乃命下”無。天子至寢廟。同。上農乃至月也。無。令民毋艾藍以染。“令”作“禁”。[2] 毋燒灰至班馬政。同。《淮南》：“益其食。”有“存鰥寡，振死事”六字。[3] 是月也至以定晏陰之所成。首三字無。“處必掩身毋躁”作“慎身毋躁”，“止聲色”作“節”，“毋或進毋致和”六字及“節耆欲”六字，均無。“毋刑”作“毋徑”。鄭注亦云：“今《月令》作‘徑’。”餘同。鹿角解至處臺榭。“是月也”無。“毋用火南方”作“禁民無發火”，下無“三可以”，“升山陵”作“登丘陵”。行令。同。“凍”作“霰”，“晚熟”作“不孰”，阮校岳本作“孰”。此古今字，無關同異也。[4]

季夏

昏心，旦奎，其位中央，其日戊己，盛德在土，其蟲蠃，其音宮，律中百鐘，其數五，其味甘，其臭香，其祀中霤，祭先心。“昏心”與《月令》“昏火”異，此一段移中央土於前，故大書。《淮南》“百鐘”與《月令》“黄鐘”異，以免複舉《月令》。温風始至。“温”作“涼”。蟋蟀居壁。“壁”作“奥”。高注：“奥，或作壁也。”腐草爲螢。

① 此處眉批：阮校據各本太、大別，《淮南》亦作“大”，然太、大一字不足論。

② 此處眉批：阮校“鵙始鳴”，惠本、岳本、石經、《釋文》作“鶪”。《淮南》作“鵙”。高注：“伯勞鳥。”《詩·七月》：“鳴鵙。”毛、鄭均云伯勞。余謂從鵙是也。

③ 此處眉批：《吕覽》“灰”作“炭”。執騰駒，《釋文》、蔡本作“摯”。

④ 此處眉批：木堇，阮校《釋文》“出木堇”。考文引古本“堇”作“槿”。《淮南》作“堇”，注作“槿”。然堇、槿一字不足論也。

作“腐草化爲蚈”。① 天子。衣、乘、服、建，均黄。“朝于中宫”，與《月令》“太廟太室”異文。命漁師至納材葦。命上有“乃”字。“納”作“入”。鄭注：“今《月令》漁師爲榜人。”而《淮南》“澤人”作“滂人”，高注：“掌池澤，官也。”疑《淮南》亦“澤人入材葦”，而“漁師”二字爲“榜人”，如今《月令》展轉而誤。是月至祈福。首三字無。令民句八字無。“以祠之靈”四字無。“大合”二字，《淮南》作“大夫令”。余謂《月令》奪“夫”字，《淮南》“令”當作“合”，餘同。行惠，令吊死問疾，存視長老，行桴鬻厚，席蓐以送萬物歸也。《淮南》有，《月令》無。是月也，命婦官至之度。首三字無。“必以法故”二句無。下作“以給宗廟之服，必宣以明”。至“毋敢詐僞”，並無。“黑黄倉赤”作“青黄白黑”。是月也至天殃。“乃命”八字無。“毋有”作“勿敢”。下作“不可以合諸侯，起土功，動衆興兵，必有天殃。”餘並無。是月也，土潤溽暑至美土疆。首三字删。“土潤”至“時行”，同。下作“利以殺草糞田疇，以肥土疆”。

行令。同。“鮮”作“解”。“國多風欬”，無“國”字。②

褚文軒同知來，以和議稿見示。

得再同書，將移居内城。安圃有書，家中寄食物來。

初九日（7 月 20 日）陰雨。

孟秋

昏建星中。作“昏斗中”。旦同。庚辛上其位西方。下盛德在金。“帝神”無，餘並同。涼風至至行戮。同。天子。“衣、乘、服、建、食”，並同。下“服八風水”云云。朝于總章左个，以出秋令。無“其器”句。求不孝不悌，戮暴悍而罰之，以助損氣。《月令》無，《淮南》有。是月也至天子乃齋。並無。立秋至於朝。同。“反”作“乃”。天子至遠方。無“天子乃”及“以明好惡”七字。“遠方”作“四方”。是月也，命有司，脩法制，繕囹圄。首三字無，餘同。下作“禁姦塞邪，審決獄，平詞訟”。餘無。天地始肅，不可以贏。同。是月也至寢廟。無“也”字，“乃”作“始”。命百官至城郭。“壅塞”作“障塞”，“修城郭”在“繕宫室”前，無“壞垣牆”三字。③ 是月也

---

① 此處眉批：鄭注：“螢，飛蟲螢火也。”高注：“蚈，馬蚿也。幽冀謂之秦渠蚈，讀奚徑之徑也。”洪頤煊《九經古義補》：“按，《吕氏春秋》《淮南子》《周書》《時訓解》皆有化字，《藝文類聚》三引《月令》皆有化字。”

② 此處眉批：鄭注：“疆，强檕之地。”高注：“又有時雨可以殺草爲糞美土。疆，土分畔者也。”鄙見作疆是。“我疆我理”，與疇互文。

③ 此處眉批：《月令》“隄防”作“坊”，然亦作“防”，故不別之。

至大幣。首三字無。“封諸侯”無“諸”字。下作“立大官，行重幣，出大使”。無“毋以割地”四字。行令。同。《淮》多“行是月令，涼風至三旬”兩句。“國多火災”作“冬多火災”。余按，“冬”字無義。鄭注：“今《月令》瘧疾爲厲疫。”

仲秋

盲風。作“涼風”。鴻雁。作“候雁”。養羞。作“群鳥翔”。高注或作“養”。是月也至飲食。首三字無。“衰老”作“長老”，“糜”作“稃”。乃命司服至反受其殃。無。是月也乃命宰祝至中度。“是月也乃”，無。下作“行犧牲，案芻豢，視肥臞全粹”。“察物色”以下同。“必”作“課”，“皆”作“莫不”，“五者”八字無。① 天子乃儺至行罪無疑。同。是月無“也”字。“務畜菜”上無“務”字。“菜”作“采”。“其有失時”句無。“乃勸種麥”作“勸種宿麥”。是月也至水始涸。無“日夜分”三字。“雷始收聲”作“雷乃始收”。② 日夜分至斗甬。無“則”字，“同”作“一”，“甬”作“稱”。是月也至乃遂。首三字無。“易”作“理”，“納”作“入”，“賄”作“財”，“鄉”作“方”，“則財”作“財物”。凡舉大事。一節無。行令。同。“乃有恐”作“有大恐”。“五穀”下有“皆”字。

季秋

鴻雁來賓。作“候雁”。③ 是月也至宣出。“是月也”作“命有司”。“百官”上無“命”字。“内”作“入”。乃命冢宰至神倉。同。無“祇敬必飭”字。是月也霜至習吹。無“則”字。餘同。無“命樂正”三字。是月也。無。大饗帝，嘗犧牲。同。無“告備於天子”。合諸侯至爲度。“職”作“歲”。無“以給”十字。乃教於田獵，以習五戎。上“是月”五字，下“班馬政”三字均無。命僕至誓之。“僕”作“太僕”，“載旌旐”作“載荏”，“整設”作“皆正設”，“北面誓之”作“北嚮以贊之”。天子乃厲飾。作“厲服廣飾”。執弓挾矢以獵。作“操矢”。命主祠，祭禽于四方。無“于”字。是月也至宜者。無“也”字。蟄蟲咸俛，下無“在内皆墐其户”六字。通路除道，從境始，至國而後已。是月也至寢廟。無“也”字。行令。同。“鼽嚏”作“鼽窒”，“師興不居”作“師旅並興”。④

寄家書，並致于次棠前輩書，勸其赴粤。

初十日(7月21日)晴。

---

① 此處眉批：“小大”或作“大小”，《淮南》作“小大”。

② 此處眉批：王引之云：“本作‘雷乃始收’。《初學記》‘轊人疏’可證。《淮南·時則訓》同。”

③ 此處眉批：“鞠有黄華”，《淮南》作“菊”，此亦古今字，阮校《月令》本亦作“菊”。

④ 此處眉批：“鼽嚏”，鄭不注，《説文》：“鼽，病寒病窒也。”當從窒。

孟冬

昏危旦七星。同。壬癸。上"其位北方",下"盛德在水"。無"帝神"句。其蟲至先腎。同。"其臭朽"作"其臭腐","祀行"作"祀井"。① 水始冰至不見。並同。天子。"衣、乘、服、建",並同。食同。下"服八風水"數語,朝于玄堂左个,以出冬令。命有司,修群禁,禁外徙,閉門閭,大搜客,斷罰刑,殺當罪,阿上亂法者誅。《淮南》增。是月也至乃齋。無。立冬至孤寡。"迎冬"作"迎歲","反"作"乃","邺"作"存"。是月也至吉凶是察。無"也"字,"大史"作"大祝",有"禱祀神位"四字。"釁"作"占","占兆審卦"作"審卦兆","吉凶是察"作"以察吉凶"。"阿黨、則罪"兩句無"已",見前。鄭注:"今《月令》作'釁祠','祠'衍。"是月也天子始裘。"是月也"作"於是"。命有司曰至成冬。無。命百官至徯徑。"行積聚",無"循"字。"無有不斂"字無,"壞"作"修","戒"作"警","封疆"作"封壐"。鄭注:"今《月令》'疆'作'壐'。""備"作"修","塞"作"絶",無"謹關梁"句。飭喪紀至等級。"飭"作"飾",下作"審棺槨衣衾之薄厚,營丘壟之小大高痺,使貴賤卑尊各有等級"。《月令》"大小厚薄"亦有作"小大薄厚"者,然校經之益,殊不在此。② 是月也命工師至度程。無"命"字,餘同。③ 功致。作"堅致",下作"工事苦慢,作爲淫巧,必行其罪",餘無。"作爲"八字與《月令》同,而前後略異。是月也至息之。"烝"作"蒸",兩字通,並作"烝",是。"乃祈"無"乃"字,"割祠"作"禱祭"。"及門閭臘先祖五祀",作"畢饗先祖"。"農"下有"夫"字。④ 天子乃命至角力。無"天子乃"三字,"力"下有"勁"字。是月也至侵削。"是月也"三字無,無"敢"字。"削"作"牟"。下無。行令。同。"上泄"作"發泄","國多暴風"作"多暴風"。

仲冬

昏東壁,旦軫中。《淮南》無"東"字。高注:"東壁,北方玄武之宿。"則原文亦有東字。冰益壯至始交。同。"鶡旦"作"鳱鴠"。⑤命有司曰至暢月。"毋發蓋,毋發室屋",作"無發室居"。"以固而閉地氣沮泄",無。"房"作"藏","又"作"有"。"命之"無

---

① 此處眉批:高注:"'井'或作'行'。行門内地,冬守在内,故祀也。"與鄭門外説異。

② 此處眉批:飭、飾,唐人混而爲一,見《匡謬正俗》。

③ 此處眉批:《月令》作"按",亦有作"案",《淮南》作"案",按、案,一字不足論。

④ 此處眉批:《月令》鄭注"飲酎節",亦有作"蒸",然此不足校。

⑤ 此處眉批:阮校"鶡下山雉",孫刻及段均作"似雉"。阮校《釋文》作"曷旦",本亦作"鶡",石經作"鶡鳥"。《説文》"鶡"下云"山雉","鴠"下云"渴鴠"。段玉裁云:"渴鴠,當依《月令》作'曷旦',淺人改之也。"高注:"鳱鴠,山鳥。"鄭注:"鶡旦,求旦之鳥也。"佩綸按,段引《坊記》作"盍旦",《方言》作"鳱鴠"。鳱,與《淮南》"鳱鴠",《廣志》作"侃旦",皆一音之轉。段既知音轉,必以渴爲淺人改,亦迂。

“之”字，上有“急捕盜賊，誅淫泆詐僞之人”。命奄尹至省婦事。同。上無“是月也”，下並無。乃命大酋至差貸。“熾”作“熺”，高注：“熺，炊，熾火之熾也。炊乃讀字耳。”無“兼有、六物”兩句，“貸”作“忒”。天子乃至井泉。無“祈”字。名澤，無“源淵井泉”字。農有至不詰。聚下無“者”字，“馬牛”作“牛馬”。山林至不赦。“奪”下無“者”字。是月也至所定。無“諸生蕩”三字，無“身欲口”三字。而移“欲静”于“掩身”下，“口身體”於“安形性”上。無末句。芸始至水泉動。有“是月也”三字，“荔挺生”在“芸始出”上，“蚯蚓”作“丘螾”。日短至至用者。無“日短至”三字，無“是月也可以”字。塗闕庭至藏也。“此”作“所”，無“藏也”二字。① 行令。同。“天時雨汁”作“其時雨水”，“蝗蟲”作“蟲螟”，“疥”作“疾”。

季冬

雁北鄉至雞乳。“始巢”作“加巢”，“乳”作“呼卵”。命有司至土牛。同。無“以送寒氣句”。征鳥厲疾至神祇。無。是月也至寢廟。無“是月也”三字，“乃嘗”作“射字”。冰方盛。無“水澤腹堅”，鄭注：“今《月令》無‘堅’。”令告民至田器。無“告”字，“命農”作“令農”。命樂師至薪燎。“薪柴”無“柴”字，“郊廟”作“寢廟”。是月也至毋有所使。無“數將幾終”句，“歲將更始”，“將”作“且”，“專而”作“令静”。天子至之宜。無“共”字，“飭”作“飾”。乃命大史至山林名川之祀。“之饗”作“之芻享”，“同姓之邦”作“國”。余按，此諱邦字也。無“命宰歷”三字，“卿”下有“士”字，無“土田之數而賦犧牲”句。凡在天下句至末，並無。行令。同。“多傷”無“多”字，“妖”作“祅”，“固”作“痼”，本一字也。太皡、句芒。見篇末諸名。

季夏節，靡草。《月令》注：“舊説薺，亭歷之屬。”《淮南》注：“靡草，則葶歷之屬。”佩綸按，則字當作薺。阮校各本，葶藶从草，盧據《初學記》亦从草。鶡鴠，檢元（統）《韻會》：“鴠，《説文》：‘渴鴠也。从鳥，旦聲。’引《詩》‘相彼鳱鴠’，尚或惡之鳴，急旦也。《廣韻》：‘鳱，鳥。’《增韻》：‘鳱鴠，求旦之鳥。’《禮記》‘曷旦’，一作‘鶡旦’，一作‘渴旦’。《文選》‘鳱旦’，鳱音渴。”足爲《月令》《淮南》兩本疏解通明。段以渴爲淺人改語，殊武斷。○段引《御覽》：“鴠，可旦也。”最爲古本。

凡四日讀竟，淺學讀書，粗率可笑。

十一日（7月22日）晴。　答褚同知辭。得家書。

① 此處眉批：惠校宋本，“此所以助天地之閉藏”，則《月令》本有“所”字。

王瓜。鄭注：“萆挈也。”今《月令》曰：“王萯生。”《夏小正》云：“王萯秀。”未聞孰是。高注：“括樓也。”《正義》“王瓜，萆挈”者，《本草》文。未聞孰是。一疑王瓜是王萯也。《説文》：“苦：苦蔞，果蓏也。”蓏或作羸。“萯：王萯也。”《詩》：“秀葽。”傳：“葽，草也。”箋：“《夏小正》：‘四月王萯秀葽。’”其是乎？果羸，傳：“括樓也。”箋同。鄭以葽爲王萯，果羸爲括樓，王瓜爲萆挈，與高迥異。《爾雅·釋草》：“果羸之實，括樓。”李巡曰：“括樓，子名也。”孫炎曰：“齊人謂之天瓜。”《本草》云：“括樓如瓜葉，形兩兩拒，值蔓延，青黑色，六月華，七月實，如瓜瓣是也。”《爾雅》以下引《詩正義》，《爾雅》邢疏：“郭云：今齊人謂之天瓜。”余謂，鄭於王瓜注嚴慎，未能遽斷。高注略疑，有所授之也。各家均有論釋，余自以臆從高耳。○萆挈，《唐韻》古音作菝葜。《博雅》：“菝絜，狗脊也。”《本草》：“菝葜猶㧞结也。㧞结，短也。”《玉篇》作“菝𦿆”，《靈樞經》“括樓”作“𦿆𧃲”，“甘疽色青，狀如穀實，𦿆𧃲是也。”菝𦿆、𦿆𧃲，字形相似，因考兩説。偶類紀之，非敢定論也。

十二日(7 月 23 日)晴。　先母忌日，吾不與祭，如不祭，愴感久之。

作家書。十三日寄。

閱邸報，香濤賞孔雀翎，蘇元春、馮子材三等輕車都尉，餘敘擢有差。張曜爲廣西巡撫，治護城河，唐仁廉爲廣東陸路提督，蘇元春補廣西提督。論守臺功將士，敘擢有差。林淮源補内閣侍讀學士。

十三日(7 月 24 日)晴。　寄家書、子涵書、再同書。

合肥嘗贈余青驄，調良顧主就成時，盡賣車羸，獨不忍棄馬，留之子涵厩中，比子涵亦減騶乘，乃復歸之合肥。

寓廬臨城，登城一望，歸思邊愁頓起胸鬲間，復至城隍廟小憩。廟有白丁香一株，神手持一卷書，乃乾隆御集也。

十四日(7 月 25 日)晴。　得合肥復書，並寄《海戰新義》兩册。

《漢書·高紀》：十年夏五月太上皇后崩，秋七月癸卯太上皇崩。《史記》無“夏五月”八字。《通鑑考異》、荀悦《漢紀》“五月”無“后”字，“七月”無“崩”字。殿本《考證》引之。余按，《史記·盧綰傳》作“高祖十年七月太上皇崩”，《漢書》作“十年秋太上皇崩”。如《漢紀》夏崩秋葬，恐寫官之譌，要以去此八字爲正。

十五日(7月26日)晴。　《淮南·原道訓》:"五色之變不可勝觀也。"高注:"常事曰視,非常曰觀。《春秋》魯隱公'觀漁于棠'是也。"莊逵吉:"《説文解字》:'觀,諦視也。'古字古義,自有一定。誘解得之。"《時則訓》:"伐蛟取鼉,登龜取黿。"高注:"易言取,難言伐,尊言登。"逵吉以三字疏解爲精。余謂,"常事曰視"兩語,乃《穀梁》"隱[公]觀魚于棠"傳,伐、取、登三字解,與鄭注《月令》同,似不足贊爲創解。

寄復合肥書。千總趙大福赴津也。

十六日(7月27日)晴。　得家書,粹玉咳未愈。閱邸抄,鄧承脩論劾沈保靖,得旨開缺。左、楊及吏部堂司均議處。

十七日(7月28日)晴,午後微雨,入夜漸大。　石秀才儒珍來保定人,習於庫倫塞上形勝,留宿西齋。

十八日(7月29日)陰雨。　龍户部來。

韓廣以上谷卒史徇燕,燕王臧荼反,酈商别定上谷。

《説文·夰部》:"《虞書》曰:'若丹朱奡。'讀若傲。《論語》:'奡(湯)[蕩]舟。'"此亭林所本。《史記集解·仲尼弟子列傳》注:"孔安國曰:'羿,有窮之君,篡夏后位,其徒寒浞殺之,因其室而生奡。奡多力,能陸地行舟,爲夏后少康所殺。'"以禹稷比孔子,乃馬融説,此足補五月廿七記所漏。《論語疏》亦同。五月間,偶檢汲古閣節本,脱之耳。

十九日(7月30日)午後大雨。　雨後,石秀才歸,時客宣鎮王可陞處。送石生後,登城縱眺,至大士廟小坐而歸。

被都統文調回張堡效力。

二十日(7月31日)晴。　《淮南·時則訓》,高注不詁十母、十二子,鄭注《月令》奪甲、丁,兩解十二子,因檢《淮南·天文訓》,所解爲最精:指寅則萬物螾螾也,卯則茂茂然,辰則振之也,巳則生巳定也;午者,忤也;未,昧也;申者,申之也;莊本作"呻",余依段氏《説文》改之。酉者,飽也;戌者,滅也;亥者,閡也;子者,兹也;丑者,紐也。遷《史》因之:寅,言萬物始生螾然也;卯之爲言茂也,言萬物茂也;辰者,言萬物之蜄也;巳者,言陽氣之已盡也;午者,陰陽交,故曰午;未者,言萬物皆成,有滋味也;申者,言陰用事,申賊萬物;酉者,萬物之老也,故曰酉;戌者,言萬物盡滅,故曰戌;亥者，該也，言陽氣藏於下，故該也；子者，滋也，言萬物滋於下也；丑者，紐也，言陽氣在上未降，萬物厄紐未敢出。自亥者至此，應在“寅言萬物之前”，誤倒。十母：壬之爲言壬也，言陽氣任養萬物于下也；癸之爲言揆也，言萬物者可揆度也；甲者，言萬物剖符甲而出也；乙者，言萬物生軋軋也；丙者，言陽道著明，故曰丙；丁者，言萬物之丁壯也，故曰丁；庚者，言陰氣庚萬物，故曰庚；辛者，言萬物之辛生，故曰辛。班《書・律曆》乃采王莽時雜説，則曰：孳萌於子，紐牙於丑，引達於寅，冒茆於卯，振美於辰，已盛於巳，咢布於午，昧薆於未，申堅於申，留孰於酉，畢入於戌，該閡於亥，出甲於甲，奮軋於乙，明炳大盛於丁，豐楙於戊，理紀於己，斂更於庚，悉新於辛，懷任於壬，陳揆於癸。許氏《説文》要不能外此，“其出乙乙”也，段玉裁：“乙乙，軋軋假借字。”不知馬、班及鄭注《月令》，亦云“乙之言軋”，此乙乙直當作軋軋，不必以假借爲解。“丁，萬物皆丁實。”小徐作“丁壯成實”。“實”無義，當依小徐本改爲“丁壯”，與《史記・律書》同訓。蓋許解十母多本遷《史》。戊、己，史未訓，始采他説，故不類。其十二子，則皆本《淮南書》。許親注《淮南》故也。段氏據《淮南》改髕爲螾，極有見。訂“申，神”之當爲“申，申”，而並疑《淮南》之非“呻之”，亦以馬、班參證也。鈕樹玉駁之，殊可一吷。余意，“未，味也，六月滋味也”，上“味”字當是“昧”也，下當是“六月萬物有滋味也”，蓋參用《淮南》及遷《史》之説，如《韻會》所引“六月之辰”，恐是臆改耳。“酉，就也”，恐是“飽也”之譌，頗疑卯酉同形，酉音讀似今之卯音，故《淮南》訓飽，遷《史》訓老耳。卯柳同字，故亦訓留。（孰）段氏疑“酒”下當别立酒部，凡从酉之字皆从酒省，亦頗深於訓詁。鈕氏譏之，殆以段掠襲其説故耳。

二十一日（8月1日）陰，晚微雨。　過景參領小坐。

得倪泰書，並邸抄。張夢元調閩藩，李秉衡擢桂藩，李用清、唐咸仰候簡，潘霨署黔撫，曾紀鳳擢黔藩，李元度授黔臬，許振禕擢豫臬。

《史記・律書》：十月律中應鐘，應鐘者，陽氣之應，不用事也；十一月律中黄鐘，黄鐘者，陽氣踵黄泉而出也；十二月律中大吕，大吕者，無解，疑有譌奪。正月律中泰簇，泰簇者，言萬物簇生也，故曰泰簇；二月律中夾鐘，言陰陽相夾厠也；三月律中姑洗，姑洗者，言萬物洗生；四月律中中吕，中吕者,言萬物盡旅而西行也;五月律中蕤賓,蕤賓者,言陰氣幼少,故曰蕤,痿陽不用事,故曰賓;六月律中林鐘,林鐘者,言萬物就死,氣林林然;七月律中夷則,夷則言陰氣之賊萬物也;八月律中南吕,南吕者,言陽氣之旅入藏也;九月律中無射,無射者,陰氣盛用事,陽氣無餘也,故曰無射。《漢書·律曆志》:"黄者,中之色,君之服也。"鐘者,種也,陽氣施種於黄泉,孳萌萬物,爲六氣元也;大吕,吕,旅也,言陰大旅助黄鐘,宣氣而牙物也;太族,族,奏也,言陽氣大,奏地而達物也;夾鐘,言陰夾助大族,宣四方之氣而出種物也;姑洗,洗,絜也,言陽氣洗物,姑絜之也;中吕,言微陰始起未成,著於其中,旅助姑洗,宣氣齊物也;蕤賓,蕤,繼也,賓,導也,言陽始導陰氣,使繼萬物也;林鐘,林,君也,言陰氣受任,助蕤賓君主種物,使長大楙盛也;夷則,則,法也,言陽氣正法度而使陰氣夷,當傷之物也;南吕,南,任也,言陰氣旅助夷則,任成萬物也;亡射,射,厭也,言陽氣究物,而使陰氣畢剥落之,終而復始,亡厭已也;應鐘,言陰氣應亡謝,該臧萬物而雜陽閡種也。鄭注《月令》本《周語》,《淮南·天文訓》有解而高注頗采馬、班之説,與本書不盡合,且《天文》《時則》兩訓亦略有字句小異處,《時則訓》"林鐘"作"百鐘"。

二十二日(8 月 2 日)晴。　答龍户部。

二十三日(8 月 3 日)晴。　晨起,頗爽朗,寄再同和詩。

未刻張萬全來。

二十四日(8 月 4 日)晴。　孫毓汶、沈秉成、續昌入譯署,以錫出江蘇查辦差,廖出江西試差也。答張令不值。

《武五子傳》:燕王旦"使人祠葭水、台水"。晉灼曰:"《地理志》葭水在廣平南和,台水在雁門。"師古曰:"葭音家,台音怡。"

李廣爲上谷太守,數與匈奴戰。上谷太守郝賢,四從大將軍,捕首虜千三百級,封賢爲終利侯,見《霍去病傳》。張敞祖父孺爲上谷太守,河東平陽人,見《張敞傳》。《宣化府志》均載之。而孺列李廣前,似孺徙茂陵,子福事武帝,似在武帝時,廣則在孝景時也。終利,《功臣表》作衆利,自注:姑莫千一百户,元朔六年五月壬辰封,(二年)元狩二年,坐爲上谷太守入戍卒財物計謾,免。班氏《敘傳》:"長,官至上谷守。"《杜周傳》:"延年子緩爲上谷都尉。”陽並北海人，亦爲都尉。北海人，未考出。《兩粵傳》：“故甌駱將左黄同斬西于王，封爲下鄜侯。”而《功臣表》：“下鄜侯左將黄同以故甌駱左將斬西于王功，侯七百户。”從《表》則不應以“左將”兩字冠姓名上，從《傳》則又兩言左將，無憑折衷。

二十五日（8月5日）晴。　張令來。

得安圃書，知兩粤水災甚大，皆鮌患也。伐鮌之政不舉，以致水灾氾濫不已，大兵之後繼以大水，民何以堪？

二十六日（8月6日）晴。　午後景介臣來。夜，張沚莼招飲書院。

家人寄《吕氏春秋》來，以考《淮南》，甚快。

經訓堂輯《晉書・地道記》引《水經注・滱水》下北平有鴻上關，此中山之北平國，非北平郡也，載之北平郡，誤。

二十七日（8月7日）晴。　得家書。

二十八日（8月8日）夜大雨。　寄家書，並寄香濤前輩書。

《趙充國傳》：“遷中郎將，將屯上谷。”

二十九日（8月9日）晴。

七月初一日（8月10日）晴。　得趙菁衫太守書。

得安圃書，附載之及張西山書。

初二日（8月11日）晴。　專足歸，得安圃復書。

閲邸抄，御史吴峋以劾閻相指爲奸邪，編修梁鼎芬以劾李相深文周内，稱其可殺，誣謗大臣，下部嚴議。

過紹、永兩都護，以奉文調回軍臺衙門當差也。永，未見。

《幼官》：“若因夜虚守静，人物人物則皇。”房注：“皇作皇暇解。”余謂，夜虚，當依《幼官圖》作“處虚”，此句當聯“則帝”“則王”“則霸”爲一節。蓋《管》本有圖，圖中縱横寫之，書者依次第殺青，致有此錯。人物或一或二，乃圖中本圖有人物，書者附記闌入大字耳。“此居圖方中”等句，皆劉向寫書時附注而誤入本文者也。此説似確，當以質之再同。

初三日（8月12日）晴。　得安圃廿七日書。

過定静村安，將軍乃張口旂人。

初四日（8月13日）晴。　復安圃書。寄再同書，慰其殤子。

初五日(8月14日)陰。　定静村來答,識吴仁波先生,吴亦遣戍于此。及外舅廷尉公。

初六日(8月15日)陰雨不成,天煩熱異常。　得合肥初二書。

初七日(8月16日)晴熱甚。　午飯時張沚蒓來。寄家書。

復合肥書,王都司調蒲河,都司人便至津,故附此函。

初八日(8月17日)晴。　午後吕子方秀才來,名望端,豐潤人,乃趙菁衫之内弟也。

寄復趙菁衫書。

初九日(8月18日)晴酷熱。　朱存病。枯坐,悶甚。

初十日(8月19日)晴。　晨起,得合肥書,寄示海軍疏稿。

午後,族叔祖煦來,得九弟書,又得家書及子涵書。

十一日(8月20日)晴。

十二日(8月21日)晴。

十三日(8月22日)晴。　族叔祖用和歸,寄九弟書,並寄都寓家書。

十四日(8月23日)晴。　家書至。左相准回籍,俟病愈來京供職。鄧鴻臚回籍省親,給假兩月。周盛傳卒。周盛波授湖南提督。

十五日(8月24日)陰。　《前漢·匈奴傳》:"諸左王將居東方,直上谷以東,接穢貉、朝鮮。右王將居西方,直上郡以西,接氐羌。而單于庭直代、雲中,各有分地,逐水草移徙。"匈奴往來,苦上谷以東,終高祖世。文帝時屯飛狐口。師古注:代郡之南,燕趙中。武帝時衛青出上谷至龍城,元朔二年漢亦棄上谷之斗辟縣造陽地以予胡。其明年,年須細考。胡數萬騎入上谷殺數百人,單于歡喜,上書願保塞上谷以西至敦煌。

《王莽傳》有上谷都尉陽並。又,上谷儲夏自請願説瓜田儀,莽以爲中郎。

十六日(8月25日)晴。　寄家書。内八弟及謝勖齋書。

十七日(8月26日)晴。　《水經注·汾水》下載《漢上谷長史侯相碑》,云:"侯氏出自倉頡之後,逾殷歷周,各以氏分,或著楚魏,或顯齊秦,晉卿士蔿即其裔也。"可補《宣化府·職官》。

十八日(8月27日)晴。

十九日(8 月 28 日)晴。　晚,龍松琴來。

二十日(8 月 29 日)晴。　得家書並再同書。

晚答龍松琴,松琴論韻學甚精,其尊人翰臣先生講求韻學也。

二十一日(8 月 30 日)晴。　晨起,王都司來,買蒙古白馬,余試之,尚馴。

復合肥書。廿二發。

張沚蒓大令餽蟹並畫扇。[1]

松琴送《兩漢金石記》《百研齋所摹漢碑》見示。

《金石録》云:右居攝墳壇刻石二,其一云上谷府卿墳壇,其一曰祝其縣卿墳壇,皆居攝二年三月造。上谷,郡名。祝其,縣名。不知所謂府卿與縣卿爲何官,蓋自王莽居攝名日易,故史家不能盡紀也。其曰墳壇者,古未有土木像,故爲壇以祀之。兩漢時皆如此。

二十二日(8 月 31 日)晴。

二十三日(9 月 1 日)陰。　同王都司登雲泉寺。

寺碑洪武二十六年僧清月創,改禪院曰雲泉寺,天順丁丑僧浄行及里人張普重修,正德壬申大同總兵江桓爲守備及僧圓玉復拓之,崇禎庚午王將軍者建聳然亭爲别一洞天,有汎珠、歕玉兩泉,寺之命名以此。參嘉靖丙戌及乾隆壬午兩碑,文陋不全録。今亭已圮。王將軍者,以志考之,當是萬全都指揮王懷仁。至雜祀玉皇諸神,則後人所附會者。賜兒山本名紫泥山,有古柳一株。

晚,龍松琴來,論詩自言溯源山谷以及韓、杜。

二十四日(9 月 2 日)晴。　《地理志》:"上谷至遼東,地廣民希,數被胡寇。"《刑法志》:"自黄帝有涿鹿之戰以定火灾。"鄭氏曰:"涿鹿在彭城南。"李奇曰:"黄帝與炎帝戰於阪泉。今言涿鹿,地有二名。"文穎曰:"涿鹿在上谷,今見有阪泉地黄帝祠。"師古曰:"文説是也。彭城者,上谷北别有彭城,非宋之彭城也。"

龍松琴贈其尊人所作《古均通説》及近人所刻《詞林正均》。

二十五日(9 月 3 日)晴。　粹玉遣蘇福來,得安圃書,知粹病又增,

[1] 此處眉批:張萬全餽蟹,王都司致菜,各系以詩:"文章未横行,夢感臨邛令。北地致雙螯,山國以魚鱉。誰云繆恭敬,菊天憶江南。解答青筐詠。斯貺不獨享,薑橙及尊行。　肉食吾漸鄙,退休理齏甕。大菘亦論斤,價比肥羊重。杜陵可憐人,苛摘園官送。荒蕾請廢畦,暇欲閉門種。"

郭醫病,無人下藥,爲之焦悶。

子峨赴戍,寓通海店,往視之,尚不戚戚,惟夢得有親,爲之感歎。

寄家書。

二十六日(9月4日)晴。　日來亢陽如三伏,塞上未嘗有也。晚,子峨來飯,暢話。

二十七日(9月5日)晴。　昨夕得合肥書,作書復之。

二十八日(9月6日)晴。　遣朱存歸。寄家書及再同、子涵書。

晚答龍松琴。

二十九日(9月7日)陰。

三十日(9月8日)晴。　寄復章琴生書。

八月初一日(9月9日)晴。　聞鳩。龍松琴來。

何子峨來。朱存至土木驛,寄一書,知安圃廿二日以截取知府召見。

初二日(9月10日)晴。　悶甚,策馬獨游城西南校武場。龍松琴以所著《槐廬詩集》見示,乃學山谷者。寄安圃書。

初三日(9月11日)晴。　欲訪子峨,而子峨至,談甚洽。

得家書及杭電,六姊於七月二十四日下世,爲之痛哭。

初四日(9月12日)晴,急雨一陣。　悶甚。王都司來,言永豐堡有泉,可一游解煩。策馬行五里,有一巴達蘭布墓,頗有松楊果木,借之哀傷淚下不止,歸途遇雨。

泉出卧雲山,乾隆間業皮之賈建一龍泉寺,以泉爲洗皮之所,清流滌垢,水之功大矣。

初五日(9月13日)晴。　聞紹秋皋有赴庫倫勘獄之命,與子峨稍談。

初六日(9月14日)晴。　張沚蒓來,午後得家書,安圃無差,貧甚。

穆春巖召回,將授以簡練旂兵之任云。

夜,石秀才來。

初七日(9月15日)晴。　石秀才來,即歸宣化。午後,子峨之姪壽嵩來。

初八日(9月16日)晴。　寄家書,附載之書。

薄莫，同樂山乘馬出南門，至西門外果園，則歲旱地枯，木皆不實。記庚辰與樂山游此，李柰成林，爲之悵然。王都司請至通橋，過橋，借野人種蒲桃架下稍坐，摘蒲桃食之，日夕始歸。

張沚蒓送蟹，以贈子峨。

朱存有稟來，略悉家事。

初九日(9月17日)晴。　子峨來談。

得安圃及樂山書。高陽署吏部侍郎。

《史記·五帝本紀》：與炎帝戰于阪泉之野。《集解》："服虔曰：'阪泉，地名。'皇甫謐曰：'在上谷。'"《正義》："《括地志》云：'阪泉，今名黄帝泉，在媯州懷戎縣東五十六里。出五里至涿鹿東北，與涿水合。又有涿鹿故城，在媯州東南五十里，本黄帝所都也。'《晉太康地理志》云：'涿鹿城東一里有阪泉，上有黄帝祠。'按，阪泉之野，則平野之地也。"與蚩尤戰于涿鹿之野。《集解》："服虔曰：'涿鹿，山名，在涿郡。'張晏曰：'涿鹿在上谷。'"《索隱》："或作濁鹿，古今字異耳。按，《地理志》上谷有涿鹿縣，服虔云'在涿郡'，誤。"合符釜山。《括地志》云："釜山在媯州懷戎縣北三里，山上有舜廟。"而邑于涿鹿之阿。《正義》："廣平曰阿。涿鹿，山名，已見上。涿鹿故城在山下，即黄帝所都之邑(在)[於]山下平地。"遷徙往來無常處，以師兵爲營衛。太史公曰："北過涿鹿。"《正義》："涿鹿山在媯州東南五十里，山側有涿鹿城，即黄帝、堯、舜之都。"

初十日(9月18日)晴，午後微雨。　寄家書。

十一日(9月19日)晴，夜急雨，旋霽。　昨作一文頗暢。午後，過子峨。子峨觀余近作，以爲律勝于古，律有章法，古詩太生硬。歸，步馬至右營永福寺。

十二日(9月20日)晴。　得家書，校《管子》。

十三日(9月21日)晴。　夜，龍松琴來。

十四日(9月22日)晴。　過子峨，並答龍君，以其商石幢事也。

十五日(9月23日)晴。

十六日(9月24日)陰，夜雨。

十七日(9月25日)晴。　得琴生書，子峨來。永署都統紹查辦庫倫事件。

十八日(9月26日)晴。　紹辭行。得家書及杭州宗載之、海門八弟書，食不下咽。

十九日(9月27日)晴。　晨,答紹送行。寄家書,並八弟、載之信。

二十日(9月28日)晴。

二十一日(9月29日)晴。　同子峨游元保山,山故有元廢堡,以此得名。俗以元寶名之,更甚愚溪之辱矣。晚,龍松琴來。

夜雨。

二十二日(9月30日)晴。　得合肥書,十八入覲。過子峨談。

二十三日(10月1日)晴。　得家書並邸抄。復合肥書,寄家書。

二十四日(10月2日)晴。　寄八弟書由葉子晉、樂山書天津加封、家書,又作安姪書寄六姊祭文,明日寄。

二十五日(10月3日)晴。　同蘇福上雲泉山一游,視前游一月矣。寄再同書廿六寄。

二十六日(10月4日)晴。　午後,子峨來,登城一望。龍松琴欲來,余遂信步詣之。

二十七日(10月5日)晴。　左相予謚文襄。

復游蔬圃,得家書。

二十八日(10月6日)晴,連日天氣甚暖。　過子峨。

二十九日(10月7日)晴。　昨夜耿耿不寐。晨起,作數百字,天時甚燠。夜讀《管子》,計在塞上已五閱月矣。

寄樂山書由驛遞。

葆石齋日記

九月初一日(10月8日)晴。　天氣暄和,土人言納禾者利之。八、九月,猶袷衣,塞上所未有也。策騎出南門,行十里,至昌隆寺。[①] 寺有萬曆藏經殘本,有一佛像,乃明時一僧示寂不僵,就漆爲象者。余曰此漆身爲癘之流耳,炫俗驚愚,何足尚也。歸已更鼓動矣。寺在石頭屯,近八角臺山,臺亦明時障堠也。

---

① 此處眉批:有松兩枝,乃道光廿八年所種,與余同年也。

初二日(10月9日)晴。　得再同書廿六日。

初三日(10月10日)晴。　復得再同書。

初四日(10月11日)陰,夜小雨。　寄復再同書並八弟書。

初五日(10月12日)雨。　專足寄家書。午後,得朱存稟。

初六日(10月13日)陰,晨大雨。

初七日(10月14日)晴。驟寒,登城望雪。　午後,子峨來,小坐即去。寄復八弟及符曉瞻書。

初八日(10月15日)陰。

初九日(10月16日)晴。　吕子莊秀才自都應試歸,贈趙菁衫詩集已數日矣,午後策騎候之,遇諸塗,在齋中略話。

初十日(10月17日)晴。　過子峨略談,得朱存書。

十一日(10月18日)陰。　寄家書,王都司處人便也。答吕子莊,不值。

十二日(10月19日)晴。　得家書。

十三日(10月20日)晴。　朱存自都門回,得家書。張沚蒓來。龍松琴來。以《詩義折中》及圭盦詩報之。

十四日(10月21日)晴。

十五日(10月22日)晴。雨漸止,夜月甚朗。　寄家書。安粹治醴楞。子峨來,答松琴。

十六日(10月23日)晴。　蘇福還都。昨得安書,知時賢忌嫉方深,當益韜晦以合反身修德之旨。

十七日(10月24日)晴。　策騎薄游,過子峨。

十八日(10月25日)晴。

十九日(10月26日)晴。　得合肥書。寄樂山書。仲彭中南闈舉人。

二十日(10月27日)晴。　再同書來,論《廣(均)[韻]》,言黎庶昌近得日本元泰定本,文、欣不同用,尚是唐人之舊。張注同用,已從《禮部韻》改,鍾謙鈞刻明内府本注欣獨用,不知鍾本即亭林先生所刻本否?余於韻學茫然,塞上攜書甚少,以《選詩》考之,劉公幹《贈徐幹》,則以勤與根、群、君同用;曹子建《贈白馬王》,則以勤與神、陳、鄰、親、仁、辛同用;張茂先《勵志》,則以勤、殷與雲、文同用;應吉甫《華林園》,則以欣與文、雲、芬同用；顔延年《呈從兄車騎車長沙》，則以殷與紛、分、雲、聞、芬、文同用，《還至梁城》則以勤、殷與群、分、雲、文、墳、聞同用。因之，求諸《詩》，則《北門》第一章，殷與門、貧、艱同用；《庭燎》第三章，晨、煇、旂同用；旂，兩與芹同用，从斤，得聲，古當在欣均。《鳧鷖》第五章，則欣與熏、芬同用。求諸群經，則"四體不勤，五穀不分"，見於《魯論》。求諸諸子，則"玄牝之門，是爲天地之根，綿綿若存，用之不勤"，見於《列子》。是古音欣不但與文同用，且與真、魂、山亦同用矣。唐初文學稱盛，其同用獨用必不能率爾分合，若以古爲準，則文、欣定當同用，不當分用也。至高、岑、王、孟諸集文韻暨杜律，從未參用欣韻，杜古詩文間通真魂，亦未入一欣韻，似可爲欣獨用之證，然《崔氏東山草堂》一首，芹與人、新、筠同用。[①] 太白《古風》斤與鄰、人、真、神、身、淪同用，《感遇》勤與濱、春、親、人同用，《對雪餞任城六丈》真韻亦間用懃字，頗疑欣韻太少，獨用不能成詩，用文韻不必求助於欣，故相傳以爲獨用耳。

二十一日（10月28日）晴。　白香山詩以爲老嫗都解，然亦字字有來歷也。"貧家嫁女晚，嫁晚孝於姑；富家嫁女早，嫁早輕其夫。"《尚書大傳》曰："孔子曰：男三十而娶，女二十而嫁，通於織紝紡（織）[績]之事，黼黻文章之美，不若是，則上無以孝於舅姑，而下無以事夫養子。"此上兩句所本也。富家，則《張耳傳》："外黄富家，女嫁，傭奴其夫。"是矣。今人非以淺俗學白，即反之自託於艱深，此詩之障也。

臧氏琳《經義雜記》考文帝始置博士，引《漢書・楚元王傳》、劉歆《移太常博士》、《後漢・翟酺傳》、趙岐《孟子題辭》，以駁章懷《酺傳》注。《玉海・藝文》云："《爾雅》，文帝立博士，本之《孟子》《漢書》。"余案，《史記・儒林傳》："孝文帝本好刑名之學，及至孝景，不任儒者，而竇太后又好黄老之術，故博士具官待問，未有進者。"此亦孝文時立博士之的證也。

二十二日（10月29日）陰。　復合肥書。得樂山書。得家書並穀士、琴生書。

二十三日（10月30日）晴。

二十四日（10月31日）晴，夜大風。

① 此處眉批：《大雲寺贊公房》以芹與巾、身、新、人、鱗同用。

二十五日(11月1日)晴。　薄莫,龍松琴來,以其尊人事略見示。

二十六日(11月2日)晴。　得蘇福書,知至坌道萬興店,一十七人受麫餅,均遇砒毒,店主人云乃仇人陷害,而客則狼狽困頓矣。十八事。至廿日始能興,至家猶疲乏,急服散毒之服,而股際紅瘇,可歎也。行路之難如此。

二十七日(11月3日)晴。

二十八日(11月4日)晴。　至子峨處略談。周子玉寄百金,壁之。

寄家書。寄樂山書。

二十九日(11月5日)晴。　作《莊子年表》一卷。鑪炭初温,重簾不卷,遂爲煤氣所逼。夜略感寒熱。

三十日(11月6日)晴。　寫表初定,又作《莊子楚人説》一篇。得安圃、再同書。再同以專記張字見贈。寫《莊表》及校定《管子·幼官》一篇,寄安圃、再同。

十月初一日(11月7日)晴。　寄家書。天氣甚和,登城展眺。

初二日(11月8日)陰。　校《管子》。以十子本校江甯局本,均非精刻也。都中是日遷繩匠胡同。

初三日(11月9日)晴。　復李漢春書。連日考究雙聲、疊韻。午後,讀《潛研堂》,憬然有悟。

初四日(11月10日)晴,天寒。　午後,子峨來談。

吴斗南《兩漢刊誤補遺》以丹朱、奡爲兩人名,朋淫指兩人言之,南宫适言"奡湯舟""則罔水行舟",是已奡在禹前,故禹舉之以戒舜。南宫适亦先羿、奡而後禹、稷。孫侍御念祖《讀書脞録》謂《論語》"奡湯舟",自孔安國注以澆爲奡,而《集注》因之,實則澆之盪舟於經傳無據也,奡蓋别是一人爾。斗南此論頗有理,然以先羿、奡而後禹、稷爲次序,亦先之疏,然則羿善射,奡湯舟,何以羿先於奡乎?或以羿爲堯時彈日之羿,亦未必然,堯時之羿未聞不得其死也。斗南以《孟子》逢蒙殺羿爲堯時之羿不確,余所説與斗南合。侍御考證稱博,而此事徒以空言駁吴,何其疏也。既以奡爲舜時之奡,則羿自是堯時之羿,羿,帝嚳射官,安見《孟子》所言定是有窮后羿乎?殆不足以服斗南也。

初五日(11 月 11 日)晴。

初六日(11 月 12 日)晴。　答龍松琴。得伯潛書。劉省三附千金並書來,擬謝之而不受。

初七日(11 月 13 日)晴。　寄家書。附章琴生、榮履吉、八弟書。

午後,過何子峨,論韻學甚暢。

初八日(11 月 14 日)晴。　晨起,得樂山書,由王總兵交來,作書復之。得家書、子涵書。

初九日(11 月 15 日)晴。　得安圃書。得合肥書,知琴生以知府用。

越南爲法所廢,以兵禦法,互有勝負,間道至滇求封。大院君還,閔黨密結俄爲援,朝鮮王請我派兵都護。思之怦然,想宵旰紆籌,柄臣戚頟也。

初十日(11 月 16 日)晴。

十一日(11 月 17 日)晴。　午後,子峨來,論《七臣七主篇》,甚辨。夜,龍松琴來,言其鄉鄭獻甫著有《愚一録》,甚精。鄭字小谷,象州人。寄安圃書。

十二日(11 月 18 日)晴。　寄家書。附合肥書、琴生書、劉省三書。

書成,而琴生書至,頗有玉堂天上之感。

紹秋皋都統由庫倫回。

十三日(11 月 19 日)晴。　過都統,並答張沚蓴。

《日知録》卷三十二:"今人謂石炭爲墨。"按,《水經注》:"冰井臺井深十五丈,藏冰及石墨焉。石墨可書,又然之難盡,亦謂之石炭。"是知石炭、石墨一物也,有精麤爾。《史記·外戚世家》竇少君爲其主人山作炭,《後漢書·黨錮傳》夏馥入林慮山,親突煙炭。北人凡入聲字皆轉爲平,故呼墨爲煤,而俗竟作"煤"字,非也。

崔銑《彰德志》作烸,《玉篇》《廣韻》並無烸字。

十四日(11 月 20 日)晴。　午後,同王都司登雲泉山。先是,汎珠泉上有亭名聳然亭,乃明王將軍所建。余屬王金榮復之,力不及,乃署之曰澹然亭,用揚雄賦語也。是日往觀之。

十五日(11 月 21 日)晴。　午後,過子峨,亦讀《管子》,冥搜妙悟,時足啟予。

得家書,又得于幼棠書。

十六日(11月22日)晴。　寄家書。

都中寄筍韭,邀子峨晚酌。

十七日(11月23日)晴。　得家書。

十八日(11月24日)晴。　寄復陳伯潛書、安圃書。

傍晚,吴西白自陽高會鞫天鎮案,便道見訪。

十九日(11月25日)晴。　吕子莊秀才贈百合、秋梨。

夜,西白出城,回天鎮。

二十日(11月26日)晴。

二十一日(11月27日)晴。　得安圃書、再同書、載之書。

過子峨雜談,攜其所讀《管子》歸,閲之,其與余意同者録入拙著,有未能遽定者附録於此。

猿猱三仞喻人各有能,以明人不可矜專。　獨王作獨主。此説可采。　比之於山,漏"十六仞見水"五字。　十分去一。改。四則去二。三則去三。二則去四。三尺而見水。一尺句乃劉説。　戰之自勝。勝作敗。　得地而不能實。實作守。　謀十官。十作于。　七法八分。作符節、印璽、典法、策籍,見《君臣上》。本三史四經五。與余説同。　紀六即六秉,機七即七法。存考。　計緩急之事。計下有于字。　以必明四句爲四機。與余不合,存考。以上《幼官》。　《五輔》曰:"實壙虚。"以下另是一篇。　不失。作不矢。矢,陳也。此説勝王。　生而不死者二。注:"二者,愛、樂。"　此篇今作節。　人主。　國有。　生而。　爲善。　王主。　凡國。　愛人。　先王。　餘目。　時者。　先王。　人故。　凡萬。　得之。　一曰。　先王。　賢大夫。　故曰。　賤固。　天以。　衆人。　凡國。　命屬。　衆勝。　人主。　凡人。　先王。　日益。　衆人。去"愛此"二句,與王異。　人主。　明賞。　天道。　釜鼓。　先王。此余不謂然,而何持之甚堅。　八觀第一節。所爲解。　萬家上下互易。　法禁自君之置其儀至正經而自正矣。去之。　聖王既没至國之危也。亦去之。與余大指合。老辣之至。　則生之養,私不死。改作賊生以私養死士。蘇作樵解,與余合。

二十二日(11月28日)晴。

二十三日(11月29日)晴。　復再同書。

二十四日(11 月 30 日)晴。

二十五日(12 月 1 日)晴。　子峨來談。

二十六日(12 月 2 日)晴。　寄復載之書。寄合肥書。昨夜得詩三首,一寄琴生,一寄再同,謝張字專記,一奉懷潤民師入覲。

薄暮,得家書,寄《管子》兩部,一方望溪删定本,一士禮居宋本。仍是局刻。

二十七日(12 月 3 日)晴。　復安圃書。日來天勢漸寒。張沚蒓來。借俞蔭甫《諸子平議》。

二十八日(12 月 4 日)晴。　校《管子》三篇。

二十九日(12 月 5 日)晴。　過子峨。

十一月初一日(12 月 6 日)晴。　得安圃書。附八弟書。九弟至都。

初二日(12 月 7 日)晴。　復安圃書。答龍松琴。

初三日(12 月 8 日)晴。　《淮南・説林訓》:"昫昫者獲,提提者射。"高訓提提爲安。王氏謂提乃題字,《説文》:"頭也。"俞蔭甫以爲湜湜字。王説以下文"太白若辱,大德若不足",故紆迴就之。俞以爲湜湜,則躲字不可通矣。《毛詩》:"弁彼斯鸒,歸飛提提。"傳:"提提,群貌。"正是。《淮南》之提提者射,群則爲衆所見矣,似不必改字也。

初四日(12 月 9 日)晴。

初五日(12 月 10 日)晴。　起甚早。午後,安圃書來。龍松琴過談,於詩不滿漁洋,而頗許袁子才、厲樊榭,復論黄河形勢。① 夜,得合肥書。

初六日(12 月 11 日)晴。　合肥十月二十七日書,言緬甸全爲英踞,束手無策。魏(默)[墨]生《聖武記》載師範滇繫入緬路程甚詳,當乾隆盛時,傅文忠、阿文成以中原全力八旗重臣攻緬無效,今朝重信義,將帥無人,又際南越休兵之後,宜不暇從事緬甸。顧滇邊騰越逼英,保勝逼法,五金之礦又使彼族垂涎,危哉岌乎! 朝鮮外戚鉤俄,雷正涫一軍進駐東邊以張聲勢,袁世凱至漢城佐其國政,顧無益也。

昌黎《讀皇甫湜公安園池詩》,東雅本"掎摭,糞壤污穢豈有臧",雖臚列各本之異,而闕字不補,方扶南本仍之。按,《考異》引劉貢父云,"掎摭,

---

① 此處眉批:龍論河論詩,均依墻傍壁。

糞壤間”，則作“間”者，乃善本也。此詩實不佳，尊韓者所當知。

初七日（12 月 12 日）晴。　家書來。潤師廿九日到京，初二日請安。

嚴範孫吉士書來，論刻北學海堂課藝，並告子涵，欲集貲爲余納罰鍰求歸。琴生書來，洪琴西遣其世兄至津，欲訪余塞上，琴生止之。余亟書，並止琴生。琴約其明春同來。

過子峨。

初八日（12 月 13 日）晴。　作家書。

讀《漢書・蓋寬饒傳》：“執金吾議，以寬饒（指）意欲求禪，大逆不道。”《百官表》：神爵二年南陽太守賢爲執金吾。班氏不著其姓氏，殆失癉惡之旨。蓋君剛直高節，殆違明哲之義，而班以爲深刻喜陷害人，似亦周内。

初九日（12 月 14 日）晴。

初十日（12 月 15 日）晴，夜雪。　潤師專人來，並安圃、再同書。再同有戴子高校《管子》，不見假，此乃新書，何緘祕如此？

子峨及吕子莊來。

作復書與潤師，交戚弁入都。

十一日（12 月 16 日）晴，午後陰。　登城望雪。

十二日（12 月 17 日）陰。

十三日（12 月 18 日）晴。　連日天時漸寒，非鑪不暖，墨凍茶冰，然大略似都下，特夜風撼窗槅，使人卧不能貼耳。

《管子章句》初稿成。

十四日（12 月 19 日）晴。　樂山書來，寄石花冰魚四尾，並告月之初六交卸撫篆。

天甚和。和竹坡詩二首。過子峨，談甚暢。

十五日（12 月 20 日）晴。

十六日（12 月 21 日）晴。　借子涵《諸子平議》之《管子》六卷手録之，已竟。

戚弁回，得安圃及潤師復書，並寄《鐵網珊瑚》一部。

是日冬至。

十七日（12 月 22 日）雪。　復安圃書，子涵書，和竹坡詩，候柳門書。

張子騰侍郎卒。子騰與余《起居注》共作總辦半年。

十八日(12 月 23 日)晴。　雪後彌晴暄,注《管子》三事,讀《文選》十餘頁。

秦伯猶用孟明,相傳以爲美談。黄東發獨謂孟明不知鄭之不當襲,又師出而輕。雖王孫滿尚幼,猶知其必敗。雖再敗之餘,鼓勇焚舟不過晉,不與争而已,豈嘗有功于秦者哉?秦之能霸,以穆公之賢,而秦固强耳。世乃以其焚舟之勇傳誦爲美談,不知秦晉報復,暴兵千里,更四君而不休,皆孟明啟之,外誤其君,内違其父,不才孰甚耶?黄氏此論自有爲而發,若論孟明則略苛。襲鄭之役,啟之者杞子,貪之者穆公,觀孟明一見犒師即知鄭之有備,固亦心不謂然。但如蹇叔老成,强諫不入,既爲將帥,似無怯敵之理。使非弦高犒師,先軫距險,亦未必遽如王孫之言。至其超乘無禮,或年少氣兑,紀律未精,或千里襲人,疾行趨利,致犯兵家之忌。及其焚舟立功,則雪耻復仇,固可蓋其前愆。此與荀林父之滅潞子,諸葛公之出散關大略相似矣,何東發之責人無已耶?至秦晉搆兵,四世不休,則先軫之不報秦施而伐其師,本出意外。其後趙盾置君如舉棋,於公子雍忽迎忽距,更與孟明何涉?宋人論事,大氐如此,固非余之袒孟明以自解也。

十九日(12 月 24 日)晴。　《黄氏日抄》論介推,特澹泊而沽激之人,出無共濟艱難之謀,即不去,亦豈若趙衰、舅犯輩能佐其君以興晉?介推事紀載不一,姑以《左氏傳》論之,其言甚高,其志甚斷,安見才之不逮狐、趙者?使果無足取,晉重亦豈肯引過旌善哉?東發苛及介山,可謂乖矣。

得西白書。西白將遣人入都,繞道過此,以一紙寄安圃。

二十日(12 月 25 日)晴。　午後,子峨來談。張沚蓴來,却之。夜,松琴來。

琴生寄《廣韻》、澤存堂本,所據宋本、元泰定本。杜詩,草堂麻沙。袁子久寄狐裘一襲,均託王楓丞送來。

松琴以其尊人畫稿索題。

寄復樂山書。

二十一日(12 月 26 日)晴。　約松琴同過沚蓴,吕秀才在坐。

作致琴生書。

二十二日(12 月 27 日)晴。　薄暮,沚蒓來。

二十三日(12 月 28 日)晴。　天時漸寒,午後過子峨,略坐。

夜,作致洪琴西、汪仲伊書,並疊前韻寄琴生。

二十四日(12 月 29 日)晴。　得十六、十九兩日家書,知粹玉十六又犯肝風舊證,十八略愈。潤師改十九日請訓。悶甚。

過松琴略話。

二十五日(12 月 30 日)陰,午後晴。　閱《周禮注疏》,以證《管子》,兼可考禮。

《天官》:瘍醫"以五氣養之"。鄭注:"五氣當爲五穀,字之誤也。"余謂氣字不誤,此康成不知醫,故誤改耳。段氏《周禮漢讀考》、王氏《經義述聞》均無説。

黎刻元泰定本《廣韻》即顧亭林所刻之本,爲朱竹垞所譏者。

二十六日(12 月 31 日)晴。　《南齊書・王儉傳》:"上使陸澄誦《孝經》,自'仲尼居'而起。儉曰:'澄所謂博而寡要,臣請誦之。'乃誦《君子之事上》章。上曰:'善!張子布更覺非奇也。'"此明襲吴《志》,可謂瑣雜。

柳世隆,字彦緒,著《龜經祕要》二卷。考《舊唐書・經籍志》:《龜經》三卷,柳彦詢撰。又一卷,劉寶真撰。又一卷,王宏禮撰。又一卷,莊道名撰。又一卷,孫思邈撰。不言柳世隆之三卷,豈其書至唐已佚?抑柳彦詢即彦緒也?行篋無《隋書》,俟詳考。

二十七日(1886 年 1 月 1 日)晴,有風。　寄安圃書,高陽由閣學遷侍郎。

張融自序:"夫文豈有常體,但以有體爲常,政當使常有其體。丈夫當删《詩》《書》,制禮樂,何至因循寄人籬下?"融自名集爲《玉海》。司徒褚淵問《玉海》名,融答:"玉以比德,海崇上善。"《玉海》之名甚佳,惜爲王伯厚所掩。

二十八日(1 月 2 日)晴。　午後,一無所營。夜微醺,睡甚早。寄安圃書。配王氏《雜志》。

得琴生書,並和詩。

二十九日(1 月 3 日)晴。　午後,何子峨來。夜,合肥書至,並仲彭闈卷兩本。

三十日(1月4日)晴。　寄安圃書,附載之書。王都司處有人回津,附復合肥及琴生信。

十二月初一日(1月5日)晴。　得家書,知粹玉病未愈,潤師已於十一月二十六日赴豫矣。

因巷有新修三皇廟,姑往一游,並登城縱目以遣悶懷。

任彦昇《彈劉整》,前所敘劉寅妻范,及海蛤列稱云云。下注:“昭明删此文大略,故詳引之,使與《彈》相應也。”則此段乃善所引,非《文選》原文,但何句是昭明所存之略,何句爲崇賢所引之書,不可辨矣。

初二日(1月6日)晴。　寄家書並子涵書。

初三日(1月7日)晴。　薄莫,過子峨。

初四日(1月8日)晴。　得家書,安圃轉户科,作書復之。

閣恩大拜,張子青、福箴亭得協揆,額調管兵部,崇調吏部,福調户部,翁調户部,潘補工部,麟補工部。

初五日(1月9日)晴。　馬宗槤《左氏補注》甚精。昭十年,“欒施、高彊來奔”,上云“敗諸鹿門”,引“臧紇斬鹿門之關以出奔邾”爲證,疑鹿門爲魯關名,非是。上“戰于稷”,引“桓公微服而行於民間,有鹿門稷者,行年七十而無妻”,此鹿門乃齊地之確證。下乃云“稷門爲齊城門”之證,疑刊本有誤。

《後漢・吕强傳》引《穀梁傳》“財盡則怨,力盡則懟”。

初六日(1月10日)晴。　昨日傍晚,王都司送馬來試騎。

初七日(1月11日)晴。　晨得安圃初四日書,粹玉病漸瘥,八弟有書,質民願來。

皥民有書,再同有書。適有人便,復謝質民。

初八日(1月12日)晴。　得家書,内附蒼兒禀,讀書漸有進境,可慰。

午後,子峨來小坐,言史遷以腐刑,故每論事斤斤於恩怨,致讀史者相習成風,大爲世俗之累。余謂存此説以風世可也。然子峨在謫居能作此語,殊可敬也。

周玉山觀察自津寄筍、橘、荔支、龍井茶。余與玉山無深交,而玉山以余在譯署,措置與其夙論合,故患難中禮意彌篤,記之以見古誼。

初九日(1月13日)大雪,午後霽。　得家書,寄百金來。

初十日(1月14日)晴。　復都中書。校《管子·幼官》篇。

十一日(1月15日)晴。　午後,松琴來。

十二日(1月16日)晴。

十三日(1月17日)晴。　過子峨。

十四日(1月18日)晴寒,有風。　夜,得樂山書,即復之。

十五日(1月19日)雪。

十六日(1月20日)晴。　已過鄰家李氏,聞有閑房出賃也。

得家書。

十七日(1月21日)晴。　答松琴,談不甚暢而返。

十八日(1月22日)晴。

十九日(1月23日)晴。　夜,石生來。

二十日(1月24日)微陰。　至合誠居,答石生,夜邀之飲。

二十一日(1月25日)晴。　過子峨。

二十二日(1月26日)晴。　定静村致肴核,不欲受之,再辭而去。午後,過之一談。

定云盛京兵弱而驕,吉林兵詐而驕,黑龍江兵愚而驕,言外似譏穆春巖。余不置一詞。

二十三日(1月27日)晴。　又過子峨。夜,有偷兒入室,已取衣物,置之穴隙矣。復以火入余書室,冀得金帛,故籍縱横,非所好也。余睡未熟,見火光,笑曰:"欲讀書乎?"大驚,遁去,並衣物不取。乃知貪得無厭者,並不可以作賊也。

二十四日(1月28日)晴。

二十五日(1月29日)晴。　宣鎮王楓臣送禮八種,受其橘十枚,蘋婆果八枚。戴大令作楫送米兩石、煤千斤、豬一片、酒一罎,屢辭,受之。定將軍亦送橘筍。

家寄冰糖山查來,内人病中尚復瑣屑料量,乃知成人賴有室家,始無遷謫之感。

戚弁歸,得合肥復書,並琴生、仲伊復書。

今日風大，甚寒。

二十六日（1 月 30 日）晴。　寄家書。石秀才送雉兔魚鴨。

二十七日（1 月 31 日）晴。　晚過松琴。

漱蘭請開合肥海軍差，使趣曾紀澤遄歸練師，旨以更張亂政，交部議。

二十八日（2 月 1 日）晴。　子峨來。

二十九日（2 月 2 日）晴。　陳伯平自大同寄百金來，並欲約爲昏姻，作書復之。

夜，龍松琴來。

除夕（2 月 3 日）晴，夜微陰。　兩日來稍有咳嗽。

京相璠著《春秋土地名》。《元和姓纂》云：晉有樗里璠，著《春秋土地記》三卷。系濟南。

丙　戌

光緒十二年丙戌正月朔（1886 年 2 月 4 日），簣齋先生在城南戍所讀《孫子兵法》。

是日天陰，午後晴。過何子峨，縱談至莫而歸。

初二日（2 月 5 日）晴，有風。　檢比書籍。

初三日（2 月 6 日）晴。　午後，龍松琴來。晚，吕子莊來，失館，求爲援手。

初四日（2 月 7 日）晴。　答龍、吕。

初五日（2 月 8 日）晴，頗有春意。　子峨來。

初六日（2 月 9 日）晴。

初七日（2 月 10 日）晴，微寒。　過子峨，見邸報。漱蘭降調，廖壽恒補兵部右侍郎，榮禄以報效槍支銀兩開復，降二級處分。

初八日（2 月 11 日）晴。　作家書八弟，復漱蘭書。

初九日（2 月 12 日）晴。　袁福回京，王都司覓一庖人代之。

張令來。晚，松琴來。

初十日(2月13日)晴。　得奎樂山書,又得家書,知粹病略愈。

十一日(2月14日)晴。　作寄合肥及琴生書,交王都司。

十二日(2月15日)晴。　王都司來人赴津。得家書。得合肥書。

十三日(2月16日)晴。　晨起,又得合肥書。午後,定静村來。

十四日(2月17日)晴。

十五日(2月18日)晴。

十六日(2月19日)晴。

十七日(2月20日)晴。

十八日(2月21日)晴。　沚蓴召飲。

十九日(2月22日)晴。　復合肥書。

二十日(2月23日)晴。

二十一日(2月24日)晴。　子峨來談。

二十二日(2月25日)晴。

二十三日(2月26日)晴。

二十四日(2月27日)晴。　得樂山書,近得一子。正月初一日生。爲之狂喜,作書賀之。

二十五日(2月28日)晴。　過子峨。

二十六日(3月1日)晴。　得合肥書。

二十七日(3月2日)晴。　孫太守詩公鳳官同中五字。

子峨來談。

二十八日(3月3日)晴。

二十九日(3月4日)晴。　子峨來談。方銘山來書,贈余長歌,却之。

三十日(3月5日)晴。　得家書。

二月初一日(3月6日)晴。　寄家書。内有八弟一書,周子玉一書。得琴生書。

過子峨。復銘山書。

初二日(3月7日)晴,午後陰,夜大雪。　聞洪琴西將遣其子來視余,屬僕輩絜西齋待之。

初三日(3月8日)晴。

初四日(3月9日)晴。　得家書。過松琴。

欒山到京。

初五日(3月10日)晴。　松琴來談,許借吴山尊所刻《管晏合編》。山尊所注乃《晏韓合編》,後亦始終未借。

初六日(3月11日)晴,午後微陰。　多倫協副將譚興魁來。

初七日(3月12日)晴。　得安圃書。

復合肥,並附寄省三書。

初八日(3月13日)晴。　袁榮自都中歸,李高陽知貢舉。

初九日(3月14日)晴。　寄家書。二李相書。

初十日(3月15日)晴。　過子峨略談。

十一日(3月16日)雪。　西齋甫成,是日適雪,因仿坡老黄州意,名之曰"西向雪堂"。取"此邦臺館一時西,南堂(更)[獨]有西南向"句。

十二日(3月17日)晴。

十三日(3月18日)晴。　邀子峨小酌,談甚暢。

十四日(3月19日)晴。

十五日(3月20日)晴。　子峨來談。

紹祺擢理藩院尚書,托倫布授察哈爾都統。字子明。

十六日(3月21日)晴。　得安圃書,知内人病甚劇。

聞鐵香患瘴甚危,復以不往勘界下部嚴議。過子峨略談,悶甚。

十七日(3月22日)晴。　遣朱存入都問疾,亦無聊之下策耳。

十八日(3月23日)晴。　秀才李秀瀛求助,以行資贈之。四兩。

十九日(3月24日)晴。

二十日(3月25日)晴。　得安圃書,言粹甚劇。

二十一日(3月26日)晴。　過子峨。

二十二日(3月27日)晴。　得安圃書,知粹病,延陳荆門,甚效,作書復之。晚,朱存歸。

二十三日(3月28日)晴。　復合肥、高陽書,專足入都。

二十四日(3月29日)晴。　賀紹秋臯。與子峨相值。午後,子峨來，張令又至。

二十五日(3 月 30 日)晴。　過子峨。

二十六日(3 月 31 日)晴。　安圃書來，言子峨欲入鍰求歸事。午過子峨，作書復安圃。

二十七日(4 月 1 日)陰，有風。

二十八日(4 月 2 日)晴。

二十九日(4 月 3 日)晴。

三月初一日(4 月 4 日)晴。

初二日(4 月 5 日)晴。

初三日(4 月 6 日)晴。　午後，宿榆林。

初四日(4 月 7 日)　宣化鎌，雞鳴宿，朱存先馳。

初五日(4 月 8 日)　沙城鎌，懷來宿。

初六日(4 月 9 日)　至岔道，夜，朱存歸。

初七日(4 月 10 日)

初八日(4 月 11 日)　復遣朱存入都。

初九日(4 月 12 日)　得書，繼婦于初八日病故。

初十日(4 月 13 日)　公瑕出關一談。

十一日(4 月 14 日)　宿沙城。

十二日(4 月 15 日)　宿宣化。

十三日(4 月 16 日)　歸，子峨來。

十四日(4 月 17 日)　子峨來。

十五日(4 月 18 日)　子峨來。

十六日(4 月 19 日)雨。

十七日(4 月 20 日)　褚福來。

十八日(4 月 21 日)　得再同專信，知廿二日殯廣惠寺。

十九日(4 月 22 日)晴。

二十日(4 月 23 日)晴。　口外雪，故甚寒。

廿一日(4 月 24 日)晴。　吉觀察順來。

廿二日(4 月 25 日)晴。　漢有北平太守卑躬，河間人。毋終子嘉父，翟國君也，因氏焉。

西方，北平前燕慕容廆以西方武爲股肱，又西方罔以文章知名。

采，黄帝封其子于右北平采亭，因氏焉。北平漢度遼將軍采皓，見《英賢傳》。晉東莞太守采耿，至隋漁陽郡主簿采强，《狀》云耿之後也，生宣明、公敏。宣明，給事中，刑部侍郎，生懷敬。懷敬，吏部郎中、宗正少卿，生庭芝、蘭芝。公敏，黄門侍郎，生泰眷，右金吾將軍，相州刺史。

漢左當是右之誤北平太守賤瓊。《風俗通》。

張，黄帝第五子，青陽生揮，爲弓正，觀弧星，始制弓矢，主祀弧星，因姓張氏。《祕笈新書》。師子，《世本》鄭有師子濮，漢有北平太守師子將。

後魏道武時，有北平王長孫嵩。無忌之先。

後魏北平太守曾孫敬頻。平陽人。

廿三日(4 月 26 日)晴。

廿四日(4 月 27 日)晴。

廿五日(4 月 28 日)晴。

廿六日(4 月 29 日)晴。

廿七日(4 月 30 日)晴。

廿八日(5 月 1 日)晴。　兩兒自京起程。

廿九日(5 月 2 日)雨，旋霽。　遣武明勝迓兩兒。

三十日(5 月 3 日)晴。　《祭義》："'故禮之教化也微，其止邪也於未形，使人日徙善遠罪而不自知也，是以先王隆之也。'《易》曰：'君子慎始，差若毫釐，繆以千里。'此之謂也。"

四月初一日(5 月 4 日)晴，大風。

初二日(5 月 5 日)晴。　兩兒至塞上。

初三日(5 月 6 日)晴。　作寄再同書，遣其僕孟某回。

初四日(5 月 7 日)晴。　過都統。

爲兒輩開館。

初五日(5 月 8 日)晴。

初六日(5 月 9 日)晴。

初七日(5 月 10 日)大雨。

初八日(5 月 11 日)晴。

初九日(5 月 12 日)晴。

初十日(5 月 13 日)晴。　崔升回景州。

十一日(5 月 14 日)晴。　張令昨日來。

何休有《論語注》,已佚。劉逢禄《論語述何》率多杜撰。兹檢《公羊解詁》,凡引《論語》者録之。

"躬自厚而薄責於人。"隱二年:"紀履綸來逆女。"《傳》注:"内逆女常書,外逆女但疾始不常書者,明當先自正,躬自厚而薄責于人,故略外也。"

俞蔭甫已輯爲一卷,間有遺漏,已墨于俞纂之上,不復輯矣。

十二日(5 月 15 日)晴。　得吴清卿副憲書,時赴琿春勘界。

《周禮·條狼氏》:"掌執鞭以趨辟。"鄭注:"趨而辟行人,若今卒辟車之爲也。孔子曰:'富而可求也,雖執鞭之士,吾亦爲之。'言士之賤也。"

《樂師》:"令相。"鄭注:"令視瞭扶工。"鄭司農云:"告當相瞽師者,言當罷也,瞽師、盲者皆有相道之者。故師冕見,及階曰階也,及席曰席也,皆坐,曰某在斯,某在斯。曰相師之道與?"

《太師》:"教六詩:曰風,曰賦,曰比,曰興,曰雅,曰頌。"注:"鄭司農云:'古而自有風雅頌之名,故延陵季子觀樂於魯時(延陵季子觀樂於魯時),孔子尚幼,未定《詩》《書》,而因爲之歌《邶》《鄘》《衛》,曰"是其《衛風》乎",又爲之歌《小雅》《大雅》,又爲之歌《頌》。《論語》曰:"吾自衛反魯,然後樂正,《雅》《頌》各得其所。"時禮樂自諸侯出,頗有謬亂不正,孔子正之。'"

《大司馬》:"中春,教振旅。以旗致民平列陳,如戰之陳。"注:"兵者,守國之備。孔子曰:'以不教民戰,是謂棄之。'兵者凶事,不可空設,因蒐狩而習之。凡師出曰治兵,入曰振旅,皆習戰也。四時各教民以其一焉。"

《士師》:"下大夫。"注:"士,察也,主察獄訟之事者。鄭司農説以《論語》曰:'柳下惠爲士師。'"

《匠人》,九夫为井至谓之浍。注:"滕文公問爲國,孟子曰:'夏后氏五十而貢,殷人七十而(助)[莇],周人百畝而徹,其實皆什一。徹者,徹也。莇者,藉也。龍子曰:"治地莫善於莇,莫不善於貢。"貢者,校數歲之中以爲常。’文公又問井田，孟子曰：‘請野九一而莇，國中什一使自賦。卿以下必有圭田，圭田五十畝。餘夫二十五畝。死徙無出鄉，鄉田同井，出入相友，守望相莇，疾病相扶持，則百姓親睦。方里而井，井九百畝，其中爲公田。’由此觀之，雖周亦莇也。魯哀公問於有若曰：‘年饑，用不足，如之何？’有若對曰：‘盍徹歟？’曰：‘二，吾猶不足，如之何其徹也？’《春秋》宣十五年秋，‘初稅畝’。傳曰：‘非禮也。穀出不過藉，以豐財也。’此數者，世人謂之錯而疑焉。以《載師職》及《司馬法》論之，周制，畿内用夏之貢法，稅夫無公田。以《詩》《春秋》《論語》《孟子》論之，周制，邦國用殷之(助)[莇]法，制公田，不稅夫。”

《小司寇》：“二曰議故之辟。”注：“故謂舊知也。鄭司農云：‘故舊不遺，則民不偷。’”

《鄉士》：“士師受中。”注：“受中，謂受獄訟之成也。鄭司農云：‘士師受中，若今二千石受其獄也。中者，刑罰之中也。故《論語》曰：“刑罰不中，則民無所措手足。”’”

《鄉士》：“肆之三日。”注：“鄭司農曰：‘肆之三日，故《春秋傳》曰：“三日棄疾請尸。”《論語》曰：“肆諸尸朝。”’”賈疏引《憲問篇》注云：“大夫於朝，士於市。公伯寮是士，止應(曰)云‘肆諸市’，連言‘朝’耳。”

《司厲》：“其奴，男子入于罪隸，女子入于舂稾。”注：“鄭司農云：‘謂坐爲盜賊而爲奴者，輸於罪隸、舂人、稾人之官也。由是觀之，今之爲奴婢，古之罪人也。故《書》曰：“予則奴戮汝。”《論語》曰：“箕子爲之奴。”罪隸之奴也。’”

《太祝》：“六曰誄。”注：“或曰誄，《論語》所謂‘誄曰禱爾于上下神祇’。”

隸僕掌五寢之埽除糞洒之事。注：“氾掃曰埽，埽席前曰拚。洒，灑也。鄭司農云：‘洒當爲灑。’玄謂《論語》曰：‘子夏之門人，當洒埽應對。’”

《鮑人》：“雖敝不甐。”注：“甐，故書或作鄰。鄭司農云：‘鄰讀爲“磨而不磷”之磷。’”

凡畫繢之事，後素功。注：“素，白采也。後布之，謂其易漬污也。不言繡，繡以絲也。鄭司農說以《論語》‘繢事後素’。”

乃立天官冢宰，使帥其屬而掌邦治。注："鄭司農云：'邦治，謂總六官之職也。故大宰職曰"掌建邦之六典，以佐王治邦國"。六官皆總屬於冢宰，故《論語》曰"君薨，百官總己以聽於冢宰"，言冢宰於百官無所不主。《爾雅》曰："冢，大也。"冢宰，太宰也。'"

二曰敬故。注："敬故，不慢舊也。晏平仲久而敬之。"

《大司徒》："諸公之地，封疆方五百里，其食者半。"注："鄭司農云：'其食者半，公所食租稅得其半耳，其半皆附庸小國也，屬天子。參之一者亦然。故《魯頌》曰："錫之山川，土地附庸。奄有龜蒙，遂荒大東，至于海邦。"《論語》曰："季氏將伐顓臾，孔子曰：'先王以爲東蒙主，且在邦域之中，是社稷之臣。'"此非七十里所能容，然則方五百里、四百里，合於《魯頌》《論語》之言。'"

《師氏》："一曰至德，以爲道本。"鄭注："至德，中和之德，覆燾持載含容者也。孔子曰：'中庸之爲德，其至矣乎。'"

《州長》："各掌其州之教治。"注："鄭司農云：'二千五百家爲州。《論語》曰："雖州里行乎哉。"《春秋傳》曰："鄉取一人焉以歸，謂之夏州。"'"

《黨正》："各掌其黨之政令教治。"鄭司農云："五百家爲黨。《論語》曰：'孔子於鄉黨。'又曰：'闕黨童子。'"

《小宗伯》："大烖及執事，禱祠于上下神示。"鄭注："求福曰禱，得求曰祠，'誄曰禱爾于上下神祇'。"

十三日(5 月 16 日)微雨。　得王雲舫書。

《曲禮》："禮不妄説人。"注："爲近佞媚也。'君子説之不以其道，則不説也'。"

不辭費。注："爲傷信，'君子先行其言而後從之'。"

不苟訾，不苟笑。注："人之性，不欲見毀訾，不欲見笑，'君子樂然後笑'。"

請益則起。注："益，謂受説不了，欲師更明説之。子路問政，子曰：'先之，勞之。'請益，曰：'無倦。'"

故君子戒慎，不失色於人。注："色厲而内荏，貌恭心很，非情者也。"

國君撫式，大夫下之。大夫撫式，士下之。注："據式小俛，崇敬也。

‘乘車必正立’。”

《曲禮下》:“侍於君子,不顧望而對,非禮也。”注:“禮尚謙也。不顧望,若‘子路帥爾而對’。”

袗絺綌,不入公門。注:“袗,單也。孔子曰:‘當暑,袗絺綌,必表而出之。’爲其形褻。”

《檀弓》:“叔孫武叔之母死。”注:“武叔,公子牙之六世孫,名州仇,毁(公)[孔]子者。”

《檀弓下》:“吊於人,是日不樂。”注:“君子哀樂不同日。‘子於是日哭,則不歌。’”

“悼公之喪”章。注:“存時不盡忠,喪又不盡禮,非也。孔子曰:‘喪事不敢不勉。’”

子張問曰:“《書》云:‘高宗三年不言,言乃讙。’有諸?”注:“時人君無行三年之喪,禮者問有此歟?怪之也。讙,喜悦也。言乃喜悦,則民臣望其言久。”仲尼曰:“胡爲其不然也?古者天子崩,王世子聽於冢宰三年。”冢宰,天官卿,貳王事者。三年之喪,使之聽朝。

殷人作誓而民始畔,周人作會而民始疑。注:“盟、誓所以結衆以信,其後外恃衆而信不由中,則民畔疑之。孔子曰:‘其身正,不令而行;其身不正,雖令不從。’”

《禮運》:“大夫具官,祭器不假,聲樂皆具,非禮也。是謂亂國。”注:“臣之奢富擬於國君,敗亂之國也。孔子謂管仲:‘官事不攝,焉得儉?’”

《郊特牲》:“鄉人禓。禓,强鬼也。謂時儺,索室毆疫逐强鬼也。禓,或爲獻,或爲儺。孔子朝服立于阼,存室神也。神依人也。”

黄衣、黄冠而祭,息田夫也。注:“祭,謂既蜡,臘先祖五祀也。於是勞農以休息之。《論語》曰:‘黄衣狐裘。’”

《玉藻》:“振絺綌不入公門,表裘不入公門。”注:“振,讀爲袗。袗,禪也。表裘,外衣也。二者形且褻,皆當表之乃出。”

麛裘青豻褎,絞衣以裼之。注:“豻,胡犬也。絞,蒼黄之色也。孔子曰:‘素衣麛裘。’”

羔裘豹飾,緇衣以裼之。注:“飾,猶褎也。孔子曰:‘緇衣羔裘。’”

狐裘，黄衣以裼之。注："黄衣，大蜡時臘先祖之服也。孔子曰：'黄衣狐裘。'"

子游曰："參分帶下，紳居二焉。"紳、韠、結三齊。注："紳，謂帶之垂者，言其屈而重也。《論語》曰：'子張書諸紳。'"

《少儀》："不道舊故。"注："言知識之過失，損友也。孔子曰：'故舊不遺，則民不偷。'"

其未有燭，而有後至者，則以在者告。道瞽亦然。注："爲其不見，意欲知之也。師冕見，及階，子曰：'階也。'及席，子曰：'席也。'皆坐，子告之曰：'某在斯，某在斯。'"

《學記》："時觀而弗語，存其心也。"注："使之悱悱憤憤，然後啟發也。"

君子大德不官，大道不器，大信不約，大時不齊。察於此四者，可以有志於學矣。注："本立而道生，言以學爲本，則其德於民無不化，於俗無不成。"

《樂記》："禮樂之情同，故明王以相沿也。"注："沿，猶因述也。孔子曰：'殷因於夏禮，所損益可知也。周因於殷禮，所損益可知也。'"

干戚之舞，非備樂也。注："樂以文德爲備，若《咸池》者。孔子曰：'《韶》，盡美矣，又盡善也。'謂：'《武》，盡美矣，未盡善也。'"

《喪服大記》："袍必有表，不禪。衣必有裳，謂之一稱。"注："袍，褻衣，必有以表之乃成稱也。《雜記》曰'子羔之襲，繭衣裳與税衣纁袡爲一'是也。《論語》曰：'當暑，袗絺綌，必表而出之。'亦爲其褻也。"

《祭義》："子之言祭，濟濟漆漆然。"注："漆漆，讀如朋友切切。"

《仲尼燕居》："子曰：'給奪慈仁。'"注："奪，猶亂也，巧言令色之人似慈仁，實鮮仁。"

師也過，而商也不及。注："過與不及，言敏鈍不同，俱違禮也。"

《坊記》："《論語》曰：'三年無改於父之道，可謂孝矣。'"注："不以己善駁親之過。"

微諫不倦。注："微諫不倦者，子於父母尚和順，不用鄂鄂。《論語》曰：'事父母幾諫，見志不從，又敬不違。'《内則》曰：'父母有過，下氣怡色，柔聲以諫。諫若不入，起敬起孝，説則復諫。'此所謂不倦。"

《詩》云:“采葑采菲,無以下體。德音莫違,及爾同死。”注:“此詩故親、今疏者,言人之交,當如采葑采菲,取一善而已。君子不求備於一人,能如此,則德美之音不離令名,我願與女同死矣。《論語》曰:‘故舊無大故,則不棄也。’”

子曰:“好德如好色。”注:“此句似不足。《論語》曰:‘未見好德如好色。’疾時人厚於色之甚,而薄於德也。”

《中庸》:“子曰:‘中庸其至矣乎,民鮮能久矣。’”注:“鮮,罕也。言中庸爲道至美,顧人罕能久行。”

正己而不求於人,則無怨,上不怨天,下不尤人。注:“無怨,人無怨之者也。《論語》曰:‘君子求諸己,小人求諸人。’”

君子之所謂義者,貴賤皆有事於天下。注:“言無事而居位食禄,是‘不義而富且貴’。”

《緇衣》:“子曰:‘南人有言曰:“人而無恒,不可以爲卜筮。”’”注:“恒,常也。”

《易》曰:“不恒其德,或承之羞。”注:“羞,猶辱也。”

《三年問》:“孔子曰:‘子生三年,然後免於父母之懷。’夫三年之喪,天下之達喪也。”注:“達,謂自天子至於庶人。”

《大學》:“與其有聚斂之臣,寧有盜臣。”注:“國家利義不利財,盜臣損財耳,聚斂之臣乃損義。《論語》曰:‘季氏富於周公,而求也爲之聚斂,非吾徒也,小子鳴鼓而攻之可也。’”

《射義》:“孔子曰:‘君子無所争,必也射乎!揖讓而升,下而飲,其争也君子。’”注:“必也射乎,言君子至於射則有争也。下,降也。飲射爵者,亦揖讓而升降。勝者袒決,遂執張弓。不勝者襲,説決拾,却左手,右加弛弓於其上而升飲。君子恥之,是以射則争中。”

《喪服四制》:“祥之日,鼓素琴。”注:“鼓素琴,始存樂也。‘三年不爲樂,樂必崩。’”

十四日(5 月 17 日)晴。　得鶴巢書。

十五日(5 月 18 日)雨。

十六日(5 月 19 日)雨。

十七日(5月20日)晴。　往見托子明。

十八日(5月21日)晴。　托來答。

十九日(5月22日)晴。

二十日(5月23日)晴。　祥仁趾來。烏城參贊。

二十一日(5月24日)晴。　連日注《管子・樞言》。

二十二日(5月25日)晴。　九弟來。

二十三日(5月26日)晴。

二十四日(5月27日)晴。

二十五日(5月28日)晴,午後大雨。　九弟東歸。是日琴生至宣,與九弟晤。

二十六日(5月29日)晴。　琴生來迓,不果往。

二十七日(5月30日)晴。　張令來。得安姪書。並銀二百兩,合肥贈款。

二十八日(5月31日)晴。

二十九日(6月1日)晴。　祥仁趾來辭,即答之。

五月初一日(6月2日)晴。　往訪夢廬洪翰香大令,朱九香、趙采臣兩孝廉在坐。

初二日(6月3日)晴。

初三日(6月4日)晴。　還塞上。

初四日(6月5日)晴。

初五日(6月6日)晴。

初六日(6月7日)晴。　寄都下書。復詒公一書。

十三日(6月14日)晴。　翰香來。

十四日(6月15日)陰。　張令來。

十五日(6月16日)晴。　同翰香至宣化。

二十日(6月21日)晴。　由宣化歸。

二十一日(6月22日)晴,至三十日(7月1日)晴。廿七、廿八雨,涼。

六月初一日(7月2日)晴。　薄暮過何子峨略話。

初二日(7月3日)晴。

初三日(7月4日)雨。　香濤遣芮祥來。

初四日(7月5日)雨。

初五日(7月6日)晴。

初六日(7月7日)晴。　芮祥歸。復香濤書,以松花肉、摩姑寄報。

初七日(7月8日)晴。

初八日(7月9日)晴。

初九日(7月10日)晴。

初十日(7月11日)晴。

十一日(7月12日)晴。　得安圃書,知倪泰病危。

十二日(7月13日)晴。　遣蘇福歸。

寄合肥書。附吴清卿和詩。

十三日(7月14日)晴。

十四日(7月15日)大雨,雹。

十五日(7月16日)雷雨。　得琴生復書。

二十日(7月21日)晴。　琴生之子頌民、世講來,住三日,廿三日去。

二十四日(7月25日)大雨。自廿四至廿九,雨多晴少。

東郭,齊公族,桓公之後也。齊大夫偃、東郭書,見《左傳》。又,大陸子方号東郭賈,齊人。《莊子》有東郭子。魏文侯時東郭子惠,見《説苑》。

蚩尤之後,以國爲姓。齊季,齊襄公子季奔楚,因氏焉。

常,一云黄帝常先後。《祕笈新書》引。　齊有(恃)[忖]乙,管仲誅之。齊有豎刁,子孫氏焉。　管,文王子叔鮮封于管,因氏焉。管夷吾,字敬仲,仕齊。又管至父,燕有管少卿。　鮑,姒姓,夏禹之後,有鮑叔仕齊,食采於鮑,因氏焉。

晏,《左傳》晏桓子,名弱,齊公族。生嬰,字平仲。　召公奭之後,或作召,齊召忽。　甯,衛康叔之後,至武公生季亹,食采於甯。齊有甯戚。

姜姓,炎帝之後,封鉅,爲黄帝師,胙土命氏。

七月初一日(7月31日)晴。

初二日(8月1日)晴。　子峨來談。

初三日(8月2日)晴。　午後,琴生同年自宣化來,留宿草堂。

得汪仲伊書,並寄所著《逸禮》兩卷。洪翰香書寄《槩洲集》一則。

與琴生夜談。竟夕不能成寐。

初四日(8月3日)晴。　晚邀子峨、琴生小酌。

初五日(8月4日)晴。　琴生回宣。

懷安岳烘,乃雲石先生倫之後,持其先世奏稿詩文稿求余一閱。烘兄弟三人,長燈,次煒,烘其季也。人甚勤樸,務農守分,雲石之澤長矣。集凡奏稿一卷,詩稿二卷,文稿一卷。

倫以行人司右司副疏劾張璁、桂蕚,大略謂璁、蕚立黨亂政,移易人心,時人有"持權方二載,暗换一朝人"之謡。奉旨:"張璁著回家省改,以圖後用。桂蕚著革去散官,著以尚書致仕去。吏部會同都察院分别黨與奏來處治。岳倫既見如此,何不早言? 著法司提了問。王準也著法司提了問。該衙門知道。"旋謫齊東縣主簿。考《明史稿・張璁桂蕚傳》,但載孫應奎、王準、陸粲,論劾不及岳倫,《孫應奎傳》僅及粲、準,《陸粲傳》附及劉希簡、王準,亦不書倫事,似太疏漏。

倫在齊東二年,擢曲沃縣知縣。嘉靖十二年十月,大同軍變,戕害主將。具疏議征討大計,旋丁父憂,服闋,補工部主事,升員外郎、郎中。十八年,上幸承天,倫首具疏乞留,奉旨:"朕兹行非慢游無事,此又非聽人引誘。岳倫這厮好生恣肆悖惡,著錦衣衛拏送鎮撫司,打著問了來説。該衙門知道。"倫下獄二百餘日,上回京革職,旋以杖傷卒。

考《明史稿・王廷相傳》,帝將幸承天,廷相與諸大臣諫,不納,扈從還,以九年滿加太子太保。本集其子岳魯請卹,揭謂倫疏入次日,王廷相亦上疏,旬日之間,九卿、科道各先後具疏,諸臣皆宥。而倫以論璁、蕚疏嘗及夏言,以揭救唐胄,忤郭勛,揭未上。以拒嚴嵩屬託商人,忤嵩。故言等譖倫首倡浮議,摇惑人心,乃沽名奸巧之徒,遂久縶清室,卒以杖傷死。隆慶中,卹贈太常寺少卿。《史稿》於《王廷相傳》亦遺之。明時票旨陋劣,以其爲一朝格式,故特存之。

初六日(8月5日)晴。　家忌。

初七日(8月6日)晴。　過子峨略談。

袁爽秋《寄懷》一律,交松琴見示。

初八日(8月7日)晴。　王楓臣總兵見訪,時多倫有馬賊行劫。

初九日(8月8日)晴。午後大雨旋霽。　韓秀才思歸,午飲餞之。

初十日(8月9日)晴。未刻急雨驚雷,夜大雷雨。　韓秀才歸,遣褚福送之,寄安圃、再同書。

定静村送鮮菇一合。晚得九弟書。

自課兩兒。窗外有野藤一本,垂蔓作花結子,紅緑相間,致可愛也,因名之曰靈藤陰館。余作小記,而命蒼兒作一詩,以“緑藤陰下鋪歌席”命陳兒對之,陳兒應聲曰“紅杏花前賜繡衣”,亦頗興會。

藤陰館記

《詩》云:“南有樛木,葛藟藟之。”又曰:“蔦與女蘿,施于松柏。”藤之爲性,每緣木而始生,雖附于松柏之中,其不能卓然自立也,明矣!及其爲用也,榦或杖之,葉或藥之,子或羹之。雖足以扶衰養氣,爲功亦微細耳。塞上山童土惡,草木不生。余居又僻陋,力不能掘井引水以灌蔬蒔藥,門庭蕭然,面壁而已。惟牖南野藤一本,高可蔽檐,根直不曲。六、七月之間,山雨驟來,清風時至,疏花長蔓,結子盈升,丹碧相間。雖其材不大,其味不甘,而不階尺木,不藉汎泉,拔地而起,脩陰垂條,新緑入目,致足尚也。通都大邑,貴族豪家,一花一木,皆有記識。至於山藟虎葛之屬,援墻附壁,不可勝紀,亦蓬蒿藜藿視之矣。而斯藤孤立於童土謫居之地,獨以罕而見珍,將有託而逃歟,抑以無用而得全也。嗟乎,楈栩栟櫚以論《都》而貴,卷施薜荔以入《騷》而悲,物固有幸有不幸耶。以藤陰名吾居,亦猶黄岡之竹樓,儋耳之桄榔庵,自適其適云爾。

“閉門六月不炎蒸,緑映窗紗有異藤。日午溪風舒碧簟,夜涼山雨對青燈。誰云北道無嘉樹,自闢南堂待好朋。謂章太守文。底用牽蘿將屋補,謫居清趣冷於冰。”壽蒼所作,余稍潤色之,亦頗不俗。

十一日(8月10日)晴,午後微雨。　自定課程:午後讀《管子》,夜讀“三史”及蘇詩。

琴生以兒輩無師,致書邀余父子過郡,復書辭之。

十二日(8月11日)晴。

十三日(8月12日)晴。　午後,子峨來談。

十四日(8月13日)晴,午後大雷雨。　梁詩五拔貢過談。名居實,子峨客,粵人。

《後漢書·光武紀》:"建武元年春正月,光武北擊尤來、大搶、五幡於元氏,追至右北平,連破之。"章懷注:"案,《東觀記》《續漢書》並無右字,此加右,誤也。營州西南别有右北平郡故城,非此也。"

十五日(8月14日)晴,午後微雨。　《光武紀》:"十五年二月,徙雁門、代郡、上谷三郡民,置常山關、居庸關以東。山字據注補。""二十六年,南單于遣子入侍,奉奏詣闕。於是雲中、五原、朔方、北地、定襄、雁門、上谷、代八郡民歸於本土。遣謁者分將施刑補理城郭。發遣邊民在中國者,布還諸縣,皆賜以裝錢,轉輸給食。"注:"《東觀記》曰:'時城郭丘墟,掃地更爲,上悔前徙之。'"

《安紀》:"元初五年冬十月,鮮卑寇上谷。""建光元年八月,鮮卑寇居庸關。"

十六日(8月15日)晴,午後大雨,夜雨更甚。　《桓紀》:"元嘉二年十二月,右北平太守和旻坐臧下獄死。"

《靈紀》:"中平四年六月,漁陽人張純與同郡張舉攻殺右北平太守劉政。"

靈石先生詩二卷,略涉七子,風尚如此也。録其《飲谷少岱草堂》一聯,曰:"野水含秋碧,煙林見晚青。"頗似晚唐人語。《送孫南村赴廣東一絶》曰:"海南尚有林廷尉,憂國遥憐雪滿簪。"亦學杜而有神韻者。岳烘在旅肆久待,故歸其集。

答梁拔貢。

十七日(8月16日)晴。　《御覽·人事部》一百七引《莊子》曰:"惠子始與莊子相見,而問乎莊子曰:'今日自以爲鳳皇而徒遭燕雀耳。'坐者俱笑。"

《張敞集》敞答朱登書曰:"登爲東海相,遺敞蟹醬。敞答曰:'蘧伯玉受孔子之賜,必以及其鄉人。敞謹分斯貺于三老尊行者,曷敢獨享之。'"《御覽·人事部》一百十九引。

十八日(8 月 17 日)晴。　午後,張沚莼來談,據云多倫騎寇已樹五旂。

《郡國志》:"幽州無終縣西平城,即李廣射石虎之處。"

《隋書·文紀》:"漢太尉震八代孫鉉,仕燕爲北平太守。"

十九日(8 月 18 日)晴。　復洪翰香書。

得許鶴巢書、黄花農書。

二十日(8 月 19 日)晴。　得安圃書。

晚,得琴生書。

二十一日(8 月 20 日)晴。　復安圃書。附九弟書。

二十二日(8 月 21 日)雨。

二十三日(8 月 22 日)午後大雷雨,漸霽。　過子峨,少談即返。

得合肥書。

二十四日(8 月 23 日)晴。　琴生書來,邀余父子赴郡,懶於出門,無以復之。

二十五日(8 月 24 日)晴。

二十六日(8 月 25 日)晴。　在問津,以"九河名義"解課士。鉤般河,多主勾股之説,本之潛研也。偶閲《六月》箋:"鉤,鉤鞶,行曲直有正也。"疏云:"定本'鉤鞶'作'鉤般'。"因悟鉤般名河之意,《周官》:"巾車職曰金路、鉤、樊纓。"注云:"鉤讀如婁頟之鉤。樊讀如鞶帶之鞶,謂今馬大帶是也。"然則此河或謂其如帶,或謂其水如車行,鉤曲盤旋,曲直有正,勾股之説非也。

二十七日(8 月 26 日)晴。　午後子峨及梁詩五來談。

《穀梁·莊二十有五年》:"秋大水。"傳:"高下有大水灾曰大水。既戒鼓而駭衆,用牲可以已矣。救日以鼓兵,救水以鼓衆。"此駭衆足爲徒駭之證。

二十八日(8 月 27 日)晴。　《左·莊十六年》傳:"鄭伯治與於雍糾之亂者。九月,殺公子閼。"杜注:"公子閼、强鉏,皆祭仲黨。"余案,公子閼即公孫閼,子都射考叔,莊公失刑天,故假手於厲公也。子、孫兩字,必有一誤。

二十九日(8 月 28 日)晴。

八月初一日(8月29日)晴。　天涼衣袷。

何子峨及梁君又來。

寄家書。廿八,九弟、安圃。

初二日(8月30日)晴。　往答何子峨及梁君。

初三日(8月31日)晴,夜雨。　得家書,安圃十八大病,至廿七小愈。悶甚,作書問安圃疾。

初四日(9月1日)陰。　余論文雅好左氏、史遷,以爲古之良史無逾二家,即古之至文亦無過二家者。世稱杜元凱有“左癖”,實則“左癖”當屬之史遷耳。觀其作《十二諸侯年表》,曰:“魯君子左丘明懼弟子人人異端,各安其意,失其真,故因孔子史記具論其語,成《左氏春秋》。”下溯鐸椒、虞氏、吕不韋以及荀、孟、公孫固、韓非而不及公羊、穀梁。其於《儒林傳》曰:“漢興至于五世之間,唯董仲舒名爲明《春秋》,其傳公羊氏也。”又曰:“瑕丘江生爲《穀梁春秋》,自公孫弘得用,嘗集比其義。”其《自敘》則曰:“孔子戹陳、蔡作《春秋》,左氏失明,厥有《國語》。”蓋自以其得左氏之傳也。課兒輩讀《左》,輒取《史》之足以補《左》者,録之。

《周本紀》:五十一年,平王崩,太子洩父蚤死,立其子林,是爲桓王。

許田,天子之用事泰山田也。《索隱》以爲誤,恐《史》必有本。

惠王十年,賜齊桓公爲伯。

鄭文公怨厲,惠王之入不與厲公爵。《左·莊二十一年》傳:“虢公請器,王與之爵。鄭伯由是怨王也。”杜預曰:“爵,飲酒器也。”服虔曰:“爵,飲酒器,玉爵也。一升曰爵,人之所貴者。”孔疏。辨詳《鄭世家》下。

十六年,王絀翟后,翟人來誅,殺譚伯。《索隱》云:“從《國語》,不從《左傳集解》。”引唐固注,以爲原伯、毛伯。

子朝爲臣。此與奔楚異文。

十六年,子朝之徒復作亂,敬王奔于晉。十七年,晉定公遂入敬王于周。此與《左》異。

初五日(9月2日)晴。　是日課兒輩,無暇讀書。

初六日(9月3日)晴。　琴生遣車來迓兩兒。

初七日(9月4日)晴。　遣兩兒赴郡。

過子峨談。

托子明遣人詒果餌八種,云榮仲華屬其致兒輩。余與榮無交,屢致殷勤,不解所以。

初八日(9月5日)晴。　釋本如來,同游營城寺。寺有新桐一樹,雜花滿階。僧不蓄經,而禪房有《聖教序》及魯公碑帖,亦墨名而儒行者歟。

初九日(9月6日)晴。　王鎮自塞外歸,來談。

初十日(9月7日)晴。　王鎮又來。

十一日(9月8日)晴。　晚,張令來。

十二日(9月9日)晴,午後急雨一陣。　安圃代延趙州孝廉李君景綱至。丙子舉人。其母兄景侗,乙酉舉人。君字紀堂,一字墀臣。

兩兒亦歸。

十三日(9月10日)晴。　得合肥書。又得樂山書。

十四日(9月11日)晴。　寄安圃書。

十五日(9月12日)晴。夜,月色爲雲所掩。　作樂山書,附致合肥書,並以一羊裘報仲伊。

十六日(9月13日)晴,月色甚佳。　遣朱存赴津,送樂山莅鄂。

連日陪李師閒話,仍兼課兒輩,雜作書問,未得展卷讀也。

十七日(9月14日)晴。　李師開館。

十八日(9月15日)晴。　子峨來談。

十九日(9月16日)晴,午後雨。

二十日(9月17日)雨,午後放晴。　連日體頗不適,間閱朱子集以養心節慮。

二十一日(9月18日)晴。　朱子《答吕伯恭書》:"昨見奇卿,敬叩之以比日講授次第,聞只令諸生讀《左氏》及諸賢奏疏,至於諸經《論》《孟》,則恐學者徒務空言而不以告也。不知是否?若果如此,則恐未安。蓋爲學之序,爲己而後可以及人,達理然後可以制事。故程夫子教人先讀《論》《孟》,次及諸經,然後看史,其序不可亂也。若恐其徒務空言,但當就《論》《孟》經書中教以躬行之意,庶不相遠。至於《左氏》、奏疏之言,則皆時事利害,而非學者切身之要務也。其爲空言,亦益甚矣。而欲使之從事其間而得躬行之實,不亦背馳之甚乎?"佩綸案,伯恭之學兼朱陸而潤色以文獻，其教諸生讀《左氏》、奏疏，即《周禮説》所謂“以三德三行立其根本”，“又須教以國政，使之通達治體也”。朱子砭之誠當，而以《左氏》爲空言，則亦有語病。觀《左氏》所紀春秋士大夫議論，大而性道，小而儀容，亦自于躬行有益。

二十二日（9月19日）晴。　晨起甚煩躁，讀《論語》三五頁始止。

朱子《答程允夫書》：“黄門比之乃兄，似稍簡静。”又云：“蘇公雖名簡静，而實陰險。元祐末年，規取相位，力引小人楊畏，使傾范忠宣公而以己代之。既不效矣，則誦其彈文於坐，以動范公。此豈有道君子所爲哉？此非熹之言，前輩固已筆之書矣。吾弟乃謂其躬行不後二程，何其考之未詳而言之易也！二程之學，始焉未得其要，是以出入於佛老。及其反求而得諸六經也，則豈固以佛老爲是哉？如蘇氏之學，則方其年少氣豪，固嘗妄觝禪學，如《大悲閣》《中和院》等記可見矣。及其中歲，流落不偶，鬱鬱失志，則又匍匐而歸焉，始終迷惑，進退失據。以比程氏，正楊子‘先病後瘳，先瘳後病’之説。比而同之，是又欲洗垢而求孟子之瘢也。”又曰：“蘇、程固嘗同朝，程子之去，蘇公嗾孔文仲齕而去之也。文仲爲蘇所嗾，初不自知，晚乃大覺，憤悶嘔血，以至於死。吕正獻公之遺書尚可考也。”案，吕伯恭以蘇氏爲唐景，朱子以爲楊墨，與此書均失之過刻，不免洛蜀門户之見。

二十三日（9月20日）晴。　子峨屬作香翁書，薦梁拔貢。

二十四日（9月21日）晴。　得子涵及子虞書，知安姪病未愈。悶甚，作書訊安圃。

二十五日（9月22日）晴。　常師母爲兩兒寄棉衣來，並得雲舫書。

二十六日（9月23日）晴。

二十七日（9月24日）晴。

二十八日（9月25日）晴。　注《大匡》初稿竟，病中亦未暇重録也。過子峨略話。

復子涵書，並以牛乳餅寄鶴巢。

二十九日（9月26日）晴。

三十日（9月27日）晴。　子峨來。

九月朔日（9月28日）晴。　復庚世兄書。

得再同書。

初二日(9 月 29 日)晴。　得安圃廿六書並銀二百兩,都中所存罄矣。安圃病未愈。悶甚。

復安圃書及再同書。

自十八以後,余頗有病意,初猶强讀《管子》,久益躁懣,乃静坐自養,杯茗鑪香,齋心蠲慮。昨始疏爽,又以安圃久疾,今日胸鬲又頓煩悶也。

初三日(9 月 30 日)晴。

初四日(10 月 1 日)晴。

初五日(10 月 2 日)晴。

初六日(10 月 3 日)晴,夜雨。　子峨來談,知朱御史一新因劾太監李連英牽涉水灾,降主事。旨以余上華劾茂林、慶林,言及禱雨無靈,張佩綸謂慰留王文韶,是日即致地震,當時從寬,未經責飭,至今餘風未已。聞之悚愧。

初七日(10 月 4 日)晴。　朱存歸。得樂山書、九弟書。

初八日(10 月 5 日)晴。　過子峨。

初九日(10 月 6 日)晴。　石秀才自宣化來。

初十日(10 月 7 日)晴。　留石茂才小飲。

十一日(10 月 8 日)晴。　石秀才回宣。午後何、龍兩君同至。

得合肥復書。又得安姪書,知嫂氏病劇,悶甚。

十二日(10 月 9 日)晴。

十三日(10 月 10 日)晴。

十四日(10 月 11 日)晴。

十五日(10 月 12 日)晴。　晚,琴生遣車來。

十六日(10 月 13 日)晴。　晨起赴宣化,午後至郡齋。

十七日(10 月 14 日)晴。

十八日(10 月 15 日)晴。　琴生欲游城隅北山,不果。王鎮來。

十九日(10 月 16 日)晴。

二十日(10 月 17 日)晴。　回塞上,得大嫂訃,感愴無似。

廿一日(10 月 18 日)晴。　專足復都信。

廿二日(10 月 19 日)晴,夜大雪。　托子明來,致榮仲華相念之意。並贈食物。子峨來談。

廿三日(10 月 20 日)晴。

廿四日(10 月 21 日)晴。　遣蘇福入都。

廿五日(10 月 22 日)晴。　龍松琴來。

廿六日(10 月 23 日)晴。

廿七日(10 月 24 日)晴。　答托都統,投一刺而已。

廿八日(10 月 25 日)晴。　子峨來。

廿九日(10 月 26 日)晴,夜大雪。　過子峨。

十月一日(10 月 27 日)陰。　雪意未已。薄莫,松琴及沚薤相繼而至。

初二日(10 月 28 日)晴。　以詩四律寄琴生。

《水經注·河水》:"釋氏《西域記》曰:'屈茨北二百里有山,夜則火光,晝日但煙。人取此山石炭,冶此山鐵,恒充三十六國用。'"

初三日(10 月 29 日)晴。　過子峨。

初四日(10 月 30 日)晴。　得安圃書。

初五日(10 月 31 日)晴。　獨坐卧室,讀《莊子》竟日,作《讀莊子》兩篇。

答龍松琴。張皋文《説文諧聲譜》未刊行,松琴之父翰臣嘗從張曜孫鈔一副本,則經其子成孫改定,名爲《諧聲譜》。去"説文"二字,其本來面目不可考矣。

晚,琴生遣車騎見招。

初六日(11 月 1 日)晴。　過郡齋。

初七日(11 月 2 日)晴。　琴生于署之東偏,絜屋五間,專爲鄙人設榻。頌民爲作雲母窗,以素紙飾壁,極爲雅静。晨與琴生茗話,顔其室曰"北海軒",取東坡《章質夫送酒六壺不至》詩結句"南海使君今北海,定分百榼餉春耕"之意。王鎮來。

初八日(11 月 3 日)晴。　答王鎮。午後,王及石秀才來坐,竟日方去。

朱久香言，此韓文也。或以爲莊子乃子夏之門人，蓋以《田子方篇》子方自言師東郭順子，而《知北游篇》東郭子問於莊子，莊子曰："夫子之問也，固不及質。"遂以莊子與田子方同師耳。成疏以問於莊子之東郭子，即子方之師東郭順子，其説殆不足據。不知子貢亦稱叔孫武叔爲夫子，未必莊子即東郭子之弟子。玩其語意，亦非師問於弟之辭。

《知北游篇》："莊子曰：'夫子之問也，固不及質。正獲之問於監市履豨也，每下愈況。'"向、郭注："豨，大豕也。監市履豕，知其肥瘦。"此説謬甚。質、正獲、履豨，皆人名。監市，官名。此言夫子之問，固不及質、正獲之問於監市履豨也，每下愈況。

初九日(11 月 4 日)晴。　琴生召王鎮及葛同知顥、石秀才同飲。

初十日(11 月 5 日)晴。　長春聖節，有太白"夜郎不預漢酺"之感。

讀《莊子》遣悶。

"器之所以疑神者，其是歟！"《達生》。《管注》。

十一日(11 月 6 日)晴。　"消息滿虚，一晦一明，日改月化，日有所爲。"《田子方》。《管・侈靡》注。

十二日(11 月 7 日)晴。　得安圃書，有高陽、曉帆諸書。又得洪翰香書，知袁子久偶膺末疾，尚不至死。前琴公得于晦若書，頗傳子久殆死。

十三日(11 月 8 日)晴。　琴生之族叔焕之茂才來。名志文。

十四日(11 月 9 日)陰。

十五日(11 月 10 日)陰雨。　余乞酒法於宣守，頌民、世講以己意合藥酒一瓶，名之曰當歸酒，爲作長歌報之。

與琴生共閲柳川書院文，頗多佳作。

午後，琴生得家書，一姪殤，意甚不懌，相對索然。

十六日(11 月 11 日)陰。

十七日(11 月 12 日)晴。　歸塞上，得再同書，寄冬菜、豆豉。

十八日(11 月 13 日)晴。　過子峨。

十九日(11 月 14 日)晴。　午後，張令來。

得琴生書。

《吴書・韋曜傳》注："曜本名昭，史爲晉諱，改之。"案，承祚書如張昭、周昭，均不諱，何以獨改韋昭爲曜，不可解。昭有《國語注》，本傳亦不載。

《嚴畯傳》："與裴玄、張承論管仲、季路，皆傳於世。"

《張昭傳》："昭每得北方士大夫書疏，專歸美於昭，昭欲嘿而不宣，則懼有私，宣之則恐非宜，進退不安。策聞之，歡笑曰：'昔管子相齊，一則仲父，二則仲父，而桓公爲霸者宗。今子布賢，我能用之，其功名獨不在我乎！'"

《步騭傳》："上疏獎勸曰：'齊桓用管仲，被髮載車。齊國既治，又致匡合。'"以上《管注》。

《顧雍傳》孫權曰："顧公在坐，使人不樂。"《晉・車武子傳》："坐無武子，不樂。"不知士大夫自處，將在坐使人樂爲貴乎？在坐使人不樂爲貴乎？

孫權赤烏元年，詔責數諸葛瑾、步騭、朱然、吕岱等曰："齊桓，諸侯之霸耳，有善管子未嘗不歎，有過未嘗不諫，諫而不得，終諫不止。今孤自省無桓公之德，而諸君諫諍未出於口，仍執嫌難。以此言之，孤於齊桓良優，未知諸君於管子何如耳？"《管注》。

廿日(11 月 15 日)雪。　過子峨，雪作而歸。

《魏志》武帝建安十五年下令曰："若必廉士而後可用，則齊桓其何以霸世？"此語不知所本。①

裴松之注引《魏武故事》，載操令曰："齊桓、晉文所以垂稱至今日者，以其兵勢廣大，猶能奉事周室也。《論語》云：'三分天下有其二，以服事殷，周之德可謂至德矣。'夫能以大事小也。昔樂毅走趙，趙王欲與之圖燕。樂毅伏而垂泣，對曰：'臣事昭王，猶事大王；臣若獲戾，放在他國，没世然後已，不忍謀趙之徒隸，況燕後嗣乎！'"人知武侯自比管仲、樂毅，不知操亦以齊桓、樂毅自比，然心迹迥異，要皆當時英雄，此其所以三分歟！

二十二年注，《魏書》："秋八月，令曰：'昔伊摯、傅説出於賤人。管仲，桓公賊也。皆用之以興。'"

上谷、代郡、烏丸無臣氏等叛，遣鄢陵侯彰討破之。建安二十三年。

---

① 按，此語出於曹操《求賢令》。

文帝延康元年秋七月庚辰，令曰："軒轅有明臺之議，放勛有衢室之問，皆所以廣詢於下也。"注引《管子》，已别録。

二十一日（11 月 16 日）晴。　定静村之子娶婦邀飲，因往賀而辭以期服。

《魏志・公孫瓚傳》："軍到薊中，漁陽張純誘遼西烏丸丘力居等叛，劫略薊中，自號將軍。略吏民攻右北平、遼西屬國諸城，所至殘破。瓚將所領，追討純等有功，遷騎都尉。屬國烏丸貪至王率種人詣瓚降，遷中郎將，封都亭侯。劉虞爲幽州牧，上罷諸屯兵，但留瓚將步騎萬人屯右北平。純乃棄妻子，逃入鮮卑，爲其客王政所殺，送首詣虞。"

《傳》注："《魏氏春秋》曰：'初，劉虞和輯戎狄，瓚以胡夷難禦，當因不賓而討之，今加財賞，必益輕漢，效一時之名，非久長深慮。故虞所賞賜，瓚輒抄奪。虞數請會，稱疾不往。至是戰敗，與袁紹戰。虞欲討之，告東曹掾右北平人魏攸。攸曰："今天下引領，以公爲歸，謀臣爪牙，不可無也。瓚，文武才力足恃，雖有小惡，固宜容忍。"乃止。後一年，攸病死。'"《洖小志》。

《典略》載瓚表紹，曰："紹又[上]故上谷太守高焉、故甘陵相姚貢，横責其錢，錢不備畢，二人并命。"

《張範傳》："弟承，字公先。是時，太祖將征冀州，術復問曰：'今曹公欲以弊兵數千，敵十萬之衆，可謂不量力矣！子以爲何如？'承乃曰：'漢德雖衰，天命未改。今曹公挾天子以令天下，雖敵百萬之衆可也。'術作色不懌，承去之。"案，袁術未死時，曹操無將征冀州之事，即或諜傳不實，而於事無徵，空談可不必録，紀之傳中，徒以諛諂。官渡之役，託爲先見耳，下云太祖平冀州，遣使迎範，又似將征冀州，即指官渡而言，未免夾雜不清。

晚，龍松琴來。

廿二日（11 月 17 日）晴。　《田疇傳》。注並録。《洖小志》。

《管寧傳》注："傅子曰：'齊相管仲之後也，昔田氏有齊而管氏去之，或適魯，或適楚。漢興，有管少卿爲燕令，始家朱虚，世有名節，九世而生寧。'"《管》。

邢顒，字子昂，河間鄚人也。舉孝廉，司徒辟，皆不就。易姓字，適右北平，從田疇游。積五年，而太祖定冀州。顒謂疇曰："黄巾起來二十餘年，海内鼎沸，百姓流離。今聞曹公法令嚴，民厭亂矣，亂極則平，請以身先。"遂裝還鄉里。田疇曰："邢顒，民之先覺也。"乃見太祖，求爲鄉導以克柳城。《涀小志》。

《司馬芝傳》："《管子·區言》以積穀爲急。"《管注》，已别録。

《蔣濟傳》："濟上疏：'三官任一臣，非周公旦之忠；又非管夷吾之公，則有弄機敗官之弊。'"

《劉放傳》注："《魏氏春秋》：'孫資對曰："上谷太守閻志，柔弟也，爲比能素所歸信。令馳詔使説比能，可不勞師而自解矣。"帝從之，比能果釋豫而還。'"田豫。

廿三日（11 月 18 日）晴，漸寒。　午後蘇（復）[福]自都還。得九弟、安圃書。又得再同書。

石秀才以《董香光卷子》求跋。卷書三詩《紅樓院應制》、《再入道場紀事》沈佺期、《同游僊游觀》韓君平。自跋："沈佺期兩詩與今上新年改元事相類。沈有二詩，附以韓君平作。時辛酉元正次日其昌識。"淩本。

余跋云：唐賢應制詩多矣，何獨取于雲卿？君平在德宗朝，與沈蹤迹、詩格均不相比。即信手拈毫，不應率易若此。細玩之，乃知香光自道行藏耳。香光以講帷見忌補外，泰昌初召還，踰年爲天啟改元。"自憐深院得回翔，兩朝常在聖人前。"即香光《感遇》詩也。"何用别求方外去，人間亦自有丹丘。"則其不激不隨、遠禍避名之意，流露言表矣。此當求之筆墨之外，無徒賞其書之神妙也。聘之示余，塞上漫識數語。

廿四日（11 月 19 日）晴。　檢實孚所贈《南浦行記》，自以紙裝之，臨摹較便。

復再同書，以高麗蔘四十枝報其普洱茶、醴陵筍之惠。

廿五日（11 月 20 日）晴。　昨夜作《北海軒》詩十首，書寄琴生。

擬繪管敬仲、左丘明、賈生、司馬子長、張京兆、諸葛武侯、蘇文忠爲七賢圖，高山仰止，景行行止，他非所及矣。

廿六日（11 月 21 日）晴。　晚，得琴生報章，甚稱余詩及書之佳。書殊不佳,詩則狂奴故態稍萌耳。是日子峨來,談不甚暢。

廿七日(11月22日)晴。

廿八日(11月23日)晴。　天氣甚暄和。遇子峨,談《管注》,頗合。連日校《管》書,考證地理殊費心力也。

《春秋》郭公,《傳》疑久矣。《公羊》:"赤歸于曹郭公。"《傳》:"赤者何?曹無赤者,蓋郭公也。郭公者何?失地之君也。"《穀梁傳》:"赤蓋郭公也。何爲名也?禮:諸侯無外歸之義。外歸,非正也。"杜預注:"《左》以爲經,蓋闕誤。"余疑此經在莊二十四年之冬,而二十六年《左傳》秋虢人侵晉,冬虢人又侵晉,是郭公即虢公,下奪"侵晉"二字耳。《左傳》本是。二十四年,寫者因二十七年有晉侯將伐虢,士蔿諫止一傳,遂舉此傳附于士蔿城絳深宮之後,蓋經已脱亡,傳又錯簡,致此大錯耳。《公羊》,虢皆作郭。《春秋》書此爲後"虞師、晉師滅下陽,僖二年。晉人執虞公"張本,公羊、穀梁曲爲之説,知非左氏親見聖人者比矣。

廿九日(11月24日)晴。

三十日(11月25日)陰。　《黄氏日抄》以涪翁文[①]以《莊周内論》爲第一,篋中未攜《山谷文集》,悶甚。

是日,欲作一文不成,褢褢階下久之,飲酒亦不甚醺。

十一月初一日(11月26日)晴。　子峨及張令踵至。晚,龍松琴來辭行。

初二日(11月27日)陰。

初三日(11月28日)晴。　過子峨。晚,琴生至,留飲甚歡,談至鐘漏九下而去。

《韻會》"宰"字下引《論語》注:"何休云:'宰,猶治也。'"劭公注久佚,僅見《北堂書鈔》,不知此何所據。

初四日(11月29日)晴。　琴生館敦陞店,余舊居也,往談,午飯後歸。琴公赴懷安歸,如有所失,遂至子峨處略話。枯坐無聊,剪燈讀《韻》,意興索然。

初五日(11月30日)晴。

---

① 按,黄庭堅有《莊子内篇論》。

初六日(12 月 1 日)晴。　寄合肥書,得安圃書。

初七日(12 月 2 日)晴。　復安圃書,得合肥書。

初八日(12 月 3 日)微雪。　復自都措三百金爲卒歲資,是日到塞,私蓄盡矣。讀東坡"自笑我貧天所賦,不因遷謫始囊空"之句,不覺失笑。

初九日(12 月 4 日)晴。　連日校《説文》、理詩稿,不暇注《管》,蓋心緒煩雜也。

初十日(12 月 5 日)晴。

十一日(12 月 6 日)晴。　得洪翰香書。

十二日(12 月 7 日)晴,始寒。　復合肥書。

十三日(12 月 8 日)晴。

十四日(12 月 9 日)晴。　石秀才來。

十五日(12 月 10 日)晴。　石秀才去。午後子峨來。

十六日(12 月 11 日)晴。

十七日(12 月 12 日)晴。　過子峨略話。

張凱嵩卒。譚序鈞調滇撫。清卿得粵節。

十八日(12 月 13 日)晴。

十九日(12 月 14 日)晴。　復合肥書。

二十日(12 月 15 日)晴。　寄孝達、伯潛書。

廿一日(12 月 16 日)晴。　寄載之、八弟書。

廿二日(12 月 17 日)晴。　子峨來,言十六日上諭唐炯發雲南,徐延旭、趙沃發新疆,張成發臺灣。

廿三日(12 月 18 日)晴。　再同及安姪書至,即復之。

午後,過子峨。

廿四日(12 月 19 日)晴。　子峨又至。

《郊祀志》:"平帝元始五年,大司馬王莽奏言:'王者父事天,故爵稱天子。孔子曰:"人之行莫大於孝,孝莫大於嚴父,嚴父莫大於配天。"王者尊其考,欲以配天。緣考之意,欲尊祖,推而上之,遂及始祖。是以周公郊祀后稷以配天,宗祀文王於明堂以配上帝。《禮記》:"天子祭天地及山川,歲徧。"《春秋穀梁傳》以十二月下辛卜正月上辛,郊。'"王莽引

《孝經》。

《漢書·董仲舒傳》:"天令之謂命,命非聖人不行;質樸之謂性,性非教化不成;人欲之謂情,情非度制不節。是故王者上謹於承天意以順命也,下務明教化民以成性也。正法度之宜,别上下之序,以防欲也。修此三者,而大本舉矣。人受命於天,固超然異於群生,入有父子兄弟之親,出有君臣上下之誼,會聚相遇,則有耆老長幼之施;粲然有文以相接,驩然有恩以相愛,此人之所以貴也。生五穀以食之,桑麻以衣之,六畜以養之,服牛乘馬,圈豹檻虎,是其得天之靈,貴於物也。故孔子曰:'天地之性,人爲貴。'明於天性,知自貴於物;知自貴於物,(知自貴於物)然後知仁誼;知仁誼,然後知禮節;重禮節,然後安處善;安處善,然後樂循理;樂循理,然後謂之君子。故孔子曰:'不知命,亡以爲君子。'此之謂也。"阮福作《孝經義疏》,取《繁露》而獨遺此,殊疏。文選樓本九卷,此非足本也。

《漢書·匡衡傳》:"《論語》《孝經》,聖人言行之要,宜究其意。臣又聞聖人之自爲動静周旋,奉天承親,臨朝享臣,物有節文,以章人倫。蓋欽翼祗栗,事天之容也。温恭敬遜,承親之禮容也。正躬嚴恪,臨衆之儀也。嘉惠和説,饗下之顔也。舉錯動作,物遵其儀,故形爲仁義,動爲法則。孔子曰:'德義可尊,容止可觀,進退可度,以臨其民,是以其民畏而愛之,則而象之。'《大雅》云:'敬慎威儀,惟民之則。'"

又,《大雅》曰:"無念爾祖,聿修厥德。"孔子著之《孝經》首章,蓋至德之本也。阮疏均未引。

廿五日(12月20日)晴。　得合肥書。又得琴生書。

廿六日(12月21日)晴。

廿七日(12月22日)晴,是日冬至。　過子峨。

廿八日(12月23日)晴。　子峨來。

廿九日(12月24日)晴。

十二月初一日(12月25日)晴。

初二日(12月26日)晴。　答景祺。

初三日(12月27日)晴。　體頗不適,檢詩文稿竟日。

初四日(12月28日)晴。

初五日(12 月 29 日)晴。

初六日(12 月 30 日)晴。　張令來。

初七日(12 月 31 日)晴。　《竹書紀年》二卷。余所藏平津館本,洪頤煊序,考之甚詳。其今本與《隋》《唐志》卷之多寡,及各書與今本文之同異,不復置辨。要之,此僞書也。司馬篡魏,魏之遺臣作之,言晉終爲魏所滅耳,故敘晉、魏獨詳。三代事則雜采《詩》、《書》、《左氏》及諸子、《史記》成之。《太甲紀》王潛出自桐,殺伊尹。《昭王紀》復設象魏,皆寓言也。晉人不悟,詫爲古史,受其治矣。淵如及王氏父子攻僞古文甚力,然皆篤信此書。郝蘭皋並有《竹書紀年校正》,紀文達以今本爲依託,至古本則未之及,殆以久佚不復深究耳。

得樂山十一月十七日書。又得趙菁衫書。

初八日(1887 年 1 月 1 日)晴。　永副都統贈黄羊、官羊以饋宣守。

晚,得琴生書,又得合肥書。

初九日(1 月 2 日)晴。　撰《易禮》二卷:《卦辭爻辭殷禮》一卷、《夬傳通禮》一卷。

初十日(1 月 3 日)晴。

十一日(1 月 4 日)晴。　復合肥書。

托都統贈食物與兒輩。

十二日(1 月 5 日)晴。　陳伯平贈百金,並寄《義倉》《織局》兩記書來,因誤聞余疾,勸養心以待時,推許過當。余復一書,云:"損惠重金,感荷。耿中丞之常平、王仲通之訓織,邊民歌誦,久到漠南,然在公特小試耳。再同致兩兒塞上,距阮孝廉之來,兩閱月耳。佩綸初無疾也,而時傳鄙人悼亡成痗,咄咄書空,殆再同爲流言所惑。艱難困苦半生,蓋備嘗之,杜門課子,未始非福,何至憂傷抑鬱?願故人勿以我爲念,但學力未深,日就荒陋,固不堪爲時用矣。故人章琴生來守宣化,戲以爲吾之質夫,獨恨咫尺岐亭,不能一踐良約也。塞上無佳山水,疲驢風雪,時行村落間,得一二句不必成篇。入春煩致大同布三五端,作大布之衣,益與桐帽椶鞋相稱。"

十三日(1 月 6 日)晴。　以《織局》《義倉》兩記致琴生,琴生亦有種棉課織之意也。

十四日(1月7日)晴。　天漸沍寒,然未雪也。

讀《穀梁傳》,檢及劉申受《廢疾申何》一卷,語太支離,隨手駁之,無不披靡,定爲《穀梁起廢疾義證》一卷。聞近有作《穀梁傳補疏》,故不復詳考,恐妨注《管》之功耳。不名申鄭,以余不墨守高密,且不以緯釋經也。

晚,得琴生書及袁子久書。子久已能作書,廢疾亦起矣,可喜。

燈下枯坐,悶甚,以日來研究《易》理,試絜蓍以卜休咎。得《地雷復》之震六四,"中行獨復",復至日也。有一陽來復之幾,地復化而爲雷,則全是震象。"震驚百里,不喪七鬯",象在春分,且坤爲臣道,震爲君象,臣主相契,殆有歸徵。百里則行不甚遠,殆可釋戈歸來乎？留之,以驗後應與否。

十五日(1月8日)晴。

十六日(1月9日)晴。

十七日(1月10日)晴。　得再同及唐成山書。

十八日(1月11日)晴。　樂山寄《舊唐書》及寶賢堂帖、晉祠碑,半年始達,復寄晉祠米數斗、藕粉兩匣。

子峨來談。

劉向受《穀梁》,《六藝論》以爲顏安樂弟子。齊次風《公羊注疏考》以爲先治《公羊》,後授《穀梁》,不知所本,俟考。《拜經日記》:《公羊傳經表》惟引《六藝論》。一證。惠氏《九經古義》謂子政封事多公羊説,余以《漢書·五行志》證之,子政説或同仲舒,皆《公羊》義也。又説《左氏傳》似子政兼通三傳,班書謂其持《穀梁》義,殆未深考矣。

復趙菁衫書,論修邑志。

十九日(1月12日)晴。　東坡生日,招子峨來飲,以王見大所(會)[繪]文忠像設祀,以香濤所寄海南香及廣橘、蜜酒作供。紀堂疾作,不預。

二十日(1月13日)晴。　《穀梁傳》引古人説。①

桓二年。孔子曰:"名從主人,物從中國,故曰郜大鼎也。"

---

① 此處眉批:初獻六羽。穀梁子曰:"舞夏,天子八佾,諸公六佾,諸侯四佾。初獻六羽,始僭樂矣。"《尸子》曰:"舞夏,自天子(自)[至]諸侯,皆用八佾。初獻六羽,始厲樂矣。"

桓三年。子貢曰："冕而親迎，不已重乎？"孔子曰："合二姓之好，以繼萬世之後，何謂已重乎？"夫人姜氏至自齊。

桓九年。《尸子》曰："夫已多乎道。"曹世子射姑來朝。

襄廿三年。蘧伯玉曰："不以道事其君者，其出乎！""臧孫紇出奔邾"傳。

哀十三年。孔子曰："大矣哉，夫差未能言冠而欲冠也。"黄池。

定元年。沈子曰："正棺乎兩楹之間，然後即位也。"

《公羊傳》引師説。

子沈子曰："君弑，臣不討賊，非臣也。不復讎，非子也。葬，生者之事也。《春秋》君弑，賊不討，不書葬，以爲不繫乎臣子也。"何休注："子沈子，己師。不但言子者，辟孔子也。其不冠子者，他師也。"①隱十一年傳。

魯子曰："我貳者，非彼然，我然也。"莊二十三年，公會齊侯盟于扈。

魯子曰："蓋不以寡犯衆也。""僖五年鄭伯逃歸不盟"傳。

魯子曰："以有西宫，亦知諸侯之有三宫也。""十九年西宫災"傳。

魯子曰："温近而踐土遠也。""二十八年天子狩于河陽"傳。

閔子要絰而服事。既而曰："若此乎古之道，不即人心。"退而致仕。孔子蓋善之也。"宣元年放胥甲父"傳。

子公羊子曰："其諸爲其雙雙而俱至者歟？"②

子曰："我乃知之矣。"何注："子謂孔子。"在側者曰："子苟知之，何以不革？"曰："如爾所不知何？《春秋》之信史也，其序則齊桓、晉文，其會則主會者爲之也，其詞則某有罪焉爾。""昭十三年納北燕伯于陽"傳。

曰："樂正子春之視疾也。"昭十九年葬許悼公。

孔子曰："其禮與其辭足觀矣。"昭二十五年唁公野井。

子沈子曰："定君乎國，然後即位。"定元年。

子北宫子曰："辟伯晉而京師楚也。"哀四年傳。晉人執戎曼子赤歸于楚。

子公羊子曰："其諸以病桓歟？"桓六年子同生。

---

① 此處眉批：《孟子》："沈猶行曰：'是非汝所知也。昔沈猶有負芻之禍，從先生者七十人，未有與焉。'"趙岐注："沈猶行，曾子弟子也。"《荀子·儒效篇》："仲尼將爲司寇，沈猶行不敢朝飲其羊。"《漢書·楚元王傳》："景帝封其子，歲爲沈猶侯。"晉注："沈音審。"《廣韻》二十一"侵[韻]"："沈，直深切。漢復姓有沈猶氏。"按，沈猶行之見甚卓，疑子沈子即其人，沈猶稱沈子，亦無不可。

② 此處眉批：魯子曰："是王也，不能乎母者，其諸此之謂歟？""二十四年天王出居于鄭"傳。

魯子曰："請後五廟以存姑姊妹。"莊三年，紀季以酅入于齊。

子沈子曰："不通者，蓋因而臣之也。"莊十年宋人遷宿。

子女子曰女音汝："以春秋爲春秋，齊無仲孫，其諸吾仲孫歟？"①

高子曰："娶乎大夫者，略之也。"文(三)[四]年，逆婦姜于齊。

子司馬子曰："蓋以操之爲已蹙矣！"齊人伐山戎。莊三十年。

《春秋繁露·俞序篇》："仲尼之作《春秋》也，上探正天端王公之位，萬民之所欲，下明得失，起賢才，以待後聖。故引史記理往事，正是非也，[序]王公。史記十二公之間，皆衰世之事，故門人惑。孔子曰：'吾因其行事而加乎王心焉。'以爲見之空言，不如行事博深切明。故子貢、閔子、公肩子，言其切而爲國家資也。其爲切而至於殺君亡國，奔走不得保社稷，其所以然，是皆不明於(是)[道]，不覽於《春秋》也。故衛子夏言，有國家者不可不學《春秋》，不學《春秋》，則無以見前後旁側之危，則不知國家之大柄，君之重任也。故或脅窮失國，揜殺於位，一朝至爾。苟能述《春秋》之法，致行其道，豈徒除禍哉，乃堯舜之德也。故世子曰：'功及子孫，光輝百世，聖王之德，莫美於恕。'②故予先言《春秋》詳己而略人，因其國而容天下。[《春秋》之道]大得之則以王，小得之則以霸。故曾子、子石盛美齊侯安諸(夏)侯，尊天子。霸王之道，皆本於仁。仁，天心，故次以天心。愛人之大者，莫大於思患而豫防之，故蔡得意於吴，魯得意於齊，而《春秋》皆不告。故次以言怨人不可邇，敵國不可狎，攘竊之國不可使久親，皆防患爲民除患之意也。不愛民之漸乃至於死(生)[亡]，故言楚靈王、晉厲公生弑於位，不仁之所致也。故善宋襄公不厄人，不由其道而勝，不如由其道而敗，《春秋》貴之，將以變習俗而成王化也。故子夏言《春秋》重人，諸譏

---

① 此處眉批：《莊子·大宗師篇》有女偊，其言曰："吾聞道矣。"又曰："卜梁倚有聖人之才而無聖人之道，我有聖人之道而無聖人之才。"不知即此女子否？《釋文》："偊，徐音禹，李音矩。一云是婦人也。"以婦人解女偊，謬矣。

② 此處眉批：《漢[書]·藝文志》：儒家《世子》二十一篇。名碩，陳人也，七十子之弟子。《唐石經》泄柳作世柳，《説苑》以泄柳字子庚。余疑世子即泄柳，碩乃柳之誤。《檀弓》："柳之母死，子碩請粥庶弟之母。"即其人也。按，康成注以子柳爲叔仲皮之子，大誤。下文叔仲皮學子柳，子柳乃叔仲皮之師，其妻魯人云云。乃妻爲夫輕服，故叔仲衍以告，而柳爲之制禮耳。此鄭注之大誤者。《雜記》："泄柳之母死。"注："魯繆公時賢人也。"即此一人而兩注，分爲兩人。《孟子》泄柳即子柳。《檀弓》一篇，厚誣聖門弟子，此兩事，子柳前則賢，而後則謬，可知其言之不實矣。子碩亦負盛名，故並誣之也。

皆本此。或奢侈使人憤怨，或暴虐賊害人，終皆禍及身。故子池言魯莊築臺，丹楹刻桷，晉厲之刑刻意者，皆不得以壽終。上奢侈，刑又急，皆不内恕，求備於人。故次以《春秋》緣人情，赦小過，而《傳》明之曰：‘君子辭也。’孔子明得失，見成敗，疾時世之不仁，失王道之體，故緣人情，赦小過，《傳》又明之曰：‘君子辭也。’孔子曰：‘吾因行事，加吾王心焉。’假其位號以正人倫，因其成敗以明順逆，故其所善，則桓、文行之而遂；其所惡，則亂國行之終以敗。故始言大惡殺君亡國，終言赦小過，是亦始於麤糲，終於精微，教化流行，德澤大洽，天下之人，人有士君子之行而少過矣，亦譏二名之意也。”佩綸案：戴宏以公羊出於子夏，殆即本此。然繹董生此篇，似重曾子且以公羊所引諸説。如此篇互考，似閔子指胥甲父一事，子貢即指《穀梁》所引冕而親迎一事，其五引魯子，疑魯皆曾之誤文，此之子池，疑即子沈子之誤文。臧庸以子池爲子游。《公羊》與《孟子》同者數事，疑北宫子即《孟子》之北宫錡，高子即《孟子》之高子，然則公羊高即公明高，趙岐以爲曾子弟子者是也。子司馬子、子女子無考。公肩子即弟子傳之公堅定，字子中。頗疑尸子即公肩子之壞，如此則公羊乃曾子一派，穀梁乃公肩子一派。西漢説公羊者，未嘗以爲出於子夏也。俟再詳考。記有以公明高爲公羊高者。謫居書少，俟放歸後考之。

二十二日（1 月 15 日）晴，寒。　琴生遣人送年禮，並時憲書一册。附王雲舫、李仲彭兩書。

二十三日（1 月 16 日）晴。祠竈。　《易》曰：“井渫不食，爲我心惻，可以汲。王明，並受其福。王之不明，豈足福哉。”《索隱》引《京房易章句》言：“我之道可汲而用，上有明主汲我道而用之，天下並受其福。故曰‘王明，並受其福’也。”《史記·屈原傳》。

二十四日（1 月 17 日）晴。　作《讀莊子》三、四兩篇。三論莊子與屈原《離騷》足以互證，四論莊周與孟子異同。

二十五日（1 月 18 日）晴，雪。　過子峨，縱談。

二十六日（1 月 19 日）晴，雪霽頗寒。　紀堂連日疾篤，群醫束手。

二十七日（1 月 20 日）晴。　作書寄都，趣紀堂之兄來。戌刻，紀堂下世，惻然。

二十八日（1 月 21 日）晴。　昨夜爲紀翁入斂，客中睹此，萬感横生。

紀堂，丙子舉人，在都謁選。秋間，安圃延之來塞授讀，性甚嚴正，學亦深湛。時借余《左傳注疏》，課讀之餘，手不釋卷。尤長於《史》、《鑑》、杜詩，夜分談論古今，與余極契，謫居深有師友之樂。惟向有喘證，夙痾已深。十八九日偶有感冒，舊恙頓發，山城苦乏良醫，馴至不起。悲夫，年才四十有七，無子，以兄子爲後。

復寄都書。傳紀堂凶問。殯其柩於南門外給孤寺。余率二子哭之。

廿九日(1 月 22 日)晴。　午後，子峨來談。

三十日(1 月 23 日)晴。　是日天色甚朗。

附録：祥仁趾同年行程日記

張家口至查罕託羅海，盤腸河。六十里。五月初二。村落頗稠，田禾亦茂勝，嘉峪關内外多多矣。

查罕託羅海至布爾哈蘇臺。六十里，小河二道。初三午。上大坡北行，至鄂博西北行，一望碧草如罽，沿途專室穹廬別有風味。令左文襄見之，又將議增郡縣矣。過小河二道。

布爾哈蘇臺至哈留臺，小河一道。七十里。初三夕。沿途開墾已多，壤土沃美，村落比甘肅富庶。

哈留臺至鄂羅胡都克，六十里。初四。沿途上下小坡二三處，間或有石。鄂羅胡都克臺西南，水草豐茂，山前後生聚富庶，觀之生羨。

鄂羅胡都克至奎蘇圖，七十里。初四夕。西北行，越草坡。

奎蘇圖至札哈蘇臺，河一道。六十里。端午，卯行辰止。西行一望平原。

札哈蘇臺至明垓，六十里。初五夕。巳初行，巳正止。碧草際天，淺坡上下，巳正二刻駐明垓，土屋數椽，頗整潔，大似秦晉道中行館，惜由弟一臺至此，數百里未見一樹耳。

明垓至察察爾圖，六十里。初六卯初行，辰初止。北行而西，越大坡，西北行，及巔有石，行側坡數里，餘皆綠草平鋪，馬蘭如錦，花香草氣，爽人心目。

察察爾圖至慶岱，八十里。初六巳行，午正止。西北行，越大坡，行側坡，一二處有石，草如麥隴，青蔥可觀。

慶岱至烏勒哈達，一百廿里。初七卯行，辰止。西北行，繞花果山，仍指西北山，頑石嶔崎，野花寥落，一彎溪水，徧地皆馬蘭也。

烏勒哈達至本巴圖，八十里。巳行，未止。西北行道有石，顛簸。臺站疲累。

本巴圖至錫喇哈達。無里數。初八卯初[行]，辰止。雨。西行多碎石。

錫喇哈達至布魯圖，七十里。初九寅行，卯止。西北行，越土坡，微有沙磧。臺站疲累。

布魯圖至鄂倫琥圖克，六十里。巳行，巳止。西北行。

鄂倫琥圖克至察罕琥圖克，六十里。初十卯行，辰初止。西北行。衣裘猶寒。

察罕琥圖克至錫喇穆楞，七十里。巳行，午初止。水賴。原記屢云賴水，似是水劣之方言，作水賴耳。西北行走戈壁。按，由布魯圖起至哈達圖三十二臺，據土人云，通謂之戈壁，間有沙磧，但廣漠皆有水草，非比西路戈壁僅生駝茨，餘皆不毛。

錫喇穆楞至敖拉琥圖克，鹺水。一百里。十一日寅行，辰止。西北行，崎嶇長坡一二處，餘皆微草、沙磧。

敖拉琥圖克至吉斯黃郭爾，水賴。八十里。巳正行，午正止。西北行，草戈壁兼沙磧。吉斯黃郭爾沙磧，坡下弱草離離，穹廬破敝，蒙古十餘人行乞，閱之短氣，其富厚之蕃部。

吉斯黃郭爾至喜喇穆呼爾，七十里。十二日卯初行，卯初二刻止。西北行，微草，平沙，穹廬黯敝。

喜喇穆呼爾至呼隆布隆，一百里。卯正行，巳初止。西北行，沙磧，草地。雨後戈壁乾熱，改爲夜行晝駐。

呼隆布隆至叟吉布拉克，七十里。十二日申行，戌止。西北行，沙草，小坡，間石三四處，有神柳聖蹟。

叟吉布拉克至托里布拉克，七十里。戌正行，亥正止。西北行，崎嶇，上下微草，側坡兼亂石路數十里。過河灘，下車徒行，觀馬趵泉聖蹟，一池清泉映月，清澈見底，飲一勺，甘涼如醴。又西北至托里布拉克，地多神蛇，幸未出，慈蔭寺喇麻送奶茶。是日行三百四十餘里。

托里布拉克至圖固哩克，七十里。十三日寅初行，卯初止。子初至慈蔭寺龍神前行禮，並獻哈達一方。西北行，崎嶇，沙草，石大如磐，沙軟如淖，車行甚苦。臺站貧甚，以粟米振之。

圖固哩克至默霍爾葛順，一百里。未初行，申正止。西北行，沙草，平原，沿一土龍而行在毳幕中，細審形勢，則東米沙岡，南亘無極，始知其脈甚長。詢之土人，則遠通西路，乃天山東沙山之一脈耳。

默霍爾噶順至霍尼齊，一百廿里。十四日寅正行，辰正止。西北行里數甚長，與西戈壁煙墩苦水同。至霍尼齊迤南查罕額英格爾石灣處，下車稍憩。至霍尼齊飯後詣溥恩寺，拈香獻哈達，喇麻送奶茶。

霍尼齊至畢勒格庫，九十里。十五日寅正行，卯正止。西北行，沙草如前。

畢勒格庫至哈濟布齊，無里數。辰行，午止。西北行，微草，平沙，中途有樹，車臣汗盟綮臺員弁亦至。

哈濟布齊至札拉圖，八十里。十六日寅行，辰止。西北行，越一小山，沙漠，河灘，間有榆林三五成行，頗似新疆猩猩峽。坡小，有水一彎。

札拉圖至卓布里，雝水。無里數。辰行，巳止。穹廬漸次整齊。

卓布里至博羅鄂博，七十里。十七日寅行，卯止。西北行，微草，小坡。

博羅鄂博至庫圖勒多倫，雝水。九十里。辰行，巳止。沙草，河灘，西北行。

庫圖勒多倫至賽爾烏蘇，有臺站，因員駐此，俗云驛傳道，如赴庫倫，由此往東。六十里。巳行，午止。西北行，沙草，小坡。

賽爾烏蘇至默端，水賴。八十里。十八辰行，巳止，雨行。西北行，花草氄毷，晴爽如秋。

默端至哈比爾噶，水賴。一百廿里。午行，未止。西北行，沙磧參差，草茸長短，石坡路。十二刻行一百廿里，以此計之，草地車行一日可行四五百里，但人不能勝耳。

哈比爾噶至希保臺，六十里。十九日寅行，卯止。西北行，微草，淺坡，間有亂石，平原。

希保臺至椛薩，七十里。十九日辰行，巳止。西北行，微草，沙磧。

椛薩至吉呼木，灘水。八十里。廿日卯行，辰止。小坡，軸折。

吉呼木至沙克舒爾噶，水賴。六十里。申行，酉止。西北行，微草，漫坡。路側有本站副參領迎候。

沙克舒爾噶至察布察爾，七十里。廿一日卯行，辰止。西北行，坡底有泉，草漸緑。

察布察爾至哈沙圖，九十里。巳行，未止。西北行。

哈沙圖至哲楞，一百里。廿二日卯行，辰止。西北行。

哲楞至翁錦，河一道。一百廿里。巳行，未止。西北行。荆棘叢生，車馬行甚艱苦。翁錦水草甚佳，羊馬亦壯，買海騮馬兩匹，以備恭進。

翁錦至烏訥格特，八十里。廿三卯行，巳止。西北行，道如哲楞。烏訥格特貼地野花，黄白青紫，惜不知名。衣裘猶寒，以雨未霽也。

哈達圖至哈拉尼敦，八十里。廿四卯行，辰止。過河南，微草，平坡。又西北越側坡西行。

哈拉尼敦至葛魯底，小河一道。七十里。廿四巳行，午止。西行，山坡，草路，兼有石峰，如疊雲勢。午正又行，杞棘叢生地，策騎而西。葛魯底四面皆山，水草均美，蒙民富庶，羊馬亦多，如甘肅之三關口，水少無樹。清文均劣，委員苛刻臺站。①

葛魯底至塔楚，河一道。八十里。廿五日寅行，辰止。西行，沿河灘南轉進北山口，此蓋杭愛山之東南口也。山勢巍峨，草多水少，至塔楚訪問安臺委員，有受餽贐事。

塔楚至胡都克烏爾圖，七十里。廿五日巳行，午止。西南行，過河，循大坡西行，又西北轉下大坡。

胡都克烏爾圖至沙爾噶勒珠特，河二道。一百里。廿六卯行，巳止。北行，河灘，石子路。又西北越二草坡，辰正二刻越大草坡。東北，如甘肅之烏梢領，下坡。西北，過河二，至沙爾噶勒珠特。

沙爾噶勒珠特至推，七十里。午行，未止。西北行，沙石，微草，淺坡，間

---

① 此處眉批：既云水草均美，又云水少無樹，必有一誤。

有平地，又越大坡。推四面皆山，群峰疊翠，前臨推河，後枕卧山，可戰可守，可屯可牧，愈於哈密。推河源自北發，距此約三臺山下，出巨泉三五，南注於某胡圖克圖，合少巨淖之中，一方賴以生活，洵天泉也。

推至烏爾圖，七十里。廿七日卯行，巳止。北行西轉，涉推河，西行又西北，皆坦途，惟鼠窟太多。辰正策騎，沿山西行，沙石相間，巳初至烏爾圖。

烏爾圖至鄂羅蓋，河二道。八十里。西北行，間有碎石，碧草黄花，燦爛入目。未正過河。午行，未止。

鄂羅蓋至烏塔，河一道。七十里。廿八卯行，辰止。西北行，鼠穴如織，間有碎石，羅列成峰。

烏塔至白達拉克，河一道。一百里。巳行，未止。西北行，曠原百餘里，土潤草肥。未正過河。白達拉克四面皆山，長百餘里，寬數十里，水起西北，注於東南，沿河微石，土脈尤美。土人云曾經開墾，旋奉文禁止。

白達拉克至札克，河一道。一百廿里。廿九寅行，辰止。西行，卯正過河。

札克至霍博勒車根，河一道。八十里。巳行，午止。西行，微草。午正過河。

霍博勒車根至烏朗奔巴，河一道。八十里。卅日寅行，辰止。西北行，過小河。草尚微勾，地寒可想。

烏朗奔巴至鄂伯爾吉拉噶朗圖，河一道。七十里。卅日巳行，午止。西北行，沿山微石。

至阿录吉拉噶朗圖，七十里。河一道。六月朔寅行，辰止。沿山循河西北行。地寒甚新疆。

至胡吉爾圖，六十里。辰行，午止。南行轉一坡，雪山在望，西北涉布音圖河，自西北注於東南，此烏屬山水兩大觀。水比推河尤旺。至達噶得勒，小河一道。八十里。初二卯行，巳止。西南行，過小河，松柏成林。至特穆爾圖，七十里。巳行，申止。西行，過河，西南又沿山而西，至舒魯克，河一道。七十里。初三寅行，辰止。沿山亂石。至花碩洛圖，河二道。七十里。巳行，午止。沿山西北行，明日入烏。

易窗日記

丁　亥

簣齋主人著《易禮説》成，因以丁亥元正題其日記曰“易窗”。夫《易》無思無爲，寂然不動，感而遂通。天下之故，自非至神，莫與於此。漢儒通其數，非《易》所謂數也。宋儒通其理，非《易》所謂理也。推而行之，存乎通，不通則烏能行哉？此《易》之義所以晦滯。大而典禮，小而占筮，今之人皆不能通也久矣。余深思以求《易》之“窮則變，變則通”之理與數，故以“易窗”名其日記也。於《易·坎》之困，云：“納約自牖，終无咎。”虞翻云：“艮爲牖，坤爲户，艮小光照户牖之象；貳用缶，納約自牖，得位承五，故无咎。”王弼以爲：“至約，自進於牖，可羞王公，薦宗廟。”崔憬以爲：“牖里内約，免難。”皆失之。夫剛柔之際，而納之以約，又何咎哉？所謂困而不失其所也。四自升來，則王用享于岐山之吉，无咎即此納約自牖之无咎也。不言“易牖”，而言“易窗”者何？牖，旁窗也。所以助明者也。窗，正牖也，通孔也。均《説文》《蒼頡解詁》。助户爲明者也。《考工記》“四旁兩夾窗”注。主人之言《易》，不求其旁通，而求其正通，故曰“易窗”也。

光緒十三年歲在丁亥正月己丑朔（1887 年 1 月 24 日）晴。　晨起，率兩兒向北行三跪九叩禮，遥祀祖先。

閲江督、豫撫、東撫暨游倉場、延光禄疏，莞爾而笑，曰：“異哉，諸公之言河也。夫河，北徙爲害，南流亦爲害，東不能容，而委之南耶！夫東撫欲分河水十之三以入，故而舉十之七以分流，河能俯首帖耳，聽其分三則三，留七則七乎？豫疏恐掣全溜而南是也。然全溜在東奈何？此與江督疏皆分疆畫界之見，不知通籌國故，不知深測河形者也。延君徒以恐入畿輔洞猲，恐河欲北徙，亦無如之何，而欲祖劉大夏之法，考之不詳，宜其言之不暢也。游侍郎在都時，言河須疏通海口，鑿鑿有據。及奉命察河，牽于鄉人之説，又改爲分流。玆又改爲南挽，何無定見乃爾？夫分流者，治河之一端，非治河之究極也。必欲治流，非通海口不可，海口通則南流可，北徙亦無不可，然則東撫與其挽之南，而仍須求出海之口，何如並挽南之工而就東以求出海之口乎？則曰南之海口淤淺，而東之海口淤深也。曰：是不然。夫果南能容河，則河自南不東。河已東，則逆挽之於南之海口，不若順疏之於東之海口之易也。《禹貢》曰：'又北播爲九河，同爲逆河入于海。'夫所謂播爲九河者，因氾濫而言之，非闢黄河爲九也。治河者但當于'同爲逆河入于海'七字著想，則疏海口以迎河足矣。字書釋河均非是，惟《釋名》云'河，下也，隨地下處而通流也'得之。夫下則莫下於海矣。《説文》：'河：注海，从水，可聲。'可从丂，口丂，反㔾也，讀若呵。夫呵氣出口，水之出口似之。若出口之氣能分之爲二三，則出口之水亦可分爲二三矣。讀書從識字始，吾謂辨事亦自識字始。但解河之所以名河，而治河之道在是矣。世或謂余之言近於王氏《字説》乎？"

初二日（1月25日）晴。　至給孤寺，送紀堂柩歸里，遣褚福及其僕陳升護行。

初三日（1月26日）晴。　答兩都統賀正。

午後，得合肥祠竈日復書、伯潛十月二十日書。

初四日（1月27日）晴。　午後，子峨來談。

初五日（1月28日）晴，午後微雪。　去冬所草《穀梁起廢疾小箋》復加校正，都爲一卷，將以就正於琴生、再同。夜三鼓，始就枕。

初六日（1月29日）晨起猶雪，巳初霽。　琴守遣車來召兒輩，雪中遣行，車發而霽。

《管子榷》二十四卷，内府藏本。明朱長春撰。長春字大復，烏程人。萬曆癸未進士，官刑部主事。是書即趙用賢本而增釋之，故凡例、文評俱仍其舊，惟每篇各加敘釋。在篇首者曰評，多論作文之法；在篇中者曰通，則隨文訓解其義；在篇末者曰演，乃統論一篇大旨。皆出長春一手，創立異名，無所闡發。其《七法篇》評云"是注意之作，可爲文式。後之分段者，神弛氣懈，周末秦先病如此。千年來文家反學其病，文之壞由韓、蘇以來”云云，亦可稱敢於大言矣。

《詮敘管子成書》十五卷，内府藏本。明梅士享編。士享字伯獻，宣城人。《管子》原目三十卷已不可考，明代舊本皆二十四卷。士享此本合爲十五卷，而以己意詮敘之。如《牧民》《形勢》《立政》《九敗》《版法》諸解，皆移附本篇之後，已亂其次第。又謂其文繁冗不倫，乃於一篇之中分上、下二格，其定爲《管子》本文者，列之上格；疑爲後人攙雜者及義有未安者，列之下格；其自爲發明者，别稱“梅生曰”以别之。如《牧民篇》“國之四維”一段，則云：“朱晦翁解‘繇不仁故不知，不(知)[智]故不知禮義所在，斯爲一貫之指’，若此節維絶則傾可正也等語，於理有乖，恐非《管子》之言，故列下層。”又《權修篇》“天下者國之本”一段，則云：“與《大學》《孟子》之旨相悖，故列下層。”讀諸子之書而必以經義繩之，何異閱晉、唐行草之迹而糾以《説文》之偏旁耶？

《四庫全書存目・子部》二則，二書之劣，言之詳矣。然梅書時有考證，差勝於朱。

初七日(1月30日)晴。　子峨之子壽朋以一等第一補廩，寄文字來。醉中草之，爲之改正《待文王而興五章》時文一首，《輪船布陣議》一篇，《籌海圖編書後》一篇。子峨以其子受業於余也。少年文字清晰，議論亦明，可造之材。午後，子峨來謝。

初八日(1月31日)晴。　龍松琴來。

穀梁子之名，桓譚《新論》以爲赤；王充《論衡》以爲寘；阮孝緒《七録》以爲名俶，字元始；《漢・藝文志》顔注以爲名喜。

《後漢書・儒林傳》：“何休，字邵公，以列卿子詔拜郎中。太傅陳蕃辟之，與參政事。蕃敗，休坐廢錮，乃作《春秋公羊解詁》，覃思不窺門十有七年。黨禁解，又辟司徒。群公表休宜侍帷幄，倖臣不悦，乃拜議郎。再遷諫議大夫，年五十四，光和五年卒。”而何休《公羊解詁序》題曰漢司空掾。蕃爲太尉，未嘗爲司空，則司空掾，黨禁解後所辟之官，司徒乃司空之譌。殿本校勘記未及釐正。

《武昌記》：樊口北有敗舶灣，孫權嘗裝一大船，容三千人。此與漢宫室疏言漢武作豫章大船，可載萬人，同一奇談。

初九日（2月1日）晴。　琴生遣車相召，道中童山戴雪，禿樹迎暄，雖寒谷荒郊，而自有明媚之色，信萬物皆春也。未正至郡齋，復下榻於北海軒，兩兒與書郎嬉戲，耦俱無猜，若一家。夜，與琴生縱談甚樂。

初十日（2月2日）晴。　迎春東郊，遣兒輩往觀。

《説文》："童男有罪曰奴，奴曰童，从辛重省聲。"余按，知童字之義，則《蒙》之初六："發蒙，利用刑人。"刑人即彖辭之童也。諸家所解均惝怳。《論語》："夫人自稱曰小童。"夫人即謙，何故自比於有罪之男？小童當作小妾，以《左氏傳》證之，余説當是。

十一日（2月3日）晴，有風。　夜，琴生與兩家兒子同宴槐堂，客中一樂也。酒微醺矣。三鼓始即枕。

十二日（2月4日）晴。　寄合肥書。

十三日（2月5日）晴。　遣兩兒歸，與琴生談，意忽不豫。午後，肌粟微生，頭風作痛，蒙被僵卧者久之。

寄袁子久書。

十四日（2月6日）晴。　體仍不適，讀《易》自遣。

十五日（2月7日）晴，夜月甚佳，病已霍然。　與琴生夜話，雖在客中，尚無羈緒。

十六日（2月8日）晴。　巳刻，自郡回塞，並邀頌民、世講同來。

十七日（2月9日）晴。　午後，子峨來談，已而張令及代理張廳趙桂森踵至。趙字月橋。趙乃鄙俗吏，略話即送去，張令坐甚久。

夜，與頌民談。山居之樂，爲之忘疲，睡已三鼓。

十八日（2月10日）晴。　午後，令兩兒陪頌民出大境門外一游。余亦步至子峨處，少坐而歸。

十九日（2月11日）晴。　頌民歸郡。

午後，答客作，答高陽、誼卿及安圃書。

二十日（2月12日）晴。　褚福歸，得安圃及子涵書。李芍農前輩以《探路記》見寄。余原有鈔本。

午後，過子峨略話。

琴生書來，知洪琴西都轉歿于粵東，正初歸櫬，爲之驚惋不置。余於琴西未能一面，彼此聞聲相思，東坡所謂“千里論交一言足，與君蓋亦不須傾”者。其爲人以理財名，而學優行篤，歷爲曾文正、李肅毅、沈文肅所知，以三牌樓案謫戍，放歸後，築屋鳩，兹有與世相忘意。孝達疏薦，頗爲湔洗，航海而東，遽終旅次，悲夫！于次棠亦丁内艱。

二十一日(2 月 13 日)晴。　作復安圃、子涵書。昨致琴生書，意不盡，又函詢琴西歿日。

終日昏卧，夜閲《舊唐書》三五頁，了無所得。

二十二日(2 月 14 日)晴。　兩兒入學。

《説苑》三《建本篇》：“公扈子曰：‘有國者，不可以不學《春秋》。生而尊者驕，生而富者傲，生而富貴，又無鑑而自得者鮮矣。《春秋》，國之鑑也。《春秋》之中，弑君三十六，亡國五十二，諸侯奔走不得保其社稷者甚衆，未有不先見而後從之者也。’”按，公扈子疑即《繁露・俞序篇》之公肩子。

新署張家口同知劉盛瓊來，未見，乃省三之姪也。

二十三日(2 月 15 日)晴，甚煖。　得伯平書，寄大同布五端，復書謝之。

汪仲伊有《武侯兵法輯略》一卷，考八陣圖極詳。偶閲《水經注・沔水注》：“沔水又南，逕沔陽縣故城南，南對定軍山。諸葛亮之死也，遺令葬于其山。山東名高平，是亮宿營處，有亮廟塋，東即八陣圖也。遺基略在，崩褫難識。”“塋東”，諸刻作“營”，戴校作“塋”。案，作“營”是也。上云莫知墓塋所在，則安能辨塋之東西乎？以亮宿營處，故知爲營東也。仲伊但引《江水注》，而失引此條也，他日當屬其增入。此條《水經注》節引。記張澍所集《諸葛武侯故事》所紀已詳，仲伊殆未得此本耳。

二十四日(2 月 16 日)晴。　托子明、劉子進、何子峨均來。

得祥仁趾同年書，並寄烏里雅蘇臺地圖一紙。

二十五日(2 月 17 日)晴。　琴生遣姬升來，惠王瓜、廣柑。

夜作復祥仁趾書，託景介臣寄烏城。

二十六日(2 月 18 日)晴。　得安圃書，知李紀堂柩回趙。

二十七日(2 月 19 日)晴，有風。　連日閲李景德《左氏傳賈服注輯述》,以余蕭客《古經解鉤沈》及馬氏玉函山房輯本校之,李氏遺漏太多。更以《十三經注疏》及《文選注》各書校之,余、馬亦尚有舛誤。

二十八日(2月20日)晴。　張沚蒓來,據云有浙人費某藏一山谷墨蹟,未知真贋。姑紀之,以當屠門之嚼,聊快意耳。

二十九日(2月21日)晴。　出門答托子明、張沚蒓,均不值,晤劉子進。晚,龍松琴來。

三十日(2月22日)晴。　子峨來談。

皇侃《論語義疏》來自日本,四庫著録。今取皇氏《禮疏》與《論語疏》可證者,偶録一二。原壤者,方外之聖人也,不拘禮敬,與孔子爲朋友。《禮·檀弓疏》引皇氏云:"原壤是上聖之人,或云是方外之士,離文棄本,不拘禮節,妄爲流宕,非但敗于名教,亦是誤于學者,義不可用。其云原壤中庸下愚,義實得矣。"據此則皇《疏》上聖、方外爲二説,不應云方外之聖人,妄爲流宕,以下乃孔氏譏皇之語,其云中庸下愚,亦皇氏之説也。何《論語疏》與《禮疏》不同?

鄉人儺。皇《疏》歷引鄭氏《月令注》,而云鄉人儺是三月也。《禮疏》皇氏云:"以季春國儺,下及于民;以此季冬大儺,爲不及民也。"然皇氏解《禮》違鄭解義也。今鄭注《論語義》"鄉人儺"云:"十二月,命方相氏,索室中,驅疫鬼。"鄭既分明云十二月鄉人儺,而皇氏解季冬儺云"不及鄉人",不知何意。按,皇疏《論語》不考鄭《論語》注,而引《禮》注,孔疏《禮》既駁皇氏,亦不一考《論語義疏》,何也?

二月初一日(2月23日)陰,有風。　家人立而啼。《荀子注》引作"諦"。《雜記下》鄭注:"小兒亡,母啼號。"《釋文》:"啼,徒奚反,本又作諦,同。"

奪伯氏駢邑三百。皇《疏》:"伯氏名偃,大夫。駢邑者,伯氏所食采邑也。時伯氏有罪,管仲相齊,削奪伯氏之地三百家也。"《禮》"孔子閒居"疏:"案,鄭注《論語》云:'伯氏駢邑三百家。'云齊下大夫之制,似公侯伯下大夫唯三百家者。但春秋之時,齊之强臣尤多,故伯氏唯食三百家之邑,不與《禮》同也。此皆皇氏之説。"案,皇氏疏《禮》引鄭《論語注》,而於疏《論語》不引之,亦爲小異。

《禮·中庸》疏："案,《異義》云:'張華辨鮓,師曠别薪,苻朗爲青州刺史,善能知味,食雞知棲半露,食鵝知其黑白。'此皆《晉書》文也。"今本《晉書》皆有之,但沖遠所云《晉書》似舊《晉書》,存考。

初二日(2月24日)晴,夜雪。

初三日(2月25日)雪,頗寒。

初四日(2月26日)晴。　子峨來,言法人以争界兵脅鐵香,鐵香聲色不變,法人乃謝而送歸。鴻臚勁節愈著,而法之無信無禮如斯,殊可痛恨也。

初五日(2月27日)晴。　得琴生書,召余過郡。

初六日(2月28日)晴。　過子峨,略談而返。

作唁洪翰香書,託琴生寄蕪湖。

初七日(3月1日)晴。　過郡。

初八日(3月2日)晴,夜大雪。　郡齋縱談竟日。夕,王鎮攜酒,就槐堂小酌。

初九日(3月3日)晴。　琴生赴津,余亦歸塞上。

初十日(3月4日)晴,大雪。

十一日(3月5日)雪霽。　過子峨。

得安圃書,知三兄生一子。

十二日(3月6日)晴。　復安圃書,寄朱提一流,爲亡婦作周年。

《漢志》道家《鄭長者》一篇,注:"六國時。先韓子,韓子稱之。"師古曰:"《别録》云鄭人,不知姓名。"《隋》《唐志》皆不著録。案,《韓子·外儲説右上》傳:"田子方問唐易鞠曰:'弋者何慎?'對曰:'鳥以數百目視子,子以二目御之,子謹周子廩。'田子方曰:'善。子加之弋,我加之國。'鄭長者聞之,曰:'田子方知欲爲廩,而未得所以爲廩。夫虚無無見者,廩也。'一曰:齊宣王問弋於唐易子曰:'弋者奚貴?'唐易子曰:'在於謹廩。'[王曰:'何謂謹廩?']對曰:'鳥以數十目視人,人以二目視鳥,奈何其不謹廩也?故曰在於謹廩也。'王曰:'然則爲天下何以異此廩?今人主以二目視一國,一國以萬目視人主,將何以自爲廩乎?'對曰:'鄭長者有言曰:"夫虚静無爲而無見也。"其可以爲此廩乎!'"又,《難二》引鄭長者有言"體道無爲無見也"。近馬竹吾輯佚僅引《外儲》第一説,疏矣。

十三日(3月7日)晴。

十四日(3月8日)雨,微雪。　定静村來談。

十五日(3月9日)雨,旋霽。

十六日(3月10日)晴。　得再同書,寄朱武曹《經傳考證》。

過子峨。

十七日(3月11日)晴。

十八日(3月12日)晴。　子峨來談。

十九日(3月13日)晴。　復再同書。得朱亮生觀察書、劉省三巡撫書。

出吊永峻峰母喪。

二十日(3月14日)晴。　得奎樂山正月廿六書,即復之。

二十一日(3月15日)晴。　晨起,甚悶,讀《荀子》數頁,殊無所得。午後,作字三紙。

廿二日(3月16日)晴,有風。

廿三日(3月17日)晴。　得安圃書,又得孝達寄三百金。

廿四日(3月18日)晴。　以百金寄安圃,爲京中廟租各用。得廖穀士書。

廿五日(3月19日)晴。　得洪翰香書告哀。

廿六日(3月20日)晴。　得葉子晉書並《申報》。

廿七日(3月21日)晴。　過子峨。晚,松琴來,贈浯溪山谷題名一紙。乃殘本。

廿八日(3月22日)晴。　朱存至市買得壽山石根圖書、艾葉昌化圖書各一方,在山城亦頗罕見。

廿九日(3月23日)晴。　午後,張令來談。

三十日(3月24日)晴。　閱邸鈔,唐鄂生賞巡撫銜,督辦雲南鑛務。

三月初一日(3月25日)晴。　汪容甫《漢上琴臺銘》後附伯牙事。考以《史記》"中旗馮琴而對",《秦策》作"中期",《韓子·難勢篇》作"鍾期",遂以鍾期即秦中旗。其説甚新穎。惟容甫既以高誘《吕氏春秋》《淮南子》爲案據，檢《秦策》秦王與中期爭論不勝，高誘注“中期，秦辨士也”，是高誘不以中期與鍾期爲一人。容甫匿而不數，何也？

得琴生書，並送代購之崇文局《百子》來，邀余赴郡，憚於僕僕，作書辭之。

過子峨略談，時暮色滿城矣。

初二日(3 月 26 日)晴。

初三日(3 月 27 日)晴。

初四日(3 月 28 日)晴，大風。　過北海軒。

初五日(3 月 29 日)大風。

初六日(3 月 30 日)晴。　回塞上，得安圃書。

初七日(3 月 31 日)雪。　過子峨。

初八日(4 月 1 日)晴。　致琴生書。得安圃書，並致高陽書。

初九日(4 月 2 日)晴。　過子峨。

初十日(4 月 3 日)晴。　子峨來。得琴生書。

十一日(4 月 4 日)晴。　過子峨略談。

復伯潛書。

十二日(4 月 5 日)晴。

十三日(4 月 6 日)晴。　復香濤書。

十四日(4 月 7 日)晴。　得再同書並《湖海樓叢書》。夜，作書復之。

十五日(4 月 8 日)晴。　閱《學林》。

十六日(4 月 9 日)晴。　子峨來談。

得安圃書。

《檀弓》“寢苫枕干”，鄭注：“干，盾也。”疑干乃凷之壞。

十七日(4 月 10 日)晴。　答定静村。

復樂山書。

汪容甫《墨子敘》文極詳贍，其曰：“《墨子》於魯陽文子多所陳說。《楚語》：‘惠王以梁與魯陽文子。’韋昭注：‘文子，平王之孫，司馬子期之子。’據此以證墨子爲楚惠王時人，當矣。”今案，《史記索隱》引劉向《别録》云：“墨子書有文子。文子，子夏之弟子，問於墨子。”如此則墨子者在七十子後也。《耕柱篇》"子夏之徒問墨子",又云魯陽文君,未必一人。容甫不用《别録》之説,初不辨駁,且於子夏之徒亦不引以爲證,稍失之疏。畢校有《墨子篇目考》,而於《别録》竟不稱引,尤數典而忘祖者矣。

十八日(4月11日)晴,大風。　遣蘇福至郡,送琴生沈太夫人壽禮。

十九日(4月12日)晴。　《荀子·非相篇》:"凡人莫不好言其所善,而君子爲甚。故贈人以言,重於金石珠玉;觀人以言,美於黼黻文章;聽人以言,樂於鍾鼓琴瑟。故君子之於言無厭。鄙夫反是,好其實,不卹其文,是以終身不免埤污庸俗。故《易》曰:'括囊,無咎無譽。'腐儒之謂也。"佩綸案,孔子《象辭》曰:"括囊,无咎,慎不害也。"《文言》曰:"括囊,无咎无譽。蓋言謹也。"孫卿之説背於聖門,其於學《易》寡過之旨,殆未得聞矣。

《大略篇》:"《易》之《咸》,見夫婦。夫婦之道,不可不正也,君臣父子之本也。咸,感也,以高下下,以男下女,柔上而剛下。聘士之義,親迎之道,重始也。"

又,"《易》曰:'復自道,何其咎?'《春秋》賢穆公,以爲能變也。"此本《易》以説《公羊》。

二十日(4月13日)晴。　《尸子·發蒙篇》:"孔子曰:'臨事而懼,希不濟。'《易》曰:'若履虎尾,終之吉。'若群臣之衆,皆戒慎恐懼,若履虎尾,則何不濟之有乎?"近有姚配中作《周易》,姚氏學頗采諸子,注《易》而遺此條。

二十一日(4月14日)晴。　昨夜受寒,不甚適。晨起甚晏。讀山谷詩,煮龍井茶。午後,心清目朗矣。製肉一器,邀子峨晚飯,藉以破悶,飲酒半升,陶然有餘歡也。

二十二日(4月15日)晴。　過通橋十餘步,有胡神廟,廟側有一井,泉甚甘洌。道光間,山右孝廉吴曉撰廟碑,以神爲狐突,張堡本東山皋落氏,感狐突之諫申生而祀之。妄誕可笑!杜注:"皋落氏,赤狄别種。"《一統志》:山西太原樂平縣東七十里,有皋落山,有東山。皋落氏之虚似不得兼有上谷之地,胡神自是元人所奉呼圖克圖之轉音,變而爲胡塗耳。傅會《春秋》,失之。泉味不減浙之虎跑,余名之曰"洌泉"。或云皋落,今垣曲。

二十三日(4月16日)晴,大風。　作寄再同、誼卿書。

二十四日(4月17日)晴。　過子峨。晚,劉子進、龍松琴均來。

袁華回都。得高陽、伯潛、實夫及安圃書。

二十五日(4月18日)晴。　得安圃及鶴巢書。

二十六日(4月19日)晴,有風。

二十七日(4月20日)晴。　子峨過談。

二十八日(4月21日)晴。　復高陽及鶴巢書。

二十九日(4月22日)晴。　上海寄《魏》《宋》《北齊書》至。

四月初一日(4月23日)晴。

初二日(4月24日)晴。

初三日(4月25日)晴。　子峨來談,與之共游三皇廟。廟祀伏羲、神農、黄帝,本之《世本》,旁祀諸名醫,舊蓋軒轅廟也。後殿祀三皇,而前殿專奉軒轅,旁祀岐伯以下,爲醫家所營造。内銅佛無慮數百尊,乃元時古刹,久圮,銅佛皆爲人竊去矣。邊民某撮香灰治病有驗,乃徧求商人布施,復新其寺,以舊存銅佛一尊,奉于伏羲龕下。碑皆萬曆以後淺人所撰,無復知其緣起者,可慨也。旁祀十人,乃録之藥王廟者,可笑可歎。

初四日(4月26日)晴。　得安圃書並《家廟碑》。過子峨。

初五日(4月27日)晴,有風。　復安圃書。又得家書,並遵化州陳牧以培書。

初六日(4月28日)晴。　晚,得琴生書。

初七日(4月29日)晴。　琴生遣姬升來送瓠及萵苣。

初八日(4月30日)晴。　以酒一升,肉一拌,招子峨晚飯,用陸納延桓宣武故事也。

初九日(5月1日)晴。　過子峨。

復安圃及陳牧書。

初十日(5月2日)晴,午後有風。　《詩》:"蜉蝣掘閲。"傳:"掘閲,容閲也。"箋云:"掘閲,掘地解閲,謂其始生時也。"以解閲喻君臣朝夕變易衣服也。案,《説文·土部》:"堀,突也,从土,屈聲。《詩》曰:'蜉蝣堀閲。'""我躬不閲。"傳:"容也。"彼以容訓閲,此復以容訓掘,則堀閲爲容容乎?殆不可通。疑傳"堀閲,容閲也",當作"堀突,閲容也"。孔《疏》釋《傳》以"閲"爲悦懌之意,恐非。段注《説文》及箋《詩》直以"容閲"爲《孟子》"容悦”,似太迂曲。

十一日(5月3日)晴。

十二日(5月4日)晴。

十三日(5月5日)雨。

十四日(5月6日)晴。

十五日(5月7日)晴。　子峨來談。

十六日(5月8日)晴。　袁華歸,得安圃書,並延茂才獻縣王庭芬芷升至,晚陪芷升談。

十七日(5月9日)晴。　托子明來。午後,子峨過談。

琴生贈南食,又專足致合肥四月望日書。

十八日(5月10日)晴。　劉子進、張沚蒓同過久坐。

十九日(5月11日)晴,天氣漸煖,始被裌衣。　午後過子峨。歸,寄安圃、再同書。

二十日(5月12日)晴。　芷升開館。

午後過子峨。

二十一日(5月13日)晴。　答托子明、張沚蒓、劉子進。歸,過協鎮射堂少坐。鎮有施世驃碑,知南營房乃康熙辛未出内帑所建,本千餘間,今大半圮毁矣。薄莫,登城縱眺。

二十三日(5月15日)晴。　得安圃書。内附八、九兩弟書。

二十四日(5月16日)晴。　復安圃書。附八、九弟書。

二十五日(5月17日)晴。　午後,子峨來話。

借《隋書·經籍志》來,閲數頁,取酒醉卧,醒已上燈矣。

二十六日(5月18日)晴雨相間,似南中黄梅時節。　連日昏昏欲睡,一無所營。

二十七日(5月19日)雨。　過子峨,談詩。

二十八日(5月20日)晴,午後雷雨。

二十九日(5月21日)晴。　過子峨。

三十日(5月22日)晴。　下堡於二十八日始有會,乃買價都門雜物者。偶出觀之,皆小兒戲具、東洋磁器,無足寓目。

閏[四]月初一日(5月23日)晴。　得琴生書,復之,止其來塞見顧。午後張令來。

初二日(5月24日)晴。　午後,吉觀察巡塞外還,見過,辭以他出。

初三日(5月25日)晴。　答吉雲帆。

初四日(5月26日)晴。

初五日(5月27日)晴。

初六日(5月28日)晴,午後雨。　作六姊墓志。

初七日(5月29日)雨霽。　過子峨,急雨一陣,覓車而歸。

初八日(5月30日)晴。　作寄樂山書,並姊氏墓志,由都寄載之。時載之欲作鄂游。

初九日(5月31日)晴。　作復合肥書,未竟。琴生遣頌民來,夜窗同話,聊破岑寂。

初十日(6月1日)晴。　午後,令兩兒陪頌民游雲泉山,山顛有三皇祠,在蓮花洞。余所未到也。歸,雷雨一陣,旋霽。

十一日(6月2日)晴。　頌民回宣。琴生約余賞墨莊勺藥,賦兩絶辭之。並作復合肥書,交驛遞津。

十二日(6月3日)晴。　得八弟、安圃及再同書。

十三日(6月4日)晴,午後陰。　又得再同書。

十四日(6月5日)午後雷雨不成。　午後子峨來,已而龍松琴亦自宣至。

十五日(6月6日)晴,傍晚陰。　答松琴。遇楊小坊茂才,乃書院董事,小坐。過子峨,時子峨眷屬將至也。

門前有賣花者,乃南西門外土人,買繡毬兩盆。《群芳譜》:"繡毬,木本,皺體,葉青色,微帶黑而澀,春月開,花五瓣,百花成朵,團圞如毬,有紅、白二種。"《玉堂雜記》:"東閣窗下小池,旁植金沙月桂之屬,又有海棠、郁李、玉繡毬各一株。"

十六日(6月7日)陰雨。　晨起,作致安圃書。

午後,讀元遺山詩數首。紀文達稱其興象深遠,風格遒上,洵然。

十七日(6月8日)晴。

十八日(6月9日)晴。　買野勺藥十餘叢,種之隙地。琴生送《玉海》來。

十九日(6月10日)晴。

二十日(6月11日)大雷雨。　張令調内邱。

二十一日(6月12日)晴。

二十二日(6月13日)雨。

二十三日(6月14日)雨。

二十四日(6月15日)晴。

二十五日(6月16日)晴。　石秀才來,往答之。

二十六日(6月17日)晴。　劉子進召飲,同坐惟石秀才。

二十七日(6月18日)晴。

二十八日(6月19日)晴。　同石秀才赴宣。

二十九日(6月20日)晴。　與琴生談。

五月初一日(6月21日)晴。

初二日(6月22日)晴。　琴生召王鎮、石秀才、葛司馬同飲。

初三日(6月23日)午後大雨一陣。　三兄、八弟來,邀之同宿北海軒。琴生作倉卒主人,咄嗟而辦,余則有飄泊彭城之感。

得詒公、運齋書。

初四日(6月24日)晴。　還塞上。

重午日(6月25日)晴。　與三兄、八弟談,頗解羈愁。八弟近遷浙江省城螺師門骨牌衖。

初六日(6月26日)晴。　同八弟過子峨。午後,張沚蒓來。

初七日(6月27日)晴。　子峨來談。閱邸報,潤師乞病開缺。

初八日(6月28日)晴。　八弟往答沚蒓,則已歸萬全矣。午後,子峨前輩來。

初九日(6月29日)晴,有風。　三兄、八弟回都。寄復高陽、誼卿、安圃書。

初十日(6月30日)晴。　過子峨,雜談遣悶。

送張沚蒓赴内邱。薄暮,沚蒓來久坐。

十一日(7月1日)晴。　枯坐，檢閱書目，殊無所得。

十二日(7月2日)晴。　命蒼兒隨余睡，自課之。陳兒仍隨館師。

褚福自沙城折回，得八弟及琴生書。琴生並惠蠶豆、莧菜。

十三日(7月3日)晴。　晨起，得伯平書，草草作復，並犒來使二金。

十四日(7月4日)晴。　龍松琴以涪翁書《金剛經》見示，乃蜀僧含澈光緒二年據乾隆間東平石刻摹泐者。東平所刻即僞跡，摹本尤劣。松琴謂其不失晉人家法，非也，他日當還之。

十五日(7月5日)晴。　聞鐵香勘界成，將還。南越終淪，余之罪也，不禁潸然。

十六日(7月6日)晴，甚熱。　《〈楊仲宏集〉提要》:"蓋宋代詩派凡數變。西崑傷於雕琢，一變而爲元祐之樸雅。元祐傷於平易，一變而爲江西之生新。南渡以後，江西宗派盛極而衰。江湖諸人欲變之，而力不勝。於是仄徑旁行，相率而爲瑣屑寒陋，宋詩於是埽地矣。載生於詩道弊壞之後，[窮極而變，乃復其始。]風規雅贍，雍雍有元祐之遺音。史之所稱，固非溢美。故清思不及范梈，秀韻不及揭奚斯，權奇飛動尤不及虞集，而四家並稱，終無怍色，蓋以此也。"

十七日(7月7日)晴。　寄香翁書。交再同，十九日由閃皋攜去。

十八日(7月8日)晴，甚熱。

十九日(7月9日)晴。　王芝升解館歸。教法太疏，婉詞却之，並贈贐而去。遣閃皋送之入都。

二十日(7月10日)雨。　近日山城盼雨而雨不能尺，但濛濛然。

二十一日(7月11日)晴。　得再同書，寄蜜漬荔支一器，日本刻《管子》一部，羊毫筆五支。

午後，子峨來。

彭千總赴郡領餉，交琴生一書與之。

二十二日(7月12日)晴。　與伯平期於枳兒領，假一車一騎踐其約，出南門，過昌隆寺，至胡家屯早飯。屯距口五十里，望见左衛舊城，約三里，至屯，旅肆甚破。渡洋河。飯後，越盤腸河四十里，宿舊懷安慶元店。

二十三日(7月13日)晴。　晨起，二十里至懷安城，又四十里至枳兒嶺。伯平於昨夕已至矣，相見歡甚。

二十四日(7 月 14 日)晴。　與伯平在逆旅雜談竟日。

二十五日(7 月 15 日)晴。　晨起，與伯平别，歸途遇雨，行八十里。宿夏家屯，旅肆甚陋。

二十六日(7 月 16 日)晴。　行七十里，未刻回塞上，伯平贈余及子峨各百金，過子峨，交之。時子峨妾與女至塞，以刀鐶夢斷故也。

廿三日琴生有書，廿五日八弟、安圃有書。汪柳門復書並至。

二十七日(7 月 17 日)晴。　彭弁歸。得琴生《和送菜謝詩》，其高渾處非余所能到。

夜，作致合肥书。洪翰香书交琴生寄。

二十八日(7 月 18 日)晴，夜微雨。

二十九日(7 月 19 日)晴雨相間。　子峨來談。

以琴生復寄豌豆、蠶荚，欲作兩詩答之，而興致不佳，雖吟成，趁韻而已。

竈下僕俞德和乃倪泰之舅，相隨日久，前月杪以家事辭去，至是遂乞長假，乃復役一兵以助袁福。

三十日(7 月 20 日)大雨。　寄琴生書。閔皋歸。得安圃書，夜作復函，並寄復再同書。

六月初一日(7 月 21 日)晴。　得樂山書，知臘月交合肥處寄鄂之函竟爾浮沈，可怪也。

午後，琴生遣姬升來，知其二三兩郎君均到郡，並得合肥書及暑藥一包，廖穀士寄銀百兩。永峻峰來。

初二日(7 月 22 日)晴。　本欲赴郡，車已駕矣，而天峻然雨，乃解驂，既乃大晴。“其雨其雨，杲杲出日。”可以悟世事也。

午後，永峻峰送扇一握及衣履食物，受其書箑及食物三種。

初三日(7 月 23 日)晴。　晨起，答峻峰。辰巳之交赴郡，薄暮至，仍宿北海軒，琴生遣其三郎出見。名恒頤，字淵若。

初四日(7 月 24 日)晴。　琴生遣其二郎出見。名恒謙，字谷若。時新病初愈。谷若已入學，貌極秀雅。淵若稍瘦，而目有神。谷若以文二篇見示，理清筆活，可造才也。淵若文尚未檢出，琴生謂遜于其兄。午後，王鎮、龍、石相繼而至。

初五日(7月25日)晴。　琴生廳事有異蜨蹁躚而至，繞余衣袂間，似太常僊蝶，塞上不恒見也。余以爲點綴人詩，便似東坡儋耳五色雀之祥。文人狡獪，不過如此耳。與石生過慶治臣校官，閱其所藏書畫，王覺斯一長卷最佳。琴生亦出示董香光《游虎邱詩册》。

初六日(7月26日)晴。　辨色而起，自郡還塞上，日未午也。得安圃書及八弟、津門大弟蘆臺書。再同寄《畫墨荔扇》及《荔枝》二律來。

《周禮》："大司馬，以旌爲左右和之門。"注："和，今謂之壘門，立兩旌以爲之。虎賁氏設車宮轅門，爲壇壝宮棘門，爲帷宮，設旌門。"《穀梁》："置旃以爲轅門。"故旂亦名渠門。尹注《管子》未明。

初七日(7月27日)晴。　作《和再同(密)[蜜]漬荔支詩》。

初八日(7月28日)晴。　劉子進來談。

初九日(7月29日)陰雨。　琴生書來。

初十日(7月30日)晴。　耳痛，垂十日。連日左耳流汁不止，殆肝火上升也。不能觀書，悶甚。

《玉海》："《張敞集》一卷。"唐二卷。《傳》:《諫昌邑王書》，言霍氏封事。《請自治盜賊書》《諫太后出游獵書》《詣公車上書》。按伯厚時，張集已佚，故僅摘本傳之目耳。

十一日(7月31日)薄莫微雨。　三疊再同韻，較原稿稍妥。午後，隨手檢唐人詩閱之。

昨夢甚奇，見青天無雲，赤日之旁忽有字十餘行，而以淡霞覆字，於霞中了了可辨。

十二日(8月1日)晴。

十三日(8月2日)晴。

十四日(8月3日)晴。

十五日(8月4日)晴。　以《玉海》還郡，琴生書亦來。

十六日(8月5日)晴。　琴生送藥方、米，並餽瓜藕。

十七日(8月6日)午後快雨。　寄黄再同書、安圃書。

昨夜服琴生方，耳稍愈。得雨，胸鬲稍舒，竟日閱蘇詩。

十八日(8月7日)雨。　《四庫全書提要》："《春秋通訓》六卷，《永樂大典》本，宋張大亨撰。是書《自序》謂少聞《春秋》於趙郡和仲先生。考宋《蘇軾年譜》，軾本字和仲。又蘇洵《族譜》稱爲唐相蘇頲之裔孫，系出趙郡。今所傳軾《題煙江疊嶂圖詩》石刻，末亦有趙郡蘇氏印。然則趙郡和仲先生即軾也。蘇籀《雙溪集》載大亨以《春秋》義問軾，軾答書云：'《春秋》，儒者本務。然此書有妙用，學者罕能領會。多求之繩約中，乃近法家者流，苛細繳繞，竟亦何用？惟左丘明識其用，終不肯盡言，微見端兆，欲使學者自求之'云云，與大亨所序亦合。蓋其學出於蘇氏，故議論宗旨亦近之。"按，坡公《集》有《答張嘉甫書》，較《雙溪集》所載尤詳，蘇明允《族譜》自云味道之裔，《提要》似未詳核。

十九日(8月8日)雨。　昨夜枕上作《謝琴生瓜蓮藕》詩，交局寄宣。

東坡先生《説論語》已佚。今從《欒城集·論語拾遺》輯三條，《朱子集注》輯九條，宋余允文《尊孟續辨》中有"辨坡《論語説》"八條，王若虚《滹南老人集》有《孟子辨惑》一卷，云蘇氏《解論語》與《孟子辨》者八，其論差勝，亦皆失其本旨，即余所辨之八條也。益以文集所載，如《剛説》《思堂記》之類，略見一斑矣。

二十日(8月9日)晴，旋雨。　寄《蛇要厓治道碑》與琴生，並獻三絶。

得伯平書，寄《集杜》八首。

二十一日(8月10日)晴。　得仲彭書，知楊啟泰歿，留其弟楊榮入署。

安圃書來，知近日太白經天，七月朔日食，今年月食三次。王雲舫三被對，惜不能因時納諫，負此前席。昆明湖試輪船，船損，學生亦溺死云。曾侍郎建議以粵海六廠均歸赫德，督撫監督不得過問。孝達力争，爲孫、許所讒，大受申飭。高陽因吊治潤臣中暑，舌本微蹇，亦衰徵也。

入夜，耳汁又流，蓋積悶所致。

二十二日(8月11日)晴。　腹泄，悶甚。

二十三日(8月12日)晴。　攜蒼兒至郡。

二十四日(8月13日)晴。　過王楓臣略談。

二十五日(8月14日)雨。　耳中流汁止。王楓臣來。

二十六日(8月15日)晴。　萬壽聖節。

送蒼兒從朱久香讀。

二十七日(8月16日)晴。　吉道來。

二十八日(8月17日)夜大雨如注。

二十九日(8月18日)晴。

七月初一日(8月19日)午後雨,是日日食。　答吉道及賀令。

初二日(8月20日)晴。　琴生赴懷來慮囚。午刻,余亦歸塞上。

歸,得合肥六月廿二日書。

初三日(8月21日)陰雨。　復合肥書。

劉子進、何子峨均來。

初四日(8月22日)晴。　答子峨,少坐即返。

初五日(8月23日)晴。

初六日(8月24日)陰,夜雨。

初七日(8月25日)晴。　寄復伯平及洪翰香書,均託琴生分別交遞。俗事稍清,精神已爽,仍理舊課矣。

初八日(8月26日)夜雨。　得常世兄及王雲舫書。

初九日(8月27日)晴,夜雷雨。

初十日(8月28日)夜大雨。

十一日(8月29日)雨竟日。

十二日(8月30日)晴。　得安圃書。

十三日(8月31日)晴。

十四日(9月1日)晴。　子峨來談。

十五日(9月2日)晴。　遣朱存入都。復常師母書。

十六日(9月3日)晴。

十七日(9月4日)晴。

十八日(9月5日)晴。　得安圃及再同書。再同復寄孝達書及荔支、龍眼來。

十九日(9月6日)晴,晨微雨。　以蜜漬荔支寄琴生。

復再同及安姪書。念及國事、家事，意緒殊惡。

二十日(9月7日)晴。　得琴生復書。

廿一日(9月8日)晴。

廿二日(9月9日)晴。　楓臣赴多倫諾爾，過此見訪，晚，答之。

廿三日(9月10日)晴。

廿四日(9月11日)晴，夜雨。

廿五日(9月12日)陰。

廿六日(9月13日)晴。　遣潛赴郡。

子峨來。

廿七日(9月14日)晴。

廿八日(9月15日)晴。　潛兒歸。得琴生書。

得安圃書。

廿九日(9月16日)晴。　復安圃書。

夜讀王介甫《鯀説》，不覺失笑。

八月初一日(9月17日)晴。　過子峨。

初二日(9月18日)晴。

初三日(9月19日)晴。　朱存回。安圃爲延山東黄縣由孝廉升堂來課兩兒。並得高陽師及再同、廉生書。

初四日(9月20日)晴。　得伯平書。

初五日(9月21日)晴。　得《管子義證》，復將戴校勘正一過。

楓臣來，晚，答之。

初六日(9月22日)晴。　沈秉成爲廣西巡撫。

午後，何子峨來談。

初七日(9月23日)晴。　夜，獨酌微醺，閲《韓子》一卷。

初八日(9月24日)晴，夜頗涼。　登城縱目，秋氣易悲。

《韓子・和氏篇》："商君教秦孝公以連什伍，設告坐之過，燔詩書而明法令。"是燔書之禍萌芽於此，先輩未嘗拈出。

初九日(9月25日)晴。　得趙菁衫書。

琴生驛書至，薄莫復得書並惠果餌。

過子峨。

初十日(9 月 26 日)晴。　得安圃書。

十一日(9 月 27 日)晴。

十二日(9 月 28 日)晴。　得合肥復書,自琴生處來。

十三日(9 月 29 日)晴。　劉子進送蟹,頗肥,小酌取醉。

子峨來,少坐即去。

十四日(9 月 30 日)晴。　吉雲帆求爲其母《絮香集》序,今日清暇,撰成應之。

十五日(10 月 1 日)晴。

十六日(10 月 2 日)晴。

十七日(10 月 3 日)晴。途中遇雨。是日塞上雨甚大。　琴生遣車來,辰刻過郡。

十八日(10 月 4 日)薄莫急雨。　琴生邀同劉子進夜飲。

十九日(10 月 5 日)晴。　鎮道來。

二十日(10 月 6 日)晴。

二十一日(10 月 7 日)晴。　遣蒼兒回塞上。午初答吉道。晚鎮署招飲。

二十二日(10 月 8 日)晴。　回塞上。

廿三日(10 月 9 日)晴。

廿四日(10 月 10 日)晴。

廿五日(10 月 11 日)晴。

廿六日(10 月 12 日)晴。

廿七日(10 月 13 日)晴。　注《侈靡篇》成。

廿八日(10 月 14 日)晴。　署萬全陳大令來。縉甘,舉人。

廿九日(10 月 15 日)晴。　子峨來,示其子文數首,頗有進境。

三十日(10 月 16 日)晴。　得安圃書。又病矣,悶甚。午後,飲酒,陰雲作雨不成。

九月初一日(10 月 17 日)晴,雨雹霰,一日中變幻不測。

初二日(10 月 18 日)雨。　爲子峨世兄閱文。過子峨。過楊孝廉。

振鋆,己卯舉人。

初三日(10月19日)晴。　景仲以舉業見示,爲之改正。儀封人,全章。

得安圃書。

初四日(10月20日)晴。　得九弟書,時在都中。

夜讀《易》。

許君稱《易孟氏》,偶録解字於左方。

乾。上出也。从乙,乙,物之達也。倝聲。乹,籀文乾。乙部。案,與《彖》首出庶物義合。萬物資始。

潛。涉水也。一曰藏也。一曰漢水爲潛,从水,朁聲。案,藏也,乃《易》義。“潛龍勿用”,陽氣潛藏。

龍。龍,鱗蟲之長,能幽能明,能細能巨,能短能長,春分而登天,秋分而潛淵。从肉飛之形,童省聲。

田。陳也。樹穀曰田。象四口。十,阡陌之制也。

夕惕若厲。《説文·骨部》“䯛”下引“讀若《易》曰‘夕惕若厲’”。《夕部》:“夤,敬惕也。从夕,寅聲。《易》曰:‘夕惕若夤。’”張皋文《易義别録》引之,於《孟氏易》下云:“許亦博采衆家古文,故兩引輒誤,未可,正爲孟氏虞無‘夤’字。段氏改‘夤’爲‘厲’,云引《易説》从夕之意,以惠氏《周易述》作‘夕惕若夤’,‘厲’爲非。王氏筠於《夕部》引《易》直删去。鈕氏樹玉亦據《韻會》以引《易》乃小徐,非許原文,而以今本《繫傳》爲後人轉改。”鈕云《漢書·王莽傳》孫竦引“夕惕若厲”,《淮南·人間訓》、應劭《風俗通》、後漢張衡並作“厲”。案,乾、夤爲韻,有“夤”字,爲是。

惕。敬也。王據玄應改“驚”也,非是。

淵。回水也。从水,𣶒,象形。左右,岸也。中象水皃。𣶒,淵或省水。𡇼,古文从口、水。

天。顛也。至高無上,从一、大。

亢龍有悔。[①] 亢,人頸也。从大省,象頸脈形。凡亢之屬,皆从亢。頏,或从頁。忼,慨也。忼慨壯士不得志於心也。从心,亢聲。一曰《易》“忼龍有悔”。段云:“許所據《孟氏易》假借字。一曰《易》,當作《易》曰,淺

---

① 此處眉批:《淮南·繆稱訓》:“《易》曰:亢龍有悔。”注:“人君動極在上,故有悔也。”姚氏未引,一節可全録。

人以忼慨、忼龍義殊妄改。”王云：“當改作亢，雖《九經字樣》引作忼，然《明堂位》鄭注：‘康，讀爲亢龍之亢。’固作亢也。”王説大謬。鄭注知亢龍正當作忼龍，言慷即忼之或體也。壯士不得志與賢人在下位意通。

首。𩠐百同，古文百也。巛象髮，謂之鬊，鬊即巛也。劉向《説苑・至公篇》：“孔子曰：‘巍巍乎！惟天爲大，惟堯則之。’《易》曰：‘無首，吉。’此蓋人君之至公也。夫以公與天下，其德大矣。”不知何氏《易説》之義。

初五日（10月21日）晴。　坤。地也。《易》之卦也，从土从申，土位在申。疑“乾”下亦當有“《易》之卦也”句，而妄人删之。

迷。惑也。从辵，米聲。

得。行有所得也。从彳，㝵聲，古文省彳。西南得朋，東北喪朋，安貞吉。朋。古文鳳象形，鳳飛，群鳥从以萬數，故以爲朋黨字。

霜。冰。

習。數飛也。从羽从白。部首。

含章。含，嗛也。从口，今聲。章，樂竟爲一章。从音从十。十，數之終也。《淮南・繆稱訓》：“《詩》曰：‘執轡如組。’《易》曰：‘含章可貞。’動於近，成文於遠。”姚氏未引。

括囊。括，絜也。段曰：“絜者，麻一端也。引申爲絜束之絜。”《易》指囊借爲昏字，从手，昏聲。《口部》：“昏，塞口也。从口，氏省聲。”氏音厥。

黄裳。

野。郊外也。从里，予聲。壄，古文野，从里省，从林。

血。祭所薦牲血也。从皿，一象血形。部首。

初六日（10月22日）晴。　屯。難也。屯，《韻會》引有。象草木之初生，屯然而難。从中貫一，屈曲之也。一，地也。《易》曰：“屯，剛柔始交而難生。”屮部，一篇。

利建侯。建，立朝律也。从聿从廴。二篇下，廴部。矦，春饗所射矦也。从人，从厂，象張布，矢在其下。天子射熊虎豹，服猛也；諸侯射熊豕虎；大夫射麋，麋，惑也；士射鹿豕，爲田除害也。其祝曰：“毋若不寧侯，不朝于王所，故伉而射汝也。”

磐桓。本亦作盤，一作槃。般，辟也。象舟之旋，从舟从殳。殳，所以旋也。舟部，八下。《釋文》：“馬云：‘槃桓，旋也。’”段：“槃爲般。槃，承槃也。从皿，籀文。亘，求亘也。从二从囘。囘，古文回，象亘回形。上下所求物也。桓，亭郵表也。借字。”

邅如。邅，趁也。从走，亶聲。趁，邅也。走部，二上。①

班如。班，分瑞玉。一。② 頒。大頭也。从頁，分聲。虞注："班，躓也，馬不進故班如矣。"九上。

匪寇婚媾。寇，暴也。从攴，从完。

婚。婦家也。《禮》："取婦以昏時。"婦人陰也，故曰婚。从女从昏，昏亦聲。媾。重婚也，从女冓聲。《易》曰："匪寇婚媾。"

女子貞不字。字，乳也。从子在宀下，子亦聲。虞云："字，妊娠也。"義同。

即鹿無虞。虞，騶虞也。白虎黑文，尾長於身。仁獸，食自死之肉。从虍吴聲。《詩》曰："于嗟乎，騶虞。"③

膏。肥也。肉部，四下。

泣血漣如。泣，無聲出涕曰泣。瀾，大波爲瀾。瀾，或从漣。

初七日(10 月 23 日)晴。　蒙，王女也，从艸蒙聲。冡，覆也，从冃豕。冃部，七下。段云："凡蒙覆僮蒙，今皆作蒙，依古當作冡。"余案，屯从草木之初，則蒙亦當草。屯草猶屈曲，蒙則草生可覆矣，引申爲童蒙王女云云，蒙亦以其形得名也。

童蒙。僮，未冠也。从人，童聲。人部，八上。童，男有罪曰奴，奴曰童，女曰妾，从辛，重省聲。《釋文》字書作僮，鄭云："未冠之稱。"是鄭从許也。今僮皆省作"童"，不止《易》文。

再三瀆。黷，握持垢也。从黑，賣聲。《易》曰："再三黷。"《説文》以瀆爲溝。

發蒙。發，射發也，从弓，癹聲。諸家未釋發字。

桎梏。桎，足械也，从木，至聲。梏，手械也。从木，告聲。鄭注："木在足曰桎，在手曰梏。"從許。

以往吝。《口部》："吝，恨惜也。"引《易》曰："以往吝。"《辵部》："遴，行難也。"引《易》曰："以往遴。"段云："許稱《孟氏》，或兼稱他家，或《孟易》有或本。"亦意度之詞。

包蒙。包，象人褢妊，巳在中，象子未成形也。元氣起於子，子，人所生也。男左行

---

① 此處眉批：《馬部》："驙：駗驙也。從馬，亶聲。《易》曰：'乘馬驙如。'"駗馬載重，難也。與《辵部》義亦通。段謂許所據《易》，當是上句作"駗如驙如"。此論甚謬。臧校《釋文》以爲"馬曰難行，不進之皃"，亦當作"驙"。王校《説文》曰："馬季長作'膻'。"恐無所本，存考。

② 此處眉批：《繆稱訓》："故《易》曰：'乘馬班如，泣血漣如。'言小人處非其位，不可長也。"注："論乘馬班如，難也，故有泣血之憂。"

③ 此處眉批：《[淮南子·]繆稱訓》高注："即，就也。鹿，以論民。虞，欺也。幾，終也。就民欺之，即入林中，幾終不如舍之，使之不終如其舍也。"

三十，女右行二十，俱立於巳，爲夫婦。褢妊於巳，巳爲子，十月而生。男起巳至寅，女起巳至申。故男季始寅，女季始申也。案，許君此説與《易》義最合。虞注："震剛爲夫，伏巽爲婦，一以剛接柔。"正與許同，因悟巽之从兩巳，亦是此義也。

擊蒙。擊，攴也。手部。攴，小擊也。

初八日(10月24日)晴，始衣裘。　午後，子峨來談，琴生遣人來送菊四盆。

需。𩂣也。遇雨不進，止𩂣也。从雨而。《易》曰："雲上于天，需。"雨部，十一下。

利涉大川。川，貫穿通流水也。《虞書》曰："濬，く巜，距川。"言深く巜之水會爲川也。

郊。距國百里爲郊，从邑，交聲。

沙。水散石也。从水从少，水少沙見。楚東有沙水。沙，譚長説沙或从尐。

泥。泥水，出北地郁郅北蠻中，从水，尼聲。丘部，屔，反頂受水丘，从丘，泥省聲。

出自穴。土室也，从穴，八聲。

不速之客。速，疾也，从辵，朿聲。客，寄也，从宀各聲。陸《釋文》引《釋詁》："速，疾也。"《釋言》曰："徵也，召也。"馬云："召也。"按，如許解是言非急疾之客耳。

九三爻，"致寇至"。《釋文》鄭、王肅作"戎"，未言虞亦作"戎"也，而張皋文亦改虞爲戎，非是。

初九日(10月25日)晴。　閲邸報，高陽授禮部尚書，爲之一喜。高陽參政專以扶持善類爲主，乃以越事罷去，清議惜之。閲三年，復長春官，正氣稍伸，於以見二聖之知人。

子峨以試律屬改，竟日始畢，以銅琵鐵彈板而使之唱曉風殘月，真惡作劇也。

初十日(10月26日)晴。　琴生書來，言河決鄭州，由賈魯河趨潁入淮，徐鳳一帶千里爲壑，恐河將改轍而南。余正初論河不當南挽之説，驗矣。下游不暢，上游已横決矣。

兩日來，因改詩未及讀《易》。

光緒丁亥九月十一日(1887年10月27日)晴。　作書寄高陽。

訟。争也，从言，公聲。

窒惕。窒，塞也。虞云："窒，塞止也。"馬、鄭均作"咥"。王弼謂："窒，塞也。"

不永所事。永，長也，象水巠理之長。《詩》曰："江之永矣。"《象》曰："訟不可長。"此許所本。虞注："永，長也。坤爲事初，失位而爲訟始。"案，永，象水巠理，坎之初，故不永。許説可補虞之不及。

歸而逋。亡也，从辵，甫聲。

無眚。目病生翳也。

錫之鞶帶，終朝三褫之。鞶，大帶也。《易》曰："或錫之鞶帶。"男子帶鞶，婦人帶絲。褫，奪衣也，从衣，虒聲，讀若池。虞注："鞶，帶大帶，男子鞶革。"本於許君。"三褫"作"三拕"。《説文》："拕，曳也。"

十二日（10月28日）晴。　過子峨。得再同書。

讀范史《王景傳》。恨《續漢書》不志河渠。宋神宗熙寧十年七月，河決澶州，爲南北分流之始。澶州曹村在今開州西南。元符二年哲宗六月，河決内黄。初，元祐中議回河東流，范子奇建議文潞公、吕大防及安燾，謂河不東則失中國之險，爲契丹之利。范純仁、胡宗愈、蘇轍不可，范百禄行視，罷之，而吴安持、李偉復主其説。紹聖初卒行之。至是，河決内黄，東流斷絶。吴安持等三十人降責有差。案，東坡有《聞黄河已復北流老臣舊數論此》詩二首，是阻回河之説，二蘇皆同。其詳見王見大注蘇詩。

十三日（10月29日）晴，夜雨。　明景泰四年，徐有貞以諭德爲僉都御史，治沙灣決口。時河南水患方甚，原武、西華均遷縣治以避水。有貞上三策：一置水閘門，一開分水河，一挑深運河。上用其策，於是設渠以疏之，起張秋金隄之首①，西南至濮陽濼，博陵陂，壽張沙河，東西影（蕩）[塘]、白領灣、李䧿，凡五十里。由李䧿而上至竹口蓮花池，又抵大豬潭，凡五十里，乃踰范暨濮，又上而西北數百里，經澶淵以接河、沁，又築堰九以禦河流旁出者，長各萬丈，實之石而鍵以鐵。六年七月，成渠名廣濟。沙灣之決垂十年，至是始塞。亦會黄河南流入淮，有貞始克奏功。《明史·河渠志》。

有貞本名珵，以倡議南遷爲景泰所惡，改名求進，而才足濟之。

十四日（10月30日）晴。　咸豐元年閏八月，楊以增奏："八月二十日，豐北廳屬豐下汛三堡迤上無工處所決口。"二年四月，以兩次走占，楊以增革

① 此處眉批：張秋鎮在泰安府東阿縣西南，運河所經，與壽張、陽穀二縣接界。

職留任，陸建瀛降四品頂(帶)[戴]。三年二月蕆工，六月復漫口。其弊由於帶冰進占。時以軍興餉絀，不克復堵。五年六月，下北廳蘭陽三堡、銅瓦厢黄水漫溢。六年三月，派瑞文端及慶祺往勘。十年，沈兆霖奏：“孫嘉淦乾隆間所謂由大清河至利津入海，即現在黄河所改之道，詢之東省紳士，云張秋以東，自魚山至利津海口，皆築民堰。惟蘭儀之北、張秋之南，則黄河自決口而出，汎濫汪洋，工程最鉅。直隸之東明、長垣，山東之菏澤、鄆城，培築又較張秋爲易。張秋下游至海門，不必施工。惟缺口至張秋數百里間，可令民間捐辦。”得旨：“飭各督撫議行。”蓋自咸豐乙卯至今，河又改北流而南矣。三十三年。

十五日(10月31日)晴。

十六日(11月1日)晴。　午後，石秀才自宣府來，留之小酌。

十七日(11月2日)晴。　送聘之後，過子峨小坐。連日偶有感冒，憊甚。

十八日(11月3日)晴。　聞潤民師月初過津，比當到霸州矣。擬遣褚福往候之，病中强作一書，百感交集。

十九日(11月4日)晴。　病小愈。讀蘇詩。午後，得宣、大二守書。

二十日(11月5日)晴。　遣褚福行，寄安圃書，又復再同書。

午後，子峨來談。

前子峨以其子制藝求改，題爲“子莫執中，執中爲近之”。趙岐注：“子莫，魯之賢人也。”朱子因之，他書無考。焦里堂作《正義》第引或説，謂《莊子》有儒、墨、楊、秉，疑子莫即秉，亦無顯據。惟《説苑・修文篇》：“公孟子高見顓孫子莫曰：‘敢問君子之禮何如?’顓孫子莫曰：‘去爾外厲，與爾内[折]，色勝而心自取之，去三者而可矣。’公孟不知以告曾子，曾子愀然逡巡曰：‘大哉言乎！無外厲者必内折，色勝而心自取之者，必爲人役。是故君子德行成而容不知，聞識博而辭不争，知慮微達而能不愚。’”疑孟子所稱之子莫即其人也。錢大昕云：“《史記》以子張爲陳人，而《吕氏春秋》云子張魯之鄙家也，學於孔子。或陳或魯，二説皆是。《春秋傳》陳公子完與顓孫奔齊，顓孫自齊來奔，子張當是陳顓孫之後，以字爲氏者，故稱陳人。子張既從孔子游，而其子申詳爲魯繆公臣，則居於魯非一世矣。”余案，據顓孫自齊來奔，則顓孫氏可云魯人，以趙邠卿注“魯之賢人”斷之，其爲顓孫子莫無疑。

又案，《荀子・非十二子篇》：“第佗其冠，神禫其辭，禹行而舜趨，是子張氏之賤儒也。”《論語》：“禹行而舜趨。”《論語》：“堯曰：‘允執厥中。’舜亦以命禹。”與子莫執中相類。《韓非・顯學篇》亦有子張氏之儒。

二十一日（11 月 6 日）晴。　略愈，作寄八弟書。晚，讀《通鑑》十餘頁。

二十二日（11 月 7 日）晴。　神氣已復，欲定讀書課程而未果。覺兩年來大爲蟲魚所困，讀書漸趨煩碎，思有以參之。

二十三日（11 月 8 日）晴。　得安圃及琴生書，九弟已回蘆臺。

二十四日（11 月 9 日）晴。

二十五日（11 月 10 日）微雪漸霽。　《吕覽・諭大篇》：“地大則有常祥、不庭、岐毋、群抵、天翟、不周，山大則有虎豹熊螇蛆。”高注：“常祥、不庭、群抵、岐毋、天翟，皆獸名也。”螇蛆下注：“皆獸名。不周山在翟。”郝氏《山海經箋疏》駁高注，錢侗校以不庭、群抵、不周，見於《大荒東西兩經》。又大荒之中有山，名曰常陽，後文又有常羊之山。《大荒東經》有皮母之山，即《吕覽》岐母，惜天翟未得其説。余案，《淮南・墬形訓》：“元燿、不周。”天翟、元燿字形相近，高彼《形》注：“元燿，水名，一曰山名。”疑《吕覽》注天翟，皆獸名，當作皆山名。“不周山在翟”句當次于此，而“虎熊螇蛆”下則皆曰獸名，未必以諸山爲獸名也。《吕覽》又云：“玄山之禾，不周之秬。”

二十六日（11 月 11 日）晴。　《淮南・詮言訓》：“故廣成子曰：‘慎守而内，周閉而外[親]，多知爲敗，毋視毋聽，抱神以静，形將自正。不得之己而能知彼者，未之有也。’故《易》曰：‘括囊，無咎無譽。’”此以廣成之慎守解《易》之括囊，尚不失夫子言慎之意，視荀子腐儒之解爲勝。

二十七日（11 月 12 日）晴。　《史記・項羽本紀》：“范增勸羽擊沛公，曰：‘吾令人望其氣，皆爲龍虎，成五采，此天子氣也。急擊勿失。’”夫羽果信望氣者言，彼既有王氣，何可擊耶？不信望氣，則此亦不足激動之也。亞父亦無聊矣。

二十八日（11 月 13 日）晴。　得琴生書。晚，作書復安圃。

二十九日(11 月 14 日)晴。　過子峨。

陳平曰:“我多陰謀,是道家之所禁。吾世即廢,亦已矣。終不能復起,以吾多陰禍也。”夫陳平之陰禍,孰有大於僞游雲夢者? 夫信果反,(帝)[第]往適爲之禽耳。知其必不反,而畫此策以縛之,豈非陰禍?

十月朔日(11 月 15 日)晴。　閲邸抄,高陽派至河南閲河工,會同薛允升察視具奏,九月廿五旨也。

寄安圃書,並致高陽書。

初二日(11 月 16 日)晴。

初三日(11 月 17 日)晴。

初四日(11 月 18 日)晴。　昨日章谷若正夫遣僕送食物來,作書復之。並致琴生書,時琴生行縣未回也。

王楓臣因石聘之求作《武成王廟記》,昨日得暇作之,並廟及關祠、漢李將軍王淮陵合祠聯。

初五日(11 月 19 日)晴。　子峨來。

徐武功塞沙灣,築一決口,下木石則若無者,心怪之。聞僧居山中有道,有貞往叩焉。僧無所答,徐曰:“聖人無欲。”沈思竟日,悟曰:“僧言龍有欲也,此其下有龍穴。吾聞之,龍惜珠,鐵能鎔珠。”乃沸鐵萬斤而下之,龍一夕徙,而決口塞。《明史紀事本末》載之。余謂事殊恢詭,非僧冥無所知,姑爲不可解之,言以塞責,即徐功成後自詡神奇,造爲是説耳。

初六日(11 月 20 日)晴。　萬全令來,却之。

初七日(11 月 21 日)晴。　午後,答客。過劉同知小坐。

夜作寄安圃、再同書。

初八日(11 月 22 日)晴。　寄琴生及石聘之書。

初九日(11 月 23 日)晴。　夜,作致合肥書。

初十日(11 月 24 日)晴。　禧聖萬壽聖節,逋臣戀闕,依斗望京。

子峨來談。

(初十日,晴。)

十一日(11 月 25 日)晴。　定静村將入都,時有詔召之也,往送略談。歸,静村送榮仲華,云穆春巖已故。

十二日(11 月 26 日)晴。

十三日(11 月 27 日)晴。　過子峨略話。

晚,石聘之書來。

十四日(11 月 28 日)晴,有風。　得再同書,並香濤寄書及筍。晚,琴生自宣行縣過此。

十五日(11 月 29 日)晴。　午後琴生去。

作復香濤及再同書。

安姪書至,附潤師及方銘山書。

十六日(11 月 30 日)晴。　作復安圃及潤師、方道書。

聞合肥有舌疾,作書候之,附高陽書。

十七日(12 月 1 日)晴。　景介臣來。

十八日(12 月 2 日)晴。　過子峨略談。

十九日(12 月 3 日)晴,有風。　夜讀山谷詩。

二十日(12 月 4 日)晴。　定静村來。

二十一日(12 月 5 日)晴。　得琴生書。

二十二日(12 月 6 日)晴。　寄安圃書。

二十三日(12 月 7 日)晴,午前大風,微霰旋止。　得樂山來書,已卸督篆。

二十四日(12 月 8 日)晴。　復樂山書。

夜,檢孝達所寄粤刻書,内有《墨緣彙觀》,題松泉老人,乃汪文端公自號,而粤雅堂刻作無名氏,疏矣。細閲,乃安儀周撰。

二十五日(12 月 9 日)晴。　得合肥書。廿二日書,三日到,殊速。又得九弟書。

二十六日(12 月 10 日)晴。　夜,劉子進來談。

二十七日(12 月 11 日)晴。　午後,子峨來。

二十八日(12 月 12 日)晴,晨霰旋霽。　方銘山自都寄贈食物。

二十九日(12 月 13 日)晴,午後有雪意。　過子峨。鐵香寄贈洋橱及肉。

三十日(12 月 14 日)晴。　寄復八弟及載之書。

十一月初一日(12 月 15 日)晴。 得琴生書。

初二日(12 月 16 日)晴。

初三日(12 月 17 日)晴。 兩日中作書十餘紙。

初四日(12 月 18 日)晴。 昨得琴生書,招過郡,車來赴之。

初五日(12 月 19 日)晴。 晤王楓臣、石聘之。

初六日(12 月 20 日)晴。 同聘之過慶治臣校官。晚,琴生齋中飲。

初七日(12 月 21 日)晴。 寄復合肥書。晚,治臣來,王鎮召飲。

初八日(12 月 22 日)晴。 歸塞上。得安姪書。病未大愈。又得子涵書,已改京府通判。

定静村授東三省練兵大臣。

初九日(12 月 23 日)晴。 天氣漸寒。午後,子峨來。

復安圃書,並寄《易緯》《韻府》。

初十日(12 月 24 日)晴。 連日呵筆肆書,所謂"東坡何事不違時"也。

十一日(12 月 25 日)晴。

十二日(12 月 26 日)晴。 得再同書。

十三日(12 月 27 日)晴,甚寒。

十四日(12 月 28 日)晴。 得張令書。

十五日(12 月 29 日)晴,有風。 復張内邱及趙菁衫書。

十六日(12 月 30 日)晴。

十七日(12 月 31 日)晴。 復再同書。

《舊唐書·劉洎傳》:"太宗遼東還,在道不康。洎與中書令馬周入謁。洎、周出,遂良傳問起居,洎泣曰:'聖體患(臃)[癰],極可憂懼。'遂良誣奏之曰:'洎云:"國家之事不足慮,正當傅少主行伊、霍故事,大臣有異志者誅之,自然定矣。"'太宗疾愈,詔問其故,洎以實對,又引馬周以自明。太宗問周,周對與洎所陳不異。遂良又執證不已,乃賜洎自盡。洎臨引決,請紙筆欲有所奏,憲司不與。洎死,太宗知憲[司]不與紙筆,怒之,並令屬吏。"又《崔仁師傳》:"二十二年,仁師甚承恩遇,中書令褚遂良頗忌嫉之。會有伏閤上訴者,仁師不奏,太宗以仁師罔上,遂配龔州。"如所言,則河南竟非端人矣。疑劉洎輔太子監國時，對太宗有“大臣有愆失，臣謹即行誅”之説，已爲太宗所疑，後又有“聖體可憂”之言，發怒殺之，不關登善之讒也。後河南既敗，其子(宏良)[弘業]欲爲洎頌冤，託之河南之譖，其説易申，與仁師之罔上，歸咎河南，同一不根之謗。

書竟，又閲《樂彦瑋傳》：“顯慶中，爲給事中。時故侍中劉洎之子詣闕上言，洎貞觀末爲褚遂良所譖枉死，稱冤請雪，中書侍郎李義府又左右之。高宗以問近臣，衆希義府之旨，皆言其枉。彦瑋獨進曰：‘劉洎大臣，舉措須合軌度，人主暫有不豫，豈得即擬負國？先朝所責，未是不愜。且國君無過舉，若雪洎之罪，豈可謂先帝用刑不當乎？’”據此，則劉氏託爲河南所譖，又以迎合義府，其迹顯然非彦瑋之駁，則不待則天時復官矣。然所謂“國君無過舉”者，語亦未允。

又，《盧承慶傳》：“永徽初，爲褚遂良所構，出爲益州大都督府長史。遂良俄又求索承慶在雍州舊事奏之，由是左遷簡州司馬。”其時河南秉政，所構何書，亦當直書以定是否。

又，《李昭德傳》：“父乾祐，與中書令褚遂良不協，竟爲遂良所構。永徽初，繼受邢、魏等州刺史。乾祐雖强直有器幹，而昵於小人，既典外郡，與令史結友，書疏往返，令伺朝廷之事。俄爲友人所發，坐流愛州。”

十八日(1888年1月1日)晴。　過子峨略談。

十九日(1月2日)晴。　王鎮遣人送野雞。

《新書》以竇參入相，爲李鄴侯所薦。案，《舊書·裴延齡傳》：“延齡與京兆尹辨是非，攻訐叔則之短。時李泌爲相，厚於叔則；中丞竇參恃恩寵，惡泌而佑延齡。叔則坐貶爲永州刺史，延齡改著作郎。竇參尋作相，用爲太府少卿，轉司農少卿。”據此，則李、竇有嫌，鄴侯未必密薦時中，德宗察察矜獨斷，卜相未必許大臣預謀，此蓋李繁家傳中鋪敘，以見其父之恩遇隆重也。宜辨正，以雪鄴侯之冤。《新書》亦無鄴侯薦竇事。

二十日(1月3日)晴。　《舊唐書·尹知章傳》：“門人孫季良等立碑。”[①]後附《孫季良傳》：“河南偃師人，一名翌，開元中，爲左拾遺、集賢院直學士，撰《正聲詩集》三卷，行於代。”唐碑有《勃海高府君碑》，乃孫季良

① 此處眉批：碑爲畢秋帆所得，歸露巖山館。

撰，結銜爲麗正殿修撰學士、校書郎孫翌，字季良。是季良乃翌之字，足正史誤。孫書法甚秀。高府君乃爲力士之父，名福，字延福，高力士乃延福之養子，見《舊唐·宦者傳》。延福出自武三思家，碑諱之。其文云："以大將軍之故，特拜朝議大夫，守内侍員外置。"力士以天寶初加冠軍大將軍、右監門衛大將軍，延福以開元十一年卒，十二年葬。何力士已稱大將軍？與《傳》不符。楊思勖開元十二年加輔國大將軍，豈力士與之並命耶？要之，此碑殊足爲季良之玷，亦不幸而傳于世也。

二十一日（1月4日）晴。　得琴生書，改谷若文兩篇，交其來人。

二十二日（1月5日）晴。　子壽又擢蘇藩。作書致再同。

午後，得安圃書，疾尚未愈，可慮也。附八弟兩書，無差，甚困，又附袁爽秋書。

二十三日（1月6日）晴。　得琴生書。子峨來談。

二十四日（1月7日）晴。　得合肥書，延安圃主集賢書院講席。致安圃書，告之。

二十五日（1月8日）晴。　王鎮送《聖教序》求跋。

二十六日（1月9日）晴。　彭千總回。得石生書。

過子峨。晚，劉同知來久坐。

二十七日（1月10日）晴。　作《唐襄陽張氏八誌跋尾》，並補正《新書·世系表》之誤。

晚，龍松琴來。

二十八日（1月11日）晴。　得安圃及鶴巢書。

午後，答松琴。

二十九日（1月12日）晴，寒。　田弘正由魏移鎮，以魏兵二千爲衛從，自以與鎮人戰伐，有父兄之怨。表留魏兵度支使，崔倰固阻其請，四上表不報。案，弘正恭順而無術，此事關係甚鉅，若姑以家財養之，而力争之於朝，雖十往復可也。七月歸，卒，月杪遇害。崔倰之嗇財誤國，誠不容誅，而弘正之忠亦近於愚矣。

十二月初一日（1月13日）晴。　寄復安圃及鶴巢書，又作復合肥書，交琴生，以《聖教序》還王鎮。

初二日(1月14日)夜雪。

初三日(1月15日)雪。　楊順自宣府歸,借琴生《華山殘碑》來。

初四日(1月16日)晴。　寄安圃及爽秋復書。

初五日(1月17日)晴。

初六日(1月18日)晴。

初七日(1月19日)晴。　劉子進來。

初八日(1月20日)晴。　由竹亭解館。

初九日(1月21日)晴。　遣褚福送由師回。寄安圃及再同、廉生書。

午後,子峨來話。

蘇端見杜詩,一《蘇端薛復筵簡薛華》,一《雨過蘇端》。工部詩:"文章有神交有道,端復得之名譽早",又云"蘇侯得數過,懽喜每傾倒",似端乃古交。案,《舊唐·常衮傳》:"楊綰卒,有司議謚文貞,衮微諷比部郎中蘇端[令]駁之,毀綰過甚,端坐黜官。"《楊綰傳》:"貶端爲廣州員外司馬。"楊公權賢相,而端受常衮之旨毀之,豈君子乎?綰初謚文貞,後改文簡,豈仍以端之毀而衮陰主之耶?

郭英乂以御史中丞兼太僕卿充隴右節度使。《唐書》但云"兼御史中丞",《新》《舊》皆然,蓋略之也。英乂附元載、魚朝恩,史稱其狂蕩侈靡。工部贈詩云:"人頻墜塗炭,公豈忘精誠?"觀其縱掠東都,延及鄭汝,豈復念及塗炭哉?工部詩中應酬之作不少,長排尤比比皆是,分别觀之。

初十日(1月22日)晴。

十一日(1月23日)晴。

十二日(1月24日)晴。　得安圃書,並誼卿書。

夜,劉子進來,時攝官期滿。

十三日(1月25日)晴。　復安圃及誼卿書。

十四日(1月26日)晴,寒甚。

十五日(1月27日)晴,寒意未減。

十六日(1月28日)晴。

十七日(1月29日)晴。　得再同書,附壽翁一紙,並三十金。又得陳伯平書。

十八日(1月30日)晴。　子峨來話。

十九日(1月31日)晴。　東坡生日,於吉无咎齋懸東坡像,偕兩兒致祝。

得安圃、子涵書,並筆四枝。

二十日(2月1日)晴。　午後,石聘之自宣郡來,云琴生患喉證温疹不出,擬即覓車候之。旋得葛灝書,琴生已於午刻去世,駭愕之至。時已薄莫,淩寒夜發,宿榆林。

二十一日(2月2日)晴。　四鼓自榆林啟行,侵晨至郡,哭琴生。則其諸子女婦無一不傳染疫氣者,急爲延醫診治,而貞甫受病已深,其小女疾不可爲矣。晤鎮道。致合肥書。

二十二日(2月3日)晴。　琴生小女殤。

二十三日(2月4日)晴,大風。

二十四日(2月5日)晴。　褚福自都回。得安圃及再同書。

二十五日(2月6日)晴。　四鼓貞甫又殤。二十四日貞甫夫人之小婢亦歿。冀貞甫可免,不料仍不能免,可悲也。

二十六日(2月7日)大風。

二十七日(2月8日)晴。　琴生始斂,父子同日,悲夫。

二十八日(2月9日)晴。　谷若病已小愈,其四弟已就痊。時迫年除,午後余歸塞上。

又得安圃廿三書,附廉生、皞民、子虞書。

二十九日(2月10日)晴。　過子峨。夜,劉子進來。

四鼓得合肥書。

三十日(2月11日)晴。　遣人赴郡,致鎮道及谷若書。

戊　子

光緒十四年戊子正月癸丑朔(1888年2月12日)陰,微雪。　午前,子峨處略談。午後，子峨來話。

初二日(2 月 13 日)晴。 昨夕得郡書，谷若病變，淩晨即行。午後至郡，則谷若已於朔夜化去。琴生諸子以谷若爲最，終於不救，尤可悲也。夜，合肥派李牧竟成及洪令恩廣至。

初三日(2 月 14 日)晴。 與李、洪處分琴生後事，略定。

初四日(2 月 15 日)晴。 余還塞上，初三日合肥遣戈什哈至，附寄一書。

初五日(2 月 16 日)晴。 劉子進來。

初六日(2 月 17 日)晴。 子進赴郡，託寄一書。

初七日(2 月 18 日)陰。

初八日(2 月 19 日)晴。 昨夜，余喉痛竟夕，晨漸愈。

初九日(2 月 20 日)晴。 子進、子峨均至。

夜，喉復痛。

初十日(2 月 21 日)晴。 至上保答客。

十一日(2 月 22 日)晴。 赴郡。

十二日(2 月 23 日)晴。 琴生柩眷偕行，余送至泥河，慘惻不已。

十三日(2 月 24 日)晴，歸途雪。 昨夜，宿王鎮車中。晨，過郡署，視其賓從之未行者，殊堪悽惋。歸塞已薄莫矣。

作家書。得再同書。

十四日(2 月 25 日)晴。 過子峨前輩略話。

十五日(2 月 26 日)晴。 留鬒。作致子壽丈書。

過劉子進。

十六日(2 月 27 日)晴。 子進、子峨先後至。

得祥仁趾參贊書。

十七日(2 月 28 日)晴。 過子峨。得樂山十二月廿二日書。

十八日(2 月 29 日)陰，午後雪。 遣兩兒回都就學。寄再同、安圃書。附潤民師、子壽丈、邵實夫、由竹亭、朱子涵書。

十九日(3 月 1 日)陰。 寄洪翰香書。

聞子峨右臂右足痛，往視之，以《千金寶要》“半身不遂”方録畀療治。

同戍三年，艱難無間，見其疾，竊自憐矣。

二十日(3月2日)晴。

二十一日(3月3日)晴。　閃九皋至沙城回。

二十二日(3月4日)晴。　得石聘之書，知琴生之三息在懷來殉夫。

二十三日(3月5日)晴。　往視子峨，步履如常，右手不能作字。

二十四日(3月6日)晴。　子進來，吴蘭石太守遣人餽食物，受其書七函。《游楊集》《乾坤正氣集》《畿輔輿地圖》。

二十五日(3月7日)晴。　伯平專人送書。

是日，得九弟蘆臺書、兩兒貫市書。九弟正月初十日生一女。

二十六日(3月8日)晴。　復伯平書。其僕明日行。

寄九弟、安圃書。

二十七日(3月9日)晴。　過子峨，少坐即返。俄頃，子峨乘車而來，有據鞍顧盼之意，足猶未健也。

二十八日(3月10日)晴。　得合肥十七日書。

二十九日(3月11日)晴。　往視子峨，略愈。

夜，復合肥書，又寄再同、安圃書。

三十日(3月12日)晴，有風。　午前，子進來久坐。

二月初一日(3月13日)晴。　昨夜半，得洪翰香、朱九香書，知琴生柩眷於廿六日由潞河啟行赴津。

初二日(3月14日)晴。　石聘之自宣府來。

初三日(3月15日)晴。　招石聘之、劉子進飲。

寄合肥及洪大令書。

初四日(3月16日)晴。　過子峨。

龍松琴來談。夕，與聘之過書院。

初五日(3月17日)晴。　又過子峨。午後，龍、石來談。

初六日(3月18日)晴，有風。　午後，與劉子進、石聘之至草地城隍廟一游，乃庚辰年與樂山下榻處也。謫限將滿，過之以追舊迹，感慨何似！

朱存自都歸，得安圃及再同書，時蒼兒在家塾，溍兒在再同處分讀。

初七日(3月19日)晴。　聘之回,至其寓中送之,即過子峨。

寄復安圃、再同書。

初八日(3月20日)晴。　寄大同書並壽聯。伯平之母熊太夫人二月十二生日,年六十五。

初九日(3月21日)晴。

初十日(3月22日)晴。

十一日(3月23日)晴。

十二日(3月24日)晴。　劉子進來辭行,久坐。附寄合肥書。初十又得合肥初四書。

十三日(3月25日)晴。　得安圃書,復之。

十四日(3月26日)晴。

十五日(3月27日)晴。　過子峨略話,其病似愈,而病根尚存。

十六日(3月28日)晴。　夜,閱《宋元學案》,其體例不善,派别亦多傅會。

十七日(3月29日)晴。　賀大令來,合肥以余將歸,遣令自保定分俸千金以資歸裝。作書復之。午後,答賀令。

得再同初八書,時赴保定迎壽丈,又得安圃書。

十八日(3月30日)晴,有風。　得滬書及石影《華山碑》。琴生有此碑,取石影長垣本互考之,而琴生竟不及見,可悲也。

午後,得洪翰香書,知琴生柩眷十八可南行。

十九日(3月31日)晴。　閱《宋元學案》。

復八弟書。

二十日(4月1日)晴。　得合肥書,過子峨。子峨捐銀二千求歸。合肥不敢代陳,子峨甚悶。

二十一日(4月2日)晴。　閱《漢書》竟日。近日稍得讀史之法。午後,得洪翰香書。

二十二日(4月3日)晴。　夜讀《臨川集》。

二十三日(4月4日)晴,有風。　《大學》:"致知在格物。"朱注:"格,至也。物,猶事也。窮至事物之理,欲其極處無不到也。"李剛主問樂於毛西河，以論格物不合，西河遂作《大學逸講箋》以攻習齋。剛主曰："《周禮》教民，一曰六德，一曰六行，一曰六藝，三物即《大學》所格之物。"其説屢見。又告從孫曾達曰："子求格物，須先識定此篇，是論《大學》。夫《大學》也，而有雜務乎？《大學》，十五所入者也，而即躐及幽深高遠者乎？鄭康成《禮記》注：'格，來也。物，猶事也。'其知於善深，則來善物。其知於惡深，則來惡物。言事緣人，所好來也。"案，格物在致知之先，故鄭氏以善惡兩端形容之，致知即是知止。然必就善向善，始能止善也。恐朱子窮至説得較過，剛主之説尤爲傅會。毛説未見，俟歸考之。

"來"字上承"近"字，引下而(后)[後]知至可善可惡、未止未定之境。此正入《大學》第一步。

二十四日(4月5日)晴。　得安圃書。又得伯潛臘月廿六日書。

寄琴生《二子一婦孝烈事略》，交李直牧竟成，致洪翰香。

《説文》："叜，老也。从又灾。"段氏引玄應："手灾者，衰惡也。言衇之大候在於寸口，老人寸口脈衰，故从又从灾。"《韻會》引《説文》："从又灾，灾者，衰惡也。"蓋古有此五字，而學者釋之。余案，玄應所云決非《説文》，疑叜从守省从火，故籀文从寸，人老畏寒守火，守亦聲。

二十五日(4月6日)晴，大風。　得陳伯平書。

二十六日(4月7日)晴。

二十七日(4月8日)晴。　過子峨。

夜，閱黄山谷詩。

二十八日(4月9日)陰。　寄復合肥書。

二十九日(4月10日)晴。　偶閱馮登府《三家異文疏證》，因思嚴鐵橋所輯《韓詩》二十一卷及《魯詩》《齊詩》未刊，恐已散佚。案，《韓内傳》本四卷，《韓外傳》六卷，《韓故》三十六卷，《韓説》四十一卷，見《藝文志》。鐵橋分爲二十卷，未知何據。

三月初一日(4月11日)晴。　寄再同書。

初二日(4月12日)陰。　得安圃書。[1]

---

[1] 此處眉批：岳雲石祠乞一聯：前彈璁萼，復忤言嵩，最憐詔獄香魂，史局三編無特傳；山枕陽門，水承陰館，不斷祠堂佳氣，相臺一脈有分支。

初三日(4月13日)晴。　寄復安圃書。姬升來,得洪翰香諸君書。

初四日(4月14日)晴。

初五日(4月15日)晴。　過子峨。

得安圃書。

初六日(4月16日)陰,午前有風。　檢閱閩中往返文牘,讒口嗷嗷,憂心悄悄。閩紳强執一詞,甚至捏造孤拔文書,證其不死,千奴共膽,可爲寒心。

初七日(4月17日)陰。　向讀汪容甫《述學》,疑其書與文名實不類。偶閱江藩《漢學師承記》云:"君中年輯三代學制及文字、訓詁、制度、名物有係於學者,分别部居,爲《述學》一書,屬稿未成。後乃以撰著之文,分爲《述學》内外篇刊行之。"深惜容甫《述學》之書未成也。

初八日(4月18日)晴。　江藩《漢學師承記》,書名頗佳,惜詞義均遜,過於戲笑怒駡。其人學養可知矣。

初九日(4月19日)晴。　得安圃書。

初十日(4月20日)晴。　閲《韓詩外傳》,喜其多理語。考其學派,當作文一篇。

十一日(4月21日)晴。　張沚蒓有書來,復之。

十二日(4月22日)陰雨。　石聘之贈一雁,翮毛已豐,縱之飛去。

十三日(4月23日)大雨,雷,微雹。　《子夏傳》乃唐張弧作。國朝崔應榴以爲漢鄧彭祖,子夏傳梁丘《易》,疑子夏爲鄧彭祖。案,韓嬰孫商傳《易》。《舊唐書》:"《子易傳》二卷。"與《韓氏易傳》二卷合。據《漢志》班注,名嬰。安知非即《韓氏易》?韓商可與卜氏同名,又安見其不同字乎?

擘經室解幽王之皇父即宣王之皇父,謂此七人皆賢臣,沈冤千古,説甚新。然既自創一解,則"蹶維趣馬",何不即以蹶父實之耶?"家伯維宰",何不即以家父實之耶?《節南山》,家父刺幽王也。"聚子内史",何不即以《鄭語》之史伯實之耶?

十四日(4月24日)陰,夜雨。　讀《舊唐書》。

十五日(4月25日)晴。　宋議變法,王安石言:"周置泉府之官以榷制兼併，均濟貧乏，變通天下之財，後世唯桑弘羊、劉晏粗合此意。學者不能推明先王法意，更以爲人主不當與民争利。今欲理財，則當修泉府之法，以收利權。”帝納其説。佩綸案，荆公以桑弘羊、劉晏之説爲合於《周禮》，可云不知讀書，宜其作《周禮新義》如此淺陋。《周官》理財之説，亦非泉府所能盡。《周官》之制，亦非理財所能盡。神宗告荆公，人皆云卿不曉世務。安石以經術正所以經世務，今開口議法，止是理財；理財之法止是桑、劉，吾知其無能爲矣。

十六日（4 月 26 日）陰。　石聘之暨章仲璋孝廉來。名獻琳，琴生之族叔，乙酉舉人，王楓臣延課其子，由籍來宣。

得安圃書，復之。

十七日（4 月 27 日）陰。　以張令致琴生賻，交聘之寄津。午後，章、石復來話。章云其鄉人夏班卿者，客周玉山處，頗究心輿圖之學。去年合肥試集賢書院，閲黄河，夏以河必南決，竟先中。

余不喜《楚辭》，謫居讀之，仍不喜變雅憂國。《離騷》怨君，其意不同，使在孔子之先，亦在删例。

十八日（4 月 28 日）晴。　閲全謝山《漢書地理志稽疑》，惜其《七校水經注》不可見，疑非趙注所取能盡之也。

十九日（4 月 29 日）晴，雨一陣。　午後，吉雲帆自多倫回，過談。

夜，讀昌黎詩。

《永貞行》云：“北軍百萬虎與貔，天子自將非他師。一朝奪（口）[印]付私黨，懔懔朝士何能爲。”案，《舊唐書・王叔文傳》：“叔文引其黨與謀奪内官兵柄，乃以故將范希朝統京西北諸鎮行營兵馬使，韓泰副之。初，中人尚未悟，會邊上諸將各以狀辭中尉，中人始悟兵柄爲叔文所奪，乃止諸鎮無以兵馬入。希朝、韓泰[已]至奉天，諸將不至，乃還。”伾文乘順宗喪病之中，竊片刻之國柄，作威作福，譬之鴆酒止渴，漏脯療饑，必無久理，其躁謬自不待言。惟召陸贄、陽城，及謀奪中人兵柄，乃其瑕中之瑜，卒以此忤中人，故俱文珍與之不合。監國既定，旋就誅夷。昌黎深惡伾文，何者？不可罪而乃首罪及此。試問北軍，果天子自將耶？兵柄歸諸將，與兵柄歸中人，孰是孰非耶？殊不足服伾文之心，而爲劉、柳輩所竊笑也。信乎，詩史之難也。

二十日(4 月 30 日)晴,午後微雨,漸霽。　答雲帆。

玉谿生《東阿王詩》:“國事分明屬灌均,西陵魂斷夜來人。君王不得爲天子,半爲當時賦洛神。”又《涉洛川詩》,意亦同此。以宓妃比楊妃,以東阿比陳王,以灌均比中人,意甚明白。徐注:“誣賢妃有私,已傷忠厚。”馮浩謂别有豔情,尤屬支離。似此穿鑿,詩之魔障更多,可謂玉谿罪人矣。

二十一日(5 月 1 日)晴。　過子峨,病猶未愈也。

二十二日(5 月 2 日)晴。　得安圃書,復過子峨。宋玉《風賦》:“故其風中人,狀直憞溷鬱邑,毆温致濕。中心慘怛,生病造熱。啗齰嗽獲,死生不卒。此所謂庶人之雌風。”[1]

閲《石洲詩話》。覃谿先生著。

《詩話》始初唐迄元,與所選《小石帆亭五言詩續鈔》可以互證。蓋欲救漁洋之偏,而又不没漁洋之善。視趙秋谷之詆諆相去霄壤,此固學詩者之前馬也。

二十三日(5 月 3 日)晴。始御袷衣。　復安圃書。

二十四日(5 月 4 日)雨。　午後,伯平遣紀來,贈贐二百金。

夜,復伯平書。

二十五日(5 月 5 日)晴。　過都統及景祺。薄莫,陳令來。

昨日又得安圃書,午後復之。

二十六日(5 月 6 日)晴。　過子峨。

午後,張令遣使來送贐,却之,並復一書。

《西崑酬倡集》虞山簡緣馮武序云:“義山與温庭筠、段成式爲西崑三十六。宋之錢、楊、劉諸君子競效其體,互相酬倡,悉反江西之舊製,爲文錦之章。”西崑者,宋初翰苑效温、李,名之西崑,非三十六爲西崑也。西崑在前,江西在後,乃云“悉反江西之舊”,亦顛到可笑,前明詩人往往不閲史耳。

二十七日(5 月 7 日)陰雨,晚止。　東坡《别黄州詩》用“敝幃”,王注

---

① 此處眉批:善注:“啗齰嗽獲,中風口動之貌。”

頗以《禮》作“帷”爲疑。案，枚叔《七發》：“如素車白馬，帷蓋之張。”李善注：“帷或爲幃，音韋。”此坡公所本，無一字無來歷也。

二十八日(5月8日)晴。　寄安圃書。午後，安圃有書至。

子峨來，步行能出門，可喜。景介臣來答。

二十九日(5月9日)晴。　都統摺弁明瑞入都，託寄家書。

午後，龍松琴自宣化來，久談。薄莫，過書院答之。

崇雨舲家藏《聖教序》三本，楠木板無套者，宋搨存某額駙處。洋布套方本者，宋搨，有崇跋四五段。藍絹面小本者，乃明搨。

三十日(5月10日)有風。　讀《文選》數頁。

四月初一日(5月11日)晴。　得劉同知盛瓊書。時派修長垣河工。

班氏作《揚雄傳》，蓋仿《史記》之《司馬相如傳》，不知相如之傳止可一，不可二也。觀史遷《相如傳》，此與《詩》之風諫何異？是相如風諫而子長又借以風諫也。其所載三賦及《諭巴蜀文》《封禪文》，皆係孝武一朝大政，非徒賞司馬長卿之文辭也。班氏於揚子紀其《反離騷》，則子雲未嘗貶謫，不得擬於賈生之《吊屈》。《甘泉》《長楊》略似《子虛》《長林》，然止須與長卿合傳，以文作相如，牽連之足矣。至其《太玄》《法言》，詳爲敘目，推崇太過，止是一人學術，何關一代典章？夫諸儒以雄非聖人而作經，此定論也。班氏於《儒林傳》所載極略，而於雄一人所載過詳，使西漢經生大義不傳，固有罪焉。吾嘗謂班氏非經生、非史才，特一文人而已。

《易》家有兩京房，班氏於大中大夫京房獨不著其里，殊疏。

伏生二十九篇，不著其目，遂使《太誓》之説紛紜至今。敘孔安國今文亦不詳。

《易》之授受最詳，本於太史公，其它經均有授受，何以不載？以致後人序録疑竇横生。

韓嬰，燕人也。又云涿郡韓生，其後也。使嬰本涿郡，則當云“韓嬰，涿郡人”，不必襲子長舊文。且韓生與下趙子，竟不書名，亦非史體。

毛公，趙人也。平帝時嘗立學官，而於大毛公、小毛公亦不詳其名，且其《詩》與三家異同，亦不應不括一二句。

《禮經》不載其目，尤奇。

三傳敘次較明，疑《經典·序録》所載《公羊》《穀梁》授受不確。然班氏於《易》既溯源商瞿子木，則《公羊》《穀梁》所載子沈子之類，不當遺之。

初二日（5月12日）晴。　午後，過子峨。歸，得再同三月廿七日書。

初三日（5月13日）晴。　朱穆作《絶交論》，因劉伯宗事，亦甚微。案，公叔徵詣廷尉，太學生劉陶等數千人詣闕上書，豈爲《絶交論》所激耶？公叔爲人，實不足取。屢奏記於梁冀，恐其招禍，乃私息非公規也。且桓帝初年，公叔勸冀，謂："明年當有小厄，宜急誅姦臣爲天下所怨毒者，以塞怨咎。"既而因清河王蒜之獄，李、杜見害，未始非穆言啟之。夫其時姦臣，孰有過於冀者？不劾冀，而勸冀誅奸塞咎，則冀之所謂姦臣孰有過於李、杜者？然則穆之罪，殆與馬融草奏同科。史乃云："明年嚴鮪謀立清河王蒜，又黄龍二見沛國。冀無術學，遂以穆'龍戰'之言爲應。"於李、杜之獄，竟不一及，疑穆甚矣。夫安知冀非因穆之言，故殺異己者以塞此咎也？

中散以《絶交書》召禍，孝標以《廣絶交論》爲"二到"所恨。開口絶交二字，已覺戾氣，曾子所謂"一費真養到"之言也。杜工部云："記憶細故非高賢。"既不記憶矣，亦何必形之詩哉！

初四日（5月14日）晴。　得安圃書，知君子科入縣學十五名，可喜。

《兩都賦序》注引《孔臧集》曰："臧，仲尼之後，少以才博知名，稍遷御史大夫，辭曰：'臣代以經學爲家，乞爲太常，專修家業。'武帝遂用之。"

干寶説《易》，以"潛龍"爲文王羑里之日，"見龍在田"爲免于羑里之日，"飛龍在天"爲武王克紂正位之日，以"亢龍有悔"謂若湯有慚德。案，以龍紀官，則龍乃指臣，非指君也。"時乘六龍"，孟喜曰"天子駕六"，是其證。

初五日（5月15日）晴。　答石聘之書。

《盧植集》曰："詔給濯龍厩馬三百匹。"赭，《白馬》注引。

高誘《戰國策》注："麗，美麗也。"《琴賦》注。

《笙賦》注曰:“孟浪,虚誕之聲。”不知何本,俟考。

《謙》:“六五,不富以其鄰,利用侵伐,無不利。”《口訣義》引張氏曰:“葛伯仇餉,湯往伐之。”是也。《觀》:“六四,利用賓于王。”虞仲翔引《詩》“莫敢不來享,莫敢不來王”爲説。《遯》:“九二,執之用黄牛之革。”侯果曰:“殷之父師當此爻。”“九五,嘉遯。”侯果曰:“殷之高宗當此爻。”《萃》:“六二,孚乃利用禴。”馬季長曰:“禴,殷春祭名也。”《未濟》:“上九,有孚于飲酒,无咎。濡其首,有孚失是。”虞仲翔曰:“謂若殷紂沈湎于酒,失天下也。”

偶閲孫淵如《周易集解》本,取其以殷事説《易》者筆之。干寶説專以伐紂爲言,故不録。

初六日(5月16日)陰,有風。

初七日(5月17日)晴。　子峨來小坐。午後,石生自宣府來。

初八日(5月18日)晴。　得家書。初六日奉硃批:“張佩綸著准其釋回。該部知道。欽此。”

至托子明、永峻峰辭行,均未晤。過景介臣,報初十日啟程回籍。子峨齋中小坐。

得孝達、再同書。

初九日(5月19日)晴。　托子明、景介臣均來送,並致儀物數事。巳刻,子峨來小坐。午刻,往子峨處話别。時子峨病未清,殊難爲懷。

起行,至宣府王鎮留宿,道、府、縣均至。目中遂無琴生,可傷也。

初十日(5月20日)晴。　至各處辭行。午後,慶治臣、龍松琴、葛季梁均來。慶、葛即去,與松琴及石聘之坐宣鎮園亭中,談詩良久,復至武成王廟一游。夜,鎮、道、府公餞。署府吴焕采,庚午同年。知縣何承緒,丁丑進士。

十一日(5月21日)晴。　五更起行,鎮道輩均追送不及,雞鳴驛鎌,沙城宿。

十二日(5月22日)晴。　辰刻至懷來,知縣賀瑞霖迎候,同飯旅肆。過縣署小坐。至坌道,延慶州章成義亦自州來迓,贈肴饌,却之不可。章字宜甫,亦庚午同年也。遂宿驛館。

十三日(5 月 23 日)晴。　自坌道曉征,章牧及守備王振陞相送。策騎行三十里,至居庸關小坐,復乘輿轎至南口飯。午刻至灌市,昌平州賴克恭送菜,却之。

十四日(5 月 24 日)晴。　自灌石曉發,安圃遣蘇福來迓,午刻自西便門入都。

津門日記

己　丑

光緒十有五年己丑正月朔(1889 年 1 月 31 日)　祀神、祖考。臨山谷數十字。讀《舊唐書》一卷。與合肥師談竟日。

初二日(2 月 1 日)晴。　合龍奏至。元旦上諭吴大澂授河督,李鴻藻還頂戴。李、成釋回,成以按察使用,李還翎銜,餘升敘有差。

初三日(2 月 2 日)晴。　九弟來談。

初四日(2 月 3 日)晴,立春。　閱陶詩。湯本。

過晦若,借得吴勉學《管子》本。晤曹藎臣、李漢春兩提督,楊瑞生總兵。張藹青亦自都來,與其弟雲路字君直過談。

初五日(2 月 4 日)晴。　合肥生日,避客,效阮傅茶隱,與趙夫人及余、菊耦清談。

初六日(2 月 5 日)晴。　出門答客。

初七日(2 月 6 日)晴。　鎮江焚德、美領事公所。

初八日(2 月 7 日)晴。　李漢春、衛達三、陳序東及宣化何承緒均至,唐仁廉亦來。

得安姪書。九弟來。午後,藹青昆仲復至。

初九日(2 月 8 日)雪。　李漢春來。復竹坡前輩書論《莊子》。

初十日(2 月 9 日)晴。　有人以舊書數種來售,檢閱竟日。晚,九弟來。得夏仲然書。久困牀褥,近得助款略蘇,惻然思壽人師。

十一日(2 月 10 日)晴。　晨,花農來。吴總兵育仁亦至。午後過九弟。

寄復夏仲然書。元燿。

十二日(2月11日)晴。　李河間振鵬來,乃癸未散館知縣,由肅甯調署河間。吴縣人,久居河南,其尊人豫中知府也。言君子館甎無有真者,蓋子重全攜之入都矣。苗僊簏有《廣韻》校本,屬其物色,恐亦不可得也。

午後,與菊耦略話家事。信步至晦若處,談亦不暢。

内人臨《樂毅論》。余無佳本,因檢耕霞谿館所翻一本與之,石庵以爲碧落箋本。覃谿以爲越州學舍本高出吴江村本百萬層。惟"書付官奴"四字,此本脱去,究屬可疑也。

十三日(2月12日)晴。試燈。　感寒嗽甚。作復唐鄂生書。洪翰香來話。黄超群有啟至,知粤帥留管廣己輪船。

十四日(2月13日)晴。　過晦若話,以王壬秋詩見示,詩筆甚健,而其人骯髒不平,非善士也。

得八弟書,即復之。

十五日(2月14日)晴。　得電報,今日宣麻張之萬以大學士管户部,徐桐以吏部尚書協辦大學士,孫毓汶授刑部尚書。

署中燈火甚佳,群兒相聚爲樂。憶東坡《上元夜》詩:"前年侍玉輦,端門萬枝燈。去年中山府,老病亦宵興。今年江海上,雲房寄山僧。亦復舉膏火,松間見層層。"三年之中,喧寂不同,百端交集。余自甲申上元,陪蒙古諸藩茶宴後,乙酉於建甯道上觀燈,逆旅爾汝,一醉瞢騰,丙戌、丁亥、戊子三年謫所,意味亦不甚同。今年佳節,以祁公之第爲滄浪,以德曜之家爲臯廡。全家偕隱酒緑燈紅,因顧謂兩兒曰:"爾等但省得坡公詩及余日記中諸上元瑣事,庶幾他日稍知古人委心任運之理,不至極其樂,縱其欲矣。"

十六日(2月15日)晴。　午間,獻夫來。申初,勞玉初至,辛未同年,近署蠡縣,以完令調吴橋,能吏也,頗解算學,以圭盦詩贈之。

十七日(2月16日)陰,大風。　午刻史竹孫恩培來。其祖蘭畦先生與先子至交,其兄庚午同年。而竹孫高才晚達,與允言同舉戊子鄉試,爲言先子嘗題其祖《乘風破浪圖》長古一篇,因向之索稿。圖中有祁文節宿藻詩,蓋蘭翁咸豐壬子過蕪湖時所題也。

光緒十四年七月，俄新報：俄君及后召見提督普石瓦斯基。該員大游亞細亞洲，現派往西藏，取道新疆，隨帶内曾游歷之弁兵二三十人，皆通地利測繪諸事，兼精戰務，給與公費、輿圖，會亦出銀助之。合肥命譯其書，凡著論七篇，大致謂新疆之兵惰器窳，華權易失，而俄之威力足取準、回兩部。其人名伯里華士琦，俄之陸路提督。普石瓦斯基，譯音之轉。

新疆之弊，約有三端。一曰兵不練。官以酬應逢迎爲長伎，礮營、馬步雜糅，亦多缺額。軍器尤不如式，洋槍間有舊式，塵鏽短缺。餉力不足，營官剋扣之。兵士離心，壯悍者思變，老弱者求歸。二曰民不勤。游牧之外，無所事事。城居者生計尤拙。三曰官不廉。良回則淫其妻女，掠其資財，仍沿舊習。回民切齒，蒙民亦漸染天主耶穌之教，甘爲俄用。以余所聞證之，俄人覘國之言良信。近劉毅齋又以令伯之陳情，作班超之生入，邊荇屬之魏藩，一白面書生而已。民怨敵强，是所慮也，而謀國者晏然。

十八日(2 月 17 日)晴，有風。　未刻，延李桐庵秀才開學。

連日讀《元遺山集》。余讀詩，每以知人論世爲主。其人不肖，其詩必不能佳。衆以爲佳，余亦不取。遺山生平以崔立一碑爲大疑案，乃取張石洲本合翁、凌、施三譜參證，翁、凌均據本集及陵川之辨以駁《歸潛志》之誣。施北硯獨主劉京叔説，云：“名職累人，不敢爲先生諱。”余謂崔立此碑，王從之雖却翟奕輩之請，後仍脅劉祁、麻革等爲之。如祁所言，則裕之秉筆而託於祁作，祁固得罪名教矣。裕之即不作此文，要當時必豫聞其事。故祁得以誣之：“薄云乎爾，惡得無罪?”郝伯常云：“豈得獨罪元遺山?”謂祁當並坐，當首惡，而亦非以遺山爲無罪也。夫王從之不願作碑，而祁毅然作之，如郝辨所云不顧名節。若此，宜内翰與裕之，當遂與祁絶，乃内翰泰山之游仍與劉、郁同行，而遺山亦不與祁、郁乖異。《上梁文》中稱三名流，初不深斥。淩仲子舉此謂其存心忠厚，此非忠厚也。蓋王若虚及元裕之不願作碑，而使翟奕、張信輩脅劉、麻自代，此若虚之智也。祁亦不願作而無計自脱，遂喪心爲之，此劉祁之大謬也。祁久而自悔，故不得不反噬若虚、裕之以自解。若虚、裕之當時實亦與其事，故不能遝絶祁、郁。此事底藴，合裕之内翰表、《上梁文》及《歸潛志》觀之，是非自定，淩、翁皆强辨，而施則定論也。余言似涉刻覈，然文人狡獪，事復飾非文過，如遺山者甚多。後之論事者因其文而重其人，反爲之欺飾迴護，比比皆是，最爲陋習，故不可以不辨。

十九日（2月18日）晴。　惇邸薨逝。上奉慈聖，十八視疾，十九臨喪，篤念懿親，家法也。

二十日（2月19日）晴。　作寄安圃書，並寄三兄卅金。

《文心雕龍》，余所藏乃馬曰璐校藏天啟刊本。雖升庵評點不善，而此本經名賢校證，殊佳。明張之象刊本，分上、下篇，而《序志》别爲一篇。此本尚沿《隋志》十卷之舊。梅慶生注麤具梗概，多所未備。黄崑圃先生輯注較詳，《四庫》收黄注，而《提要》亦譏之。是《雕龍》無善注本也。

二十一日（2月20日）晴，夜雪。　連得安圃十三、十八日兩書。是日節署開篆例宴。余避囂，與菊耦同飯，夜省師談往事，自己卯以至今日，一星周矣。

閱邸抄，屠仁守請密奏條陳，仍書皇太后聖鑒，奉懿旨，以其逕臆窺測，開去御史，交部議處。聖母以簾聽爲權宜之舉，不肯比擬純廟授受盛典，守禮之嚴，卓越千古矣。

朱子之學，於論蘇氏極不平，余嘗記之矣，兹復摘其數端。如論蘇氏云："坡公首爲無稽游，從者從而和之，豈不害事？"又云："東坡之德行，那裏得似荆公？"《答汪尚書》云："害天理，亂人心，妨道術，敗風教，豈盡出王氏之下？"凡以二蘇與洛黨忤也。一念之偏，雖大賢如晦翁，猶不得其正，況其下者乎？故論事當平心，所謂公生明也。

二十二日（2月21日）晴。　黄花農、張楚寶士珩，合肥師之甥，戊子舉人。來。張作易爲電文，以電報、電燈分比，亦奇警。

朱子云："今人觀書，先自立了意後方觀書，牽古人言語入做自己意思中來。如此，如何得見古人意思！須是虚此心，將古人言語放前面，看他意思倒殺向何處去。如此，方有長進。"先自立意，甚中余病，不但讀古書，即論事見客亦如是，不如虚心以應物也。

二十三日（2月22日）晴。　歸政懿旨，合肥賞紫繮。本朝漢臣賞紫繮者，兩楊侯遇春、芳及曹文正、潘文恭與合肥師凡五人。餘詳邸報。

得鄭苓泉給諫書，來乞講席，作書復之。晚，得再同書，並寄《張太岳集》。

二十四日(2 月 23 日)陰,夜雪。　夜,晦若以代擬紫纆謝表見示,楊蘭墅來。

義山之詩沈博絶麗,而史稱其放利偷合,詭薄無行。朱長孺注其詩,獨以爲失實,其言曰:"令狐綯之惡義山,以其就王茂元、鄭亞之辟。其惡茂元、鄭亞,以其爲贊皇所善。綯之繼父,深險尤甚。贊皇失勢,與不逞之徒竭力排陷,此其人可附離爲死黨乎? 義山之就王、鄭,未必非擇木之智,涣邱之公。此而目爲放利偷合,詭薄無行,則必將朋比奸邪、擅亂朝政,如'八關十六子'之所爲,而後謂之非偷合、非無行乎?"徐湛園之説則曰:"義山爲楚門下士,黨牛之黨者也。茂元所恃,不獨衛公、從亞,非義山本懷,集中刺衛公詩不一而足,謂黨贊皇之黨,吾不信也。"馮孟亭調停其説,謂:"小臣文士絶無與於輕重之數,似矣。"而又謂:"義山既以綯力得第,乃心懷躁進,遽託涇原,此《舊》傳所云'綯以背恩惡其無行也'。既而赴鄭幕者,所以重綯之怒,最後在盧在柳,皆衛公所賞識,聊謀禄仕,並非黨李之黨,亦非黨牛之黨。惟統觀全集,其無行誠不能解。得第未仕,背恩而赴涇原。茂元卒,又修好於令狐。令狐出刺吴興,又膺桂管之辟。桂府遽罷,衛公疊貶。令狐入居禁近,則又哀詞祈請,如醉如迷。迨綯宿憾不釋,乃絶望而以漫成五章,隱附衛公,冀取重於千載後。一人之筆,矛盾互持,植品論交,兩無定守,徒博後世浮華無實之誚。"悲夫,三説各有所見,願世之讀玉谿詩者自擇焉。

余取《舊》《新》兩書讀之,則三家之説皆非也。《舊傳》:商隱既爲茂元從事,宗閔黨大薄之。綯以商隱背恩,尤惡其無行。久之,鄭亞請爲觀察、判官。大中初,亞坐德裕黨,貶循州,商隱隨亞在嶺表。明年綯相,屢啟陳情,綯不之省。爲徐州書記府罷,入朝復以文章于綯,乃補太學博士。商隱與温庭筠俱無特操,恃才詭激,爲當塗者所薄,名宦不進,坎壈終身。《新書》則以茂元善德裕,而牛李黨人蚩謫商隱,以爲詭薄無行。亞亦德裕所善,綯以爲忘家恩、放利偷合云。夫《舊書》於義山尚有貶詞,而《新書》則無之,所謂放利偷合、詭薄無行乃綯及牛李黨人指摘之詞,非史論也。長孺知爲義山辨,而誤以時人浮議爲史家定評,是讀史不審也。湛園以爲義山直是牛黨，則更謬。孟亭調停兩家之説，而以爲義山忽李忽牛，此類人滔滔皆是，存其論足以風世。然既注義山之詩，不以責綯而以責義山，豈篤論也？夫贊皇之與楚不叶，不如牛李之深讐也。茂元之爲贊皇所善，義山未昏之光度，不深知其時綯之黨微力薄，不能致義山於祕近，豈能禁其不昏不宦？則義山之應涇陽，不得謂之負楚，何背恩無行之有？及令狐出刺吴興，鄭亞出膺桂管，正衛公秉政之時，令狐方不肯以牛黨自異見，義山在桂幕中，安知其不互相引重，冀以交歡鄭亞而上達衛公？則所謂放利偷合者，亦入相後追怨推絶之辭，而非當時已有此貶恨之語。其忌衛公，忌其權也；其忌義山，忌其才也。小人得位，無所不忌。義山不悟而猶有所祈請，君子憐之哀之，何忍苛於飢寒之才士，而原夫貴倨之大官耶？有所祈請，亦注家據史而證之，吾恐不然。至若《舊書》之責商隱無特操，似確評矣。而所謂恃才詭激爲當塗所薄，名位不進，坎壈終身，則所識何其陋也。夫當塗所薄，而名位不進，此一定之理也。然其恃才則無確證，且其人爲賢相所薄，史亦薄之可也；其人爲權相所薄，史亦從而薄之，何也？有無特操而名位不進者，亦有有特操而名位不進者，又可以坎壈而即斷其爲詭激歟？夫使義山果達，則其人不在《文苑傳》中；在《文苑傳》中，其名位必不進，然則一卷《文苑傳》，其人皆無特操者耶？所不解也。惟是文人自處，則當自審其出處交游之際，以免言行悔尤之端，而升沈顯晦不與焉，一詩一文，亦當擇人而施之。譏貶朝政，臧否人倫，我不足自立，轉爲天下後世指摘之地，是以文自害也。悲夫！

二十五日（2 月 24 日）晴。　與菊耦作《賀儀師賞紫繮》詩，仲彭亦有和作。晚，過桐庵，商定兒輩日課。

篋中有《鈍吟集》一卷，未嘗瀏覽，因檢玉谿詩得之，其詩乃學“三十六體”者。偶閲其文稿，多小碎之作，有廿一史論，亦無心得語。

二十六日（2 月 25 日）晴，有風。　過于晦若，論詩於宋取王介甫、蘇子瞻，與余夙論合。贈余汲古閣本《元遺山集》，稍有蠹蝕，命肆工補之。

得安姪書，廿四日發摺弁擕回，知叔母病漸痊。

二十七日（2 月 26 日）晴，有風。　夜與合肥師論詩。師以余近作頗似小杜，余何敢當。因取樊川詩論之。世動以樊南與樊川並稱，實則小李非小杜敵也。《四庫提要》引其《寄小姪阿宜詩》曰:"經書(刮)[括]根本,史書閱興亡。高摘屈宋豔,濃薰班馬香。李杜泛浩浩,韓柳摩蒼蒼。近者四君子,與古争强梁。"以爲牧於文章具有根柢,宜其睥睨長慶體,似矣,而未足盡牧之之生平也。夫牧之之時,黨人方熾,乃爲牛僧孺之書記,而不入牛黨。論山東論回鶻,爲衛公所賞,而又不入李黨。觀其所注《孫子兵法》,信一代奇才,學識並超。《罪言》洞達時勢,不得僅以詩人目之。其人品才學均超出元白之上,故餘事作詩,猶能豪邁如此。視義山之周旋節幕不能自振者,異矣。故余論詩,必以人品爲主,固哉之見,持之有故耳。

二十八日(2月27日)晴,有風。　吴總兵育仁來,時赴通永任。

何義門《讀書記》:"牧之、義山俱學子美。牧之豪健跌宕,不免過於放,學者不得其門,未有不入於江西派者。不如義山頓挫曲折,有聲有色,有情有味,所得爲多。"余謂牧之不專學杜,其詩云"杜詩韓集愁來讀,似倩麻姑癢處搔"可證。謂學牧之易入江西派,亦不近,宋以後誰學樊川耶?

二十九日(2月28日)晴。　晨起,唐提督仁廉來。午後,李贊臣過談。晚,閱書院決科卷。幕府諸君閱定,余偶觀之耳。過惺庵小坐。

得廖穀士、符執庵及八弟書。

是日見大婚,優賚近宗、内廷、外藩恩旨。

覃谿《跋南宋樂毅二種》云:世傳《樂毅論》二種,其全本元祐祕閣本也。至越州學舍重摹入石,此後惟文氏停雲館所摹。前一本,是其嫡裔。其不全本,宋高紳學士所藏石,末後至一短行僅存一"海"字止,故名海字本。宋時人極重之,勒諸越州石氏帖。其後又有博古堂帖重摹之。長洲文氏所摹不全本,是博古刻,又失其末後三半短行,竟無人知爲海字本矣。惟章藻仲玉刻於墨池堂帖之不全本,乃是從越州石氏本出者。徐壇長謂筆鋒纖毫俱到,何義門謂其每字魚尾波爲虞永興所祖者是也。節録。

内人嗜《樂毅論》,故録之。按,此跋尚未見葉氏所翻本也,可以互證。

覃谿又有《書義山贈杜司勳詩後》一首,力闢此詩,因見杜爲韋丹作碑,而慨衛公之舊説,因云"清秋一首杜秋詩",安知非追説大中二年之秋?則牧之爲司勳,未可執爲必在三年。至謂江總總持具皈依妙教之義,殊失之固而鑿。案,"清秋一首杜秋詩",《戊籤》作"杜陵",他本皆作"杜秋",馮注以爲當作“杜陵”，亦泥。末句“漢江遠吊西江水，羊祜韋丹俱有碑”，一時如衛公、桂府之貶死，已及小杜之仕宦無成，均在意外，必指一事以實之，詩如嚼蠟矣。

三十日（3月1日）陰。

二月初一日（3月2日）陰。　王洪文來。兩日讀書都無所得。

初二日（3月3日）晴。　得王雲舫、庚樂秋書，安姪書。八弟亦有書至，生一女，紅姬出，正月初八日亥時生，並得保甲局差。

初三日（3月4日）晴。　午後，與内人論詩良久，略話他事。亥刻，蒯理卿編修光典來。

閲邸抄，有吴大澂一疏。

《晉書·陶侃傳》：“蘇峻之役，庾亮輕進失利。亮司馬殷融詣侃謝曰：‘將軍爲此，非融等所裁。’王章至曰：‘此章自爲之，將軍不知也。’侃曰：‘昔殷融爲君子，王章爲小人；今王章爲君子，殷融爲小人。’”以此觀之，人固難知，知人亦不易也。士大夫立身處世，惟當持以敬慎，見一君子，當生思齊之志；見一小人，當生内省之心。要之，作一世君子，尚恐有行百里半九十之慮，況小人乎？世動以僞君子、真小人立論，然僞君子究勝於真小人也。吾取陶士行語，非以苛人，特以課己耳。

初四日（3月5日）晴。　午後，答理卿。入城，過子久。申刻，周玉山廉訪過談。夜，葉子晉自滬來。

閲陶詩竟，乃翻刻湯本也。陶詩何待注，亦何待評。以子瞻之天才，和陶而終不似陶，陶可知矣。

初五日（3月6日）晴。　宗湘文自浙來，以所作《國朝右文掌録》、所刻《廣蠶桑輯補》及許增新刻各家詞見贈。

初六日（3月7日）晴。　曾聖與同年之撰過仲彭，爲合肥診脈，就余一談，詢吴中故人，爲之悵然。午後，答湘文，見其子舜年。字子戴，戊子舉人。

初七日（3月8日）黄埃蔽天，狂風竟日。　曾聖與以其師潘欲仁子昭《疏瀹論》見示。其大旨主《漢書·溝洫志》關竝之説，謂瀹字三口，當分河爲三道入海，不異荆公《字説》。因思包慎伯《中衢一勺》以《史記》之“釃爲二渠"爲貳渠,乃副渠,而非分爲二,皆牽强無理。通經不必致用,致用不必通經,無怪乎《春秋三傳》之束高閣也。

篋中取《臨川集》,思與李注荆公詩互勘一過。

《四庫提要》:《臨川集》"百卷之内,菁華具在。其波瀾法度,實足自傳不朽。朱子《楚辭後語》謂安石:'致位宰相,流毒四海,而其言與生平行事心術,略無毫髮肖,夫子所以有"於予改是"之歎。'斯誠千古定評矣。"余謂介甫爲人,譽之曰高奇,毁之曰執拗。今觀其詩文,則矯世變俗之概,與其果於自用之病,無不流露於字裏行間,其言與其行事相肖,朱子之説非篤論也。夫文章愈尊古則愈高,經濟愈識時則愈合,介父自是泥古而不通時之人,然其心術則並非僉壬可比。宋之爲宋,因陋就簡,文武酣嬉,即不用介甫,而前如慶曆,後如元祐,皆史之所推爲主聖臣賢者,實則一味粉飾敷衍而已,不足云治世也。宋之亡自亡於哲、徽、[蔡]京、[章]惇,不得咎介父也。即使司馬光、吕公著輩長在相位,引用洛朔諸賢,而終日搶攘,唯争朋黨,於國計民生、敵國外患了不講求,亦何補於宋哉!爾時惟坡公洞達民情、深識國勢,如唐之贄皇、明之江陵一流,惜其猶染樂全、六一習氣,動喜安佚而在朝不久,所收羅僅黄、張、晁、秦諸人,特詞客,非大才。蜀人如范純父、吕元鈞稍可有爲,亦進用已晚,不能與兩黨抗行。終宋之世,蓋無人焉,又何必獨責介甫?

初八日(3 月 9 日)雪,頗寒。　陳仲勉叔毅及其六弟寶瑄同來。得伯潛書。距甲申冬在螺洲話别,六改歲矣。留之午飯而去。即日放舟,遂不作答。晚同合肥師過晦若略談。夜,命酒微醺。

包慎伯所著《安吴四種》,余未嘗細讀。合肥處有此書,假而閲之。或以爲文過默深、定庵。余覺其過涉叫囂蕪雜,於嘉道鹽漕河誠透澈,而歷詆時賢,處處諉過於人,歸美於己,要不離乎幕派,不足尚也。

余嘗以任安乞援於子長,其答書告絶語多激憤。慎伯説與余合,顧其言尚未詳盡也,他日當更論之。

初九日(3 月 10 日)陰,頗寒。　見羅與三崇齡,蘿村先生之孫也。

包慎伯論《魏其武安列傳》,以史公贊曰"魏其、武安皆以外戚重",而復繼以"禍所從來",謂此憂世之微言而重斥外戚。余曰:不然。《魏其武安傳》,史公之筆迴環頓挫,至顯至微,余蓋百讀不厭。其"禍所從來"一語,包孕無窮,姑以迹言之。魏其之除門籍也,以折景帝擅傳梁王之語爲竇太后所憎也。然吴、楚反時,帝於諸竇中獨召嬰,未必不以此。及其争栗太子不得,則上終不相矣。武安於上前短嬰,直謂其"辟倪兩宫間,幸天下有變,而欲有大功",此何言也?而上不窮詰之,然則後有以蜚語惡言,聞者何言哉?不過謂其嘗争栗太子,非心乎武帝者耳。夫武安雖暴,何以必殺魏其哉?魏其與灌夫如父子,然灌夫持其陰事,受淮南王金,與語言,此武安之所深恐者也。暫解潁川之案,以此而其必死灌夫,亦以此不死魏其,則灌夫或不即誅,而陰事上聞矣。彼所受之遺詔,尚書大行,安得無之,皆武安之壅蔽而已。結之以武安迎淮南語,而上曰武安在者族,則魏其之所以族者可知矣。此"禍所從來"之一説也。魏其之復召,以吴楚其特薦。則袁盎三入見,而即請誅鼂錯。案《盎傳》:鼂錯欲治盎,猶與未決。袁盎恐,夜見嬰,言吴所以反者,願至上前口對狀。嬰即入言,召盎,所謂吴所以反,即謂因錯而反也。錯言削諸侯也,獨嬰争之。及東市之斬,實嬰、盎進説,其誣錯也,視武安誣灌夫尤甚。武安之死,見魏其、灌夫共守之。盎之被刺,亦以家多怪,乃之棓生所問占。夫盎家之怪,使巫視之,必鼂大夫也。即武安之必欲殺二人,若有憑之者,使巫視之,亦必鼂大夫也。人但知武安之冤魏其,而不知魏其之冤鼂錯,故魏其之族所以報鼂錯之族。錯家潁川,而夫亦家潁川,可畏哉!此"禍所從來"之又一説也。

得高陽書,以愛女久病求紫背天葵,即作書復之。

初十日(3 月 11 日)陰。　洪翰香、楊苞甫均來。

慎伯云,天監井闌在茅山,可辨者尚有數十字,字勢一同《瘞鶴銘》。其字同者,則筆法、結法悉同,可證《鶴銘》爲隱居書,而逋翁、清臣之説廢矣。

十一日(3 月 12 日)陰。　寄安圃書。

包慎伯《與楊季子論文書》曰:"紀事而敘入其人之文則尤難。《史記》點竄内外傳、《戰國策》諸書,遂如己出。班氏襲用前文,微有增損,而截然爲兩家。斯如製藥冶金,隨其鎔範。馬、班紀載舊文,多非原本,故《史記》善賈生推言之論,而班氏《典引》直指以爲司馬,《始皇紀》後亦兼載賈、馬之名。賈生之文入《漢書》者，局度意氣與《過秦》殊科，則知其出于司馬删潤無疑也。”余嘗預史館，剪裁公牘，以作列傳，已是難事；復經淺人創稿，鋪敘蕪雜，更覺修飾爲難。若馬、班所點竄秦漢人名作，安得不佳？然班之去馬則遠矣。余别有文摘之，不具録也。

十二日(3 月 13 日)晴，漸和。　得高陽復書。

慎伯有《摘鈔韓、吕二子題詞》，云：“文之奇宕至韓非，平實至《吕覽》，極天下能事矣。其源皆出于荀子。蓋韓子親受業，而吕子集論諸儒多荀子之徒也。荀子外平實而内奇宕，其平實過孟子，而奇宕不減孫武。然甚難學，不如二子之門逕分而塗轍可循也。蒯通、賈生出於韓，鼂錯、趙充國出于吕。至劉子政，乃合二子而變其體勢，以上追荀子，外奇宕而内平實，遂爲文家鼻祖。蓋文與子分，自子政始也。”案，慎伯此説可爲臆造，《吕覽》出自諸客，其時儒分爲八，安得盡屬荀子之徒？至云蒯、賈出韓，鼂、趙出吕，亦無確證。蒯自是策士餘習，賈生深於諸子百家，師事吴公，由吴而李斯，謂之似荀猶可，何嘗似韓？此不得以史公有賈生、鼂錯明申、商之説，誤以賈爲法家，況鼂生明是刑家而以爲似吕，尤不根矣。西漢文字如趙充國者不少，獨以之比鼂，而以爲似吕，亦非也。至謂史公亦兼韓、吕，史公與子政豈韓、吕所能該括者？如此論古，真井底之見，所謂村學究見解也。陽湖派古文及魏默深、龔定庵均不免此弊，而慎伯尤武斷之雄歟！

近日所行《絳帖》十二卷，每卷末題“淳化五年歲在甲午春王正月”。潘師旦奉聖旨摹勒上石。翁覃谿云此僞本，此中“樊遜”譌作“樊退”，北齊人，員外郎，字孝謙。又與温子昇俱譌爲南齊人。此明時鬻帖時僞刻，王良常所引《絳帖》皆是物也。惟孫退谷所見真本止十卷，聯系之則二十卷云。

十三日(3 月 14 日)晴，仍寒。　仲彭入都會試，送之登舟。

十四日(3 月 15 日)晴。　寄復王蘭君同年崧辰及其子石琴茂才煜書。

史言陶淵明爲鎮軍建威參軍，本無主名。李善注引臧榮緒《晉書》：“宋武行鎮軍將軍。”宋武鎮徐州，曲阿乃其治所。陶文毅謂淵明斷不爲宋武幕僚，其所佐者乃劉敬宣也。包慎伯駁之曰：“敬宣以乙巳加建威將軍，爲江州刺史，未嘗爲鎮軍。”荆溪周濟謂：“隆安三年爲武陵王遵鎮軍參軍，移家都下，義熙元年乃從敬宣爲建威參軍。”慎伯駁之曰：“遵在都，留臺暫奉爲大將軍，並無鎮軍之名。劉毅謂敬宣過優，即解職去，其當在夏秋之交，淵明以八月任彭澤，與建威參軍相接，《詞序》不得云家貧不足自給，親故勸爲長吏，求之靡途，家叔用爲小邑也。其時沈田子、朱齡石皆爲建威，何取於敬宣而以爲善擇木哉？”余案，文毅之意特以彭澤近江州耳，實則淵明之高致正以嘗爲宋武幕僚，而不皆仕宋，乃見其高，不必横生葛藤，支離掩飾也。

十五日（3月16日）晴，有風。　伯行自英吉利來，與其弟仲絜偕。仲絜名經矩。

與李桐庵秀才言吾直科名，本朝共得鼎甲幾人，録之於左。

吕纘祖。榜眼，滄州。李爽棠。探花，大興。均順治丙戌。張永琪。榜眼，大興。順治壬辰。戴王綸。榜眼，滄州。順治乙未。黄叔琳。探花，大興。康熙辛未。魏廷珍。探花，景州。康熙癸巳。陳德華。安州，狀元。雍正甲辰。田志勤。榜眼，大興。雍正癸丑。俞大猷。探花，大興。乾隆壬辰。邵玉清。天津，探花。乾隆甲辰。陳雲。宛平，榜眼。乾隆癸丑。張之萬。南皮，狀元。道光丁未。袁績懋。宛平，榜眼。道光丁未。張之洞。南皮，探花。同治癸亥。陳冕。宛平，狀元。光緒癸未。

共十五人，而大、宛八人皆他省占籍者，天津得五人，可謂盛矣。然人得科名而重，實科名得人而重，其中功德言足傳曾不數人，餘皆草木同腐而已。科名云乎哉？

十六日（3月17日）晴陰相間。　伯行言倫敦氣候時有大霧，出門而歸，則面目皆黑，衣皆如染緇，非樂土也，巴黎則不然。

十七日（3月18日）晴。　寄八弟書。

十八日（3月19日）晴。　衛達三、賈制壇、李漢春均來。吴摯甫州牧解冀州而就蓮池，過此見訪。晚，過晦若。

十九日（3月20日）晴。　午後答摯甫。

前紀吾鄉鼎甲，因及安徽鼎甲，以資談助。

程芳朝。順治丁亥榜眼，桐城。吴國對。順治戊戌探花，全椒。孫卓。康熙己未榜眼，宣城。吴昺。康熙辛未榜眼，全椒。戴名世。康熙己丑榜眼，桐城。張廷璐。康熙戊戌榜眼，桐城。梅立本。乾隆丁丑榜眼，宣城。韋謙恒。乾隆癸未探花，蕪湖。

黄軒。乾隆辛卯狀元，休甯。金榜。乾隆壬辰狀元，歙縣。吴錫齡。乾隆乙未狀元，休甯。程昌期。乾隆庚子探花，歙縣。趙文楷。嘉慶丙辰狀元，太湖。洪瑩。嘉慶己巳狀元，歙縣。龍汝言。嘉慶甲戌狀元，桐城。淩泰封。嘉慶丁丑榜眼，定遠。戴蘭芬。道光壬午狀元，天長。李振鈞。道光己丑狀元，太湖。吕朝瑞。咸豐癸丑探花，旌德。孫家鼐。咸豐己未狀元，壽州。

共廿人。黄軒、金榜、吴錫齡三科大魁蟬聯，亦佳話也。

二十日（3 月 21 日）晴。　呼孫荼孫來，命之赴蘆臺，與九弟議廉氏姊歸葬事，談次淒然。同産十一人，今存者三人耳。三人者，皆愚不肖，家聲誰與負荷？不禁淚下。

二十一日（3 月 22 日）晴。　晚與伯行詢英國事，知《永樂大典》在其博物院中，書亦不全，且憤且歎。

《廣陽雜記》，大興劉獻廷繼莊著。其記吴梅村云："順治間，吴梅村被召。三吴士大夫皆集虎邱會餞。忽有少年投一函，啟之，得絶句云：'千人石上坐千人，一半清朝一半明。寄語婁東吴學士，兩朝天子一朝臣。'舉座爲之默然。"余案，梅村之出志墓者，謂其重違親意，流涕就道，其寄當事有"白衣召至白衣還"之句，頗欲追蹤鐵崖。雖文人善於掩過，然一錢不值，耿耿病中，究非東澗、孟津之比，似不至有臨行會餞之事。惟梅村以十年内召，而是年有虎邱禊飲，九郡人士至者盈千，(弟)[第]一日慎交爲主，次日同聲爲主，將以接迹西銘，聯鑣復社，梅村有詩存集中，夫以勝國孤臣方當隱匿韜晦之不暇而忍於自炫乎？況距投贈馬國柱之詩不遠，宜乎空穴來風，遭兹侮弄矣。

二十二日（3 月 23 日）晴。　伯行入都。

二十三日（3 月 24 日）雪。　獻夫來談。

二十四日（3 月 25 日）晴，甚寒。是日風甚大，火車傷人。　朱久香、趙采臣自涇來。朱贈《文選集釋》一部，蘭坡先生著。吴竹臣秀才過此入都，誼卿之子，名本齊。有龍汝松者，江西通判，來此獻聯語，極陋俚，四川人。午後，答朱、趙不值。晚，二君復來。

《廣陽雜記》以頭等侍衛爲一等蝦，此不考之論。蝦當作轄，乃鈐轄之意。北音讀轄如蝦，臨文亦誤，不知滿洲語皆本漢義。侍衛名蝦，是何義也。

二十五日(3 月 26 日)晴。　鄭業斆者,云恪慎公之姪孫,屢來謁,以師誼姑見之。獻其所作《金石志》,亦不長於考證,嘗爲王之春隨員,其人可知矣。甚悔破例延入也。

廣陽子云:"酈道元博極群書,識周天壤。其注《水經》也,于四瀆百川之源委支派、出入分合,莫不定其方向,紀其道里,數千年之往迹故瀆,如觀掌紋而數家寶。更有餘力鋪寫景物,片語隻字,妙絶古今,誠宇宙未有之奇書也。其書詳北略南,世人以此少之,不知水道之宜詳,正在北而不在南也。北方爲二帝三王之舊都,二千餘年未聞仰給于東南,何則? 溝洫通而水利修也。自五胡雲擾以迄金元,千有餘年,人皆草草偷生,不暇遠慮,相習成風,不知水利爲何事。故西北非無水也,有水而不能用也。不爲民利,乃爲民害。元虞奎章奮然言之,郭太史毅然修之,未幾亦廢。有明三百年,更無過而問之者矣。有聖人出,經理天下,必自西北水利始。西北水道,莫詳於此書,水利之興,此其粉本也。千年以來,無人能讀,縱有讀之而歎其佳者,亦只賞其詞句,爲游記詩賦中用耳,然亦千萬中之一也。"其意欲以《二十一史輿地志考》,合《讀史方輿紀要》、傳是樓《一統志稿》及黄子鴻《水經注圖輯録》,疏之以爲復西北水利張本,偉哉此論! 惜其書不成也。今《水經注箋釋》善本推趙一清,而戴吉士校本則據《永樂大典》輯出,初無詳考。全謝山《七校》本,趙氏極爲推許,未見刊行,信乎此本之難矣。繼莊又言:"欲取酈注疏之,魏以後之沿革事蹟一一補之。有關於農田水利攻守者,必考訂其所以而論之。以二十一史爲主,而附以諸家之説,以至于今日,後有人興西北水利者,有所考正焉。此書不成,當與宗夏勉之。"

宗夏,黄曰瑚字,歙人,後從李剛主。

二十六日(3 月 27 日)晴,有風。　九弟自蘆臺來,與商四姊葬事。

明烏程潘基慶《南華會解》以内七篇爲宗,而以外篇、雜篇類從之。《逍遥遊》則附以《繕性》《至樂》《外物》《讓王》諸篇,《齊物論》則附以《秋水》《寓言》《盜跖》三篇,《養生主》則附以《刻意》《達生》二篇,《人間世》則附以《天地》《山木》《庚桑楚》《漁父》四篇,《德充符》則附以《田子方》《知北游》《列御寇》三篇,《大宗師》則附以《駢拇》《徐無鬼》《則陽》三篇,《應帝王》則附以《馬蹄》《胠篋》《在宥》《天道》《天運》《説劍》六篇，而以《天下》一篇冠於册首，爲莊子自序。金聖歎則删《讓王》《漁父》《盜跖》《説劍》四篇，而置《天下》於後。案，《會解》，《四庫》不收，殆以其顛倒舊次，與梅士享之《詮敘管子》同，但以《天下》爲莊生自序，實確論也，特所分附不甚切合耳。

羅道云："正獲，乃大射，有司正、司獲，見《儀禮》。解之以牛之白顙，乃天子春有解祠，見《漢・郊祀志》。庸子乃掌堂涂之子，猶周公卿之子稱門子。義臺猶儀臺。其脰肩肩，乃見《考工記》：'梓人爲磬文，數目顧脰。'肩即顧字。"余以訓故讀《莊子》，一洗向、郭，不意有先我而言之者。

二十七日(3 月 28 日)晴。　九弟來。晚，瞿子玖同年入都過此。晦若以湯伯碩作《槊藹紀事初稿》見示。

二十八日(3 月 29 日)晴。　晨起，秦吉士綬章、夔揚昆仲見過，癸未庶常，服闋，補散館入都。出答子玖及二秦。

二十九日(3 月 30 日)晴。　余在塞上欲輯《舊晉書》，恐已有輯之者，馬竹吾有目無書。略具體例而未果。昨與晦若商之，晦若爲考近人書目均無之，因擬改輯舊書爲《新晉書》作注，蒐羅稍博，暇取唐宋類書及《三國志》《宋書》《水經注》《世説新語注》《文選注》之類，命鈔胥集爲長編，再議其詳例焉。

三月初一日(3 月 31 日)晴。　何蘭孫來。得子峨書，並贈《漢書》、葛布、粤茶及骽。子峨已就潮州韓山書院之聘矣。

終日閒適自佳，然光陰分寸亦復可惜。記《唐子西文録》引蘇黄門語曰："人生逐日，胸次須出一好議論。若飽食煖衣，惟利欲是念，何以自别于禽獸？"日存此念，每日于經史子集必詳考一事，以免坐荒，亦治心之一策也。

初二日(4 月 1 日)晴，有風。　《史通・論贊篇》曰："大唐修《晉書》，作者皆當代詞人，遠棄史、班，近宗徐、庾。夫以飾彼輕薄之句，而編爲輕薄之文，無異加粉黛於壯夫，服綺紈於高士者矣。"案，知幾譏房書是也。今以各家《晉書》雜考，庶可正其疵謬，亦讀史一快也。

初三日(4 月 2 日)陰，微雪。　以墨林山人白描《蘭亭圖》，請合肥師題其耑。過晦若小坐。

初四日(4月3日)晴。　黄花農、何蘭孫均來。晨,遣馬勇送紫背天葵與高陽,復令楊順赴通州取墓碑。

陶淵明有《責子詩》,杜工部以爲不達,然其子儼、俟、份、佚、佟卒無顯者。義山衮師之驕,譽之愛之,然亦無所成就,視冬郎相去遠甚。然則玉谿之賦命窮薄,此其最可慨者,不獨爵位不如,畏之已也。李師他出,自督兒子課,拈此示之。

初五日(4月4日)晴。　遣人運墓碑至胥各莊。

初六日(4月5日)陰。　薛叔耘入都過此,作《甯波籌防録》,侈張可笑。

初七日(4月6日)晴。　得高陽復書。

以李鴻藻、崑岡、潘祖蔭、廖壽恒典會試。

《韻語陽秋》:"皇祐三年,荆公倅舒,與道人文鋭、弟安國擁火游石牛洞,玩李習之題字,聽泉而歸。故有詩曰:'水泠泠而北出,山靡靡而旁圍。欲窮源而不得,竟悵望而空歸。'元豐間,魯直嘗至其處,亦題詩云:'司命無心播物,祖師有記傳衣。白雲飛而不度,高鳥倦而猶飛。'蓋效其作也。晁无咎《續楚詞》載荆公詞,以爲二十四言具六藝群言之遺味,故與經學典策之文俱傳,未曉其説也。"案,任注謂石牛洞在舒之三祖山山谷寺,魯直嘗游而樂之,因自號山谷道人。是涪翁於荆公同愛山谷,未必非同鄉先達,略寓景行之意也。及《次韻荆公西太一宫壁》詩云:"真是真非安在?人間北看成南。"《有懷半山老人再次韻》則云:"草玄不妨準《易》,論詩終近《周南》。"推許至矣。其次章云:"啜羹不如放麑,樂羊終愧巴西。欲問老翁歸處,帝鄉無路雲迷。"任注以爲惠卿之忍,政如樂羊,荆公之過,當與西巴同科也。此説亦泥。按,蘇子由彈吕惠卿云:"放麑,違命也,推其仁,則可以託國;食子,徇君也,推其忍,則至于弑君。"詩言惠卿之發私書,誠忍,子由彈之是也。實則荆公與神宗始終一德,死生相從,非惠卿所能間,亦非後之議新法者所能間也。迴護至矣,蓋於荆公初無貶詞。

初八日(4月7日)晴。　王闓運字壬秋,壬子湖南舉人因晦若相見,嘗主尊經書院,丁文誠客也。

初九日(4月8日)晴。　語曰:"避文人筆端,辨士舌端,武夫劍端。"

夫劍端，惟亂世之强藩悍將爲可慮，否則殺人者死，邦有常刑，尚不若筆舌之能榮辱生死人也。《莊子》曰："兵莫憯于志，鏌(干)[鋣]爲下。"諒矣！雖然，名爲文人，則因文見道者，是非褒貶，亦當準於人心天理之公。名爲辨士，則辨給不窮者，反復精詳，亦當合於往古來今之勢。惟夫小人之筆端，讒人之舌端，則亡而爲有，白黑倒置，賢否混淆，最爲可畏，而天下比比皆是，奈何！

初十日(4月9日)晴。

十一日(4月10日)晴，夜雨，自十二日巳午止。　趙寅臣自蜀過談，午後答之。朱存自都回。九弟遣楊順來取立碑工項。

十二日(4月11日)晚晴。　復安圃及九弟書。答王壬秋，不值。

余日有讀書之暇，而苦於善本之不易得，且無一二好事能爲致善本者，可慨也。

陳無己寄東坡詩："經國向來須老手，有懷何必到壺頭。"元遺山哭趙閑閑云："贈官不暇如平日，草詔空傳似奉天。"以"老手"對"壺頭"，以"平日"對"奉天"，究屬未工，而論詩者皆以爲名句，亦耳食之談耳。

十三日(4月12日)晴。

十四日(4月13日)晴。

十五日(4月14日)晴。　以佛語入史，則史病；以佛語入詩文，則詩文病。余思取晉、宋諸書涉釋氏者，皆薙之，而白、蘇兩家詩其言佛者，亦可議也。此語與欲删何休、康成注中讖語同一固哉之論，然必有不謬余言者。

十六日(4月15日)陰。　昨論山谷不貶荆公，讀其《神宗挽詞》云："昔在基皇極，師臣論九疇。"至以箕子比之，未免溢量。

山谷《題姨母墨竹》，結句曰："人間俗氣一點無，健婦果勝大丈夫。"用古樂府"健婦持門户，勝一大丈夫"，呼從母以健婦，殊不得體，且於墨竹全不關會。此無乃近於傖父乎？坡公集中決無此。其《次子瞻和王子立風雨敗書屋詩》，起筆云："婦翁不可撾，王郎非嬌客。"特聲明子立爲子由之婿而已，於風雨敗屋亦不切也。枝枝節節而爲之，是其病矣。

山谷有《記夢詩》一首，《洪駒父詩話》云："山谷云：'嘗從一貴宗室攜伎游某寺，酒闌，諸妓皆散入僧房中，主人不怪也。’”《冷齋夜話》以爲山谷夢一道士游蓬萊作，二人皆親聞山谷之言，而岐誤若此。余謂皆山谷飾詞也。其詩因得起居舍人爲韓川劾罷，改祕書著作而作。其詩曰“衆真絶妙擁靈君”，“靈君”以況宣仁，“衆真”以況群輔。“借問琵琶得聞否？靈君色莊妓摇手”，言宣仁已授以起居，而韓川不與之也。下文“争棋”“壞局”，指同時與山谷爲難者。結云“奈此雲窗霧暗何”，言天閽爲雲霧所翳蔽也。其指甚明，然亦微褊矣。《續通鑑長編》：韓川劾“庭堅所爲輕翾浮豔，素無士行，邪穢之迹，狼籍道路”。詩中“窗中遠山是眉黛，席上榴花皆舞裙”，蓋自解其少年綺詞，皆空中語，而非實迹也。庭堅既罷，用孔武仲、陳軒爲左右史，軒乃傅堯俞、許將(干)[于]逼吕大防者，詩中“兩客争棋爛斧柯”指許、傅，“一兒壞局君不呵”言如軒者，無人論列之耳，此解甚明了。起山谷於九原，當亦乾笑而已。

光绪己丑三月十七日(1887 年 4 月 16 日)晴。　復再同書。

曉嵐先生《書山谷集後》曰：“涪翁五言古體，大氐有四病：曰腐，曰率，曰雜，曰澀。求其完篇，十不得一。要之，力開窔奥，亦實有洞心而駴目者，别擇觀之，未嘗無益也。七言古詩，大氐離奇孤矯，骨瘦而韻逸，格高而力壯。證以少陵家法，所謂具體而微者。至於苦澀鹵莽，則涪翁處處有此病，在善決擇耳。但觀漁洋之所録，而菁英亦略盡矣。涪翁五言古律，皆多不成語，殆長吉所謂‘强回筆端作短調’耶？五六言絶，皆粗莽不成詩。涪翁七言絶佳者，往往斷絶孤迥，骨韻天拔，如側徑峭崖，風泉泠泠。然粗莽支離，十居七八，又作平調，率無味。人固有能不能耳，東坡評東野，比之於蟹螯，予謂山谷亦然。然於毛骨包裹中，剥得一臠，自足清味，未必遜屠門大嚼也，要在會心領略耳。”

《提要》於黄詩極推許，乃覃谿先生所作。觀此，知紀文達於谷詩所得甚深，故品題精刻如此。文達評蘇詩，雖蹈明人批點習氣，然足以藥貌學坡詩之病。此論尤江西派所宜知。近人於詩學已無淵源，惟守伯言一派者，尊黄過甚。吾固喜紀文達之説，而盡録之。

十八日(4 月 17 日)晴。　《石洲詩話》云：“宋人七律，精微無過王半山。至於東坡，則更作得出耳。阮亭嘗言東坡七律不可學，此專以盛唐格律言之，其實非通論也。”又云：“太白僊才，獨缺七律，得東坡爲補作之，然已隔一塵矣。"余謂東坡之才,不知者動以太白擬之,非也。太白守六朝甚謹,其自開世界不如子美。坡公則開宋詩世界者,謂其作宋之子美則可,謂其作宋之太白則不可。所作七律,避盛唐而近中唐。姚姬傳云:"東坡天才,有不可思議處。其七律只用夢得、香山格調,其妙處豈劉、白所能望哉?"然坡之七律亦不得云劉、白格調。要之,坡才何所不宜,而典太多,筆太疾,專以開合動蕩,破西崑之飣餖,而率易之病間出,視介甫則近於疏,此當選而學之耳。翁尊之,王貶之,皆皮相也。

十九日(4 月 18 日)晴。 偶閱《平齋文集》,乃洪都轉汝奎所刊本。咨夔,宋嘉泰二年進士。上書衛王,自宰相至州縣,無不捃摭其短,遂爲時相所忌,十年不調,亦抑塞磊落人也。《宋史》本傳謂其直言疏有"濟王之死,非陛下本心",爲史彌遠所擯,其品可知。

今山谷詩通行本,《内集》任淵注,《外集》史容注,《别集》容之孫季温注。案,《平齋文集》有《豫章外集注序》,曰:"眉山任處士驥天成,擺落科舉之累,真積于學,書無不覽,愛公詩若耆欲然。以《内集》有任子淵注,因注《外集》十二卷。"子逢以名卿守蜀,鋟之,與史注十七卷卷數不同,惜無可考矣。

二十日(4 月 19 日)晴,有風。 寄復八弟書,爲姪女命名曰壽扶。又作安姪一書,並復仲彭數行。

二十一日(4 月 20 日)晴,有風。 巳刻由署至王道莊,上火輪車。未刻至蘆臺。李漢春、楊瑞生均來,乏甚。

二十二日(4 月 21 日)晴。有風,夜雨,雷乃發聲,寒,御灰鼠裘。由蘆辰初上車,巳初至胥家莊飯,午初由莊回里,已申初矣。

二十三日(4 月 22 日)晴,復易棉衣。 午後,至山王砦覆視吉穴,遣族人至韓城,趁虚買雞魚,備明日掃墓祭品。

二十四日(4 月 23 日)晴。 晨起,恭詣高祖、曾祖、祖塋,行禮,復至周元阡暨二叔塋地行禮而歸。

二十五日(4 月 24 日)晴。大風,天過煖,袷衣猶汗。 族人貧無業,余警以游惰,勸其盡力耕織。其無田者日織一席以三百錢,蘆可得九百錢,此就東錢言。足支一日飲食之費,甚於逸居無教,游手好閒多矣。不爾,雖人周以錢，徒資飲博，無益也。

二十六日（4 月 25 日）晴。　買山王砦地七十八畝有奇，每畝十金。中廿三畝，每畝十五金，餘皆十金。作書遣人至縣稅契。

二十七日（4 月 26 日）晴。　送廉氏姊葬。申初合窆，循周元阡而歸。松柏十年，都成拱抱。歲月深矣，感慟何窮。即日立神道碑，四月初可以竣工也。

二十八日（4 月 27 日）晴。　未刻至蘆臺，與九弟夜談。

二十九日（4 月 28 日）晴。　由蘆回津。午刻至署。李漢春同車來，得安圃、湘文、載之、頌民書。

三十日（4 月 29 日）晴。　寄吴誼卿書。

四月初一日（4 月 30 日）晴，頗寒。　得再同書。九弟書來，復之。

初二日（5 月 1 日）晴。　復再同書。午後，寄九弟書。遣楊順回蘆。黄花農、吴南皋均來。李叔倫以優貢入都，名經敘，合肥師之胞姪，伯行本生之母弟也，年廿三歲，謹飭不浮。

初三日（5 月 2 日）晴。　沈丹曾都尉翊清自福州來，以優貢入都朝考，贈《竹柏山房》十五種、林文忠《雲左山房集》、壽山石六方、棗餻四匣，並得王蘭君父子書。午後，何士果孝廉來訪，子峨之子也。

初四日（5 月 3 日）雨。午陰。時麥苗望澤甚切，雨未透也。　午後，士果又來談。

初五日（5 月 4 日）晴。　俗務略清，檢點書史。寄復八弟及載之書。

初六日（5 月 5 日）晴。　生母毛太淑人忌日，不肖三年不與祭矣。偕婦子奉籩置豆，愴感久之。自己卯至今十年，余永感以此日，而赴戍亦以此日，蓋居廬廿七月，居邊卅七月，耗廢五年有餘。此五年中，家國之感變幻萬端，以一身極升沈顯晦、悲歡離合之態，可爲奇矣。

初七日（5 月 6 日）晴。　吴蘭石同年自保定來，石聘之秀才自宣府來，皆去年在郡送余入關者，爲之憫然者久之。得龍松琴、祥仁趾書。

聞集賢書院側有周氏別業，甚幽雅，因策騎訪之。至，則周海舲提督所營。惟後門有紫藤一架方作花，餘皆官樣文章，不足觀也。遂略游花肆而歸。塞上有繡毬兩盆，甚以爲異，今徧地皆是，仍市兩盆，以志無忘在莒之意。

初八日(5月7日)晴,大風。　夜,署後河灘草料場火,風勢甚猛,火光燭天,久而始息。天津向有火患,故水會甚盛。遣朱存陪周世培回里。

初九日(5月8日)晴。　電傳會試全録,允言中三百一名,幕中趙惺庵繼泰、張巽之孝謙均中。

初十日(5月9日)晴。　兩日來,與九弟通電商作屋事。午後,孫茶孫來。以壽山石三方交刻。

十一(5月10日)晴。　寄八弟及劉省三書。黄花農來。午後,崔惠人同年自都來,時充美國使臣。九弟及周世培、朱存自里回。

十二日(5月11日)晴。　復龍松琴書、宗湘文書。過惠人,合肥留宿署中也。晚,九弟來談。

十三日(5月12日)晴。　夜,召九弟來話。

十四日(5月13日)晴。　過晦若,遇壬秋,合肥亦至,遂先歸。

十五日(5月14日)晴。　與惠人略話,送之南旋。

十六日(5月15日)晴。　得再同、安圃書。

十七日(5月16日)晴。　周子昂觀察家駒見訪,提督盛傳之子,頗有經世才,合肥師嘗稱之,故今來謁。晚,伯行、仲彭相繼回。

十八日(5月17日)晴。頗涼,昨服袷衣,今日可衣喀喇,兩日中氣候不同如此。　得宗湘文書,十九出都。晦若以今日爲散館之日,追念玉堂,不勝天上人間之感,邀余往談,所謂記刻舟痕者。書生結習,可慨也。

寄高陽師書,入都之念,自此益緩矣。

十九日(5月18日)晴。

二十日(5月19日)晴。

廿一日(5月20日)晴。

廿二日(5月21日)晴。　湘文來談。遣朱存回都。寄再同、安圃書。

廿三日(5月22日)晴。　答湘文,不值。

廿四日(5月23日)晴。　宗子戴來。

廿五日(5月24日)晴。　湘文來辭行,爲跋其所藏牛鼎,乃乾隆初年費堃拓贈汪師韓者。

廿六日(5 月 25 日)晴。　得安圃書。九弟自陀來。

廿七日(5 月 26 日)晴,亢熱。

廿八日(5 月 27 日)晴。　南局試造電燈成,成作肇始於一津門小工,由目驗而頓悟。閩産學生,學藝積年,泛海而歸,往能以洋文洋語爲奸利,愧此津工。遠求閩士,何如近取北材?津雖狡,猶勝閩也。

章頌民自蕪湖來此話宣郡舊事,涕泗漣洏,感愴不已。

廿九日(5 月 28 日)晴。　九弟及頌民先後至。

三十日(5 月 29 日)晴。　九弟送時魚兩尾。得高陽書、再同書。

五月初一日(5 月 30 日)晴。　復安圃書。

初二日(5 月 31 日)晴。

初三日(6 月 1 日)雨意油然,爲風所解,麥事可念。　九弟來談,復高陽書。

初四日(6 月 2 日)晴。　過晦若。湯伯碩自都回。

初五日(6 月 3 日)晴。　自甲申以後,余從未能從容過午節也。午後,與菊耦清談良久。蒲艾、酒、粽,居然有令節意。

初六日(6 月 4 日)晴。　劉永詩自都來,以潘大司空薦書至,將求入幕,即答之。並過獻夫,其母自籍至板輿。迎養,人子之樂也。余忝朝官十餘年,乙亥迎親,僅供菽水。每見人迎親,不禁羨且悲也。午後,獻夫來。九弟晚至。

初七日(6 月 5 日)晴。　章頌民來,將入都。

初八日(6 月 6 日)晴,亢熱。　永詩入幕。復安圃及八弟、再同書。

初九日(6 月 7 日)晴。申刻有微雨一陣,旋止。今日雲油然,頗可望雨,爲風所散。　榮履吉自粤來,贈戴醇士、湯雨生畫兩軸,船政舊侶也。過永詩,略坐旋歸。滇督岑毓英卒於任。

初十日(6 月 8 日)晴。　榮履吉復來,柳質卿同年攜鶴巢書見訪。夜得局電,允言以主事用。是科直隸庶常七人,五冒籍,兩皆津郡人,劉彭年、劉若曾也。

十一日(6 月 9 日)晴,晚微雨。　過永詩、晦若略談。仲絜自都下來。夜與菊耦談,甚不樂。山谷詩云:"能貧安四壁,無愠可三已。"今余之能無愠,菊耦之能安貧,均可自信,顧不能超然於埃壒之外。四顧天地,竟無可以定居之處,此可感也。不知蒼蒼者天,果將如何位置之耶?

十二日(6月10日)晴,甚涼爽。　午後,讀《管子》一卷。晚間,校黄詩一卷。蟫蠹生涯,消磨歲月而已。

十三日(6月11日)雨。　聞省城雨甚大,津門則微雷,快雨稍慰農情。

十四日(6月12日)晴。　張豫立字少渠以其尊人渠生通判《西齋讀書圖》求題。據云,其尊人隨先子在禾治振,與古虞先兄賞鑒爲莫逆,介楊望洲,必欲一見,乃俞蔭甫客。

《玉壺清話》:"王元之以疏雪徐鉉貶商州,召歸爲學士,復以私語賓友:'孝章后母儀天下,當成服。'坐訕謗,貶滁州。召還知制誥。又以撰太祖徽號、玉册,語涉輕誣,貶黄州。太宗召至御榻,誡之曰:'卿剛不容物,人多沮卿,使朕難庇。'"噫!元之之獲罪,豈盡出於時宰意耶?元之既以持正獲譴,則亦隨遇而安可矣。乃既作《三黜賦》,又有"宣室鬼神""茂陵封禪"表語,鬱鬱以戕其生,何不達也?視東坡之阨窮,不聞後來居上矣。

十五日(6月13日)晴。　賈振勝告假回保定。

吴公不入循吏傳,張釋之稱周勃、張相如長者,後又爲大將軍,擊匈奴,逐出塞,即還,亦無傳。湛園、淵静語譏之。噫!此張季鷹所以身後名不如杯酒之慨也。然後此傳紀太濫,又覺馬、班之謹嚴,爲有旨矣。

十六日(6月14日)晴。快雨歷兩時許,枯苗皆起,庭花油然,郊野可想。

十七日(6月15日)晴。　龍松琴自塞上來,回粤省親。

十八日(6月16日)晴。　陳仲勉自都來,留飯久談。作致伯潛書,並以陶詩贈之。出答仲勉並及松琴。

十九日(6月17日)晴。　約永詩談館政。松琴來。劉臬司樹堂來見,乃仁和廷尉,壬戌薦卷門人,介晦若欲一面,實無要語,浮慕而已。由清河道擢蘇臬,孫門也。

二十日(6月18日)晴。　得子涵復書。

二十一日(6 月 19 日)晴,夜雷雨。　“嫁女須勝吾家者,娶婦須不若吾家者。”安定胡翼之説,世皆以爲名言。余與菊耦閲《清波雜志》及之,因謂菊耦:“君善持論,試窮此理以爲當否?”菊耦曰:“此矯世之言也,非聖賢之言也。夫其所見似與世之求援繫者稍異,然充類盡致,則貴家之女將無可嫁之士,而貧士不可以乞丐之女爲妻矣。豈理也哉?夫嫁女須勝吾家,娶婦須不若吾家,第以防其驕而已。其婦女平日若教以三從四德,何至入門而驕其尊章,傲其夫婿哉?不清其源、治其本,而於姻戚之家斤斤計較其貧富貴賤,所見似高而實陋耳。”余曰:“是吾平日之論,不知何以卿與吾闇合也。試暢言之。聖如孔子嫁兄女南容,嫁女公冶,一勝於孔氏,一不若孔氏,有何嫁娶之分耶?蹶父嫁女於韓侯,一爲内臣,一爲外臣,門户相敵,形諸歌詠,有何若不若之别耶?且充嫁女須勝吾家言之,則無論何家淑媛止可適王侯將相之家,斷無適寒士之理。其時李文定以兄女與孫明復,安定、泰山並開講席,不知何以爲此言也?陋而且隘,不曉事之腐儒從而尊之,但有聯姻高門者即加指目,而世之名公鉅卿無非肉眼,愛女失時,紛紛於榜下選婿,風氣囂然,良可鄙笑。陽託於安定之説,曰嫁女須勝吾家也,而其弊乃至於此。”菊耦曰:“勝之一字包孕無窮,或其德勝,或其才勝,均可。而娶婦以承宗祧,正宜講求門第族望,詎可草草?今安定專就勢分論之,殆非古人婚嫁之法耳。”

二十二日(6 月 20 日)晴,夜微雨。　左太沖《詠史詩》:“外顧無寸禄,内顧無斗儲。親戚還相蔑,朋友日夜疏。”寫盡窮士之苦。李斯、蘇秦不保其身,而不知其憔悴之日迫于境地,有不暇顧高危,而但求富厚利達以取快一時者。余自問備嘗艱苦,斷不敢因貧改志,而遇孤寒之士,每思有以周之,顧力不及也。讀此詩,爲之慨然。

陶拔貢名有銘,字辰卿來見,松琴亦至。得王廉生書,寄中都四子。

二十三日(6 月 21 日)夏至,夜大雨。　雨足矣,爲三農賀。有摺弁入都,寄安圃書,並復子涵一緘。

孔文舉《薦謝該書》曰:“博通群藝,周覽古今,物來有應,事至不惑,清白異行,敦悦道訓。求之遠近,罕有疇匹。”《薦禰衡表》云:“淑質貞亮,英才卓躒。”蓋其意欲使正士盈廷,逆遏操之奸計,所以孟德必欲害之。自古大臣及奸臣均無不愛才者，一願才爲國用，一願才爲我用。若一味忌才，惟知汲引私人，不獨不能爲大臣，亦並不能爲奸臣，而其庸陋褊陰，誤國則與奸臣同。

二十四日(6月22日)夜雨。　鐵牌廿一至京，而連日有雨，不可謂無神。

再同以顧阿瑛爲子堅所作《雪篷圖》索題，款署"顧阿瑛爲子堅作於不二室中"，無年月，有金粟及高啟、饒介、謝應芳、吳志淳、釋九皋字妙聲、郳節七題，顧、高二詩均不見集中。顧七古，高七律。再同又從《歷代題畫詩》中考得有明蕭規《雪篷圖歌》，爲吳淞蔡子堅作，一詩録於圖後，詩中云與子堅最密者曰馬季常，云《蘇州志》無子堅，而顧詩云"崑山之南濟陽翁"，則似其邑人。蕭詩云："吳榜何年過東浙，帶得山陰一篷雪。"有以證子堅之爲吳人矣。圖乃摹本，今姑就《玉山璞稿》考而歸之。

二十五日(6月23日)晴。　今日田太淑人生日也。太淑人之賢慈，非一二語所能罄。於諸子，晚最愛余，乃自丁卯棄養，不及見不肖一第也。二十二年於兹，而佩綸濩落無所容，上隳家聲，内慚慈訓，爲之惘然者竟日。子若孫無賢者，而余爲時所棄，學日荒而年日老矣，恐無以副太淑人之明誨也。

二十六日(6月24日)晴。　顧康民來談，自蘇州葬親歸也，以王廉生、黄再同及安圃書交之。

二十七日(6月25日)晨起雨，旋晴。　讀金粟、鐵崖諸家詩，感其所遇之不幸。世或以豪誚阿瑛，以褻誚廉夫，然大節無虧，小德出入可耳。

二十八日(6月26日)晴。

二十九日(6月27日)晴。　宗甥寄文四篇，屬桐庵改之寄還。

六月初一日(6月28日)晴。　頌民自都回，來見。

初二日(6月29日)晴。　九弟來，以君子録科文書寄都。

初三日(6月30日)晴。　菊耦生日。九弟來，飲酒頗酣。得樂山書。寄省三書。

王文韶督滇，邵友濂撫湘，皆浙人也。

初四日(7月1日)晴。　晚，永詩來談。

初五日(7月2日)晴。　洪翰香午前來。章頌民午後來。過晦若一談。

放翁《入蜀記》載："坡公以《姑熟十詠》非太白詩,或曰《十詠》及《歸來乎》《笑矣乎》《僧伽歌》《懷素草堂歌》,太白舊集本無之,宋次道再編時貪多務得之過也。"此説王琦注載之。

初六日(7月3日)卯雷,夜雨。　昨日買得范質公小像一幅,有董文敏、陳眉公兩題。晚,薛叔耘來,時充英使。閲全刻全謝山《七校水經注》《説文》成。

初七日(7月4日)晴。　午後,頌民來辭行,與談往事,感觸良多。有以神龍《蘭亭》贈合肥者,後有翁跋,與菊耦把玩許久。

初八日(7月5日)陰雨。　雨中與菊耦閒談,因思塞上急雹枯坐時,不禁憮然。

初九日(7月6日)晴。　過仲彭。

初十日(7月7日)晴。　薛三來辭行。

十一日(7月8日)晴。　仲彭小病。與合肥夜話良久。

十二日(7月9日)酉刻快雨。　田淑人忌日,偕婦子設祀。作九弟書。

十三日(7月10日)雨後新涼,可御袷衣。　陳覲虞同知文璣來自浙中,伯平弟也。

《湛淵静語》:"眉州蘇先生杲,老泉之祖,輕財好施,急人之急,孜孜若不及。歲凶,賣田振濟其鄉里。逮秋熟,人將償之,終憐其窶,辭不受。久致破業,厄於飢寒。然未嘗以爲悔,而好施益甚。後三蘇以文章名天下。"案,蘇詩注莫詳於王文誥之《總案》,乃失此事,録之以見眉山之積累。

十四日(7月11日)晴,仍涼。　黄公度來,時隨薛叔耘出使。附寄子峨書。聞明日有摺差,作安圃書三紙。

十五日(7月12日)午後急雨一陣。　李贊臣來。

十六日(7月13日)晴。　寄八弟書。復陳伯平書。讀《三國志》,孔明好爲《梁父吟》。《西溪叢話》引張平子《四愁詩》"欲往從之梁父艱",以爲憂讒之作,旨哉言乎!

十七日(7月14日)晴。《時報》中有盤谷氏者,擬余爲陸立夫、何根雲,評之曰:"誤國殃民,傷天害理。"夫誤國何敢辭,下六字則非其罪也。此蓋不逞之徒造言洩忿,其意以要人多閱《時報》,借此傾之耳。可笑可鄙,余豈畏要人哉!

仲彭猶未愈。洋醫之藥不甚授,以其求效急也。天津中醫更無名手。昔人比良醫於良相,誠然。竊謂中國之不求實際,莫過於醫理一事也。

十八日(7月15日)夜雨。

十九日(7月16日)晴。向晚微雨,旋止。連日入伏,乃似清秋。

二十日(7月17日)晴。得安圃書,始嘗瓜。内人耆此浮瓜沈李,視南皮朗月同乘並載爲更樂也。回憶去年戍所及期,寄居京邸,慨然不已。昔召平種五色瓜,乃蕭相之客。顧余落拓,何處青門?然於合肥之誼,則視吴質、召平爲更密,即爲蘭香萬本爲我瓜疇可也。

二十一日(7月18日)晴。得八弟書,委辦濮院釐局。元濮允中,字樂間,居此嘉興府屬也。作書復之,勉以謹慎。

二十二日(7月19日)晴。得朱亮生書,以銀八百兩見寄,作書還之。然其人有始終,視薛三之詭詐,不啻霄壤也。

二十三日(7月20日)雨。雅賓典陜西試。過永詩,小作周旋。

二十四日(7月21日)晴,晚微雨。仲彭病小愈,夜爲裴令藥所誤,復用洋醫,一藝之末,中國亦無人焉,可恨可耻。

二十五日(7月22日)晴。李鐵林之子嘉蔭字少華來見,因采買科場物件來津。

二十六日(7月23日)晴,午後急雨。夜似感寒,得酒而寐。

二十七日(7月24日)晴。仲彭愈。

覃谿有寶蘇室,因得蘇《嵩陽帖》,又得施顧注宋槧殘本也。其記云:"宋牧仲摹蘇像而侍其旁,然未嘗名齋也。蔣樹存亦得蘇像,俾王麓臺圖之,始有蘇齋之目。"夫覃谿寶蘇如此,知所宗仰矣。乃又自名蘇米齋,何歟?米之人品不如蘇,此猶論史者之論也。米之書品不如蘇,此則論書者之論也。然則覃谿固未知蘇者耳。

二十八日(7月25日)晴。萬壽節也。與晦若、永詩少談。得吉雲帆、祥仁趾書。

二十九日(7 月 26 日)夜雨。

三十日(7 月 27 日)晴,頗涼。　得八弟書,初一赴濮院差。

閱《江陵集》儘,有痛快處。

七月初一日(7 月 28 日)晴。陰雲時起,急雨驟來,至夜則繁星滿天矣。　叔倫朝考第七,以知縣用。南歸應試,其業師張樹亭孝廉鍾華與之偕行,頗有議論。其言捐官誤人子弟,切中時弊,未可以老生常談忽之。

初二日(7 月 29 日)晴,亢熱,入夜尤甚。　叔倫來辭行。王升自南來,鄉試時舊僕也。寄安圃書。

初三日(7 月 30 日)晴。　得子壽丈書。余自塞上歸,先後與子壽三書,未之復也。後屢於合肥啟中候余。合肥强余復候,余不願,乃直以情告之,至是始以書來。壽丈向有老輩襟抱,亦復如是,不足敬矣。

初四日(7 月 31 日)晴。　繼祖妣靳太淑人忌日,設祀。

陸士衡連珠:"烈火流金,不能焚景;沈寒凝海,不能結風。"此全昧於物理者。景與金不類,海與風不類,且沈寒正風所爲,而春之解凍亦風所爲,結風之説尤爲無理。然以之自處,則爲烈火所流者亦金,而金之質究不能焚;爲沈寒所凝者亦海,而海之水究不能結。流與凝,其迹而不能焚不能結者,其性也。故烈火焚金,而金之純愈純;沈寒凝海,而海之大愈大。若景則火之源,風則寒之源,能制物而不爲物制者已。

初五日(8 月 1 日)晴。　胡雲楣以王南陔所著《管子・地員篇考證》見示,雖傷繁而斷制太少,然中頗有一二可采,校閱竟日。

初六日(8 月 2 日)晴,午後微雨。　先君忌日,與婦子質明致祭。先人與傅相患難之交,申以昏姻之好,絜誠從事,想靈其來格,當亦顧而樂之也。山居將成,傅相師允爲書"明致書屋"額,懸之新齋,以揚先人誠子之意。

初七日(8 月 3 日)晴。　安圃初三引見,補兵科給事中。陳叔毅墨樵回閩,過此小談。得再同書。午後得九弟書。

初八日(8 月 4 日)晴,熱甚。　得省三復書。

初九日(8 月 5 日)晴,亢熱如昨。

初十日(8 月 6 日)晴,仍熱。　洪翰香來辭行,入都應試。寄安圃書。

十一日(8 月 7 日)大雨,居然秋矣。是日立秋也。

十二日(8 月 8 日)晴。　齋中素心蘭雨後忽發兩枝,娟秀可愛。余得句云:"散朗謝庭生道韞,芳菲湘水襲靈均。"得陳伯潛書。季士周過談,服闋入都。

是日,筱丈調粵督,壺公調鄂督,以鐵路也。

十三日(8 月 9 日)晴。　得宗湘文書。

十四日(8 月 10 日)晴。　松椿升漕督,裕長調直藩。得安圃書。

十五日(8 月 11 日)晴,午後雲生似墨,雨急如繩。

十六日(8 月 12 日)雨。　復安圃書。

十七日(8 月 13 日)晴,夜急雨一陣。　翁同龢乞假兩月南歸。徐桐署户部尚書。

十八日(8 月 14 日)晴。晨雨,晚亦雨。　晚,過李桐庵少談。復子涵書。昨有書來,言張吉人病,需補丸。

十九日(8 月 15 日)晴。　翁叔平前輩來。晚,合肥邀于晦若、劉永詩、湯伯述宴之。

二十日(8 月 16 日)晴。　至春元河干答翁尚書,歸聞袁子久之喪,病已三年矣。

二十一日(8 月 17 日)晴。　往吊子久。晤贊臣。未刻,王壬秋辭行,將游蘇州。桐庵應試,解館。

二十二日(8 月 18 日)晴。　趙惺庵、張巽之均來。

二十三日(8 月 19 日)晴。　李贊臣來談。寄安圃書,以微物寄祝董太淑人。永詩來談,欲回蘇將母。

二十四日(8 月 20 日)晴。　答巽之。

二十五日(8 月 21 日)晨雨,漸涼。　永詩來談。合肥代延宋通判厚山權館政。字子泉,六安州廩生。

二十六日(8 月 22 日)晴。　宋子泉到館。得安圃書。

二十七日(8 月 23 日)晴。

二十八日(8月24日)晴。　葉鞠(常)[裳]來。昌熾,本科庶吉士。得再同書,並寄明本《管子》。十行,無注,非善本。午後,同晦若往送壬秋。

二十九日(8月25日)晴。　曹藎臣來談,言同州收降回事,甚有奇計。史恩培赴山東,來見。午後,九弟來。

八月初一日(8月26日)晴。　盛道宣懷自煙臺來。復宗湘文書。

初二日(8月27日)晴。　省三寄銀二千,助子久之喪,交贊臣同年轉送。

初三日(8月28日)晴。　吕庭芷前輩來,時暫署天津道。袁世廉自朝鮮來,未見。

初四日(8月29日)晴。　得安圃書。

初五日(8月30日)急雨一陣,仍未涼爽。　午後,袁世廉來,乃駐朝鮮使臣袁世凱之兄也。

初六日(8月31日)晴陰相間。　九弟來談,晚飯後始去。

初七日(9月1日)晴。　至紫竹林一游。晚,誼卿來,送其婦柩回蘇。

初八日(9月2日)晴。　誼卿來。午後,答誼卿。得柳門書,並寄粵中書,帕内椰林甚精緻,今年坡公生日可以用之。

初九日(9月3日)晴。　誼卿午後來談。至莫,合肥招同趙惺庵、張遜之便酌。

初十日(9月4日)晴,涼。　李贊臣來談。寄復伯潛書。

十一日(9月5日)晴。　得伯潛書。

十二日(9月6日)急雨一二陣。　何孟廉、陳雨人兩進士來。一四川知縣,一工部主事。都察院筆政文達選湖北蒲圻縣,來見。李漢春來,病目稍愈。復黄子壽丈書。

十三日(9月7日)晴。　蘇福自都回。得再同、安圃書。

十四日(9月8日)晴。　顧廷一來見。午後,曹价人樹藩過津來謁,乃謹堂之從子也,今年改庶吉士。

十五日(9月9日)晴。　漢春來談。晚,過晦若、永詩雜話。

十六日(9月10日)晴。　唐沅甫陛見,出都。張藹青、劉薌林均來見。

宋本《管子》有楊忱序，不得其人本末。偶閱《夷堅丙志》第三卷記楊抽馬事，時蜀州司理爲楊忱，或即其人。成都人來報其叔訃，似成都人。其群從兄弟從望、民望、松望、泰望均類。試中選，亦士族也。

十七日（9月11日）晴。晚，忽陰雲迅雷急雨，既而濕翳微收，月光仍吐，天象真無所不有也。 朱雲甫吉士錦來見。薩鎮冰威遠管駕，署游擊爲伯潛齎《武英殿叢書》兩篋至。復袁慰廷書。

［九月］初四日（9月28日）晴。 過晦若、永詩小坐。午後九弟來。

初五日（9月29日）晴。 送子久喪歸陳州。午後，寄安圃書，並致新吾一緘。

初六日（9月30日）晴。 永詩來談。劉獻夫亦至。

初七日（10月1日）晴。 得載之書。

初八日（10月2日）晴。 何虹如世兄亮采以布經歷指廣東，過此來謁。鐵生前輩尚有五子，長亮標選雲南通海縣，一在廣東分局，一在陳六舟文案，一在揚州，無讀書能嗣起者矣，殊可傷也。王楓臣自宣府來。

重陽日（10月3日）晴。 與内人煮酒持螯甚樂，忽思及塞上，悵然。袁保頤自臺灣來。寄九弟書。

初十日（10月4日）陰，天頗燥，有風雨意。

十一日（10月5日）陰。 李子丹自都來。何文龍選雲南通海縣過此，較其弟諳練世故，美才也。復八弟、宗五書，陳伯平書。

十二日（10月6日）晴。 得宗三書。

十三日（10月7日）晴。

十四日（10月8日）晴。 獻夫來談。

二十三日（10月17日）晴。 景翰青太守佐節幕十餘年，忽以霍亂增劇，三日而卒。名文照，浙人也。

二十四日（10月18日）晴。 得安圃書。

二十五日（10月19日）夜雨。 往拜翟梅庵，課兒子讀。朱存乞假入都。李春不事事，斥之。寄潤師書。

二十六日（10月20日）大風。 寄省三書。

二十七日(10月21日)晴,頗寒,御棉衣。　沈子梅能虎、薛次申華培兩觀察先後來。與二叔父及華亭兄均有世誼,其父均官江蘇也。薛乃新吾之内弟。申刻,延翟梅庵明經瞻奎課兩兒讀,招李贊臣陪之飲。欲省心而心愈擾,欲省事而事愈多,學之不能黄老故也。

二十八日(10月22日)晴。　唐沅圃來辭行,出吊景翰青,順道答薛、唐而返。得誼卿書,以親老不出,深可羨佩。吴門隱最樂,誼卿有田可耕,有書可讀,出處自由,非清卿之躁熱者可比,即鄙人亦不及也。朱澂伯來談。

二十九日(10月23日)晴。　過晦若。劉獻夫及其子更新甘肅隴西令,丙子舉人均來。

十月朔日(10月24日)晴。　九弟來。夜過翟梅庵談。

初二日(10月25日)晴。　九弟來。

初三日(10月26日)晴。　黄花農、葉子晉均來。

初四日(10月27日)晴。　唐提督仁廉來。午後,九弟來,將赴都引見。

初五日(10月28日)大風。　九弟阻風不能行,邀之來話,至莫始去,風猶未止也。

初六日(10月29日)晴。　夜,過翟明經談。翟久於江西,話伯潛視學江西時瑣事,迴不猶人。澗師亦嘗言之,此才終棄,殊可惜也。

初七日(10月30日)晴。　朱純回,得安姪書。

初八日(10月31日)晴。　校《管子·地員篇》。以王紹蘭《地員考證》對勘。

初九日(11月1日)晴。　夜來忽患霍亂,質明始愈。

初十日(11月2日)風,陰。　慈聖萬壽節。得王豐鎬書,論夏師家事。過晦若談。静坐,閲香山詩一卷。

十一日(11月3日)雪,甚寒。

十二日(11月4日)雪止,天仍陰晦。　見劉永詩、楊望洲,言江蘇秋霖,積卅六日未晴,稻將獲而中毁,轉豐爲歉。浙江水患尤甚。聞湖北、江西亦然。東南財賦之區,忽罹此異,不知關心民瘼者何以策之也?

十三日(11 月 5 日)陰,夜霧。　得伯潛書,言船局所造鋼甲船到滬,機器損壞折回,云近海署奏准局歸海軍牙門節制矣。

十四日(11 月 6 日)陰。　得八弟兩書,以小像寄之。

十五日(11 月 7 日)曉晴,旋陰。

十六日(11 月 8 日)陰。　夜讀山谷詩一卷。

十七日(11 月 9 日)晴。　注《管子・地員篇》五音,五日不了了,今始豁然。

十八日(11 月 10 日)晴。　洪翰香來。夜偕朱久香至館中一談。得安圃書。

十九日(11 月 11 日)晴。　得子峨書,並寄燕窩一匣,橼十枚。迴思塞上同患,不禁悵然。

二十日(11 月 12 日)晴。　柯欣榮來。子峨寄書,郵直隸候補道也。午刻,陳覲虞、司馬文璣來自大同。

二十一日(11 月 13 日)晴。　得九弟書。

二十二日(11 月 14 日)晴。

二十三日(11 月 15 日)晴。　寄復何子峨書。

二十四日(11 月 16 日)陰。　得八弟書,附載之一緘。

二十五日(11 月 17 日)晴。

二十六日(11 月 18 日)晴。

二十七日(11 月 19 日)晴。

二十八日(11 月 20 日)晴。

二十九日(11 月 21 日)晴。

十一月初一日(11 月 23 日)晴。

初二日(11 月 24 日)陰。

初三日(11 月 25 日)晴,午後大風,作雪不成。　得吴清卿書。

初四日(11 月 26 日)晴。　安圃自都來,留宿齋中。

初五日(11 月 27 日)晴。

初六日(11 月 28 日)晴。　楊順回都。寄九弟書。再同初二嫁女,作書寄衣料、鍼黹賀之。劉雅賓來。

初七日(11月29日)晴。

初八日(11月30日)晴。　得趙菁衫書,並玉田蔣性甫孝廉式瑆《玉函山房輯佚書考》。

初九日(12月1日)晴。　寄九弟書。午後答雅賓。

初十日(12月2日)晴。　劉獻夫來談。

十一日(12月3日)有風。　安圃回里。顧廷一來。午後,得誼卿書。華蓋來此。

十二日(12月4日)晴。　復誼卿書。又寄八弟書。

十三日(12月5日)晴。　答華蓋。

十四日(12月6日)陰,夜見月。　華蓋來,留之茶果。同是天涯淪落人,此之謂也。

十五日(12月7日)晴。　以豻裘寄伯潛。安姪自里還。華蓋來話,説西藏事,可慨。

十六日(12月8日)晴。　與晦若略談。

十七日(12月9日)晴。　華蓋來。夜,與合肥師、安姪夜話,聞李漢春亥刻病歿。

合肥許以《全唐文》見賜。

十八日(12月10日)陰,夜微雪。　安圃回京。

十九日(12月11日)大風,天已放晴。

二十日(12月12日)晴。　晦若欲見華蓋,約之來談,甚暢。先是,升泰論藏事,以爲由蜀經營西藏不如由隴,青海趨藏道極平坦,非打箭鑪節節險峻比。晦若以詢華蓋,華蓋云:"不然,藏多蜀商,蜀富隴貧,不如仍舊。"且言俄人窺藏,必由葉爾羌趨阿里以抵後藏,不由前藏也。吁!廟堂諸公豈憂藏哉?

二十一日(12月13日)晴。　得九弟書,引見,竣事領照後可出都矣。

二十二日(12月14日)晴。　出答鄒岱東、劉雅賓及華蓋,均投刺而已。

二十三日(12月15日)晴。　華蓋來談,以余相待甚誠,漸露色相,欲請合肥兼籌準回衛藏,語長心重,實則今日時勢豈復能行,相與慨歎而已。

二十四日(12 月 16 日)晴。　楊瑞生來。覓《會昌集》,久不得,檢《全唐文》中衛公文讀之。其窮愁論史之作,半爲身世而發,太著痕迹,不蹈語言文字之禍,幸矣。

二十五日(12 月 17 日)晴。　華蓋來辭行。夜得電抄,樂山授察哈爾都統,鄂亦難處,如此作歸計,頗得。葉志超簡直隸提督。

二十六日(12 月 18 日)晴。　得高陽書。

二十七日(12 月 19 日)晴。　九弟自都回。得安姪書。

二十八日(12 月 20 日)晴。　復安姪書。夜,又得安姪書。寄復吴清卿河督書。

二十九日(12 月 21 日)冬至,晴。　過九弟一談。樂山改察罕,有電候之,夜得復音,就余定行止,彌可念也。

十二月初一日(12 月 22 日)晴,午後陰,夜雪。　吉雲帆來談。

初二日(12 月 23 日)雪霽。　寄安姪書。以百金賀庚世兄樂秋。借《揮麈録》《聞見前後録》,閱之竟日。

初三日(12 月 24 日)晴。　答吉雲帆。

初四日(12 月 25 日)晴。　復高陽書,以食物數種寄之。

初五日(12 月 26 日)晴。　得安姪書。晚得省三書。於合肥師書畫篋中,檢得宋封靈澤侯敕墨迹一通,後有吴荷屋跋,似可存者。

初六日(12 月 27 日)晴。　李贊臣來。終日在蘭駢館與菊耦評書讀畫,畫以黄尊古爲史胄司補米南宫《溧陽溪山圖》爲最,丁南羽《渡水羅漢》次之,書以石庵臨蘇卷子爲最。

初七日(12 月 28 日)晴。　閱梅瞿山繪宣城山水卅六幅,畫既包羅衆有,題識亦頰上添毫。文人之畫、高士之畫,較畫師之畫,分别在此。與菊耦披玩竟日,如作敬亭之游。

初八日(12 月 29 日)晴。　吉雲帆、陳序東來。得安姪書、庚樂秋書。安圃並寄鹿肉二方。

初九日(12 月 30 日)晴。　潘子静、劉獻夫先後來。午後,閱畫,憚南田《雙松儷侶》一幅精美無倫。初十以次詳行記。

廿四日(1890 年 1 月 14 日)酉刻歸署。　遣人以冰鮮鮰魚送都中親知。

廿五日(1 月 15 日)晴。　楊瑞生來。寄九弟書。

廿六日(1 月 16 日)晴。　于晦若、朱澂伯均來。得九弟兩書,又得八弟書,寄五十金爲九弟卒歲需。

廿七日(1 月 17 日)晴。　寄八弟書,商定劉處姻事。今年自三岔河以至海口,水不結冰,爲近廿年所未有,殊可慮也。永詩來談。

廿八日(1 月 18 日)大雪。　葉春回。得安圃書。寄高陽師一函。樂山書來,以改武秩,未便乞退。此公學養竟非虛聲之士所能及,真得吾父剛正之傳,可敬之至。

廿九日(1 月 19 日)雪霽。　過晦若談。

三十日(1 月 20 日)晴。　今年作寓公,佚甚! 然猶四行役,仍勞人也。學則無所進益,近於坐荒。歲杪循省,可愧。

蘭駢館日記

庚　寅

光緒十六年正月初一日(1890 年 1 月 21 日)晴。　祀祖迎神,祥光滿室。華蓋自都來。得高陽師書,廿三日蒙慈聖賜福壽字及八百長春御畫,眷念老臣,聞之甚慰。

初二日(1 月 22 日)晴。　洪翰香、朱久香來。華蓋復至。晦若同話。

初三日(1 月 23 日)晴。　答華蓋。過晦若。

初四日(1 月 24 日)晴。　夜,晦若、容民來話。

初五日(1 月 25 日)晴。　華蓋來。寄安圃書。

初六日(1 月 26 日)陰。　華蓋來別,縱論新疆事宜,幾於淚下。老驥伏櫪,志在千里,此君之謂歟?

初七日(1 月 27 日)陰,夜星見。　閱《夏正考》一卷,乃胡天游著,刻於《式訓堂叢書》中。

初八日(1 月 28 日)昨夜小雪,辰刻展霽。　作復奎樂山書。夜閱《揮麈餘話》一卷。

初九日(1 月 29 日)晴。　九弟來。

初十日(1 月 30 日)晴。　開館。李贊臣來。申刻,勞迺宣過談。近著《等韻一得》,孤學也。勞字玉初,以《淶水清賦》忤時樞,亦强項令。

十一日(1 月 31 日)晴。　得樂山書。永詩來話。

十二日(2 月 1 日)晴。　復高陽師及樂山書。

十三日(2 月 2 日)晴。　試燈。

十四日(2 月 3 日)晴。

十五日(2 月 4 日)晴。　寄高陽及安圃書。午後,過晦若暢談,借《杜樊川集》閲之,馮鷺庭注本。

十六日(2 月 5 日)晴。　合肥宴客,以家釀與菊耦小酌,月影清團,花香摇曳,酒亦微醺矣。夜,閲《揮塵録》一卷。

十七日(2 月 6 日)陰,有風。　永詩來話。閲葉夢得《避暑録[話]》,如行荆棘中。閲《曲洧舊聞》,則如康莊坦途矣。言爲心聲,信然! 士大夫何苦而造作疑似之説,以誣賢者而媚權奸。卒之,公論難掩,而身名隨所附而並隳,使後人目爲邪佞,亦可憐已。吾於夢得憐之而非惡之也。

十八日(2 月 7 日)晴。　閲《唐人小集》,無所得。作致安圃書。

十九日(2 月 8 日)晴。

二十日(2 月 9 日)陰,有風,甚寒。　至書局一游,買《隨園三十種》而歸。此皆兒時所閲,久不見此書矣。得安姪書。

二十一日(2 月 10 日)晴。　袁清泉世廉來見。

廿二日(2 月 11 日)晴。

廿三日(2 月 12 日)晴。　潘子静來。

廿四日(2 月 13 日)晴,午後陰。　香濤前輩督粤,所信任者多才士。浙江王存善、四川王秉恩,久司文案,粤人謂之"二王",至是,爲游子岱所劾並褫職。吴清卿以母病請急,旋得豫電,已聞訃星奔矣。

廿五日(2 月 14 日)晴。　陳伯平調大名府,以大名國守鈞迴避藩司也。伯平嘗論王樹文獄,豫山因之左遷,既而賁緣開府山右,伯平迹危甚,移宫换羽,若有天焉,君子益可以俟命矣。

廿六日(2 月 15 日)晴。　皇上二旬慶典,加恩宗親、内廷、勳舊有差。

廿七日(2 月 16 日)雨,夜微霰。　得樊雲門書,在鄂督幕中。

廿八日(2 月 17 日)晴。　閲邸抄,知筱帆調肇慶。

廿九日(2 月 18 日)晴。　曹藎臣提督來談。

二月初一日(2 月 19 日)晴。　張樸君知州來談,知蘭軒師尚未葬,爲之悄然。午後,答樸丈及藎臣。得八弟書。

二月初二日(2 月 20 日)晴。　梅庵解館。

初三日(2 月 21 日)晴。　得安圃書,並延王弼臣來。名棟,乙酉孝廉,王翕亭所薦。

初四日(2 月 22 日)晴。　王弼臣開館。

初五日(2 月 23 日)晴。　菊耦小有不適,煮藥煮茶,賭棋讀畫,聊與遣興。

初六日(2 月 24 日)陰。

初七日(2 月 25 日)陰。

初八日(2 月 26 日)晴。　劉景臣入都過此。河督未簡人,瘠省之疆吏,久任之藩司,均垂涎焉。世道如此,可慨也。求見,却之。

初九日(2 月 27 日)晨急雪,旋霽。　河督授許振禕。

初十日(2 月 28 日)晴。

十一日(3 月 1 日)晴。　晨起,答翟梅庵。歸作致章頌民書。得安姪書。

十二日(3 月 2 日)晴。　寄王廉生書,以圖章三方交胥山人倫刻之,並復安姪一緘,均交摺弁。午後,八弟書來,言其小女多病,殊可念也。再同書來,又生一子。

十三日(3 月 3 日)晴。　午後,李贊臣來。翟梅庵回涇,就頌民館辭行。

十四日(3 月 4 日)晴。　夜閱陶詩,乃莫子偲所翻宋本。陶詩極慕田子泰,而集爲陽子烈所編,何與吾里人有緣耶?

十五日(3 月 5 日)晴。　復再同書。

十六日(3 月 6 日)晴。　午後,過陳容民居,時容民患咯血。

十七日(3 月 7 日)晴。　花農來。寄八弟、安圃書,爲何士果評文數篇,均不佳。

十八日(3 月 8 日)晴。　王省山茂才欲刻壽人師時文,乞余爲序,不忍拒之,昨始草出,文筆澀枯,大似江郎才盡矣。序寄五日,旋得滬書,師之次子元燿歿矣。

十九日(3 月 9 日)晴。

二十日(3月10日)晴。　盛道自東海來。九弟由蘆至。

二十一日(3月11日)晴。晨有微霰,夜有狂風。　得高陽書。

二十二日(3月12日)晴。　寄潤民師書,並陳春麓《詩識小録》一部。

二十三日(3月13日)陰。　買《甌北全集》一部,未暇閱也。巳刻,顧廷一來。

二十四日(3月14日)晴。　永詩來談。

二十五日(3月15日)晴。　合肥因辦陵差入都。午後,過永詩略話。寄高陽書。

二十六日(3月16日)晴。　陳仲勉攜其子懋鼎來。字徵宇,己丑本省解元。得伯潛書,並送橘、棗餻。

二十七日(3月17日)晴,有風。　至春元棧答仲勉。午後,永詩來談。滬上買《癸巳類稿》,閱之。

二十八日(3月18日)晴。　李襄廷孝廉自蕪湖來。合肥之姪。洪翰香因母病乞假歸省。

二十九日(3月19日)陰,薄莫微雨。　永詩來辭行入都。得江甯電,朱子清於廿六日去世,爲之悵然。又得安圃書,改初四日啟程。林大令際平,本名宗開曾充學堂監督,大挑來北河。伯潛書來,屬余一見,姑進之。晚,得晦若通州書,知合肥於三十日入城。

三十日(3月20日)晴。　料檢書籍,有温故知新之意,而終日玩愒,歲月堂堂,可惜也。

光緒十六年閏二月朔日(3月21日)晴。　湯伯述來,以其祖文端公手録五經索題。

初二日(3月22日)夜雨。　子涵由都來,赴金陵。獻夫過話。復八弟書,並爲臨海馬少葵秀才題《白石圖》二絶。明日有包封入都。復晦若一紙。

初三日(3月23日)晴。　答子涵。結一廬藏書均在子清處,恐遂散佚,商令子涵攜歸,恐不能辦也,爲之悵然。歸,繞道省容民疾。

初四日(3月24日)晴。　午後,沈丹曾來,言伯潛在鄉設因利局、織布局,以惠貧氓,是亦爲政也。胡守三直牧傳過談,琴生舊交,清卿故吏,入都引見。言嘗赴瓊崖,極言馮萃亭辦黎匪之浮夸無實及徐賡陛之狠戾好殺。

初五日(3月25日)晴。　寄復伯潛書。夏壽人師之孫昌祚、宏祚均幼,仍以商局脩脯資之。

初六日(3月26日)晴。　得新吾書,即復之。

偶閲《顔魯公集》,得《元次山墓誌》,知《新唐·次山傳》實取資於此。惟敘其世系,顔《誌》云:"高祖善偉,皇朝尚書都官郎中,常山郡公。曾祖仁基,褒信令,襲常山公。祖利貞,霍王府參軍,隨鎮改襄州。父延祖,清浄恬儉,歷魏成主簿、延唐丞。思閒輒自引去,以魯縣商餘山多靈藥,遂家焉。及終,門人謚曰太先生。"《唐書》"褒信"作"寧塞"令,而不敘其高祖,但云襲常山公而已,似未明白。"利貞"作"亨",字利貞,霍王元軌辟參軍事,而未云隨鎮改襄州。延祖但云再調春陵丞,而不敘其徙家商餘,後録次山《自釋》,但云少居商餘山,未及顔之文少事明也。次山事則《傳》詳於《誌》,殆取諸其文集耳。

初七日(3月27日)晴。　得安圃書,知改期十一出都。

《舊唐書·魯公傳》:"時太廟爲賊所毁,真卿奏曰:'春秋時,新宫灾,魯成公三日哭。今太廟既爲盜毁,請築壇于野,皇帝東向哭,然後遣使。'竟不能從。軍國之事,知無不言。爲宰相所忌,出爲同州刺史。"《新書》則云:"真卿建言:'太廟爲賊毁,請築壇,東向哭。'不從。宰相厭其言,出爲馮翊太守。"集載《馮翊謝表批答》,謂其"事乖執法,情未滅私",是魯公之出爲相所忌,必坐以它事。《新書》删節空文,竟似以建議築壇請哭,遭貶矣。

初八日(3月28日)晴。　梁詩五孝廉居實來,何子峨客。子峨歸,竟未相見也。詢鐵香近況,知方某署惠州,本鐵香所鄙夷,曾入彈章,因辭講席。世路偪仄如此,二三知好每勸余以書院爲退步,殆未知近日官途之焰、士氣之衰。如擁蓮池皋比,藩臬之臭味即不可耐矣。

《張燕公集》:"《王方翼碑》:嘗獨行,(夜入)[入夜],有怪人長丈,直來趣逼，射而仆焉，乃朽木也。”此擬《史記》李廣射石事，而敘法不及。

初九日（3 月 29 日）陰。　莊雲巢大使自浙來，嘗充閩營文案，與吕庭芷相習。章焕之茂才辭行回蘭谿。湯伯述來談。得八弟書。

梁氏玉繩《史記志疑》一書，讀史者極稱之，然亦有疑所不必疑者。如《衛世家》：“莊公五年，取齊女爲夫人，好而無子。”梁氏曰：“取齊女，何以在五年？未確。”按，《碩人》詩明曰：“衛侯之妻。”其爲即位後所娶，可知《春秋》譏喪娶三年，諒闇至四年始問名，五年始娶。《碩人》詩説于農郊，娶以春時，若在四年之春，昏禮豈能盡備？如史公可謂善説《詩》者也。又，桓公二年，弟州吁驕奢，桓公絀之，州吁出奔。十三年，鄭伯弟段攻其兄，不勝，亡，而州吁求與之友。十六年，州吁收聚衛亡人以襲殺桓公，州吁自立爲衛君。爲鄭伯，段欲伐鄭，請宋、陳、蔡與俱，三國皆許。梁氏曰：“《傳》無出奔反襲之事。州吁友段，亦不知何據。伐鄭修怨，爲叔段乎哉？”按，此説尤泥。史公所據，不盡《左氏》。況史公所見《左氏》皆古文，尚在子駿之先，安能據今所見之《左氏》以疑《史》哉？即以《左氏傳》證之，太叔出奔共。共，賈注：“共，國名。”杜注：“今汲郡共縣，其地近衛。”又云：“鄭共叔之亂，公孫滑出奔衛。衛人爲之伐鄭，取廩延。鄭人以王師、虢師伐衛南鄙。”州吁修怨，即修此怨。其爲叔段無疑。而共叔父子在衛，近國，州吁與之氣類相同，求友亦意中事。此正可以《史》爲《左》之旁證，復何疑焉？

初十日（3 月 30 日）晴。　何上舍壽嵩由林西來辭，還大埔。

漢上谷郡之軍都縣，讀爲渾。《史記・絳侯世家》“屠渾都”正作“渾”。《説文》：“渾，混流聲也。一曰洿下貌。”温餘水東至路南入沽，此地爲洿下之水都耳。

十一日（3 月 31 日）陰，有風。　復八弟書。九弟由蘆臺來津。

全謝山《鮚埼亭集外編・賈子新書跋》云：“太史公言，漢文帝雅器太傅，將任以公卿之位，大臣多不之喜，遂以年少初學毁之。予竊以爲，絳、灌當時賢臣，不應至此。考應仲遠《風俗通》，是時大中大夫鄧通有寵於帝，太傅與之同列，獨不爲禮，恨而擠之，因漸見疏。此係太傅立朝大節，太史公及交其孫，乃不爲之表章，可謂疏漏。史稱鄧通不過自謹其身，絶無他能。觀仲遠所言，亦可畏矣。"《隨園隨筆》載："汪韓門之説則深不以應劭爲然，略謂鄧自黄頭郎至上大夫。《漢書》雖不載其年月，而寄生人家則在景帝時，其顯貴應在文帝末年。賈生以文帝十二年卒，鄧貴顯時，賈生之死久矣。"梁氏玉繩調停其間，謂《史》云"絳、灌、東陽侯馮敬之屬盡害之"，下一屬字，通在其中，或辨鄧通不與賈生同時者，非是。袒全而排汪也，然汪説本末盡明。案，《史記·申屠嘉傳》："嘉爲丞相，是時太中大夫鄧通方隆愛幸，賞賜累巨萬。丞相入朝，通居上傍，有怠慢之禮。"嘉爲檄召通詣丞相府，頓首出血。嘉爲相五歲，文帝崩。據《漢書·百官表》則後二年八月，嘉爲相也。《史》稱通"方隆愛幸"，度其由黄頭至大中大夫不久，距賈生之卒已六年，距賈生之爲長沙傅則十六年矣，安得謂賈生與鄧同時？應氏徒以兩人皆爲太中大夫，附會其説，謝山乃據以責史公之疏漏。夫史公父子世掌史，其於文景之世，耳目相接，顧以後數百年之應劭單詞翻案耶？謝山以史學鳴，此論吾不取也。

十二日（4 月 1 日）晴。　潘子静、胡芸楣、劉獻夫相次來。芸楣贈《范文忠集》一部。薄莫，九弟來，少坐即去。

十三日（4 月 2 日）陰。　購《惲子居集》閲之。

十四日（4 月 3 日）晴，午後陰，微雨。　安圃挈眷赴任，過此小泊。夜，與九弟、安圃同飯話别，兩兒及威、愷兩從孫侍飲。袁爽秋寄其詩集，閲之，頗雅。

十五日（4 月 4 日）晴。　陳叔毅來。伯潛寄小像及書。許豫生校官貞榦至，亦伯潛客也。安圃行，時再同作詩送之，並及鄙人。其詩頗佳，兹録之以待和。"湘南嶽立鬱青蒼，'不與天公管喉舌，猶堪嶽立鎮湘南'，張于湖臨桂七星山棲霞洞題句也。桂勝今堪續羽王。駱越鼓殘埋戰壘，龍編（專）［甎］古訪蠻鄉。官閒未與詞臣異，政簡翻知諫職忙。我較嵇康慵日甚，獨思氣味竹林長。"張鳴鳳，字羽王，豐城人，明嘉靖舉人，官桂林通判，所著《桂勝》十六卷，《桂故》八卷。以明人姓字書名入律，覃谿最喜用之。余未墨守七子，然嫌其非正法眼藏也。是日，九弟婦、二姪婦均來。

十六日（4 月 5 日）晴。　昨夜已就枕，忽先登寺不戒於火，延入許姓高樓，逼近署東墻，擾擾竟夕。安圃亦移舟避之。晨起，安姪來同飯。九弟辭行，遂同舟至紫竹林話别，片時送者雜至，亥刻始返。

十七日(4月6日)晴。　弟姪挈眷乘新裕南行，晚潮出口。

偶記《魯論》"子夏之門人問交於子張"一章，不禁慨然。《史記·儒林傳》："孔子卒後，子路居衛，子張居陳，澹臺子羽居楚，子夏居西河，子貢終於齊。"其時群賢四散，雖儒術争鳴，已有各尊所聞，各行所知，分門别户之勢。荀子《非十二子篇》："第佗其冠，神禫其辭，禹行而舜趨，是子張氏之賤儒也。正其衣冠，齊其顔色，嗛然而終日不言，是子夏氏之賤儒也。"韓子《顯學篇》：八儒爲子張之儒，子思之儒，顔氏之儒，孟氏之儒，漆雕氏之儒，仲良氏之儒，孫氏之儒，樂正氏之儒。在當時，子張氏之學與子夏並顯。然由戰國至漢武時，《詩》則若高行子，若曾申，皆子夏之傳。《公羊疏》引戴宏序曰子夏傳與公羊高。《穀梁疏》亦稱赤受經於子夏。《論語》則康成云仲弓、子夏等所撰定，《爾雅》亦或言子夏所足。而子張之學寂無所聞。由子張言之，幾若子夏狹隘，不如其能樂育人才，廣延氣類，而卒之綿聖人雅言之緒，在此不在彼。惟其決擇可否於先，斯能成就英奇於後，廣交者可以返矣。由此觀之，天下經行貴於交修，今之稍通訓故而不矜細行者，必非學人也。

十八日(4月7日)晴。　黄花農來。宗子戴自常熟會試入都。得湘文書。

史公《孟荀列傳》最有見，《儒林傳》申其意，曰："威、宣之際，孟子、荀卿之列，咸尊夫子之業而潤色之。"其《自序傳》曰："獵儒墨之遺文，明禮義之統紀，絶惠王利端，列往世興衰，作《孟子荀卿列傳》。"極爲鄭重。而梁氏玉繩《史記志疑》深以孟、荀並列爲非，眼孔太小。夫荀卿傳經之功，近已得汪容甫表彰，正司馬氏所謂"獵儒墨之遺文"也。孟子之功，不在禹下，正司馬氏所謂"明禮義之統紀"也。宋儒自孟子一派衍出，漢儒自荀子一派衍出，何可偏廢哉！

十九日(4月8日)晴。　得子涵書，即寄都寓。

漢孝文本好刑名之言。《史記》著之《儒林傳》最爲微妙，而梁曜北以爲不可解，非也。觀《文紀》，如除收孥諸相坐律令，則詔曰："朕聞法正則民愨，罪當則民從。"遣列侯之國，則曰："朕聞古者諸侯建國，各守其地。"

日食，詔則曰："朕聞天生蒸民，爲之置君以養治之。"除肉刑，詔則曰："蓋聞有虞之時，畫衣冠異章服以爲僇，而民不犯，至治也。"蓋皆名家緒論，且其天資亦近於刻。如淮南尺布之謡，絳侯牘背之獄，一愛弟，一功臣，行法絶恩如此，不獨薄昭、新延平兩事也。所特賞者，爲賈生，爲鼂錯，正史公所謂明申商者。惟其學術同，故君臣易於契合耳。或謂賈生非申商，此亦淺見。觀其所上書，皆正名明法之説，而尤傷殘忍者，則莫如《論淮南》一書，以白公比淮南四子。夫文帝封厲王四子，乃補過之善機，亦親親之公誼，而賈生乃爲此言，雖若杜漸防微，實則間親逢惡。充其量，親子之外，親兄弟子均不當優以大國、授以要地矣。無怪乎唐太宗之盡誅建成、元吉諸子，宋太宗之迫死德昭耳！班書乃以淮南子兩國亦反誅，神賈生之先見，則大不然。夫文帝之世，賈生已爲此言。景帝刻覈，非勃之貞信著明，度無全理。安與賜之獄，一成於伍被，一成於子爽，其時孝武雄猜，法臣嚴酷，何足爲據？其禍實萌於生之一言，蚤死非不幸也。

二十日(4 月 9 日)晴，有風。　得晦若書。李子丹自都來，談一刻許。寄京信。

讀《潛研堂集》，有《與戴東原書》，謂"宣城能用西學，江氏則爲西人所用"，語極透闢。經韻樓所刻戴集無復書，蓋不能復也。段若膺所作《詩經韻譜》及《尚書今古文疏證》，辛楣先生亦有書規之。段不能平也，於作《東原年譜》中譏辛楣云："東原言辛楣《五禮通考》中説話多有似是處。"余以爲辛楣先生人品、學術，亦豈戴、段所能輕重耶？潛研書有静穆氣，若膺則無處不有叫囂氣，可以覘其養矣。《潛研文集》乃若膺序，極爲推服。非段與錢不平，直是戴倔强耳。

二十一日(4 月 10 日)晴。　吴觀察廷斌來談，長於治河，據云曾事李勇毅，見胡文忠。午後答雲楣、獻夫。獻夫留晚飯，見其次子更壽。字錫眉，余代行集賢山長兩課，生均高列。

《晉書》别本一百三十卷，明蔣之翹撰《嘉禾獻徵録》稱其有《晉書註》一百三十卷，即此書也。《四庫》列入存目，與茅國縉《晉史删》、郭倫《晉記》同譏，使蔣氏當日輯而爲註，轉無紕繆，可議矣。

二十二日(4 月 11 日)晴。　得高陽、白澗書。

侯朝宗作《王猛論》,以猛垂殤告苻堅,謂:"晉正統相承,上下輯睦,非所可圖,願無以晉爲念。"因推猛以秦存晉爲識大義。余觀朝宗此論,真書生之論也。猛之言,注意於鮮卑、羌虜,終爲人患,請漸除之,以便社稷。衡量情勢,苻秦本不當空國圖南,致一敗之後,慕容、姚氏起而相厄。猛之此言爲秦謀,豈爲晉謀哉?況景略死後,其子曜與其孫鎮惡歸晉,安知不粉飾其詞,諛典午以彰其祖父之先見?斯言虛實未可知。侯氏乃據以定論,亦迂矣。彼生明季,親見三王之一綫苟延,作此論以諷貳臣之在本朝者耳。然國不能自存,而望敵國謀臣推爲正朔,冀存血食,亦可耻而可悲矣。吁!

二十三日(4月12日)晴。　得子涵書,知已赴杭州。

集賢書院以《渝關賦》命題,諸生但據《方輿紀要》以渝關始見於隋,不知《漢志》臨渝縣,"渝水首受白狼水,東入塞外";交黎縣,"渝水首受塞外,南入海";臨渝縣又有侯水,北入渝。《水經・大遼水注》:"白狼水又東北出,東流,分爲二水,右水疑即渝水也。渝水南流,而東屈與一水會,世名之曰櫨倫水,疑即《地理志》所謂侯水北入渝也。《十三州志》:侯水南入渝。《地理志》言蓋自北而南也。"不考渝水,見於《地志》《水經》,而但以隋始立關爲説,可云數典忘祖,沿流舍源矣。今志但以右水爲渝水,亦非。北方河道久失考,《方輿紀要》亦不了了。近黄子壽先生所修省志,於水道一門尚未能脈絡分明也。不知何人秉筆,他日當詢之再同。

二十四日(4月13日)晴。　内人及蒼兒均病,意緒紛然。

二十五日(4月14日)晴。　合肥回津。

二十六日(4月15日)晴。　婦子均愈。陳兒又病。王弼臣會試入都。于晦若回津。顧廷一、黄花農均來。得八弟閏月十二日書。

趙《水經補》"泒水"一篇,云:"一清按,《水經》本有《泒水篇》,今失亡矣。《寰宇記》定州安喜縣泒水下引《水經注》云:'泒水,歷天井澤南流,所播爲澤,俗名爲天井淀。'《初學記》引《水經注》云:'定州泒水,北流逕大核山。'大核山疑是大泒山之譌。大泒山在今阜平縣西北五里,其東又有小泒山,以泒河所經得名。《説文》:'泒,水出雁門葰人戍夫山,東北入海。'"按,《山海經》郭璞注:"今虖沱水出雁門鹵城縣南武夫山,戍夫、武夫皆泰戲之一名。”顧祖禹曰：“蓋以虖沱爲即泒水也。”此説非是。蓋泒水與虖它同出一山耳。泒水源見《説文》，尾見本注“其中所歷之道僅定州”一語，較之他篇，失脱尤甚。段氏有《水經無泒水》一篇駁趙氏，大致謂《説文》泒水即虖它之原，《水經》無泒水，所謂派河又曰派河尾，乃言清、淇、漳、洹、滱、易、涞、濡、沽、虖沱同歸於海，淇水、沽河兩篇，《經注》瞭然，趙氏所引《初學記》《寰宇記》未可信。余按，若膺墨守戴氏，致有此誤。《魏書・道武紀》：皇始二年，“帝進軍新市。賀麟退阻泒水，依漸洳澤以自固。甲戌，帝臨其營，戰於義臺隖，大破之”。是魏時確有泒水之名，不得云泒即虖它。《道武紀》上文屢言虖沱。若泒即虖它，何以至此改稱？《寰宇記》：“定州蒲陰縣泒水在縣西二十五里。”孫刻《元和郡縣志》譌爲“派”。安喜縣下引《輿地志》：“盧奴北臨滱水，南面泒河。”杜預謂：“管仲城是也。”《方輿紀要》正定府屬阜平縣，有泒河在縣北，“《志》云：源發恒山，經大泒、小泒二山，入行唐界，亦南流注于虖沱”。定州下云：泒河“源出阜平西山，舊由新樂縣流入州界，今涸”。新樂縣下：“泒水，縣西南十里，舊自行唐縣流入境，又東入定州界。”是直隸明有泒河。《説文》：“泒，水起雁門葰人戍夫山，東北入海。”按，《地理志》葰人屬太原，不屬雁門。《續志》雁門亦無葰人縣。《魏志・武紀》：建安十一年遼西單于蹋頓尤彊，數入塞爲害，“公將征之，鑿渠自呼沲入泒水，名平虜渠。又從泃河口鑿入潞河，名泉州渠，以通海”。《通鑑》慕容麟追長孫肥至泒水，胡注：“泒水在中山。”許書所云東北入海，今《水經・沽河篇》所云沽河，“與清河合，東入於海，清河者，泒河尾也”，善長注云：“沽水又東南合清河，今無水，清、淇、漳、洹、滱、易、涞、濡、沽、虖沱同歸于海，故《經》曰泒河尾也。”是善長時，泒水之經流已爲虖沱所奪，故以虖沱由此入海，釋《經》泒河尾之意。而泒與虖沱漢分魏合之迹本自分明，虖沱之源在泰戲山，今山西繁峙縣。《漢志》代郡鹵城下：“虖池東至參户入虖池别，過郡九，行千三百四十里，并州川。從河東至文安入海，過郡六，行千三百七十里。”此與泒水之出葰人戍夫山似非一地。今《一統志》以葰人及鹵城均爲繁峙縣，似不確。趙既强合爲一，則當以泒水附虖它，而不必别出泒水篇矣。若泒即虖沱，不知《魏志》所云鑿虖沱入泒水者爲何水也。《續志》引作入汾，大誤。征烏丸運道不經河東也。戴云泒河尾，段釋以爲諸河之尾。鑿哉！

二十七日(4 月 16 日)陰，有風。　陳容民辭行入都。

《畿輔安瀾志》："沙河，古泒水，源出山西太原繁峙縣白坡頭。"案云："與虖沱異源分流，至祁州三岔口匯唐、滋二河爲豬龍河。"《水道提綱》："虖沱北經静海西境，與西北來之清水河合。"清水河即拒馬、淶、易、滱、唐之委匯也。是今之泒水尚與虖沱合沽河入海，與《水經》略同。段氏以《安瀾志》爲王履泰竊取戴稿，何於戴稿竟未究心，而强改泒水爲派河，又武斷以爲派河即諸河也。

《元和郡縣志》深州饒陽縣："州理城，晉魯口城也。公孫(泉)[淵]叛，司馬宣王征之，鑿虖淹入泒水以運糧，因築此城。蓋滹沱有魯淹之名，因號魯口。後魏道武帝皇始三年，車駕幸魯口，即此城也。"滄州魯城縣下，曰："平魯渠在郭内，魏武北伐匈奴開之，大海在縣東九十里。"《太平寰宇記》深州饒陽下，云："饒陽縣即後魏虜渠口，置虜口鎮於此"。餘與《元和志》同。滄州清池縣下，云："平虜渠在縣南二百步，魏建安中於此穿平虜渠，以通運漕，北伐匈奴。又築城在渠之左，大海在縣東一十四里。"又云："隋開皇十六年，於西章武縣置魯城縣，遥取長蘆縣北平虜城爲名，仍改虜爲魯者，蓋惡故虜之字也。"杜佑《通典》饒陽"滹沱河，舊在縣南，即光武所渡，魏武因饒河故瀆决，今北注新渠溝，所以在今縣北"。按《魏志・公孫淵傳》《晉書・宣紀》無鑿渠事，但云運船至遼口，徑達城下，此持循魏武故運道耳。其渠口在饒陽，迄於滄州之海清池縣，證以《水經》淇河、沽河兩注，則泒水入海之迹甚明。《水經》以清河合沽者爲泒河之尾，足知《水經》爲三國人作；酈注以清河北入虖沱者，謂即《水經》之泒河尾，足知北魏時虖沱合泒入海之迹，尚與魏所穿渠之迹合。故《沽河注》言虖沱而泒在其中，即言清、淇而泒亦在其中。蓋以泒爲正榦，他水以泒爲尾閭耳。

二十八日(4 月 17 日)陰。　陳兒就愈。李贊臣、葉子晉均來。

《畿輔安瀾志》有一重公案，見段氏《經韻樓集》。此書王履泰乃捐職通判，實竊戴東原稿。始，方恪敏聘東原修此書，稿未竣而恪敏薨。稿入代者周公元理手，王乃周之姻也。既而有何夢華者，言此書乃趙東潛作，乃孔氏誤收入戴氏書。段氏以趙書倍戴，定爲趙創戴删云。趙一百三十二卷,戴一百二卷,王志五十六卷。至張石洲先生,則以東原盜全校《水經注》及趙《河渠書》懸爲世戒,謂戴深殁趙書。而於《唐河卷》中附趙《盧奴水考》一篇,曰杭州趙一清於地理之學甚核,嘗游定州,爲州牧姚立德作《盧奴水考》,並附於右。一似趙氏絶無與於此書者,作僞顯然,可爲鄙歎。據此,則東原已巧取於先,王履泰復豪奪於後。王不足責,東原何爲此穿窬之行也。今趙、戴兩書均不可見,而王志亦未見精核。姑志之,俾與向、郭《莊子注》,何、郄《中興書》鼎足而三也。

二十九日(4 月 18 日)陰,有風。　伯行自外洋還。寄八弟書未封,而得其十九日書及紈扇兩柄、筆四枝。得樂山本月十一日書並小像二。

義山詩,如《馬嵬》以虎、雞、馬、牛同用,前人已譏之矣。《可歎》一首,秦宫、赤鳳,宓妃、陳王,與梁家、趙后並用,亦嫌重複。《隋宫》日角、天涯之對,上句無乃硬湊而皆以爲佳,耳食而已。

三月初一日(4 月 19 日)陰,有風。　過晦若碧雲齋。鄭子雲來。

《晉書・宣紀》:"魏武討孫權,軍還,權上表稱臣,陳説天命。魏武曰:'此兒欲踞吾著爐炭上耶!'答曰:'漢運垂終,殿下十分天下而有其九,以服事之。權之稱臣,天人之意也。虞、夏、殷、周不以謙讓者,畏天知命也。'"案,裴松之《魏志注》引《魏略》作陳群、桓階語,上文方言仲達"以漢運方微,不欲屈節曹氏",兹乃爲勸進之語,果出仲達,益證狼顧之爲反相矣。然《晉書》采此,定是無識。

初二日(4 月 20 日)晴。　伯行入都。

偶閲《范文忠集》及朱祖文《北行日譜》,知吴橋友誼之篤。其於周太常則貸金爲之完贓,復集資爲孤寡生計,於黄伯安則爲之作傳。自言:"世道交喪,得一人維持交道,可以不孤。"又云:"朋友一倫,不至獨輕于世。"此所維係甚大。其推崇朱三復如此,自命可知矣。公之大節,婦孺皆知,特紀此一端以愧末俗。

初三日(4 月 21 日)晴。　復高陽書。修禊日,與閨人焚香瀹茗良久。

初四日(4 月 22 日)陰。　得趙惺庵書。

《晉書・羊祜傳》:"父衜,上黨太守。祜,蔡邕外孫。"又云:"祜前母,孔融女，生兄發。”北海有虎賁中郎之感，而二女竟同適一人，亦是佳話。范書《孔傳》：“女年七歲，亦爲操所殺。”不知北海尚有一女。文姬有才無節，而叔子之母以所生之子承與發俱病，專心養發，極有母道。世但知文姬，而不知中郎尚有一女。叔子之德能使南州墮淚，而身没之後，帝命發子暨爲嗣，暨以父没，不得爲人後，不奉詔。令暨弟伊爲後，又不奉詔。暨、伊豈有歉于叔子耶？余疑叔子以與司馬子元爲姻，助晉背魏，臣節攸乖，暨、伊不願後之。或亦褚淵之子賁讓封，意未可非也。

初五日(4 月 23 日)陰。　李發來。得允言等書。李贊臣過談。

《南齊書·褚淵傳》：“子賁服闋，見世祖流涕不自勝，上甚嘉之，以爲侍中，領步兵校尉，長史、左民尚書，散騎常侍，祕書監，不拜。六年，上表稱疾，讓封與弟蓁。世以爲賁恨淵失節於宋室，故不復仕。”《南史》謂賁“常謝病在外，上以此望之，遂諷令辭爵，讓與弟蓁，仍居墓下”。案，賁以父背袁粲等，附高帝，深執不同，終身愢恨。《南史》亦同，則辭爵出於賁意，不關帝之諷迫也，不得與蕭子顯争審。

初六日(4 月 24 日)晴。　孫毓汶、許應騤、貴恒、沈源深典會試，伯行以楊崇伊分校，迴避不與試。

巡撫見於唐。案，《晉書·劉頌傳》：“咸寧中，詔頌與散騎郎白褒巡撫荆、揚。”巡撫之名，殆始於此。《謝玄傳》：“幽冀宜須總督。”總督之名，殆始此。

初七日(4 月 25 日)晴。　天津新設集賢書院，試各省寓津之士，講席向由京官兼之，頗形廢弛，司道等堅請余爲院長。昔申公縃靡還，教授自給；王式罷，徒歸不教授。義各有當。距論鐵香事才一月也，堅辭不獲，姑就之。脩俸甚薄，庶處不争之地，而生徒略有裁正，亦成就後學之義也。合肥幕府徐敬齋壽侗來見司道畢，即答之。徐，紹興人，寄籍清苑，陳子敬幕友，歷充鄭玉軒、張樵野參贊，習於洋務。

初八日(4 月 26 日)晴。　鄒岱東前輩來。

初九日(4 月 27 日)晴。　答司道府。得九弟書。

初十日(4 月 28 日)雨。　花香撲人，麥事可想，爲三農慰也。

十一日(4 月 29 日)霽。　以鮮魚寄高陽師。又作書寄允言等。

《晉書·孫盛傳》："時丞相王導執政，亮以元舅居外，南蠻校尉陶稱讒構其間，導、亮頗懷疑貳。盛密諫亮曰：'王公神情朗達，常有世外之懷，豈肯爲凡人事耶？此必佞邪之徒，欲間内外耳。'亮納之。"余按，觀此而知亮之殺稱爲失刑矣。《侃傳》附稱以南蠻校尉、假節，與諸弟不協。咸康五年，見亮。亮大會吏佐，責稱前後罪惡，罷出。亮使人於閤外收之，棄市，誣以他罪。侃勳在王室，其子罪在不赦之列，何取專斷，蓋恐列上則導必救之。其所以必殺之者，必稱自附於導故也。亮本疑侃於前，復忌導於後，而稱以侃子爲導黨，取禍固宜。史以讒構其間，含混敘過，反似稱構導於亮者，轉若稱反覆傾險，而亮之納安國爲雅量，殺陶稱爲果斷矣。豈其然乎？《亮傳》："陶侃嘗欲舉兵廢導，而郄鑒不從，乃止。至是，亮又欲率衆黜導，又以諮鑒，而鑒又不許。"《導傳》："南蠻校尉陶稱間説亮當舉兵内向，或勸導密爲之防。導曰：'吾與元規休戚是同。若來，吾便幅巾還第，復何懼哉！'又與稱書，以爲庾公，國之元舅，宜善事之，於是讒間遂息。"此導以計賣稱自全耳。侃之爲人，決不肯稱兵廢導，亮則實有忌導之心，特爲稱洩之於内，又爲鑒制之於外，未可輕發，遂殺稱以洩其忿耳。亮書鑿鑿，稱之入告，豈得目爲悠悠之談哉？理而出之，勿使陶校尉蒙不忠不孝之名，千古無人昭雪也。

十二日(4 月 30 日)晴。　過晦若略話，覓一寫官爲録書計。

《晉書》郭璞、葛洪不入《藝術傳》《隱逸傳》，直不可解。景純爲王敦所害，或以其大節特傳之。《稚川傳》前曰從祖"吴時學道得僊，號曰葛僊公"，末曰"世以爲尸解得僊"云，此史臣無識，直以爲真僊耳，可笑也。

十三日(5 月 1 日)晴。　寄子涵書。

七賢中，阮籍最下，顔光禄屏山、王不屏阮，乃以阮居嵇先，實不可解。蓋其詩出於怨憤，本非定論。虞預論阮籍裸袒，比之伊川被髮，猶屬末減。史傳稱其"本有濟世志，屬魏、晉之際，天下多故，名士少有全者。由是不豫世事，酣飲爲常"。然《爲鄭沖作勸晉王箋》，母終，與客圍棋，留與決賭，直一不忠不孝之人耳。顧以辭婚解爲不黨，吐血許爲至情，真謬説也。

十四日(5 月 2 日)晴。　李贊臣來。九弟來電，知已到粤。

《晉書·忠義傳》頗雜，如王育爲振武將軍，爲劉元海所拘，以爲太傅。初未死節，乃因爲杜宣主簿，宣不迎王攸，攸怒之，育執刀叱攸，即目爲義。

大節已虧，此小節矜意氣者能之，乃與殺身成仁者並傳乎？

十五日（5 月 3 日）晴。都中十四换涼帽，津門則十五。　得祥仁趾書。客有話春明瑣事者，聞之憮然。

曹志乃陳思孽子，史稱其“夷簡有大度”，余觀其傳，志實無志。齊王攸將之國，志恨其父不得志於魏，因愴然歎曰：“安有如此之才，如此之親，而遠出海隅？晉［朝之隆］，其殆哉！”乃極論之。帝覽議，大怒，策免太常鄭默，免志官，以公還第。夫志爲魏之近屬，而豫簒朝骨肉之謀，於晉太忠，於魏太恝，是亦不可以已乎！

十六日（5 月 4 日）晴。

十七日（5 月 5 日）晴，立夏。

十八日（5 月 6 日）晴。

十九日（5 月 7 日）晴。　得八弟書，作書復之，頗覺語長心重。

二十日（5 月 8 日）陰，夜雨。　寄允言等書，並致仲彭一紙。

二十一日（5 月 9 日）陰雨，開霽。

二十二日（5 月 10 日）晴。　子涵自江甯歸，留之午飯。子清七子家事，頗費斟酌也。

二十三日（5 月 11 日）晴。　陳容民由都回。子涵回都。

二十四日（5 月 12 日）晴。

二十五日（5 月 13 日）晴。

二十六日（5 月 14 日）晴。

二十七日（5 月 15 日）晴。

二十八日（5 月 16 日）晴。　昨日弼臣回，久香同伴亦至。各出闈藝相示，聞有以古注發揮者。考《集解》：“本性者，人之所受以生。天道者，元亨日新之道。”《李尋傳贊》：以性與天道，爲《易》《春秋》。《後漢·桓譚傳》注引鄭注謂：“性爲人受血氣以生，有賢愚吉凶。天道，七政變動之占。”《潛研堂文集》歷引諸説，謂性與天道乃是性合天道。至次章，偶爲楊倞《荀子·哀公篇注》所引，竟有以《荀子》“知不務多，務審其所知；言不務多，務審其所謂”分詮兩章者，然以審其所謂指言性與天道，究不可爲訓也。

二十九日(5月17日)晴。

三十日(5月18日)晴。　許竹篔昨來,答之。

徐堅譏曲江之文“如輕縑素練,實濟時用,而窘邊幅”。《提要》稱其“《感遇》諸作,神味超軼,可與陳子昂方駕。文筆宏博典實,有垂紳正笏氣象”,堅“以富豔求之,不足以爲定論”。余謂堅譏其文,非譏其詩也。偶取《曲江集》玩之,貶官以後詩尤見身分。如《郡中見鶴》云:“遠集長江静,高翔衆鳥稀。”何等超峻!世乃傳其《詠燕詩》“無心與物競,鷹隼莫相猜”句,謂自解於李林甫,何其以小人之腹測君子之心也。

四月初一日(5月19日)陰雨,爽甚。　得安姪書,今日登輪舟赴粤。

初二日(5月20日)霽。　得九弟書。

初三日(5月21日)晴。

初四日(5月22日)晴。　至院舍一游。

初五日(5月23日)晴。

初六日(5月24日)晴。　“王楊盧駱當時體,不廢江河萬古流。”四傑之名,得老杜此作大爲生色。余尤取駱丞之詩,如《從軍中》《行路難》《帝京篇》《疇昔篇》《代女道士王靈妃贈道士李榮》諸作,均沈鬱頓挫,乃七古之佳者。少陵實胎息於此。其五言律,如《望月》云:“晚色依關近,邊聲雜吹哀。”何等悲涼!《[冬日]過故人任處士書齋》云:“網(結)[積]窗文亂,苔深履迹殘。”何等真摯!《夕次蒲類津》云:“山路猶南屬,河源自北流。晚風連朔氣,新月照邊秋。”何等渾成!《早發諸暨》云:“薄煙橫絶巘,輕凍澀回湍。”何等細膩!其品格在王、楊、盧之上。《討武后》一檄,凛凛正色,足使牝雞魄落。較五王乘其耄荒,劫之以兵反正,尤爲光明磊落也。

初七日(5月25日)晴。　寄八弟書。

初八日(5月26日)晴。

初九日(5月27日)晴。　合肥入都,時恭邸寄其《萃錦吟》八册見賜,並屬題《歌唐集句圖》,勉集唐人句爲五律十六首應之。孔毅父武仲集古人句贈東坡,坡答之,有曰:“千章萬句卒非我,急走(捉)[投]君應已遲。”此詩中之戲幻,非正格也。荆公邀坡公集大研詩,坡公率爾曰:“巧匠斲山骨。”坡非不能,而終不爲,所見高矣。

初十日(5 月 28 日)晴。　都城是日填榜,合肥之姪經畬中式。豐潤無人,館師下第。

十一日(5 月 29 日)晴。　復九弟書。得八弟書。

十二日(5 月 30 日)晴。　寄朱子涵書。

十三日(5 月 31 日)晴。　子涵寄伊墨卿畫、錢竹汀隸書聯並扇、鏡等件。

十四日(6 月 1 日)晴。　《靈樞・經水》云:"八尺之士,皮肉在此,外可度量循切而得之,其死可解剖而視之。其藏之堅脆,府之大小,穀之多少,脈之長短,血之清濁,氣之多少,十二經之多血少氣,與其少血多氣,與其皆多氣血,與其皆少氣血,皆有大數。"近日西醫治病頗有死後剖腹之事,似此法漢尚有之。俞理初先生引《華佗傳》飲麻沸散斷腸破腹證之,此剖治生人與經剖治死人極不同,又疑死人多氣少氣不可視,不知經乃承度量循切,非承剖視也。

十五日(6 月 2 日)晴。　作澗師書。初五日又生一女也。

《周禮・秋官・序官》:"都則,中士二人、下士二人、府一人、史二人、庶子四人、徒八十人。"注:"都則,主都家之八則也。當言每都如朝大夫及都司馬云。"俞理初以則爲虛字,言:"國與都之朝大夫,其人不同,其職掌同也。朝大夫如言山衡、林衡之類,每國者如言大山、大林麓之類,都者如言中山、小山之類。"按,都則之官已闕,朝大夫職掌具存,乃掌都家之國,治日朝以聽國事。序官每國上士二人、下士四人云云,不得每都復設朝大夫也。惟注文亦自兩岐,既言主都家之八則,又言每都如朝大夫及都司馬,疑上句乃舊注。鄭康成則云當言每都如朝大夫及都司馬,俞即言當言每都之注而演之,總以都則已闕,故言人人殊,其實通經殊不争此。

十六日(6 月 3 日)晴。　寄八弟書,並高麗參二斤。

姚少監以《武功三十首》得名,人稱"姚武功",在北宋不甚顯,永嘉四靈始奉以爲宗。《提要》謂:末流寫景於瑣屑,寄情於偏僻。由摹仿者滯於一家,趨而愈下,不必追咎作始,懲羹吹齏。按,集中有《與裴晉公詩》,又有《與白樂天李公垂詩》,其取友之端可想,然亦與楊汝士輩唱酬,是能不阿附兩黨者,其人宜可取,其詩宜可傳矣。但以爲文昌三友、黎岳之師,猶未盡也。

十七日(6月4日)晴。

十八日(6月5日)晴。

十九日(6月6日)晴。　永詩自都回。

二十日(6月7日)晴。　答永詩買舊墨十餘挺,内有元墨一丸,吴蓮洋墨一笏,乃上品也。

二十一日(6月8日)晴。

二十二日(6月9日)晴。　得陸世兄書,月湖先生之子名慶甲、慶頤字養泉,家貧求助。

二十三日(6月10日)晴。　仲彭回署。

西洋鍊鐵爲鋼,於是論洋務者紛然,以剛爲泰西獨得之秘。李時珍《本草》謂:"剛分三種,有生鐵夾熟鐵鍊成者,有精鐵百鍊出剛者,有西南海山中生成,狀如紫石英者。凡刀劍諸刃,皆是剛鐵也。"余案,《説文》:"鏤,剛鐵也,可以刻鏤。"又,"鋻,剛也。"段氏謂剛乃㓻之誤,引《刀部》"㓻,(刃)[刀]劍刃也。刃下曰刀,鋻也"爲證。不知鋻從臤得聲,堅、剛同意,似以鋻訓剛爲是。鋻即作刃之剛鐵。《廣韻》鋻訓鐵是其確證。

二十四日(6月11日)晴。　小傳臚:狀元吴魯,榜眼文廷式,探花吴蔭培,傳臚蕭大猷,李經畬二甲二名。

二十五日(6月12日)晴。　借再同明十行無注本《管子》,閏月間校之,錯誤不可枚舉。今日擇其可取者摘出,以原書寄還,並作書復之。

二十六日(6月13日)晴。　楊洛鑒雪廬,壬午副榜,戊子舉人、劉麒祥均來見。

二十七日(6月14日)晴。　答劉康侯,因一吊劼剛侍郎,其眷屬回南也。

二十八日(6月15日)晴。　茶孫自粵回,得九弟及安姪書。蘇福由都回,得允言書。

二十九日(6月16日)晴。　望課以《〈晉書·禮志〉書後》命題,諸生均取一二節立論,無能通閲三卷者。或取錢氏《考異》,無能以《宋書·禮志》對勘者。蓋院中高才生惟楊雪廬一人,餘皆文士,而非學人耳。别有校勘記詳之。

偶讀《袁清容集》，其《開平第一集》如《雨中渡南口》云："瘦馬蹴亂石，高下齧其蹄。陟巘沮洳深，漸覺所歷低。"《彈琴峽》云："下有戰士骨，嗚咽水中鳴。"又云："爲作薰風絃，散彼巖下情。"第四集《開平三度端陽》云："停車俯首不得語，鄰墻簫聲雜駝鼓。"按，清容當元極盛之時，身踐清華，往來扈從，故其詩偶如勞者之歌，而非怨夫之語，不足狀邊方險苦也。楓臣昨來，談及舊時行役，百感循生，聊爾書之。

五月初一日（6 月 17 日）晴。　復袁爽秋書。

余愛沈石田，書不可得則求其畫，畫不可得則求其詩。陳明卿、瞿耕石兩本，澗于均有之，或校經微倦，或讀史餘閑，瀹茗焚香，一編横榻，足以辟睡魔、祛暑氣。偶記其《畫松》句云："吹燈照影蛟起舞，直欲排空掉長尾。"沈書學山谷，嘲谷書者輒云"樹梢掛死虵"。余謂死虵乃黄書之病，舞蛟乃沈畫之神。實則畫即是書，黄即是沈。學黄、沈者當作舞蛟，勿作死虵也。

初二日（6 月 18 日）晴，亢熱。　王楓臣來談。

《匏翁家藏集》跋山谷書頗多，今録之。《跋草書李白贈懷素長歌》曰："山谷寫此歌，所謂'飄風驟雨''落花飛雪'等語，雖自謂可也。"《跋沈啟南所藏墨蹟》云："山谷論書云：'凡書要拙多於巧，近世少年作字，如新婦子粧梳，百種點綴，無烈婦態。'觀此老杜二詩，乃其所自作，信哉，其爲列婦也！與歐陽公謂蘇子美論書而用筆不逮，其所論者異矣。沈氏子孫宜世藏之。"《跋陰長生三詩》云："陰長生此詩非山谷書之，幾没于世。然此卷卒爲世所重者，豈以其詩哉？抑之刑曹，好藏古法帖能識其妙。此又其先博士公時所藏，又其家之故物云。"《跋發願文》云："啟南所藏黄書數種，予嘗獲徧覽，當以此卷爲最。"《題李職方所藏草書》云："昔東坡見山谷草書，從旁稱歎。錢穆父獨惜以爲未見懷素真迹，後山谷見《自敘帖》，書法頓覺大進。不審此卷作時是嘗見耶？抑或未見耶？職方深於書者，藏此其必能辨之。"《跋山谷草書》云："故太常崑山夏公所蓄。蓋出煨燼中，故其下並缺一字。今大理寺副德聲，以此爲先世物，手補完之，與真迹無異。自是爲夏氏後人者尤宜寶藏，不特爲古法書矣。"《跋所書南山懶殘和尚歌》

云:“山谷好佛,故書此歌,亦甚著意。然其平生固未嘗一筆率易也。”七跋均深有得於黄,故其語極中肯綮。其時吴學蘇,沈學黄,均得神似。顧沈宗朱文公説,以“宋四家”蔡端明第一,次蘇,次黄,次米。而匏翁所云“未嘗一筆率易”,尤爲學黄第一喫緊處。觀此可得蘇、黄之通,可得吴、沈之合。善學者必專守一家,爲依門傍户之見必不能成一藝也。

初三日(6 月 19 日)晴,熱甚。　午後,劉獻夫來。得八弟書。

啟南有《詠錢》五首,頗足砭世。如云“有堪使鬼原非謬,無任呼兄亦不來”,則曲肖炎涼之態。“昨日賣文留短陌,免教愚虜誚空囊”,則酷摹酸澀之懷。結云“衹除義士并廉吏,萬貫填門不易開”,則看低多少世人矣。其《落花詩》,隨園極賞之,非無佳句,嫌其三十首只是一意耳。

初四日(6 月 20 日)晴。　過晦若少談。復九弟書。夜間思有所營,右手忽微傷作痛。

余最愛陳壽《志》。晦若云,其亡友林主事國贇有《讀裴注》一卷,考證極審。其兄國賡亦深於史學。陳蘭浦謂之“二林”。

襄廷由都歸,言今科本以文廷式爲狀元,因策仿宣公而誤以“閭閻”作“閭面”,抑置第二云。

初五日(6 月 21 日)晴,是日夏至。　復八弟書。

午節無事。手微酸,仍校《晉志》,以《續漢志》《通典》訂之,所得益多。記《管子·輕重己篇》,言迎氣五郊與《月令》合,決爲《玄官》之一節,爲淺人割足篇數。其出郊里數有四十六里、九十二里、一百三十八里之遠。余已據《劉芳傳》正之矣。讀《漢志》,云:“永平中,以《禮讖》及《月令》有五郊迎氣服色,因采元始故事,兆五郊于雒陽。”注引《月令章句》“東郊八里,南郊七里,中兆五里,西郊九里,北郊六里”,斯爲確據。復以《皇覽》佐之,《管子》之義大明矣。

初六日(6 月 22 日)晴。　晦若來談。許豫生來,知陳叔毅朝考一等。寄伯潛書。

《典略》云:“琳作諸書及檄,草成,呈太祖。太祖先苦頭風,是日疾發,卧讀琳所作,翕然而起,曰:‘此愈我疾,數加厚賜。’”今人以《三國演義》故,輒爲操讀孔璋爲袁紹檄豫州之作,傳至操所,因愈頭風。可笑之至!

初七日(6月23日)晴。　合肥至海口驗平遠船。薄莫即歸,乘鐵車也。天津巳初急雨一陣,而海口則未初急雨一陣。讀坡公"浙(西)[東]飛雨過江來"之句,真能測天者。

劉先主以英雄見忌於操,武侯亦稱其延攬英雄。顧在徐州,如陳元龍父子,先主極與周旋。而在先主作牧時,未聞其爲先主畫一長策也。吕布取徐,珪、登乃爲操作間,豈其時操奸未露故耶?夫韓嵩之説劉表,張昭之勸孫權,爾時以操爲漢相,原有此一種迂儒謬論,亦何足責?元龍文武膽志盛爲先主所推,乃亦闇昧如此,特韓嵩、張昭之徒耳,何云造次難得比也?比吾見元龍,亦止能以下牀卧之,安得到百尺樓耶?

初八日(6月24日)晴。　得允言復書,摺弁回也。念弟妷遠官,一身浮寄,欲隱無歸,悶甚!呼酒,酒惡,薄飲不醉。是日寄誼卿、皞民兩書,並以廿元寄陸世兄。漂母千金,人生快意事。余半生落拓,於師友每先施未能,真可愧也。

初九日(6月25日)晴。　合肥之弟穉荃先生歿于蕪湖。

初十日(6月26日)晴。　《牽招傳》注:"子秀,字成叔。荀綽《冀州記》:'王愷令都官誣奏秀夜在道中載高平國守士田興妻。秀即表訴被誣陷之由,論愷穢行,文辭尤厲。朝臣雖多證明,秀名由是而損。'"按,秀辨誣可也,及唇不可也。君子處讒謗之際,當知所處矣。

十一日(6月27日)雨。　伯平自大同來,寓六吉店,往候之,暢談片時。

十二日(6月28日)晴。　得八弟書。

十三日(6月29日)晴。　借集賢書院與伯平小飲,自未至戌,甚樂。

十四日(6月30日)晴。　摘《三國志注》竣,欲理《水經注》矣。

讀《蜀志·劉彭廖李劉魏楊傳》,感慨係之,以昭烈爲主,諸葛爲相,而所誅戮尚如此耶!封之不救荆州,嚴之違錯,章著固當罪矣。彭、廖特因言語,劉威碩與楊威公僅因與魏文長不和,時欲倚文長,不得不廢威碩耳。合之魏之崔季珪輩、吴之張惠恕輩,君子處世惟有明哲保身而已。

十五日(7月1日)晴,甚涼爽。　得吴慎生書。

《蜀書》杜周等傳,讀之極有味。如杜微之稱聾不出,與譙周之勸降,雖品致不同，然國强時，多一隱逸，何損？國弱時，即文人不爲貳臣而皆爲隱逸，亦何益？承祚蓋深恨蜀之無才，以至於亡。君德尚第二義也，孟光、來敏，嘵嘵讙咋以争經義，在割據之世，止合束之高閣。如李歆仲之好技藝、算術、弓弩、器械，似乎木牛、流馬、元戎、連弩皆足參預其制度，何以亦同諸人合傳？曰：立國在道不在藝，在人不在器也。不求將相之大才，而徒恃工匠之小智，亦何足以立國哉？君子亦務其大者遠者耳！觀其取孟光對郤正語曰："今天下未定，智意爲先。"知卑視小儒，目光如炬也。

十六日(7 月 2 日)晴。 朱久香來談。

李勝爲魏明帝禁錮，曹爽用之，司馬懿復不悦，遂坐爽黨以死。承祚無傳，裴世期以《魏略》注之，略見生平。按，《水經・濟水注》："魏正始三年，歲在甲子，被癸丑詔書，割河南郡縣，自鞏、闕以東，創建滎陽郡，并户二萬五千。以南鄉築陽亭侯李勝字公昭，爲郡守，故原武典農校尉，政有遺惠，民爲立祠於城北五里，號曰李君祠。廟前有石蹠，蹠上有石的。石的銘具存，其略曰：百族欣戴，咸推厥誠。今猶祀禱焉。"與《魏略》所云"未嘗不稱職"合。獨恨其受仲達荒語之治，使曹爽兄弟無所顧忌，俱出朝陵，相從族滅，禍及當塗，殆爲不智。然如懿之狡獪叵測，實亦非常情所能料耳。

十七日(7 月 3 日)晴。 寄趙菁衫書。得九弟書，知安圃須月杪始可抵桂林。吉雲帆來。

程魚門云，同時學人以錢辛楣爲第一，文人以袁簡齋爲第一。邇時如王蘭泉、洪稚存均極口推袁，乃其後《蒲褐山房》及《北江詩話》大有微詞，何也？觀此，知面諛之不可信，又覺目論之不可憑。

十八日(7 月 4 日)雨。 合肥師云，向來桑乾斷流，其年雨水必多。今年永定河斷流至十餘日，決不憂旱矣。

孫夫人還吴一事，余最不解。參之《法正傳》："權以妹妻先主，妹才捷剛猛，有諸兄之風。侍婢百餘人，皆親執刀侍立。先主每入，衷心常凛凛。"故武侯云："近則懼孫夫人生變於肘腋之下。"然婦人從夫，何至有生變肘腋之理？此殆諸葛之戲言，決非夫人真爲此，小髯内間挾逼昭烈也。注引《漢晉春秋》云："先主入益州，吴遣迎孫夫人。夫人欲將太子歸吴，諸葛亮使趙雲勒兵斷江留太子,乃得止。”亦恐非實。總之,孫、劉本屬强合。先主入蜀,夫人偶歸母家,而益州既得,權則志在争荆,而不肯送妹。先主因顧漢中,不得不讓三郡,外和内攜,即亦不肯迎婦,而孫夫人遂永銜離恨矣。武侯魚水君臣,獨於三郡讓吴之口不能微言感動,備禮迎還,外弭敵釁,内正宫儀,乃使法孝直入晉文、子圉之言,聘劉瑁之寡妻爲漢中之新后,無故而違禮教,王化之本漓矣。夫孫夫人復還,或不足固吴、蜀之好,而孫夫人不還,實足起吴、蜀之嫌。武侯于先主身後堅主和吴,而於此事則疏謬已甚,較之不求荆州爲尤失焉。

十九日(7 月 5 日)陰。　王西莊以周公瑾子允罪徙廬陵,疑權欲專赤壁功,而允或恃父勳,致有此謫,乃臆説也。孫、周布衣昆弟之交,似大帝於公瑾身後無所用,其猜忌允功臣之子,酗淫自恣,權之答詔必實指其罪,非無過見徙,如虞仲翔比也。世禄之家鮮克由禮,豈能子盡亢宗?雖曰召棠愛樹,況其子孫而爲勛裔者,一味驕奢淫泆,何以克承世澤耶?西莊之論,爲薄視勛臣者勸,余之論爲仰承世賞者箴,似各有當耳。

二十日(7 月 6 日)晴。　答吉雲帆。

湯伯述以其祖文端公七十五後手寫九經索題。按,《三國志・向朗傳》:“年踰八十,猶手自校書,刊定謬誤。”《齊書・沈驎士傳》:“年過八十,耳目猶聰明,乃手寫細書,成(三二)[二三]千卷。”文端公以亞相左遷請老,而精力尚能如此,誠人瑞也。文端立朝,大節不撓,確然有守。一因隱志郡王左遷,再因林文忠公左遷,其風骨可想矣。爲之作五絶句,以志景仰。

二十一日(7 月 7 日)雨。　過晦若。晦若喜蕹菜,因誦何子貞先生《免海菜詩》有“苦瓜香蕹終朝見,就中最美金鯽魚”句,以爲笑樂。衆皆讀蕹如甕,然《集韻》收入鍾部,無仄音也。嵇含《南方草木狀》:“蕹,葉如落葵而小,性冷,味甘。南人編葦爲筏,作小孔浮於水上,種子於水中,則如萍根浮水面,及長,莖葉皆出於葦筏孔(子)[中],隨水上下。南方之奇蔬也。冶葛有大毒,以蕹汁滴其苗,當時萎死。世傳魏武能噉冶葛至一尺,云‘先食此菜’。”

二十二日(7 月 8 日)雨。　自村塾以《千字文》與《百家姓》課學僮,於是題跋率曰智永《千文》，或有作《千字文》者，輒笑其陋。按，《舊唐書·柳公權傳》：宣宗召昇御殿，御前作三紙，一紙曰“永禪師[真草]《千字文》得家法”。十一字，則省字，字非也。

《舊傳》：公權咸通初改少師。又曰大中初改少師。必有一誤。咸通六年卒，年八十八。《新書》云：“咸通初，乃以太子太保致仕，卒，年八十八。”無《舊書》，則年不可考矣。

廿三日(7 月 9 日)晴。　王弼臣來談。

閱先師倭文端公遺書。公《傳》：穆宗時，上古帝王事迹及古今臣工奏議二帙，賜名《啟心金鑑》。上卷爲《帝王盛軌》，下卷爲《輔弼嘉謨》。公掌院時，定接見之章，續講編檢分期，以學問相切磋。時開同文館，上書争之，以此與政府忤。然至今同文館有何程效？公之見，偉矣。余謁公，僅問數語，然藹然可親，循循善誘，覘其德養之深。及會試獲雋，則公已疾亟，旋騎箕尾。所作《爲學》，大旨專主程朱。余半生所學，殊無可强附師門者。然無論漢宋，要以立身行己爲先，此則服膺弗失者耳。綜觀時局，眷念老成，信乎生有自來者也。

廿四日(7 月 10 日)陰。　吴慎生嘗有羅念庵書一卷子屬題，其文曰：“《書》曰：‘必有容，德乃大。必有忍，乃濟。’君子立心未有不成於容忍，而敗於不容忍者也。容則能恕人，忍則能耐事。一毫之咈，有勃然而怒；一事之違，即憤然而發，是無涵養之力、薄福之人也。是故大丈夫當容人而不可爲人容，當制欲而不可爲欲制。觀婁師德、丙吉之爲人，則氣自平而理自明矣。稠人廣坐之中，不可極口議論，逞己之長，非惟惹禍，抑亦傷人。惟有簡言語，和顔色，隨問即答，庶幾可耳。”羅洪先書於澹泊寧静居前題“國宝”二大字宝不作寶，乃明世廟書，並有題云：“朕觀羅洪先字，真有僊筆氣力，其語言談論以忍辱爲心。卿等當珍坐右。輕輕一狀元丟去，慕道訪僊，朕切念之。付翰林官秦鳴雷，諭各官欽遵。嘉靖二十三年菊月午時書于端明殿。”署時不署日，可異。後有方沃園、王幼華兩先生跋。沃園跋云：“往在處州學官見先生四箴碑，乃正書，清勁之氣，肅人心神，未多見其行草。今觀此卷，如飛僊散聖，神游八表，洵如明世宗所云‘有僊筆氣力’。至世廟御翰，從未得見。今日何幸，獲覩二寶，若遇合之奇，歲月之符，則南宫之得蘇才翁家禊帖相與彷彿。信神物之歸異士，默有司存，宜梁汾之珍視也。康熙十二年，歲在癸丑菊月既望，龍眠方亨咸同毛行九志皋兒子嵩齡觀于東流舟中。”幼華跋云：“文恭先生書法𡙡見於維揚江氏家，輪囷磥落，玩之竟日不忍去。今觀斯卷，如對故人，殆崔瑗所謂纖微要妙、放逸生奇者矣。容忍之説與和風慶雲之喻，互相發明，真千古格言。余得從梁汾先生處觀之，晴窗花發，清和滿目。竊幸其遇之奇也。乙丑三月郚陽王又旦識。”按，念庵以嘉靖十八年召拜左春坊右贊善，踰年至京。上常不御朝，十二月先生與唐順之、趙時春請以來歲元日，皇太子御文華殿受百官朝賀。上曰：“朕方疾，遂欲儲貳臨朝，是必君父不能起也。”皆黜爲民。三十七年，嚴嵩起唐順之爲兵部主事，次及先生，先生以畢志林壑報之。四十三年卒。以上據《明儒學案》，《明史》則云隆慶初卒。二十三年，據先生罷官已四年，世宗既深贊歎，何無起用之詔？此語既播，則時相必相率論薦，又何待十四年後，分宜枋政始與荆川並起哉？疑不能決，遂以是卷歸之，不敢率題也。

廿五日（7 月 11 日）晴。

廿六日（7 月 12 日）晴。　寄安姪書。

廿七日（7 月 13 日）晴。　得袁爽秋書，言曹瞞累勝而士不附，劉豫州累敗而士附。余謂不然，如袁涣爲豫州所舉茂才，雖不爲吕布駡先主，然布敗歸曹，不隨先主也。裴潛避亂荆州，劉表待以賓禮，潛以劉牧非霸王之才，遂南適長沙參丞相軍事，論先主居中國，能亂人而不能爲治。如元龍父子，先主與之周旋，而元龍遂爲曹守廣陵。即入蜀以後，如許文休、劉子初，亦皆心向曹公，特無路自拔，勉爲蜀用耳。所以然者，操以漢相之重，挾累勝之威，攀鱗附翼者争欲藉以成名，其勢易集。先主崎嶇奔敗，妻子不能顧，何能養士？士之與相周旋者不過孫乾、糜竺下材，爲鄴下之所不屑用者，焉能得瑰異之材哉？幸而漢壽來歸，武鄉感激，以此得士，心樂附名，然終不能撫荆土而定中原者，實以徐州作牧，無群策群力以自圖，流離積年，天下事已定而先主亦老矣。豈非天哉？

廿八日（7 月 14 日）陰。　寄八弟及柳質卿書。高陽以腰痛謁告，作箋候之。

黄權降魏，已非節士，然未嘗爲丕謀蜀也。潘濬則異矣，備領荆州，以濬爲治中從事，入蜀，典留州事。及權并荆土，拜濬輔軍中郎將，授以兵。注稱："濬始涕泣交横，繼則下地拜謝，愈形矯僞。"及樊伷誘導諸夷，圖以武陵屬蜀，權召問濬，濬答："以五千兵往，足可以擒伷。"濬不得已而失身於吴，即不能自拔歸蜀，亦不必如孟達之反復失據。但伷心乎故主，似濬不當授任將兵，親加刃於舊國故交，方合於義，乃爲侏儒。觀一節之説，快意騁才，結新背故，誠憸人也。昔魯肅薦龐士元，謂："處治中别駕之任，終當展其驥足。"濬爲先主治中，不爲不遇。豈衆人國士之别乎？漢壽守荆之日，初不聞其稍出一謀，而入吴以後乃卓有樹立，負蜀多矣。承祚謂其公清割斷，與陸敬風皆有大丈夫格。夫再醮稱貞，何足道哉！

廿九日(7月15日)雨。　聞山東汶、泗均溢。

三十日(7月16日)晴。　以"溥彼韓城，燕師所完"解課士。案，國朝諸儒從王説者，顧亭林、江艮庭至朱在曾《詩地理徵》、陳奂《毛詩疏》而益堅。以燕爲南燕者，則馬瑞辰、俞正燮也。胡墨莊從鄭"燕安"之訓，而未申其義。李黼平以爲韓近焦穫，均在今之榆林塞外，説甚辨而無根據。余反復諸説而後知《集傳》之精也，韓自是應韓之韓，燕自是北燕。特朱子因《崧高》疏引王肅云："召公爲司空，主繕治。"遂云召康公亦爲司空，則非是。今特考之。周之命侯伯時，遣召公。《左氏・僖四年傳》管仲曰："昔召康公命我先君大公曰：'五侯九伯，汝實征之，以夾輔周室。'賜我先君履，東至于海，西至于河，南至于穆陵，北至于無棣。"天子有二伯。成王時，必命韓以北方諸侯之伯，故亦召公往而城之。及厲王之世，二伯失職。宣之中興，以南征北伐爲二大功，征伐既定，以申伯爲南方諸侯伯，以韓侯爲北方諸侯伯，又皆命召虎。可知《崧高》《韓奕》二詩皆吉甫所作，其文實可互證。偶變召伯爲燕師，而諸儒聚訟紛紛，何關論世，可笑也。因申而以"崧高"發端，因韓而以"梁山"發端，彼曰："王錫申伯，四牡蹻蹻，鉤膺濯濯。"此曰："王錫韓侯，淑旂綏章，簟茀錯衡，玄衮赤舄，(鏤錫)[鉤膺鏤錫]，鞹鞃淺幭，鞗革金厄。"則錫命同也。彼曰"南國"，此曰"北國"，則私屬同也。娶妻止是當日實事，故並敘之，其曰："爲韓姞相攸，莫如韓樂"，亦即《崧高》所云"我圖爾居，莫如南土"耳。"申伯信邁，王餞于郿"，"韓侯出祖，出宿于屠，顯父餞之，清酒百壺”，顯父亦王所命，非有厚薄也。故彼曰“王命召伯”“世執其功”，即此之“燕師(是)[所]完”，“因是謝人”即與“因時百蠻”一例。王必以寒號城爲韓城，非也。馬、俞以南燕姞姓，定燕爲南燕，則未知前所賦爲娶妻，此所賦爲錫命，不能公私溷爲一事，亦非也。

宣王命二伯，極盛之舉，實是衰機。申伯王舅，韓侯所娶，亦汾王之甥，如《詩》所云，韓侯纘祖考，爲復舊職，而申侯則奪齊之伯以與之。《毛傳》於“城彼東方”“仲山甫徂齊”曰：“古者諸侯之居逼隘，則王者遷其邑而定其居，蓋去薄姑而遷於臨菑。”此必因齊侯失職，仲山甫亦有諫争，故命往城臨菑以慰勞齊侯。所云“衮職有闕，維仲山甫補之”，殆非指諫料民一事耳。及幽王之世，幽固不道而創亂，即是申侯，使非牧伯，安能連合繒、西夷犬戎以攻幽王乎？南伯既叛，恃北伯以衛王室，而東遷實依晉、鄭，韓無聞焉。豈非方伯失人哉？《史記》於宣王事寥寥，蓋不以詩人鋪陳之爲實迹也。卓哉！

春秋時，齊桓、晉文爲侯伯。齊乃復舊職，晉之伯即韓之伯也。因晉已滅韓，故即以韓之職界之。《鄭語》史伯曰：“應、韓不在，其在晉乎？”韋昭謂不在應、韓即在晉。是時韓方侯伯，而史伯乃略應、韓而詳晉，必韓侯之不才可知也。或疑《黍苗》之詩，曰：“肅肅謝功，召伯營之。烈烈征師，召伯成之。”何以不兼及韓城？答曰：“《詩序》：‘不能膏潤天下，卿士不能行召伯之職。’”此詩必戍申之徒所作耳，正可爲召伯稱師之證，燕師即征師也。

光緒十六年六月朔日(1890 年 7 月 17 日)雨。　蔡中郎薦邊讓於何進，曰：“傳曰：‘函牛之鼎以烹雞，多汁則淡而不可食，少汁則熬而不可熟。’”孔融薦禰衡於曹操，曰：“鷙鳥累百，不如一鶚。”使薦者誠副其言，肯爲何進、曹操用乎？此不必咎進、操，當咎中郎、北海也。士大夫往往有因此失身爲權門鷹犬者，不可不慎。

《史記·晉世家》以文侯之命爲襄王命重耳。《索隱》云：“太史公雖復彌縫《左氏》，而系家頗亦時有疏謬。裴氏《集解》亦引孔、馬之注，而都不言時代乖角，何習迷而同醉也？劉伯莊以爲蓋天子命晉同此一辭，尤爲非也。”佩綸案，魏默深《書古微》最喜與時賢辨駁，此篇亦復遺之史遷之説，不絶如縷矣。孫淵如《尚書今古文注疏》始以《新序》證之，詳《善謀篇》。謂劉向亦今文家，以爲文公之命，孔安國今文説也。《文侯之命》《秦誓》二篇乃春秋戰國之兆，聖人前知，存此以志周之興衰耳。自當是文公，非文侯也。《索隱》牽於後起，乃疑史公，可爲妄人。

余讀《左傳》，最不喜和戎五利之説，然邇時意在争鄭，尚與諸葛公和吴伐魏相同。若一意主和，自以爲有五利，而不知害伏萬端，則又魏絳之所不及料耳。

初二日(7 月 18 日)雨。　晚，楊生洛鑒來。叩其學，文不甚主桐城，而詩由西崑入手，近宗山谷，學杜之派。以書院屢列前茅，即易名易書，無不脱穎，信爲鍼芥之契，亦文字因緣也。

邲之戰，楚策晉曰：“從政者新，未能行令。”其大病在此。《史記・鄭世家》所敘最妙。曰：“晉聞楚之伐鄭，發兵救鄭。其來持兩端，故遲，比至河，楚兵已去。[晉]將率或欲渡，或欲還，卒渡河。莊王聞，還擊晉。鄭反助楚，大破晉軍於河上。”説盡晉軍情弊，此豈宜專罪先縠耶？《晉世家》則云：“先縠以首計而敗晉軍河上，恐誅，乃奔翟，與翟謀伐晉。晉覺，乃族縠。縠，先軫子也。”與《左氏》微異，然縠已在翟而晉族之，是縠得免矣，恐不如《左氏》之確也。《左氏》“歸罪”二字最妙，持兩端之荀林父不殺，則主戰之先縠不得不殺耳，足爲孤立妄行者戒矣。

初三日(7 月 19 日)雨。　菊耦生日，素心蘭始放一花，是日微醉。

與合肥師論曾文正。余以爲讀《文正集》有三憾：一、粤匪功成，未表揚胡文忠，追贈爵位。一、李兆受但解兵權，不正其害何丹谿先生之罪。一、天津之案也。

恭近於禮。(苞)[包]注：“恭不合禮，非禮也。以其能遠耻辱，故曰近於禮也。”按，如包説則近於足恭矣。《泰伯篇》：“恭而無禮則勞。”《仲尼燕居》曰：“恭而不中禮，謂之給。”勞近禮者，以禮處己接人，故能遠耻辱。若以不合禮爲恭，適招耻辱耳，何能遠耻辱哉！

初四日(7 月 20 日)陰，午後急雨一陣，夜又雨。　各河均溢，永定北運河決矣。

景、武之世，董仲舒治《公羊春秋》，始推陰陽，爲儒者宗。今就《漢書·五行志》所擥者録之。木傳無。

火傳。《春秋》桓公十四年"八月壬申，御廩灾"。仲舒以爲，先是四國共伐魯，大破之於龍門。百姓傷者未瘳，怨咎未復，而君臣俱惰，内怠政事，外侮四鄰，非能保守宗廟終其天年者也，故天灾御廩以戒之。

嚴公二十年"夏，[齊]大灾"。《公羊傳》曰："大灾，疫也。"仲舒以爲，魯夫人淫於齊，齊桓姊妹不嫁者七人。國君，民之父母；夫婦，生化之本。本傷則末夭，故天灾所予也。

釐公二十年"五月乙巳，西宫灾"。仲舒以爲，釐娶於楚，而齊媵之，脅公使立以爲夫人。西宫者，小寢，夫人之居也。若曰妾何爲此宫？誅去之意也。以天灾之，故大之曰西宫也。

宣公十六年"夏，成周宣榭火"。榭者，所以藏樂器，宣其名也。仲舒以爲，十五年王札子殺召伯、毛伯，天子不能誅。天戒若曰，不能行政令，何以禮樂爲而藏之？子政説同。

成公三年"二月甲子，新宫灾"。仲舒以爲，成居喪亡哀戚心，數興兵戰伐，故天灾其父廟，示失子道，不能奉宗廟也。一曰，宣殺君而立，不當列於群祖也。

襄公三十年"五月甲午，宋灾"。仲舒以爲，伯姬如宋，五年宋恭公卒，伯姬幽居守節三十餘年，又憂傷國家之患禍，積陰生陽，故火生灾也。

昭公九年"夏四月，陳火"。師古曰，《公羊經》。仲舒以爲，陳夏徵舒殺君，楚嚴王託欲爲陳討賊，陳國闢門而待之，至因滅陳。陳臣子尤毒恨甚，極陰生陽，故致火灾。劉敞曰："予按，昭九年夏，徵舒事且六十歲矣。仲舒之言一何謬乎！"佩綸按，《公羊經》莊王書入陳，昭八年書滅陳。此文楚嚴王下有脱字。蓋言嚴王時入陳，今託討賊滅之，故陳臣子尤毒恨甚也。廣川何至有此巨謬？

昭公十八年"五月壬午，宋、衛、陳、鄭灾"。仲舒以爲，象王室將亂，天下莫救，故灾四國，言亡四方也。又宋、衛、陳、鄭之君皆荒淫於樂，不卹國政，與周室同行。陽失節則火灾出，是以同日灾也。

定公二年"五月，雉門及兩觀灾"。仲舒以爲，此皆奢僭過度者也。先是，季氏逐昭公，昭公死于外。定公即位，既不能誅季氏，又用其邪説，淫於女樂，而退孔子。天戒若曰，去高顯而奢僭者。一曰，門闕，號令所由出也，今舍大聖而縱有罪，亡以出號令矣。子政説同。

哀公三年"五月辛卯，桓、釐宫灾"。仲舒以爲，此二宫不當立，違禮者也。哀公又以季氏之故不用孔子。孔子在陳聞魯灾，曰："其桓、釐之宫乎！"以爲桓，季氏之所出；釐，使季氏世卿者也。子政説同。

哀公四年"六月辛丑，亳社灾"。仲舒以爲，亡國之社，所以爲戒也。天戒若曰，國將危亡，不用戒矣。《春秋》火灾屢於定、哀之間，不用聖人而縱驕臣，將以亡國，不明甚也。一曰，天生孔子，非爲定、哀也，蓋失禮不明，火灾應之，自然象也。子政説同。

武帝建元六年六月丁酉，遼東高廟灾。四月壬子，高園便殿火。仲舒對曰："《春秋》之道舉往以明來，是故天下有物，視《春秋》所舉與同比者，精微眇以存其意，通倫類以貫其理，天地之變，國家之事，粲然皆見，亡所疑矣。按，《春秋》魯定公、哀公時，季氏之惡已孰，而孔子之聖方盛。夫以盛聖而易孰惡，季孫雖重，魯君雖輕，其勢可成也，故定公二年五月兩觀灾。兩觀，僭禮之物。天灾之者，若曰，僭禮之臣可以去。已見罪徵，而後告可去，此天意也。定公不知省。至哀公三年五月，桓宫、釐宫灾，二者同事，所爲一也，若曰燔貴而去不義云爾。哀公未能見，故四年六月亳社灾。兩觀，桓、釐廟，亳社，四者皆不當立，天皆燔其不當立者以示魯，欲其去亂臣而用聖人也。季氏亡道久矣，前是天不見灾者，魯未有賢聖臣，雖欲去季孫，其力不能，昭公是也。至定、哀乃見之，其時可也。不時不見，天之道也。今高廟不當居遼東，高園殿不當居陵旁，於禮亦不當立，與魯所灾同。其不當立久矣，至於陛下時天乃灾之者，殆亦其時可也。昔秦受亡周之敝，而亡以化之；漢受亡秦之敝，又亡以化之。夫繼二敝之後，承其下流，兼受其猥，難治甚矣。又多兄弟親戚骨肉之連，驕揚奢侈恣睢者衆，所謂重難之時者也。陛下正當大敝之後，又遭重難之時，甚可憂也。故天灾若語陛下：'當今之世，雖敝而重難，非以太平至公不能治也。視親戚貴屬在諸侯遠正最甚者，忍而誅之，如吾燔遼東高廟乃可；視近臣在國中處旁仄及貴而不正者，忍而誅之，如吾燔高園殿乃可'云爾。在外而不正者，雖貴如高廟，猶灾燔之，況諸侯乎！在内不正者，雖貴如高園殿，猶燔灾之，況大臣乎！此天意也。罪在外者天灾外，罪在内者天灾内，燔甚罪當重，燔簡罪當輕，承天意之道也。”

《五行志》：“先是，淮南王安入朝，始與帝舅太尉武安侯田蚡有逆言。其後膠西于王、趙敬肅王、常山憲王皆數犯法，或至夷滅人家，藥殺二千石，而淮南、衡山王遂謀反。膠東、江都王皆知其謀，陰治兵弩，欲以應之。至元朔六年，乃發覺而伏辜。時田蚡已死，不及誅。上思仲舒前言，使仲舒弟子吕步舒持斧戉治淮南獄，以《春秋》誼顓斷於外，不請。既還奏事，上皆是之。”

佩綸案，《漢書·武紀》：“元光元年五月，詔賢良。於是董仲舒、公孫弘出焉。”《董仲舒傳》：“中廢爲中大夫。先是遼東高廟、長陵高園殿灾，仲舒居家，推説其意，草稿未上，主父偃候仲舒私見，嫉之，竊其書而奏焉。上召視諸儒，仲舒弟子吕步舒不知其師書，以爲大愚。於是下仲舒吏，當死，詔赦之。”與此舛異，灾在建元六年，若元光元年始舉賢良，則仲舒方下吏，赦免之後，豈能預送？彼云竊奏，此云對，亦迥殊，宜《通鑑》移對策於建元初年也。《儒林傳》“步舒丞相長史”，使以師言爲大愚，則追思仲舒之言，豈能復令决獄？《淮南王安傳》：“上使宗正以符節治王。未至，安自刑殺。”亦未嘗遣吕步舒也。以師言爲大愚者，古本作吕步昌。錢氏《考異》曰：“《主父偃傳》元光元年西入關。而高廟、高園殿灾乃在建元六年，其明年始改元光，計其年月，始不相應。”此《志》所云均是野史稗官矣。

初五日(7月21日)雨。　環署築防，杵聲徹晝夜，樹影依檣，濤聲到枕。署左右人家均在水中央。所憂方大。

土傳。嚴公二十八年“冬，大亡麥禾”。仲舒以爲，夫人哀姜淫亂逆陰氣，故大水也。當入水灾下。班《志》以子政説“亡麥禾”爲“土氣不養”，遂列於此。其實非也。

金傳無。

水傳。桓公元年“秋大水”。仲舒以爲，桓弑兄隱公，民臣痛隱而賤桓。後宋督弑其君，諸侯會，將討之。桓受宋賂而歸，又背宋。諸侯由是伐魯，仍交兵結仇，伏尸流血，百姓愈怨，故十三年夏復大水。一曰，夫人驕淫，將弑君，隱氣盛，桓不寤，卒弑死。子政説同。

嚴公七年"秋，大水，亡麥苗"。仲舒以爲，嚴母文姜與兄齊襄公淫，共殺桓公，嚴釋父仇，復取齊女，未入，先與之淫，一年再出，會於道逆亂，臣下賤之之應也。子政説同。

十一年"秋，大水"。仲舒以爲，時魯、宋比年爲乘丘、鄑之戰，百姓愁怨，陰氣盛，故二國俱水。

二十四年"大水"。仲舒以爲，夫人哀姜淫亂不婦，陰氣盛也。

宣公十年"秋，大水，饑"。仲舒以爲，時比伐邾取邑，亦見報復，兵讎連結，百姓愁怨。

成公五年"秋，大水"。仲舒以爲，時成幼弱，政在大夫，前此一年再用師，明年復城鄆以彊私家，仲孫蔑、叔孫僑如顓會宋、晉，陰勝陽。子政説同。

襄公二十四年"秋，大水"。仲舒以爲，先是一年齊伐晉，襄使大夫帥師救晉，後又侵齊，國小兵弱，數敵彊大，百姓愁怨，陰氣盛。

貌傳。成公七年"正月，鼷鼠食郊牛角；改卜牛，又食其角"。仲舒以爲，鼷鼠食郊牛，皆養牲不謹也。此兼定公十五年、哀公元年言之，當附哀公而列此，《志》之疏也。

言傳。釐公二十一年"夏，大旱"。仲舒以爲，齊桓既死，諸侯從楚，釐尤得楚心。楚來獻捷，釋宋之執。外倚强楚，炕陽失衆，又作南門，勞民興役。子政説同。諸雩旱不雨，略皆同説。此《志》之謬。前水、火亦同説者，何備載之？董説遂不傳，《志》何亦自紊也。

嚴公十七年，"冬，多麋"。劉向以爲，麋色青，近青祥也。麋之爲言迷也，蓋牝獸之淫者也。是時，嚴公將取齊之淫女，其象先見。天戒若曰，勿取齊女，淫而迷國。嚴不寤，遂取之。夫人既入，淫於二叔，終皆誅死，幾亡社稷。仲舒指略同。

視傳。桓公十五年，"春，亡冰"。仲舒以爲，象夫人不正，陰失節也。

成公元年"二月，無冰"。仲舒以爲方有宣公之喪，君臣無悲哀之心，而炕陽，作丘甲。

襄公二十八年"春，無冰"。劉向以爲，先是公作三軍，有侵陵用武之意，於是鄰國不和，伐其三鄙，被兵十有餘年，因之以饑饉，百姓怨望，臣下心離，公懼而弛緩，不敢行誅罰，楚有夷狄行，公有從楚心，不明善惡。董仲舒指略同。一曰，水旱之灾，寒暑之變，天下皆同，故曰“無冰”，天下異也。桓公殺兄弑君，外成宋亂，與鄭易邑，背畔周室。成公時，楚横行中國，王札子殺召伯、毛伯，晉敗天子之師于貿戎，天子皆不能討。襄公時，天下諸侯之大夫皆執國權，君不能制。漸將日甚，善惡不明，誅罰不行。周失之舒，秦失之急，故周衰亡寒歲，秦滅亡奥年。此一說公羊家言，當是廣川說而子政從之者。

僖公三十三年“十二月，隕霜不殺草”。劉向以爲，今十月，周十二月。於《易》，五爲天位，爲君位，九月陰氣至，五通於天位，其卦爲剥，剥落萬物，始大殺矣，明陰從陽命，臣受君令而後殺也。今十月隕霜而不能殺草，此君誅不行，舒緩之應也。是時，公子遂顓權，三桓始世官，天戒若曰，自此之後，將皆爲亂矣。文公不寤，其後遂殺子赤，三家逐昭公。董仲舒指略同。

僖公三十三年“十二月，李梅實”。仲舒以爲，李梅實，臣下彊也。記曰：“不當華而華，易大夫；不當實而實，易相室。”冬，水王，木相，故象大臣。

昭公二十五年“夏，有鸜鵒來巢”。劉向以爲，有蜚有蜮不言來者，氣所生，所(爲)[謂]眚也；鸜鵒言來者，氣所致，所謂祥也。鸜鵒，夷狄穴藏之禽，來至中國，不穴而巢，陰居陽位，象季氏將逐昭公，去宫室而居外野也。鸜鵒白羽，旱之祥也；穴居而好水，黑色，爲主急之應也。天戒若曰，既失衆，不可急暴；急暴，陰將持節陽以逐爾，去宫室而居外野矣。昭不寤，而舉兵圍季氏，爲季氏所敗，出奔于齊，遂死于外野。董仲舒指略同。

聽傳。桓公八年“十月，雨雪”。仲舒以爲，象夫人專恣，陰氣盛也。

釐公十年“冬，大雨雪”。《公羊經》“雪”作“雹”。仲舒以爲，公脅於齊桓公，立妾爲夫人，不敢進群妾，故專壹之象見諸雹，皆爲有所漸脅也，行專壹之政云。

昭公四年“正月，大雨雪”。仲舒以爲，季孫宿任政，陰氣盛也。

桓公五年“秋，螽”。劉向以爲，介蟲之孽屬言不從。是歲，公獲二國之聘，取鼎易邑，興役起城。諸螽略皆從董仲舒說云。按，下二節子政之說，一略同仲舒，一異於仲舒。後文公八年“十月，螽”，時公伐邾取須朐，城郚。宣公六年“八月，螽”，向以爲，先是時宣伐莒向，後比再如齊，謀伐萊。十三年“秋，螽”，公孫歸父會齊伐莒。十五年"秋，螽"，宣亡熟歲，數有軍旅。襄七年"八月，螽"，向以爲，先是襄興師救陳，滕子、郯子、小邾子皆來朝。夏，城費。哀公十二年"十二月，螽"，是時，哀用田賦，向以爲，春用田賦，冬而螽。三年"九月，螽；十二月，螽"。比三螽，虐取於民之效也。其説皆本於廣川可知。

嚴公二十九年"有蜚"。劉向以爲蜚色青，近青眚也，非中國所有。南越盛暑，男女同川澤，淫風所生，爲蟲臭惡。是時，嚴公取齊淫女爲夫人，既入，淫於兩叔，故蜚至。天戒若曰，今誅絶之尚及，不將生臭惡於四方。嚴不寤，其後夫人與兩叔作亂，二嗣以殺，卒皆被辜。仲舒指略同。疑南越之蟲，非廣川指。

釐十五年"八月，螽"。劉向以爲，先是釐有鹹之會，後城緣陵。是歲，復以兵車爲牡丘會，使公孫敖帥師，及諸侯大夫救徐，兵比三年在外。以下無，仲舒指略同，當亦從廣川説。

文公三年"秋，雨螽于宋"。仲舒以爲，宋三世内取，大夫專恣，殺生不中，故螽先死而至。

宣公十五年"冬，蝝生"。仲舒以爲，蝝，螟始生也，一曰螟始生。是時，民患上力役，解於公田。宣是時初税畝。税畝，就民田畝擇美者税其什一，亂先王制而爲貪利，故應是而蝝生。子政説同。《志》有"屬蠃蟲之孽"句，乃子政引廣川以釋《洪范》五行耳。

思心傳。釐公十五年"九月己卯晦，震夷伯之廟"。仲舒以爲，夷伯，季氏之孚也，陪臣不當有廟。震者，雷也，晦暝，雷擊其廟，明當絶去僭差之類也。

隱公五年"秋，螟"。仲舒以爲，時公觀漁于棠，貪利之應也。子政説同。

嚴公六年"秋，螟"。仲舒以爲，先是衛侯朔出奔齊，齊侯會諸侯納朔，許諸侯賂。齊人歸衛寶，魯受之，貪利應也。子政説同。

宣公三年，"郊牛之口傷，改卜牛，牛死"。劉向以爲近牛禍也。是時，宣公與公子遂謀共殺子赤而立，又以喪娶，區（敄）霿昏亂。亂成於口，幸有季文子得免於禍，天猶惡之，生則不饗其祀，死則灾燔其廟。董仲舒指略同。案，區霿牛禍之説，子政所增殆本廣川。公羊師説，以釋《五行傳》。

文公九年"九月癸酉，地震"。劉向以爲，先是時，齊桓、晉文、魯釐二伯賢君新没，周襄王失道，楚穆王殺父，諸侯皆不肖，權傾於下，天戒若曰，臣下彊盛者將動爲害。後宋、魯、晉、莒、鄭、陳、齊皆殺君。諸震，略皆從董仲舒説也。按，襄十六年"五月甲子，地震"。向以爲，先是雞澤之會，諸侯盟，大夫又盟。是歲三月，諸侯爲溴梁之會，而大夫獨相與盟。五月，地震矣。其後，崔氏專齊，欒盈亂晉，良霄傾鄭，閽殺吴子，燕逐其君，楚滅陳、蔡。昭公十九年"五月己卯，地震"。向以爲，是時季氏將有逐君之變。其後，宋三臣、曹會皆以地叛，蔡、莒逐其君，吴敗中國殺二君。二十三年"八月乙未，地震"。向以爲，是時周景王崩，劉、單立王子猛，尹氏立子朝。其後，季氏逐昭公，黑肱叛邾，吴殺其君僚，宋五大夫、晉二大夫皆以地叛。哀公三年"四月甲午，地震"。向以爲，是時諸侯皆信邪臣，莫能用仲尼，盜殺蔡侯，齊陳乞弑君。皆從廣川説也。

釐公十四年"秋八月辛卯，沙麓崩"。《穀梁傳》曰："林屬於山曰麓，沙其名也。"劉向以爲，臣下背叛散落，不事上之象也。先是，齊桓行伯道，會諸侯，事周室。管仲既死，桓德日衰，天戒若曰，伯道將廢，諸侯散落，政逮大夫，陪臣執命，臣下不事上矣。桓公不寤，天子蔽晦。及齊桓死，天下散而從楚。王札子殺二大夫，晉敗天子之師，莫能征討，從是陵遲。《公羊》以爲，沙麓，河上邑也。仲舒説略同。尚有一説主《左氏》，殆向説非仲舒。

成公五年"夏，梁山崩"。《穀梁傳》曰："壅河三日不流，晉君帥群臣而哭之，乃流。"劉向以爲，山陽，君也；水陰，民也。天戒若曰，君道崩壞，下亂，百姓將失其所矣。哭然後流，喪亡象也。梁山在晉地，自晉始而及天下也。後晉暴殺三卿，厲公以弑。溴梁之會，天下大夫皆執國政，其後孫、甯出衛獻，三家逐魯昭，單、尹亂王室。仲舒説略同。

皇極傳。隱公三年"二月己巳，日有食之"。《穀梁傳》曰："言日不言朔，食晦。"《公羊傳》曰："食二日。"仲舒以爲，其後戎執天子之使，鄭獲魯隱，滅戴，衛、魯、宋咸殺君。子政説同。

桓公三年"七月壬辰朔，日有食之，既"。仲舒以爲，前事已大，後事將至者又大，則既。先是，魯、宋弑君，魯又成宋亂，易許田，亡事天子之心；楚僭稱王。後鄭拒王師，射桓王，又二君相篡。子政説同。

十七年"十月朔，日有食之"。仲舒以爲，言朔不言日，惡魯桓且有夫人之禍，將不終日也。

嚴公十八年"三月，日有食之"。《公羊傳》曰："食，晦。"仲舒以爲，宿在東壁，魯象也。後公子慶父、叔牙果通於夫人以弑公。

二十五年“六月辛未朔，日有食之”。仲舒以爲，宿在畢，主邊兵夷狄象也。後狄滅邢、衛。

二十六年“十二月癸亥朔，日有食之”。仲舒以爲，宿在心，心爲明堂，文武之道廢，中國不絶若綫之象也。

三十年“九月庚午朔，日有食之”。仲舒以爲，後魯二君弑，夫人誅，兩弟死，狄滅邢，徐取舒，晉殺世子，楚滅弦。子政説同。

僖公五年“九月戊申朔，日有食之”。仲舒以爲，先是齊桓行伯，江、黄自至，南服彊楚。其後不内自正，而外執陳大夫，則陳、楚不附，鄭伯逃盟，諸侯將不從桓政，故天見戒。其後晉滅虢，楚圍許，諸侯伐鄭，晉弑二君，狄滅温，楚伐黄，桓不能救。子政説同。

十二年“三月庚午朔，日有食之”。仲舒以爲，是時楚滅黄，狄侵衛、鄭，莒滅杞。

十五年“五月，日有食之”。仲舒以爲，後秦獲晉侯，齊滅項，楚敗徐于婁林。

文公元年“二月癸亥，日有食之”。仲舒以爲，先是大夫始執國政，公子遂如京師，後楚世子商臣殺父，齊公子商人弑君，皆自立，宋子哀出奔，晉滅江，楚滅六，大夫公孫敖、叔彭生竝專會盟。子政説同。

十五年“六月辛丑朔，日有食之”。仲舒以爲，後宋、齊、莒、晉、鄭八年之間五君殺死。楚滅舒蓼。子政説同。

宣公八年“七月甲子，日有食之，既”。仲舒以爲，先是楚商臣弑父而立，至于嚴王遂彊。諸夏大國惟有齊、晉，齊、晉新有篡弑之禍，内皆未安，故楚乘勢横行，八年之間六侵伐而一滅國，伐陸渾戎，觀兵周室；後又入鄭，鄭伯肉袒謝罪；北敗晉師于邲，流血色水；圍宋九月，析骸而炊之。子政説同。

十年“四月丙辰，日有食之”。仲舒以爲，後陳夏徵舒弑其君，楚滅蕭，晉滅二國，王札子殺召伯、毛伯。子政説同。

十七年“六月癸卯，日有食之”。仲舒以爲，後邾支解鄫子，晉敗王師于貿戎，敗齊于鞌。子政説同。

成公十六年“六月丙寅朔，日有食之”。仲舒以爲，後晉敗楚、鄭于鄢陵，執魯侯。

十七年“十二月丁巳朔，日有食之”。仲舒以爲，後楚滅舒庸，晉弑其君，宋魚石因楚奪君邑，莒滅鄫，齊滅萊，鄭伯弑死。子政説同。

襄公十四年“二月乙未朔，日有食之”。仲舒以爲，後衛大夫孫、甯共逐獻公，立孫剽。子政説同。

十五年“八月丁巳[朔]，日有食之”。仲舒以爲，先是晉爲雞澤之會，諸侯盟，又大夫盟，後爲溴梁之會，諸侯在而大夫獨相與盟，君若綴斿，不能舉手。子政説同。

二十年“十月丙辰朔，日有食之”。董仲舒以爲，陳慶虎、慶寅蔽君之明，邾庶其有叛心，後庶其以漆、閭丘來奔，陳殺二慶。

二十一年“九月庚戌朔，日有食之”。董仲舒以爲，晉欒盈將犯君，後入于曲沃。

“十月庚辰朔，日有食之”。仲舒以爲，宿在軫、角，楚大國象也。後楚屈氏譖殺公子追舒，齊慶封脅君亂國。

二十三年“二月癸酉朔，日有食之”。仲舒以爲，後衛侯入陳儀，甯喜弑其君剽。

二十四年“七月甲子朔，日有食之，既”。“八月癸巳朔，日有食之”。仲舒以爲，比食又既，象陽將絶，夷狄主上國之象也。後六君弑，楚子果從諸侯伐鄭，滅舒鳩，魯往朝之，卒主中國，伐吴討慶封。

二十七年“十二月乙亥朔，日有食之”。仲舒以爲，禮義將大滅絶之象也。時吴子好勇，使刑人守門；蔡侯通於世子之妻；莒不早立嗣。後閽戕吴子，[蔡]世子般弑其父，莒人亦弑君而庶子争。按，向以爲，自二十年至此歲，八年間日食七作，禍亂將重起，故天仍見戒也。後齊崔杼弑君，宋殺世子，北燕伯出奔，鄭大夫自外入而篡位，指略如董仲舒。

昭公七年“四月甲辰朔，日有食之”。仲舒以爲，先是楚靈王弑君而立，會諸侯，執徐子，滅賴，後陳公子招殺世子，楚因而滅之，又滅蔡，後靈王亦弑死。子政説同。

十七年“六月甲戌朔，日有食之”。仲舒以爲時宿在畢，晉國象也。晉厲公誅四大夫，失衆心，以弑死。後莫敢復責大夫，六卿遂相與比周，專晉國，君還事之。日比再食，其事在春秋後，故不載於經。

二十一年“七月壬午朔，日有食之”。仲舒以爲，周景王老，劉子、單子專權，蔡侯朱驕，君臣不説之象也。後蔡侯朱果出奔，劉子、單子立王猛。

二十二年“十二月癸酉朔，日有食之”。仲舒以爲，宿在心，天子之象也。後尹氏立王子朝，天王居于狄泉。

二十四年“五月乙未朔，日有食之”。仲舒以爲，宿在胃，魯象也。後昭公爲季氏所逐。按，向以爲，自十五年至此歲，十年間天戒七見，人君猶不寤。後楚殺戎蠻子，晉滅陸渾戎，盜殺衛侯兄，蔡、莒之君出奔，吴滅巢，公子光殺王僚，宋三臣以邑叛其君。它如仲舒。

三十一年“十二月辛亥朔，日有食之”。仲舒以爲，宿在心，天子象也。時京師微弱，後諸侯果相率而城周，宋中幾亡尊天子之心，而不衰城。

定公五年“三月辛亥朔，日有食之”。仲舒以爲，後鄭滅許，魯陽虎作亂，竊寶玉大弓，季桓子退仲尼，宋三臣以邑叛。子政説同。

十二年“十一月丙寅朔，日有食之”。仲舒以爲，後晉三大夫以邑叛，薛弑其君，楚滅頓、胡，越敗吴，衛逐世子。

十五年“八月庚辰朔，日有食之”。仲舒以爲，宿在柳，周室大壞，夷狄主諸夏之象也。明年，中國諸侯果累累從楚而圍蔡，蔡恐，遷于州來。晉人執戎蠻子歸于楚，京師楚也。

嚴公七年“四月辛卯夜，恒星不見，夜中星隕如雨”。仲舒以爲，常星二十八宿者，人君之象也；衆星，萬民之類也。列宿不見，象諸侯微也；衆星隕墜，民失其所也。夜中者，爲中國也。不及地而復，象齊桓起而救存之地。鄉亡桓公，星遂至地，中國其良絶矣。按，仲舒下有劉向二字，而此節下又有劉向以爲云云，或子政一説同董，而又自創一説，或説前劉向二字爲羨文。

文公十四年“七月，有星孛入于北斗”。仲舒以爲，孛者惡氣之所生也。謂之孛者，言其孛孛有所妨蔽，闇亂不明之貌也。北斗，大國象。後齊、宋、魯、莒、晉皆弑君。

昭公十七年“冬，有星孛于大辰”。仲舒以爲，大辰，心也，心爲明堂，天子之象。後王室大亂，三王分争，此其效也。

哀公十三年“冬十一月，有星孛于東方”。仲舒以爲，不言宿名者，不加宿也。以辰乘日而出，亂氣蔽君明也。明年，《春秋》事終。一曰，周之十一月，夏九月，日在氐。出東方者，軫、角、亢也。軫，楚；角、亢，陳、鄭也。或曰角、亢大國象，爲齊、晉也。其後楚滅陳，田氏簒齊，六卿分晉，此其效也。子政説同。

釐公十六年“正月戊申朔，隕石于宋，五。是月，六鶂退飛過宋都”。仲舒以爲，象宋襄公欲行伯道將自敗之戒也。石，陰類；五，陽數；自上而隕，此陰而陽行，欲高反下也。石與金同類，色以白爲主，近白祥也。鶂，水鳥；六，陰數；退飛，欲進反退也。其色青，青祥也，屬於貌之不恭。天戒若曰，德薄國小，勿持炕陽，欲長諸侯，與彊大爭，必受其害。襄公不寤，明年齊桓死，伐齊喪，執滕子，圍曹，爲盂之會，與楚爭盟，卒爲所執。後得反國，不悔過自責，復會諸侯伐鄭，與楚戰于泓，軍敗身傷，爲諸侯笑。子政説同。按，屬貌之不恭、白祥青祥，皆子政説。

右廣川《公羊》灾異説，共[①]條。雖不免傅會，存之足以畏天保命。世以言灾異爲陰陽家，可云昧於古義耳。

初六日(7月22日)小雨時作時止。　西岸皆漫口，水退，灾象已成。

《春秋》魯十二公，僖稱賢君，奚斯作頌，列於《三百篇》。然其人最爲可鄙，齊强則親齊，楚强則親楚，晉强則親晉。《泮水》篇所謂“淮夷攸服”，乃攘齊之功以爲功，居常與許復周公之宇，亦齊桓反其侵地耳。“戎狄是膺，荆舒是懲”，即云追美周公而南夷率從，故明指僖公言。試問召陵之會，果僖公力乎？非僖公力乎？厥後假楚師以伐齊取穀，尤爲背德。君子讀《木瓜》“永好”之篇而歎之，魯之誣游實不如衛之圖報者爲近實也。

《公羊》僖八年，“秋，七月，禘于太廟，用致夫人”。《傳》曰：“夫人何以不稱姜氏？貶。曷爲貶？譏以妾爲妻也，其言以妾爲妻奈何？蓋脅于齊媵女之先至者也。”二十年，“西宫灾”。董仲舒以爲釐娶於楚，而齊媵之，脅使立以爲夫人，故有此應。十年，“大雨雹”。亦以爲言，何休注同。案，僖公因桓得立，三年陽穀之會，方有“無以妾爲妻”之誓。四年召陵伐楚。六年楚人圍許，諸侯遂救許。僖無役不從，安得有遠聘楚女爲嫡之理？公羊大師墨守而不明時勢，殊可怪也。假使僖果廢楚女，則楚必仇魯，其後僖又最

① 原文此處是空格，没有數詞。

得楚心,何也?

初七日(7 月 23 日)晴。　朱祥來。故里、新居亦因雨大墻圮。

初八日(7 月 24 日)晴。　伯平來談。時由保定回津,即擬履任。

葉夢得《避暑録話》:"叔祖温叟與子瞻議論每不相下。元祐末,子瞻守杭州,公爲轉運使。浙西適大水,子瞻鋭於賑濟,且以杭人樂其政,陰欲厚之。公每持之不下,即親行部,一皆閲實,更爲條畫上聞,朝廷主公議。"觀此而知葉氏之爲小人也。夫蘇公賑濟七州四狀,與抵潤州致林希《論灾傷書》,卓然仁人之言。此豈欲陰行其德,市惠沽名者?而温叟敢於如此,是因尼子瞻而困杭民,可云陰狠矣。公去官由湖入蘇,目睹水灾,民生乏食,而奏準之錢一百萬貫糴米平糶以代賑者,發運司,格旨不行,復爲疏争之。夢得所云"持之不下"者,即此事也。雖温叟狡抗於前,夢得粉飾於後,試問天下後世以蘇公爲實乎?以葉氏祖孫爲實乎?率天下之酷吏,拘文牽義而入吾民爲溝壑者,皆此閲實之一説誤之也。故遇有水旱偏灾,良有司急起振撫,與其慎重而緩,不如迅速而濫。濫之,患多費,國不以多費亡;緩之,患多蔽,民則以多蔽死。

初九日(7 月 25 日)雨。　作書,上高陽師論水灾。

《吕氏春秋·不二篇》[注]:"孫臏,楚人,爲齊臣,作謀八十九篇,權之勢也。"梁伯子云:"《史》《漢》皆以孫臏爲齊人,此當别有據。"余案,此孫武子即伍子胥之確證也。子胥之子在齊爲王孫氏,後遂略之爲孫。《史》《漢》以臏爲齊人,高誘以爲楚人,原其始而言之。

初十日(7 月 26 日)雨。　伯平來談。

孟子弟子,趙邠卿注:"弟子十五人:樂正子、公孫丑、陳臻、公都子、充虞、季孫、子叔、高子、徐辟、咸丘蒙、陳代、彭更、萬章、屋廬子、桃應。學於孟子者四人:孟仲子、告子、滕更、盆成括。"《漢書·人物表》見五人,則公孫丑、萬章、告子、樂正子、高子也。宋政和五年,從祀孟廟。視趙注,無盆成括,爲十八人。詳《宋史·禮志》。吴萊《孟子弟子考》同趙注。張九韶《群言拾唾》載孟子十七弟子,稱去季孫、子叔、滕更、盆成括,而益以孟季子、周霄。《經義考》亦去季孫、子叔,而謂告子與浩生不害爲兩人,因去告子而列浩生不害。焦氏《正義》引周廣業説,謂季孫、子叔、盆成括均不必取。

佩綸案,《吕氏春秋·不屈篇》高誘注:"匡章,孟子弟子也。"《淮南·

氾論訓》高誘注:"陳仲子,齊人,孟子弟子,居於陵。"趙注:"匡章,齊人也。陳仲子,一介之士,窮不苟求者。"焦氏《正義》以誘注無所出,不足取。案,《吕氏春秋》誘《自序》:"誘正《孟子章句》,作《淮南》《孝經》解畢,家有此書,故復依先師舊訓,輒乃爲之解。"《吕覽》解復依師訓,則《孟子章句》亦依師訓也。誘爲盧侍中高弟,其説正足補趙氏不及。焦氏墨守一家,未爲通論也。

十一日(7月27日)晴。　得八弟書,復之,意甚感喟。

焦氏《孟子正義》云:"漢儒徵引《孟子》者,如荀卿、韓嬰、董仲舒、劉向、揚雄、王充、班固、張衡、鄭康成、許慎、何休等,皆所爲摭取而説之。漢文立《孟子》博士,授受惜不可考。河間獻王所得先秦舊本,不詳得自何人。《東觀漢記》言章帝以《孟子》賜黄香,香能傳之讀之與否,不可知。劉陶《復孟軻》,所以復者不傳。惟《後漢書》程曾,字禾升,豫章南昌人,作《孟子章句》,建初三年舉孝廉,在趙氏前。高誘自言正章句,在趙氏後。《隋志》漢有鄭康成《孟子注》、劉熙《孟子注》。鄭本傳不言著《孟子》,劉亦在趙後。"余案,《毛傳》引《孟子》解《詩》,《史記・五帝紀》引辟丹朱於南河之南及象欲殺舜,趙氏以《孟子》長於《詩》《書》本此,而焦氏遺之,何也?

十二日(7月28日)晴。　晴朗可恃,斯民稍得小休矣。是日田太淑人忌日也。

《巧言》篇:"君子屢盟,亂是用長。君子信盜,亂是用暴。盜言孔甘,亂是用餤。"毛傳:"盜,逃也。"箋云:"盜,謂小人也。"《春秋傳》:"賤者窮諸盜。"按,此盜字,如申無宇所指之盜。凡竊柄之權奸,盜國之佞賊,皆謂之盜。幽王之世,如申侯在外,皇父在内,皆盜也。詩人以屢盟與信盜並言,深切著明,世之恃盟爲固、用盜爲臣者,可以悟矣,盟可尋,亦可寒,竊國者並其仁義竊之。悚哉言乎,勿隨口讀書也。

十三日(7月29日)晴。　得八弟書。以久不得余書,相念之情溢於言表,殆途中音書偶滯耳,然不覺離懷棖觸矣。

《中庸》一篇,宋儒由《戴記》取出,列之於《大學》後、《論語》前。國朝諸儒頗有議之者。按,《正義》引鄭《目録》云:"名曰《中庸》者,以其記中和之爲用也。庸,用也。孔子之孫子思伋作之,以昭明聖祖之德。此於《别録》屬通論。"夫孟子,受業子思之門人,然且漢文時已立博士,況子思親爲聖孫,下開鄒嶧,自應釐定,附於《魯論》之後、《孟子》之前,以明道脈。中壘以來,定爲子思之作,較《大學》之述於曾子更爲明確。觀康成所注,尤能發揮昭明聖德之意。篇中引《詩》説禮,不一而足,所論舜、文、武、周,皆《尚書》百篇也。鄭更於"前知"節引《易》曰:"君子積小以高大。"於"三重"節引《易》曰:"故知鬼神之情狀與天地相似。"已明《中庸》用中,即大《易》立中之藴。於"祖述堯舜,憲章文武,上律天時,下襲水土",注曰:"此以《春秋》之義説孔子之德。孔子曰:'吾志在《春秋》,行在《孝經》。'二經固足以明之。孔子所述堯、舜之道而制《春秋》,而斷以文王、武王之法度。《春秋傳》曰:'君子曷爲爲《春秋》? 撥亂世,反諸正,莫近諸《春秋》。其諸君子樂道堯舜之道歟? 末不亦樂乎? 堯舜之知君子也。'又曰:'是子也,繼文王之體,守文王之法度。文王之法無術而求,故譏之也。'又曰:'王者孰謂? 謂文王也。'此孔子兼包堯、舜、文、武之盛德而著之《春秋》,以俟後聖者也。律,述也。述天時,謂編年,四時具也。襲,因也,因水土,謂記諸夏之異,山川之異。聖人制作,其德配天地,如此唯五始可以當焉。"又:"大經,謂六藝而指《春秋》也。大本,《孝經》也。"其言精切如此,於孔子繼往開來之緒言之歷歷,六經殊塗同歸,萬口率由有準。較朱注説精微而不專指聖德者,似更有見也。

《荀子·非十二子篇》:"略法先王而不知其統,猶然而材劇志大,聞見雜博。案往舊造説,謂之五行,甚僻違而無類,幽隱而無説,閉約而無解。案飾其辭,而祗敬之曰:'此真先君子之言也。'子思唱之,孟軻和之。世俗之溝猶瞀儒嚾嚾然不知其所非也,遂受而傳之,以爲仲尼、子游爲兹厚於後世。是則子思、孟軻之罪人也。"其肆意醜詆,何損思、孟? 不過欲自居於孔門嫡派,不得不先毁聖孫始能攘儒家之正統而炫耀於世耳。試讀《中庸》一篇,正與荀説相反也。

十四日(7月30日)晴。　得吴清卿、誼卿及陸世兄書,知已爲陸養泉薦一館,歲百四十四金,以五元爲脩脯,使從師讀,可感之至。

十五日(7月31日)晴。　午後,過伯平談。

《潛研堂文集》:"《禮記》出於漢儒,而後世尊之爲經,與《易》《書》《詩》

《春秋》别而爲五，以其中多聖人之微言，七十子之徒所述也。沈休文云：‘《中庸》《表記》《坊記》《緇衣》皆取子思子，《樂記》取公孫尼子。’休文去古未遠，其説當有所自。宋儒以《中庸》出子思氏，特表章之，而不知《表記》《坊記》《緇衣》三篇亦子思氏之言也。或謂《緇衣》公孫尼子作。據《釋文》引劉瓛説。按《文選注》引子思子曰：‘民以君爲心，君以民爲體。’又引《子思子》，《詩》云：‘昔吾有先正，其言明且清。’今其文皆在《緇衣篇》，則休文之説信矣。《坊記》一篇引《春秋》者三，引《論語》者一。《春秋》，孔子所作，不應孔子自引。而《論語》乃孔子没後，諸弟子所記録，更非孔子所及見。然則篇中云‘子言之’‘子曰’者，即子思子之言，未必皆仲尼之言也。仲尼已往，七十子之徒惟子思子獨得其傳。《漢志》有《子思》二十三篇，唐宋之世尚存七卷，今已邈不可得，獨此數篇附《禮記》以傳，而其詞醇且簡，與《論語》相表裏，此固百世而下，有志於聖賢之學者所宜講求而體驗者歟！子思之學出于曾子，曾子書亦不傳，而其十篇猶見於《大戴記》。《小戴記》有《曾子問》篇，《檀弓》《雜記》《祭義》《内則》《禮器》《大學》諸篇俱引曾子説。曾子、子思之微言所以不終墜者，實賴漢儒會粹之力。後之人詆諆漢儒，摘其小失屏斥之，得魚兔而忘筌蹏者，其亦弗思甚矣！”《潛研集》。

十六日（8 月 1 日）晴。

十七日（8 月 2 日）晴。　張筱帆有書來，託病居武昌。

樂山由運河北上，至德州適遇小輪，遂單舸先發，侵晨到津。合肥留之午飯，余與樂公七年不見矣。交道無間，可以爲隙末凶終者砭。晚，樂山遷吴楚公所，復夜話至三鼓而歸。

十八日（8 月 3 日）晴。　過樂山夜談。

十九日（8 月 4 日）晴，晚大雨。　見樂山之子元桐，五歲矣。得高陽復書。

夜，與合肥招樂山飲，正苦煩鬱，急雨滌暑，炎歊都解。雨僅在署左右，隔七里之紫竹林即無雨也。

二十日（8 月 5 日）晴，晨猶雨。　樂山行，悶悶者久之。

二十一日（8 月 6 日）晴。

二十二日（8 月 7 日）晴。　得九弟書。

二十三日(8月8日)晴,夜雨。　伯平來辭行。胡雲楣來談。得九弟書。

《晉書》載記諸營既多,故號姚萇軍爲大營,大營之號自此始也。

二十四日(8月9日)晴。

二十五日(8月10日)晴。　得安圃桂林第一書,即附數行寄都下。

往送伯平。

二十六日(8月11日)晴。　上二旬萬壽節。

二十七日(8月12日)晴。　《管子》有楊忱序,常熟瞿氏校,以序中大宋甲申定爲孝宗隆興甲申。案,王荆公有《楊忱墓誌》,忱字明叔,官至朝奉郎、行大理寺丞、通判河中府事,以嘉祐七年四月辛巳卒於河南,年三十九。嘉祐七年爲壬寅,上溯之慶曆三年爲甲申。明叔父偕,《宋史》有傳,末云子忱、慥均有雋才,早卒。明叔爲丁文簡公度之婿。文簡有《管子要略》五篇,見《玉海》及《宋史・藝文志》。序爲明叔所作無疑。

高若訥,字敏之,本并州榆次人,徙家衛州。彊學善記,自秦漢以來諸傳記無不該通,尤善申、韓、管子之書,頗明曆學。因母病遂兼通醫書,雖國醫皆屈伏。按,《東都事略》則謂若訥泥古方,治病多不效。脱脱修史,殆采其表誌耳。如高敏之,豈知喜管子者?亦不過泥古方而已。《事略》亦云喜申、韓、管子。

二十八日(8月13日)晴,夜雷雨一陣。　得廉生、再同書,又得吴愼生一緘,寄宣威骰石窩桃。

二十九日(8月14日)晴。　于晦若之弟穆若就伯平聘,自都來,託寄伯平一紙。

吴正儀作《事類賦》,人知之。其好篆籀,取《説文》省字義者千八百餘條,撰《説文五義》三卷,無知之者矣。

三十日(8月15日)晴。　寄八弟書。

張文潛誨人作文以理爲主。

子美放廢,寓於吴中。韓維責以去離都下,隔絶親交。子美復書曰:“予於持國,外兄弟也。[當]急難[之時],不相[拯]救。[今]又於(未)安寧之時,欲以義相琢刻,雖古人所不能受。”余寄迹此間,亦頗有勸余居都者。讀子美書，笑不入耳之談來相勸勉，大率如斯耳。

七月初一日（8月16日）晴。　《魏書·張彝傳》："時陳留公主寡居，彝願尚主，主亦許之。僕射高肇亦望尚主，主意不可。肇怒，譖彝，因致停廢。"①《王肅傳》："詔肅尚陳留長公主，本劉昶子婦彭城公主也。"肇固狡横，彝亦鄙甚，魏制則無足怪也。肇後尚世宗姑高平公主。

初二日（8月17日）陰，有雨數陣。　邵補堂來。

自典午以來，無終陽氏爲望族。北魏陽尼，字景文，免官，曰："吾昔未仕，不曾羡人。今日失官，與本何異？"可謂曠識。妻高氏，勃海人，學識有文翰，孝文敕令入侍後宫，幽后表啟，悉其辭也。尼作《字釋》未成，高氏所作表啟、《幽后紀》、《伯起書》已亡，《北史》亦不載。爾時閨房倡和之樂，惜卒不傳。故余《還鄉絶句》中有一絶詠之，曰："老去漁陽豈羨官，閨中學侣擅文翰。魏官倘具和熹德，便作班昭一例看。"今老矣，思此詩，如爲今日讖兆也。

初三日（8月18日）晴。　復方銘山書。銘山寄潮扇、夏布及食物來也。

初四日（8月19日）晴。　昨夜作寄安姪第二書，交文報局，寄桂林。《北齊·宋顯傳》："顯從祖弟繪，少勤學，多所博覽，好撰述。魏時，張緬《晉書》未入國，繪依准裴松之注《國志》體，注王隱及《中興書》。又撰《中朝多士傳》十卷，《姓系譜録》五十篇。以諸家年歷不同，多有紕繆，乃刊正異同。《年譜録》未成，河清五年並遭水漂失。"此《晉書》作注之始，厄於水，惜哉。

初五日（8月20日）晴。　昨得高陽書，欲招余入都，復以不能如約。案，《後漢書·蘇不韋傳》："漢法，免罷守令，自非詔徵，不得妄到京師。"思之甚有至理。"萬人如海一身藏"，究是卑官非庶人也。

初六日（8月21日）晴。　家忌。

初七日（8月22日）晴。　復吴清卿兄弟書。

---

①　此處眉批：《幽后傳》："彭城公主，年少嫠居。后同母弟，北平公夙。后求婚於孝文，孝文許之。公主志不願，后欲强之。婚有日矣，公主密與侍婢及僮從十餘人，乘輕車，冒霖雨，赴懸瓠，奉謁孝文，自陳本意，因發后與高菩薩奸狀。"公主屢爲外戚窺伺，容色可想，使始終固節，亦才智婦人也。

初八日(8月23日)晴。　得八弟書。馬植軒觀察來,時運糧至津。復高陽箋。

初九日(8月24日)晴。　連日擬琴生墓志,心緒甚劣,久之始成。

初十日(8月25日)晴。　買得《唐文粹》及《文粹補遺》,略一繙閱。

十一日(8月26日)晴,夜大雨。　敬信、汪鳴鑾赴吉林察獄,以水故繞道至津。杭海向例,星使不拜客。兩君以合肥重臣,特修私覿之敬。柳門復過余少談,辭之不可,余不答也。廿年交好,脱略形骸耳。

十二日(8月27日)雨,午後始霽,暑衣斂矣。　寄樂山復書。

十三日(8月28日)晴。

十四日(8月29日)晴。

十五日(8月30日)晴。　作《蘭駢館記》。

十六日(8月31日)晴。

十七日(9月1日)晴。　得高陽復書。

十八日(9月2日)晴,天復炎蒸。　合肥集賢,課以《論語》"一貫"解命題。何、皇兩本"一貫"無解,閱者均以阮文達解爲主,引《爾雅》:"貫,事也。""貫,爲也。"以《中庸》"所以行之者一也"。子貢一言,終身行之,與忠恕打通。此仍是時文作法耳。《説文》"王",董仲舒曰:"古之造文者,三畫而連其中謂之王。三者,天、地、人也;而參通之者,王也。孔子曰一貫三爲王,《論語》之一貫,即一貫三也,故曰通天地人之爲儒。"《繁露·王道通三篇》,可取之暢發此義。《繁露·王道通三篇》:"古之造文者,三畫而連其中,謂之王。三畫者,天地與人也,而連其中者,通其道也。取天地與人之中以爲貫而參通之,非王者孰能當是?"又云:"夫喜怒哀樂之發與清煖寒暑,其實一貫也。"

隋陽休之《正月七日登高侍宴詩》:"廣殿麗年輝,上林起春色。風生拂雕輦,雲迴浮綺翼。"《御覽》三十。

陶詩乃休之所輯,吾鄉人宜讀陶詩也。

十九日(9月3日)晴,夜雷雨。　與菊耦手談甚樂。

二十日(9月4日)晴。　西河謂漢唐業有以《大學》《中庸》并《論》《孟》爲小經者,大爲謝山所誚,此真自造故實也。

二十一日(9月5日)晴。　新吾自都來,得高陽書,以六千金助直振。

二十二日(9月6日)晴。　以六千金交芸楣。

二十三日(9月7日)晴。　閫人小病。復高陽書及振局收條一紙。

二十四日(9月8日)晴。　買得邢子愿《來禽館集》廿九卷。《四庫提要》謂其文近於澀,詩和平雅秀,骨幹未堅。在别集《存目》中。閱之,文多應酬之作。其《雜俎》内有《墨談》數則,謂:鄉人孟中丞嘗得一挺,乃紫陽先生款。又,姻家尹將軍得元時一丸,無款識,絲絲起髮理,太樸中最含光怪,而以方于魯墨,專以色澤規橅取勝,磨之有香氣,無墨氣。近日方墨之價如金,惜不一考《子愿集》也,余欲令寫官録一副本以遺安圃。

二十五日(9月9日)晴。　伯行使日本,竹篔使俄、德。

《史通·書志篇》:"古之所制,我有何力,而班《漢》定其流别,編爲《藝文志》。""《續漢》已還,祖述不暇。""愚謂凡撰志者,宜除此篇。必不能去,當變其體。近者宋孝王《關東風俗傳》亦有《墳籍志》,其所録皆鄴下文儒之士、讎校之司。所列書名,唯取當時撰者。習兹楷則,庶免譏嫌。語曰:'雖有絲麻,無棄菅蒯。'於宋生得之矣。"

余謂《藝文志》亦何可去?自秦焚書以後,漢除挾書之禁,置寫書之官。及成帝,命陳農求遺書,向、歆奏《七略》,爲西漢一大政。使不志之,古籍益無可考矣。《志》之病有二:一在於《七略》外增入雄、向諸書,便是以意亂《七略》。一在漏略,如賈誼有《左氏纂詁》,竟見《儒林傳》而《志》無之。《古文尚書》之類,言之亦不明了耳。子玄論史,專務簡括。近人補史藝文,多從其説,而於古書存亡及官庫校録之迹一不留意,亦何取乎補《志》耶?

全謝山有《與杭堇浦論金史五帖》《移明史館六帖》,當與竹垞《移明史館》及辛楣先生《論金元史》者並録。

褚登善,於永徽元年以抑買中書譯語人地,左遷同州刺史。四年,復入中書。宜其不足取重於高宗矣,小節焉可不慎!

二十六日(9月10日)晴。　《梁書·文學傳》:"昭伯父肜集衆家《晉書》,注干寶《晉紀》爲四十卷。"《北史》同,(昔)[惜]不傳矣。

二十七日(9月11日)晴。　《梁書·張緬傳》:"尤明後漢及晉代衆家。客有執卷質緬者,隨問便對,略無遺失。""抄《後漢》《晉書》衆家異同,爲《後漢紀》四十卷、《晉抄》三十卷。"又,《蕭子雲傳》:"以晉代竟無全書,弱冠便留心撰著,至年二十六,書成,表奏之,詔付祕閣。"所著《晉書》一百一十卷。子雲著《晉史》,至《二王列傳》,欲作論草隸法,言不盡意,遂不能成,略指論飛白一勢而已。其後《羲之傳論》乃太宗御撰,殆欲遠與景喬争勝也。

二十八日(9月12日)晴。　新吾行。新吾收藏頗富,結納頗多,人亦謙雅。九弟得省河緝私差,書來,嚴戒之。

《千字文》相傳是周興嗣作。《梁書·蕭子範傳》:"南平王使作《千字文》,其辭甚美,王命記室蔡薳注釋之。"《隋書·經籍志》:"《千字文》,蕭子雲注。"《日知録》已疑之矣。《周興嗣傳》又云:"《次韻王羲之書千字》,使興嗣爲文。"是梁有兩《千字文》也。

二十九日(9月13日)晴。　閱卷三日畢,明日交去。

得八弟書。

買《東村集》十卷。《提要·存目》:"國朝李呈祥撰。呈祥字其旋,一字吉津,號木齋,霑化人。前明崇禎癸未進士,改庶吉士;入國朝,官至詹事府少詹事。是編詩文各五卷,詩分十集,曰《邸中稿》《使程自删》《木齋詩稿》《游中山草》《唐城草》《秋尋草》《南游詩》《紀行詩》《秋游詩》《東村詩》,集前各有小序。查慎行《序》稱其與李攀龍、王士禎前後鼎足。今觀所作,慎行非定評也。"按,孫光祀《少詹墓志》:"順治辛卯,詔求直言,君具《辨明滿漢一體疏》,某特疏劾之,下法司具重讞以上,章廟惻然,改謫徙盛京,庚子釋回。"《提要》略之,疏矣。初白作序,第因其子之請,本非定論。纂輯諸臣特一揭其序言,殆未細觀其詩也。

八月初一日(9月14日)晴。　郭淮之妻,王淩之妹也。乃王淩之謀,淮既不預,後追妻,乞宥,終無與仲達猜忌之心。史稱其方策精詳,吾謂其不忠不義也。假使淮感武、文、明三朝之遇,便當義軍特起,爲曹爽、王淩復仇。捷則誅司馬以安曹,不則結伯約以助蜀,乃甘心爲仲達屈,何歟？殆年已垂暮，志氣不振，抑仲達真有牢籠之術耶？①

初二日(9月15日)晴。　左足右手均以電氣震盪之。

初三日(9月16日)晴。　《四庫提要》於宋人之詩，編次最無序。如吕元鈞《净德集》乃列於歐陽文忠之前，邵子《擊壤集》與《周元公集》乃不相次，而文潞公乃在范太史後，何也？

初四日(9月17日)晴。　晚，樊雲門至津，送來香濤書及端溪研、欽州砂壺。

初五日(9月18日)陰，有風乍寒。　雲門來。午後周子玉觀察懋琦自閩至，顧廷一過談。

初六日(9月19日)晴。　留雲門午飯，邀晦若陪之，談至夜，送之登舟。

初七日(9月20日)晴。　周子玉來。午後答陸壽峰。新到幕賓，名恩長，棋品受四子。

初八日(9月21日)晴。　子晉來，瑞方伯璋見過，因恭邸寄贈一聯也。午後答之。

初九日(9月22日)晴。　《石林燕語》："今天下書以杭州爲上，蜀本次之，福建最下。福建本幾徧天下，以其易成故也。"余謂豈唯書然。今福建學生幾徧天下，皆敢爲大言，居之不疑。禍天下者，必此類耳。

初十日(9月23日)晴，秋分。　夜，作《管子地員考證序》。王南陔先生紹蘭所著。先生所著《經説》，伯寅司空刻之。雲楣刻其《説文段注訂補》，復刻是編。過傷繁冗，序中亦不能迴護也。

十一日(9月24日)晴。　净掃几塵，焚香煮茗，始有意治荆公詩。荆公古詩似韓，此不待論。其七律，姬傳以爲歐公學韓，於七律不甚留意，荆公留意矣，然亦未超殊妙，所選止五首。今特從七律入手，以證姬傳之説信否。

《石林詩話》云："荆公詩用法甚嚴，尤精於對偶。嘗云用漢人語當以漢人語對，若參以異代語，便不相類。如'一水護田將緑遶，兩山排闥送青

① 此處眉批：晉諸公贊："(子)[淮弟]配，城陽太守。裴秀、賈充，皆配女婿，氣類如斯，宜望附於司馬也。"

來’,‘護田’‘排闥’皆漢人語也。此法惟公用之不覺拘窘。”

《酬朱昌叔詩》先云“名譽子真矜谷口,事功新息困壺頭”,後改作“未愛京師傳谷口,但知鄉里勝壺頭”,今却以原作爲第五首,改作爲第一首,没半山推敲之苦心矣。然於此可悟律詩(捶)[錘]鍊之法,其中有不必改者,有必須累改而始佳者,在臨時消息之耳。

十二日(9月25日)晴。　文芸閣編修來見廷式,己卯世姪,晦若至交也。合肥師稱其有志趣。午後答之,不值。

十三日(9月26日)晴。　復八弟及宗載之書。復過晦若,與芸閣談。

十四日(9月27日)晴。　廷一來。午後,陳仲勉、叔毅、徵宇來,夜至鐵橋下答之。寄伯潛書。

十五日(9月28日)陰,夜雨。　作懷伯潛一律,並與仲勉昆弟話舊,亦成一詩。

十六日(9月29日)陰雨,午後展霽。　與文芸閣談甚暢。

十七日(9月30日)晴。

十八日(10月1日)晴。

十九日(10月2日)晴。

二十日(10月3日)晴。

二十一日(10月4日)晴。　復孝達書。

二十二日(10月5日)晴。

二十三日(10月6日)晴。　高陽之二公子燿瀛初三完姻,作書賀之。

二十四日(10月7日)晴。　張樸君丈來,時降級調用,奉委運奉天振糧,知蘭軒師於今年八月一日下葬。

二十五日(10月8日)晴。　雲門送到《關中集》及孝達少作各一卷。

二十六日(10月9日)晴。

二十七日(10月10日)晴。　答樸君。過雲舫。

二十八日(10月11日)陰,微雨。　寄八弟書。

二十九日(10月12日)陰。　得安圃七月十九日書。

三十日(10月13日)晴。　寄九弟書。

夜半得高陽書，廣西思恩府劉恩濬捐銀六千，河南陝州趙希曾捐銀三千助振，高陽亦以一千足之。

九月初一日（10 月 14 日）晴。　復高陽書，款交振局。

初二日（10 月 15 日）陰。　寄伯潛書，晚得其復電，知病已愈，仲勉等已歸矣。

初三日（10 月 16 日）雨。　夜得都電，允言生一子。初三丑刻。

初四日（10 月 17 日）晴。　出吊王雲舫嫂氏之喪。

初五日（10 月 18 日）晴。

初六日（10 月 19 日）晴。

初七日（10 月 20 日）晴。　得宗載之書、八弟書。胡雲楣來，知皞民到津。

初八日（10 月 21 日）晴。　皞民來，午後答之。

初九日（10 月 22 日）晴。　得何子峨書，知方銘山下世，爲之愴然。子峨病未愈，而生一子。

初十日（10 月 23 日）晴。　雲楣來。

十一日（10 月 24 日）晴。

十二日（10 月 25 日）晴。　孫荼孫自豐潤回。晚，得安姪電音。

十三日（10 月 26 日）陰。　皞民來談。

《孔子世家》："魯亂。孔子適齊，爲高昭子家臣，欲以通乎景公。"《史記志疑》："景吏部曰：'欲通齊景，不耻家臣。孔子而如是乎？且據《史》説，景公與晏嬰適魯，既有秦繆之對，而景公悦矣，何必自辱爲家臣以求通也？'"余謂梁氏取景説，實不善讀《史》者。孔子之齊，爲魯亂耳。其爲家臣，以求通景公，爲納昭公計也。先是，景公雖有秦繆之問，而異國小臣倉卒不能自通，故藉高氏通之。國、高爲天子二守，齊之世卿，爲之家臣，未足云辱，且魯已無君，而周室未定，力不能討。孔子世食魯禄，請命方伯，意在誅季復昭，降志辱身，正儒者事，豈凡情所能測哉？觀景公問政，夫子對以"君君、臣臣、父父、子子"，此萬古不易之經，亦即兼及魯昭之變。孔傳以爲指陳恒，朱注以爲兼繼嗣不定，不知聖人之意，實望景公之定魯也。夫慶父之亂，高子實來，《公羊傳》："魯人至今以爲美談。"使景纘桓勳，高承家法，南陽之甲再興，季固可誅，公固可復，此聖人君君臣臣之恉也。後人不明此意，妄爲之諱，其亦未明聖人之意矣。

十四日(10月27日)晴。　同雲楣招皞民、永詩、子儁飲。

十五日(10月28日)晴。　得樂山書。

十六日(10月29日)晴。　海門所從龔師之子來，名學海，字雲生。贈以四十元。皞民過話。送雲舫回都。

十七日(10月30日)陰，大風雨。　永詩約晦若、容民賞菊。

十八日(10月31日)晴。　程蒲孫太史來見名秉釗。蒲孫學問淵雅，求見甚切也。己卯舉人，本科庶常。

十九日(11月1日)晴。　伯潛三月二十七日一書，至今日始到，奇甚。

朝鮮吊問，使侍郎續昌、崇禮過津，改海道以示體恤。彼中請不由仁川登岸，並免郊迎，意甚慢也。寄樂山書。

二十日(11月2日)晴。　買得《石淙詩序》，意頗欣然。夜復安姪書。

二十一日(11月3日)晴。　派礮船入都，迎叔母歸輔。有王弢甫同年彦威，原名禹堂以《秋燈課詩圖》求題，却之。復雲門一紙，云近實戒詩，弢甫交滿海内，亦不願流傳嗤點也。

二十二日(11月4日)晴。　閲課卷，三日竣。

二十三日(11月5日)陰。　衛達三來談。晚，馬植軒來，贈華錫八所畫《洛神圖》一幅，畫不佳，姑留之。

二十四日(11月6日)晴。　許竹篔前輩復充俄、德使臣，過此，來齋中略談。

二十五日(11月7日)晴。　得安圃第六書。

二十六日(11月8日)晴。　答竹篔於舟中。

二十七日(11月9日)陰雨，大風，漸寒。　閲卷竣。夜得樂山書。

二十八日(11月10日)晴。　以一聯挽銘山，並幛寄潮。聯云："終日力戰，安知尺籍伍符，罰重法明，誰許馮唐開處對；眇爾重嗣，偵以壺鐳瓶甒，功深疑淺，可堪汧督筆端摇。"

復子峨書。夜，永詩來。

二十九日(11 月 11 日)晴。　寄九弟書。

十月初一日(11 月 12 日)晴。　得樊雲門書並其詩集。過晦若少坐。作書問再同疾。

初二日(11 月 13 日)晴。　三兄暨姪孫允言奉叔母柩歸葬。初一已由陳家溝東發,辰初由輪車行,午正至胥莊,則舟尚未至也。留茶孫在河干候之,而余先還陀料理葬事,薄莫抵里。

初三日(11 月 14 日)晴。　靈輴晨至胥莊河次,午後抵里,暫奉於舊居之廳中,與三兄及從孫夜話。

初四日(11 月 15 日)晴。　晨起至各塋行禮,歸途至珊瑝柴。

初五日(11 月 16 日)晴,夜大風。　與族人聚談,今年歲事告歉,陀例不肯報灾,族人近又失業,禦冬、卒歲之計蓋不能備者十之五六也,爲之惻然者久之。

初六日(11 月 17 日)陰,微雨,薄莫展霽。　董、佟、谷、秦諸家均至,聞張家莊張封翁如柏尚存,年九十八矣。子玠,進士,河南知縣;孫其紳,曾孫鳳翰,舉人。親見五代矣,此熙朝人瑞也。

初七日(11 月 18 日)晴。　以銀六十兩散給六門極貧者,長門族兄正佩縛、二門族叔鳳翔、本門族兄佩續、六門族叔堃、九門族叔文會、十門族叔埴,弟佩綵司之。

借谷霖蒼先生家譜爲修譜之式,谷甥霖蒼十三世孫也。

初八日(11 月 19 日)晴。　巳刻葬叔母董太淑人於東塋。

初九日(11 月 20 日)陰,夜,月色甚佳。　備羊一、豕一,屬三兄率允言恭詣始祖塋,以次行禮。余至六門徧問候之,適趁墟者雜遝於衢,頗形豐盛。

初十日(11 月 21 日)陰。　午刻,由里至胥莊,允言隨行,三兄由里取道玉田以歸。

十一日(11 月 22 日)晴。　五鼓,乘火輪車至唐沽,允言過其婦翁,挈舟去。余獨赴津。

十二日(11 月 23 日)晴。　伯行出使日本,過此略話。

十三日(11月24日)晴。　得伯平書。伯行南旋,檢舊藏山谷書數種玩之,聊以悦目。姚際恒《好古堂書畫記》:“近世有名陝搨,必以宋本爲佳。然考古之家,皆有驗法:懷仁《聖教序》以首行‘晉’字不斷爲驗,《醴泉銘》以光武‘光’字補鑿痕爲驗,後來搨久,補鑿痕隱矣。《坐位稿》以‘輒有州對’四字清楚者爲驗,智永《千文》以後有‘姪方綱摹’四字爲驗,後搨者無。予初得智永《千文》一本,周禹錫所藏,周自記有此四字,驗是宋搨,以二十緡得之。予後復得一本,末又有‘李壽永壽明刊’六字一行,此則生平僅見。”

十四日(11月25日)晴。　周子玉、葉子晉均來。

十五日(11月26日)晴。　胡雲楣、顧皡民、劉獻夫均來。

十六日(11月27日)晴。　允言自大沽來。寄安圃第六書。樂山書來。

十七日(11月28日)晴,晨起微霰,旋止。　允言回都。復高陽一箋。過仲彭齋中小坐。

十八日(11月29日)晴。　九弟遣楊順來,寄紬果梳比。午後,至皡民處閒話。

十九日(11月30日)晴。　合肥書蘭駢館榜,懸之閨中。適得江秋史所藏《蘭亭》,乃定武肥本,有阮文達跋。道光甲辰,文達年八十一。合肥有神龍本,乃王秋坪所藏者。① 覃谿先生書《神龍蘭亭考》於後。嘉慶辛酉。兩美必合,皆禊帖之佳者。而南阮北翁聚於一笥,亦佳話也。

《蘭亭續考》:“楊誠齋跋曾氏本:‘予見元明跋山谷書云,山谷謫黔,泝峽舟中,日日惟把玩石刻一紙,蓋此記也,故末年書法超絶云。予聞“五更侵早起,更有夜行人”,願持此句子寄聲山谷。’”余因趙子函説,思由褚探山谷之源,今見誠齋説,則山谷之源在王不在褚,觀其推服《鶴銘》斷爲逸少,決不舍《蘭亭》之徑矣。②

二十日(12月1日)晴。　展翫《蘭亭》竟日。論古齋蕭薰騰以書畫

① 此處眉批:秋坪時守饒州。

② 此處眉批:《宋史》本傳:“庭堅楷法妍媚,自成一家,游荆州,得石本《蘭亭》,愛翫不去手,因悟古人用筆意,作小楷日進,曰:‘他日當有知我者。’”

來售，略一披覽，真僞雜糅，而價目甚昂。

復八弟、九弟各一書。

二十一日(12月2日)晴。　茶孫來。

二十二日(12月3日)晴。　丹崖編修自籍來。庚午優貢，丙子舉人，庚辰翰林。

二十三日(12月4日)晴。　八弟書來，十一日子刻生一女。意甚悶悶，當作書廣之。

覃谿《谷園集》有《於瞻雲寺後拓得石鏡溪字詩》一首，注云：後有"紹聖元年七月辛亥，同真浄禪師爇茗此石上，南昌黄庭堅題"廿四字。

二十四日(12月5日)晴。　新吾自粤來。

二十五日(12月6日)晴。　作都書一二函。先後得伯潛、清卿書。

二十六日(12月7日)陰，連日霧氣瀰漫，似晴似雨，作雪不成。　晦若生日，來余齋避囂，以明季國初人卷頁及新舊《蘭亭》數種同玩，極相悦也。薄暮，張子純來，一見之，客去後忽覺疲弱不支，飯後嗽洟，即枕後胃氣鬱勃，起于腹中，上振顖門，下竄腰際，五夜不能合目，急起静坐，始稍斂攝，終不得半晌眠也。

二十七日(12月8日)晴。　病，延醫視之，投以疏散之品，不效。合肥勸用金雞霜，遂服之。余自知病伏已久，而發之猛，非中醫所能治也。且疫氣方熾，停留長智，非速攻不可。午後，壯熱，時作譫語，困甚。得再同書，知病有轉機，未大愈，爲赭石所誤。

二十八日(12月9日)晴。　仍服前藥。午後漸倦，入夜遺矢，而熱漸退矣。

二十九日(12月10日)晴陰不定。　熱退病清。

三十日(12月11日)晴。　前數日問視最殷者晦若、仲彭、永詩，而合肥每日必陪醫兩次，至是外閣客來恐煩，乃移入内静養。

得安圃、(弟八)[八弟]書。

夜夢徧閲名人書畫，得一幅，波浪掀天，一舟由上游急下，作收帆之狀，余於夢中吟其題句。内人推余醒，但記末二句矣，因足成之，醒語究不如夢語也。

一葉扁舟一粟身，風帆到處易迷津。能從急浪灘頭轉，便是清涼界裏人。

十一月初一日(12月12日)晴。

初二日(12月13日)晴陰相間。

初三日(12月14日)陰。　復安圃書。

初四日(12月15日)陰。

初五日(12月16日)陰。　聞都中疫氣亦盛。潘伯寅師病五日而卒。子授丈亦病亟也。子涵書來，子清之子同官死軍械所。總辦張席珍亦感寒，中厥陰而歿。後聞浙書，同官未死，蓋子清之妾毛氏僞造一電給子涵也。子清有此悍妾，貽累無窮。辛卯七月補記。

初六日(12月17日)晴。　晨至管齋小坐，延永詩略話，屬作鶴巢書，商師席。

祁世長補工尚，孫家鼐擢總憲，徐都轉吏右，禮右則錢應溥也。

初七日(12月18日)晴，始薙髮。　孫子授病卒。迴憶乙亥大考，十六年耳，人生真一夢也。

初八日(12月19日)陰。　再同來索《耆獻類徵》，取一部交鹽局寄之，草一紙，不能詳也。皞民來談。

初九日(12月20日)陰。　病後强將課卷閱竣交院，頗疲累也。

初十日(12月21日)晴。　偶閱《庾子山集》。復八弟書。

十一日(12月22日)陰，冬至。　勉力評兩兒史論，不能改也。

十二日(12月23日)晴，夜有風，全無雪意。　仲約得禮部右侍郎，稍慰遲暮之感。

十三日(12月24日)晴。　前假張巽之《房梁公碑》，頗佳。趙子函《石墨鐫華》云存六百餘字，此則更漫漶矣，然近日不易得也。

十四日(12月25日)陰。　黄建(芫)[莞]、周懋琦均來。半月中，飯少睡早，精神疲乏異常。

十五日(12月26日)晴。　頭痛。作一詩與顧皞民，謝其日本紙。

十六日(12月27日)風，晨細雨一陣。　晦若喜余詩，並索紙十番去，旋以日本矮箋相報，復用前韻贈之。

十七日(12 月 28 日)晴。　爽秋寄《補編詩》八卷來。

十八日(12 月 29 日)晴。　皞民來談,並和余詩。過永詩少坐。

十九日(12 月 30 日)晴。　麥信堅電來,言醇邸病重。

察哈爾部復至都統加公費三千兩,副都統加六百兩,均如直督原請之數。晨起,作樂山書,並爲約定淵若。

二十日(12 月 31 日)晴。　柴振邦由都回,詢醇邸病狀,綿惙不省人事,殊可憂也。

二十一日(1891 年 1 月 1 日)晴。　麥信堅電來。二十日,上奉慈聖至邸,午正回宫。是夜丑初,醇邸薨。

得王廉生書,因作書致伯平。

二十二日(1 月 2 日)晴。　皞民來談,約作鶴巢書。

日閲課卷十餘本,疲甚。論古自都送《蘭亭》一本,稱是定武瘦本,玩之,乃上黨之舊拓本耳,索價至二百金矣。又有一册,乃覃谿先生自書《蘭亭跋》,共七則廿八頁,以三十金留之。

二十三日(1 月 3 日)陰。　醇邸謚曰賢,雙擡寫定,稱曰皇帝本生考,立廟邸第,上縞素十一日,守素於北海畫舫齋,至邸縞素貂褂黄轎,至適園易服,歸亦如之。御前樞臣、師傅會禮部稿也。

得高陽廿日書,又復鶴巢書。

二十四日(1 月 4 日)陰。　課卷竣,過永詩、晦若少談。

二十五日(1 月 5 日)晴。　復高陽書。

二十六日(1 月 6 日)晴。　閲《苕谿漁隱叢話》。

二十七日(1 月 7 日)晴,夜大風。　皞民來談。

二十八日(1 月 8 日)風止。　花農來,知子晉甚病。獻夫來長談。午後有帖估擕《聖教》來,亦户口册,所搨乃慧秋谷所藏,有鐵梅庵、王暢夫二跋,惜索價過昂。"聖慈""勝緣"均補,何以泐"崇"? 字小横深,字複啄,均不明。留半日歸之。

《太平御覽》一百九十三引《郡國志》,幽州無終縣西平城即李廣射石虎之處。

二十九日(1 月 9 日)晴。　讀太白詩,王琦注也。塞上讀太白詩,頗有悟入處，惜歸而中輟。日來復理故業，覺諸家評贊，其譏刺指摘者固屬吹毛求疵，稱許者亦屬隔靴搔癢也。語曰："有酒學佛，無酒學僊。"余學蘇，不學其學佛處；學李，不學其學僊處，自謂取逕稍異恒流，未識世之能詩者許我否。得樂山書。吉雲帆來談。請咨引見。

十二月初一日（1月10日）晴，夜大風如虎。　復樂山書。

初二日（1月11日）晴，風未已。　聞葉子晉病没，惻然。作書致安姪。潘子静來。過晦若少談。

初三日（1月12日）黄沙蔽天，午後略止，飛雪數片而已。　至紫竹林吊子晉。歸而皡民來談。

初四日（1月13日）陰霾竟日。　召陳工部澤霖來，曹藎臣過話。

初五日（1月14日）陰。　午後，聞子壽丈於初四辰刻殁於鄂藩任所，殊堪痛惜。夜電慰再同，時方病也，恐不能支拄星奔。

初六日（1月15日）晴。　寄安圃書。

初七日（1月16日）晴。　午後，過皡民，約雲楣來談。

初八日（1月17日）晴。　得再同書，乃初三日所發，尚未知壽丈之病也。夜得鄂電，知壽丈因種梅感寒，初三猶謁撫院，初四召首府有所商榷，忽頭暈腹痛，更衣坐脱，無所苦也。

初九日（1月18日）晴，大風。　得九弟書，作數紙復之。語極婉摯，可作家誡。得允襄夫娟寄贄，答之。

初十日（1月19日）晴，午刻風沙。　寄再同書並幛，無可慰藉，勸其養疾而已。

十一日（1月20日）晴。　檢點書帙，几案頓清，欲稍理故業，而未得暇也。夜稍静，閲太白詩數首。

十二日（1月21日）晴。　得雲舫書，即復之。

《爾雅·釋草》"衆秫"，郭注不解衆字，邵、郝兩家亦釋秫累千百言，而於衆字不一及，余甚疑之。《爾雅》所釋必經文有之，而五經中無以衆爲穀者。偶讀《斯干》"衆維魚矣，實維豐年"[①]而怳然也。傳曰："陰陽和則魚衆多矣。"箋云："魚者，庶人之所以養也。今人衆相與捕魚，則是歲熟相供

① 此句出自《詩經·小雅·無羊》。

養之祥也。《易・中孚》卦曰:'豚魚,吉。'"按,如傳、箋所解,意殊迂曲。疑衆魚與旐旟對文,衆當作衆秫之衆,解如衆秫之茂,如水中之魚之多則年豐矣,似直捷而明白也。或魚乃穌字。《説文》:"穌,把取禾若也。"所種之禾,已可把取禾若,自是豐年之兆,亦通。

十三日(1 月 22 日)晴,大風揚沙,天日俱晦,夜月色皎然。　向以"正五九不上官"爲唐忌。閱《通鑑》,齊高洋將以仲夏受禪,或曰:"五月不可入官,犯之,終於其位。"宋景業曰:"王爲天子,無復下期,豈得不終於其位乎!"胡身之注:"陰陽家之説,上官忌正月、五月、九月。"則由來久矣。

十四日(1 月 23 日)午後晝晦,風霾竟夕。　午後,秉燭讀《漢書》一卷。

十五日(1 月 24 日)晴。　顧皞民來談。

閱《通鑑》三五頁,又檢《鮚埼亭集》《揅經室集》,無所得。

十六日(1 月 25 日)晴。　得都書,附安姪一緘。

《魏・高堂隆傳》:"評曰:隆學業修明,志在匡君,因變陳戒,發於懇誠,忠矣哉!及至必改正朔,俾魏祖虞,所謂意過其通者歟!"余按,隆於百役繁興,累疏切諫,可謂難矣。而封禪之議,創自蔣濟,隆輒撰其禮儀,何也?

十七日(1 月 26 日)晴。　寄王廉生書。

《漢書・文紀》贊:"斷獄數百,幾致刑措。烏虖,仁哉!"及觀《刑法志》,高后元年除三族罪,至孝文時新垣平謀爲逆,復行三族之誅,殆爲過刑,訖漢世遂不能除,宜史遷有文帝好刑名之語也。復從鼂錯之言,令民入粟邊,六百石爵上造,稍增至四千石爲五大夫,萬二千石爲大庶長。漸令入粟郡縣,遂開賣官鬻爵之弊,流毒萬世,誰謂孝文賢主哉?

十八日(1 月 27 日)晴。

十九日(1 月 28 日)晴,午後陰。　皞民昨來辭行入都。寄復柳門書。以潁州酒至今名東坡酒及中山松子、蘋婆、粵中橙橘,焚海南香,爲文忠作生日。内人藏陸叔平、張正甫奇、前後赤壁兩圖、文三橋書賦,相與展翫久之。

二十日(1 月 29 日)微雪。　晦若來談。額裕如升粵臬,胡蘄生得府尹。得八弟及載之書。

二十一日(1月30日)晴。　王弼臣解館。劉獻夫來談。午後,過晦若、容民略話。得樂山書。

二十二日(1月31日)晴。　作書辭集賢席。明年思作汗漫游耳。復載之書。

二十三日(2月1日)陰。　樂山遣其紀綱、任慶及陸宣來,寄惠食物並雲狐馬褂、西羊皮袍筒各一件。孝達有電,論再同家事。電再同,並復孝公數語。

二十四日(2月2日)陰,夜雪。　額裕如來談,云次棠前輩之弟子堅、幼棠均歿,家遭回禄,殊可慘也。

夜復樂山書。

二十五日(2月3日)雪猶未止。　昨得高陽師書,寄都中食物數種。午後作箋答之,並寄食物數事,猶餽歲之禮也。

二十六日(2月4日)晴。　獻夫、芸楣來談。伯平自大名至。

二十七日(2月5日)晴。　伯平來談。答裕如、獻夫、芸楣。

二十八日(2月6日)晴。　伯平來談。得再同復電。

二十九日(2月7日)晴。　答伯平。晚,合肥之表弟李子木觀察正榮自山東工次來。夜,晦若過談。

三十日(2月8日)晴。　客中又是一年矣。胡雲楣來。

廉生書來,以《石淙序》上承登善,下開祐陵,山谷實從此出,積健爲雄耳。翁覃谿謂曜不如稷,實則稷不如曜。余深以其言爲然。按,《舊傳》:"元超子曜,亦以文學知名,聖曆中修《三教珠英》,官至正諫大夫。"《新書》:"曜,聖曆中附會張易之,官正諫大夫。"《宰相世系表》:"西祖房耀,字昇華,給事中,襄汾陰男。"温公《通鑑》誤以薛紹尚太平公主者爲曜子,據《表》則紹乃瓘子,胡注已正其誤矣。《通鑑》:"紹母,太宗女城陽公主。"胡身之注:"據《會要》,城陽先降杜荷,荷誅,降薛瓘。"

辛　卯　上

光緒十七年辛卯正月丙寅朔(1891年2月9日)陰。　與兒輩論詩。薄暮,閱《山谷詩》一卷。

初二日(2月10日)晴。　過晦若略話。伯平來談。

初三日(2月11日)晴。　理《管子注》。案上所聚皆周、秦、兩漢之書,頗有古意。

初四日(2月12日)晴。　治《管子》,餘暇讀詩,盡山谷一卷。

《國策》謂張儀破從爲衡,趙割河間,韓效宜陽,魏效河外,燕割常山之尾五城,齊獻魚鹽之地三百,惟楚僅獻雞駭之犀、夜光之璧。其時,屈原諫止之辭雖不見納,然儀固有所畏忌也。君子觀於此,而歎朝廷之上何可一日無人哉!

初五日(2月13日)晴。　合肥生日,賀客如雲。余獨與内人談詩竟夕。

僧詩忌蔬筍氣,女子之詩亦忌脂粉氣。《選》詩於婦人,但存班倢好《怨詩》、曹大家《東征賦》。《玉臺新詠》所録頗多,則皆冶詞麗句耳。所以選列朝詩者,雖例録閨英,率皆靡靡不振,所謂綺麗不足珍也。余戊子冬爲内人作論閨秀詩十餘絶,頗具古今流别。試以《毛詩》及三家合考之,則《三百篇》中婦人之作居多。要之,當以穆如清風,雅人深致爲主。固不宜曉風殘月,作妮妮兒女語,亦不必努力作棱角,有類武夫傖夫之習也。

初六日(2月14日)晴。　寄再同書。額裕如有摺弁入都也。

《管子》曰:“商賈在朝,則貨財上流。”《荀子》曰:“賈精於市,不可以爲市師。”此實千古名言。《周禮》司市以下大夫爲之,惟禁僞去詐,乃用賈民。誠以賈人工心計,以之謀國,勢必利競錐刀;以之便私,勢必廣通賄賂,故不得不示以箝制。鼂錯説上曰:“今法律賤商人,商人已貴富矣;尊農夫,農夫已貧賤矣。”語極悚切,而其意則在入粟縣官,拜爵除罪。試問此拜爵者爲富商乎?爲愿農乎?試問此除罪者爲奸商乎?爲賤農乎?以入粟，故粟價踴貴，無如商賈之力能積貯倍息以取之。農之所利甚微，而商之所利甚大；國之所得甚少，而商之所得甚多。於是，向之富商均爲貴商，向之奸商均爲豪商。馴至桑弘羊，以賈人子爲御史大夫，實此言階之厲也。核以《管》《荀》之言，則不獨不宜貴居朝列，並不宜畀以市權，杜漸防微，可謂深切著明，洞見癥結也。或曰中外通商，商戰之天下也，必操務本抑末之説。商人串通外國，不益爲中國漏卮乎？曰以賢士大夫主之，以良善商人輔之，必畀奸商以市師之權，其漏卮更甚耳。有識者當已憭然。

初七日（2 月 15 日）晴。　康成之學，頗厄於晉，王、韓之《易》，枚氏之《書》。晉爲王肅之甥，故論《詩》《禮》亦多主肅而難鄭，其不絶如綫矣，而卒不能盡没，則其體大思精，固非小儒所能望也。嗟乎！何晏之《集解》出，而漢儒《論語》無全書；杜預之《左傳》出，而賈、服舊注無全書；范寧之《穀梁》出，而五家《穀梁》無全書。何劭公之公羊學竟能傳留至今，亦云幸矣！《晉書・儒林傳》最無史法：范平未嘗傳經，取以冠首；杜夷止於高行，亦列姓名；至開國之始，過江以來，學派異同，儒術升降，茫然不得其緒，殊可怪也。鄙見當割《韓伯傳》入之，以明《易》派，而補顧夸於後。晉揚州刺史，有《周易難王輔嗣[義]》一卷。補《枚賾傳》而取謝沈、《尚書》十五卷。孔晁、晉五經博士，《尚書義》《問鄭學》。伊説撰《義疏》。以記晚出《尚書》變更之故。《詩》則江熙、《毛詩》二十卷。孫毓、《毛詩異同評》，字休朗。陳統、徐州從事，《難孫氏》。楊乂。《毛詩辨異》五卷，《異義》二卷。杜預即不能入《儒林》，當與到、寔敘於傳《左氏》之後。若方、範、殷與范堅，固宜與孫毓《左疏》兼采也。王愆期、高龍、汪淳之《公羊》，張靖、徐乾之《穀梁》，不宜見遺。范寧當入，與徐邈相次。郭璞注《爾雅》並有《毛詩拾遺》，不當與葛洪並傳，等諸方伎。干寶有《周官禮》及《駁難》，亦不當與王隱等並傳，夷於史家。至於二《禮》專門，以及《論語》《孝經》之類，亦宜擇要存之。方與《史》《漢》例合。惜梁公等未能詳審也。

初八日（2 月 16 日）晴。　伯平辭回大名。

《晉・荀崧傳》："時方修學校，簡省博士，置《周易》王氏，《尚書》鄭氏，《古文尚書》孔氏，《毛詩》鄭氏，《周官》《禮記》鄭氏，《春秋左傳》杜氏、服氏，《論語》《孝經》鄭氏，博士各一人，凡九人，其《儀禮》《公羊》《穀梁》及鄭

《易》俱省不置。"崧以爲不可，請鄭《易》、鄭《儀禮》、《公羊》、《穀梁》均立博士。詔《穀梁》膚淺不足立博士，餘如奏。會王敦之難，不行。此南朝廢鄭《易》之漸。《公羊》《穀梁》又不知當立何家，史之疏也。其時孔《傳》、杜《注》已立博士，而鄭、服並存，猶可藉考漢儒流派，奈何漸就湮没，使晚出之古文、雜陳之武庫盡據經生之席哉？典午以清談爲事，於經義本在所略，故崧雖剴切言之，而當事藉端東閣于國。今文遭巫蠱者，非確三經博士厄王敦者。可嗟！特拈出之，爲䀻經家一慨。

葛洪著《喪服交除》一卷，此當與環濟太學博士之《要略》、孔衍廣陵相之《凶禮》並列禮家，不特賀循、蔡謨也。乃《洪傳》但言其抄五經、《史》、《漢》，餘皆鋪張其得僊之迹，正史乃如小説，可怪也。

初九日（2 月 17 日）陰。　偶論明永樂時政事，合肥以成祖爲高麗妃所生，菊耦云高皇后所生，余曰皆有據。朱竹垞《南京太常寺志跋》云："海寧談遷孺木，館膠州高閣老弘圖家，借故册府書縱觀，因成《國榷》一部，掇遺爲《棗林雜俎》。中述孝慈高皇后無子，不獨長陵爲高麗碽妃所出，而懿文太子及秦、晉二王皆李淑妃所生也。聞者争以爲駭。史局初設，嘗質諸總裁前輩，總裁謂宜依實録之舊。今觀天啟三年《南京太常志》中，設高帝后位，左生子妃五人，右碽妃一人。事足徵信《實録》，史臣曲筆不足從也。長陵上闕下書，及宣諭臣民曰：太祖高皇帝孝慈高皇后嫡子。壺漿欲掩，而迹反露矣。"是竹垞之意以成祖爲碽妃所産也。《志》四十卷，嘉興沈若霖編。

初十日（2 月 18 日）陰。　《楚國先賢傳》："孫儁，字文英，與李元禮俱娶太尉桓焉女，時人謂桓叔元兩女俱乘龍，言得婿如龍也。"元禮之門謂之登龍，其婦亦謂之乘龍，真老子猶龍之裔矣。按，東漢好以名稱相標榜。其稱龍者，若荀氏八龍及管寧等龍頭、龍腹、龍尾之類，至武侯卧龍，而龍德備矣。其餘波，若中散亦稱卧龍，王濬乃水中龍，皆月旦之餘習也。桓少君挽鹿車爲佳話，其後又有孫李乘龍繼之。惜少君之父不詳其名，不知與桓榮爲同宗否耳，何桓氏之多佳婿賢女也？

十一日（2 月 19 日）晴。　得再同復書，安圃桂林書。

初九日論成祖事，更以《實録》考之。榆木川崩年六十五，當生於元至正二十年庚子，時太祖爲吴公之五年，其時安得有高麗妃？據《太常志》左列生子妃五人，右碩妃一人，則碩妃未生子可知，且成祖即養於高后，不追崇所生，然不應列所生於生子妃五人之下，其爲野史傳譌無疑。要之，成祖之爲簒立，雖孝子慈孫無從掩蓋，不係乎所生之爲嫡爲庶也。竹垞知辨建文從亡諸臣之僞，而於此獨主《南志》，始終不滿於永樂耳。

十二日（2月20日）晴。　《北史·儒林傳》："南北所爲章句，互有不同。江左，則《易》王輔嗣，《書》孔安國，《左傳》杜元凱。河洛，《左傳》服子慎，《書》《易》則鄭康成。《詩》則並主毛公，《禮》則同遵鄭氏。南人約簡，得其英華；北學深蕪，窮其枝葉。考終始，要會歸，殊方同致矣。"孔沖遠，冀州名冑，《舊書》稱其尤明《左氏傳》、鄭氏《尚書》、王氏《易》，乃所定《五經正義》，皆宗南學而背北學，即其服習鄭氏《尚書》之故，亦並棄之，何也？其序《易正義》曰："西都則有丁孟京田，東都則有荀劉馬鄭，大體更相祖述，非有絶倫。唯魏世王輔嗣之注，獨冠古今。所以江左諸儒並傳其學，河北學者罕能及之。其江南義疏十有餘家，皆辭尚虚玄，義多浮誕，斯乃義涉於釋氏，非爲教於孔門，既背其本，又違於注"云云。夫去兩京相傳之正脈，而孤守輔嗣老莊説《易》之旁門，乃以虚玄浮誕歸過於南疏，真源濁而欲流潔，木枉而求影直矣。《書》之宗孔，其壞河朔舊風者，始於二劉焯、炫。孔疏雖光伯、士元並譏，實陰祖士元《述義》，而於鄭氏棄若弁髦，尤爲反弓射羿。《左疏》深譏漢儒，以爲雜取《公羊》《穀梁》，以杜專《左》，釋經爲甲，雖不以劉氏規杜爲然，實仍勦襲舊疏，一味爲武庫佞友而已。然則孔氏實壞北學之門墻，絶漢儒之流派，不得以《詩》《禮》二疏之善掩其巨謬也。

十三日（2月21日）晴。　《左傳》："蔡仲改行帥德，周公舉之，以爲己卿士，見諸王而命之以蔡。"杜注："爲周公臣。"《史記·管蔡世家》："蔡叔度既遷而死。其子曰胡，胡乃改行，率德馴善。周公舉胡以爲魯卿士，魯國治。於是周公言於成王，復封[胡於]蔡，以奉蔡叔之祀。"小司馬校《尚書》，无仕魯之文。又謂伯禽居魯，在七年致政之後。疑《史》無所據。孔穎達《正義》亦以史爲誤。錢宫詹《史記考異》、梁曜北《史記志疑》已糾正之。無論《史記》所述本出《左氏》，絶非無所據依。即以《尚書》論，子長誦古文，又從孔氏問故，執晚出之《尚書》而置疑於《史記》，此以唐律定漢獄者也。杜氏既有《左》癖，乃不能引《史》證《左》，殊爲率陋。惜服、賈之注久亡耳。

十四日（2月22日）陰。　《左·昭二十九年》："使獻龍輔於齊侯。"杜注："龍輔，玉名。"《正義》："《周禮》：'使澤國用龍節，皆金也，以英蕩輔之。'杜子春云：'蕩，謂以函器盛此節。'謂鑄金爲龍，以玉爲函，輔盛龍節謂之龍輔。此獻函不獻節，故直云獻龍輔。玄卿云：'盛龍節之玉函耳。'案，《説文》云：'（龍）［瓏］，禱旱玉也，爲龍文。'又《玉人》云：'上公用龍。'故云龍輔，玉名，蓋用此意。"余案，《周禮疏》云："昭二十九年，公在鄆，賜公衍羔裘，使獻龍輔於齊侯。"注："龍輔，玉名，所以輔龍節與此别也。"是唐初所見杜注必有"所以輔龍節"五字，故賈引以疏杜子春之説，孔復引杜子春以疏元凱，否則但引《説文》及《玉人》足矣，何必糾纏杜子春龍節之注哉？

十五日（2月23日）陰晴相間。　漢以望日祀太一，從昏時至明，此夜游觀燈所自始。然元宵詩殆無用太一者矣，沿流忘源，往往如是。

十六日（2月24日）晴，晚陰。　聞慈聖立綺春局。昔漢明德后，置織室蠶於濯龍中，數往來臨視，冀聖懷遠儀明德，從此修躬桑之典，講親繭之文。深宫留意蠶織，亦治象也。日望之矣！後見邸抄，名綺華館。

十七日（2月25日）雪。甚微，保定甚大。　復再同書，並遣兩馬軍入都迎之，時河海釋冰，輪船已駛行矣。

洪皓留金十五年，忠義之聲聞于天下，其子适、遵、邁俱才，可謂不於身必於子孫矣。然三洪之行，均不及其父遠甚，此亦"公慚卿，卿慚長"之類也。宋因王抃還赦，沿邊被兵州軍，适草詔曰"正皇帝之稱爲叔姪之國"，論者謂前所貶損，四方未聞，著之赦文，殊失國體。要之，此二語既彰，前者稱臣之辱復著，今者稱姪之名而宣播邇遐，頗自矜詡，較之稱大朝小朝與父皇帝兒皇帝相等矣，失國體猶小，而其志趣之卑陋可知。孝宗問侍從、臺諫曰："敵人來索舊禮，從之則不忍屈，不從則邊患未已。中原歸正人源源不絶，納之則東南力不能給，否則絶向化之心，宜指陳定論以聞。"遵與金安節、唐文若、周必大爲一議，大略謂：不宜直情徑行，亦未可遽爲之屈，謂宜遺金繒如前日之數，或許稍歸侵地如海、泗之類，則彼亦可藉口而來議矣。金强宋弱，彼時空索河南陵寢者，同屬迂騃。而如此等議論，豈不卑淺可笑？歸正人源源不絶，乃恢復之機，今獨置而不論，尤見其識見庸下，闇於遠圖。邁以高忠建責臣禮及取新復州郡，奏稱土疆實利不可與，禮際虛名不足惜。黄中及陳俊卿均欲正名。究之，易臣爲姪，名亦未正也。邁能以舊禮折伏金使，及使金爲金人所鎖，水漿不通，三日乃得見，竟辱命而還，視忠宣霄壤矣。謚欽懷宗有意，謚高世祖則諛佞，宜朱子指爲佞人耳。景廬尚如此，學不如景廬何足責？但不録而辱國更可恨了。

十八日(2 月 26 日)晴。　昌黎云："《爾雅》箋蟲魚，定非磊落人。"連日修改《管注》，積卷縱横，實覺苦樂相間。夜燈，試取昌黎詩讀之，不覺月午矣。

《蔡寬夫詩話》云："退之《石鼓歌》云：'逸少俗書趁姿媚，數紙尚可博白鵝。'觀此語便知退之非留意於書者，今洛中尚有石刻題名，信不甚工。"余案，蔡説甚固，殆非留意於詩者。此特烘託法耳。然國朝諸公如阮文達輩，便執此意鄙視王書，亦可笑也。

十九日(2 月 27 日)晴。　族叔埴來。

《苕溪漁隱叢話》："東坡云：'書之美者，莫如顔魯公，然書法之壞，自魯公始。詩之美者，莫如韓退之，然詩格之變，自退之始。"又載山谷語，謂"退之安能潤色東野"。洪龜父亦謂山谷於退之詩少所許可。東坡之言深於書法、詩律，爲世之肄顔書爲韓詩者，痛下鍼砭，山谷之詩豈能到退之氣象？吾頗疑坡公以孟郊詩爲彭蜞，以山谷詩爲江鰩柱，皆有貶詞。試問能與韓潮、蘇海較耶？

《冷齋夜話》又載：山谷讀退之《贈同游詩》"唤起窗全曙，催歸日未西"，以唤起、催歸爲二鳥。按，山谷從此等處求韓，不亦瑣乎？

二十日(2 月 28 日)晴。　顧皞民自都來，代購《歷代》《國朝詞綜》兩册。余不解音律，不能倚聲，留備檢考耳。晦若來談，復爽秋並致再同書，以一緘屬嚴範孫編修求館師，均附明日摺弁寄都也。

俞理初《胤征序義》曰："《書序》云：'羲和湎飲，廢時亂日。胤往征之，作《胤征》。'《史記》謂帝中康時。鄭曰：'胤，臣名。'《史記》不采《左傳》羿事，蓋孔安國所不説。據《左傳》羿代夏政爲帝夷羿，則中康之立，亦猶朱均别守丹商國邑耳。枚書謂中康肇位，四海胤侯，命掌六師。又作傳云：‘夷羿廢太康，而立其弟仲康爲天子。仲康命胤侯掌王六師，爲大司马。’是羿亦爲大臣，不得爲帝夷羿矣。宋蘇軾謂羲和貳羿忠夏，羿假命征之，其言無徵，而深得枚、孔之意。蓋王肅、皇甫謐見高貴鄉公、毌丘儉、諸葛誕之事，集此文證之也。南宋、元、明之儒務與蘇争而互相攀引，毅然定羲和爲羿黨，則又一無稽之言，各成一局。且謂孔子《書序》不明羲和黨羿之罪。夫羲和黨羿，南宋始有成。案，孔子周人，何由得明之，且非枚書意也。”案，《吴世家》取伍員諫夫差語，《史記》於少康事何嘗不證以《左傳》？惟伍員之言謂有過滅后相，少康不失舊物，則仲康繼太康而立，本未失位。或謂爲國人所立，或爲后羿所立，時遠無徵，要不得因。辛甲《虞箴》有“有帝夷羿”一語，遂疑自太康以後，遂羿、浞迭簒也。果自太康後，羿即簒立，何以又有帝仲康、帝相乎？以伍糾辛，不攻自破。仲康自征其日官，不必强與前篇紐合。枚書取《左》，如“聖有謨勳”及“木鐸徇路”，均非此篇之文。惟“辰弗集于房，瞽奏鼓，嗇夫馳，庶人走”，叔孫昭子言《夏書》以證救日之禮，正與《書序》“廢時亂日”之語合，定是此逸篇之文，無可疑者。然則羲和之罪狀憭然，又何必忠夏黨羿，造此兩案臆斷之詞乎？世或以此譏史遷敘太康、少康之間語過簡略，則自孔子之時，杞不足徵。《史記》於本紀專取《尚書》師說，正其謹嚴有法處，何可輕議？《左氏》兩言少康事，亦伍員之説，視魏絳爲詳，敘之《吴世家》而不入《夏本紀》，甚得存疑互見之意。彼交口詆諆，及逞臆杜撰者，皆妄人也。

孫淵如《書疏》取鄭注，《禹貢》引《胤征》“篚厥玄黄，昭我周王”，以周爲忠，信爲周之周，此曲説也。《胤征》疑是成王征之誤耳。

二十一日（3 月 1 日）晴。　吴匏翁《謁文信國祠詩》言所書《六歌》藏海虞錢氏，已燬於火，而其題跋中尚有信公《過小青口詩》遺墨，動人敬愛。合肥師家藏信公一詩，云得之鄉人。云能避瘧鬼，此或出於附會。然信公之正氣，自勝於“子章髑髏血模糊”，即鬼神固當敬之也。惜存葛洲，不獲一見之。

吴跋《米襄陽臨坐位帖》，謂魯公圓活清潤，能兼古人之長；米則猛厲奇偉，終墮一偏之失。余謂顔與米人品迥異，豈止婢學夫人。

二十二日(3月2日)雨。　六國之勢宜從不宜衡,然從之事難。蘇秦激而約從,其志亦大過人,然即無張儀,從約亦不能堅。蓋從約三晉之利,彼齊、楚、燕方各蓄開彊拓土之見,意謂和秦而加兵他國,固遠交近攻之策也。而不知秦人以此時蠶食弱國,其勢已席卷而至矣。秦之必争韓魏,猶今日泰西之必争我屬國也。法取越南,英取緬甸、香港,俄取海蔘崴,皆暗與秦人合。扇日本,鉤朝鮮,仍此技耳。鼾睡及卧榻之旁而不悟,有心人能勿慨然?

燕在春秋時甚弱,山戎之偪,求助齊桓,至景公之時,猶畏齊獻賂,何戰國時竟列於六國?《史記》亦不之詳也。《國策》蘇秦説燕文侯曰:"燕東有朝鮮、遼東,北有林胡、樓煩,西有雲中、九原,南有呼沱、易水",其地兼今日之盛京、山西大同、陝西榆林界矣。不知强大之基創自何時,疑亦田氏篡齊,三卿分晉之時。齹、桓得以其暇,吞併邊方耳。史公曰:"燕北迫蠻貉,内措齊、晉,崎嶇彊國之間,幾滅者數矣。然於姬姓獨後亡,非召公之烈耶?"余謂弱如燕國,樂毅用之而入齊,强弱固無定形也,在於得人耳。

二十三日(3月3日)晴。　得八弟濮院書、安姪桂林書。

元微之《陽城驛》詩云:"商有陽城驛,名同陽道州。我願避公諱,名爲避賢郵。"詩作於元和五年。及牧之時,則改爲富水驛矣。牧之又有詩云:"益戇由來未覺賢,終須南去吊湘川。當時物議朱雲小,後代聲華白日懸。邪佞每思當面唾,清貧長欠一杯錢。驛名不合輕移改,留警朝天者惕然。"一驛名或以爲當改,或以爲不當改,議論不同如此。元白和答詩十首,同者謂之和,異者謂之答,《陽城驛》乃白所和者。小杜正與元白異耳,非漫然而作也。

二十四日(3月4日)晴。　作子壽丈祭文一篇、挽詞五首、挽對一聯。

《杜預傳》兩碑,一沈峴水,一立萬山。萬字可疑,檢《水經注》,全謝山云當是方山之誤,方作万,改正爲萬耳。兩《漢》之外,史之誤字多矣。

二十五日(3月5日)晴。　季士周同年來。午後,至皡民、贊臣處小坐。

八弟書云其内弟注有《陰符經解》,欲求削正。《陰符經》乃李筌僞撰,諸家注亦筌僞爲之。其言五賊三盜均極淺陋，乃朱子爲之考異，安溪復以《易》釋之，何也？此等陋書，止宜以神僊丹火之説演之。焦弱侯之禪出自李贄，不妨别樹一幟耳。宜儒者所宜言乎？

二十六日(3月6日)晴。　摺弁回，得再同書，廿七出都。嚴範孫薦杜孝廉彤，未知其就館否。

昨晦若見余挽壽老詩，謂似竹垞挽納蘭容若之作，非所敢當也。而少日實癖嗜朱詩，貪其使事繁博，足資稗販，貧家無書，據此剽竊，猶勝於以兔園册子爲秘本者。偶檢所藏，無江録而有楊謙、孫銀槎兩注本。孫注後於江、楊，然於直録楊注者，便不著其名，近於盜竊。楊氏於徵典之外，間附作詩情事，此紀事之例，最爲注詩要著，如《風懷詩》，楊幾爲徵實，近於揚惡訐私，此類删之可也。如《鴛鴦湖櫂歌》，楊氏搜羅和作甚多，孫亦一例去之，此則近於立異矣。覃谿評朱，專據楊注。孫注刻於嘉慶初，或覃谿未見耳，實亦孫遜於楊。

先生《鹿尾詩》云："東丹王子畫，移剌楚材詩。"楊注以耶律楚材作移剌爲疑，孫注則於注中但稱楚材而並耶律不書矣。夫以先生之博洽，何至不知耶律楚材而誤書其姓者？《遼史·國語解》云：以漢字書之，則曰耶律；以契丹字書之，則曰移剌。特一音之轉耳。

二十七日(3月7日)晴。　答士周，並送裕如行。過陳雨人，商延館師。

二十八日(3月8日)晴。　得兩弟書，連日必作書一二緘，皆臘尾年頭所積，乘輪舟復之。

孟僖子屬説與何忌於孔子，懿子師事聖人，宜有以承補過之家風，而體無違之明訓者，乃其朋比季氏，實爲昭、定間一大罪人，上負君，下負師，有不可以情感理測者。豈非孟氏之逆子而聖門之頑徒耶？僖子二十四年卒，何忌以是年代父位，明年昭公伐季氏，使郈孫逆之，何忌苟知禮，則帥師徒助公攻季，豈非不世之勳？即私計亦必代季平得政，乃甘心從逆，執郈昭伯而殺之，遂伐公徒，此季氏所不敢爲而鬷戾所未能爲者。何忌肆無忌憚，毅然行之，此則季氏之賈充，昭公不爲高貴鄉公亦幸免耳。三都之墮，雖謀出子路，而主之者必夫子。乃墮郈墮費，何忌皆身在行間。及墮成，則納公斂處父之請，僞爲不知，成亦終不能墜，意其陰謀秘計，姑墮郈、費以弱季叔，終留成以撓聖謀，險詐不可思議，視毁聖之叔孫州仇尤不足取。《史記・仲尼弟子列傳》不列其名，殆爾時雖不鳴鼓而攻，必早削其籍而絶其人矣。竹垞作《孔門弟子考》，乃補列之，非也。竹汀先生刻於叔孫昭子，余稍嫌其過當，若何忌則百喙無以自解者耳。

二十九日(3月9日)陰。　得樂山十六日書。

昨因與兒子論北學，頗譏孔氏。後取其《詩》《禮》二疏考之，其《詩正義》據二劉爲本，復云焯、炫等負恃才氣，輕鄙先達；《禮正義》以熊安生、皇侃爲本，復云以熊比皇，皇爲勝矣。二劉及熊皆北學，皇侃則南學也。不知沖遠何鄙夷鄉先達若此？豈以士元始不之禮，介介于中耶？抑學業博通，故無門户之見耶？然觀其舍鄭氏《尚書》而用孔，舍賈、服《左傳》而用杜，此孟子所謂舍喬木而入幽谷者，何博通之有？

以《禮疏》論之，沖遠譏熊氏違背本經，多引外義，猶治絲而棼之。今案，《曲禮篇》："五十曰艾。"《疏》引熊氏云："案《中候・運衡》云：'年耆既艾。'注云：'七十曰艾。言七十者，以時堯年七十，故以七十言之。'又《中候・準讖哲》曰：'仲父年艾，誰將逮政。'注云：'七十曰艾者，云誰將逮政，是告老致政，致政當七十之時，故以七十曰艾。'"此即所謂多引外義者，而《疏》亦未有駁詰，蓋兩注皆出自鄭，熊氏引之以博其趣耳。"太上貴德"，鄭注："太上，帝皇之世。"熊氏以鄭升帝於皇上，故列。考鄭説三皇，與宋均、《白虎通》、孔安國不同之故，《疏》亦無以難之。《檀弓篇》："子思之哭嫂也爲位。"注："善之也。《禮》：嫂叔無服。"《疏》云："此子思哭嫂，是孔子之孫，以兄先死，故有嫂也。皇氏以爲原憲字子思。若然，鄭無容不注，鄭既不注，皇氏非也。孔氏《連叢》云：'一子相承，以至九世。'及《史記》所説亦同，不妨。雖有二子相承者，唯存一人，或其兄早死，故得有嫂。且雜説不與經合，非一也。"孔以皇爲勝，亦嫌其時乖鄭義。然《疏》顯違《史記》，造爲子思有兄先死之説，何足難皇？且鄭、阮不注，安知即是孔子之孫乎？其意蓋以上下子思，皆孔孫也。然即此一節亦足見皇之未必勝熊耳。《王制》："千里而遥"，"千里而近"。皇氏謂近乃不滿千里，遥乃不啻千里。熊氏以爲近者，謂過千里；遥者，謂不滿千里。孔氏是皇非熊，此則熊説似迂曲矣。余擬摘其駁熊者别鈔之，仿劉文淇《左傳舊疏》之例，使北學稍存梗概也。馬氏已輯之矣。當合采諸家，匯爲一書，曰《禮記舊疏存》。

二月初一日(3 月 10 日)晴。　復兩弟書。得趙菁衫書，時署山東臬司。

陽休之撰《幽州人物志》，《北齊書》《北史》並同。休之殁於隋開皇二年，而《隋書·經籍志》並不著録，惟《舊書·經籍》云"《幽州古今人物志》十三卷，陽休之撰"。蓋《開元四部》所收也。《太平御覽》引用書目已無此書，是宋初已亡。而《新唐書·藝文志》猶列其目，十三卷作三十卷，未知孰是。類書中竟罕徵引，無可考矣。余惟《陽氏譜系》，託於雍伯，遠脈難徵，自士倫以忠清簡毅、篤行義烈爲盧諶所推，實延世澤，於勿替一家之學，實爲北燕大宗。景文尼造《字釋》，未就而卒。從孫承慶撰爲《字統》，子烈休之亦撰有《韻略》一卷，見陸慈《切韻序》，《舊唐·經籍志》。是深於小學也。子烈弟俊之子辟疆，父子並修《聖壽堂御覽》，兄弟叔姪並預文林館，子烈又輯陶詩，是長於編輯群書也。敬安固有集三卷，子烈有集三十卷。《舊唐》作二十卷，此從《北齊書》。无景昭有集十卷，俊之亦自稱有集十卷。"陽五伴侶"賣者疑爲古之賢人，是優於文辭也。《景德傳》則曰"涉獵經史"。藻。《叔鸞傳》則引柳下惠"則可，吾不可"之説，以拒羊侃，請輕徭薄賦，勤卹人隱，以罷苑囿。均見風采，非不學者所能也。惜今諸集與《人物志》俱佚矣。余僅輯《字統》一卷，略識慨想而已。《字統》本二十卷。

敬安有《刺讒》《疾嬖幸》二詩，見本傳。吾鄉之人例障於讒，亦其人類北方孤直之故。

初二日(3 月 11 日)晴。　遲再同未至，悶甚。復菁衫書。

李貽德有《賈服注輯述》，余取馬氏輯佚補之，復取馬、李所未及者，得若干條，既爲附存矣。因取《南史·儒林傳》涉及服、杜者録之，以資考核。

崔靈恩，清河東武城人。靈恩先習《左傳》服解，不爲江東所行，乃改説杜義。每文句常申服以難杜，遂著《左氏條義》以明之。時助教虞僧誕，又精杜學，因作《申杜難服》以答靈恩，世並傳焉。僧誕，會稽餘姚人。

沈不害，字孝和，吴興武康人也。

自梁代諸儒皆以賈逵、服虔之義難駁杜預，凡一百八十條。元規引證通析，無復疑滯。

《北史·儒林傳》：

李崇祖，字子述，上黨長子人。姚文安難服虔《左傳解》七十七條，名曰《駁妄》。崇祖申明服氏，名曰《釋謬》。

劉晝，字孔昭，渤海阜城人。就馬敬德習服氏《春秋》，通大義。

馬敬德，河間人也。

張思伯，河間樂城人，善説《左氏傳》，爲馬敬德之次，當是服氏。撰《刊例》十卷。

劉炫，河間景城人。自爲狀：服、杜竝堪講授。

初三日（3 月 12 日）晴。　陳雨人來。午後，約李贊臣代招章仲璋孝廉爲館師。

《春秋左氏解詁》三十卷。賈。《解誼》三十一卷。服。《杜服注》十卷。殘缺。《服杜音》三卷。梁有。《春秋釋訓》一卷。賈。《春秋左氏經傳朱墨列》一卷。賈。《左氏膏肓釋痾》十卷。服。梁有《春秋漢議駁》二卷，服撰，今亡。《春秋成長説》九卷。服。梁有《春秋左氏達義》，漢王玢撰，亡。按，此書附于服下，不知與服同否，無可考。《春秋塞難》三卷。服。《賈服異同略》。孫毓，五卷。以上《隋志》，《唐》略同。

《左氏正義序》。今爲義疏者，沈文何、蘇寛、劉炫。蘇氏全不體本文，唯旁攻賈、服。蘇疏，《隋》《唐》今不著録。

按，馬氏就《左疏》輯《蘇疏》一卷，然片言隻義，不見旁攻之迹矣。

初四日（3 月 13 日）晴。　曹藎臣來。午後，劉子進、顧皡民來談。得允言書。聞再同初一始起程，明日可到矣。

《晉·劉隗傳》："隗伯父訥，子疇，字王喬。曾避亂塢壁，賈胡百數欲害之，疇無懼色，援笳而吹之，爲《出塞》《入塞》聲，以動其游客之思。群胡皆垂泣而去之。"此即畏匡彈琴之風尚爲近理。《劉琨傳》："在晉陽，嘗爲胡騎所圍數重，城中窘迫無計。琨乃乘月登樓清嘯，賊聞之，皆悽然長歎。中夜奏胡笳，賊又流涕歔欷，有懷土之切。向曉復吹之，賊並棄圍而走。"殊類兒戲，且不應先後兩事均屬劉氏。明是琨事，因王喬附會也。《新晉書》采之，可謂無識。

初五日(3月14日)晴。　侵曉,扁舟迎再同,行三里許相遇,過而吊之,再同瘦弱可憐。舟泊鐵橋下,至暮始還署中。陳兒亦往謁即歸。

金源一代,邊風未革,儒術至衰。修史者立《文藝傳》而無《儒林》,致足慨矣。辛楣先生《補元史藝文志》,稍輯遼、金以來著述,始得附見。約而論之,如趙閑閑秉文有《中庸説》《論語[解]》《孟子解》《易叢説》,其學旁及諸子,晚遁於禪,然固五朝文宗也。楊之美雲翼辨《周禮》,摘《新曆》,亦其次矣。《文藝傳》中,如馬子卿定國,茌平則有《六經考》一卷,王從之若虛,藁城則有《五經辨惑》、《四書辨惑》三卷、《尚書義粹》二卷。是宜别爲《儒林傳》,以存一代經學之盛衰者也。小學,則韓孝彦《五音篇》十五卷,韓道昭《改併五音集韻》十五卷,與張天錫、趙昌世之《草韻》十册,鄭(昌時)[時昌]之《韻類節事》。儀注,則如張行簡之《禮例纂》一百二十卷,張暐等之《大金集禮》,亦宜附焉。至若李純甫之《中庸集解》,援儒入墨;麻九疇之《學易》,沿流忘源,則不能闌入,庶亦稍存崖略歟。要之,金之學派比元則不足,比遼則有餘,似不宜以文藝爲名,没經生之源,破史家之例也。吕选《尚書要略》亦宜入之,正大間同知集賢院。

歐陽文忠作《五代史》以譏錢氏太切,至錢氏騰謗污以帷薄不根之語。今更考得一事。《遼·文學傳》,劉輝壽隆間上書,以"'歐陽修編《五代史》,附我朝於四夷,妄加訾毁。且宋人賴我朝寬大,許通和好,得盡兄弟之禮,今反令臣下妄意作史。臣請以趙氏初起事蹟,詳附國史。'上嘉其言"。昌黎不願秉史筆,諒哉。廬陵特本南以北爲索虜,北以南爲島夷之例耳。五代之季,石晉至稱契丹爲父皇,愈夷狄之,中國乃愈辱也。

初六日(3月15日)陰。　合肥往唁再同,約花農來議南行趁輪事。午後,過再同。薄暮歸。悶甚,飲酒微醺。

初七日(3月16日)大風雪。　雪甚大,因風均入階下,積玉盈除,重裘猶粟,以炭一器送再同。夜得九弟書。

王從之《滹南詩話》:"史舜元作吾舅詩序,以爲有老杜句法,蓋得之矣。而復云由山谷以入,則恐不然。吾舅兒時便學工部,而終身不喜山谷也。若虛嘗乘間問之,則曰:'魯直雄豪奇險,善爲新様,固有過人者,然於少陵初無關涉,前輩以爲得法者,皆未能深見耳。'"從之舅周德卿。然句法二字乃山谷拈出者，學杜不可不知句法，必純以句法求杜，小矣。從之《詩話》三卷，譏貶山谷者幾居其半，則失之過矣。元裕之云："論詩甘下涪翁拜，不作江西社裏人。"斯平允之論歟。

初八日（3月17日）晴，風止。　晨起，以再同久病體弱，送之至滬，以盡戚友之誼。辰初發三岔河，午初由新裕南征，戌正至大沽，候潮，西北風，潮小不能行。

《臨漢隱居詩話》："王元之《橄欖詩》云：'南方多果實，橄欖稱珍奇。北人將就酒，食之先顰眉。皮核苦且澀，歷口復棄遺。良久有回味，始覺甘如飴。'蓋六句説回味。歐陽文忠公曰：'甘苦不相入，初憎久方知。'極快健也，勝前句多矣。"佩綸案，東坡亦有句云："待到餘甘回齒頰，已輸崖蜜十分甜。"此翻元之意也。三作當以永叔爲渾成，然亦各肖三公際遇矣。朱竹垞有《橄欖詞》，極細膩，然無甚寄託。

查氏水西莊之名，幾與水繪園、玲瓏山館南北争長。在津三年，求其遺址，言人人殊，可歎也。舟中閲《蓮坡詩話》，云："查浦老人以康熙庚辰、辛巳游津，居于斯堂，與趙秋谷、姜西溟、昝元彦茹芝、朱字緑書、劉大山巖擘箋飛斝，殆無虚日。飲遂閒堂，有留别詩。阿雲舉學士金罷官後，亦來于斯堂與其父談宴。更以莊中所種紅蔆分贈葛信天正笏、張少儀鳳孫，葛、張均有詩。"蓮坡復有别業在曲周，海棠十月盛開，徧徵題詠。想見置驛通賓，據轄醉客之概。

初九日（3月18日）晴。　巳，潮爲西北風所阻，水纔八寸餘，舟仍不行，登舟頂迴望大沽，形勢屹然，誠天險也。過再同談，見其微有倦乏意，少坐即歸。深悔行篋攜書太少，枯寂無憀，閉目理杜詩，片刻已薄暮矣。沙鷗飛翔，海天一色，望之廓然意遠。夜潮南發。

初十日（3月19日）晴。　申酉間過成山。

《史記·封禪書》八神，"七曰日主，祠成山。成山斗入海。"注："成山在東萊不夜縣。"《子虚賦》："齊東陼鉅海，南有琅邪，觀乎成山，射乎之罘。"張揖注："於其上築宫闕也。"朱蘭坡以觀即"觀於轉附、朝儛"之觀。張説未的。余往來海上，均以夜過成山，未睹其形勢。今風定日斜，兀然在目，無論祠闕之迹不存，且石戴土之山近於荒赭，亦不足以騁游觀，不及之罘遠甚，疑不能明也。頗思以日祠之説證之，當從《齊地記》所云："古有日夜出見於東萊，故萊子立此城，以不夜爲名。"殆舊於此山爲觀日之所歟？舟中無書，歸當考之。《漢書·郊祀志》："最居齊東北陽，以迎日出云。"

始皇二十八年登之罘立石，二十九年登之罘刻石，三十七年至之罘射巨魚。《封禪書》所謂陽主祀之罘也。漢武踵秦政之迹，亦登之罘，浮大海而還。疑即今煙臺也。

十一日（3月20日）雨，東風，有浪。　夜半水霧作，駕長誤以甯波山爲查山，至晨日出始辨之。

十二日（3月21日）晴。　由鎮海折回至上海，已未初矣。寓再同於廣紹公所，余仍居舟中。

十三日（3月22日）晴。　延費繩武爲再同一診，據云肺經已損，疾不可爲矣，勉立一方而去，爲之悶損。與沈子梅至書肆買得叢書數種。作致孝達書。時鄂弁已到。伯潛去年有擇地相見之約，至滬頗思，電之，而滬上淫穢喧囂，不可久居，遂以一書明不能如約之故。八弟適濮院，衡替回杭矣。繩武名承祖。

少日四兄以馮注義山詩文見賜，余之稍治義山始此，而略嫌馮注之繁瑣沾滯，中年久棄之矣。偶於肆中購徐藝初昆仲《文集注》、姚平山《詩集注》，閲之，姚注雖分體一道，長孺稍改原編之舊，然實便於披覽，視馮之强分次序者已勝矣，誰謂後來居上哉？同日又得秀野草堂《温詩注》，亦板紙，均佳。

飛卿與玉谿並稱，格致不逮遠甚。其《西陵道士茶歌》結句云："疏香皓齒有餘味，更覺鶴心通杳冥。"李之所以勝温者，以有餘味而以通杳冥耳，善品詩者必能辨之。

《新唐書》：庭筠，"大中末，試有司，私占授者八人，執政鄙其所爲，授方山尉"。《舊書》："楊收怒之，貶爲方城尉。"《全唐詩話》："宣皇好微行，温不識龍顏，傲然詰之，謫爲方城尉。"三説不同如此，疑《舊書》爲得實，醉而犯夜，爲虞候所擊，至於敗面折齒，乃訴之令狐綯。飛卿固非小杜，令狐更遜太牢，殊殺風景。然今之輕薄少年，正恨少此虞候一擊。

十四日（3月23日）晴。　載之自蘇來，本欲赴津，相遇於舟中，留之午飯暢談。飯後，送再同至江通舟中少坐，至夜分復往，名爲生離，即同死别，殊不可爲懷也。復與載之夜話，止其津門之行。夜半，江海兩舟並放矣。終夕展轉不能成寐。

載之偶以牙杖問余，曰："世名牙籤，亦有本乎？"余曰："陸雲與兄機書曰，有剔齒纖一枚以寄兄，即此之謂也。"高似孫《緯略》又引《酉陽雜俎》云，僊人鄭思遠常(驍彪)［騎虎］，故人許隱齒痛求治，鄭拔(彪)［虎］鬚及熱插齒間即愈，更拔數莖與之。所謂纖者，當是此類。若以金類、絲類爲之，無足奇者，何必寄耶？余案，心，纖也。此必木刺、藤刺爲之，故曰纖。若金絲之類，則後人指以爲飾。然以《緯略》證之，則宋時已以金銀剔齒矣。

十五日(3月24日)晴。　夜渡黑水洋，波平風静，月色劇佳。

張思光作《海賦》以示顧凱之。凱之曰："此賦實超木玄虚，但恨不道鹽耳。"融即求筆注曰："漉沙構白，熬波出素；積雪中春，飛霜暑路。"此四句後所足也。余謂此四句賦鹽則甚工，賦海則已細，似於全篇無所增損。而思光之賦較之玄虚，氣象實不能及，宜昭明選木而遺張也。更有庾闡一賦，則更失之略矣。海本難賦，以孟堅之深瑋，而《覽海賦》亦甚尋常；以子桓之英逸，而《滄海賦》亦不雄闊。下至王粲之《游海》，孫綽之《望海》，寥寥短幅，無函蓋之勢而有窘拘之譏，豈特賦更愚於六合者哉？

十六日(3月25日)晴。　戌刻至煙臺，即之罘也。亥正復行，登舟頂望月。

義山詩，須深於唐事，始得其用意之所在。馮注惟以牛李黨横據胸中，連篇累牘，無非爲令狐而發，何其淺陋也。《宫中曲》："欲得識青天，昨夜蒼龍是。"此以漢薄后事喻大中鄭太后，本李錡妾也。視《杜秋詩》尤雋雅不露，與"英靈殊未已，丁傅漸華軒"參觀，寄概無窮矣。

十七日(3月26日)晴。　未刻至大沽，潮平，載重不能入港也。酉刻，合肥所遣快馬輪舟，至月中放櫂，子正丑初始至署中。

允襄、允鼇赴州小試，允淑隨其婿回福山，均於初十過津。得允言書、鶴巢書。

玉谿《井泥詩》以拙晦爲妙，胡震亨謂："元微之《古諷》各篇，怪其講道理著魔，不謂此趣士亦復爾爾。”程午橋曰：“劉孝威《箜篌謡》：‘豈甘井中泥，上出作埃塵。’詩意本此。”馮孟亭則以爲文宗崩，武宗立，楊嗣復遠斥江湘，李德裕由淮南入相之時，語雖雜拉，尚有綫索可尋，然其詩云：“堯得舜可禪，不以瞽瞍疑。禹竟代舜立，其父吁咈哉！嬴氏并六合，所來由不韋。漢祖把左契，自言一布衣。當塗佩國璽，本乃黄門攜。長戟亂中原，何妨起戎氐[①]。不獨帝王爾，臣下亦如斯。伊尹佐興王，不藉漢父資。磻谿老釣叟，坐爲周之師。屠狗與販繒，突起定傾危。長沙啟封土，豈是出程姬。帝問主人翁，有自賣珠兒。武昌昔男子，老苦爲人妻。蜀王有遺魄，今在林中啼。淮南雞舐藥，翻向雲中飛。”以馮説求之，止泥於楊妃水葬之語耳。意以禪代喻弟兄相及，淮南指衛公，亦不甚切。以余意斷之，殆與樊川《杜秋詩》同旨，皆爲大中初年作，鄭太后本李錡妾，杜云“光武紹高祖，本係(由)[生]唐兒”，即此所云“長沙啟封土，豈是(由)[出]程姬”也，而“嬴氏并六合，所來因不韋”，則語更咄之。“蜀魄”“淮雞”，明武帝上賓，皇子被廢，與“黄門攜”相足，以見廢立之策均由宦官耳。宣宗以令狐楚用綯，綯由父資得進，則反之曰如伊尹者，豈如漢法以父任得官耶？唐兒本程姬，侍兒鄭亦郭太后侍兒，尤爲精切。綫索極爲分明，視馮説亦較安也。

十八日(3 月 27 日)晴。易綿衣。　買得洋燈一對，於夜讀甚宜。洋燈若華，此獨雅樸，且靈便也。贊臣、花農均來。

温公一代正人，元祐新政，天下後世翕然稱美。顧其學術有不可解者，如《孝經》則信古文，篤好《太玄》而疑《孟》，作《資治通鑑》則帝魏寇蜀。《程氏遺書》謂：“温公能受人言，儘人忤逆，更不怒，便是好處。”然如東坡之争差役，温公果能受言而不怒乎？

十九日(3 月 28 日)晴。　胡令良駒赴清豐，屬以再同病狀告伯平。

劉真長、王仲祖共行，日旰未食。有相識小人貽其餐，肴案甚盛，真長辭。仲祖曰：“聊以充虚，何苦辭？”真長曰：“小人都不可與作緣。”六朝人能作此語，殊有意也。

---

① 此處眉批：李衛公《伐國論》：“苻堅納慕容姊弟，秦宫有鳳兮之謡。”大意亦爲鄭、杜而發。此詩“何妨起戎氐”，亦即暗指此事也。

宋鄧名世《姓氏書辨證》引孔至《姓氏雜録》曰：唐初定清河張爲乙門。又曰：唐張大師、延師、儉師兄弟三人並列戟，時稱“三戟”。張家又有張沛、張洽、張涉兄弟，亦同時列三戟。又，開元中，張説、張嘉貞同時入相，互爲中書令，時稱大張令、小張令。

二十日（3 月 29 日）晴，午後微陰。　得孝達電，再同十八到鄂，擬留之就醫，然疾不可爲矣。寄廉生書，告之。又寄八弟、九弟復書。午後，皞民來談。

李衛公相業，余所心折，顧其《羊祜留賈充論》頗謬。其辭曰：“祜豈悦賈充哉？良以愛君體國，發于至誠耳。晉氏傾奪魏國，初有天下，其將相大臣，非魏之舊臣，即其子孫，所寄心腹惟賈充而已。充亦非忠于君者，自以成濟之事，與晉室當同休戚，此羊祜所以願留也。昔漢高不去吕后，亦近于此。實以惠帝闇弱，將相皆平生故人，俱起豐沛，非吕后剛强不能臨制，所以存之，爲社稷也。後世翼戴其君者，得不念于此哉？”案，充嗾成濟加刃高貴鄉公，實弑君首惡，就晉言晉，姑勿深論。武帝既移當塗之鼎，自宜黜佞尚賢，爲經國遠計。任愷、庾純剛直守正，疾充如仇，説帝令鎮關中，實晉之忠謀也。其時魏之舊臣如王祥、裴秀均已前卒，即存者亦皆甘心二姓，既無興復曹魏之力，亦無興復曹魏之心。魏之子孫在當日尚如禁錮，在晉初更若單門，豈賴一充居中鎮束？所言殊不切事情。祜爲此啟，實素黨於充，又逆料充爲晉謀臣，根深蒂固，故密爲迎合之計，以遂其交通之私。充婿齊王即是祜甥，其戚誼朋情尤爲顯著，與荀勖勸充連婚儲室同一黨蔽，而武帝不悟，致充以嗾成濟，開典午之基；充女即以弑楊后，殺愍懷，喪典午之業。天道好還，假手於充之父子以示顯應。祜折臂絶嗣，可墮愚民之淚而不能欺福善之天。衛公何以稱焉？

二十一日（3 月 30 日）晴，大風。　午後，葉子晉來，扶柩至厲壇寺，吊送之。

《西陂年譜》：“康熙二十四年乙丑，以事過遵化練泉。泉在城東北隅，文康嘗築亭與客泛舟。後以地震泉涸，余至，泉忽湧出，都人士驚喜，建堂泉上，余題曰‘來泉’，賦詩刻碑，置堂側云。”今州牧陳以培修復斯堂。州人以堂成之日己丑，遵屬中四進士爲瑞。所見小哉！

二十二日(3月31日)晴。　作樂山七十生日壽詩三十韻。香濤前輩嘗謂余勿作五排,體近俳俗,故自己卯至今十二年未嘗作此體矣。壽詩不可存稿。晦若慫恿爲之,殊不愜意也。壽聯則晦若代撰。

皡民以吉林公牘二册送閲。我朝以黑龍江、吉林開國,而定鼎之後視若周之豳邑,不設民官。康熙年間已有羅剎之患,即俄羅斯也。自明誼定約,黑龍江已半入於俄。光緒初年因伊犁構釁,余與香濤謀,以此經畫東方,故有清卿幫辦吉林之命。適銘鼎臣請令閻敬銘保道府州縣各一員赴吉林差遣。旨令合肥保送,余薦皡民,而他道員亦憚邊荒。於是,以皡民及李守金鏞、員知州啟章、查令宗仁應,而員、查迄未往也。銘、吴間有齟齬,皡民頗能調和之,改設州縣,而皡民拜分巡吉林之命,稍稍規久遠矣。而清卿知幾,忽請以所部防近畿,當前敵遂去,邊庭時局既變,皡民亦不安其位,而三省練兵之大臣新命復下,東顧甚勤而邊事日壞。吁!

二十三日(4月1日)晴。　漢光武不用功臣,然王霸元伯守上谷二十餘年,祭遵弟孫之從弟肜在遼東亦三十餘年,肜後以逗留畏懦下獄免,且本非元功。元伯從帝潁陽,虖沱詭稱冰堅,殆與馮公孫蕪亭相似。其在北邊攻盧芳,治飛狐道,築起亭障,自代至平城三百餘里。又陳委輸可從温水漕,以省轉輸之勞。久任邊方,成效甚著,亦足稱矣。

《魏志·楊阜傳》:"明帝著繡帽,被縹綾半褎。阜問帝曰:'此於禮何法服也?'帝默然不答。"疑"半褎"即"半臂"。

二十四日(4月2日)晴。　旨以陶模爲新疆巡撫,張岳年爲陝西布政使,沈晉祥爲甘肅布政使,孫楫爲湖南按察使。浙人三,東人一。毅齋丁祖母艱也。

新疆既復,左文襄踵前議奏設郡縣,識力可謂忠偉矣。惜規模未定,文襄以俄事内召。其後朝邑長户部,務崇節儉,初欲罷郡縣之議,余力争之而止,然裁省兵餉,章程束縛,一摇手不得矣。余當回部蕩平時,曾有求田一疏,其時年少氣鋭,或涉難事易言,文襄請試辦於察哈爾,則未知近邊牧政之重,與控制西域地同勢異。且八城地廣人稀,無民何以設吏,無田何以聚民,似屯田之策終不可廢。沈子惇《新疆私議》云:"四城,謂庫車、布古爾、哈拉沙爾皆漢屯田之地,不待複舉。屯政既舉,即當舉阿克蘇以東之田回部者，安西關内之藩籬。”四城者，又回部之藩籬，今當實阿克蘇以東諸城以待四城不虞，即當實安西以東諸府州以待回疆不虞。斯言諒矣！四城指喀什噶爾、葉爾羌、和闐、英吉沙爾。今日之急，煤鐵各廠亦可並舉也。

二十五日(4 月 3 日)陰。　遣陸宣赴察罕爲樂山祝壽。

齋中書籍縱横，廿二日盡去客次牀几，以書笥十列於東壁，增書至二千卷。今日清暇，督僮輩整比之，頗覺心地開朗矣。

讀《晉書》一卷。《列傳》五十五。劉毅初預義旗，功居宋武之次。史稱其“深自矜伐，不相推伏”，此其取禍之由。然始以義合謀，終以勢隙末，推原其隱，宋武志在篡晉，毅自不能苟同。史顧謂其忿躁憤激，恐不然也。觀何無忌與毅不平，毅唯自引咎。毅非不能退遜者，其赴江陵，請加督江廣，復輒取江州兵及豫州西府文武萬餘，所謀駸駸相逼。裕欲營建大業，自不能先去强藩，當此之時，非裕殺毅，即毅殺裕，是亦危厦之一木、狂瀾之一蕢也。史稱其嘗云：“慨不遇劉、項，與之争中原。”又謂郗僧施曰：“昔劉備之有孔明，猶魚之有水。”衆咸惡其陵傲不遜，此亦身敗之後誣衊之言。夫殺毅者不臣，顧以不臣罪毅乎？在宋臣秉筆作《晉書》時旨宜爾，而唐臣乃踵其謬悠，不加申理，何歟？

酉刻得鄂電，再同於二十四日酉刻下世，慘哉！

二十六日(4 月 4 日)陰，大風。　枯坐，念再同俠腸篤行，其以會典積劬，似梅聖俞，去年嘗以自況，竟成讖語，彌可痛也。晦若來，少坐即去。

《直齋書録解題》：“《李義山集》八卷，《樊南甲乙集》四十卷，唐太學博士河内李商隱撰。商隱，令狐楚客，開成二年進士，書判入等。從王茂元、鄭亞辟，二人皆李德裕所善，坐此爲令狐綯所憾，竟坎壈以終。《甲乙集》者，皆表、章、啟、牒、四六之文。既不得志於時，歷佐藩府，自茂元、亞之外，又依盧弘正、柳仲郢，故其所作應用若此之多。商隱本爲古文，令狐楚長於章奏，遂以授商隱。然以近世四六觀之，當時以爲工，今未見其工也。”案，直齋論玉谿最允。令狐綯在武宗時，衛公並不以黨疑之，義山安能知其父子之黨牛李而惡衛公乎？及大中之世，因與武宗有隙，波及朱崖，而綯、敏中承望風旨，入井下石，推波助瀾，既以衛公而及鄭亞，復以鄭亞而及義山，此非義山之忘恩苟合，乃令狐之反噬忌才也。馮浩乃義山罪人，余既於去年辨之，復因直齋之言漫識於此。

二十七日（4月5日）清明，晴。　晦若及其弟淵若來。名式棱。淵若書法英健，文筆暢達，余薦之樂山，延主奏記，昨日由杭到津也。得朱子涵書。

《直齋書録解題》：李衛公集有兩本，一曰《會昌一品集》二十卷、《别集》十卷、《外集》四卷；一曰《李衛公備全集》五十卷、《年譜》一卷、《摭遺》一卷。四庫所收惟《一品集》，《備全》久忘矣。《解題》云：《備全集》，"此永嘉及蜀本三十四卷之外，有《姑臧集》五卷、《獻替記》、《辨謗略》等諸書共十一卷。知鎮江府江陰耿秉直之所輯，並考次爲《年譜》《摭遺》。《姑臧集》者，兵部員外郎段全緯所集，前四卷皆西掖北門制草，末卷惟《黠夏斯朝貢圖》及歌詩數篇，其曰'姑臧'，未詳。衛公三爲浙西，出入十年，皆治京口，故秉直刻其集。"余思補輯其年譜，稍得長慶黨消長之略，匆匆未暇也。

二十八日（4月6日）陰。　復子涵書。得高陽書，詢余送再同之故，作箋復之。皞民來談。

魏以疏忌宗室亡。晉鑒其弊，大封同姓，而八王之亂，晉轍遂東。然東晉仍以任宗室亡也。謝安石既薨，以會稽王道子總録揚州，朝野奔溱。於是，官以賄遷，政刑謬亂，用度奢侈，下不堪命。世子元顯繼之，至於謀奪父權。於是孫恩外逼，王恭内攜，而桓玄乘之以起，劉寄奴以興復爲名，遂承典午之禪，實會稽父子釀成禍階也。夫親賢並植，則安矯外戚之契；而用宗室，不知宗室亦良莠不齊。漢用東平則治，齊用蕭鸞則篡，何常之有？世之謀國者尚兢兢篤切，以宗室爲必可恃也。

二十九日（4月7日）陰，有風。　借觀雲楣所藏北宋搨《聖教序》，自"是以翹心净土"起，上皆缺，乃伊墨卿藏本，有潘三松、阮芸臺、唐陶山、郭蘭石跋。郭云："汪孟慈有北宋本，與此無少差池。所見無能鼎足者，乃前朝庫裱，紙墨均舊。"姚姬傳書一行於"齊"字之側云："化三爲二，唐臨《蘭亭》有如此云。""聖慈"不泐，"緣"字亦不泐，較鐵本尤勝。本王孟津題籤，已遺失。

三十日（4月8日）晴，煖。　李子木來，時東撫奏保送部引見。午後，答裕如，送行。淵若辭，赴察罕，復往送之。寄樂山書，以百元寄載之。

觀王孟端《溪山漁隱圖》，有乾隆御題，嵇璜、董誥、梁國治、彭啟豐、彭元瑞和作。惠山聽松庵性海編竹成鑪以煮茗，王爲繪圖，既而鑪毁圖亡。康熙間顧梁汾得圖，歸之。乾隆間知縣邱漣借觀，燬之。上親命補圖，還庵，復以此卷賜焉。① 今庵址已爲淮軍昭忠祠，而秦緗紫得御繪，其族弟恩延得此圖，將復建山房。惟御題云"四圖回禄"，而秦記止云一圖，未之詳也。《竹鑪圖》有吴跋，此圖亦有原博跋。

三月初一日(4月9日)晴。　裴主事景福願見情殷，晦若爲之通意，因就晦若齋中見之。乃通州知縣裴大中之子，字伯謙，己卯舉人，丙戌進士，喜收書畫，刻有《壯陶閣帖》，惜頗耆阿夫容，故觀政户曹，至今不應官也，然視熱中者自勝一籌。

《漢書·禮樂志》："今叔孫通所撰禮儀，與律令同録，臧於理官，法家又復不傳。漢典寢而不著，民臣莫有言者。又通没之後，河間獻王采禮樂古事，稍稍增輯至五百餘篇。今學者不能昭見，但推士禮以及天子，説義又(復)[頗]謬異。"蘭臺修史竟未見河間所輯與叔孫所撰，亦可異也。按，《後漢書·曹褒傳》："章和元年正月，召褒詣嘉德門，令小黄門持班固所上叔孫通《漢儀》十二篇，敕褒曰：'此制散略，多不合經，今宜依禮條正，使可施行。'於南宫、東觀盡心集作。"故夾漈譏固以爲陋。夫《漢儀》創自叔孫，即肅宗亦知其不合禮經，而扶風既獻之於廷，復稱之於史。若贊歎不足者，宜疑。當世以重固者，爲葉公之好龍也。肅宗謂竇憲曰："公愛班固而忽崔駰，此葉公之好龍也。"

初二日(4月10日)晴，有風。　馬勇自鄂回，得孝達廿二日書。

《能改齋漫録》："太宗親征北狄，直抵幽州。俄一夕大風，軍中虚驚，南北兵皆潰散，惟高瓊隨上。上怒諸將不赴行在，欲行軍法。高奏曰：'夜來出不意。諸將若知陛下所在，豈陛下之福耶！'上悟，皆釋之。高之門出太皇，以爲有陰德之助。"余謂母儀如宣仁，自不得謂無積累，如執此爲陰德，非失之陋，即失之誣矣。

初三日(4月11日)陰。　得菁衫書。挽再同一聯，寄本甫。異識訏三

① 此處眉批：圖内有孟端補題一詩，署永樂壬寅。《畫史》及《續疑年録》均云孟端卒于永樂丙申，此可疑也。

秋，謂詩人少達多窮，梅都官未奏書成，預以墓銘期死友；送行才十日，嗟孝子遭憂增篤，徐驍騎竟因毁卒，空餘經笥付孤兒。

《坦齋通編》："《春秋》書'夏五郭公'，人皆以爲闕文。'夏五'固無可疑。至'郭公'，胡氏以爲郭亡，蓋齊威有郭，何故亡之，問(故)[父老，有善善惡惡之對]，[然]公爲亡。疑其未然。按，《春秋》書有蜮有蜚，謂昔無而今有也。至'螽'之一字，僖、文、宣、哀之世，凡六書之而無他説，恐郭公亦止是一物，直書之以記異耳。《本草》：'布穀，江南呼爲郭公。'豈此物耶？案，説經如此，殊可笑也。邢凱著。

初四日(4月12日)晴。　復孝達書。

《東都事略·吕夷簡傳》："西鄙用兵，劉平死于陳，黄德和誣平降賊，詔腰斬德和。議者以朝廷使宦者監兵，主帥節制不得專，故平失利，乞罷監兵。仁宗以問夷簡，夷簡曰：'不必罷，但擇謹厚者爲之。'仁宗委夷簡擇其人，曰：'臣待罪宰相，不當與中官私交，無由知其賢否。願詔押班保舉，有不職，與同罪。'仁宗許之。翼日，都知、押班叩首乞罷監兵，士大夫嘉夷簡之有謀。"余謂監軍爲害，自唐已然。仁宗因言者之請，欲罷宦寺兵權，實爲善舉。夷簡既爲宰相，便當敷陳古今宦寺之弊，力主罷之，乃請擇謹厚爲之，陽奉陰違，殊爲巧猾。幸而仁宗之意已堅，押班亦屬庸才，畏罪請罷設。上以遽改奄黨，益堅夷簡，亦如秦越之視耳。所以然者，夷簡之罷，令素所厚内侍都知閻文應，詗知郭后之語，藉以報復，方陰感内侍之不暇，何敢贊此大計，取怨中官？因爲模棱狡詐之説，事成則居其名，不成則不受其禍，所謂"中朝大官老于事"者也。

初五日(4月13日)晴，有風，甚寒，復御灰鼠裘。　子涵寄《聖教序》一册，是宋搨而不精，復有《寶際寺碑》《雁塔聖教序》，均是舊拓。午後，吉雲帆自都引見來津。

真宗疾久，艱於語言。讀《丁謂傳》，内臣雷允恭袒謂，敢留已罷之相，悍横極矣。仁宗自嘉祐元年有疾，暴感風眩，雖月餘告痊，而范鎮建儲之奏即入，意風疾必不能盡瘳。七年之中，似精力已遜，故因温公上疏，盡屏内侍，尚令御藥侍臣及扶侍四人立殿角以備宣唤，則病狀可想矣。英宗四年，均在病中，殆亦委靡不振。三朝因循若此。至神宗發憤爲雄，又以新法進小人，安得不亂？今每以嘉祐、治平爲治世，猶宋人之工於粉飾耳。

初六日(4 月 14 日)陰。　元豐之政壞於吕惠卿，紹聖之禍成於章惇，崇觀以來之謬舉極於蔡京。三人皆閩産也。其尤異者，奸邪如此，而皆有文學，皆享大年。福善禍淫之理，殊不可憑；經明行修之材，固難兼備也。惠卿年八十，惇年七十一，京亦八十。京之書，與坡、谷齊名。惇之文字亦佳，與坡公時有倡和。而惠卿亦有《莊子解》十卷，文集百卷。天予小人以才，殆厚其毒，以爲亡宋之具耳。惠卿以子淵見張懷素妖言不以告，坐責祁州團練副使，終以觀文殿學士、醴泉宫使致仕。惇貶雷州，未幾内徙，改湖州始卒。視吕微仲之死於道中，劉莘老之卒於貶所，轉有晚景優閒之福。是以回夭、蹠壽之類也，故子罕言命。

初七日(4 月 15 日)晴。　江督過境，合肥酬答甚勞。余校《管》餘暇，頗以書畫爲怡性遣悶之具，較量吏隱閒者之福多矣。

《禮記・緇衣篇》："子曰：'私惠不歸德，君子不自留焉。'"注："私惠，謂不以公禮相慶賀，時以小物相問遺也。言其物不可以爲德，則君子不以身留此人也。相惠以褻瀆邪僻之物，是謂不歸於德。歸，或爲'懷'。"疏："君子之人不用留意於此等之人。"案，注與疏解"留"字小異，而皆未當也。自，用也。《書・召誥》，鄭注。留，止也。《説文》。私惠不歸德，君子斷不用此而留，言不因私惠而留也。惟不輕受人之私惠，故不爲人之私人。孟子無處而餽之，是貨之也，焉有君子而可以貨取乎？正是此意。

康成先習韓詩，後箋《毛詩》，謂《毛詩》最古，《禮》注已行，不復追改。然《緇衣》引《彼都人士》之詩注云："此詩，毛氏有之，三家則亡。"是注《禮》時已見《毛詩》也。

初八日(4 月 16 日)晴。　得九弟書。夜即復之。粹玉亡日，未暇校《管》，頗覺悶懷。

《晉書・王戎傳》：以母憂去職，"時和嶠亦居父喪，以禮法自持，量米而食，哀毁不踰於戎。帝謂劉毅曰：'和嶠毁頓過禮，使人憂之。'毅曰：'嶠雖寢苫食粥，乃生孝耳。至於王戎，乃爲死孝，陛下當先憂之。'帝賜藥物，斷賓客。"《世説新語》亦載其事，謂"王雞骨支牀，和哭泣備禮"。《晉陽秋》曰："世祖及時談，以此貴戎。"按，《戎傳》則云"不拘禮制，飲酒食肉，或觀弈棋，而容貌毁悴，杖而後起”。夫飲酒食肉，居喪有疾之禮，觀弈則非禮矣，仲雄之言未允。陳壽在蜀，以父喪使婢丸藥，鄉黨以爲貶議，至蜀平，尚沈滯累年。夫貴人則觀棋得死孝之名，寒畯則丸藥蒙不孝之謗，豈不異哉？

《晉書》八十二卷，陳壽等十二人列傳，十一人皆史才。惟王長文著書四卷，擬易名曰《通玄經》，與承祚諸子不類，而亦厠名其間，殊無例法。

初九日(4 月 17 日)晴。　《法書要録》所載婦人能書姓名，偶撮録之。

蔡文姬。蔡邕授神人筆法，與崔瑗及文姬。又見《書斷》。甚賢明，亦工書。

衛夫人。文姬傳鍾繇，繇傳衛夫人。李嗣真上下品，張懷瓘第三等，《書斷》入妙品。

左姬。王愔《文字志》：在賈逵之後，許慎之前。

皇甫規妻。扶風馬夫人，見《書斷》妙品，有才學，工隸書。

謝道韞。李入中下品。亦見《書斷》，有才華，亦善書，甚爲舅所重。神品。

李夫人。李入下上品。在袁崧後，謝朓前。

王羲之妻郄氏。甚工書。神品。

郄愔妻傅氏。善書。妙品。

王洽妻荀氏。亦善書。妙品。

王珉妻汪氏。疑是江氏。妙品。

孔琳之妻謝氏。亦善書。妙品。　以上《書斷》。

陳煬帝沈后。吴興人，君理之女，字婺華。

唐則天后。

劉秦妹馬氏妻。劉秦乃翰林書人。　以上見竇臮《述書賦》。

初十日(4 月 18 日)晴。　李義山《風雨詩》：“新知遭薄俗，舊好隔良緣。”何義門評云：“‘新知’謂茂元，‘舊好’謂令狐也。”馮注因之，且曰：“‘遭薄俗’者，世風澆薄，乃有朋黨之分，而怒及我矣。”此解殊謬。姚平山謂“新知”日薄而“舊好”日暌，得之。“新知遭薄俗”，即杜陵“晚將末契託年少，當面輸心背面笑”，此必義山罷於府，還都後之作。“新知”指輕薄少年,"舊好"則迴思往事,感慨係之。其起句"淒涼寶劍篇,羈泊欲窮年",意旨正明。茂元乃玉谿密姻,不應以爲薄俗也。如馮注,則當云舊交遭薄俗矣。"還都"二字衍。

《史記·孟荀列傳》附見三騶子,最有見。其傳騶衍云:"騶衍,後孟子。睹有國者益淫侈,不能尚德,若大雅整之於身,施及黎庶矣。乃深觀陰陽消息而作怪迂之變,《終始》《大聖》之篇十餘萬言。其語閎大不經,必先驗小物,推而大之,至於無垠。先序今以上至黄帝,學者所共術,大並世盛衰,因載其禨祥度數,推而遠之,至天地未生,窈冥不可考而原也。先列中國名山大川,通谷禽獸,水土所殖,物類所珍,因而推之,及海外人之所不能睹。稱引天地剖判以來,五德轉移,治各有宜,而符應若茲。以爲儒者所謂中國者,於天下乃八十一分居其一分耳。中國名曰赤縣神州。赤縣神州内自有九州,禹之序九州是也,不得爲州數。中國外如赤縣神州者九,乃所謂九州也。於是有裨海環之,人民禽獸莫能相通者,如一區中者,乃爲一州。如此者九,乃有大瀛海環其外,天地之際焉。其術皆此類也。然要其歸,必止乎仁義節儉,君臣上下六親之施,始也濫耳。王公大人初見其術,懼然顧化,其後不能行之。是以騶子重於齊。適梁,惠王郊迎,執賓主之禮。適趙,平原君側行襒席。如燕,昭王擁彗先驅,請列弟子之座而受業,築碣石宫,身親往師之。作《主運》。其游諸侯見尊禮如此。"按,騶子之學如迂怪而非迂怪。今日驗矣!秦皇、漢武若見其書,可息方士、神僊之謬説。史遷微意在此。吾喜其縱論九州,既可破近日拘儒以正心誠意攘外之陋習,而歸本於仁義節儉,又可藥近日時尚酣歌恒舞,變夏之侈心,豈特戰國王公大人不能行,即今亦不能行也。然而偉矣!疑《山海經》即是騶子所撰,惜歆校録時未深考,又其術大要出於《管子》,《君臣》《上下》《六親》皆《管子》篇名也。

十一日(4 月 19 日)晴。　伯平以卓異入都引見,過津見訪,與談再同身後,相對淒然。午後,皞民來談。

桑弘羊、孔僅興鹽鐵之利,設鹽官者二十八郡,設鐵官者四十郡。《文獻通考》已摘録之,常山郡蒲吾有鐵山,疑亦有鐵官之誤。《漢志》於金、銀、銅、錫,皆詳所出,而於鐵官尤詳。固由桑、孔奏置鐵官之故,實以五金之利，惟鐵所用最大也。《續志》於鹽鐵猶詳。自《魏書·地形志》始變班《志》之例，於因革損并之外，旁及廟祠冢墓，而五金之産略焉。使讀一代之史，於一朝之物産茫然，徒列《食貨》一志，不甚明悉。蓋謀國之法漸失，非記地之例漸淆也。唐雖有鹽鐵使，大氐詳於鹽而略於鐵。《通考》"歷代鹽鐵"二卷，於鐵官采掇太少。讀史者宜以五金消長列爲一表，自《山海經》始，下及各史，庶幾古今冶礦之政瞭然在目，庶財貨外流得以時其權衡，酌其輕重歟。《晉志》撰於唐，在魏之後。

十二日（4 月 20 日）晴暄，復御袷衣。　雲楣、岱東、獻夫先後至。午後答伯平，略話。得鶴巢、子涵書。

讀《隋書·誠節傳》，頗有疑竇，與晦若縱談。晦若言煬帝之於其父，直楚商臣、蔡般之流。漢王諒以諮議王頍之策，發兵討廣，復君父之仇，正弒逆之罪，實義師，非作亂也。皇甫誕乃以"君臣位定，逆順勢殊"諫諒，致因復以楊素將至，主簿豆盧毓出之獄中，閉城拒諒，爲諒襲擊遇害。此實楊廣之逆黨，非隋室之誠臣也。而無忌作傳，率更書碑，推許不遺餘力，殊可怪也。至唐高祖起兵太原，副留守虎賁郎將王威、虎牙郎將高君雅疑有變謀，因禱雨晉祠，以圖高祖，爲高祖即坐執殺之。隋虎牙郎將宋老生屯於霍邑以拒唐，爲太宗所斬。此實隋之忠臣，而《誠節傳》均不録之。將以爲有所諱，則堯君素有傳，何以遺此三人也？且爲唐諱猶可，爲廣諱則不可。蓋自六朝禪代相尋，史(何)[臣]久紊於君臣大義，忠孝嘉名不免倒置失實耳。王頍，《諒傳》作頍。

十三日（4 月 21 日）晴。　章仲璋來自績谿，往訪之。伯平辭行。慕韓、薛齋兄弟扶子授丈及朱夫人柩回浙，至河干吊唁。勞玉初同年由吴橋來。

韓太傅作《詩内外傳》，《漢書》云燕人。① 以《徐樂傳》考之，無終舊屬燕郡，是右北平郡嘗名燕郡矣。偶閲《太平寰宇記》，鄚縣有韓嬰冢，即太傅也。毛公之墓在河間獻縣，而太傅之冢無知之者矣。豈以《韓詩》已佚，

① 此處眉批：《史記》云：嬰，燕人。班氏承之。如太傅即居涿，則直云涿人，何必於韓生始稱涿郡。韓生且斷之曰其後也，似明明謂太傅燕人，自韓生始爲涿人耳。余非欲强以韓生屬吾郡，近於争墩之習，特讀史得間聊爾書之。下云趙子河内人也，事韓生。此燕韓生謂太傅，以別於其後之涿郡韓生。

其鬼亦遂不靈耶？鄭屬漢之涿郡，故《漢書》又云：孝宣時涿郡韓生，其後也；司隸校尉蓋寬饒，見涿韓生説《易》，好之，即更授焉。夫以韓生系涿郡，則太傅非涿郡人可知。疑由燕郡遷於涿郡，墓不必在鄭。

十四日（4月22日）午後陰，大風，夜雨，甚爽。是日奉旨，李督辦鐵路，裕禄會辦，部撥三百萬爲一年興造工本云。 延仲璋課兩兒，辰正開館。午後，慕韓來。

《曲禮下》："天子以犧牛，諸侯以肥牛，大夫以索牛，士以羊豕。"注："犧，絶(色)[毛]也。肥，養於滌。索，求得而用之。"佩綸案，宣二年《左氏傳》："萊人使正輿子賂夙沙衛以索馬牛，皆百匹。"杜注："索，簡擇好者。"杜注不以鄭此注釋《左》者，以"求得而用之"於彼情事不合也。余疑索牛即特牛。《廣雅·釋詁三》："索，獨也。"有特意。《周禮·秋官·掌客》卿"膳特牛"，故祭亦以特牛。《雜記》云："上大夫之虞也，少牢；卒哭成事，祔皆太牢"是也。言特牛以别於士之羊豕。天子、諸侯之禮，選純養滌，大夫自不能同之。

十五日（4月23日）晴。 李摶霄大令來，時署天津縣事，晚司道招飲，拉皡民作陪。其意謂去年作山長，則赴之；今年解山長，亦不能不赴之也。蓋出士周意。

十六日（4月24日）陰。 邵班卿作舟來，績谿人，廩貢生。其父輔，甲辰舉人，守隴州，殉難，贈太僕寺卿。父子均喜談兵。

余於西漢諸儒子長、子高之後，最推子政。既手輯其著作以志欽仰，因思《漢書》地理分野之學，亦本於子政。《地理志》云："漢承百王之末，國土變改，民人遷徙。成帝時劉向略言其地分，丞相張禹使屬潁川朱贛條其風俗，猶未宣究，故輯而論之，終其本末著于篇。"據此，則分别九州分野乃子政之學，遂爲後世地理之祖。

《地理志》："凡民(函)[稟]五常之性，而其[有]剛柔緩急，音聲不同，繫水土之風氣，故謂之風；好惡取舍，動静無常，隨君上之情欲，故謂之俗。"此數語説風俗最精微。《説文》："風，八風也。""俗，習也。"孟堅精於六書，故其言明晰如此。

十七日(4月25日)晴。　獻夫來,得八弟書,由濮院回杭,寓中板兒巷,作書復之。

近日盛傳接樹之法,如桂則接以冬青,菊則接以蒿艾。余極厭之,以爲如吕之易嬴、牛之繼馬也,然其術已見於唐劉夢得詩,"分畦十字水,接樹兩般花"是矣。山谷《接花詩》:"雍也本犁子,仲由元鄙人。升堂與入室,只在一揮斤。"見高似孫《緯略》。山谷之見,本以調停爲主,故其詩一則曰"人材包新舊",再則曰"不須要出我門下,實用人才即至公",說似中正。而不知吕、章、曾、蔡之徒皆小人之有才者,果引之居中,則枝連蔓引,勢必排擠正人,盤據要地而後已。君子即容小人,小人斷不能容君子,故元祐之世,洛蜀相攻最謬,變而爲調停之策,則更謬矣。即以詩論,升堂入室均子路事,雜入仲弓,亦復節外生枝,故余於詩不甚取山谷,正謂其識力未老耳。杜陵則不然,其《寄嚴鄭公》則云:"新松恨不高千尺,恶竹應須斬萬竿。"真稷契、伊吕輩語。如《種萵苣詩》之類,分別良莠,用意極深。山谷不此之學,而徒斤斤於句法乎?

十八日(4月26日)晴。　王心齋同年祖光授浙江杭嘉湖道,出都,闖然入室,鬢已全白,幾不相識矣。義山有《寄[在朝鄭曹獨狐李四]同年詩》云:"不因醉本蘭亭在,兼忘當年舊永和。"彼則怨在朝諸公之疏冷,我則在京時於同年交游素澹,公會率辭以故,真有九州四海之意。蓋賦性簡寂,實不耐爲世俗周旋也。

向戌弭兵之請,最爲誤事。子罕觥正論振聵起聾,惜乎晉之君臣塞耳不聞也。《穀梁傳》乃曰:"澶淵之會,中國不侵伐夷狄,夷狄不入中國,無侵伐八年,善之也,晉趙武、楚屈建之力也。"夫屈已言和,而所收之效僅僅數年,何功之有?其後楚靈滅陳滅蔡,薦食鯨吞,而晉不能救,伯業益衰,皆此弭兵虚名,有以驕淫其志而疲弱其氣也。故《穀梁》不著之郭會而著之澶淵,言外頗有婉諷之意。若曰宋能成此弭兵之舉,天胡爲而火之歟?按,三十年五月,宋灾。董以爲伯姬守節,憂傷國家之患,積陰生陽。說甚迂曲。劉子政以爲聽讒殺太子痤之應,所見亦小。蓋明以華夷狎盟爲宋之罪,故以火示警耳。兵猶火也,弗戢自焚,佳兵固屬不祥,然五行不能主火,如五材不能廢兵,故謀國者不可以不明《春秋》。

十九日(4 月 27 日)晴。　答心齋。

近日考求彝鼎,動直千金,甚者目爲周秦三代之器。余極不然之。然自漢已然。《史記・梁孝王世家》:"初,孝王在時,有罍樽直千金,孝王誡後世善保罍樽,無得以與人。任王后欲得之,平王襄直使人開府取樽罍,賜之。"孝武以一鼎改元。孝宣時,美陽得鼎,議薦宗廟,賴張敞之言而止。《説文敘》:"郡國亦往往於山川得鼎彝,其銘即前代之古文,皆自相似。"然則彝鼎之文與孔壁之書、張蒼所獻之《左氏》古文相似,豈兩書古文即如今所見之鍾鼎乎?乃今紛紛以意釋文,甚或取以證經,以阮文達之博通亦復爾爾,殊可笑也。夫以梁孝之時,得罍樽已直千金,今日得三代之器何翅萬金乎?愚妄相欺,較書畫、磁器之求唐宋尤謬。

二十日(4 月 28 日)晴。　《史記・伯夷列傳》引《采薇》之詩,梁曜北以史公漫舉一詩而屬之夷齊,説甚淺謬。且云:"魏糜元《吊夷齊文》咎二子餓死背周爲非,不爲無見。"真大壞風教之言。首陽山在遼西,故其辭曰:"登彼西山,采其薇矣。"而曜北謂西山豈得以首陽當之,已屬强詞奪理。《論語》:"餓死首陽,民到于今稱之。"又曰:"《武》盡美矣,未盡善也。"蓋以臣伐君征誅而得天下,究不可以爲訓,故孔子身爲周臣,猶立此言,以定萬世人臣之準。而曜北毅然爲此謬説,竟不知名節爲何物,然則糜元之賦勝於孔子之言歟?

二十一日(4 月 29 日)晴,夜有風。　連日意緒鬱勃,評《馮注義山詩》,頗爲玉谿剖白,一洗《新》《舊》兩書之誣矣。大致主朱長孺,而闢徐湛園、馮孟亭。

寄唐鄂生書,論再同身後家計。午後,范肯堂秀才當世來,南通州人,能爲古文,預修《湖北省志》。吴質甫極稱之,薦爲合肥塾師,嘗爲漱蘭客。

世傳香山幸朱崖之貶,嘗有詩記之,汪立名已辨其誣。至衛公於香山之事,則無辨之者。《舊書》言"武宗素聞居易之名,及即位,欲徵用之。德裕言居易衰病,不任朝謁,因言從弟敏中辭藝類居易,即日知制誥,召入翰林"。小説家因造衛公以如意帖香山詩,有讀此恐迴吾心之説。案,《舊傳》香山於開成四年自爲墓志,曰"予年六十有八,始患風痺之疾"。大中元年卒,年七十六。武宗即位,居易年已七十,兼苦風痺,勢難引之入朝,因推愛及其從弟。衛公本無黨,即史亦云衛公不以敏中爲黨疑之也。此可云居易爲衛公所惡乎?宣宗問令狐楚之子,白敏中以令狐緒有瘵疾,因薦綯可用,豈得謂敏中有怨於緒耶?蓋權勢之地,人所必争。宣既積憾于武宗,衛公斷不能久於其位。敏中固屬迎合揣摩,亦利得衛公處耳。世以敏中負衛公,則造作語言,反以爲衛公有積憾於白傅,殊可憤歎也。

二十二日(4月30日)晴。　得安圃書。酉刻答范肯堂。

《唐書·鄭絪傳》:"始,盧從史陰與王承宗連和,有詔歸潞,從史辭潞乏糧,請留軍山東。李吉甫密譖絪漏言於從史,帝怒。學士李絳曰:'誠如是,罪當族。絪任宰相,不當如犬彘梟獍。恐吉甫造爲醜詞以怒陛下。'"案,史言敬、憲修怨,然亦何至爲讒人?此實誣蔑之詞也。絪孫顥,尚萬壽公主,宣宗朝恩寵無比,而令狐綯子滈爲顥姻家,怙勢招權,疑崖州之貶,顥與有力焉。據史先貶崖州,萬壽下嫁後兩月。然後知敏中、綯、顥之極力以傾衛公者,不獨迎大中意旨,亦兼修敬、憲舊怨也。絪,一默默守位之人,敬、憲何至忌之?惟罷相於元和之世,而大中方柄用,元和子孫則以爲上入敬、憲之讒故,然造作語言,以無冢乘而覬國恩,醜詆名臣,悍然不顧。子京無識,不加刊落,何也?檢《舊書·鄭絪傳》,果無其事,知其出於私家之臆説,而非舊史之公言矣。贊皇公父子、祖孫,三世品節勳業,卓然可觀,不幸而遇牛、李、白、令狐之徒,既厄衛公於瘴海,復誣及敬、憲,詆刺百端,蓋黨禍本肇於牛李對策之年,其追憾敬、憲,一脈相承有以也。子京修史,既不加察。温公於維州之役,是僧孺而非衛公,故於唐人之詆衛公者頗采擷之。於是,牛李及衛公之邪正是非,緒雜無定論矣。

二十三日(5月1日)晴,午後陰,有風。　過晦若,少坐。李發赴粤。寄九弟書,並購粤刻數種。

《蜀志·宗預傳》:"諸葛瞻初統朝事,廖化過預,欲與預共詣瞻許。預曰:'吾等年踰七十,所竊已過,但少一死耳,何求於年少輩而屑屑造門耶?'"《孟光傳》:"謂郤正曰:'天下未定,智意爲先。儲君讀書,寧當傚吾等竭力博識以待訪問,如博士探策講試以求爵位邪!'"年九十餘卒。《向朗傳》:"年踰八十,猶手自校書,刊定謬誤,積聚篇卷,於時最多。開門接賓,誘納後進,但講論古義,不干時事。"此三老者,均不可及。雖不爲時用，有裨於風俗不少，豈若譙周之無耻乎？

二十四日（5 月 2 日）晴。　唐寶曆元年，尊號肆赦。李逢吉以李紳之故，所撰赦文但云左降官已經量移者與量移，不言未量移者，蓋欲紳不受恩例。韋處厚上疏論之，乃改赦文，紳獲霑恩例。及處厚作相，嘗病前古有以浮議坐廢者，故推擇群材，往往棄瑕録用，爲時所譏。夫一眚而掩大德，二卵而棄干城，本非用人之道，況以浮議坐廢，其無大過可知。此正韋司空之特識，乃以此爲時所譏，史臣從而録之，何其陋也。柄國二年，頗叶時譽，所譏止此，又非所當譏，可云賢相矣。況以李紳事推之，棄瑕者殆即此流耳，何可重誣處厚乎？

二十五日（5 月 3 日）陰，夜大風。　皞民來談，借雲楣《蘭亭》觀之，有趙味辛跋，傳是唐襄文物，展轉歸趙氏、方邵村。時帖在吴恩魯岱淵堂玉虹。宋倦陬葆（口）［淳］均有題識，云：“定武瘦本，筆意不恒，墨花滿紙，顧與國學本相似。”舊存三跋，則孫文介、慎行，字聞斯，别字淇澳。董文敏、陳眉公也。後歸周荇農，雲楣以二百金得之。雖不必校爲瘦本，然名跋林立，已足貴耳。

沈子梅自滬致舊書數種，力不能全置，以賤值留其半，餘皆歸之。

二十六日（5 月 4 日）晴，風尚未止。　花農來。

近日爲古文者，全從八家出，然八家實從經子史出也。欲温經以爲古文之源，而疲於注《管》，時復作輟。昔見外舅廷尉公每日必温經一卷，老輩真不可及。合肥云，曾文正清晨必手點史一卷。乘此暇日，擬仿而行之。

劉先主流落依操，而操曰：“今天下英雄，惟使君與操耳。”又云：“生子當如孫仲謀。”兩言中已定三分之局。武侯亦云：“曹操難與争鋒，孫權可與爲援而不可圖。”是武侯亦知先主不能混一也。觀其以管、樂自比，皆伯佐而非王佐，誠知漢不可復興，特漢賊不能兩立耳。先主在許，幾爲郭嘉、董昭所留，在京幾爲周瑜、吕範所留，是其神光難掩，致遭群忌也。然則士君子處困頓之世，惟宜韜采斂鍔以待時來，無庸過立崖岸矣。

二十七日（5 月 5 日）晴。　午後，過皞民，借《玉谿生詩意》五册。閱邸抄，劉銘傳以病解臺撫。

《漢書·酷吏傳》:義縱少年時常與張次公俱攻剽爲群盜,以姊義姁故拜爲中郎。夫袁盎,故盜,在漢初猶可言也。次公,與縱在武帝時竟以盜得官。漢法雖嚴,而用人不拘一格如此,亦可異也。楊僕有邊功封侯,自不宜入《酷吏傳》。傳中但云"治放尹齊,以敢擊行"而已。使其子孫貴顯,孟堅亦不復列之矣。湯、周以有子出,楊僕以免爲庶人,入史例純乎炎涼,誰謂孟堅良史乎?

二十八日(5月6日)立夏,夜風雷。　《舊唐·韋貫之傳》:"新羅人金忠義以機巧進,至少府監,蔭其子爲兩館生。貫之持其籍不與,曰:'工商之子,不當仕。'忠義以藝通權倖,爲請者非一,貫之持之愈堅。既而疏陳忠義不宜污朝籍,詞理懇切,竟罷去之。"考《管子》:"工之子恒爲工,商之子恒爲商。"即在今日,講求機算,中外通商,但予以利益,何患無良工廉賈出其間?惟一技片長授以官資,使與士人相溷,於是工不安於工,商不安於商,仕路固淆,而工商亦無實效矣。貫之之言,實萬世不易之良法也。特拈出之,以告世之講求工巧商情者。

二十九日(5月7日)晴。　仲璋、贊臣均來。

讀《裴晉公傳》,末云:"晚節,稍浮沈以避禍。王播,廣事進奉以希寵,度亦掇拾羨餘以效播,士君子少之。復引韋厚叔、南卓爲補闕拾遺,俾彌縫結納,爲自安之計。而李宗閔、牛僧孺等不悦其所爲,故因度謝病罷相,出爲襄陽節度。"案,宗閔因晉公薦文饒惡之。疑晉公晚節不至浮沈如此,然即此參觀,方掇拾彌縫爲避禍自安之計,而後生新進轉能藉口詆誣,欲固位而轉失位。則假如一心堅執之,爲愈乎行百里半九十。老臣可以此自警也。

四月初一日(5月8日)晴,天氣過煖,已易單衣。　寄鶴巢、子涵及家書。

《舊唐·路隨傳》:"韓愈撰《順宗實録》,説禁中事頗切直,宦官惡之,往往於上前言其不實,累朝有詔改修。及隨進《憲宗實録》後,文宗復令改正。隨奏條示舊記最錯誤者,宣付史官。詔曰:'禁中事,尋訪根柢,蓋起謬傳,諒非信史。宜令史官詳正刊去。'"今舊紀仍著韓名,而與《韓集》詳略互異。温公《考異》謂:《崇文總目》,《順宗實録》有七本皆題韓撰,五本略而二本詳，編次者兩存之，中多異同，至新史則采掇無遺。今韓集所載，乃李漢所編。而朱子仍《外集》詳定者，然於禁中事，初無甚切直之處，殆亦删削之餘耳。

初二日（5月9日）晴。　至晦若處少坐。申刻，范肯堂來。夜得高陽師書及楊椒山書一卷，書劉希夷《公子行》，有高鳳翰、謝寶樹跋。

初三日（5月10日）晴。　心緒甚劣，擾擾竟日。

《書》："咨，十有二牧。曰：'惇德允元，而難任人，蠻夷率服。'"《史記》："命十二牧論帝德，行厚德，遠佞人，則蠻夷率服。"顔淵問爲邦，亦曰："放鄭聲，遠佞人。"夫遠佞即能使蠻夷服從，今之識時務者必以爲迂矣。不知此古今至論也。其時四凶既放，四門已開，天子之側已無佞人，故又明詔十二牧，亦以遠佞人爲訓。蓋恐佞人不升王廷而在牧伯左右，亦足爲害，防微杜漸，可謂深切著明。孔子以告顔子乃内聖外王之學，亦云佞人不遠，則雖備四代之制度而不足以爲治也。佞人來矣，佞人來矣，公羊之傳《春秋》真得古意也。以今日洋務論之，肇釁之由大氐督撫左右均有漢奸爲之耳目，立約之後大氐關海要害皆有漢奸爲之鉤通。防則將帥之側佞人主事，而防無實際。商則市廛之中佞人司權，而商爲漏卮。諸公衮衮，以不談洋務者爲迂儒，而佞人則皆善於揣摩迎合，以洋務爲進身之梯者也，亦誰肯味古帝之聖賢遠佞之言乎？

初四日（5月11日）晴。　柳質卿同年自浙來。

《明堂位》："是故魯王禮也，天下傳之久矣。君臣未嘗相弑也，禮樂、刑法、政俗未嘗相變也。天下以爲有道之國，是故天下資禮樂焉。"鄭注："春秋時魯三君弑；又士之有誄，由莊公始；婦人髽而吊，始於臺駘。云'君臣未嘗相弑，政俗未嘗相變'，亦近誣矣。"佩綸案，據此，則《明堂位篇》乃春秋以前書也。蓋古魯國之禮文而采之入祀者，不得以春秋之事斷之，疑爲近誣。鄭《目録》曰："此於《别録》屬《明堂陰陽》。"此與《管子・幼官篇》皆古陰陽家之遺文耳。

初五日（5月12日）晴。　合肥約至晦若處少坐。復高陽書。

余少日學詩，邵香巖丈授以《小倉山房詩》讀之，後乃旁涉韓、白諸家，而於國朝最愛竹垞，不喜漁洋，猶沿隨園説也。入都後，如子儁、孝達均詈隨園,遂不復深覽。年來偶一閱之,則隨園詩儘有功夫,未可輕貶。阮文達《孫蓮水[春雨樓]詩序》:"隨園之才力大矣,門徑廣矣。有醇而肆者,亦有未醇而肆者。學之者不善,益其肆而肆焉,以爲出于隨園,而隨園不受也。即不敢肆其詞,而遺其醇焉,以爲出于隨園,而隨園亦不受也。"立論可謂精到允確。

初六日(5 月 13 日)晴。毛太淑人忌日。　竟日枯坐。

初七日(5 月 14 日)晴,酷熱似初伏,夜有風。　皞民來談。

《史通·直書篇》:"當宣、景開基之始,曹、馬構紛之際,或列營渭曲,見屈武侯,或發仗雲臺,取傷成濟。陳壽、王隱,咸杜口而無言,陸機、虞預,(咸)[各]棲毫而靡述。至習鑿齒,乃申以死葛走達之説,抽戈犯蹕之言。歷代厚誣,一朝始雪。考斯人之書事,蓋近古之遺直歟?"案,《武侯傳》云:"及軍退,宣王案行其營壘處所,曰:'天下奇才也!'"與晉之祖對壘,即借其祖之言以贊之,復申之所遇或值人傑,使其意不盡言之藴,一覽可知承祚實具苦心。至成濟之事,承祚自難,直書觸諱。然直録:"皇太后令云:'賴宗廟之靈。'沈、業即馳語大將軍,得先嚴警,而此兒便將左右出雲龍門,雷戰鼓,躬自拔刃,與左右雜衛共入兵陣間,爲前鋒所害。此兒既行悖逆不道,而又自陷大禍,重令吾悼心不可言。"仍當日舊史之文,而昭已嚴警,則固蓄無君之心,帝爲前鋒所害,明是抽戈犯蹕。在當日,秉筆者亦自天良未漓,故壽但詳録之,而弒逆之迹自不能掩也。子玄於承祚所處之地並未深思,一味刻覈,過矣。

初八日(5 月 15 日)晴,晨微雨,爲風所散。　《史記·貨殖傳》:"吴楚七國兵起時,長安中列侯封君行從軍旅,齎負子錢,子錢家以關東成敗未決,莫肯與。唯無鹽[氏]出捐千金貸,其息什之。三月,吴楚平,一歲之中,則無鹽氏之息什倍。"案,息雖至重,惟子必不過於母。《索隱》謂"出一得十倍",豈有借一還十之理?此蓋謂較舊息什之,如向以三釐行息,今則以三分也;向以四釐,今則以四分也。然則貸錢無救於貧,而在家則家愈貧,在國則國愈貧,亦可想矣。近日洋債之説大起,至於入都陛見諸公,亦皆貸洋債以應急,視載寶而朝者尤甚。噫!世風日下,可慨也。

初九日(5 月 16 日)陰,大風時作。此三日可衣棉。　得黄鐵生、秦生書，以再同墓銘相屬，從其生前書讖也。

《高貴紀》又録："昭奏云：'成倅弟太子舍人濟，横入兵陣傷公，凶戾悖逆，干國亂紀，罪不容誅。'"是昭已自納供狀矣。承祚微婉之筆，故子玄不能體會也。《后妃傳》於明元郭皇后則曰："值三主幼弱，宰輔統政，與奪大事，皆先啟咨於太后而後施行。"則一切詔令特假太后爲名，千載之後自然明白，尚謂承祚杜口無言，抽毫靡述乎？壽之長在三國，迭爲内外之辭，各存其真，子玄忽謂史其謗蜀，又忽謂其詳蜀，均屬失言，至曹、馬之際，固有不能直言無忌者耳。

初十日(5月17日)晴。　合肥以朱蘭坡先生所選《古文彙抄》見畀，乃浙中一道員所餽者。

《宋綬傳》：爲參知政事，章惠皇后營建道觀，諫官、御史皆言近詔罷修寺觀，而復有此修造，是詔令數更也。仁宗曰："此太后自出奩中物爾。"綬因曰："是豈知太后所爲，但見忽興土木違近詔爾。太祖嘗謂唐太宗受人諫疏直詆其罪，曾不爲耻。豈若自不爲之而使人無言？望深鑒皇祖之言，常防外廷之議。"綬於章獻時以忤意改官，復能爲此言，洵爲賢相。惜道觀是否罷營，傳竟略之耳。然其言足爲興土木者戒也。

十一日(5月18日)晴。　范希文負天下望。然元昊以書求和，仲淹謂無事請和，難信，以書有僭號，不可以聞，乃自爲書，令去僭號。元昊有書不遜，仲淹焚其書不以聞，坐奪一官，知耀州。此舉所失甚鉅，朝廷小懲之，未爲過也。觀武侯得魏臣書不報而作正議，此真漢相身分。夏之於宋，豈若魏之於蜀乎？當時軍中語曰："軍中有一韓，西人聞之心骨寒；軍中有一范，西賊聞之驚破膽。"此自三軍媚其主帥之謡，西人實未心寒膽破也。讀史至此，止覺其可笑，不覺其可敬，故吾於有宋不甚取希文。

十二日(5月19日)晴。　《守山閣叢書》刻《大唐西域記》十二卷。《四庫提要》謂："天、西咸歸版籍，《西域圖志》一一徵實傳信。此書音譯既多乖舛，而侈陳靈怪，尤屬誕漫無稽，然山川道里，頗有足備考證者。"然國朝所得者新疆、西藏、廓爾喀、五印度，實未入版圖也。今英人踞之，時爲窺滇入藏之計，則五印度山川險要亦今時務之亟，釋地者所宜留意也。佛國靈奇，漢唐以來極意崇奉，今爲島夷所據，菩提貝葉盡爲鶯粟，梵宇琳宫盡爲洋屋，青獅白象一夷馴之，菩薩金剛一夷奴之。吁！

十三日（5月20日）晴。　沈子梅自上海來，買得《文選樓叢書》。陸宜自塞上還。得樂山書，知夙疾已痊。

《説文・有部》："有，不宜有也。《春秋傳》曰：'日月有食之。'从月，又聲。凡有之屬皆從有。"段氏曰："謂本是不當有而有之偁，引伸遂爲凡有之偁，凡《春秋》書有者，皆有字之本義也。"案，下文"𢧵，有文章也"，"龓，兼有也"，豈復訓爲不宜有彣彰，不宜兼有乎？以本義釋有字，即以引伸義釋從有之字，《説文》之例不應雜亂若此。有字之見於經者，莫古於"大有"，《雜卦傳》："大有，衆也。"豈得云大不宜有乎？疑當作丕宜有也。《説文》："丕，大也。"以丕訓有，即《易》之"大有"，《小雅・裳裳者華篇》："左之左之，君子宜之；右之右之，君子有之。維其有之，是以似之。"《正義經總》言有之明，二者皆有也，是宜、有互訓之證。有無相對，不應假借爲之也。存此説，以俟精於小學者。

丁公雅有《管子要略》五篇，見於《玉海》《東都事略傳》。著《邇英聖覽》十卷，《龜鑑精義》十二卷，《慶曆兵録》五卷，《編年總録》八卷，而不及《要略》，何也？仁宗嘗問："用人以資與才孰先？"度曰："承平時用資，邊事未平用才。"諫官孫甫乃謂度自求柄用，宜杜邪。公之不答。仁宗曰："度侍從十五年，數論天下事，未嘗及其私，豈有是哉？"余謂公雅兩言極妥，孫甫之劾不近於深文周内乎？

十四日（5月21日）晴。　沈子梅復來。章宜甫解延慶，奉親南旋，殊可羨也。葛季良之眷亦扶柩隨之而還。季良者，琴生幕友，塞上所識也。

《韓詩外傳》曰："智如源泉，行可以爲儀表者，人師也。"此與"師嚴，然後道尊"相發明。漢之經師，無不尊嚴可爲儀表者，非徒解經不窮也。其後師道日廢，徒以學術相尚，而不問其行誼。於是，張禹之徒遂爲帝師而便便經笥，遂有師弟相嘲者，雖昌黎以《師説》挽之，無益也。應璩《百一詩》曰："子弟可不慎，慎在選師友。師友必良德，中才可進誘。"吾願世之爲父兄者，欲得佳子弟，先在擇良師。與其取浮夸之士，不如延樸厚之儒，尚不至誤子弟耳。

十五日(5月22日)晴,晚微陰。　合肥奉命大閱海軍。酉刻乘海晏輪,候潮,于明日出大沽。幕中于式枚、陳重威從行。

十六日(5月23日)雨。　許應騤、祥麟授倉場,譚鍾麟以尚書銜補吏部左侍郎。

連日因録塞上詩,未及評樊南詩也。夜,少暇,復理之。義山有《嘲櫻桃詩》及《櫻桃答詩》,殊不可解,今怪爲刺鄭顥之作,惟有鄭櫻桃已明點矣。又有《代盧家人嘲堂内詩》,亦是同時作,顥已昏盧氏,因選尚萬壽公主,堂帖追還也。鄭顥恃寵,經營作相,决非端人。令狐滈與之爲姻家,交通賄賂,義山目擊其事,故有此詩。孟亭每謂玉谿諂附令狐,竟不相答,殊可怪也。

十七日(5月24日)晴。　聞海上有霧,合肥到旅順已薄暮矣。

十八日(5月25日)晴。　午後,皞民來談。復鐵生、秦生書。

陳兒作《陸賈論》,謂賈乃儒者,非辨士。大意以"馬上得之,詎可以馬上治之"兩語,規漢王爲定漢初基,甚於叔孫朝儀、蕭何法律。以"天下安,注意相;天下危,注意將"兩語,告曲逆爲平吕本謀,甚於絳侯入軍、朱虚奪節。余頗取之。近日《新語》或非真本。然聖人居高處上,則以仁義爲巢;乘危履傾,則以仁義爲杖,亦儒家粹語也。觀其兩使南越,侃侃不撓,卒使之奉正朔、去帝號,固不僅游説之力。今使材甚乏,安得如賈者而銜命殊方乎?吾嘗謂奉使皆如蘇武,可謂不辱君命矣。然成一節而不了公家事,若盡如隨何、陸賈,其益實過於子卿也。乃今之求使絶域者,率以浮華之士應之,上不能如賈,下不能如武,歸則賞優褒重矣,如何如何。

十九日(5月26日)夜有風。　得八弟書。陳文祺入都。寄廉生書,索《會典館條例》。爲再同作墓志。

《楚語》伍舉曰:"德義不行,則邇者騷離,而遠者距違。"注:"騷,愁也。離,畔也。伍舉所謂騷離即屈平所謂《離騷》,皆楚言也。"揚雄爲《畔牢愁》,此《楚語》注所本。

《史記》:楚懷王使屈平爲憲令,草稿未定。上官大夫見欲奪之,不與,乃讒曰:"平爲令,衆莫不知。"王怒,疏平。平既奉王命爲令,上官豈能奪之?殆恐有不便於己者,屬平改之耳。觀此,平乃法家耳。余不甚喜《離騷》,以平學術涵養均非儒者也。

二十日(5月27日)晴。　復八弟一紙。邵班卿來談。得壽伯茀書。富,竹坡長子。

班卿亦嘗治《管子》。其言云:"桓公伐山戎,以山戎病燕。此燕乃南燕,非北燕。以《左氏傳·莊三十年》:'公及齊侯遇于魯濟。'《傳》曰:'遇于魯濟,謀山戎也,以其病燕故也。'《公羊傳·莊三十一年》:'六月,齊侯來獻戎捷。齊大國也,曷爲親來獻戎捷?威我也。其威我奈何?旗獲而過我也。'齊伐病燕,無之山戎,無須遠謀於魯,歸亦不必迂道於魯,明是燕爲南燕,山戎當在太行山東之戎。對中國言之,則曰北戎,非右北平之無終也。"其説甚辨。蓋從俞理初"燕師所完"解悟出。《春秋》書南燕曰燕,書北燕曰北燕,本分明也。然以桓公所救之燕爲北燕,不獨《管子》爲然,《穀梁傳》:"桓内無因國,外無從諸侯,而越千里之險北伐山戎,危之也。則非之乎?善之也。何善乎爾?燕,周之分子也,貢職不至,山戎謂之伐矣。"《史記·齊(燕)[太公]世家》亦曰"伐山戎,至于孤竹"。《燕世家》並伐周之南燕,亦以爲北燕也。兩説並行,在西漢時竟無從釐定一是耳。故余於卑耳之谿略發其端,不料班卿竟專主南燕,言之鑿鑿如是。

二十一日(5月28日)陰。又袷衣。　復伯茀書,商竹坡遺稿。以《手評玉谿生詩》送皞民一勘。皞民專學玉谿也。

《韓詩外傳》,余篤好之。其論《詩》"王猷允塞,徐方既來",謂事强暴之國難,使强暴之國事我易。事之則實單而交不結,約定而反無日,割賂而欲無厭。故明主不道也。上下一心,三軍同力,仁形義立,教誠愛深。而强暴之國如赤子歸慈母,世之謀國者必將以此爲腐儒之見,然恃寶、約、割地三端果能立國乎?盍亦反其本矣。

二十二日(5月29日)晴。　過永詩談。

子産有言:"夫大國之人,令於小國,而皆獲其求,將何以給之?一共一否,爲罪滋大。大國之求,無禮以斥之,何饜之有?"鄭介晉、楚之間,而子産能爲此言,故兩大無由生隙,故知交鄰之道非一味諂媚所能持久也。小國且然,況大國乎?

《儒行篇》:"其過失可微辨,而不可面數也。其剛毅有如此者。"夫儒者有過,正賴直諒之友規之。其人忠告善道,固所樂受。即苦口逆耳,更所樂從。若不可面數,則其弊必至。不聞善言而止,豈儒者事君可以犯顔直諫,而其自處轉深閉固拒如是?充其量,訑訑之聲音顔色,亦得謂之剛毅乎?此欲擡高儒者身分,而轉失儒者謙冲集益之度量,恐非聖人之言。

二十三日(5 月 30 日)陰。　約贊臣來談。

天下本富莫切近於農桑。北方農功之惰,一時驟難挽迴。一由於水利之不興,一由於農政之不講。蓋永樂所遷皆各省富户,安知力農?重以本朝圈地莊頭輩,上誑王公,下欺民户,以水旱荒熟諉之於天,甚可怪異也。余嘗博考北方農荒之故,爲説一篇,以望爲官爲紳者,然余亦不能踐其言也。至冀州,桑土既蠶,見於《禹貢》,今亦廢弛。婦女終日逸居,夫役之如奴隸,非不卑順,而井竈之外,茫然不知飼蠶之法。鄉間無知之者,其病則蔥蒜燒酒之氣,皆足害蠶。余推求其故,當以原蠶有禁,北方以養馬,故遂不養蠶,蓋漸染邊風故耳!然如近豫東各郡,似可仿野桑生繭之法行之。如豐潤、玉田,地本肥美,宜蠶果木之園林立,豈不可推行蠶桑者,推以木棉紡織之利,亦甚易舉,而良有司(膜)[漠]不關心,殊可慨也。合肥納汪仲伊説教民種桑,議已下而事竟中止,尤爲可惜。因爲肅毅夫人及内人論蠶桑,偶筆之。

二十四日(5 月 31 日)陰。　《五帝本紀》:"太史公曰:學者多稱五帝,尚矣。然《尚書》獨載堯以來,而百家言黄帝,其(言)[文]不雅馴,薦紳先生難言之。孔子所傳《宰予問五帝德》及《帝繫姓》,儒者或不傳。余嘗西至空峒,北過涿鹿,東漸於海,南浮江淮矣,至長老皆各往往稱黄帝、堯、舜之處,風教固殊焉,總之不離古文者近是。"此古文謂《古文尚書》也。承上"《尚書》獨載堯以來",故省"尚書"二字耳。《索隱》謂:"古文即《帝德》《帝系》二書。"非也。下文又云:"予觀《春秋》《國語》,其發明《五帝德》《帝繫姓》章矣,顧第弗深考,其所表見皆不虚。《書》缺有間矣,其軼乃時時見於他説。非好學深思,心知其意,固難爲淺見寡聞者道也。余并論次,擇其言尤雅者,著于篇。"蓋太史公本《五帝德》及《帝繫姓》以作《五帝本紀》,

堯、舜則取《古文尚書》，黄帝、顓頊、高辛則兼取百家，而擇其尤雅者，以與《春秋》《國語》相證，極爲明白，何段氏以子長所傳乃夏、歐陽《尚書》非古文乎？其自敘曰："年十歲，則誦古文。"蓋兼《古文尚書》《左傳》《國語》《(系)[世]本》而言。惟其能識古文，故太史所藏之書皆能讀之。其從孔安國問故，特互相引證而已。太史公學術最博，談則學天官，受《易》，習道論；遷則《尚書》、《左氏》、《公羊》據聞於董生、《禮》據《五帝德》《帝繫姓》、《論語》、《孟子》、《管》、《晏》、《老》、《莊》、《申》、《韓》、《司馬法》，無不兼綜條貫。蓋以儒者承其父道家天文之傳，而並通百家也。西漢之世，一人而已，子政不能望其肩背，況班孟堅乎？余别有《史公學術考》詳之。

二十五日(6月1日)晴。　至范肯堂處小坐。皡民來。潘子静踵至。午後，寄頌民書，時改捐州同。贊臣來。

《列女傳》曰："楚伐息，破之。虜其君，使守門。將妻其夫人，而納之于室。楚王出游，夫人遂見息君，曰：'人生要死而已。生離于地上，豈(若)[如]死歸[于]地下哉！'乃作詩曰：'穀則異室，死則同穴。有如不信，矢如皎日。'遂夫婦俱自殺。楚王賢之，乃以諸侯禮合葬之。"班固《古今人表》與許夫人、釐負羈妻並列中品，與《左傳》相紀貞淫迥别。魏默深先生《詩古微》主《魯詩》説，定《左傳》爲子駿所竄，且釋前兩章。一説大車爲檻車，言被虜載以檻車也；又曰大車毳衣，子男之車服也。爾，息君也。子，楚子也。予，息夫人也。較之《毛傳》《鄭箋》爲直捷。息夫人有廟，在楚，非其夙著節烈，安能立廟？杜牧之詩："至竟息亡緣底事，可憐金谷墜樓人。"不知息夫人更烈於緑珠也。此亦足以雪千古之誣，而杜後人之喙矣。余嘗謂婦人之節，較男子之名尤易誣衊。一人造謡，群起和之，其冤即不能白，所以志書中抹殺。烈婦往往被禍，非幽魂果能爲厲？實天道神明不能不誅之也。誣貞節之罪，當與淫惡同。余此言固非假果報以警此耳。

二十六日(6月2日)晴。　得九弟四月初十日書。寄樂山一紙。

從來名人不必定有賢子。如虞翻謫海而諸子均知名，東坡之子叔黨均象賢，可謂積善餘慶，其他則賢少而不肖多，豈名因造物所忌耶？抑或諭教未至也。淵明有《責子詩》，而諸子果無達者。義山《驕兒詩》頗小時了了，而《蔡寬夫詩話》謂白樂天喜義山詩，願爲其子，義山生子遂以白老名之，既長，略無文性。温庭筠戲之曰："以爾爲白老後身，不亦忝乎？"不知即衮師否？要之，衮師亦無所表見也。

張湯之父見湯劾鼠，文辭如老吏，更當笞之，乃遂使書獄，所以陷入《酷吏傳》中。此教之非其道也。曹參因其子窋言“無以請事，何以憂天下”，遂笞之，曰：“趣入侍，天下事非汝所宜言。”此教之得其分也。父爲丞相，子豈宜預聞相事乎？

二十七日（6月3日）陰。　夜，王楓臣自宣化來，知樂山病甚危篤，因招仲璋來余齋中雜談，至三鼓始去。石聘之有書。

二十八日（6月4日）晴。　寄聘之書。

偶讀半山《鯀説》，曰：“堯咨孰能治水，四岳皆對曰鯀，然則在廷之臣可治水者，惟鯀耳。當此之時，禹蓋尚少，而舜猶伏于下也。夫堯之聖，群臣之仁賢，其求治水之急也。而相遇之急如此，後之不遇者亦可以無憾矣。”節録。此蓋爲開直河而發。余以爲堯以天下傳舜，群臣實有不服，如敖之朋淫于家，用殄厥世，其一也。次則爲鯀。《吕氏春秋·行論篇》：“堯以天下讓舜。鯀爲諸侯，怒於堯曰：‘得天之道者爲帝，得地之道者爲三公。今我得地之道，而不以我爲三公。’以堯爲失論，欲得三公，怒甚猛獸，欲以爲亂。比獸之角，能以爲城；舉其尾，能以爲旌。召之不來，仿佯於野以患。舜於是殛之於羽山，副之以吴刀。禹不敢怨，而反事之，官爲司空”云云。諸子所傳皆秦未焚書以前之説。是鯀非不敢治水，乃不肯爲舜治水也。觀鯀化爲黄熊，疑亦如北人無擇自投清泠之淵，未必由舜吴刀副之，故禹遂世其官，卒平水患，始以地道爲三公，終以天道禪帝位，非徒幹父之蠱，實以述父之志，繼父之事也。鯀不以禪代爲然，固執一節，雖未得堯、舜公天下之意，然一心事一主，亦古之賢臣也歟！

二十九日（6月5日）晴。　得安圃第三書。聘之函至，云樂山略愈。晚，與仲璋答楓臣。

《淮南·主術訓》：“蘧伯玉爲相，子貢往觀之，曰：‘何以治國？’曰：‘以弗治治之。’簡子欲伐衛，使史黯往覿焉，曰：‘蘧伯玉爲相，未可以加兵。’固塞險阻，何足以致之！”伯玉爲相，三傳俱無，此説不知何本。[1]

[1] 此處眉批：《淮南》本之《吕氏春秋》，《雜篇》且有“史鰌佐焉。孔子爲客，子貢使令於君前，甚聽”數語。高誘注：“伯玉，衛大夫，蘧莊子无咎之子瑗，謚曰成子。”伯玉之世系及謚僅見於此。

三十日(6月6日)晴。　《表記》:“子曰:‘君子不以色親人。情疏而貌親,在小人則穿窬之盜也歟。’子曰:‘情欲信,辭欲巧。’”鄭注:“巧,謂順而説也。”《疏》:“與巧言令色異。”案,孔《疏》非也。《詩》及《論語》“巧言”皆謂小人,未有屬之君子者。此“情欲信,辭欲巧”足上意,謂以色親人者,情則欲人之信己,故辭欲其巧以助其色不足,正是巧言令色足恭一輩耳。天下安有如簧如流之君子哉?有色厲而内荏之小人,有情疏而貌親之小人,孔子均斷爲穿窬之盜。盜亦有道,若輩在盜中,特穿窬者耳,鄙之甚矣。

五月初一日(6月7日)晴。　楓臣來,得吉雲帆書,以牛乳餅八合寄伯潛。

魏默深《庸易通義》謂安溪李氏深於《易》,故《中庸餘論》專以《易》道發揮,可謂精微廣大,曲鬯旁通,故廣李氏之義,於《中庸》之通《易》者,標舉數章於後。按,康成《中庸注》於祖述堯舜節,以“志在《春秋》,行在《孝經》”發明之。余嘗推之《詩》《書》《禮》,而惠氏《周易述》已闡《庸》《易》相通之藴,子思之學如此,然文王之德之純,直以文王比天,此周公宗祀文王明堂之旨,即聖人繫《易》之旨,而惠氏、魏氏均未及之。安溪之書,余未見,不知嘗言之否。文王之德,《論語》《中庸》兩贊爲臣爲君之道,賢堯舜矣。

初二日(6月8日)陰,有風,急雨一陣,天氣頗涼。　午後,楊玉書來,時新授河南歸德鎮總兵。

漢右北平郡之縣十六,至後漢僅存其四。縣志以豐潤爲土垠、無終二縣地,又開平之石城廢縣爲漢縣,不應一邑而兼三縣之地。顧亭林《日知録》云:“《遼史》灤州統縣三,其三曰石城,唐萬歲通天元年改石城縣,在灤州南三十里。今縣在其南五十里。遼徙置,以就鹽官。今開平中屯衛即遼石城廢縣。”不獨非漢之石城,且非唐之石城也。錢坫《漢地里志斠詮》謂:“石成,今奉天府西北地,《水經注》白狼水所逕者也。今水在府西北邊外,合大遼水,似與《水經注》原流又異。”按,《水經注》:“石城川水出西南石城山,東流逕石城縣故城南,《地理志》:右北平有石城縣。據此,則酈以爲漢之石城。北屈,逕白狼山。”又按,《三國志》:“公出盧龍,塹山陘谷五百餘里，未至柳城二百里，與蹋頓遇。公登白狼山，望柳城”云云。則白狼山在柳城之西二百里，盧龍之東三百里，石城縣又在白狼山之南，何得在奉天邊外乎？且《魏志》云：“上徐無山五百餘里，經白檀，歷平岡，涉鮮卑庭。”錢以平岡在永平東北四百里，白檀在密雲縣南二十里，而徐無則在今遵化州東，密雲在遵化之西，永平在遵化之東，豈得由遵化經密雲以至永平之東北乎？殊可笑也。大要北方地理諸書均不能詳盡，余思考之，而學不及也。

初三日(6月9日)晴。　晚，合肥回津，初二在海上遇大風，甚危險。夜，晦若來。

默深先生《詩古微》申三家而抑毛、鄭，然筆力横絶，足以自申其説。其《書古微》亦有心得，而《舜典》《太誓》補亡則涉於意造矣。以《詩》論，毛與三家本不必盡同，豈得謂毛皆誤而三家皆是？以《書》論，杜林所傳《古文尚書》，其解釋不必盡同伏、孔，豈得謂先梅賾而僞造？蓋子政《七録》既亡，班氏於經術源流敘次不免闕略。范《史》櫽其傳經之家學，而修史又不得作史之學識，而頗删舊史，於是東漢之經學亦傳之失真。今欲抹倒賈、鄭於二千年後，孤行直起，以承西漢經師，名爲微言大義，實則專己守殘。窃謂乾嘉諸公漢學已極精極碻，生其後者不得不稍立異同，勢必畫西漢、東漢之界以與之角。然以西都爲賓，東都爲主，固非；以東都爲賓，西都爲主，亦失之。固自宜漢宋兼綜，不必立户分門，落叫囂淩競之派也。論兩書之優劣，則《書古微》更小於《詩古微》，以《書古微》是有意作棱耳。

初四日(6月10日)陰，夜大雨。　高陽寄食物四種，作書復之。雲楣、皡民均來。得聘之書，知樂山漸愈。

《宋書·劉穆之傳》：“高祖書素拙。穆之曰：‘此雖小事，然宣彼四遠，願公小復留意。’高祖既不能厝意，又稟分有在，乃曰：‘但縱筆爲大字，一字徑尺，無嫌，大既足有所包，且其名亦美。’高祖從之，一紙不過六七字便滿。”竊疑大字更難於小字。高祖既拙於書，使作大字，不更拙乎？此自妄傳之語，而休文性喜誣宋，故録之入史耳。

初五日(6月11日)陰，夜雨甚快。　鐵路利害，紛如聚訟，局外可守不言之戒。近有創膠萊鐵路之説者，謂可辟成山之險，而以鐵路用起重機器載輪船而北，聞之失笑。夫開膠萊河辟外洋、從内洋，乃元初之故蹟，劉應節、崔旦之餘説，河不易開。魏默深先生已闢之矣。當輪舟暢行之日，無故繞道迂回，舍舟就車，且欲以路載至重之輪舟，雖外洋有此法，決不可耳。而談之者津津有味，亦可謂不明事理矣。

初六日(6 月 12 日)陰，時有微雨。　顧廷一來。王楓臣、于晦若來此久坐。寄安圃姪四、五兩書。四由驛，五附都中書。

默深先生所著《詩古微》《書古微》，余既竭數日之力讀之，因思《易》爲秦火所遺，淵源最正，宜取西漢《易》説發揮爲《易古微》，以存三聖人大義之萬一。乃本朝説《易》諸家，如惠氏漢學《周易述》但及荀、虞、張氏，止是集解、類抄。旌德姚仲虞先生默而好湛深之思，其於《易》，先虞後鄭，以及西漢舊説，可謂詳矣。惜其以東漢爲注，反以西漢爲疏，因而旁及諸子，氾濫無歸，成一家之言，而轉紊千古之緒，亦非經師授受之正也。擬以考《易》《殷禮》之暇，兼掇西漢《易》誼，積久成編，姑識歲月以待之。

初七日(6 月 13 日)陰，夜大雨。　黄花農、沈子梅均來。伯平前輩自都引見回。復高陽書，寄枇杷四簍。

《漢・光武紀》："之長安受《尚書》，略通大義。"《明紀》："師事桓榮，學通《尚書》。"十歲能通《春秋》，不知何傳，殆無師法。《章紀》但言"好儒術"。《和紀》無所稱。《安紀》："年十歲，好學史書。"桓帝則以"好音樂"著。順、靈、獻皆無聞。蓋東京帝學之衰更甚於西京也。而明德馬后則"能誦《易》，好讀楚辭，尤善《周官》、董仲舒書"。和熹鄧后則能史書，通《詩》《論語》，"自入宫掖，復從曹大家，受經書兼天文算數"。故東朝教令文辭粲然可觀。

《和熹紀》："詔中官近臣於東觀受讀經傳，以教授宫人，左右習誦，朝夕濟濟。"許沖獻《説文》書："慎前以詔書校東觀，教小黄門孟生、李喜等，以文字未定，未奏上。今慎已病，遣臣齎詣闕。"夫使黄門宫人均誦經傳，想見宫闈教化之盛。然如劉珍等皆經術湛深，乃令其爲黄門教授，亦可謂輕朝廷，羞當世之士矣。疑許君不肯自貶其節，故託以文字未定，不即奏上，而旋已病，辭官而去。觀《説文》之上僅賜布四十匹，知已忤中旨。而許君之意微婉，世竟無表之者，爲闡其幽於此。

初八日(6 月 14 日)晴。　仲彭來談。

檢書，偶取曾文正《求闕齋文鈔》讀之。文正《與許僊屏書》論古文，以爲欲著字之古，宜研究《爾雅》《説文》小學訓詁之書；欲造句之古，宜仿效《漢書》《文選》；欲分段之古，宜熟讀班、馬、韓、歐之作；欲謀篇之古，則群經、諸子以至近世名家，莫不各有匠心章法。《復吴廣文敏樹書》謂惜抱才弱，固爲百年正宗，未可與海峰並薄。所言均積學有得之言。其文亦堅勁雄直，卓爾不群，即不以功業論，亦同治以來一作手也。公之學以禮爲宗，天資不如學力。高山仰止，慨慕久之。

佩綸案，集古人論文之語觀之，最爲有益。曾南豐謂陳(后)[後]山曰："要當且置他書，熟讀《史記》兩三年。"《與王介甫書》云："歐公更欲足下少開廓其文，勿用造語及摹擬前人。韓、孟之文雖高，不必似之也，取其自然耳。"《潛溪詩話》云："老坡作文，工於命意，必超然獨立於衆人之上。"李方叔云："東坡教人讀《戰國策》，學説利害；讀賈誼、鼂錯、趙充國章疏，學論事；讀《莊子》，學論理性。又須熟讀《論語》《孟子》《檀弓》，要志趣正當；讀韓、柳文，記得數百篇，要知作文體面。"其他精語甚多，姑擇數則以爲初學之範。

初九日(6月15日)晴。　伯平、雲楣、贊臣來談。過晦若，談未數語即歸。午後，容民、晦若相繼來談。

本朝崇尚漢學，孫芝房之論，謂紅巾之亂由漢學啟之。然洋、粤、捻、回四起，其弊在道光末年文武酣嬉，恐其弊不得歸咎於一二儒生也。獨中興以來，漢學已成弩末，宋學更成絶響。而舉世滔滔，大氐有文無行之徒起而攘臂，尤爲風俗人心之害。更有洋學興於其間，以外洋無父無君之理而飾以中國之文字，害更深於楊、墨、佛、老。吾恐數十年後，堯、舜、周公之教必爲耶穌、天主所漸苞，而遺經古義不亡於秦火者，且將亡於洋氛也。以政教言之，言自强者無非西法是尚，求其能通古今利害以自强者，無有也。而陋儒則惟空言無濟，仍小楷白摺之見推之，可以治平，可以修攘，此可慮者一。以風俗言之，布帛綫針無一不西洋是尚，而鉅錢之流出外洋，無人過問，不久必錢空用券，此可慮者二。士大夫以讀書自命者，大不談經濟，小不究機算，稍稍能文，便狂于言而諂于行，不知禮義廉耻爲何物，敗名喪檢，且更甚于顓蒙，其可慮者三。勇營習氣更深于緑營，雖著名之將領言及西洋，而談虎色變，貌爲大言，亦復全無條理，其可慮者四。工匠無才，便於購洋人器械而浮開價值，不能製器，又不能製製器之器，弊已伏而利未興，其可慮者五。吾退而以空文自見，然空文之能否自見，尚當視乎世運。孔子曰："微禹，吾其魚；微管，吾其左衽。"今之患迫於洚水，危於荆蠻，安得神禹、管仲復生乎？

初十日(6月16日)晴。　晚與合肥論洋布機器局事，甚愠。余已廢棄，分當不交人事，而貧困無歸，遇事又不能默默，非吏非隱，殊自愧也。

半山詩頗有獨到處，其《題淮西碑》云："桓桓晉公忠且壯，時命適與功名偕。"無限古今成敗之感，納入七字中。義山《韓碑》極意鋪排，究是書記語矣。杜陵云"書貴瘦硬方通神"，昌黎云"羲之俗書逞姿媚"，至東坡則云"環肥燕瘦各有態"，皆有獨見。半山《題顏公壞碑》則云："但疑技巧有天得，不必勉强方通神。"殊不凡也。意其爲人實有函蓋一切之概，故出辭如此。世傳其囚首垢面，書如驟雨驚風，恐非實耳，抑能言而不能踐耶？

十一日(6月17日)晴。昨夜左臂作痛，不能成寐，午後用電氣治之。　約楚寶來談。晚，伯平辭，回大名。

元鼎五年，詔曰："辛卯夜，若景光十有二明。《易》曰：'先甲三日，後甲三日。'朕甚念年歲未咸登，飭躬齋戒，丁酉，拜況于郊。"應劭曰："'先甲三日'，辛也。'後甲三日'，丁也。"據此則蠱爻乃郊時齋戒之象，此西漢《易》家古義，故漢武詔用之。若考《殷禮》，則殷之郊禮必用丁也。

十二日(6月18日)晴。　漢成實賢主，使非外戚專權，張禹爲佞，得賢臣輔之，足以爲善。觀朱雲在元帝之世已與陳咸廢錮，及帝世，上書求見，帝即見之。使拒而不見，雲雖欲請上方以斬張禹，豈能聞於堂上哉？其言既出，雖死猶榮，況旋已意解乎？劉向以上無繼嗣，政由王氏，上書極諫。天子召見向，歎息悲傷，其意謂曰："君且休矣，吾將思之。"雖劫於王氏，不能用向，然使洩向之言，向必得禍，似尚能審固機密者，惜其終爲權臣所蔽也。至於哀帝一紀，尤多可疑，贊云："雅性不好聲色。即位痿痹，末年寖劇。"而《董賢傳》則云："常與上卧起，偏藉上褏。"又召賢女弟以爲昭儀，此何故也？袁子才疑之，惜入于小説，太覺支離。蓋上之痿痺屬實，而其意則在抑王氏以復主權。無如大臣皆拘文牽義，舊學如師丹，至戚如傅喜，皆不測其意旨，相繼罷去。舉朝無非虚名尸位之庸臣，不得已而欲拔用新進，冀其爲我腹心。適得美麗自喜之董賢轉來群嫉，而主勢益孤，主德益損，暮景摇惑，復入周護、宋崇之説，徵莽還朝，而漢亡徵見矣。然則哀之失，不在多殺而在游移；賢之罪，不在佞倖而在無具。使哀帝當日勵精圖治，柄用賢臣，決不徵還王氏，預擇宗室賢者，立爲太子以定根本，雖元后在内，而群材夾輔，國本已堅，即十莽豈能乘間而入？失此不圖，身既夭折，辱及祖父兩姓，而大統亦隨以傾亡，何以見孝成於地下乎？

十三日(6月19日)晴。 沈子梅、顧皥民相次來談。晚，楚寶來。閱其文，何學？曰學韓。詩涉韓、蘇，似不深。

與皥民談《莊》，義甚合。皥民言，凡著一書，成一詩，若無關於一時風氣之盛衰，一朝政事之治亂，均不足存，謂《潛夫論》、玉谿詩皆是也。語頗有意。余就所究心諸書推之，如《易》，則殷、周之際，文王恐殷之將亡，與祖伊因故三百八十四爻，反復長言以感悟帝辛，故其書可以爲經；《春秋》，則周、秦之際，孔子知春秋之將爲戰國，百家之將亂吾儒，故二百四十年反覆長言，存此内聖外王之理，故聖人所以爲萬世師；《莊子》則專爲楚發，存儒、道兩家之微言大義，於書中所見已小矣，然非係乎盛衰治亂者，實不足觀。初唐不如杜，以杜即史也。温不如李，以李有時事也。黄不如蘇，以蘇於兩黨進退尤詳也。至元、明之後，家各一集，人各一書，知此者鮮矣。

十四日(6月20日)陰，有急雨一陣。 南中教案迭起，江南、安徽、江西、湖北不下數十處。

新莽之篡宗室，乃頌功德，僅翟義一人首先起兵，可謂漢之忠臣。乃《漢書・翟方進傳》於篇末追敘童謡，以郡中怨方進請陂下良田不得而奏罷陂，雖以爲鄉里歸惡之言，而言外若幸翟氏之覆宗爲快者。班叔皮之贊亦曰："義不量力，懷忠憤發，以隕其宗，悲夫！"夫懷忠憤發，豈待量力而始舉事？其後平林、新市及伯升之起，亦皆不量力者。若人之待量力而始起兵，則亂臣賊子亦無見誅之日矣。叔皮作《王命論》者，而所見如此乎？

十五日(6月21日)晴，午後陰。是日丑刻夏至。 得樂山一紙，知病已見愈。

前論漢哀一則，適館師以孔光論課兒輩。滄兒論頗深至，大致以立中山，沮傅太后尊号，均附王氏，而不能尋出證據。余以《哀紀》推之，孝哀之立，乃成帝特賞趙皇后昭儀助成之，王根陰自結於傅太后，不盡由傅太后之賂遺，而決非元后之本意也。元后與傅太后本有嫌，觀王鳳因日蝕遣共王之國可證。且哀帝既立，元后敕莽避帝外家，其不悦之意可想。故光得微指，始請中山，明知迂闊不見用，聊以避禍而免入定陶之黨也，亦不料孝哀之竟立光之相，雖云孝成已刻侯印書贊，而即夕帝崩，非元后之力不能爰立。且既有嫌於孝哀，故屢沮傅太后，不獨爲王氏，亦以自爲與師丹、傅喜之正論不撓有間矣。班氏亦是王黨，觀《敘傳》，伯由王鳳薦，得召見，莽少與穉兄弟同列友善，兄事斿而弟畜穉。斿之卒也，修緦麻，賻賵甚厚，則其交深誼密可知。故成帝季年立定陶王爲太子，數遣中盾問近臣，穉獨不敢答，豈非王氏不欲立哀帝之明證乎？故哀帝即位，光罷相，而穉亦出爲西河屬國都尉也。疑《董賢傳》所紀哀事亦不甚確，班氏以其祖不得志於哀帝，故揚其惡耳。世動以史遷爲謗書，而不知班氏之更爲謗書也。吁！

十六日(6月22日)晴，午後煩熱，有微雨。浴。　得高陽書。修理《管注》，苦無養性之樂，至是始定日注《管》而夜讀書，或詩或文，不事考證，以暢其趣。

魏默深先生謂横雲山人《明史稿》是非失實，固已。按，《萬季野先生家傳》云：季野力辭鴻博，以布衣參史局，不署銜，不食俸，《史稿》五百卷皆出其手。疑袒南抑北，自季野已然，不始横雲也。吾鄉谷霖蒼輯《明史紀事本末》，惜於故鄉人物别無一書，蓋有明三百年直隸士大夫嘉言懿行湮没者不少耳。紀文達負一代博學之名，而不著書於乾嘉以前，鄉先正文采風流亦無紀述。蓋北人質直，不善標榜也。

十七日(6月23日)薄莫雷雨一陣。　倭國均云徐福之後，而《魏略》則云倭人自稱太伯之後。見《通典》。自是譯者妄傳，彼中豈知附會譜系乎？

《元和郡縣志》於吾里獨在闕卷中。考《通典》州郡八，玉田屬漁陽郡，石城屬北平郡。是吾邑當兼唐玉田、石城兩縣之邊界也。

十八日(6月24日)晴。　仲璋處小坐即回。得廉生書。

讀介甫詩,盡一卷。

介甫《白溝行》:“棘門霸上徒兒戲,李牧廉頗莫更論。”雁湖注引歐陽公《奏疏》:“外以李昭亮、王克基當契丹,内以曹琮、李用和等衛天子,安得不取笑四夷?”又引沈文通《和王微之漁陽圖詩》云:“燕山自是漢家地,北望分明掌股間。”謂沈亦公所善,想當時諸賢皆有興復意,竊味全篇已微見經理之意。按,元豐主戰,元祐主和,前有熙河之敗,後有靖康之禍,至今論宋事者每以元祐爲君子,而以元豐爲小人,即以主和爲是,而主戰爲非,不知政、宣之失乃在屏斥忠賢,任用宵小奄寺。艮嶽、花石擾及天下,亡徵已具,即不結金伐遼,金已滅遼,亦必駸駸南牧,不得以紹述爲名,歸獄于荆公也。元祐更新之政,亦多矯枉過直,示弱遼夏,尤失體之大者。宣和諸臣固無賴之小人,元祐諸臣亦無用之君子,不足以論和戰之得失也。温公《通鑑》論維州事,袒牛抑李,眼孔如此,豈足當國?坡公守登州,即議水師赴定州,頗籌邊計,畢竟聰明人容易唤醒,然而權輕事生矣。

十九日(6月25日)晴。　得九弟書。寄大西洞端硯二方、《粤東三大家詩選》一部。

曹瞞之爲漢賊,固已,然漢祚之傾始於桓帝,而桓帝之立則曹騰之謀也。當質帝之崩,李固、杜喬欲立清河王蒜,梁冀未有以相奪,騰不爲蒜所禮,乃夜往説冀,以青蓋車迎志入南宫。至是而固、喬之罪已定,宦寺之權更張,不待黄巾、鄜隖而漢之業已傾。李固獄中所謂漢室衰微自此始,誠東漢定論也。我不知騰有何功德而養孫遂爲受禪之主,傳祚數世,直以騰傾漢于前,操、丕篡漢于後,謂之善繼述可耳。

二十日(6月26日)晴。　過獻夫,吊其妻喪。午後,范肯堂來。吕定之前輩來訪,就容民齋中與談。

朝廷用賢,不可猶豫。《蕭望之傳》:上方倚以爲相,則恭、顯因其子上書,詔前事,徵詣廷尉,迫令自殺。馮野王忠信質直,智謀有餘,上方倚以代鳳。於是王鳳使尚書劾奏王章私薦野王,而野王以賜告歸杜陵,不敬,劾免矣。《大學》曰:“見賢而不能舉,舉而不能先,命也。”命不得讀爲慢,亦非一人之命,直是無可奈何而委之於命之命,蓋國家之命運所係耳。君不密則失身,諒哉!

師丹以不肯崇傅太后尊号罷,史極稱之。然其人實非經世才,乃一拘儒耳。哀帝初即位,多匡改成帝之政,如出侍中王邑、射聲校尉王邯等,正其收回政柄處,豈可與封后父、封舅同譏?如丹言,則王氏之權必令其世之不替乎。眼光太淺,宜哀帝之不悦也。蓋師丹乃哀帝太子後始爲太傅,亦王氏之所引用耳。

二十一日(6月27日)晴。　晚浴,浴後甚爽。

于晦若言國朝隱逸均是明之遺民。余謂史公無《隱逸傳》,隱逸本不必傳,必傳之則必取其有繫於風俗者。前代隱逸有不可解處。尚子平既知富不如貧,貴不如賤,何以爲王邑一出,雖力辭其薦莽,然不如不出之爲超矣。晉夏仲御,人説之使仕,勃然作色,及賈充造訪,以作何戲問,語殊輕狎,乃爲作《鯆鮮》之歌,殊失身分。張忠巨和垂老爲苻堅一出,以東嶽之士而歿於西嶽。宋纖令文年已八十,乃受張祚之聘,爲其僞太子之友,尤屬進退失據。至宋种放、常秩之徒,益不足道矣。惟(張)[孫]緬所遇之漁父殆是真隱,然《篧篧竹竿》之歌,亦與《莊》《騷》所載之漁父爲亡是公,爲不知何許人耳。史者所以紀一代之政治得失、人才消長,似此人流,不過槃澗巖谷之徒,何足入傳?真隱不能傳,傳者皆非隱也,故班、馬均無此一門。

二十二日(6月28日)晴,夜微雨一陣。　夜,仲彭來談,並借高青丘詩。

《御覽》四百八十八引《文士傳》曰:"張叔[序],字彦真,遇黨錮去官。道逢其友人,相與語天下云:'嫉害忠良,豈但道之不行,恐將不免。'二人相向而泣。有老人過,嗟曰:'二丈夫何泣之悲哉!龍不隱鱗,鳳不藏羽,羅網高懸,憂在機後,泣將何及?'二人欲與之語,不顧而去。"余雖輯《黨錮表》,不知張叔[序]在《表》中否,可考證入之。

與仲彭論青丘,亦是不隱鱗藏羽者,入山不就徵,歸山不預事,何至以《上梁文》賈禍?

二十三日(6月29日)陰。　復宗甥書,寄銀五十金,助其秋試之費。

管仲非鮑叔不能相齊。管氏雖云世祀，而《春秋》不見其子孫行事。即齊管脩亦未必是管子之後。獨鮑子之後則屢見於《左氏傳》，如鮑國文子論陽虎，責其親富不親仁，卓然有大臣之風。杜注：成十七年，由魯施氏臣召而立之，至今七十四歲，蓋九十餘。益知鮑叔之世澤長矣。獨喜陳、鮑甚睦，遂逐欒高、桓子，因之而大，遂萌篡齊之階，此則有忝祖武耳。余生平最惡晏子，滿口説禮可以已亂，而沮孔子，黨陳氏，直小人之尤。其所以得名，不過收拾一二虛名，如北郭騷、越石父之類，爲之揄揚也。

二十四日(6 月 30 日)雷而微雨，即止。　顧皞民來談。午刻得于淵若書，知樂山病未大愈，久恐不支。過晦若略談即返。

杜陵自比稷、契，而其《夜遇王倚飲詩》結云："但願殘年飽喫飯，但願無事常相見。"蕭條至矣！非經歷患難之後，不知此語之沈痛。所謂天下無如喫飯難也。其贈友諸篇，無不情真語摯。而其晚年作乃云"晚將末契託年少，當面輸心背面笑"，憤激至矣！非經歷世態之後，不知此語之酸涼，所謂臭味不相入也。其後惟玉谿生有此一種筆墨。"如何雪月交光夜，更在瑤臺十二層"，寫得君門萬里光景出。"夕陽無限好，只是近黄昏"，寫得叔季之世光景出。人惟超然世外，静觀萬變，熱腸愈冷，冷中復熱，乃得此種血性語，非世人所知也。"不識廬山真面目，止緣身在此山中。""幾度木蘭舟中語，不知原是此花身。"以山中之人語山，以花外之人語花，遠近之間，迷悟迥别。

二十五日(7 月 1 日)陰，微雨，頗涼。　《釋名》一書專以諧聲解字，其原出於《孟子》，如助者藉也，徹者徹也，庠者養也，序者射也，校者教也之類。《春秋繁露》尤多，《楚莊王篇》：韶者昭也，夏者大也，護者救也，武者伐也。《三代改制質文篇》：正者正也。《仁義法篇》：仁之爲言人也，義之爲言我也。《深察名號篇》：士者事也，民者瞑也，王者皇也，王者方也，王者匡也，王者黄也，王者往也，君者元也，君者原也，君者權也，君者温也，君者群也。《祭義篇》：始生故曰祠，善其司也；夏約故曰礿，貴所初礿也；先成故曰嘗，言甘也；畢熟故曰烝，烝言衆也。祠司、約礿、成嘗、烝衆，皆均。祭之爲言際也，察也。《循天之道篇》：薺之爲言濟歟。皆是許君所偁博采通人，所明言仲舒説者。惟"一貫三爲王"一事，實則仲舒固深於小學者也。其後如《白虎通義》此類尤衆，若輯之以爲漢詁，亦復可備檢考耳。《論語》："政者，正也。"又開《孟子》之先。雅言，即讀應《爾雅》之謂也。

阮文達以《釋名》"心，纖也"，爲善著爲釋心之説。案，《繁露·深察名號篇》："栣衆惡於内，弗使得發於外者，心也。故心之爲名，栣也。人之受氣苟無惡者，心何栣哉？吾以心之名，得人之誠。人之誠，有貪有仁。仁貪之氣，兩在於身。身之名，取諸天。天兩有陰陽之施，(人)[身]亦兩有貪仁之性。天有陰陽禁，身有情欲栣，與天道一也。"余疑栣即任字，《説文》："妊，身懷孕也。"言心懷貪仁之性，故《白虎通》直作任字。心之爲名任，較纖字尤義足。此説兼孟、荀性善、性惡兩説。善米性禾之喻與性相近，意尤相足，竟無人發明董子之義者。許君《説文》云："性，人之陽氣性善者也。""情，人之陰氣有欲者。"許君取孟子之説，兼采《繁露》。不曰貪曰惡而曰欲，尤爲下語有分寸，是知孔孟之言性若合符節，而董子"陰陽兩施""貪仁兩孕"之語，尤足補孟子之未及，而破荀子之一偏也。後儒紛紛，吾不取之，詳《東塾讀書記》。

二十六日(7月2日)陰雨。　寄樂山書。

王晉卿以侍主疾時與婢通，主薨，爲主之乳母所訴，上批："詵内則朋淫縱欲失行，外則狎邪罔上不忠。"落駙馬尉，均州安置。其後還朝，與東坡先生相見殿門外，和其詩，引有"予得罪，貶黄岡"。晉卿亦坐累遠謫，實則東坡以二年貶，晉卿以三年坐他事貶，想見東坡爲賢者諱之意。《畫繼》則云晉卿雖在戚里，斥遠聲色，而從事於詩畫，竟不知乳母之訴虚實耳。《宋史》僅書其謫均州而以後不書，並蘇詩亦未讀，想見修史之草草。

二十七日(7月3日)陰。　得子涵復書。

《續通鑑長編》："神宗謂輔臣曰：'唐明皇晚年逸豫，以致禍亂。如本朝無前世離宫别館、游豫泰侈之事，非特不爲，亦無餘力可爲也。蓋北有强敵，西有黠羌，朝廷汲汲枝梧不暇。然二敵之勢所以難制者，有城國，有行國。自古外裔能行而已，今兼中國之所有，比之漢、唐尤强盛也。'"嗟乎！神宗之言未幾，而宣、政之間，艮嶽、花石綱所爲如此，惜無人以其父訓告之者，良可痛也。竊謂當宋神宗之世，夏則童昏，遼亦亂弱，而其經營西事，熙河方捷，永樂已摧，所柄用者不過李憲、高遵裕、徐禧輩，宜其辱國喪師，畏遼尤甚。正人如富弼、司馬光輩所上疏，皆游談無實；王安石陽爲大言，實主棄地之説。此自宋之太弱，並非遼夏之太强。神宗謂敵强於漢唐，亦未確，託此言以自解耳。然尚知有畏敵之心，不敢安於逸豫，實賢主也。況今日之敵船堅礮利，環列争雄，其兢兢業業又當何如耶？

二十八日（7 月 4 日）晴。　柳質卿來，與談畿輔水利。

漢章帝好儒術，其詔令極佳。如命趙熹、牟融，則引《詩》："不愆不忘，率由舊章"，"三事大夫，莫肯夙夜"，"予違汝弼，汝無面從"。二千石勸農桑，則曰："'五教在寬'，帝《典》所美；'豈弟君子'，《大雅》所歎。"地震，則曰："仲弓季氏之家臣，子游武城之小宰，猶誨以賢才，問以得人。"講五經同異，則引"學之不講，是吾憂也"，"博學而篤志，切問而近思，仁在其中矣"。日食，則引《詩》"亦孔之醜"。又詔引《春秋》"無麥苗"及開匱反風之應。三月又詔，則引"刑罰不中，人無所措手足"。五月試賢良，則曰："堯試臣以職，不直以言語筆札。"岐山得銅器，如酒尊，又獲白鹿，則曰："上無明天子，下無賢方伯。'人之無良，相怨一方。'斯器亦曷爲來哉？"元和元年丁未，詔則引《律》及《令丙》而曰："《書》：'鞭作官刑。'豈云若此？"十二月，詔則引《書》"父不慈，子不祇，兄不友，弟不恭，不相及也"。二年正月，則引《詩》"君子如祉，亂庶遄已"。五月，賜高年、鰥寡孤獨帛，則引"無侮鰥寡，惠此煢獨"。七月，則引《春秋》"三正""三微"。三年二月，告郡守相，則曰"四國無政，不用其良"。乙丑敕御史，則引"《詩》：'敦彼行葦，牛羊勿踐履。'《禮》，人君伐一草木不時，謂之不孝。"皆儒者仁者之言。范《史》僅以長者推之，未盡其美也。

漢章帝永初四年二月乙亥，詔謁者劉珍及五經博士校定東觀五經、諸子、傳記、百家、藝術，整齊脱誤，是正文字。《管子》定在其内，何以後漢竟無人注釋之？不可解也。

二十九日（7 月 5 日）晴，午後陰，夜雷。　范史《鄧后》論曰："鄧后稱制終身，號令自出，術謝前政之良，身闕明辟之義，至使嗣主側目，斂袵於虚器，直生懷濾，懸書於象魏。借之儀者，殆其惑哉！然而建光之後，王柄有歸，遂乃名賢戮辱，便孽黨進，衰斁之來，兹焉有徵。故知持權引謗，所幸者非己；焦心卹患，自强者唯國。是以班母一説，闔門辭事；愛姪微愆，髡剔謝罪。將杜根逢誅，未值其誠乎！然蹊田之牛，奪之已甚。”按，范論“所幸非己”“自强惟國”最有見。和、熹與宣、仁相似，使其年至五六十，稱制終身，何至有建光以後之粃政哉？漢法東朝，雖不稱制，仍預朝政。有竇太后則綰、臧下獄，孝武不能袒之；有王太后則嬰、夫下獄，孝武亦不能生之。此不能以地道無成之迂論以該之也，但當論其賢與不賢耳。且不稱制而預朝政，反不如稱制而預朝政。稱制，則日與廷臣相接；不稱制，則日與宦寺相接。故就稱制言之，以宋之明獻、章肅而王曾可以去丁謂，吕夷簡可以論宸妃，上下之情不隔也。彼漢哀之制于傅太后，王莽事事假元后之命，豈必稱制哉？晉孝武時，謝安以天子幼沖，欲請崇德太后臨朝，王彪之曰：“上垂及冠婚，反令從嫂臨朝，豈所以光揚聖德？”安不欲委任桓沖，故請太后臨朝，已得專決，遂不從其言。謝傅之深謀遠識，可謂審勢達權，千古卓見。彼韓魏公之厲聲撤簾，不免客氣用事，未幾而濮議起矣。有識者明於古今之故，當不以吾言爲謬也。

辛　卯　下

六月初一日（7 月 6 日）晴。　午後，過皞民，招同柳質卿、劉永詩夜飲。

余廢居已七年，思卜地爲偕隱計，意在江南。質卿言木瀆有葛園、錢氏端園，葛園有樓，可居眷屬，其池宜荷芰，端園後即靈巖山館舊址，聞之神往。考《吴郡志》，靈巖山即古石鼓山，又名硯石山。董監《吴地記》：“案，《郡國志》曰：‘吴王離宫在石鼓山，越王獻西施於此山。山有石馬，望之如人騎。南有石鼓，鳴即兵起。亦名硯石山。又有琴臺在其上。’《越絶書》云：‘吴人於硯石山作館娃宫。’劉逵注《吴都賦》引揚雄《方言》云：‘吴有館娃宫，吴人呼美女爲娃。故《三都賦》云：“幸於館娃之官，張女樂而娱群臣。”今吴縣有館娃鄉。’又云：‘硯石山有石城，去姑蘇山十里。闔閭養越美人於此，上有兩湖，湖中有蒓充貢。’按，此即今靈巖山。”以上皆董監所記。今按，硯石山有吴館娃宫、琴臺、響屧廊，有西施洞、硯池、翫月池，琴臺下有大偃松。山下平瞰太湖及洞庭兩山，山前十里有采香徑。梁天監中始置秀峰寺，今爲顯親崇報禪院云。

初二日（7月7日）陰雨。　得沈丹曾書。

閱《南史・后妃傳》。《齊高昭劉皇后傳》："炒胡麻，始内薪，未及索火，火便自然。"此特竈有餘火耳，何足爲異而侈爲奇瑞？梁武丁貴嬪生而有赤痣在左臂，又體多疣子，至是並失所在。夫疣子，一朝落去，亦事之常，何足異也？後主沈后，陳亡入隋，煬帝恒令從駕，①故蕭后亦入突厥蒙醜聲，宜矣。② 其他所敘亦多穢迹，似正史之體不應若此。又閱《北史・后妃傳》，如魏以道武開基，紀既失於限斷，后妃亦然，均失史例。《文宣段昭儀傳》："婚（日）［夕］，韶妻元氏爲俗弄女婿法戲文宣，文宣銜之。後因發怒"，欲殺元氏。疑其法甚虐侮，過於今俗鬧新房者。此俗浙江、皖南尤甚，北方則無之也。馮小憐已賜代王達，尚譖達妃，可云無耻之尤。周静帝之后司馬氏嫁爲隋司州刺史李丹妻，與陳沈后均至貞觀時猶存，雖皆失節之后，然親見隋亡，亦是快事。若使之共論南北廢興，不更勝白頭宫女乎？

初三日（7月8日）雨。　鞠耦生日，夜煮茗談史甚樂。

魏崔浩性不好老莊之書。每讀不過數十行，輒棄之，曰："此矯誣之説，不近人情，必非老子所作。老聃習禮，仲尼所師，豈設敗法之書以亂先王之教？袁生所謂家人筐篋中物，不可揚於王庭。"案，竇太后好《老子》，轅固以家人言折之，實有儒生衛道之功。至伯深，若解功成名遂身退一言，何至受禍，惜其不讀竟五千言也。《儒林・劉獻之傳》："博觀群籍，見名法之言，掩卷而笑曰：‘若使楊墨之流不爲此書，千載誰知其小也！’曾謂其所親曰：‘觀屈原《離騷》之作，自是狂人。”案，名法與楊墨迥異，不知獻

① 此處眉批：後主以仁壽四年卒，年五十二，則后至大業中已將六十矣。鞠耦校《陳書》，謂余此語誤，疑誠大誤也。

② 此處眉批：蕭后之弟瑀以貞觀二十一年卒，年七十四，大業十四年實年四十四，后爲瑀姊，晉王元妃，帝遇弑，年五十，則后亦當在五十下，四十四以上矣。所欠惟一死，決無醜穢之事。《北史》《隋書》均歿其年歲，啟人疑竇。李延壽於竇建德置后於武强縣之上，著其妻妒悍一語，尤可怪。蓋深惡廣以及后耳。然后決非無耻之流，《述志》一賦亦堪矜憫，故爲辨而白之。

之何指。北魏時，諸子之學如此，宜百家善本蝕滅殆盡矣。

《魏書·儒林傳》亦少通儒，如陳奇，修奇，河北人。常非馬、鄭解經失旨，始注《孝經》《論語》，頗傳於世。與游雅論天與水違行，不合，不復敘用。雅以蔥領以西，水皆西流。奇蔥領以西，豈東向望天折之？然雅此說豈贊扶馬、鄭者，直意說耳。奇竟以此致禍，殊可笑也。獻之講《左氏》，至隱八年便止，云義例已了，是何家法？張吾貴三旬之中，兼讀杜、服，而好爲詭說，此業安能久傳？劉蘭排毀《公羊》，又非董仲舒。史稱仲舒爲祟，亦未必然。然想見其色厲内荏，安有名儒而爲厲，亦安有名儒而見厲者？此亦史識之陋也。

初四日（7月9日）晴。　得石聘之書。過晦若，范肯堂在坐。

《北齊·李鉉傳》：寶鼎，南皮人。撰定《孝經》《論語》《毛詩》《三禮義疏》及《三傳異同》《周易義例》，合三十餘卷。又作《字辨》。

刁柔。子温，饒安人。留心《禮儀》、氏族，參議律令。《魏書》逢勒成之際，志存偏黨，爲時論所譏。

馮偉。偉節，安喜人。明禮傳。寶鼎弟子。張買奴。平原人。

劉軌思。渤海人。

鮑季詳。渤海人。《禮》《左氏春秋》。

邢峙。士峻，鄚人。三禮、《左氏春秋》。

劉晝。孔昭，阜城人。受李寶鼎三禮、馬敬德《服氏春秋》。

馬敬德。河間人。《左氏》。子元熙。長明，以《孝經》授皇太子。

前敘言：張買奴、馬敬德、邢峙、張思伯、張雕、劉晝、鮑長暄、王元則，並得服氏之精微，皆徐遵明門下也。而本傳則甚略。

權會。正理，鄚人。鄭《易》、《詩》、《書》、三禮。明風角，識玄象，注《易》一部。

張思伯。樂城人。《左氏傳》。撰《刊例》十卷，亦治《毛詩章句》。

張雕。中山北平人。尤明三傳。

孫靈暉。武强人，惠蔚族曾孫。三禮、三傳皆通宗旨。子萬壽，博涉群書、禮傳。

張景仁因胡人何洪珍、中人鄧長顒進，所工草隸而已，豈宜列之儒林？與石曜以《石子》十卷，言甚淺俗，而濫厠其間，皆可異也。

初五日（7月10日）晴。　《周書·儒林傳》最謹嚴有法。盧景宣修五禮，長孫紹遠正六樂，以官高不入，入儒林僅六人，皆碩學也。太祖、世宗、高祖三代重儒，故其效如此。《北史》去二盧，尤合。

盧誕。涿人。

盧光。景仁，辯弟。精三禮，善陰陽、鍾律，又好玄言。撰《道德經章句》。

沈重。德厚，吴興武康人。行世者，《周禮義》三十一卷、《儀禮義》三十五卷、《禮記義》三十卷、《毛詩義》二十八卷、《喪服經義》五卷、《周禮音》一卷、《儀禮音》一卷、《禮記音》二卷、《毛詩音》二卷。

樊深。文深，河東猗氏人。《孝經》《喪服問疑》各一卷，《七經異同説》三卷、《義經略論》並《月録》三十一卷。

熊安生。植之，阜城人。《周禮義疏》二十卷、《禮記義疏》四十卷、《孝經義疏》一卷。

樂遜。遵賢，河東猗氏人。著《孝經》《論語》《毛詩》《左氏春秋序論》十餘篇。又著《春秋序義》，通賈、服説，發杜氏違辭，理並可觀。

熊植之實北方儒宗，而《北史》紀其爲或所誑，因熊光古塚連年相訟，至率族向塚而號。復見徐之才、和士開，因其諱雄諱安，乃稱“觸觸生”，殊爲煩猥。

初六日(7月11日)晴。　得唐鄂生書。寄復伯潛一緘，附沈丹曾復信。

《南》《北》史雖總八書，而删繁去複，體例亦未畫一。如輯其逸事，爲之作注，因以考其得失，亦一快也。《晉書》注能脱稿，宜即從事於此。《陳書·何之元傳》:“之元屏絶人事，鋭精著述。以爲梁氏肇自武皇，終于敬帝。究其始終，起齊永元元年，迄于王琳遇獲，七十五年，草創爲三十卷，號曰《梁典》一書，分爲六意，一曰《追述》，二曰《太平》，三曰《叙亂》，四曰《世祖》，五曰《敬帝》，六曰《後嗣主》，而削太宗大寶不書。”《北史·許善心傳》:“父亨，著《梁史》未就。善心修續父書爲七十卷。”其傳全載其目，與姚書不同，使取之以考《梁書》，亦一朝得失之林也。道光間，童太守濂權運使嘗有意注《南》《北》史，延諸名流，以一年爲期，不果成。今惟汪梅村補志十餘卷，亦尚闕佚。

初七日(7月12日)晴。　季士周來談。

熙河棄地，本末創於司馬温公。其大旨以真宗割雲、夏等州，除趙德明爲定難軍節度故事，其與執政書深以微爲邊患，更出不遜語爲憂。其後范堯夫依違，文潞公附和，而言路如蘇轍、劉摯、王巖叟亦皆力主其説。惟安燾在政府、林旦在言路，稍持不可棄之説，二人固皆章、吕餘黨。吕文靖雖以蘭州乃蕃地非夏境爲言，然五寨則置不論。舉朝怯懦庸闇如此，不獨爲夏人所輕，爲元豐諸人所笑，直爲誤國戲疆，自貽伊戚而已。當宣、仁手詔垂問吕大防、范純仁時，微仲請會州一路，更不攻取，而棄地則不但弱國威，而又有取侮四夷之端，因論今日西夏無繼遷、元昊之强，若邊帥參用武人，固無足畏。語極確鑿，視范之閃鑠搪塞者迥異。而温、申二公竟不轉圜，專以息事安人爲勝算，棄四砦以易永樂之俘，輕棄險要，徒長教驕。其時秉常已卒，夏勢日衰，凡温公所慮，無一中者，較之決改役法，所見尤迂謬也。吾嘗謂宋無人焉，即元祐不爲元符，洛、朔、蜀日相攻擊，亦於朝政何裨？凡此類皆授小人，以紹述之隙而徒曰天祚大宋，必無是事乎？

初八日（7月13日）晴。　劉獻夫來。范肯堂言其鄉人鄒家祥嘗經獻夫延請不至，合肥爲之作合，獻夫屬余代致。鄒，庚午同年，優貢也。字彦升，亦通州人。

余嘗疑范純夫、劉元城論哲宗覓乳母事，以爲可疑。范疏有聞已有近幸宣仁。密加考察諭止疏章，或以爲劉、范似太過。及觀《通鑑長編》所采曾布《日録》述哲宗病狀，又歎二公之杜漸防微爲不可及。腰痛液泄，吐血欬逆，無一非好色之證。元符豈獨自戕其生，深負宣仁保養之勤，永裕付託之重耳。觀責降韓才人爲紅霞帔，謂其於哲宗服藥時猶使氣驕妒，可想矣。

初九日（7月14日）晴。　浴。午後，邵班卿來。

元祐諸賢，如山谷之罹黨籍，尤爲可歎。山谷在元祐時入史局，兩次還官，一爲趙挺之所彈，一爲韓川所駁，終不得進一階。書成，請封其母，蓋慮敘官必爲人所嫉也。乃命下之日，其母即卒，安康之名，亦爲虚祝，殊可悲痛。服闋，而朝局已變，謫命旋行。靖國之初乞太平六日而罷，復以文字之禍貶死宜州。終其身，竟無展眉舒氣之一日。較之義山之厄於令狐，不同一侘傺乎？江西一脈，昌於身後，殆孝友潛德，積久必發之故與？

初十日(7 月 15 日)晴。傍晚黑雲如墨。　李子木自都回。

魏柏鄉《兼濟堂集》,余篋中有之,今不知遺落何所矣。偶於選本中見其《李淳風論》云:"太宗以《秘記》有'唐三代之後,女主武王代有天下',問李,李對曰:'其人已在宫中,不過三十年當王天下,殺唐子孫殆盡。'後其言果驗,世莫不神其數。余以爲太宗取巢剌王妃,家法不可言,高宗復尤而效之,武氏之禍實太宗釀成。使李乘間勸其正刑于之化,高宗他日不致瀆亂,武氏何由復入掖庭,何對不及此而徒以天之所命,人不能違,使太宗諉諸數之無可如何耶!"持論甚正。然太宗已因疑似殺人,李此言止其妄殺,實爲譎諫。即如公所言,太宗嫌其迂闊,亦未能因之悔禍。蓋太宗玄武之事實過於殘忍,建成、元吉既死,並其諸子盡戮之,尤令高祖難堪。武氏盡殺唐子孫,正以報其慘毒。而承乾謀反,濮王奪嫡之變,復令帝親見之,晚景亦殊可憐。要其設心太酷,即末年修省亦不能解武王之讖矣。余嘗謂中宗、睿宗均是庸才,使武后不臨朝稱制,彼中宗之昏庸,自嗣聖以至景龍,不知朝政之弊又將如何?故長孫無忌勸立晉王,實亂唐之漸,殆有天焉。

十一日(7 月 16 日)晴。　得省三金陵書。洪翰香來。

趙則平最不忠,於宋太祖一誤不可再誤之説,人盡知之。殆由河陽一罷,怨望實深,故晚節披猖,窺太宗微指,以干進歟?曰是不然,即太祖中年,普已不爲所用矣。如太祖以幽、燕地圖示普,普曰:"此必曹翰爲之。"太祖曰:"然。翰可取否?"普曰:"翰可取,孰可守?"太祖曰:"以翰守之。"普曰:"翰死孰可代?"太祖曰:"卿可謂遠謀矣。"又曰:"吾欲取太原。"普默然久之,曰:"此非臣所知也。太原當西北二邊,使一舉而下,則二邊之患,吾獨當之。何不姑留,以俟削平諸國,則太原彈丸黑子之地無所逃矣。"太祖笑曰:"吾意正如此。"案,兩策均謬。幸而契丹君臣亦無志中原耳。設有桀黠之謀,乘宋人經營江湘之會,以鋭師先據太原,則其烽直逼汴梁,宋且無以爲國矣。夫取太原即以關中之邊將鎮之,取幽燕即以中山之邊將鎮之,何至選懦怔怯乃爾。太祖爲其所愚,畢世不取太原,即以此語告太宗,後乃取諸童騃之手。太宗既不如太祖之英武,諸將功名既盛,志氣已衰,於是南北之勢成而宋卒不振矣。雖然,亦由宋之得國其速易,尚不及魏武而欲望其混一區宇乎？普負太祖，實由太祖負周世宗耳。此一脈，宋之執政傳爲秘授，故專款遼、夏，坐待金源之起，以至於亡。

十二日(7月17日)晴。　復載之、八弟各一書。

兩淮南王皆冤獄也。厲王驕則有之，決無謀反之意，其鐵椎椎辟陽侯爲母報仇，人子至性，然死機即伏於此，觀"薄太后及太子諸大臣皆憚厲王"一語可知。初以謀反谷口，令人使匈奴、南越，事覺治之。及張蒼等劾治，初無反迹可言，而遽以棄市之罪斷之，殊不可解。既徙嚴道，乃至傳車不敢發封，所以語侍者，及不食而死。果誰證之，而誰知之者？其爲兄弟不容明矣。至淮南王安，則尤拊循百姓，好儒多文者。其必以反死之者，既由孝武之世陰行賈、鼂之策而速禍者，更有兩端。修成君，王太后之愛女，帝之大姊，以其女妻太子遷，帝亦甚愛淮南矣。而太子弗愛，三月不同席，王閉太子，太子終不近妃，妃遂求去。此失内援，帝固憾之矣。是時故辟陽侯孫審卿善平津，怨厲王殺其大父，乃深購淮南事於弘，弘乃疑淮南有畔逆計謀，深窮治其獄。夫獄至深窮治之，安有不定爲畔逆者？然則淮南之死，弘有力焉。伍被所言多引漢美，浮夸無實，而遽執其單詞，據爲鐵案，何其忍歟？帝欲殺被，而弘謂被當誅，蓋不誅被，則鍛鍊淮南之迹著，不若並被誅之爲無迹耳。史公所敘，歷歷如繪，漢之寡恩於斯可見。悲夫！高誘以伍被爲八公，謬矣。

十三日(7月18日)晴，酷熱。　鞠耦小病。李贊臣來。得頌民書。

汪容甫作《荀子年表》，尊荀卿至矣。然汪氏知卿之傳經，不知焚書坑儒之禍亦卿爲之。斯爲卿之弟子，其相秦也，請諸有文學、詩書、百家語者蠲除去之。當入秦之始，辭於荀卿，以"詬莫大於卑賤，悲莫深於窮困"爲言，卿不聞有所匡正也。物禁太盛之説亦保身之義，而非術道之言。蓋平時以性惡之説導諸弟子，故韓非、李斯所學不同，同歸慘刻。又平日排斥思、孟、游、夏諸賢，欲以己之所學直接洙泗，駸駸以師道自居，故斯之言辨白黑而定一尊，欲盡滅六經百家而獨存其書。故自西漢之初，經學均由荀出，則蘭陵之計已得上蔡陰行之，亦由王安石之經義、《字説》，得蔡卞而益尊也。容甫見不及此，反以爲荀卿之功，無乃墮其術中乎？

十四日(7月19日)夜，大雷雨。　鞠耦愈，適得顧韶女士畫册十二幅，相與展翫，以祛睡魔。

使臣將命專對，如《春秋》所紀，卓然可觀。至《三國志》，則頗著嘲笑之辭。《費禕傳》："孫權性既滑稽，嘲啁無方。諸葛恪、羊衜等才博果辨，論難鋒至。"是也。如《伊籍傳》："權逆折以辭，籍適入拜，權曰：'勞事無道之君乎？'籍即對曰：'一拜一起，未足爲勞。'及張温使蜀，亮促秦宓至。温問'天有頭(天)有耳(天)有足'之類，至曰：'天有姓乎？'宓曰：'姓劉。'温曰：'日生于東。'宓曰：'雖生于東而没于西。'"一時辨論縱横，要亦何關使事，而連篇累牘以爲美談。至《薛綜傳》："西使張奉於權前列闞澤姓名以嘲，綜因有：'有犬爲獨，無犬爲蜀，横目苟身，蟲入其腹。''無口爲天，有口爲吴，君臨萬邦，天子之都。'"且附會以爲諸葛恪、費禕之事，實則興戎召侮之梯，非敬事折衝之選也。南北朝此風尤熾，凡涉使臣則刺刺不休，嘲謔相踵，是亦不可以已乎？其原出于《晏子春秋》《戰國策》，實皆傳聞粉飾之語，而孫仲謀乃創此陋風，可歎也。

十五日(7月20日)陰，夜，月色皎然。　《魏志·劉馥傳》：表爲揚州刺史，單馬造合肥空城，建立州治，"廣屯田，興治芍陂及茹陂、七門、吴(唐)[塘]諸堨以溉稻田，至今爲用"。子靖，鎮北將軍，"遂開拓邊守，屯據險要。又修廣戾渠陵大堨水，《水經注》作戾陵堰，戾陵乃燕王旦之陵，似當作戾陵渠。溉灌薊南北；三更種稻，邊民利之"。《賈逵傳》：爲豫州刺史，"遏鄢、汝，造新陂，又斷山溜長溪水，造小弋陽陂，又通運渠二百餘里，所謂賈侯渠者也"。《任峻傳》：潁川棗祗建置屯田，太祖以峻爲典農中郎將，數年中所在積粟倉廩皆滿。軍國之饒，起於棗祗而成於峻。《杜畿傳》：爲河東太守，"漸課民畜牸牛、草馬，下逮雞豚犬豕，皆有章程。百姓勤農，家家殷實"。《鄭渾傳》：爲下蔡長、邵陵令，"所在奪其漁獵之具，課使耕桑，又兼開稻田。"爲陽平、沛郡二太守，"郡界下濕，患水澇，百姓饑乏。渾於蕭、相二縣界，興陂遏，開稻田，一冬間皆成。比年大收，民賴其利，刻石頌之，號曰鄭陂"。《梁習傳》：爲并州刺史，"表置屯田都尉二人，領客六百夫，於道次耕種菽粟，以給人牛之費"。觀司馬芝以諸典農各部吏民，末作治生，以要利入，即奏《管子·區言》"以積穀爲急"，武皇帝特開屯田之科，專以農桑爲業，云云。足徵魏武能用管子之術，其陂渠耕桑之利，南至揚，北至薊，安得不國富兵强乎？今置農事不講而於末務求富强，非策之得也。

十六日（7月21日）陰，夜雨。　昨夜翫月，感涼甚倦。皞民來談，良久始去，遂昏卧竟日。

孝成許皇后善史書，常寵於上，乃因連失子女，旋爲趙氏所譖，馴至自殺，殊可哀也。班氏於后傳欲歸美班倢伃，故於后多抑詞。今細考，后實冤甚。蓋其始王鳳爲許嘉争權，上既退嘉，然鳳猶不佑許氏，故谷永專以日蝕之咎攻後宫，既爲鳳解，並爲鳳傾。后姊謁祝（譴）［詛］後宫有身者及鳳等，此出趙氏之譖而皇太后主之，故后坐廢而班獲全。其後因姊孊與定陵私通，誣及后，此出王莽之譖，未一按問，遽賜之藥。夫后之廢，定陵佐帝以立趙后，豈后不知之，安能折節于長？此自長與其姊詭詞鍛鍊成獄，而班氏不爲之别白，后身已死而心迹並不能明，此尤可怪也。其云“后寵時，後宫希得進見”，尤爲謬論。倢伃非由少使大幸爲倢伃，居增成舍乎？李平非由侍者賜姓衛者乎？觀谷永，許、班並論，則未廢之先，班已陰與許敵，將廢之際，趙又明與許争，班以供養長信令，許以王鳳不佑，廢情迹顯然矣。劉向以日蝕與孝惠、孝昭同，已斷定孝成之亡嗣，與谷永義異，且指實在王氏，而《五行志》於河平三年後日食但存谷永而不及向，一若向未嘗言灾異者，何也？疑向言後宫或亦兼許、班，而固削之耳。既言論許、班，惟谷永而后傳又云采向、永之言，亦混。向但慮亡嗣，未云後宫驕侈。其時弊不在後宫，在東朝耳。

十七日（7月22日）雨。　已愈，而人甚倦怠，伏枕讀《穀梁》一卷。

米襄陽《硯史》云端州四巖：下巖、上巖、半邊巖、後礫巖。下巖第一，石細，眼圓，碧暈。仁廟已前賜史院官硯多是。後來皆上巖，乾紫色，理粗性硬，眼黄不圓，而青色淡。巖深處間有潤者，而眼終不如下巖也。半邊，石理同上巖，眼長如卵，有瞎眼，有死眼，有翳眼。後礫，間有極細軟者，土人不貴。别有葉樾《端谿硯譜》云：下巖水底脚石十倍於南壁石，南壁十倍於中巖北壁石，半邊山南諸巖倍於中巖南壁石，蓋後（歷）［礫］最下耳。

十八日（7月23日）晴。是日天氣又熱。　史大令恩培來，以所撰《遵化志》見示，體例似更，考證殊率，並壽老《省志》均未細檢，可歎也。余久離鄉曲，思得志乘善本以資披覽，而舊志極陋，聞史有志，冀其不俗，不料率淺如此。

晚，崔禄赴州，爲姪孫輩取録遺卷，得允言書，内附安姪第七書，言舊疾時動，書法亦甚草草，殊可慮也。

閲守山閣所刻《難經集注》。錢序云："命門二字並不見於《内經》。《素問·刺禁論》：'七節之旁，中有小心。'楊上善以爲腎，馬元臺以爲心包，亦無命門之説。後人謂命門在兩腎中間，形如胡桃，此真無稽之談。而俗醫靡然從之。《難經》之意不過以腎爲一身之根本。人身在血在氣，血爲陰，氣爲陽，兩腎之中以右腎爲尤重，故名之曰命門，非謂兩腎分别有命門也。"余案，俗醫謂兩腎之外别有命門，此亦不足置辨。《難經》要旨既以腎爲命門，實有特見。錢氏必斤斤於此，何也？惟《難經》所云肝重四斤四兩，心重十二兩，脾重二斤三兩，肺重三斤三兩，腎重一斤一兩，膽重三兩三銖，胃重二斤二兩，小腸重二斤十四兩，大腸重二斤十二兩，膀胱重九兩，人有長短肥瘦之不同，何得合九州而一例之？當聲明以何等尺寸，人何等年齡爲準，長不過若干，短不過若干，方明此特目驗諸一人而以之齊天下之人，宜其久而無徵不信也。大氐五行之説最易支衍，人生不外五行而必分别部居，强立五行之目，又幾於一支一節之中無不五行者，五行全而藥雜人死矣。不獨醫然，凡中國之説經論事，但雜以五行陰陽之説，便拘牽不通。故余爲漢學，必破去五行，方有真理。子政以《洪範》五行説灾異，别具苦心，然其分别太繁瑣，故亦不足動聽。灾異自應警懼，必舉一事以應之，則禳厭之説又借以售奸矣。

十九日(7 月 24 日)夜雨。　復八弟一書。午後，聞弟代理富陽篆缺。

馬貴與曰："圩田、湖田多起於政和以來。其在浙間者，隸應奉局；其在江東者，蔡京、秦檜相繼得之。大概今之田，昔之湖，徒知湖中之水可涸以墾田，而不知湖外之田將胥而爲水也。主其事者，皆近倖權臣，是以委鄰爲壑，利己困民，皆不復問。《涑水記聞》言：'王介甫欲興水利，有獻言欲涸梁山泊者，介甫然其説，復恐無貯水地。劉貢父言，在旁别穿一梁山泊則可以容之矣。介甫笑而止。當時以爲戲談。'今觀建康之永豐圩、明越之湖田，大率皆涸梁山泊之策也。"余謂治水之策，必有地以資瀦蕩，今北方之水二淀二泊均就淤塞，墾爲田疇，民奪水之居，非水奪民之居也，黄河亦然。故欲治水者，除水患當持久，興水利當留餘，徒知填淤之可田，而不知占地之害水，亦宋以後治水一大病也。

二十日(7月25日)午後大雷雨，入夜未止。　復安姪書，由都轉寄。今年第六書也。

余前以杜預附公閭爲謬，觀爲《律》作注一端可知。《齊書》："晉張斐、杜預共注《律》三十卷，自泰始以來用之，《律》文簡約，或一章之中，兩家所處，生殺頓異，臨時斟酌，吏得爲姦。永明間，尚書删定郎王植乃集定二注，表奏之。"觀此知元凱偏頗，不於晉世發其伏，終爲後人摘其瑕矣。案，後世定律令者，動遭横禍。晉之律令修於賈充，其女南風午及嗣孫謐同日誅死，此或成濟一事漏網，不盡由修律之苛。魏太武神麚中，崔浩定律令，未幾，浩夷三族。隋文帝時，令高熲等更定新律，至大業時熲亦遇禍。唐貞觀二年，詔長孫無忌、房玄齡等復定律令，至高宗時，房之子及長孫相繼以罪誅。其何故哉？獄者，天下之大命。定一獄之輕重，所出入不過一二人；定一例之輕重，所出入至於十餘世，不翅千萬人矣。當事者視定律如修書，漫不經意，則其罪固不得不示以重罰。此天地好生之德，自然之理，非果報之談也。或疑蕭何因秦律，其得禍當甚於崔浩諸人，而慶流後裔者何？曰史言之矣，漢興，破觚爲圜，斲彫爲樸，網漏於吞舟之魚，而吏治烝烝，不至於姦，是蕭律未嘗苛密也。漢之酷自吕后始，而文景沿之不革，至菹醢韓、彭，則又高祖意旨，所謂三尺何出也。

二十日(7月25日)微雨，漸霽。　復宗甥一紙。[①]

《聞見前録》："太祖遣曹彬伐江南，臨行，諭曰：'功成以使相爲賞。'彬平江南歸，帝曰：'今方隅未服者尚多，汝爲使相，品位極矣，豈肯復戰乎？更爲吾取太原。'因密賜錢五十萬。"邵伯温以惟名與器不可假人，謂太祖得之。余謂邵説非也，治國之經不過信賞必罰。太祖以曹彬堪任將帥，既許以使相之賞，而事後復有反訐之言，何以勵臣子而飭軍行哉？作法若此，故軍功之賞最輕，而遼、夏終不能混一耳。

二十一日(7月26日)晴。　寄八弟書。

---

① 按，二十日有日記兩篇。

余在塞上，頗思取許氏《説文》詁《易》，以許自云《孟氏易》也。方解六十四卦名已，解有不可通處，因之中輟。及閲《文獻通考》，晁以道《古易》亦取許氏，可云先得我心。巽巖李氏謂晁氏專主北學，與吕氏不相祖述，而往往暗合。吕謂吕大臨與叔也。余謂《易》之道廣矣大矣，秦火所不焚，而自兩漢以來，其旨愈傳愈晦。理數兩論，分之固非，合之亦不盡是。三聖人之理數必不止此耳。就宋而論，伊川、東坡、漢上三派，亦各有見，皆出龔深之上。朱子於東坡《易傳》列入雜學，辨中亦門户之見而已。紀文達云《易》家著作太多，真洞見癥結之談也。

二十二日(7 月 27 日)晴。　鞠耦蓄荷葉上露珠一甕，以洞庭雨前瀹之，葉香、茗色、湯法、露英四美具矣。蘭駢小坐，遂至夕照銜山，時《管》書未暇校注也。

閲阮文達《定香亭》《小滄浪筆談》兩種。

《經籍籑詁》不采《説文》《廣韻》，極有見。其後又以《説文》入《補遺》，何也？不采《説文》則可，入《補遺》則不可。

許劭評曹操爲"清平之姦賊，亂世之英雄"，其能拔士，至與林宗並稱"許郭"，范史稱其守節好耻。然子將實非知人者，王室之將亂，欲避地以全老幼，而轉徙陶謙、劉繇間，逮孫策平吴，與繇南奔豫章而卒。其流離顛沛，觀劉繇可想矣。太史慈暫渡江至曲阿，或勸繇可以慈爲大將軍。繇曰："我若用子義，許子將不當笑我耶？"是子將不但無益於繇，實有損於繇者，烏能知人？許靖與劭不協，固同以汝南月旦著，亦因避孫策走交州，至群從妻子略盡，然後乞哀曹公，書又不得達，晚年憔悴入蜀，亦與子將等。裴世期譏文休："謀臣若斯，難以言智"，"孰若與張昭、張紘之儔同保元吉？"余謂宜與子將並譏也。或謂父休爲許貢、王朗客，子將爲劉繇客，故不肯依策，此其有守處。吾獨笑其素好人倫，何以與許貢、王朗、劉繇輩交，而不能得一奇士哉？

二十三日(7 月 28 日)晴。　午後，范肯堂來。晚，過晦若小坐，而李贊臣至，遂回齋中。

杜畿子恕從趙郡還，阮武謂之曰："相觀才性可以由公道而持之不厲，器能可以處大官而求之不順，才學可以述古今而志之不一，此所謂有其才而無其用。可試潛思，成一家言。"恕在章武，遂著《體論》八篇、《興性論》一篇。武所謂"持之不厲"，世固有之，似恕不至此；"求之不順"，似嘲笑語。惟其力持公道，即不能坐致大官也。"才學可以述古今而志之不一"，最爲聰明人藥石，荀子所謂"不兩而精"也，拈出以爲讀書之法。

二十四日(7 月 29 日)晴。　皞民來。沈丹曾自閩至。

閱《溉亭(考)[述]古録》。錢岳原先生所學於九經、小學、天文、地理，靡不綜覈，尤長樂律，阮文達以爲蔡邕、荀勖之流。其《與王無言書》云："士君子讀書，宜務知大者遠者，餘俱可略。是故于經，宜考聖王之制作，而不必泥于訓詁之説；於史，宜觀豪傑之謨略，而不當纖悉于事迹同異之間，然後爲有用之學。昔蘇明允取《國策》及遷、固之史熟讀之，遂自比於賈誼，而二子亦皆具宰相之材。明允之學，知史不知經，故近於縱横，然不可謂非偉特之士也。"語殊恢廓。

二十五日(7 月 30 日)陰，夜雨。　得樂山書，病尚未愈也。晚，肯堂來談。

宋沖嘗勸郭林宗仕，泰曰："吾夜觀乾象，晝觀人事，天之所廢，不可支也。"然猶周旋京師，誨誘不倦。徐穉以書戒之曰："大木將顛，非一繩所維，何爲棲之，不遑寧處?"泰納其言。夫有道之隱，志已決而猶不免周旋者，范孟博所謂貞不絶俗也，此可爲法。"萬人如海一身藏"，此之謂歟!

《黨錮列傳》："張儉舉劾侯覽及其母罪惡，請誅之。覽遏絶章表，並不得通，由是結仇。"《通鑑》則云："覽喪母還家，大起塋冢。儉章遮截不通，遂破覽冢宅，藉没資財，具奏其狀，復不得御。"《考異》引袁《紀》："儉行部(下)[至]平陵，逢覽母，按劍怒曰：'何等女子干督郵，此非賊邪!'使吏卒收覽母，殺之。"范書《苑康傳》亦云儉殺覽母。《侯覽傳》《陳蕃傳》均不云儉殺其母。若果殺之，苑康不止徙日南也。案，儉自殺其母，康自捕其餘黨，故康以此徙日南，不得以康未死刑，遂謂儉未殺覽母也。或儉殺其母，或破冢而毁其母屍，所以覽銜恨入骨，必欲置儉死地。一宦官之母，有何關係?因此宗親殄滅，黨錮徧天下，儉亦失之過激乎!然爾時其母罪惡，必有僭妄難堪不得不殺之故，惜無可考矣。

二十六日(7 月 31 日)午後陰。　讀《費禕傳》，以爲禕不如琬遠甚。

琬自知才不逮武侯，而以"武侯數窺秦川，道險運艱，不若乘水東下，乃多作舟船，欲由漢、沔襲魏興、上庸"。此如子午谷奇計，雖非至策，然其意則與武侯同。蓋漢賊不兩立，非蜀并魏，即魏并蜀也。至禕則云："丞相猶不能定中夏，如其功業，以俟能者。"姜維每欲興師大舉，常裁制不從，與其兵不過萬人。其意專主自守，不知蜀非能守之國，此即不爲郭循所刺，終亦爲魏所困，蓋大失諸葛本意矣。延(秋)[熙]九年秋，大赦，孟光於衆中責禕，謂赦乃偏枯之物，禕但踧踖。諸葛公以宫中之事屬董允，黄皓畏允，不敢爲非。及禕以陳祗超繼允，上承主指，下接閹豎，使後主追怨允，而皓勢日熾，此皆禕疏闊之咎也。然則武侯重禕，特以其使吴能結權懽，非謂其足備股肱，如琬之由武侯密指耳。

二十七日(8 月 1 日)晴。　得子涵書。

武侯所以不用水軍攻魏者，以先主伐吴時，吴班、陳式水軍屯夷陵夾江東西岸，及猇亭之敗，兵遂棄船舫，由步道還魚腹，則所有船舫均爲吴所獲。可知若大治戰艦，則吴人疑忌，所得不過魏之支體，一失則舟械均爲敵資，且兩道大舉，力固有所不及也。卒之，王濬樓船風利不得泊。吴班、陳式不能得之於權者，濬乃得之於皓。蜀之水軍非不可用，如琬之計亦愚慮之一得。若事事甘於不逮丞相，苟且草率，馴至於亡，豈諸葛臨終交代之意乎？

二十八日(8 月 2 日)晴。　午後，皞民來談。晚，仲璋過余齋小坐。

隗囂之據西州，初不納方望之言，輕應更始之徵。至季父崔、兄義謀叛歸，囂竟告之，誅死，可謂忠矣。及三輔擾亂，乃稱疾勸兵，復亡歸天水，盡據故地，有功於漢。又受鄧禹之爵，耻爲述臣，遣子恂隨來歙詣闕。使其一心終始，何難比迹竇融？乃因王元、王捷不願專心内事，頓爾變計，置愛子於不顧，耻臣光武而轉屈于子陽，卒至身死國破，其故何哉？前失諸方望，故後欲得於王元，不知乃成兩錯也。至王元，即爲囂決距隴之計，自宜守桀犬吠堯之性，不效則繼之以死，方爲不負隗。王乃隴亡降蜀，蜀亡降漢，吾不知其何面目見季孟地下也。元初拜上蔡令，遷東平相，坐墾田不實，下獄死。疑光武君臣後知其説囂之計，以他事殺之耳。

二十九日(8 月 3 日)晴。　《劉巴傳》注引《零陵先賢傳》："先主欲遣周不疑就巴學，巴答曰：'昔游荆北，時涉師門，記問之學，不足紀名，内無楊朱守静之術，外無墨翟務時之風，猶天之南箕，虚而不用。賜書乃欲令賢甥摧鸞鳳之豔，遊燕雀之門，將何以啟明之哉？愧於"有若無，實若虚"，何以堪之！'"周不疑爲先主甥，是先主有姊妹也。《龐統傳》注引《襄陽記》："德公子山民，亦有令名，娶諸葛孔明小姊，爲魏黄門郎，早卒。子涣，字世文，晉太康中爲牂柯太守。"山民所娶乃武侯小姊，姊必不止一人，是武侯亦有姊妹也。武侯子瞻所尚必是先主幼女。漢壽之孫統、費禕之子恭，所尚必後主女。是魚水君臣，復聯姻好。而後主娶桓侯二女，以女妻安國之子。先主與關、張布衣昆弟之交，亦可云累世不替也。

三十日（8 月 4 日）晴。　《魏志》以二荀與賈詡合傳，裴世期以爲魏世如詡之儔，其比甚多，不編程、郭之篇而與二荀，失其類矣。余謂世期此論殆失陳氏之意。操之建魏，以破袁紹爲基。紹以操敗於宛，益驕。操至出入變常，彧獨以度勝、謀勝、武勝、德勝策之，遂先破吕布，以與紹拒於官渡。及許攸來降，言淳于瓊等將兵運糧，將驕卒惰，可擊。衆皆疑之，唯攸、詡勸操。《詡傳》又有"明勝紹，勇勝紹，用人勝紹，決機勝紹"之説，明以此貫串三人，深得龍門合傳之旨，且以深得袁、曹當日成敗情事。其以良、平推之，若曰此固操之良、平。具此史識，故《彧傳》以憂薨，明年太祖遂爲魏公矣，刺操而非惜彧也。夫以劉、項擬袁、曹，而獨惜此公爵，豈能欺天下後世乎？不特此也，吾以爲詡造魏之功，更大於二荀，何以言之？卓死，傕、汜等亦欲解散，而詡勸攻長安，以至子師被害，群雄紛起，是炎漢之滅，成於詡之一言，漢之罪魁固即魏之功首矣。然詡能造魏，實亦滅魏，子桓、子建争立之際，因詡一言而定。使子建得立，其少子志得承帝祚，則魏世有長君，三馬亦未能乘權得柄。詡純以智計用事，實爲世之憸人。二荀與之合傳，其品可知。世期盛稱彧、攸，不知陳氏固以奸黨目三人，非以功臣目三人也，何疑其不類乎？

七月初一日（8 月 5 日）晴。　得勞玉初書。九弟亦有書至。

鄧艾著《濟河論》，論運漕灌溉之道。又以爲："昔破黄巾，因屯田積穀於許都以制四方。今三隅已定，事在淮南。可省許昌左右諸稻田，并水東下。令淮北屯二萬人，淮南三萬人，十二分休，常有四萬人，且田且守。水豐常收三倍於西，計除衆費，歲完五百萬斛以爲軍資。六七年間，可積三千萬斛於淮上。此則十萬之衆五年食也，以此乘吴，無往而不克矣。”平蜀之後，請以隴右兵二萬人、蜀兵二萬人，煮鹽興冶，爲軍農要用，並作舟船，豫順流之事。艾以稻田守叢草吏，而於南北形勝瞭然胸中，使其不死，則渾、濬之功全屬士載矣。然艾之死，未必不由于此。司馬氏方營篡魏之策，使艾由蜀入吴，戡定兩國，威權震主，挾之以助魏誅昭，實非昭所能禦。即其心不忠於魏，而以吴、蜀人士均歸于艾，手管重兵，隱若敵國，昭亦不能遽篡，篡即艾入而討之矣。此其所以一聞鍾會之譖，即毅然檻車徵之也。及踐祚之後，與王淩並聽立後，其意可知矣。觀《鍾會傳》，後昭於邵悌密計，因會殺艾，復欲藉以殺會，展轉陰惡，視漢之葅醢韓、彭尤酷，而艾、會貪主功名，蜀社方遷，而兩宗繼覆，亦何爲哉？

初二日(8月6日)晴。　孝達有電，論壽老、再同循吏孝子事，以其父子均非要人所喜，意頗遲回。余謂再同兩世能忤要人，勝於循吏孝子矣，何必史館有傳始傳哉？然吏之循不循，子之孝不孝，亦待要人喜怒而定，則天下事可知耳！

孔㢸軒《公羊通義》，《左》《穀》之外，全以《繁露》爲主，惜未取兩《漢書》中用《公羊》誼者推之，即以《繁露》論，亦未能疏通發揮也。余讀《繁露》，既取以證《管子》，而又取其引《論語》以證《春秋》，包藴甚富。如解“昭二十三年，公如晉，至河，公有疾”，則引“内省不疚，夫何憂何懼”。解“介葛盧來，少善之”，“州公寔來，少惡之”，則引“禮云禮云，玉帛云乎哉！樂云樂云，鐘鼓云乎哉”。譏文公喪娶，則引“政逮於大夫，四世矣”。美子反與宋平，則引“偏其反爾”及“當仁不讓”。諱宋宣穆弗言，則引“苟志於仁，無惡”。解莒人滅鄫，則引“大德不踰閑，小德出入可也”。他若“赦小過”及“治民先富後教，治身先難後獲”，“躬自厚而薄責於人”，“攻其惡，無攻人之惡”，“誰能出不由户，何莫由斯道”，均引用之，足爲公羊家之達例。而引“唯天爲大，唯堯則之”謂桓、文不尊周室不能霸，引“正名無所苟”則以五石六鷁之辭爲證，均深得微言大義。如取而納繹之，可以明《公羊》，可以通《論語》，其引《詩》《書》《孟子》《孝經》之類，亦皆有意，此外惟引《管子》，《管子》誠古書也。

初三日(8月7日)晴。　得高陽書。容民來談。

孝宗問劉大夏曰:"卿前言天下民窮財盡。祖宗以來征斂有常,何今日至此?"對曰:"正謂不盡有常耳。如廣西歲取鐸木,廣東取香藥,固以萬計,他可知矣。"又問天下軍若何,對曰:"窮與民等。"帝曰:"居有月糧,出有行糧,何故窮?"對曰:"其帥侵剋且過半。"帝太息曰:"朕臨御久,乃不知天下軍民困,何以爲人主!"遂下詔嚴禁。按,大夏此言千古!軍民貧困之弊,均不外此,有國者所宜知也。然禁有司之擾民易,禁將軍之擾兵難,是在明於擇帥耳。

初四日(8月8日)晴。　邵班卿來。午後,皞民至。合肥以沈石田長卷《江天暮雪圖》見示,與皞民同觀之。畫既超秀,書尤俊拔。圖爲劉蓉峰所藏,名恕,劉園主人也。展轉歸薛覲唐侍郎,其子次申以貽合肥。

《晉書》疏舛,有極可笑者。《華恒傳》:"尚武帝女滎陽長公主,拜駙馬都尉",至東晉成帝時,恒始卒。而同卷中《盧諶傳》又云:"選尚武帝女滎陽公主,拜駙馬都尉,未成禮而公主卒。"諶旋没于劉粲,入石氏。公主若一人,既不能死而復生,又不能於華恒未卒之先復選盧諶。此抄合《舊晉》而失之不考者,必有一誤。

余最喜陸納祖言。其延桓温飲,王坦之、刁彝在坐,唯酒一斗、鹿肉一拌,不獨直率,且其旁若無人之概,足以折驕倨之桓温。温乃更敕中廚設饌酣飲,何其鄙哉!及會稽王道子以少年專政,委任群小,祖言望闕而歎曰:"好家居,纖兒欲撞壞之耶!"忠愛憂危之悃,溢於言表。史稱其"恪勤貞固,始終不渝",洵不愧斯言也!

王述性急,至"食雞子,以箸刺之,不得,大怒,擲地。雞子圓轉不止,便下牀以屐齒踏之,又不得。瞋甚,掇内口中,齧破而吐之"。而躋重位,能以柔克爲用,謝奕駡之,述但面壁。何也?史定不實,一雞子小事,敘至五十字,令人發笑。

初五日(8月9日)晴。　鏡江、永詩均至。午後,邵班卿送《(溓)[濂]亭文鈔》兩册來,乃武昌張裕釗所作也。復高陽書。

全謝山有《讀魏相傳》文,云:"厚齋謂弘恭、石顯之禍,開於弱翁。蓋其由許廣漢以進,亦刑人也,不能制恭顯明矣。何義門非之,謂弱翁欲由許氏以發霍顯弑后之(罪)[奸]耳。附和宦官,則非其所爲也。予讀褚先生續《史記》,相以府掾陳平等劾,中尚書坐之大不敬,長史以下皆死,或下蠶室,是則弱翁阿附宦官之明文也。宣帝以刑餘爲周召,其所由來者漸,而宰相因以[之]逢君。厚齋未曾及此,而義門亦考之未詳也。少孫之書,有時足采者,此類是也。"余謂弱翁實非賢相,誣霍氏以報宿憾,因許氏以固寵榮,媚宦官以探内指,謝山之論甚允。嘗作《魏相論》,與汪梅村大同,乃改之。作《書霍光傳後》,極白霍氏之誣。至宦官之禍,東漢之十常侍,季漢之黄皓,盡人知之,而西漢已萌其端。吕后之張釋卿不足論,文有趙談、北宫伯子,孝武則李延年,元則恭、顯。至於殺蕭望之,死周堪、張猛,其毒甚矣,而實孝宣釀成之。且許后本刑餘之女,豈宜正位中宫?元帝以廣漢外孫爲天下主,辱國甚矣。豈非西漢亦亡於宦官也耶?故吾謂宣非令辟,相非賢臣也。

初六日(8月10日)雨。家忌。　余最不喜六朝人。故《南》《北》史及八書均無所得。偶閱周兩塍所輯《捃華》,云:"王弘領選,將加榮爵於人者,每先呵譴責辱之,若美相盼接,必無所譜。人問其故,答曰:'王爵既加於人,又相撫勞,便成與主分功,若求者絶官敘之分,又不微借顔色,即大成怨府。'聞者悦服。"閱之,不覺失笑。以爵位與人,屏絶私謝足矣。先召而譴呵之,其人若良直,肯受此譴訶乎?求仕者,加一二譴訶即群不敢,至曰相盼接,無乃勞謙,豈非詭誕乖常?此與謝笑顔嗔,均覺做作氣太重。王秀之爲晉平太守,期月求還,或問其故,答曰:"此郡沃壤,珍阜日至,吾山資已足,豈可久留,以妨賢路?"時人以爲恐富求歸,此較貪墨不已者,似求歸尚爲知足。然作官但營辦山資,人人如此,置國計民生於不顧,明矣,國家亦何賴有此具臣乎?至沈巑自云以清獲罪,重除丹陽,欲以人肝代米,爲"承奉要人"計,亦"烹阿封即墨"故套。然清廉吏不能承奉要人,往往獲罪,亦古今一轍耳。蔡撙在吴興,不飲郡井,不知從何處取水。樂法才爲建康令,不受奉禄,武帝嘉之。夫受禄所以養廉,顧井豈能擾民?並此而不受不飲,亦矯節沽名之見,君子所不取也。大氐六朝風尚如此,而作史者又率筆爲文,全無翦斷耳。

初七日(8月11日)晴。　閨人小病,佳節悒悒無憀,命酒少酌,殊不豁暢。

《愛日齋叢鈔》："温公爲張文潛言：'學者讀書，少能自第一卷讀至卷末。往往或從中、或從末，隨意讀起，又多不能終篇。光性最專，猶常患如此。從來惟見何涉學士案上惟置一書，讀之自首至尾，止校錯字，以至讀終，未終卷誓不他讀，此學者所難也。'"張芸叟《答孫子發書》論《資治通鑑》，其略云："温公嘗曰：'吾作此書，唯王勝之曾閲之終篇，自餘君子求乞欲觀，讀未終紙，已欠伸思睡矣。'"温公所言，學者之通患，盍以何學士、王勝之之事爲讀書法。

裴晉公《寄李習之書》曰："昔人有見小人之違道者，恥與之同形貌共衣服，遂思倒置眉目，反易冠帶，不知其倒之之非也。故文之異，在氣格之高下，思致之淺深；不在磔裂章句，隳廢聲韻也。人之異，在風神之清濁，心志之通塞；不在於倒置眉目，反易冠帶也。"余謂晉公此言，宰相之器，文人之言。夫今之學孫樵以爲文者，皆"磔裂章句，隳廢聲韻"者也，矯時文之弊，而去古文亦遠矣。今之講宋學以立品者，皆"倒置眉目，反易冠帶"者也，矯俗人之弊，其去宋儒亦遠矣。甚至矯中國疲弱之弊，而必習西國語言，口吸洋吕宋煙，手持洋人玩好，便目爲洋務人才，而兵士均戴洋笠，海軍必奏洋樂，亦與"倒置眉目，反易冠帶"何異？實則襲外洋之皮毛，而其怯懦更甚於勇營。羊質虎皮，不值晉公一笑耳。

初八日(8月12日)晴。　永詩來談。

向疑諸葛公好爲《梁父吟》一事，以爲"一桃殺三士"之語，詭誕不經，何武鄉致意於此？《晚學集》謂諸葛自爲詞而自歌之，今皆不傳，所傳者惟《步出齊城門》一篇耳。此説甚允。又附朱瀚之説，云："嘗考《樂府解》，曾子耕太山之下，天雨雪，旬日不得歸，思其父母而作《梁父歌》，本《琴操》也。武侯早孤力耕，爲《梁父吟》，意實本此。"又，陸機、沈約皆有作，一則云"豐水零露"，一則云"秋色寒光"，歎時暮而失志，正與雨雪思歸有合。此説亦探原之論。按，《琴操》《梁山操》者，曾子之所作也。曾子幼少，慈仁質孝，在孔子門有令譽。居貧無業，以事父母，躬耕力則隨父母之利，四時惟宜進甘脆。嘗耕泰山之下，遭天霖澤，雨雪寒涷，思其父母，旬月不得歸，乃作《憂思之歌》。歌亦不傳，疑武侯見之，故時時好爲《梁父吟》也。

從來求忠臣，必於孝子之門。武侯忠於漢室，其時王室如燬，全家漂泊於荆州，既不能出正群雄，又不能歸依先壟，其憂從中來，必有不能自已者，而豈區區一桃三士之慨所能擬其胸次哉？

初九日(8月13日)晴。　得安圃書。

初十日(8月14日)晴。　得八弟書，知十一至富陽視事。

十一日(8月15日)雨。　皞民來，小坐即去。以西洋蕿一斤寄樂山。

十二日(8月16日)雨止放晴。　閨人連日小病，余亦鬱勃無憀，信步至容民處，略話即返。閱蘇詩一册。

十三日(8月17日)晴。　閱蘇詩，稍有悟入處。

坡詩自錢唐始縱筆，人皆知之。然放筆爲直幹，不足盡坡之妙也。試玩其汪洋中之渟蓄，乃知海之大，無所不有，請更續之。曰：黄州始斂筆，如《子由自南都來别》，開口即云"夫子自逐客，尚能哀楚囚"，一"自"字，一"尚"字，何等曲折沈痛！《過淮詩》，若寫己之肝肺鐵石，便乃云："獨喜小兒子，少小事安佚。相從艱難中，肝肺如鐵石。"夫以小而安佚之兒子尚能耐此艱難，何況於我？此縮臨《北征》而無其迹者。《定惠院海棠》云："自知醉耳愛松風，會揀霜林結茅舍。"且拓且煞，便覺咫尺萬里，視他手規規自睫者，相去霄壤矣。更於《臨别黄州》一律及《夜行武昌山聞黄州鼓角》兩詩參之，開合動蕩，節短韻長，所謂"黿憤龍愁爲余變"，先生自道其詩境也。更於《岐亭五首》參之，分觀則一首各具一義，合觀則五首同其一義，亦且五首之中，萬象渟涵，衆峰複互，結之曰"空堂浄掃地，虚白道所集"，非結岐亭，乃結東黄州一案，猶之以"兹游奇絶冠平生"結束海上一案也。蓋統觀坡詩，則一首之中忽縱忽斂；分觀坡詩，則一生之中幾縱幾斂。言其道則用行舍藏，言其詩則神明規矩。世人但知其縱，不知其斂，亦且但喜其縱，不喜其斂，豈徒皮相汗血，直是自墮野狐禪耳。

十四日(8月18日)夜急雨一陣，甚快。　復八弟書。閱蘇詩竟日，因取《三蘇集》置案頭，擬披覽一過也。

老蘇堅悍，其文雖坡不能掩之，所謂子雖齊聖，不先父食也。子由奏議獨絶，其他文往往不及，如作《和陶詩序》，經坡公改定後，覺原作有無限支詞客氣在。以詩附坡，固邾莒之於齊晉，即以文論，亦然。其作《商論》，以齊强魯弱，齊未亡而魯亡比商周，此宋人之見。夫商六百祀，周八百年，周祚固長，商祚亦豈得謂之短促？且賢聖之君六七作，武丁固中興，即紂之世亦尚未失天子之威命，此豈周室東遷以後所能比方者？後世與其爲周，不如爲商，明矣，則潁濱此論可廢。唐之失，内有宦官，外有藩鎮。藩鎮之禍至五代而止，宋亦以兵劫天子得禪，此豈足以爲法？而子由乃以藩鎮能制宦官，爲其弊由府兵在外。夫充唐中葉之弊，府兵在外固屬之藩鎮，府兵在内亦屬之宦官耳，其魁柄下移則一也。而極唐之弊，則由於肅、代已爲宦官所制，使宿將、功臣均遭猜忌，而藩鎮之弊已開，不從此立論而徒就其迹以議之，亦何爲哉？規其意，但使守府僅存即以爲正統尚在，所據第在有天子之名，而於天子之柄漠然不會，與《商論》同一隔膜。吾以爲東周之存不如商之亡，唐之患在藩鎮，實在宦官。

潁濱自東坡歿後，其人若存若亡。豈所謂惠子既葬，吾無以爲質耶？然晚節優游，亦頗能自適，睹其《第三集》諸作，一種沖和淡遠之致，自是得力黄老之故，雖頹率，不害其佳。其《題東坡遺墨後》曰："懔然自一家，豈與餘人争。多難晚流落，歸來分死生。"全自至性中流露。若《服栗詩》云："入口鏘鳴初未熟，低頭咀嚥不容忙。"乃似道士口訣。又有《那吒詩》云："佛知其愚難教語，寶塔令父(親)[左]手舉。"乃似小説盲詞，不解何以粗惡若此。雖曰"交游誰識面，文字(只)[略]存詩"，而因避禍養晦之故，不作詩可也。作此等惡詩以自傷其品、自壞其律，不可也，東坡決無此等敗筆矣。

十五日(8 月 19 日)晴。　檢舊笥，得奏稿數通，皆甲申三月易置政府後所上，以疏逖小臣而毅然欲以隻手挽回内外大局，非聖慈在上，必不全矣，感喟久之。晚，作伯平一書，燈下閲《坡集》一卷。

《姜伯約傳》，陳壽責其"翫衆黷旅，明斷不周"。案，伯約以區區之蜀屢擾小鮮，誠非勝算。然爾時之蜀，進取固亡，退守亦亡，不足以責伯約。其失在放仗降會，所疑於臣節不完者以此，壽不忍斥之，故曰"明斷不周"耳。裴世期以爲："若令魏將皆死，兵事在維手，殺會復蜀，不難。設使田單之計，(解后)[邂逅]不會，復可謂之愚闇哉！"此説亦曲爲維原，然證之

《鍾會傳》，群官已閉置益州諸曹屋中，乃十五日事。胡烈軍兵與諸軍兵鼓譟赴城，乃十八日事。時方給維鎧仗也。此三日中，會固疏闊，維亦未能機警，以致倉卒之際，與會俱死。使其放仗之時，預爲出奇，設間計，何不私藏甲仗死士以爲之備，及臨時又遲速，惟會命是聽，是維不能用會，而[會]能用維耳。且幸而艾、會搆釁，維得有此一舉，即不幸而死，人猶得原維之以萬一。艾、會同心凱旋，維豈非隨例還洛，何面目見涼州士大夫乎？故不當降而降，既失身於始；當備而不備，又失計於終。"明斷不周"，此之謂也。然與其倉卒遇胡烈之變，不如慷慨效瞻、尚之歿耳。

十六日(8 月 20 日)雨。　劉獻夫、李贊臣、范肯堂、衛達三均來。得都下書，接桂電，安姪於初九日舉一子。

姚姬傳有《賈生明申商論》一篇，其略云：申、商明君臣之分，審名實，使吏奉法令而度數可循守，雖聖人作，豈能廢其説？然使述此於景、武之時，則與處烈風而進翣者何異？惟文帝仁厚，而所不足者在於法制，故賈生勸之立君臣，等上下，法制定，則天下安，此皆申、商之長也。申、商之短在於刻薄，賈生之智足以知文帝必不如申、商之刻，特患不能用其長耳。景帝之天資固薄矣，提殺吴太子於嬉戲，疏張釋之而誅周亞夫，其資如此，而鼂錯又以申商進之，何怪有吴楚之難，云云。余案，姚氏之所見何淺也。漢文託於黄、老，實好刑名，即位之時，盡誅惠帝諸子，以爲皆吕后族，此或迫於平、勃，其後淮南王之徙嚴道，絳侯之下請室，疑忌城陽、濟北，亦何嘗不刻薄寡恩乎？賈生本儒家，所請改正朔諸事，本有志於潤色太平，而其學從李斯、吴公出，則不免偏於名法，又微窺帝之意旨，故《治安》諸策參用管子、申子而痛貶商君治秦，此管、商之分，即賈、鼂之分。太史公云賈生、鼂錯明申、商者。以賈屬申，以鼂屬商。而姚氏溷而一之，無非事後論人之識，何足以得文帝、賈生之微哉？

十七日(8 月 21 日)晴。　葉九來奕苞《金石録補》有唐薛稷《蘭亭敘》，云："唐搨《蘭亭》最多，而薛本不甚著。晉江曾宣靖收藏李後主御庫墨帖，有薛搨。定武本爲墨池水鑑諸家俗筆鉤勒，失其神理。此本乃曾氏從真迹上石，猶可想其行筆遺意。蓋稷爲褚河南甥，絶類同州《聖教》，而精警過之，所謂何無忌酷似其舅者耶。《述書賦》云'少保師褚，菁華却倍’，非虚語也。”案，《舊唐書》云：稷，外祖魏徵，家多有虞、褚舊跡，稷鋭意模仿，當時無及之者。[1] 若稷爲褚甥，何不云多藏其舅褚遂良舊迹耶？恐九來誤記。見董跋，亦有此説，殆沿譌久矣。

十八日(8 月 22 日)晴。　晚，顧皡民來。

余最喜惠半農之學，而未得見其文也。偶得《國朝文選》本，睹其《王安石論》《温公論》兩首，有實獲我心者。其論荆公也，曰：“熙寧皆可行之法，安石非行法之人。”大旨謂身進而韓魏公、富鄭公已退，願引險詖傾側之人以自輔，謂當剛以自强，和以接物。其論温公也，曰：“其始安石激之以怒衆，其既温公矯之以悦衆，而章惇、蔡卞之徒遂假之以亂衆。萌乎激，成乎矯，卒乎亂，激與矯皆非也。”東坡嘗言：“昔之君子惟荆是從，今之君子惟温是隨。”二公既負盛名，而左右附和之人實衆，人徒見荆公之法，吕、曾爲其爪牙，而不知温公之門下流爲洛黨，其氣燄亦復不少，實皆有理無情，迂執之見，即元祐之末，政事已棼，何待紹聖乎？山谷屢以人才包新舊爲言，而不知才則決不宜調停，法則決不宜不調停。温公創爲以母改子之説，則惇、卞之徒自必創爲以子述父之説。其時宣、仁已屬衰年，温、申均爲篤老，安得不謀深慮遠而徒恃不可知之天，曰必無是事乎？東坡之明白，堯夫之婉曲，而差役一事尚不能入，則亦與荆公之堅僻何異？半農謂二十六年而法三變，病日益深，誠得北宋治亂之要也。余頗欲作《熙豐元祐用人行政得失論》一篇，俟之異日，而略發其端於此。

十九日(8 月 23 日)晴。　馬植軒來。

讀孟縣王檢討珻，字石和，康熙丙戌進士《韓獻子記》，因及公孫杵臼、程嬰存趙孤之事，爲詳考之。

魯曾煜字啟人，號秋塍，浙江會稽人，康熙辛丑庶吉士，有《秋塍集》《屠岸賈論》云：“屠岸賈以趙盾弑靈公，一旦執邦憲，急治靈公之賊，以朔娶成公女，恐景公不肯滅趙宗，故不告而誅。及趙孤既立，屠岸賈及族人駢首就僇，甘之如飴，其人能行春秋之律，執大義，死其宜者也。”

梁玉繩《史記志疑》云：下宫之事，《左疏》及《史通・申左》並以《史》爲謬，後儒歷辨其誣。劉向采入《説苑・復恩》《新序・節士》，不足據也。考

[1] 此處眉批：閣帖有褚《與薛八侍中書》，稱舅，疑亦僞造，不得與史争審。

魯成二年爲晉景十一年，欒書始代趙朔將下軍，朔前卒矣。成八年爲晉景十七年，安得云景三年殺朔、同、括、嬰齊乎？趙氏家亂，何關於國？若果治賊，則當其時不能治，迨十年之久致其誅於子若弟哉？韓厥諫，賈不聽，奚以不告景公，而但令趙朔趣亡，與許其立後乎？趙武從母畜公宫，去朔卒已踰七年。武之生雖幼，亦十歲以上，安得言是遺腹，而或索宫中，或匿山中乎？且孤兒處宫中，客何計以出之哉？《左傳》請立趙後，即在晉景十七年。閲二年，景公卒，安得言居十五年，因公病祟，謀立趙孤乎？《晉語》獻公時有屠岸夷，其後無考。或云賈之父，非。藉使有賈，晉方鼎盛，焉容擅兵相殺，而諸大夫竟結舌袖手，任其專恣無忌耶？斯事妄誕不足信，所謂屠岸賈、程嬰、杵臼，恐無其人。史公愛奇，述之兼著於《年表》《韓世家》《自序》傳中，而《晉世家》與《左傳》合，豈非矛盾兩傷歟？

佩綸案，中壘持《穀梁》義，而《説苑》《新序》兩載此事，則程嬰、公孫杵臼之説乃《穀梁》家舊義也。《左氏》晉景公夢大厲，曰："殺余孫。"則所謂卜之大業之後，不遂者爲祟，即指此事。所傳年歲稍譌，古書亦時有之，不能畫一，梁氏何所見而以《史》爲誣乎？且如梁氏之言，獻公時既有屠岸夷，而《左氏傳》亦有程、鄭，是晉確有屠岸、程兩族，安得謂屠岸賈、程嬰均無其人？信《左》疑《史》，不亦專己守殘乎？余考之《國語》及《左氏》趙文子冠，敘於伯宗被殺之後，而括、同之事，欒、郤爲徵。《左氏·成十五年》三郤害伯宗，譖而殺之，及欒弗忌，乃悟屠岸賈即欒弗忌，蓋始則欒弗忌與三郤並治趙氏，其後郤氏又委罪於欒弗忌而殺之也。十五年乃魯成十五年，譌爲景公之十五年耳。[①] 觀文子歷見諸卿，三郤之言獨異，雖張老以爲亡人之言，實則内愧辭支耳。立孤復田，當在此時，悼公時乃爲卿將軍也。欒弗忌因趙氏家亂，以治靈公之賊，頗具苦心，故杜注以爲賢大夫，韓之復趙，私恩而已。成八年爲周簡王三年，則三年亦非誤也。

二十日(8月24日)晴。　晚，翰香來。夜，子涵奉外姑馬夫人赴蘇，舟泊浮橋下，夜午省之。

《後漢·馮緄傳》：緄以車騎將軍征荆南，時"前後所遣將帥，宦官輒陷

---

① 此處眉批：《楚世家》郤宛之宗姓伯氏，子嚭及子胥皆奔吴，以此推之，郤宛亦晉之郤氏，而伯宗乃郤之同宗也。然則欒、郤爲徵，即欒弗忌與伯宗，可知此欒更確矣。

以折耗軍資，往往抵罪。緄性烈[直]，不行賄賂，懼爲所中，迺上疏曰：'勢得容姦，伯夷可疑；苟曰無猜，盜跖可信。故樂羊陳功，文侯示以謗書。願請中常侍一人監軍財費。'尚書朱穆奏緄以財自嫌，失大臣之節。有詔勿劾。"余謂緄少以疑詐傳璽書知名，必有卓識，而臨事乃乖謬如是。夫將帥之權悉專閫外，尤以軍財爲要宗，今乃請常侍監軍，何啻以湯止沸。夫其誣陷將率以不賄賂也，緄之意以爲使我私賄，不可俾以管財之權，則公財入其掌握，既明己之不私，而又聽彼之乾没，是無入賄之名，而彼得中飽之實。然充其量，耗竭度支，刻削軍食，其弊不更大乎？且將帥日與宦官爲伍，禮節疏闊，彼必含怒，而不肖裨據附之爲奸，勢且撓我軍法。朱穆僅以二財自嫌劾之，尚未痛陳監軍之弊也。卒之，監軍使者張敞奏緄將傅婢二人戎服自隨，又輒於江陵刻石紀功，請下吏案理。雖黄雋議以爲罪無正法，不合致糾，而軍還，盜賊復發，緄復免官，豈非自貽伊戚哉？緄内畏宦官，外撫降寇，無非用譎，未聞君子之大道，小時了了，豈能稱才？

二十一日（8月25日）晴。連日酷熱。　子涵來談。午後，送外姑至紫竹林，假公所暫憩，至酉刻兩兒同返。子涵話京朝近事，外姑亦述崇讓前塵，百感横生，不堪迴首。

二十二日（8月26日）晴。　至紫竹林，順道答馬植軒。薄暮始返。晚浴。

廷尉有《結一廬雜鈔》一册，專紀本朝餉項出入盈虚之數，用意甚深。子涵出都時，寫一副本見詒。其言切實著明，欲邊海各省得封存之舊，以備西洋，且預防土木奢縱之害。《雜鈔》在同治初年，而所見如此，可云遠識矣。

二十三日（8月27日）晴。　留子涵晚飯。竟夕不能成寐。

二十四日（8月28日）晴。　崔琴友同年來。名澄，榜名登，庚辛兩次同年，丙子入詞館，惠人胞姪也。其人好讀《莊》《老》，日以養生爲事。午後，攜兩兒送馬太夫人之行。夜宿紫竹林，與子涵談。竟夕不能成寐。

二十五日（8月29日）晴。　巳刻，子涵奉母登新裕舟，午刻展輪。余即返，飯後酣睡。夜得《别下齋叢書》，閱之。

吕居仁作《江西詩社宗派圖》："宗派之祖曰山谷，其次陳師道無己、潘大臨邠老、謝逸無逸、洪朋龜父、洪芻駒父、饒節、德操，乃如璧也。祖可正平、徐俯師川、林脩子仁、洪炎玉父、汪革信民、李錞希聲、韓駒子蒼、李彭商老、晁沖之叔用、江端本子之、楊符信祖、謝薖幼槃、夏倪均父、林敏功、潘大觀、王直方立之、善權巽中、高荷子勉，凡二十五人，居仁其一也。議者謂無己爲詩高古，使其不死，未必甘爲宗派。師川固嘗不平，曰‘吾乃居行間乎’？韓子蒼云‘我自學古人’，均父又以在下爲耻。”《雲麓漫鈔》云居仁姑記姓名而紛紛如此。方閲《山谷内外集》，録之以資考核。

二十六日（8月30日）晨起，急雨一陣，始解秋暑，竟日微陰。　張曜卒。福潤升撫，湯聘珍升東藩，胡燏棻升廣西臬司。午後，芸楣來見。

儲六雅先生大文，有《存研樓集》有《斛律光論》，云：“當孝昭執楊愔、燕子獻，時金爲左丞相，至同入雲龍門，而光且追子獻殺之，濟南由是遂廢。不識神武、文、宣，曾何所負於金與光也。”又云：“光之聞和士開被殺也，曰龍子作事，固自不似凡人。士開淫亂，誠爲罪首，然當是時，帝不爲濟南之續者蓋無幾，帝卒以此疑之歟？”佩綸案，儲説非也。光死，自以還都不散兵爲帝所疑，因入祖、穆之譖。至琅邪王儼之殺和士開，自以兵少不入，帝得從容召光定計。方德光之不暇，何至疑光？光雖幸士開之死，稱爲龍子不凡，然終不就儼而就後主者，以女爲皇后故也。其助孝昭殺子獻，助後主執琅邪，無非粗疏附勢，甘爲鷹犬，於逆順是非全不了然，所以終爲祖、穆輩讒間而死。在齊，固自壞長城；在光，亦自破門户，豈能責以古大臣之義乎？從來武夫率意，往往如是，無足深責。每惜漢“三明”中如張奐，少學《尚書》，舉賢良，此豈得以武將目之？然宦官矯制，使與少府率五營士圍武，奐雖振旅而還，不知本謀。然中常侍之濁亂，竇、陳之忠，公平日豈一無所聞？乃倉卒引兵，迫武自殺，豈得以見欺豎子自解？此必平日有不慊於游平之事，迫於中官積威，成此謬舉。事後爲清議所非，而少府之拜，不免觖望，因而讓還封爵以自掩。蓋試問其黨惡害正之罪，豈讓爵所能解乎？張華在武帝時，决伐吴之策，何等明爽！及中臺星坼，少子韙勸之遜位，華不從，又何等游移！及趙王欲殺賈后，使司馬雅告之，華知其必將篡奪，距之。夕而難作，此爲如何事？而執政徒以言語相距，豈非天奪其魄？不特此也，華爲楊駿所誅，不預朝政，及駿誅，覬其見用，故於廢楊太后時，請依漢廢趙太后爲孝成后事。雖語較《春秋》絶文差少有依據，然試使以子廢母、以婦廢姑，豈能以以姑廢婦之例相證？似此三綱既絶，止能引疾而去，尚欲立人本朝而爲之引經據典哉？斛律光乃一將耳，奐及華，皆讀書有學識者，倉卒間尚如此，不歎曉人志士之難得哉。

二十七日(8月31日)晴。　花農、緝廷均來。午後，玉初至。

顔之推《觀我生賦》注："梁元帝時，王司徒表送祕閣舊事八萬卷。乃詔：'比校分爲正御、副御、重雜三本。左民尚書周弘正、黄門侍郎彭僧朗、直省學士王珪、戴陵校經部，左僕射王褒、吏部尚書宗懷正、員外郎顔之推、直學士劉仁英校史部，廷尉卿殷不害、御史中丞王孝純、中書郎鄧藎、金部郎中徐報校子部，右衛將軍庾信、中書郎王固、晉安王文學宗菩業、直省學士周確校集部。'其後兵敗，悉焚之，海内無復書府云。"

祖珽與和士開、陸媪忽離忽合，始則藉勢，終則争權，其爲人亦何足取？而之推感其舊恩，輒云："孝徵用事，朝野翕然，政刑有綱紀矣。駱提婆等苦其以法繩己，譖而出之。於是教令昏僻，至于滅亡。"豈得爲公論？李百藥《北齊書》於珽決政時亦稱内外稱美，然密啟以誅琅邪，騰謡以死斛律，卒亦不能掩也。之推決非爲盲老翁所愚直，是懷私恩而背公議，其人名重，足以淆亂觀聽，故百藥亦參用其説耳。

二十八日(9月1日)晴。　崔琴友來談。

《易·旅》："六二：旅即次，懷其資，得童僕，貞。"《音義》："資，本或作資斧，非。"余案，當作資斧。九三，喪其童僕；九四，得其資斧，承六二資斧、童僕，最爲分明。若二爻但作資，則資貨與斧殊不相類矣。王注殊不了了。子夏《傳》及衆家竝作齊斧，然齊斧與童僕亦不類也。即鄭、虞亦未安耳。

琴友言《大學》於平天下反復申明，曰德者本也，財者末也，而其言曰必驕泰以失之。廿一史中，亡國不盡驕泰，而獨曰驕泰者，蓋或失之貧，或失之弱。其病無不始於驕泰，其病之見徵無不成於財不足，至財不足而國不國矣。而務財用者，方且以聚斂爲事，所以無如之何，其言頗有所見。蓋漢之亡，不亡於哀、平，而亡於元、成之際；宋之亡，不亡於徽、欽，而亡於神、哲之際；明之亡，不亡於啟、禎，而亡於嘉靖、萬曆之際。問其何以亡，皆驕泰也，繼之以財不足，而亡徵具矣。君子知財不足之故由於驕泰，則所以格君心之非固當有在，而不必徒以理財爲急矣。

二十九日(9 月 2 日)晴。　樵孫寄《無欲齋詩抄》一册，乃鹿忠節公著。按，《無欲齋詩抄》，《四庫》入《存目》中，稱其"大節凛然，詩筆亦有遒勁之氣"。今考其五世孫荃原序，知公本有詩集八卷未刊，歲久已佚。安溪相公屬魏司空廷珍以殘稿書而刻之爲一卷，間附評語，是爲成雲洞初刊之本。四庫館開，直隸督臣采進，奉旨抽毁兩葉。荃復重刊行之，仍冠安溪原序，而無評語，是爲家刊之本。余已得高陽、吴橋二集，故復索忠節遺書合藏之，想見明季吾鄉忠義之氣，至今光燄萬丈也。

辛卯八月初一日(9 月 3 日)晴。　聞仲約前輩視順天學。午後，過仲璋略談。得安姪第九書，與允威，病仍未愈，殊可念也。

讀《左氏傳》，以《史記》證之。

《魯世家》："初，惠公適夫人無子，公賤妾聲子生子息。息長，爲娶於宋。宋女至而好，惠公奪而自妻之，生子允。登宋女爲夫人，子允爲太子。"《索[隱]》云："《左傳》文[見]分明，不知太史公何所據而爲此説。譙周深不信然。"梁氏《志疑》亦云："不聞衛宣、楚平之事，始自惠公，想因隱亦娶于宋稱子氏，故誤也。"佩綸案，梁氏之説未盡。隱公二年十有二月，夫人子氏薨。《左氏》以爲桓公之母，《公羊》以爲隱公之母，《穀梁》以爲隱公之妻。史公備聞三家之説，其時張蒼、賈誼必有傳授口説，如此故不取《公羊》，而斟酌《左氏》《穀梁》之言，以志《春秋》託始之微。固不必據《左》以難《史》，亦不必因《史》以疑《左》。然存史氏一解，益見隱公之處父子兄弟間，變而不失其正，而桓公之罪上通於天矣。

子般，《史》作："斑長，説梁氏女，往觀，圉人犖自墻外與梁氏女戲。"《左氏》作："雩，講于梁氏，女公子觀之。"《左氏》乃古文，史公所釋爲長説者。子駿釋爲雩講，於是以"女公子"爲句，作爲子般之妹。而史公則讀"公子觀之"爲一句也。或前是後非，或前疏後密，無從考核。嘗謂今古文之《尚書》之紛紛聚訟，其誤由文字不畫一者半，誤由師説不畫一者亦半，必欲執此廢彼，皆專己守殘之見也。

初二日(9月4日)晴。　琴友、肯堂、皡民均來。

齊桓公之蔡姬,《史記》以爲蔡繆侯之女弟。定四年,劉文公將合諸侯于召陵,將長蔡於衛,祝鮀私於萇弘而止。《史》則云蔡侯私於周萇弘以求長於衛,衛使史鰌言康叔之功德,乃長衛。案,此史公是也。鰌、鮀均從魚,故子駿誤鰌爲鮀,二人皆字子魚,故無分別。觀其言侃侃不撓,乃直哉之辭,非佞者之語。梁氏以《史》爲誤,非也。

初三日(9月5日)晴。　《史記·晉世家》:"太子申生,其母齊桓公女也,曰齊姜,早死。申生同母女弟爲秦穆公夫人。"果爾,則晉文爲桓婿,秦穆又爲桓之外孫婿,三霸後先,英才固有種耶? 莊廿八年,《左氏傳》:獻公"烝于齊姜,生秦穆夫人、太子申生。"注:"齊姜,武公妾。"故僖十五年疏云:"申生之母本是武公之妾。武公末年,齊桓始立,不得爲齊桓女。"馬遷妄也。《大事表》有"齊姜辨",駁《左氏》之誣,謂:"莊二十八年,晉使申生居曲沃,係獻公十一年。若烝武公妾所生,想當在即位後,年不過十歲,以稚子守宗邑,適足啟戎心而使民慢,何謂威民懼戎? 又《史記》重耳奔狄,年四十三,計守蒲年三十二矣。申生居長,其生當在獻爲世子時,竊意齊姜乃未即位之適夫人,後因寵衰見廢,橫加之罪,《左氏》因而甚之耳。申生爲千古純孝,而其母蒙不韙之名,不得不爲之辨。"余按,曲沃并晉在齊桓七年,其能得周命,安知不倚齊援? 故《史記》所言足發晉武譎險之隱,《左》誣不待辨也。獨申生以讒自殺,正召陵伐楚之時,桓及管仲竟不能討晉獻易樹子之罪,固由申生自殺不肯歸過於父,伯主無由而知,亦以專力攘外,不能兼顧其私歟? 詭諸不預葵丘之盟,内愧於中,因宰孔一言而止。厥後,會秦立夷吾,以女妻重耳,均由於此恨。《左氏》之爲劉歆竄改也。疑齊姜乃桓女弟,故妻重耳以女,或重耳之妻當依《列女傳》作宗女。

初四日(9月6日)晴。　阮文達有《南北書派論》《北碑南帖論》,言之極詳,大致以北派爲宗,而於二王有微辭。今北派盛行,實文達之言開之也。其《跋魯公坐位帖》亦云:"魯公楷法亦從歐、褚北派來,而非二王之派,强入之南派,是使李固搔頭、魏徵嫵媚,殊無學識矣。"余謂文達此説似過,大要碑與帖迥殊,而南與北無别。書家未有不長於隸者,今以草、行屬之南,而以隸、楷屬之北,亦就其迹言之耳,豈得以魯公書爲出於《張猛龍碑》後行書乎？試觀《蘭亭》所改數字，均有隸意，似右軍草從隸出，未可岐而二之也。

初五日（9月7日）陰。　皥民來。時臺撫邵友濂過津，欲調之至臺爲助也。

《能改齋漫録》載柳公權《謝人惠筆帖》云："近蒙寄筆，深荷遠情。雖毫管甚佳，而出鋒太短，傷於勁硬。所要優柔，出鋒須長，擇毫須細，管不在大，副切須齊，副齊則波磔有凴，管小則運動省力，毛細則點畫無失，鋒長則洪潤自由。頃年曾得舒州青練筆，指揮教示，頗有性靈。後有管小鋒長者，望惠一二管，即爲妙矣。"余不能作書，而用筆每喜管小鋒長者，得此書益信，或者於書家尚可入門乎？録之以備擇筆之準範。

初六日（9月8日）晴。　過皥民，觀坡公所寫《金經》，乃吴清卿所藏僞迹也。

陳後山云："余以古文爲三等，周爲上，七國次之，漢爲下。周之文雅；七國之文壯偉，其失騁；漢之文華贍，其失緩；東漢而下無取焉。"余方輯漢文爲讀本，閲此爽然。但西漢之文豈得以"華贍"二字盡之？是以好古之弊不可爲訓也。《餘師録》又謂："陳後山初見南豐先生，南豐問：'曾讀《史記》否？'後山曰：'自幼即讀之。'南豐曰：'不然，要當且置它書，熟讀《史記》三兩年爾。'後山如南豐之言讀之，後更以文見南豐，南豐曰：'如是足也。'"果爾，後山方得力於《史記》，而乃薄西漢之文以爲失之緩，可乎？然騁與緩之失，亦爲文者所宜知也。

初七日（9月9日）晴。　連日琴友來話，不能多讀書。張沚蒓以所藏《聖教》見示。"紛糺"二字尚完，非北宋即僞本也。審視，還之。皥民過談。

初八日（9月10日）晴。　過晦若略話，肯堂、容民在坐。

閲《平宋録》三卷，杭州路司獄燕山平慶安撰，實劉敏中所作也。其中有宋太后書，傳於淮東制置李知院，詔曰："吾老矣，值此時艱，比奉大元皇帝詔書，俾相率來附，以全宗社，以保族屬，以救萬姓。然事已至此，無可奈何，舉國内屬。今大兵在城，三宫不驚，九廟如故，百姓安堵。其餘州縣，已戒嗣君下詔開諭，俾各以其地歸于大元。卿自守孤城，勤勞已至，但根本已拔，縱欲固守，民其何辜？毋重困一方之民"云。少帝詔亦相同。

此等文字類皆隨降諸臣所擬，豈能與言體例？然都輦已降，正賴一二孤臣固守偏隅，維持宗社。即不能如少康一旅，復至中興，亦庶幾梁之天啟，北漢之乾祐，尚可支吾歲月。乃迫於元之兵威，託故主綸言爲新朝騰説，欲使兵不血刃，而忠義灰心，争來納土，擇筆者真全無心肝之流也。夫譙周、郤正所學甚爲宏通，而終於獲罪名教，非以其臣節之虧歟！

初九日（9月11日）晴。　寄八弟書。

初十日（9月12日）晴。　寄高陽一紙。晚，送琴友行。

琴友勸余治《左氏》，取其辭令，足以折敵。余曰："此風已古矣，今之西人固恃辭令折之，然實非辭令所能折也。然有時亦可以辭令折服，如巴夏禮論浙加繭税，防其繅絲之利，余以土貨改造本不合條約折之。巴狡甚，亦遂罷議。是在人耳。"

《左氏》辭令亦有不可盡信者，如子産毁垣之類。由平日與晉卿聲氣聯絡，故敢於如此，不由辭令之善。王孫滿"鼎之輕重"，似乎詞嚴義正，然爾時形勢，楚亦未敢犯周耳。最不善者莫如晏嬰，其與叔向私語一段，直是爲陳氏作篝火狐鳴。嬰乃陳氏之黨，夫子稱其"善與人交，久而敬之"，亦尚未盡知其隱曲也。勢足以吞敵，雖如吕相之絶秦，似過實正；勢不足以折敵，雖如管仲之責楚，似壯實浮。若政出多門，不心競而力争，即行人皆如子員，合二國之成，亦所補者小耳。故靈公無道而不喪，正以治軍旅與治賓客並重，否則恃專對之，長而無禁侮之實，辭令奚爲？

十一日（9月13日）晴。　皡民來談，借《聖教》一本觀之，乃崇禹舲所藏。今質之一富人者，覃谿以爲南宋拓，而殷述齋以爲北宋也。述齋名壽彭，述齋之説何足以駁覃谿乎？禹舲以殷説爲然，敝帚自珍耳。

禹舲跋："始得金匱孫文靖二册。一項子京本，一實嚴本。又得兖州空山堂牛氏本、紀文達本、郭萬象本、魏唐錢士升本、缺字本。爲七佛同龕之室，其後錢本以遺文孔脩先生。又得曹秋岳北宋本、吴門沈氏二藏本。此本爲伊墨卿所得，歸之葉雲谷，葉歸之盧厚齋，盧之後人歸之禹舲。"

諸跋中所見宋本：

伊云："南堂本。"方環山所藏，有顧師仁跋。翁云："潘毅堂所得魚門舊本。"王芑孫云："滿洲嵩齡與九漢軍玉棟筠圃及虚舟先生藏本。"筠圃本即讀易樓宋户口册子拓本,去年見之。趙懷玉云:“家藏一本,得之汪容甫,與此相仿。”陳其錕云:“見黎瑶石山人宋拓本,索價千金。”吴榮光云:“程氏三長物齋本,及余所得玉壺秋碧本,均北宋。而未免攙淡,其無一字一筆描補者,惟此與余飛香閣本耳。”殷云:“家藏柯敬仲手題慶曆拓本,與此如一紙拓出。”崇云:“慎郡王、郭允伯二本,此尚過之。”

十二日(9月14日)晴。　晚,作伯平夫人王氏墓志一篇。寄伯平書。

十三日(9月15日)晴,夜雨。　吴太守熾昌辭回廣東。午後,永詩來談。

《春秋·宣九年》:“陳殺其大夫洩冶。”《左氏傳》引孔子曰:“‘民之多辟,無自立辟。’其洩冶之謂乎。”《詩·大雅·板》箋:“民之多爲邪僻者,乃女君臣之過,無自謂所建爲法也。”此詩乃凡伯刺厲王之詩,孔子引之,以刺陳靈,正其君臣宣淫之過。《穀梁傳》云:“稱國以殺大夫,殺無罪也。”正合聖意。乃杜注則云:“洩冶直諫於淫亂之朝以取死,故不爲《春秋》所貴而書名。”釋《詩》則云:“邪僻之世,不可立法。國無道,危行言孫。”一若洩冶大不爲《春秋》所取者。孔疏從而文飾之,責洩冶進無匡濟遠策,退不危行言孫,懷寵不去,仕於亂朝,以區區之身欲止一國之淫昏,死而無益,以比干爲仁,洩冶爲狷,此出王肅僞造《家語》,與杜注互相表裏。蓋魏晉之間視君臣如傳舍,故其立言乖張如此。孔沖遠當貞觀之世,見諫臣屢被誅夷,而巢剌王妃事同辰嬴,乃借此爲君文過,而自託於明哲保身之智,謂情色之惑,君不能得之於臣,父不能得之於子,顯直於君父,適所以益謗而致罪。似此顛倒是非,實經生中之蝥賊,《左氏》之罪人也。余每思仿劉氏《規杜》之例,取杜之紕繆痛加糾正,以發明《春秋》之旨,惜學識未深至耳,姑發其凡於此,以告世之讀《春秋》者。

十四日(9月16日)雨止,驟涼。　同一伐南唐也,世宗之正勝於宋太祖之譎。陳覺矯命欲殺嚴續,帝曰:“續乃忠臣,朕爲天下主,豈教人殺忠臣乎!”何等光明磊落!林仁肇有威名,宋潛畫其像,引使者觀之,問何人,曰林仁肇也。將來降,持此爲信,國主鴆殺仁肇,此何等舉措也。藝祖無一足取,余最不喜之。

宋太宗之逼德昭，路人皆知。《宋史》云："帝聞之驚悔，往抱其尸，大哭曰：'癡兒何至是耶！'"此亦事後自文之言。《長編》乃引《涑水記聞》謂德昭好啖肥豬肉，因而遇疾不起。雖云爲尊者諱，然既無史臣之任，此等事存而不論足矣。必曲爲掩庇，以欺天下後世，是何心乎？温公此舉與楊士奇改《建文實録》何異？

宋太宗既殺涪陵，乃從容謂宰相："廷美母陳國夫人耿氏，朕乳母也，後出嫁趙氏，生廷俊"云云。李昉曰："宫禁中事，非陛下委曲宣示，臣等何由知之。"畢氏《考異》謂："果如太宗言，則宣宗私其子之乳母而使有子，是淫也。杜后又不能容而使出嫁，是妒也。一言而兩彰父母之失，鄉黨自好者耻之，身爲天子，忍言之乎？此誠欲蓋彌彰耳。"余以爲，兄弟親疏豈以同母不同母爲定有罪，則誅管、蔡不足病周公。反是，則涼薄殘忍而已矣。太宗欲掩其殺弟之名，而誣其父母，此而可忍，孰不可忍。宋之開國如此，不足道也。

十五日(9 月 17 日)晴，夜，月甚佳。　邀贊臣陪仲璋飲。夕，兩兒侍談刻餘。

張芸叟云："司馬遷年二十南游江淮，上會稽，探禹穴，窺九疑，浮沅湘，北涉汶泗，講業齊魯之郊，過梁楚，西使巴蜀，天下靡所不至。晚年方敢論次前世，著書成文，天文地理，古今治忽，無所不總。故學者居一室之内，守簡策，膠舊聞，任獨以決天下事，鮮有不謬者。"余因之慨然，少年浮寄江南，未得山川之助，南閩北徼，倍歷坎坷。及今伏處一室，寂若山居，見聞不廣，宜其文字之不進而識力之不高也。蓋慨想"濯足萬里流，振衣千仞岡"，一滌此塵襟俗抱耳。

十六日(9 月 18 日)晴。　過晦若談。朱久香解館來辭。

唐之初，政莫謬於用封德彝。《舊傳》謂倫爲其舅所知，曰："此子智識過人，必能致身卿相。"其營仁壽宫，爲楊素策。獨孤必悦，素歎伏，以爲"揣摩之才，非吾所及"。其後引與論宰相之務，終日忘倦。所謂宰相之務，揣摩而已。遂以此揣摩之計結虞世基，諂順煬帝。及化及弑逆之際，復揣摩化及，進數帝罪。此在高祖初基，任用已嫌其過。當貞觀政令一新，豈宜復寵之，以僕射恩禮始終，至身後以陰附建成始黜贈官，改謚爲繆，轉失之私矣。在德彝，善用揣摩，身後終於敗露，亦足見揣摩之無益。而以卑諂從逆之小人，用其揣摩小術，可以欺神堯，並可以欺貞觀，亦足見人情好諛，雖明君亦不能免。此揣摩之技所以至今不絶，而世之相士者且以能揣摩爲作卿相之符也。悲夫！許敬宗惡封德彝，或有所憎人歟。

十七日（9月19日）晴。　送久香。張楚寶來。與仲彭同話良久。午後，永詩過談。傍晚，飲酒一升，食蟹八輩，醉卧涼榻上，快甚。

十八日（9月20日）晴。　顧皡民以《右軍感懷帖》墨蹟見示，前有貞觀十三年敕，題名五人，劉洎、馬周、顔師古、岑文本，官階皆十五年、十七年所除，其僞顯然。而後有梁風子楷《右軍題箑圖》，頗佳。

十九日（9月21日）晴。　宋之開國最不正。操之篡漢，取諸群雄之手，丕始受禪。然千古言亂臣賊子，猶云操、莽。太祖功績亦不甚著，特以周室孤兒寡婦，乘兵權在握，倉卒攘取。陳橋之變，苟且已甚，史臣曲爲之諱，則曰諸將露刃定議，策太尉爲天子，驚起未應，黄袍已被於身。似太祖本不知謀者，然不能自掩其實。杜后聞之曰："吾兒素有大志，今果然矣。"所謂大志者，何志哉？篡而已矣。《涑水記聞》謂王彦昇擅殺，韓通欲斬之，既乃廢棄終身。畢氏以《東都事略》考之，則彦昇膺邊州重任，初無廢棄之事，温公特曲護之詞耳。《宋史》亦云太祖幸天寶寺，撤通及其子畫像。雖後修之史不能與温公争審，第以温公之説求之，亦何解於篡周之惡？夫擅殺周臣與擅廢周主，盗有歸矣。自蹈篡位之罪，而以助逆之臣爲非，有是理乎？其爲弟所弑，子亦凶終，非不幸也。其後宋北不能制遼，西不能制夏，亦正坐此。蓋始基不正，時慮藩鎮效尤，兵備不修，名不正，事不成，無足怪者。以宋臣多文飾，論者每寬於藝祖，特深論之，以褫奸雄之魄。

二十日（9月22日）晴。　作《居庸關道頌》一篇，應州人之請，實以塞亡友之諾。

二十一日（9月23日）晴，天氣復煖。　花農來談。胡雲楣云得閣帖祖本。余頗疑之，雲楣送余審定，則肅府本耳。第九册諸舍帖闕十八字，相傳肅府僅得九册，而闕第九册，以他本足之。按，各本惟泉本闕此十八字，而左思《詠史詩》闕"儁沈下僚"四字，肅府補此四字，而諸舍帖未補，蓋未知其有殘佚也。

二十二日(9月24日)晴。　得八弟書。洪翰香以家刻汲古閣《説文》樣本見贈。

二十三日(9月25日)晴。　浴罷,夜過范肯堂一談。

近日作古文者,墨守《古文辭類纂》一書,皆康氏刻也。實則吴刻視康多一卷,乃姬傳晚年定本。惟吴所藏本無方、劉之文,别本有之,今亦如康本一例刻入。鄙見删之爲允,其圈點有時文選家氣,吴刻已遵姬傳削去。而或者不以爲然,真兒童之見也。偶與肯堂談,因筆之。

二十四日(9月26日)陰。　皡民來談。午後,邵班卿自都應試歸。過仲璋,與之暢話。夜,至容民處略坐。

阮文達於廣東學海堂發文筆策問,云:"六朝至唐皆有長於文、長於筆之稱,顔延之云'竣得臣筆,測得臣文'是也。何者爲文?何者爲筆?何以宋以後不復分别此體?"按,文筆之稱,自《晉書·蔡謨傳》:"文筆議論,有集行於世"。其後分析最明者,莫如《金樓子》:"不便爲詩如閻纂,善爲章奏如伯松,若此之類,泛謂之筆。吟詠風謡,流連哀思者,謂之文。"《文心雕龍·總術篇》:"今之常言有文有筆,以爲無韻者筆也,有韻者文也。"最爲明晰。然此自六朝人語,至唐而止,未可以概周秦兩漢也。乃文達固執此義,作《文選序書後》,謂必沈思翰藻,始名之爲文。凡以言者著之簡策,不必以文爲本者,皆經也,子也,史也。極之以八比爲文,而唐宋諸大家乃經、子、史,非文,其説已奇。又作《文言説》,以爲孔子以用韻比偶之法,錯綜其言而自名曰文,何後人必欲反孔子之道而自命曰文,且尊之曰古?此欲矯後世古文之説,而持之太過,轉近支離,有不可以辨者,今爲詳考於左。

劉天惠《文筆考》云:"《漢書·賈生傳》'以能誦詩書屬文,聞於國中'。《終軍傳》云'以博辨能屬文聞於郡中'。司馬相如《敘傳》云'文豔用寡,子虚烏有'。揚雄《敘傳》云'淵哉若人,實好斯人,初擬相如,獻賦黄門'。至若董子工於對策,而《敘傳》但稱其屬書;馬遷長於敘事,而《傳贊》但稱其吏才,皆不得混能文之譽焉。蓋漢尚辭賦,所稱能文,必工於賦頌者也。"余按,此説謬甚,廣川有《山川頌》,子長有賦八篇,見《藝文志》,豈不能爲辭賦者？況《漢書·儒林傳》稱仲舒通五經，能持論，善屬文；江公吶於口，正與賈生、終軍同被屬文之名；而所謂屬文者，乃指其説《公羊》之文，非指辭賦也。《太史公自序》云："於是論次其文，七年而遭李陵之禍。"班氏《司馬傳》贊曰："其文直，其事核。"正與《序傳》史才相發，非指辭賦。由此推之，經亦文，史亦文，安得舉文而嫥屬之有韻者乎？

《論語》一書，言文者甚多，如"則以學文"，馬融曰："古之遺文也。""文勝質則史"，使文專主有韻之文，子豈以史目之？而馬融云古之遺文，則決非專主有韻之《詩經》矣。或以文對質，或以文對行，文之所包甚廣。如以有韻爲文，直言曰言，以釋《易》之《文言》，則夫子之文章皆有均者，夫子之言性與天道皆無均者，其説可通乎？文達欲矯古文之説，立異而不求其安，遂欲以六朝之常語强律聖人，斯則引唐律以定漢獄，可怪之至也。

《説文》："文，錯畫也。象交文。"此文字本訓。然奇耦相生，亦如錯畫，不必耦句，始爲錯畫也；辭意相綜，亦如錯畫，不必有韻，始爲錯畫也。阮氏引《考工記》"青與白謂之文"，謂兩色相偶而交錯之，乃得名曰文，説殊膠泥。以《孟子》證之，其文則史，不以文害辭，是《詩》與《春秋》均爲文，何有均無均、奇偶之别哉？

二十五日(9 月 27 日)晴。　劉獻夫丁艱，候補道李興鋭勉林署津海關道。昨得九弟書，復之。

張天如《漢魏六朝百三名家》，其集名多由意造。以隋唐《經籍志》考之，當云《大中大夫東方朔集》《文園令司馬相如集》《膠西相董仲舒集》《諫議大夫王褒集》，皆約之曰東方大中、司馬文園、董膠西矣。至劉向、劉歆，《隋志》作《諫議大夫劉向集》《大中大夫劉歆集》，《唐志》但稱名，而天如則改稱字矣。如《張敞集》，《隋志》一卷《録》一卷，《唐志》二卷，就班《書》輯之，頗可復舊，而天如遺焉。蓋就其文多者彙之成集，故未細考，故褚大補《史記》亦名之曰集。果爾，則司馬《史記》亦即《司馬遷集》，《漢書》亦即《班固集》耶？余端居多暇，思輯兩漢三國之文以自娱，而梅氏所選《文紀》不可得，張氏所集又復體例不善，乃以四史及舊類書爲主，分門别類，冀得兩京文字之流别，於以上紹周秦，下瞰六朝。姑識其緣起於此，其詳則書成時述之也。

《古文苑》以韓元吉所次九卷本爲善，章樵本取史册所遺補之爲廿一卷，已失其舊。然守山閣所刊有校勘記，於所補者一一證其所出，均有據依。故余選此讀本亦兼取之。其九卷本亦多可疑者，如漢高祖《手敕太子》，不類高祖生平；《董仲舒集敘》，明是撮《漢書》爲之，而章峒麓乃爲之飾注，云班據以作傳，非也。此類與其博取，不如從删，以嚴漢文之界限耳。

二十六日（9 月 28 日）晴。　吊劉獻夫母喪。晚，李贊臣、洪翰香均來。

孫淵如有《續古文苑》，其所輯漢文不少，皆一一注明所出，今全采之。《墨池編》載趙壹《非草書》一篇，云："苟任涉學，皆廢《倉頡》《史籀》，競以杜、崔爲楷。私書相與，猶謂就書，適迫遽，故不及草。草本易而速，今反以難而遲，失指多矣。"佩綸案，此非漢人語也。舊帖中云，匆匆不及作草者，以不别作草稿，而即以此行楷之字作啟上之耳，非云作草書也。然唐以後已不達斯義。東坡云："頗欲草書續其終，待我他日不匆匆。"亦沿此誤。

二十七日（9 月 29 日）晴。　寄都中書，有摺弁也。

二十八日（9 月 30 日）晴。　《觀林詩話》："涪翁跋半山書云：'今世唯王荆公字得古人法，自楊虚白以來，一人而已。'往時李西臺能賞楊少師，今定林寺壁，荆公書數百字，未見賞音。"佩綸案，山谷他日論書，又云比來蘇子瞻獨近顔、楊氣骨，又云東坡本朝善書自當推第一。荆公、東坡二人書不相類，而自涪翁言之，竟似殊塗同歸。此與論元豐、元祐時政而曰人才包新舊者似出至公，實調停之見耳。

二十九日（10 月 1 日）晴。　午後，過獻夫，復至皞民處少談，馬植軒來。

三十日（10 月 2 日）晴。　感寒，偏體痠痛。

九月初一日（10 月 3 日）雷雨。　合肥内姪趙曾重由都至。皞民來談。

初二日（10 月 4 日）雨時作時止。　閲《唐文粹》一二卷。得八弟書。

初三日（10 月 5 日）晴。　王翼北由山東德州入都，舟行至楊村十餘里之打漁莊，被盜劫去衣物，折回天津，留宿寫管齋。順天捕務廢弛，盜賊横行，以都津密邇之運河，連艅夜泊，竟敢以洋槍刀械擁入舟中，肆行劫掠，可歎可恨。合肥即飭雲字營馬隊會緝，以靖孔道盜源。是日又得都電，前月廿三日瑞姑生一男也。

初四日（10 月 6 日）雨。

初五日（10 月 7 日）晴。

初六日（10 月 8 日）晴。　袁廚回。允言寄來《廿一史文鈔》，乃明楚北戴光禄羲所選。戴字馭長，别字正野，體例甚劣，還之。過獻夫。

初七日（10 月 9 日）晴。　得元纂圖互注《荀》《揚》《文中子》三種。《荀子》爲戈順卿所藏，《揚子》《文中子》兩種則孫淵如所藏。此元時坊本，校讎不精，舛誤不少，然盧抱經校《荀子》，頗據以訂正，以改字究少於明本也。

初八日（10 月 10 日）晴。　楊瑞生來辭行，赴河南。昨適有崑岡錢應溥赴豫察辦事件之命，未知何事也。晚招皞民、永詩及翼北夜飯。蒯禮卿絜眷出都。

初九日（10 月 11 日）晴。　翼北偕孝達之姪白泉孝廉楙偕行，請合肥派馬兵二人送之。午後，把酒持螯，蟹不肥而飲甚暢，頽然醉矣。復八弟一書。晦若來話。

初十日（10 月 12 日）晴。是日午前微雨。　初八日樂山有書，今日有暇復之。得都電，翼北中東闈十五名。

南書房用陸寶忠、張百熙。廉生考而未得，以資序較後也。

繆小山荃孫過津，未見，送刻書數種，曰《三水小牘》，曰《吴興記》，曰《集古録目》，曰《繆燧名宦録》，曰《繆鑑效顰集》，紙板甚精。

十一日（10 月 13 日）晴。　袁慰廷觀察世凱自朝鮮乞假回籍，過談。

石笥山房有書周遇吉事，據榆次王珻所作《節録［補聞］》一篇，謂："李自成急攻城，語守陴以周遇吉獻，否且屠。遇吉聞之，乃使人縋己城下。見自成，大駡，竟爲賊磔殺。"問其故老，往往與珻合，因作論，哀其死而恨其失。余謂穉威此文居心刻薄極矣。按，《明史》本傳："遇吉退保寧武，賊大呼五日不降者屠其城。遇吉四面發礮，殺賊萬人，火藥且盡，外圍轉急。

或請甘言紿之，遇吉怒曰：‘若輩何怯耶！今能勝，一軍皆忠義。即不支，縛我予賊。’於是堅守，力盡，城陷。遇吉巷戰，被矢如蝟，竟爲賊執，大罵不屈，賊叢射殺之。闔家盡死。”事慘烈如此。顧據王琦單辭輕加誣衊，宅心不厚如此，宜其潦倒以終也。

十二日（10 月 14 日）晴。　袁慰廷又來，贈權懷素《平百濟碑》一通。作寄安圃及賀廉生書，交都寓。夜閱電音，北榜發，襄、釐均下第，同村劉鎮疆中式，豐潤中張士麟及楊毓鑫、王芸閣，共四人。

元王惲《玉堂嘉話》引鹿庵先生云：“‘《前漢》列傳多少好樣度，于後插一銘詞，篇篇是個墓誌碑表，作者觀此足矣，不必他求。’曹南湖亦嘗說作銘辭法度，謂如一人有數事好處，取其重者論之。及詳《史漢論贊》，其原蓋出于此。”

劉禹錫有《西漢文類序》，云：“商周之前文簡而野，魏晉以降則蕩而靡，得其中者漢氏，漢氏之東則衰矣。”惜其書不存。

東坡《答劉沔都曹書》云：“識真者少，蓋從古所病。梁蕭統集《文選》，世以爲工。以軾觀之，拙於文而陋於識者，莫統若也。宋玉賦《高唐》《神女》，其初略陳所夢之因，如子虛、亡是公相與問答，皆賦矣，而統謂之敘，此與兒童之見何異？李陵、蘇武贈别長安，而詩有江漢之語。及陵與武書，詞句儇淺，正齊梁間小兒所擬作，決非西漢文，而統不悟，劉子玄獨知之。”按，近姚姬傳選《古文辭類纂》，其辭賦類一門即本東坡此說，而習桐城諸人昧其所自，問之茫然矣。東坡文學周、秦、西漢，故能知昭明所短。阮文達乃堅主《昭明文選》之序，强欲以此上例兩漢，所論殊泥。

十三日（10 月 15 日）晴，甚煖。　過晦若，其兩弟秋試被放也。閱《後山文》一卷。

《後山集》乃雲間趙駿烈刊本，《四庫》所收即此本也。《提要》云：“其古文在當日殊不擅名，然簡嚴密栗，實不在李翺、孫樵下。殆爲歐、曾、蘇、王盛名所掩，故世不甚推。棄短取長，固不失爲北宋巨手。”案，魏衍《記》謂先生之文早稱於曾、蘇二公，世人好之，猶以二公故也。觀其論文之語，見於《餘師録》者，知瓣香南豐，淵源有自耳。世以後山詩勝涪翁，未爲公論，其文則過涪翁遠矣。

十四日(10 月 16 日)晴。　睥民來談,不甚暢。得九弟書。

十五日(10 月 17 日)晴。　得桂林電,安圃署臬司,弁歸,得廉生父子書。

讀《文紀》:後二年,與匈奴和親,詔亦自懇至。後六年,匈奴入上郡矣。乃知彼族非可以信義結因,和弛備無策之尤者。

買得《通德遺書》及幼髯《孔氏説經稿》。幼髯爲三禮之學,既集康成諸書,復《臆測周禮》《儀禮》,別有《明堂禘祫吉凶服用篇》,於鄭注亦頗辨正。嫭軒之從兄也,名廣林。

十六日(10 月 18 日)晴。　作《送睥民之臺灣詩》二首。

十七日(10 月 19 日)夜雷雨。　午後,睥民來談,自翼北留宿齋中,讀書之課中輟,今夕少暇,思復舊課,以免學殖之日荒也。内人以余困於蟲魚,詩文漸少奇氣,勸余稍輟考證,其言亦是。乃檢三史於案頭,擬日閲十餘葉,以培其氣。夜,爲兒子改定論四篇。

卓茂之封褒德侯,論者皆以爲表彰循吏也,其實不然。茂,元帝時學於長安,仕哀、平間,及王莽居攝,以病免歸郡,常爲門下掾祭酒,不肯作職吏。《傳》末又云,茂與同縣孔休、陳留蔡勳、安衆劉宣、楚國龔勝、上黨鮑宣六人同志,不仕王莽,故光武以宣襲封安衆侯。復求休、勳子孫,而勝之子賜、宣之子永亦俱貴顯。封茂之詔曰執節淳固,實嘉其不仕於莽,心不忘漢也。此《傳》必諸家《後漢書》之文,范史移蔡勳于《蔡邕傳》中而表彰苦節之義,晦矣。其時不仕王莽者,如蔡茂以病自免,往歸竇融;宣秉見王氏據權專政,隱遁深山;王丹當王莽時連徵不至,隱居養志;王良當王莽時稱病不仕,教授諸生;郭丹以王莽之徵與諸生逃於北地,皆當通爲合傳以彰其節。范生劉宋之世,不知忠節之義,故不復重之,幸而舊傳未盡刊落耳。馮衍不仕莽朝,而爲廉丹所辟,勸之不聽,及丹死,然後亡命。要爲進退失據者,不足與諸賢伍也。

十八日(10 月 20 日)晴。　張樸君自都來。

十九日(10 月 21 日)晴。　邵班卿來談。得潤師書。晚,仲彭過齋中閒話。

二十日(10 月 22 日)晴。　仲彭招至其齋,與張楚寶晤商館師事。

有厰肆永寶齋李應若以書畫來售，買扇面十餘，價甚昂。

二十一日(10月23日)晴。　張樸君來談，復與李客評量書畫良久。

二十二日(10月24日)晴。　復八弟書。送獻夫扶柩回籍。廿五登新裕舟。過樸君丈，知張師母甯夫人下世，爲之愴然。

二十三日(10月25日)晴。　洪翰香來。

邵班卿以邱心坦履平詩來正，云今之郊、島。閲之，則吴提督長慶、周臬司馥客耳。余謂郊、島寒瘦，亦詩人不易到之境。寒定不熱，瘦定不肥，不肥不熱亦足以爲詩人矣。恐非"忽騎將軍馬，自稱報恩子"者所能幾也。

《四庫提要》：郊詩託興深微，結體古奥，自韓愈以下，莫不推之。雖蘇有"空螯""小魚"之誚，元遺山有"高天厚地一詩囚"之句，究之郊詩品格，不以二人減價。

《六一居士詩話》云："島《哭柏巖禪師》云：'寫留行道影，焚却坐禪身。'時謂燒殺[活]和尚，此可笑也。若'步隨青山影，坐學白塔骨'，又'獨行潭底影，數息樹邊身'，皆是島詩，何精粗頓異也。"《苕溪漁隱》云："余於此兩聯，但各取一句而已。'坐學白塔骨'，可見禪定之不動；'獨行潭底影'，可見形影之清孤。島嘗爲衲子，故有此枯寂氣味，形之於詩句也。"

余謂作東坡始可譏貞曜，作六一始可譏浪僊，否則與爲輕俗不如寒瘦。觀韓、孟聯句，竟是勍敵，而郊《贈昌黎》詩云："衆人尚肥華，志士多饑羸。願君保此節，天意當察微。"島《寄韓潮州》詩云："峰懸驛路殘雲斷，海浸城根老樹秋。"便似韓作，未可以寒瘦輕之也。

二十四日(10月26日)晴。　皞民及張沚蒓來。雲楣已弋獲武清之盜，電廉生來領失物，盜皆河南、山東人也。

二十五日(10月27日)午後陰，微雨。　以銀四百兩寄吴壯孫，爲葉子晋償之也。交西號日昇昌寄。張樸君、李贊臣、陳觀虞、范肯堂先後來。

二十六日(10月28日)晴。　合肥贈《漸江畫》一册，有張芑堂題。芑堂名燕昌，海鹽人，夙耆金石，撰《古來飛白書考》。又於范氏天一閣藏書中獲北宋石鼓文搨本，因撰《石鼓文釋存》。此卷即以飛白書端，曰："石鼓亭所藏神品，臺灣邵友濂所贈也。"余舊藏《漸江》一卷，有紀伯紫、王于一、吕半隱、蕭尺木、費此度諸人題。午後，與菊耦展舊藏畫卷觀之，菊耦以法黄石所畫《海市圖》及詩雄闊可愛，余則以桃源一幅爲佳，因笑曰："吾定畸人，卿其虎女也。"

偶舉"燭影斧聲"之事問閨人，謂："此事太宗果弑否?"閨人云："太宗直弑耳。以《春秋》之法，必書弑君，明甚。何以言之?《通鑑長編》:宋皇后夜召德芳。繼恩以太祖傳位晉王之意素定，乃徑趨開封召晉王，王猶豫不行，繼恩促之。后見王，愕然，遽呼官家。據此即見瑕隙。夫太祖果欲立弟，何崩時寂無一言? 然則帝自遺命立子，而晉王陰結宦官直入，突然奪之孤寡，其後乃以金匱之説愚天下耳。宋后之喪不成，德芳、德昭之死，其無兄之迹已不待書而自顯。初何煩考《湘山野録》哉! 且以湘山之説證之，則是夜帝本無疾，忽焉而崩，尤可疑怪。《穀梁》謂鄭伯克段，處心積慮成於殺。太宗本建陳橋之策，導兄以不臣，旋即報兄以不弟。蓋代周之日，兄已顯而己尚微，故如商人之讓惠公。及海内小康，威名已立，則弑其兄殺其子而代之，視齊之武成等耳，亦處心積慮而成乎殺者也。宋臣文字緣飾彌縫，使弑兄之罪不彰，均不足據耳。"余曰："卿竟如老吏斷獄，識力甚辣。"

廿七日(10 月 29 日)晴。　送皡民行。廉生遣紀來，昨夕至。寄來明拓唐帖四本。《皇甫》《雁塔》《圭峰》《玄秘》。

廿八日(10 月 30 日)晴。　皡民來辭，赴臺灣。約晦若、容民來齋中，以舊書畫共賞之時，論古來此，頗攜有名人小品，力不能得，姑縱觀以飽眼福。

以食物數種寄潤師，杜夫人有疾也。此事直難慰藉。思之，輒棖觸於懷。

廿九日(10 月 31 日)晴。　毛荔生世兄自都來，贈湯文正《嵩談録稿》、鐵梅庵臨《聖教》一本。午後，復廉生書，以權懷素《平百濟碑》拓本贈之，報其精拓《雁塔》，劉燕庭藏本也。賈戈什入都，寄都中家書，附安圃十一書。

廉生有宋拓《大觀帖》，乃沈壽榕所藏，售與其尊人蓮堂先生者。何義門有《大觀帖跋》，云："其驚鴻游龍之勢，固是天人。止使筆尖著紙，不宜用盡腕力，却鋒中意到，於古法無參差也。中有别字，乃遽入石，豈左右無正人？如《書》所謂‘僕臣諛，厥後自聖’者耶？此又《丙丁龜鑑》之一事也。”翁覃谿《復初齋》有《大觀帖跋》數則，大致以《太清樓帖》無翻本，其亮字不全本，乃榷場本，亮字頂脚微微尚露畫痕，石邊皆有刻工姓名。近日多有褫寶賢初搨充《大觀》者。陳香泉《隱緑軒題識》云：“從華亭總憲處觀退谷所藏宋搨，止存八卷，亮字未磨，墨色純黑，與世所謂宋搨起霜者迥然不同。”今廉生僅寄一卷，不知亮字全否，墨色沈黯，字皆飛動，可寶也。

三十日(11月1日)晴。　午後，聯僊蘅自安慶來。答毛荔孫。荔孫僅存一弟，名繩錫。僊蘅有二子二孫，長子筆帖式，次子廿一讀書。

余以黄山谷《夷齊廟碑》實出於褚，因留意河南之書，爲探原窮本之計。廉生深韙之，爲余物色褚《雁塔》《聖教》甚勤懇。趙子函以《同州》遒逸婉媚似勝《慈恩》，此説非是。又云，二碑按年代、官品，王元美均以爲不合，署名處皆後人附益。《玉海》：“太宗製《聖教序》，高宗爲太子，又述記并勒碑，置慈恩寺浮圖。永徽四年十月，褚遂良所書，則(大塔)[塔本]似是真蹟，而同州本反勝，何也？”佩綸案，褚公以貞觀二十二年拜中書令，高宗即位，賜爵河南縣公，永徽元年進封郡公，尋坐事，出爲同州刺史，三年，徵拜吏部尚書，同中書門下三品監修國史，加光禄大夫，其月又兼太子賓客，四年，代張行成爲尚書右僕射，依舊知政事。碑書於永徽之冬十一月、十二月，太宗文則題太宗末年之官，高宗文則題本年之官，又何不符之處，而元美妄疑之耶？《廣川書跋》謂《慈恩》疏瘦勁練，不減《銅甬》等書，諒矣。蓋王、趙止據後來拓本，廣川所見則原拓也。

王山史《砥齋題跋》：“褚公《聖教序記勒碑》《慈恩寺浮圖》，結體、用筆婉麗秀穎，令人有餘思，所謂‘瑶臺青瑣，窅映春林，嬋娟美女，不勝羅綺’者也。而王弇州以爲輕弱不足言，蓋其胸中先爲同州本所據故耳。余按，《慈恩》公所自書刻石者，《同州》乃摹刻。郭徵君謂《同州》饒骨，《慈恩》饒韻，而《同州》尤有隊石驚電之勢，其言自不可易，如弇州軒輊，則過矣。”佩綸謂山史説亦模棱，既定《同州》爲摹，豈其摹刻轉勝自書？夫青出於藍，冰寒於水，容或有之，而當日書法能駕河南而上之者，定屬何人？龍朔時，河南竄死炎州，又誰肯摹書託名乎？然則《同州》定是後來僞刻，豈能與《慈恩》抗行？河南書此碑，時年五十九，本工隸書，又以兼摹禊帖，盡得南北兩派之分合，指實鋒中，微妙全在毫顛，實生平之極作。其明年，迭遭貶徙，流離瘴鄉，才四年而摧折，未聞更有大書深刻之碑。則觀褚書者，當以此爲最佳之本。豈可隨波逐流，拾明人唾餘以輕詆之哉？褚公以顯慶三年卒，年六十三。

十月初一日（11 月 2 日）晴。　午後，答儸蘅。晚，過晦若、容民一談。

近人收求四王、吴、惲，争出高價，於是真贋雜陳，往往割裂舊畫，改題其名，續鳧截鶴，毁壞名迹實多。永寶前以惲册見示，亦頗清妍，而失之薄弱，其題中乃多别字，然索價已三百金。論古一册較佳，價至五百金，而畫已黯淡失神。余故不蓄王、惲，亦李衛公不蓄《文選》意也。偶取《甌香館集》讀之，便如見其畫矣，録數則以志其高趣。《題石谷畫元人逸趣》云："笑我癡顛成痼癖，問君何事最銷魂。自言只愛王郎筆，半幅雲煙墨一痕。"又《題石谷册》云："鷗波昔石谷，石谷今鷗波。英雄惟使君，天下如君何。"注云："三年不見石谷，筆墨遂臻極致，觀其含毫傅色，經營苦心，自董宗伯以來未有能與其奇者。"又云："石谷不喜余（喜）［寫］生，嘗對孫承公云：'正叔研精卉草，日求其趣，于煙雲山水之機疏矣。'予初不以爲然，已而思之，寫生與畫山水用筆則一，蹊徑不同。久于花葉，手腕必弱，豈能通千巖萬壑之趣乎？石谷終歲未嘗于寫生著意，然間一爲之，必有過人處。蓋其得力于山水者深。筆精墨靈，而其餘不可勝用也。石谷進我，殆幾于水僊之移人情哉。"觀此，則南田之傾倒石谷，與石谷之愛重南田，交情膠漆。世必謂南田遁而爲花卉，以與石谷争名，何其陋也！道藝一理，能成大名，未有不虚心者。

初二日（11 月 3 日）晴。　終日枯坐，意甚躁。夜，讀史一卷，無所得。

閲《宋季三朝政要》，文文山"妻歐陽氏，亦守節而死。天祥爲祭文曰：'忠臣不事二君，烈女不更二夫，天上地下惟汝與吾。'天祥弟璧知惠州，奉母夫人就養，歸附後，歷廣西宣慰使。文公歎曰：'兄爲國，弟爲家，各行其志'"云。文信國、史閣部之弟均事二姓，殊愧其兄。歐陽夫人則勝祁、黄二夫人矣。失名。

宋以周顯德七年受禪，至十六傳而幼君名顯，改元德祐，合“顯德”二字，彰著於命名改號之間，人不之覺。杜太后將終，召太祖曰：“汝自知所以得天下乎？政由柴氏使幼兒主天下，群心不附，若周有長君，汝安得至此！”豈料三百年後，似道貪權利，於立幼，卒至覆國，是亦其初取於孤兒寡婦之報也。余最不滿於藝祖之受禪，而傳國竟三百年，已爲至幸。宋儒尊君，忘其所以，若有深仁厚澤者，然此論可爲精確。

初三日(11 月 4 日)晴。　得都門書。永寶寄一《雁塔》，廉生定爲明初拓本，惜序後年月銜名廿二字失去，究是一病。過晦若一談。論古以子昂《五駿圖》來售，後有石庵、墨卿、船山暨慶聽泉、盛子大諸題，題真而圖本八駿已失其三，此五馬又失去，而估人以惡馬五充之也。①

《山谷題跋》：“余在黔南，未甚覺書字綿弱，及移戎州，見舊書多可憎，大概十字中有三四差可耳。今方悟古人沈著痛快之語，但難爲知音爾。李翹叟出褚遂良臨《右軍文賦》，豪勁清潤，真天下之奇書也。”案，山谷豪勁清潤，乃贊河南，非贊王也。而紛欣閣本題曰《書右軍文賦後》，失之。

初四日(11 月 5 日)晴。　午後，洪翰香來。以小唐碑遣悶，考證竟日。得安姪書。

《皇宋書録》引《縉雲馮時可文集》云：“老蘇書法律不足，韻度有餘。蜀人本不能書，元祐間，東坡始以筆畫名世，其流雖出於二王，其實已濫觴於老蘇泉源中矣。”老蘇書今已無存，録此以資考核。

近人均言朱子書學曹瞞，此何所本？《書録》引周益公云：“朱元晦言先君子及某喜學荆公書，多儲真蹟。惟此紙有跨越古今，開闔宇宙之氣。”則朱子書學荆公也。南軒亦言荆公書有晉宋間人用筆佳處。

山谷評子由書云：“子由書瘦勁可喜，反復觀之，當是捉筆甚急而腕著紙，故少雍容耳。”《縉雲文集》云：“潁濱本無書名，然風味極高，真可以兄弟東坡。蘇叔謙擕此示余，謂之曰：‘世間絶無潁濱書，惟其少，尤宜愛惜。’”按，(汪)[馮]時可謂坡書在老蘇泉源中，潁濱可以兄弟東坡。此等議論如今之善應酬者，可笑也。

---

① 此處眉批：《鈐山堂書畫記》有子昂《五馬圖》二，此爲妄人題以“五駿圖”，轉失之。慶聽泉以爲八駿失三，亦誤。

初五日(11 月 6 日)晴。　寄安圃及諸姪孫書。召孫茶孫來買筆。過容民略話。夜飲微醉,讀蘇詩十餘葉。

初六日(11 月 7 日)晴。　取合肥所藏帖,觀《武梁祠畫像》,乃黄小松舊藏,何子貞長題頗佳。夜,儒弟自里來。

東坡《[聽賢師]琴》詩云:"平生(不)[未]識宫與角,但聞牛鳴窨中雉登木。"出《管子・地員篇》,《欽定律吕正義》本此以《管子》爲絃音。東坡之説必有所據,惜不可考矣。余從此悟以"雉登木"爲句,"木"與"角"韻,而"鳴"音疾,以"清""鳴"字爲句,"鳴"與"清"亦韻也。是能讀《管子》者,莫如東坡矣。余數年來作《管注》,讀坡詩,爲兩家結一重緣,亦熟能生巧歟。

初七日(11 月 8 日)晴。　復章頌民書。崔琴友自安慶復來。

《前漢・循吏傳》六人耳,《後漢》既列《循吏傳》,而郭伋、杜詩、張堪等復列特傳,不入《循吏》篇中,殊不可解,因兒輩作杜詩論,拈此示之。蔚宗自云,《循吏》已下論贊,天下奇作,而體例乃如此,其疏何也?

黨錮之風自後漢而嚴,然西京已見萌牙。楊惲之獄,諸在位與惲厚善者,韋玄成、張敞及孫會宗等皆免官。翟方進因紅陽侯立之獄劾陳咸,復奏立黨友朱博、孫閎及咸歸故郡,又素與定陵侯交,至内慚,謝罪乞骸,及起視事,條奏長所厚善孫寶、蕭育,刺史二千石以上免二十餘人。及光武初年,蔣遵以膚受之訴,致禁錮,戴憑爲言,帝怒曰:"汝南子欲復黨乎?"此皆黨錮之先機也,不知本於漢律,抑出於後王之例。方進以定陵之黨幸而自免,復條奏他人以自解,居心尤不可問,宜其相業之不終矣。

初八日(11 月 9 日)晴。　王漢輔自都來。翼北之弟,名崇烈,今年北闈謄録。得廉生兩書。昨取合肥所藏《武梁畫像贊》閱之,乃黄小松物,披展至三更,不覺受凉,夜不成寐。

《潛研堂・金石跋尾》云:武梁石室畫象,婁機云宋以後碑石湮没,好事家得宋拓本,詫爲希世之珍。乾隆丙午,小松于嘉祥縣南三十里紫雲山得之,土人名武宅山,其石裂而爲五,即此本也。又乾隆己酉,濟甯李東琪營治武氏祠,復得左石室畫像,亦見潛研跋,則此本無之。

初九日(11 月 10 日)晴。　昨夕失眠,甚憊。永寶、隸古均來。觀書畫遣興，惜少佳者。晚，仲彭約至其業師夏建侯處一談。得都中書。

閱《明儒學案》。吴康齋與弼爲石亨薦，以諭德輔東宫，辭歸。先生知石亨必敗，南還後，人問其故，第曰："欲保性命而已。"或謂先生跋石亨族譜自稱門下士，顧涇凡允成論之曰："此好事者爲之。"梨洲以爲若先生不稱門下則大拂其願，先生必不能善歸，所謂"欲保性命"，其亦有甚不得已者乎？佩綸謂，梨洲之見陋甚，使門下之稱果出康齋，不足以爲儒者矣，出於託名，或者近之。然吾謂康齋多此一出，既不受官，何取僕僕道路乎？

初十日（11 月 11 日）晴。　慈壽聖節。

復閲書畫竟日。都中書來。

閱《南豐類稿》。據《行狀》及《宋史》，《類稿》五十卷，尚有《續稿》四十卷，《外集》十卷，今止存此。此本爲查溪玄孫才、道、行、思、儀、彦、華、祚校刊，其大致與明成化六年南豐知縣楊參刊本同，惜不得顧崧齡校刻之本。

十一日（11 月 12 日）晴。　復都中書，寄五十金買圖書石。又復廉生一緘。永詩約談。

永寶送明季、國朝名人尺牘十八册，始文震孟，至黄易、王芑孫等。明人均小字疏行，乾嘉間則字大行密矣。小松一劄，拓漢碑均用松煙，可資考證。

十二日（11 月 13 日）晴。　崔琴友來。午後，贊臣過話。

十三日（11 月 14 日）陰。　過晦若略話。得八弟書，改代爲署。夜飲破寒。

隸古送一《昇僊太子碑》來，碑陰無薛書，還之。

十四日（11 月 15 日）陰。始著灰鼠裘。　復八弟書。壽丈舊僕史升來，知其父子均葬湘鄉，本甫有一書及再同事，實均不詳。差弁入都，寄甯夫人挽幛。

姚姬傳選五七言唐宋詩今體，以補漁洋，頗爲時流取法，然於唐之派别頗不清也。其中唐一卷，云："大曆十子以隨州爲最，其餘諸賢亦各有風調。至於長慶，香山以流易之體極富贍之思，非獨俗士奪魄，亦使勝流傾心。然滑俗之病，遂至濫惡，後皆以太傅爲藉口矣。非慎取之，何以維雅正哉?”按,中唐詩非隨州、香山兩派所能盡也。柳子厚、劉夢得、張文昌當各爲一派。元遺山《鼓吹集》直以子厚居首,是其私淑所在。東坡初學夢得。韓昌黎雖不以七律名,然其《和盧庫部元日朝迴》及《晉公破賊回重拜臺司》兩首,格律直逼杜陵,此文昌之胎源也。今置昌黎不入選,而文昌僅選其“曉來江氣連天白,雨後山光滿郭青”一首,豈非信手摭拾乎? 宋七言亦略。宋初及荆公一卷,即大謬。宋初當自爲卷,所謂昇平格律未全回也。此下荆公、子瞻、魯直當各爲一卷,於以上承三唐,下啟南宋。魯直一卷,自應附入西江各家,以存其流别,然後以放翁殿之。

十五日(11 月 16 日)晴。　潘子静來。午後無事,讀柳文一二首。論古送歸文休昌世寫經四册及石谷畫十二幅,畫真乃兩本合成者,不足收矣。丹崖編修自都來,沿途感冒,誤服藥,病劇,由舟遷浙紹商船公所,夜往視之。

十六日(11 月 17 日)晴,夜霧。　翰香來,言琴生之子恒復又殤,爲之悲愴不已。

陳後山云:“杜之詩法,韓之文法也。詩文各有體,韓以文爲詩,杜以詩爲文,故不工耳。”余按,杜文不工固已,以韓謂不工於詩,此後山之偏見也。《苕溪漁隱》論昌黎詩至三卷,續輯一卷,皆枝枝節節而論之。雖毁贊互見,其未窺昌黎詩之全體則一。夫詩文本是一事,昌黎之詩,與其文同。李漢所謂“摧陷廓清之功,比于武事”,蘇明允所謂“淵然之光,蒼然之色,畏避不敢迫視”者,不獨稱其文,實兼其詩言之。文公以李杜並稱,其詩實奄有李杜之長,李之奇而超,杜之厚而重,公尤得之。蓋探原於二《雅》、三《頌》、楚騷、漢賦、古樂府,以成一家之體。籍得其高亮,郊得其堅瘦,荆得其議論,蘇得其波瀾,實中唐一大家,與白香山一平一奇,各極其妙。而學韓者易失之粗,學白者易失之滑,韓、白不任咎也。世不知韓,玉谿所謂“句奇語重喻者少”耳。

十七日(11 月 18 日)晴。　晚,過肯堂一談。

肯堂方評《騷》,分章集解,其意以王逸、洪興祖及朱子各家所説均未盡合,故自爲之。桐城派往往若此。且謂《遠游》非屈作,乃後人以《大人賦》竄改;《招魂》乃招懷王,非招屈原,亦原作而非宋玉所作。余不謂然,

《遠游》爲屈作，漢以來無異辭，豈得以《大人賦》起句偶同，規模近似，疑爲僞託？果爾，則孟堅《兩都》亦後人僞託，以壓平子《兩京》乎？斯言可悟矣。《大招》或以景差所作，叔師仍以爲原作，此即司馬子長所謂《招魂》，叔師所謂《大招》其魂也。明黄文焕《楚辭聽直》始據史駁《楚辭章句》，似不必沿其謬説耳。肯堂最虚受，余言此則未以爲是。

十八日(11 月 19 日)晴。　晨起，聞丹崖已於昨夕逝世。午後，得九弟書，知子峨已於八月間作古，同患同戌，爲之惻然。

十九日(11 月 20 日)晴。　得高陽書，亦無好懷。午後，班卿、翰香來談，均因琴生家事也，談次愈形鬱鬱。晚，得八弟及都中書。

二十日(11 月 21 日)晴。午後陰慘。　復都中書。

二十一日(11 月 22 日)晴。　劉薌林來談。

司馬子長於《屈賈列傳》録賈生二賦以吊屈，明合傳之意，不以其賦也。於《相如傳》，讀其賦以存辭賦一派，足矣。班氏不達此旨，既録相如，復録揚雄，而《敘傳》中又録其《幽通賦》，實爲失體。史者，記一代之興衰，此何關於國計民生哉？《儒林》一傳，於經學源流甚略，使節此無關係之詞賦而詳有授受之群經，千載以後不知少若干聚訟矣。班氏譏子長先黄老而後六經，余以爲黄老、六經，漢時學派，不得不兼存之。辭賦特一小門耳，而煩複若此。班固文人，非經生亦非史才也，《敘傳》敘其書旨，因而附及家乘。太史公世爲史官，故不嫌其詳備。班氏既作國史，實改子長之文，亦止能存《太史公敘傳》於《敘傳》之前，何故又將《揚子雲敘傳》全行載入，並録其《法言》之目乎？如以爲《太玄》《法言》果尊，然《太玄》擬《易》，《法言》擬《論語》，何不於《儒林傳》將《易》之同異，《論語》之篇目一一全載乎？此其意爲軒輊，全無限斷，實非史之體例。世人以漢家制度全備於此書，不得不推尊之，不知其存者什之一，而其亡者什之九矣，烏足以爲班氏之功？

廿二日(11 月 23 日)晴。　巳刻往送丹崖同年歸櫬。午後，肯堂來談。

《草堂杜詩箋》僅存廿二卷。黎庶昌使日本，得南宋足本四十卷，高麗本《補遺》十卷，以校廿二卷本，則十九卷後三卷即《補遺》之前三卷也，而黎刻亦漏去上元庚子冬末詩十餘首。杜詩苦無佳注。錢蒙叟注云:“宋人之宗黄魯直,元人及近時之宗劉辰翁,皆奉爲律令,莫敢異議。余嘗爲之説曰:自宋以來,學杜者莫不善於魯直,評杜者莫不善於辰翁。魯直不知杜之真脈絡,所謂前輩飛騰,餘波綺麗者,而擬議其横空排奡,奇句硬語,以爲得杜衣缽,此所謂旁門小徑也。辰翁不識杜之大家數,所謂鋪陳終始,排比聲韻者,而點綴其尖新儁泠,單詞隻字,以爲得杜骨髓,此所謂一知半解也。弘、正之學杜者,生吞活剥,以撏撦爲家當,此魯直之隔日瘧,其黠者又反脣于西江矣。近日之評杜者,鉤深抉異,以鬼窟爲活計,此辰翁之牙後慧,其横者並集矢于杜陵矣。余之注杜,實深有慨焉,而未能盡發也,其大意則見於此。”按,錢氏狃于幽、厲變雅,定、哀微辭之見,幾于篇篇訕謗,語語刺譏,誠爲太過。而錢之人品、心術不足道,學問實卓絶一時,故抉蔡、黄之誤,以詩證史,以史訂詩,亦頗有疏通證明能得杜陵心曲者。近人盛稱仇、楊兩家,實不然也。如錢注,所謂不以人廢言耳。擬去其太甚,過而存之,亦彤管節取之道歟。

廿三日(11 月 24 日)晴。北河已見冰。　朝陽馬賊作亂,名“學好”。教匪其首僭稱平清王,名郭海,有僞總督名李春廷,建昌、義州應之,熱河告急,直、奉以師會剿。

載之自虞山來,留之午飯。其到汳,以未繳捐免保舉被駁,現來長蘆領款,藉商出處。

廿四日(11 月 25 日)陰。　李勉林來。午後,答勉林。至載之處久談。晚歸,得廉生書,以其從伯白海先生詩見示,詩中有酬先人一律,敬録之。依原均。

彦和四十九文心,體格從來有四深。翡翠蘭苕才細小,珊瑚鐵網氣陰森。千金價索需神駿,三筐書供賦上林。寫示諸生言可贈,贈言都作老龍吟。先生名延慶,嘉慶甲子舉人,乙丑進士,官兖州教授,國子監博士。

廿五日(11 月 26 日)晴。　午後,載之來談,至莫始去。

廿六日(11 月 27 日)午後陰。　作安圃書,交九弟寄桂。

廿七日(11 月 28 日)晴。　載之來談。復廉生書。

錢竹汀先生《與馮星實鴻臚書》:“(蘇詩)《年譜》‘先生生于景祐丙子

十二月十九日’，不見干支，以《遼志》朔考證之，是年十二月實乙巳朔，則公生日當爲癸亥，施元之以爲壬戌，殊未足信。”竹汀本精於曆算，此說一出，注家均以蘇公年命爲丙子辛丑癸亥乙卯，而以施注壬戌日癸卯時爲非。王文誥並以《子平家言》爲之推算，無不應驗。余案，《石林燕語》：“契丹曆法與本朝素差一日。熙寧中，蘇子容奉使賀生辰，適遇冬至，本朝先契丹一日，子容議各以其日爲節致慶，神宗喜。其後，奉使者不知此，遇朔日有不同，至更相推諉而不受，非國禮也。”據此，則遼、宋建朔不同，未可據《遼志》以駁施注矣。

《宋史》：“太祖改元乾德，命宰相撰前世所無年號以進。既平蜀，蜀宮人有入掖庭者，帝閱其奩具，得舊鑑，有‘乾德四年鑄’字。帝大驚，出鑑以示群臣，宰相皆不能答，乃召學士陶穀、竇儀。儀曰：‘此必蜀物，昔僞蜀王衍有此號，當是其年所鑄也。’帝乃歎曰：‘宰相乃須用讀書人。’由是益重儒臣。”《石林燕語》則云：“韓王爲樞密使，盧多遜爲翰林學士。一日，偶同奏事，上初改元乾德，因言此號從古未有，韓王從旁稱贊。盧曰：‘此僞蜀時號也。’帝大驚，遂令檢史，視之果然。遂怒，以筆抹韓王面，言曰：‘汝争得如他！’韓王經宿不敢洗面，翌日奏對，帝方命洗去。自此趙、盧之隙益深。”案，盧以開寶二年始直學士院，安得乾德間即爲翰林學士？此夢得之妄也。《耆舊續聞》又云：“江南保大中浚秦淮，得石誌，案其刻有‘大宋乾德四年’字，令諸人參驗，乃輔公祏反江東時年號。”然則竇儀又不知輔公祏已有此號矣。類紀之，以見考證之不易也。

杜子美詩“功曹非復漢蕭何”，劉貢父以爲誤用鄧禹事。夢得駁之，以爲蕭何爲主吏。孟康注：“主吏，功曹也。杜用事精審，未可輕議。”余案，《三國志·虞翻傳》注：“策曰：‘卿復以功曹爲吾蕭何，守會稽耳。’”杜實用此事，夢得考之未審也。

廿八日(11月29日)晴。　徐天麟《兩漢會要》，東漢據范書爲本，旁貫諸家；西漢於本史外，漢制見於他書者，概不采掇，未免失之太隘。即以律學言之，東漢既特立一門，而西漢則總曰律令，殊多遺漏。今爲略分晰之。

相國蕭何，攈摭秦法，取其宜於時者作律九章。《刑法志》。原。

鼂錯爲内史，法令多所更定，錯所更令三十章。《鼂錯傳》。原。

路温舒，求爲獄小吏，因學律令。本傳。

趙敬肅王彭祖，爲人刻深，好法律，持詭辨以中人。《景十三王傳》。

以寬爲奏讞掾，以古法義決疑獄。《兒寬傳》。

張湯劾鼠，父見之，視文辭如老獄吏，大驚，遂使書獄。《張湯傳》。如[淳]曰："決獄之書，謂律令也。"

與趙禹共定諸律令，務在深文。同上。

杜周，少言重遲，而内深次骨。客有爲周曰："君爲天下決平，不循三尺法，專以人主意指爲獄。獄者固如是乎？"周曰："三尺安出哉？前主所是著爲律，後主所是疏爲令，當時爲是，何古之法乎！"少子延年亦明法律。《杜周傳》。

陳咸以律程作司空。《陳萬年傳》。

鄭弘，字穉卿。兄昌，字次卿。皆明經，通法律、政事。次卿用刑罰深，不如弘平。《鄭弘傳》。

于定國，其父于公爲縣獄吏、郡決曹，決獄平。定國少學法于父。《于定國傳》。

丙吉，字少卿，治律令，爲魯獄史。《丙吉傳》。

翁歸，少孤，與季父居，爲獄小吏，曉習文法。《尹翁歸傳》。

鄭崇，父賓明法令，爲御史，事貢公，名公直。《鄭崇傳》。

淮陽憲王欽，壯大，好經書、法律。《宣元六王傳》。

薛宣，以明習文法，詔補御史中丞。《薛宣傳》。

文翁，乃選郡縣小吏開敏有材者張叔等十餘人親自飭厲，遣詣京師，受業博士，或學律令。《循吏傳》。

黄霸，少學律令，喜爲吏。同上。

嚴延年，少學法律丞相府，歸爲郡吏。《酷吏傳》。

案，漢律令爲專門之學。《張蒼傳》"及以比定律令"，如[淳]氏以爲"定十二律之法令於樂官"，臣瓚謂"以比故取類，以定法律與條令也"。當從臣瓚之説。河平詔書："其與中二千石、博士及明習律令者議減死刑。"足證明律與明經並重，故兒寬能以古法義決疑獄，而董仲舒亦有《春秋決事》也。至《酷吏傳》，諸人則概以刀筆吏抑之，不得冒居明習法律之科，其旨微矣。其時，如張釋之之治黄老，張敞之通《左氏》，雋不疑之修《公羊》，皆無不兼明法律，特史略之。惟朱博自以起於武吏，不通法律，故恐爲官屬所誣，乃自矜耳。剽已久，令掾史與正監共撰前世決事吏議難知者數十事，持以問之，因平處其輕重，此特久吏習於政事，以意復之，究不得爲明習法律也。《後漢·郭躬傳》，父習《小杜律》。《陳寵傳》稱，父咸收斂其家律令書文，壁藏之，寵因以明習家業。天麟于東漢有《律學》而不溯其源流，近於數典忘祖，《提要》譏其僅掇班《書》。以此一節觀之，即班《書》亦多漏義矣。

廿九日(11 月 30 日)晴。　載之來。

辛卯十一月初一日(12 月 1 日)晴。　樂山調熱河都統，作樂山書。午後，載之來談。

初二日(12 月 2 日)晴。　吴慎生自南回都，贈蟹百輩、蚶十斤。留之暢談，言南中伏莽尚多，未可謂之樂土。

初三日(12 月 3 日)大風。　盛杏孫來，約載之赴上海商局。午後，與載之定議。

初四日(12 月 4 日)晴。　載之來辭，以舍利猻馬褂狐皮套袴贈之。念姊氏云亡，謂之憮然。有秀水金茂才爾珍，字吉石與吉人有舊，以書畫來售，留名人扇面數十葉而去。寓上海天官牌坊，人不俗，回紇也。得潤師書，言師母久病。王子裳比部詠霓攜書來。

初五日(12 月 5 日)晴。　以載之事，寄穀士書，遣陸宣赴察罕。寄樂山書。是日得樂山十月二十九日復函，疾已漸愈。

初六日(12 月 6 日)晴。　永寶回都。遣朱存偕行，省杜夫人疾。並寄慰濮子泉書及廉生、慎生各函，明日曉發。

初七日(12 月 7 日)晴。　邵班卿作一文，難毛西河不當以甲兵、車卒、徒兵分爲三等，其後半乃定車兵每乘百人，以四兩分於車之前後左右，分爲四隊云云。余嫌其意斷，班卿執之甚堅，余不好辨，一笑置之而已。蓋班卿所守乃明王氏應電之説，而一乘百人之説實不始於應電。《牧誓序》："武王戎車三百兩，虎賁三百人。"僞傳云："兵車，百夫長所載。"孔疏謂:“欲見臨敵,實有百人。”國朝沈冠雲亦謂,一車百人,一軍一百二十五乘,六軍合七百五十乘。秦文恭以六軍千乘之説駁之。方恪敏强爲之説,則引《司馬法》甲士三人,步卒七十二人,復據杜牧《孫子注》,謂又有炊家子二十五人,一車原有百人。要之,皆臆爲之解耳。車戰萬不能用讀書者,與其武斷,何如闕疑。

王參元家失火,子厚作書賀之,云:“家有積貨,士之好廉名者,皆畏忌,不敢道足下之善。”《困學紀聞》云:“嘗考《樊南四六》,有《代王茂元遺表》云:‘與季弟參元,俱以詞場就貢,久而不調。’《誌王仲元》云:‘第五兄參元教之學。”’今《王仲元誌》已佚,參元之名復見於《李賀小傳》。參元能與柳子厚、李長吉交,其人可知。然則義山之婿於王氏,焉知非出於參元之文字投契,今必以茂元多貨誣及義山,何也?

初八日(12 月 8 日)晴。 班卿來談。

初九日(12 月 9 日)晴。 昨夕合肥感寒。雲楣來談。

初十日(12 月 10 日)晴。 得樂山書,復之。時潘萬才有建昌榆樹林之捷。

十一日(12 月 11 日)晴。 張楚寶來談。合肥已小愈。

十二日(12 月 12 日)晴。 楚寶、贊臣均來久坐。

十三日(12 月 13 日)陰。

十四日(12 月 14 日)晴,有風。

十五日(12 月 15 日)晴。 寄都門高陽、霸州二公書。樂山書來,十八日啟行。

十六日(12 月 16 日)晴。 復樂山一書,並附雲帆一紙。雲楣來辭行。

十七日(12 月 17 日)晴。 吕庭芷來談。夜睡甚遲。合肥未大愈。與仲彭久談,至丙夜始寢。

十八日(12 月 18 日)晴。 司道同來問合肥疾,欲改用中醫,不許。午後,送雲楣行。夜少暇,以吉石所留扇五十二葉歸之。

十九日(12 月 19 日)晴。 寄載之書。

二十日(12 月 20 日)晴。 雲楣來談。時入都展覲,連日以竹坨、漁洋兩集互閲。

二十一日(12 月 21 日)晴。　合肥派馬隊五營出口會勦,以副將吕本元統之。衛、賈先後至。寄樂山書。安圃有書,其孫命名恭頤。

二十二日(12 月 22 日)晴,至日一陽來復。　合肥漸愈。夜,過晦若雜談。復安姪一紙。

二十三日(12 月 23 日)晴。　得高陽書,午後復之。

二十四日(12 月 24 日)晴。　背小作冷。夜,晦若來雜談,良久而睡。

二十五日(12 月 25 日)晴。　晚,朱存自都回,得潤師復書,以韓柳文、《通藝録》還都肆。廉生一紙,詼諧而已。

二十六日(12 月 26 日)晴。　復潤遇書。過仲璋少談。

二十七日(12 月 27 日)晴。　枯坐竟日。

二十八日(12 月 28 日)晴。　晚,過晦若,談不暢。

二十九日(12 月 29 日)晴。　復廉生一書,交明日摺弁。邵班卿來談。

三十日(12 月 30 日)霧,大風。　得袁爽秋書,附送芍農詩數律。篋中有《韋蘇州詩》,乃汲古閣本,擬以席刻校之。

朝陽、赤峰賊平。赤峰賊首李國珍爲潘萬才生擒梟示。朝陽賊首楊悦春父子爲聶士成募獲,一月之内肅清。惟此次教匪滋事,聞由蒙古欺客民,教堂欺在理而起。今賊已戡定,蒙古仇殺良懦,教堂求保護,勢皆益横,而村民則一月間迭罹蒙教兵賊之害,殊可閔也。

十二月初一日(12 月 31 日)晴。　明日合肥有差弁入都,復允言一紙。允釐修喜期定四月廿七日。

初二日(1892 年 1 月 1 日)晴。　連日心境不静,讀書苦無所得。

初三日(1 月 2 日)晴。　過晦若少坐。

初四日(1 月 3 日)晴。　有以書求售者,紙板甚佳,而價直甚昂,付之一歎而已。

初五日(1 月 4 日)晴。　仲彭之第五子殤,過其齋中慰之。午後,至晦若處久坐。

初六日(1月5日)晴。　得樂山書。合肥召余至齋中久談,因樂山乞振款及都中電告,賜壽槅聯也。近日稍能讀書,檢閱《管注》,又改正數處。

《石鼓歌》世傳韓、蘇兩作。子由和詩不稱,可置之不論。韋蘇州亦有此篇,在韓之先。《苕溪漁隱》曰:"蘇州《歌》云:'周宣大獵兮岐之陽,刻石表功兮煒煌煌。石如鼓形數止十,風雨缺訛苔蘚澀。今人濡紙脱其文,既擊既掃白黑分。忽開滿卷不可識,驚潛動蟄走云云。喘逶迤,相糺錯,乃是宣王之臣史籀作。'韓詩'從臣才藝咸第一',初不指言史籀。歐公《集古録》:'至于字畫,亦非史籀不能作。'蓋原此歌。坡詩:'憶昔周宣歌鴻雁,當時史籀變科斗。'亦原于蘇州也。"此歌有關考證,詩亦非韓所能掩耳。

初七日(1月6日)晴。　復樂山書。午後,鶴巢以近作《哭弟詩》見示。

初八日(1月7日)晴。　復鶴巢書。

初九日(1月8日)晴。　盧同年昌詒自山東來,因議處屠仁守案罷官者。字栗甫,湖北人,庚辛兩次同譜也。

初十日(1月9日)晴,夜雪。　作廉生復書一紙,並寄還《大觀帖》。

十一日(1月10日)雪霽。　寄家書。夜得樂山書,以教民横恣上疏。

十二日(1月11日)晴。　朝陽靖亂,合肥優敘。

十三日(1月12日)晴。　盧栗甫來談。

十四日(1月13日)晴。　李贊臣同年來。

十五日(1月14日)晴,大風。　栗甫又來。夜復袁爽秋、王廉生各一書。

買《帶經堂全集》一部。余不好漁洋詩,故篋中惟《精華録訓纂》及《漁洋綿津合刻》,均未畢業也。此本紙板初刻精雅,以十六金留之。《提要》謂漁洋之文,視竹垞則瞠乎後。又云:"張雲章《文略序》謂以先生詩爲今之太白、子美,群知非溢美矣;以先生之文爲昌黎、柳州,容有或信或不信者,蓋當時公論已爾。先生以詩名一時,古文特天資開悟,自然修絜,實則非所專門。雲章必以詩文並稱,非篤論矣。"佩綸謂,漁洋之文,於論詩則自抒心得，於朝章國故則洞悉源流，如茂先説《史》《漢》，衮衮可聽。竊謂詩爲專門，却有習氣；文非專門，却無習氣。

十六日（1 月 15 日）晴，有風。　《提要》論懷麓，云："何、李如齊桓、晉文，功烈震天下，而霸氣終存。東陽如衰周弱魯，力不足禦强横，而典章文物尚有先王遺風。"論空同，云："其詩才力富健，實足籠罩一時，而古體必漢魏，近體必盛唐，句擬字摹，食古不化，亦往往有之。"論大復，云："與李夢陽俱倡復古之學，然天分各殊，取徑稍異，故集中與夢陽論詩，兩不相下。平心而論，摹擬蹊逕，二人之所短略同。至夢陽雄邁之氣與景明諧雅之音，亦各有所長。正不妨離之兩美，不必更分左右袒也。"論滄溟，云："資地本高，記誦亦博。其才力富健，淩轢一時，實有不可磨滅者。汰其膚廓，擷其英華，固亦豪傑之士。譽者過情，毁者亦太甚矣。"紀文達於詩家持論最爲得平。録之，足爲學前、後七子者先路之導。詩至今日，已全不知有漢魏六朝，即初、盛亦寥寥絶響。學七子者，亦徒就七子句摹字擬而已，所以每下愈況也。使就七子之説，多取漢魏、初、盛讀之，而以己之性情遭際合之，亦必能自出機杼，成一家言。詩中真消息，决非稗販所能工耳。

十七日（1 月 16 日）晴，甚寒。　連日補注《管》書，暇輒以詩陶寫性靈。

漁洋有言："劉公㦷論詩云：'七律較五律多二字耳，其難什倍。譬開硬弩，衹到七分，若到十分滿，古今亦罕矣。'予因思唐宋以來爲此體者，何翅千百人，求其十分滿者，惟杜甫、李頎、李商隱、陸游，及明之空同、滄溟、二李數家耳。"余謂公㦷此言深知七律甘苦，漁洋求其人以實之，轉涉于偏。東川豈足方駕杜陵，劍南亦難接武玉谿，明之二李更不足道矣。七律如子美，可云特開世界，有千門萬户之觀。惟右丞隱若敵國，玉谿乃其分支。唐賢三分其鼎，餘無人焉。宋如王荆公、蘇端明有意求工，王謹嚴而韻少，蘇動盪而響浮。南渡如務觀，非不對仗整齊，情味雋雅，而兩璧相較，雖色澤相似，而厚薄迥殊。下至明七子，則如醇漓之不可並陳，樝梨之不可並語矣。而漁洋合之，豈非見虎賁而誤爲中郎，愛叔敖而相及優孟乎？余於國初六家，喜朱而不喜王，然王之七律極力講求而不脱七子蹊逕；朱於七律一體，少日頗似玉谿，而少一種沈鬱頓挫之致，亦畫肉不畫骨者，蓋得義山之餘波綺麗而未知其前挈飛騰也。今學詩者，動以七律爲應酬，而不知此體之已成絶響。安得少年英絶，深得唐賢三昧，從三家討出消息，變化開闔，自成一體以張吾説耶？

十八日（1 月 17 日）晴，有風。　仲彭來談。得安圃電，寄三百金還載之。夜，閲遺山詩。

明益藩有《盛明十二家詩選》。今取其選七律之例閲之，録備考核。

“七言律詩，最忌庸、腐、枯、弱、俗、濁、纖、巧。初唐沈、宋、崔、杜，雄整俊麗，遂爲七言之祖。雖大而未化，亦盡美矣。盛唐王維，雄渾俊麗，温厚從容，岑參瀟灑綺麗，高適典雅森整，俱到自然，皆入聖域。然猶未若杜甫神機天妙，兼三子之所長，而又能變化縱横以盡七言之妙，抑又大焉。學者先學初、盛七子，而終之以杜，則不作天寶以下詩矣。中唐大曆諸子，間有佳篇，但終少一段深厚處。此可與知者道也。今所選十二家，以初、盛爲準，但七言律全工者在唐人，即不能多，況後世乎？選中全錦固多，得半者亦間或取之，斯體古今難精，故選宜從寬，庶裨後人。”

案，此言深得七言甘苦，然詩如義山，豈可以晚唐廢之？蓋因七子之派如此耳。

空同《出塞》云：“關塞豈無秦日月，將軍獨數漢票姚。”大復《元夜仲脩宅對月》云：“宫前火樹晴相照，花外金珂晚並還。”《得獻吉書》云：“天邊魑魅窺人過，日暮黿鼉傍客居。”《答雷長丈》云：“萬里江湖雙涕淚，百年天地幾交游。”昌穀《晚過獻吉》云：“開軒歷歷明星夜，隱几蕭蕭古木秋。”《華泉病起偶成》云：“鏡中白髮羞空老，江上青山笑未歸。”滄溟《宣武門眺望》云：“五陵佳氣蓬萊外，大漠青山睥睨前。”《朝退望西山霽雪》云：“千峰曙色開金掌，並馬寒光照錦袍。空翠欲浮僊闕動，晴雲猶傍帝城高。”望其詞藻，讀其音節，居然初盛詩中佳句，無如死於句下，全無靈秀雋妙之趣，此之謂塑羅漢、泥美人。漁洋以神韻救之似已，而所謂神韻者，又非洛神之神光離合，乍陰乍陽，不過翠羽明璫，錦衣繡帶而已，其爲假詩，則一也。近人自命能詩者，非七子即漁洋，真得鮮矣。

十九日（1 月 18 日）晴。　盧栗甫來。蘭齋作東坡生日，以東坡笠屐圖懸齋中，設祀。適合肥封瑑，後來齋午飯，相與縱談片刻。聞有差弁入都，復鶴巢一紙。陳紹甫太守贈《洪右臣古文》四册，文筆不健，不如其詩，陳洪之弟子也。

二十日(1 月 19 日)晴。　夜，李子木自山東來。

《御選唐宋詩醇・劍南詩序》引劉克莊之説，曰："放翁詩學杜甫，南渡而後爲一大宗。朱子《與徐賡載書》：'放翁詩讀之爽然，近代惟見此人爲有詩人風致。'今諸家詩具在，可與游匹者，誰也？"稱許甚至。及《欽定四庫提要》則云："游詩法傳自曾幾，而所作《吕居仁集序》又稱源出居仁，二人皆江西派也。然游詩清新刻露，而出以圓潤，實能自闢一宗，不落黄、陳之舊格。《後村詩話》僅摘其對偶之工，已爲皮相。後人選其詩者，惟取其流連光景，可以剽襲移掇者，轉相販鬻，放翁詩派遂爲論者口實。夫游之觸手成吟，利鈍互陳，在所不免。朱彝尊跋摘其自相蹈襲者至一百四十餘聯。是陳因窠臼，游且不能自免，何況後來！然其託興深微，遣詞雅雋者，全集之内，指不勝屈。安可以選者之誤，並集矢於作者哉！今録其全集，知劍南一派自有其真，非淺學者所可藉口焉。"《詩醇》選於乾隆十五年，主纂輯者梁文莊諸臣。《提要》成於乾隆四十七年，總纂輯者紀文達諸臣。此可見兩家之詩學淺深，又可見聖學之日進無疆，故後論尤形允當也。

二十一日(1 月 20 日)晴。　摺弁回，得廉生復書。夜作復九弟信，語多感慨。

余少學四六，酷耆子山，其詩未及細讀。案，信守朱雀桁，望敵先奔，其後歷仕諸朝，如更傳舍。《提要》謂其立身本不足重，而四六則六朝大成，四傑先路。張燕公曰"蘭成追宋玉，舊宅偶詞人"，杜拾遺曰"後來嗤點流傳賦"，均推挹其文也。然拾遺《贈李太白》則曰"清新庾開府"，又自喻曰"庾信平生最蕭瑟，暮年詩賦動江關"，則于其詩亦推挹彌至。今取其詩校閲一過，亦自流麗清澈，但出處既乖，立言終不得體。如《擬詠懷詩》云："智士今安用？忠臣且未聞。惜無萬金産，東求滄海君。"此以留侯報韓自況也。夫留侯有家財，故散財求客，如無財，則亦有漆身吞炭以報仇者，必待有萬金之産而使可報仇，則所謂忠臣智士不如貨殖矣。子山所謂仇者何人，以爲蕭詧則詧，非仗魏師，安能害元帝？欲爲元帝報仇，舍魏何屬？

即不能報，何故靦顔仕之？此殆作于周已受禪之後，然彌形其失據耳。至云“始知千載下，無復有申包”，則正自畫供招。爾時因聘留魏，即不效子卿之節，亦應痛哭請其罷兵，計不出此，轉委咎於他人之不乞師乎？立言如此，蓋無足取。少陵以之自況並況太白，所不解也。

二十二日(1 月 21 日)晴。　寄高陽書，適有差弁，復以食物與諸姪孫。

《明史・文苑傳》：李夢陽與“何景明、徐禎卿、邊貢、朱應登、顧璘、陳沂、鄭善夫、康海、王九思稱十才子，又與景明、禎卿、貢、海、九思、王廷相號七才子”。李攀龍“與濮州李先芳、臨清謝榛、孝豐吴維岳輩倡詩社。王世貞初釋褐，先芳引入[社]。明年先芳出爲外吏。又二年，宗臣、梁有譽入，是爲五子。未幾，徐中行、吴國倫亦至，乃改稱七子，名播天下。擯先芳、維岳不與，已而榛亦被擯，攀龍遂爲之魁”。益藩所選十二家，前七子則李、何、徐、邊，後七子則王、李，而别入顧璘、薛蕙、高叔嗣、王廷陳、姚汝循、張文介六家。顧亦十才子之一，璘，字華玉，上元人，官刑部尚書。廷陳，字穉欽，黄岡人，由吏科改裕州知府，以忤巡按削籍。叔嗣，字子業，祥符人，官湖廣按察使，少受知空同，復交馬理、王道，詩新清婉約，弇州稱其詩如高山鼓琴，沈思忽往，木葉盡脱，石氣自青。俱列《文苑傳》。汝循，字敘卿，上元人，由刑部郎中出知大名府，謫嘉州，有《錦石齋集》。《提要》譏其貌似陶、韋，《静志居詩話》亦云詩格不高，然五古遠仿陶、韋，近體能宗大曆，故益藩置之李、何之列。文介，字惟守，龍游人，有《少谷集》。《四庫》未收，《明詩綜》亦僅録四首，今其集不易得，益藩所選爲可貴矣。蕙，字君采，號西原，亳州人，所著有《西原遺書》《考功集》。西原以議大禮下詔獄，尋復職，未幾罷歸，屢薦不出。《静志居詩話》稱其“古詩自《河梁》以暨六朝，近體自神龍以迄五季，靡不句追字琢，心慕手追，斂北地之菁英，具信陽之雅藻，兼迪功之精詣，卓然名家。其與用修論詩云：‘近日作者，有拆洗少陵，生吞子美之(病)[譏]。求近性情，無若古調。’直以沿流討源自許。晚年究心講學，於詩不師《擊壤》，尤人所難”。《提要》亦稱其“清削婉約。古體上挹晉宋，近體旁涉錢、郎。雖擬議多而變化少，然筆墨之外别有微情，非生吞漢魏，活剥盛唐者比。其《戲成》五絶句，取何景明之俊逸，病李夢陽之粗豪，所尚略可見矣”。又云：“蕙與湛若水俱爲嚴嵩同年，若水垂髦，不免作《鈐山堂集序》。蕙初亦愛嵩文采，頗相酬答，迨柄國以後，惡其爲人，不相聞問，舊時倡和，悉削其稿，其詩格蔚然孤秀，實有自來，所樹立又不在區區文字間也。”

二十三日(1月22日)晴。　錢受之、朱竹垞均不取滄溟，謂其生吞活剥，而以弇州爲較勝。竹垞云：“名雖七子，實則一雄。”余以爲後七子之排，眇目山人最爲涼薄，詩社中作此惡習，實可慨歎。錢受之云：“七子結社之始，尚論有唐，茫無適從。茂秦主選十四家詩，熟讀之以奪神氣，申詠之以求聲調，玩味之以裒精華，得此三要，造乎渾淪，不必塑謫僊而畫少陵。諸人心師其言，厥後雖争擯茂秦，其稱詩之指要，實自茂秦發之。今《明史・謝傳》全録其語，茂秦亦可以無憾矣。”竹垞則謂弇州汗漫，“如曹孟德放蕩無威儀，笑時頭没杯案，不失爲英雄。四溟罄折雖工，特公孫子[陽]之修飾邊幅，僅堪作清水令”。余謂孟德、子陽兩喻，可移贈“[朱]貪多”“[王]愛好”兩家也。

二十四日(1月23日)晴。微嗽。　《明史・歸有光傳》：“有光爲古文，原本經術，好《太史公書》，得其神理。時王世貞主盟文壇，有光力相觝排，目爲妄庸巨子。世貞大憾，其後亦心折[有光]，爲之讚曰：‘千載有公，繼韓、歐陽。余豈異趣，久而自傷。’”此説本之虞山，所謂弇州晚年定論也。然震川觝排弇州亦似太過，開近日古文家一段叫囂習氣。而以震川繼韓、歐，究似溢美也。

二十五日(1月24日)晴。　昏卧竟日。

竹垞之詩，《提要》以爲少學王、孟。觀其《文集》，《與高念祖論詩書》：“唐之世二百年，詩稱極盛。然其間作者類多長於賦景，略於言志，其狀草木鳥獸甚工，顧於事父事君之際或闕焉不(闕)[講]。惟杜子美之詩，其出之也有本，無一不關乎綱常倫紀之目，而寫時狀景之妙，自有不期工而自工者。然則善學詩者，舍子美其誰師也與！明詩之盛，無過正德，而李獻吉、鄭繼之二子，深得杜子美之旨。或詆其時非天寶，事異唐代，而强效子美之憂時。嗟乎！武宗之時，何時哉？使二子安於耽樂而不知憂患，則其詩雖不作可也。”此書作於大同，是竹垞少日亦未瓣香王、孟耳。

二十六日(1 月 25 日)晴。　得高陽書,並食物四種。

竹垞論詩語,摘録之:

誦詩論世者,宜取《玉臺》並觀,毋偏信《文選》。《玉臺新詠跋》。

邇者詩人多舍唐學宋,予嘗嫌務觀太熟,魯直太生,生者流爲蕭東夫,熟者降爲楊廷秀,蕭不傳而楊傳,效之者何異海隅逐臭之夫耶?《書劍南集後》。

學詩者以唐人爲徑,此遵道而得周行者也。唐之有杜甫,其猶九達之逵乎?外是而高、岑、王、孟,若李,若韋,若元、白、劉、柳,則如崇期劇驂,可以交復而岐出。至若孟郊之硬也,李賀之詭也,盧仝、劉叉、馬異之怪也,斯緶繘而登險者也。正者極乎杜,奇者極乎韓,此躋夫三峰者也。宋之作者,不過學唐人而變之爾,非能軼出唐人之上。若楊廷秀、鄭德源之流,鄙俚以爲文,詼笑嬉褻以爲尚,斯爲不善變矣。《王學士西征草序》。

正、嘉以後,言詩者本嚴羽、楊士弘、高棅之説,一主乎唐,而又析唐爲四,以初、盛爲正始正音,目中、晚爲接武遺響,斤斤權聲調格律之高下,使出于一。吾言其志將以唐人之志爲志,吾持其心乃以唐人之心爲心,其于吾心性何與焉?至謂唐以後事不必使,唐以後書不必讀,則惑人之甚者矣!退之有言:"惟古,于辭必己出,降而不能乃剽賊。"夫辭非己出,未有不流爲剽賊者。若王先生言遠,庶幾辭必己出者歟?《王言遠詩序》。

予年二十,始學爲詩。起居、飲食、夢寐,惟詩是務;六經、諸史、百氏之説,惟詩材是資;席研之所施,友朋之所講習,未嘗須臾去詩也。《高户部詩序》。

竹垞又有《與漁洋論明詩》一篇,及作桐鄉《馮君詩序》,則不以派爲然,作《沈明府不羈集序》,則不以格爲然,而此五段尤爲精理名言,可爲後來學詩之津梁也。

二十七日(1 月 26 日)晴。嗽止。　張沚蒓來談。

竹垞論詩之語,余已擇要録之矣,其論古文亦具有心得。《與李武曾》曰:"既至大同,閉户兩月。深原古作者所由得與今之所由失,然後知進學之必有本,而文章不離乎經術也。西京之文,惟董仲舒、劉向經術最純,故其文最爾雅。彼揚雄之徒,品行自詭於聖人,務掇奇字以自矜尚,安知所謂文哉！魏晉以降，學者不本經術，惟浮夸是務，文運之厄數百年。賴昌黎韓氏始倡聖賢之學，而歐陽氏、王氏、曾氏繼之，二劉氏、三蘇氏羽翼之，莫不原本經術，故能横絶一世。蓋文章之壞，至唐始反其正，至宋而始醇，宋人之文，亦猶唐人之詩，學者舍是不能得師也。北宋之文，惟蘇明允雜出乎縱横之説，故其文在諸家中爲最下。南宋之文，惟朱元晦以窮理盡性之學出之，故其文在諸家中爲最醇。學者於此，可以得其概矣。以武曾之才，正不必博搜元和以前之文，但取有宋諸家，合以元之郝氏經、虞氏集、揭氏徯斯、戴氏表元、陳氏旅、吴氏師道、黄氏溍、吴氏萊，明之方氏孝孺、王氏守仁、王氏慎中、唐氏順之、歸氏有光諸家之文，游泳而紬繹之。而又稽之六經，以正其源；考之史，以正其事。本之性命之理，俾不惑於二氏百家之説，以正其學。如是而文猶不工，有是理哉？"《報李天生書》云："不惟不以唐宋之文强足下，並不以秦漢之文勸足下。所期於足下者，載道之謂也。試取古人而神明之，勿規仿其字句，抗言持論，期大裨於世道人心而不爲虚發，將足下所爲分者，未始不合也。"此二書爲古文之道盡之矣。今之作僞桐城及專摹秦漢、活剥三唐者，安得以此藥之？

二十八日(1月27日)晴。　合肥七十生辰，賜壽，新吾齎至。

二十九日(1月28日)晴。　得孝達書。寄王夢樓楹聯小五言、洋灰鼠裘一領、川冬菜兩簍。午後，又得潤師書。肄雅寄到《中州集》一部。

三十日(1月29日)晴。　得樂山書，寄灰鼠羊皮、女皮襖筒各一件，桃紅、藕合色江綢女衣料各一端，乃其夫人贈内子者。羊皮馬褂兩件，乃樂山與兒子者。書來，有引退意。胡雲楣送來《管子地員考證》兩部。

余少而癖嗜竹垞，通籍後徧閲乾嘉老輩遺集，則心所依歸者惟錢竹汀先生。先生於書無所不窺，其小學不如段之淩躐，其經學亦不如戴、王之破碎，而詩文亦紆餘委備，自入歐、曾之室而無考據家之習氣。其序人詩文，不免應酬、假借，然中有精義存焉。如序《春星草堂詩集》云："昔人言史有三長，愚謂詩亦有四長，曰才、曰學、曰識、曰情。放筆千言，揮灑自如，詩之才也；含經咀史，無一字無來歷，詩之學也；轉益多師，滌淫哇而遠鄙俗，詩之識也；境往神留，語近意深，詩之情也。有才而無情，不可謂之真才；有才情而無學識，不可謂之大才。"序《半樹齋文稿》云："文之古，不古於襲古人之面目，而古於得古人之性情。性情不古，若微獨貌爲秦漢者，非古文；即貌爲歐、曾，亦非古文也。退之云'唯古於詞必己出'，即果由己出矣，而輕佻佚遏，自詭於名教之外。陽五古賢人，今豈有傳其片語者乎？"其言足與竹垞相發明。

壬　辰　上

壬辰正月元旦（光緒十八年，1892 年 1 月 30 日）雪。　一冬少雪，元旦祥霙，豐年之兆也。

香山有《四十五詩》一律，云："行年四十五，兩鬢半蒼蒼。清瘦詩成癖，粗豪酒放狂。老來尤委命，安處即爲鄉。或擬廬山下，來春結草堂。"讀之心地豁然。以香山之才，年四十五方爲江州司馬，流落天涯，況鄙人乎？"老來尤委命，安處即爲鄉。"真素位而行，一帖良藥也。

《隨園詩話》載王樓村先生詩學三山，謂香山、義山、遺山也。晦若因之改香山爲虞山，余皆不以爲是。余亦有三山，則義山、半山、眉山耳。香山與義山太不類，遺山亦不足學。由半山以溯昌黎，由眉山以規李杜，此學詩之津梁；通唐宋之界，而上無晚唐波靡之音，下斷西江粗直之派，則亦詩之中流也。

唐人小説載香山愛賞玉谿，欲後世爲之子，玉谿生兒，因名白老。然義山詩並無贈白之作，即《長慶集》中亦無贈李一篇。玉谿詩多散佚，《長慶集》似無遺漏矣。此等曲説，特因義山作《香山墓銘》曲爲傅會耳。而馮孟亭注《驕兒詩》竟引之，剌剌不休，亦何其所見之乖謬也。

白詩太多，如能擇其雅正遒錬者録出一編學之，亦自有味。徐、沈兩選均太略，且非真知白者。

初二日（1 月 31 日）雪。　余最不喜桐城派，蓋李臨川、錢宫詹之説先入爲主也。近日作古文者，於鹿門所選八大家，亦未涉獵。案頭置姚姬傳《古文辭類纂》一部，便高視闊步，有睥睨一切意，甚無謂也。偶閲"序説"一門，歸震川壽序數篇，亦復入選，體固陋劣，文實不佳。如《周弦齋壽序》云："兄弟中，河南行省參知政事子和。"不知明爲何官，此意造《會典》。較之稱知府爲太守，知縣爲大令，太覺草野。[1]《戴素庵壽序》乃泛泛應酬之作，人爲鄉愿，文亦鄉愿，此何足以爲法？婦人壽序更難出色，《顧文康夫人序》前後追溯文康，無非庸腐，及夫人生平，則曰："公之德厚而順，其坤之所以承乾乎？夫人之德静而久，其恒之所以繼咸乎？"尤覺寬廓可笑，然猶云應酬之作也。其母吴氏《事略》，其父尚在，婦以夫爲綱，子以父爲綱，乃通篇不及其父一字，直是大謬。王弇州以爲韓、歐陽，定是晚年荒亂之論，而虞山奉爲神明，桐城尊爲鼻祖，殊不值通儒一哂也。桐城方勝於劉，劉直亂雜無緒耳。然則姚選有删及方、劉者，當是定本，惜康、吴兩本均以多爲貴，不知抉擇也。士大夫欲作古文，當自出手眼，爲周秦漢魏，爲韓，爲歐、曾，爲三蘇，爲半山，即不然，亦宜博考三唐兩宋間，求其理解。而以本朝諸學人之經説史論參之，無徒博古文之虚名，恃姚選爲祕本，稗販偷竊，以水濟水，流於空滑無味之文也。

初三日(2月1日)雪。　袁爽秋代張樵野作《合肥壽序》，用阮文達《聖壽宗經説》之體，全用緯書組織。樵野不敢書，袁甚憤，自以活字板刷送合肥。然儀徵所用皆《欽定經説》，所以精切，合肥未嘗考定。緯書其説近於泛填，且魏晉間勸進之文，頗以讖緯並引，似非臣下所宜用。張不書送，亦未可非也。

伯之爲言白也，明白於德也。《春秋·元命包》。《王制疏》。《説郛》。

召公，賢者也。明不能與聖人分職，常戰栗恐懼，故舍於樹下而聽斷焉，勞身苦體，然後乃與聖人齊，是《周南》無美而《召南》有之。《樂動聲儀》。《初學記》。《御覽》。

紫宫之垣，上將建威武，次將正左右，貴相理文緒。《史記索隱》。立三臺以爲三公。《公羊疏》。左角理，物以起；右角將，卒而動。故曰左角理，右角將。

此類似尚可引，其他若燧人四佐、黄帝七輔之屬，不免陳因，且凡將相均可用。爽秋此文未免求新轉腐矣。

大氏壽序斷不可入集，今以壽序託始震川，家家集中均有之。實則此

---

[1] 此處眉批：參政乃布政司參政耳，不宜襲宋相之名也。

非雅言也，轉不如存公牘文字尚足考證時事，應酬信劄尚能流露性情。聞曾文正亦不以壽序爲然，所作全不存稿，今所存乃黎庶昌輩所録耳。

初四日(2月2日)晴。　曹藎臣來。

《坦齋通編》，宋邢凱撰。其論荆公曰："荆公素有德行，劉元城稱之平生不屈，故自奇特，程伊川重之。及觀陳瓘《尊堯集》則安石自聖，造爲神考聖語，鄙薄君上，如曰'朕仰慕卿道德'，如曰'以朕比文王，恐爲天下後世所笑'，既無尊卑之分，他(所)[何]足尚？吕誨彈章云：'大姦似忠，大詐似信。'老泉作論云：'不近人情，鮮不爲大姦慝。'是時新法未盛行，新學未甚廣，而切切言之。又韓魏公見其《答楊忱》一書，知其只爲一身優於翰林，非宰相器，可謂有先見之明矣。"余案，邢氏此論亦近於苛。荆公《日録》必不敢妄造神宗之語，如所摘兩言，正見神宗求賢若渴，聖不自聖，德量亦未至失尊卑之分。吕疏、蘇論以爲姦邪，正明道所謂吾黨激成者。宋之紀綱廢弛，政教寬疲，本不足以自强。荆公意在振作，而更張無漸，君子囿於舊習，小人視爲捷途，於是欲罷不能，遂成一牢不可破之局。荆公本意已失，特戀戀爵位，不得不執拗到底耳。至《答楊忱》一書，具在集中，止是泛泛之語，何從窺其底藴？彼所欲交者，乃欲交其學問，非欲考其經濟。荆公即天下才，亦不能執一初交之人，而與之談經天緯地之事業也。此與《注虎圖詩》以爲介甫刺韓魏公同一不根之謗，不足爲據。要之，神宗志在有爲，見老成所言大氐持重，仍舊不免近於迂闊，故樂用一素有名望之介甫，意欲藉以富强。其時上實虚懷，荆公所言亦娓娓足以動聽。其後在位日久，漸漸驕滿，則荆公之術亦遂不能牢籠固結，是以終於去位。由後而論，洛蜀争而小人進；由前而論，亦正人與一荆公争而小人進。吕、章、二蔡紛紛，初不關荆公事，特借荆公爲嚆矢也。

初五日(2月3日)陰。　是日合肥七十，賜壽，賓客如雲。余以却軌不預戲筵，獨坐一卷，静寂之至。復樂山、孝達各一書。

《陳後山談叢》云："李公麟曰'吴畫學於張而過之'，蓋張守法度而吴有英氣也。眉山公謂：'孫知微之畫，工匠手爾。'"余謂豈獨畫然，凡學皆然。徒拘拘法度而無英氣以運之，皆工匠手也。然徒恃英氣而不以法度爲範圍，則亦不羈之馬終必僨轅矣。以此語悟爲文爲詩爲書之道，並可悟處事之道。法度,經也;英氣,權也。法度,公也;英氣,獨也。法度,迹也;英氣,神也。法度,古也;英氣,我也。凡事無我則呆矣。

初六日(2月4日)晴。　午刻,合肥少子蕢吾以疫疾殇,名經進,年十四。殊堪惋惜。晚,范肯堂來談,蕢吾乃其弟子,與論中殇喪服。

初七日(2月5日)晴。　蕢吾殯于郊,余往視之,甚爲慘惻。盧栗甫來,李子木亦至。晚,至合肥齋中雜談良久。

蔡絛作《鐵圍山叢談》,尊紹聖而薄元祐。絛爲京子,不得不存曲筆。朱服雖依附舒亶、吕惠卿,尚非死黨,既坐與東坡游,貶官。其子著書立説,何妨存兩袒之説,甚或歸心元祐,未始非涣群之公,韓蠱之智,於舒、吕極力推崇,而於二蘇時致不滿。於坡、潁何損毫末?徒爲其父攘羊之證耳,《萍洲可談》真不幸而存者矣。坡公以頭間生瘍,妨巾裹,則謂其不欲青衣以外物介胸中,不知其在講筵上以道服襯朝衣也。以朝雲之死,爲食蛇羹,哇之,病數月竟死,此亦何損於坡,亦何損於朝雲耶?且云先公在元祐背馳,與蘇轍尤不相好,知廬州,以講《三經義》爲轍門人吴儔所論,降知壽州,服之,初降以講經義,後降以與東坡游,均是文字之累。或必引而入於吕黨,誠不解其何心字,曰無惑,實則大惑耳。至云元祐垂簾政由帷薄,則直是喪心病狂矣。又以孟后之孟家蟬,爲禪、蟬聲同,伏廢后之兆;坡公之蘇公隄,爲隄低音同,爲官職不高之兆。豈非小兒囈語乎?

初八日(2月6日)晴。　得高陽師書。

黄朝英《靖康緗素記》:"景文公詩云:'鏤管喜傳吟處筆,白波催卷醉時盃。'讀此詩,不曉白波事。及觀《資暇集》云:'飲酒之卷白波,蓋起于東漢。既禽白波賊僇之,如卷席然,故酒席倣之,以快人情氣也。'疑出于此,余恐其不然。蓋白者,罰爵之名,飲有不盡者,則以此爵罰之。故班固《敘傳》云:'諸侍中皆引滿舉白。'《吴都賦》云:'飛觴舉白。'注:'大白,杯名。'又魏文侯與大夫飲酒,令曰:'不釂者浮以大白。'于是公乘不仁舉白浮君。所謂卷白波者,蓋卷酒上之白波耳,言其飲酒之快也。故景文公以白波對鏤管者,誠有謂焉。"余按,卷白波,當以《資暇集》爲據。

古人作詩,斷句輒入他意,最爲警策。如老杜云"雞蟲得失無了時,注目寒江倚山閣"是也。黄魯直作《水僊花詩》亦用此,云"坐對真成被花惱,出門一笑大江横”。至陳無己，云“李杜齊名吾豈敢，晚風無樹不鳴蟬”，則直不類矣。余謂山谷學杜已粗，其病在“大江横”三字，欲以江映帶水僊，而“大”字、“横”字則有粗獷氣，非水僊，直是水師矣。陳更由黄出，所謂一解不如一解。山谷於書云“看帖勝摹帖”，如此類則直是摹帖耳。前爲《步里客談》。

初九日（2月7日）大雪。　復高陽書。連日陪合肥閒談遣悶。

國朝諸儒研求許書，可云精博。然段氏之擅改武斷，究不可訓，是以鈕樹玉、徐承慶糾正隨之。姚之《聲系》最爲掛漏不可解。余頗思以朱駿聲之《説文通訓定聲》改爲聲系，而盡汰其支離傅會之説，較姚之《聲系》轉詳。其説錢氏溉亭嘗言之，其《與王無言書》云：“僕少好《説文解字》一書，暇輒觀之，遂能漸悟其旨。嘗以爲文字之作，雖别爲六書，求其要領，實不越形聲而已。建首之文，形之本也，亦聲之本也。有形即有聲，至於聲形相切，文字日繁，而其條理要自雜而不越。許氏分部主形而不主聲，一部之中，衆聲雜奏，形之疑似，分别甚明，而聲無統紀，故其書有以聲爲形，如句、劦諸部者，則幾自亂其例矣。夫文字惟宜以聲爲主，聲同則其性情旨趣殆無不同。若夫形特加于其旁，以識其爲某事某物而已，固不當以之爲主也。然僕豈好爲是異説哉，蓋亦嘗反諸制文之理矣。文者，所以飾聲也；聲者，所以達意也。聲在文之先，意在聲之先。以童子時誦習者證之，如政者正也，仁者人也，誼者宜也，非孔子之言乎？今年春，取許氏之書，離析合并，重立部首，系之以聲，而采經傳訓詁及九流百氏之語以證焉，凡三閱月，草創甫竟，數十年之後庶幾其有成矣。”惜其書二十卷未能刊行。朱氏《定聲》疑即本之，與錢説略同，特其於六十四卦中擇數卦名以爲部，似乎標新立異，實則不知妄作，愈形其陋。且許書以形，錢書以聲，兩説本相濟爲用，不可偏廢。朱乃創爲轉注之説，直以許之假借當之，而别以經典承用之字爲假借，直於六書之理茫然，可謂治絲而棼者矣。如此類，似皆可汰而去之，與《字彙》《正字通》之惡劣相去幾何哉？許《敘》曰：“建類一首，同意相受，考老是也。”曹仁虎《轉注古義考》曰：“唐人之誤，惟左回右轉之説，學者易知其非。今就《説文》老考論之，考字與老同義，則論轉注者自不能離乎意；考字從丂得聲，則論轉注者自不能離乎聲。故轉注近乎會意，而與會意不同；轉注近乎諧聲，而與諧聲不同也。”噫！後人以轉注與會意、諧聲混，尚爲毫釐之差，謬以千里，而朱乃以許之所爲假借定爲轉注，豈非指鹿爲馬，以白爲黑者乎？王菉友《說文釋例》云：“轉注者，一義而數字。假借者，一字而數義，實轉注、假借兩門，分風擘流之語也。”然王又引伸其說，謂以綴説叕，猶以彖説彖，段氏之說即以轉注而兼明假借。此則不然，如夌或以陵代之，爍或以樂代之，此皆展轉傳寫之誤，本非假借，何關轉注，且以綴説叕、以彖説彖即是考老之例，亦與假借無涉也。桂氏馥直云：“老訓考，考訓老，《爾雅釋詁》有多至四十字共一義者，其轉注之法歟？”斯言也，足以正朱之謬矣。

初十日（2月8日）晴。　山谷《跋東坡水陸贊》曰：“或云東坡作戈多成病筆，又腕著而筆臥，故左秀而右枯。殊不知西施捧心而顰，其病處乃自成妍。”東坡喜諸葛筆，而山谷《書吴無至筆》云：“學書人喜用宣城諸葛筆，著臂就案，倚筆成字，故吴君筆亦少喜之者。使學書人試提筆去紙數寸，書當左右如意，所欲肥瘠曲直，皆無憾，然則諸葛筆敗矣。”以此兩跋互勘，似山谷於東坡書微有不滿，故其《跋與張載熙書卷尾》云：“凡學書欲先學用筆。用筆之法欲雙鉤回腕，掌虛指實，以無名指倚筆，則有力。”其言如此，似山谷之書必提筆而非臥筆矣。而陳後山《談叢》云：“蘇黄兩公皆善書，皆不能懸腕。逸少非好鵝，效其宛頸爾，正謂懸手轉腕。而蘇公論書，以手抵案，使腕不動爲法，此其異也。”據此，則山谷用筆亦與坡公同不懸手，何自匿其短耶？余初學山谷用懸腕法，腕甚苦，書終不工，遂以坡法肄之，每以爲憾，閱後山語，竊幸暗合涪翁矣。

山谷於書，兼取荆公，《姑溪居士集》有《山谷書摩詰詩跋》，魯直此字自云比他所作爲勝。蓋嘗自贊以爲得王荆公筆法，自是行筆既爾，故自爲成特之語。至荆公飄逸縱横，略無凝滯，脱去前人法律而屹能傳世，恐魯直未易到也。端叔似謂黄書遜於荆公，然世知涪翁書，荆公書且罕見傳本矣。

十一日（2月9日）晴。　《雪履齋筆記》：“張俊有愛姬，乃浙妓張穠，頗涉書史。柘皋之役，俊發書屬以家事，穠引霍去病、趙雲事以堅其心，俊以其書繳奏，上親書奬諭。張、韓皆中興名將，皆有奇學，又皆出微賤，亦奇矣。”余謂此等書札定是事後幕客代爲之。宋南渡後，君弱將悍，輒以上聞，正其政法不綱之一端，不足奇也。

咸淳石屋題名：“三年九月二十八日，賈似道領客東元嘉、史有之、廖瑩中、黄公紹、王庭來游，子德生、諸孫蕃世侍。”按，賈之諸孫曰蕃世，而分宜子曰世蕃，奸佞命名，若合符節，亦可怪也。

《向氏圖畫記》：翰林張擇端善畫城郭、舟車、人物。其所作《清明上河圖》《西湖争標圖》，紹興中入内府，並選入神品。《上河圖》今真贋紛如，而《争標圖》世不知之，亦遂無摹本矣。

《三朝北盟會編》：“韓世清敗劉忠，於蕲州得一婦人，自稱柔福帝姬，小名環環。”案，《四朝聞見録》：“韋太后歸，言柔福已死，遽下之獄，誅之，謂此乃僞稱帝姬也。”安知非韋忌柔福知其在金之隱，殺之以滅口乎？

十二日(2月10日)晴。　仲璋來夜談。

十三日(2月11日)晴。　過晦若少坐。

《漢書》極爲謹嚴，獨《孝哀紀》敘其外寵董賢，又病痿，猥褻參差，余既斷爲謗史矣。因考《南史》，宋後廢帝《陳太妃傳》稱：始有寵，一年衰歇，以賜李道兒。尋又迎還，生廢帝。先是人間言明帝不男，故皆呼廢帝爲李氏子。《順陳太妃傳》：“明帝素肥，晚年廢疾不能内御，諸弟姬人有懷孕者，輒取其母入宫。及生男，皆殺其母，而與六宫所愛者養之。順帝，桂陽王休範子也，以陳昭華爲母。”按，明帝凡十二男，不應皆出諸弟遺種，此蓋蕭氏篡竊後污衊之詞，如惠帝諸美人子，絳侯、曲逆陰謀，皆以爲吕氏子。桓温廢海西公，則誣以在藩夙有痿疾，嬖人相龍、計好、朱靈寶等參侍内寢，而二美人田氏、孟氏生三男，長欲封樹。其後海西乃終日酣嬉，耽于内寵，生子不育，以保天年。夫有子者，且可誣以痿，何況無子！似此構造謗言，真木沈石浮者矣。桓氏終於夷滅，故史尚明其僞。若孝惠諸子及孝哀之不能爲人，宋孝明之不能内御，幾於鐵案，無復以爲曲逆之陰謀，班固之肆謗，蕭齊之杜絶群望者矣。然與其子不象賢，亡爲俘虜，廢受酖屠，轉不如無子之爲愈，擇賢纘緒，宋仁宗、高宗可法也。

十四日(2月12日)晴。　仲彭來談。

《韻府群玉》一書爲《佩文韻府》所本，故《四庫》收之，標題曰“晚學陰時夫勁弦輯，新吴陰中天復春注”。《提要》云：“黄虞稷《千頃堂書目》云：陰幼遇一作陰時遇，字時夫，奉新人。數世同居，登宋寶祐九經科，入元不仕。其兄中夫名幼達。據此，則時夫乃幼遇之字，而中夫乃時夫之兄，與世所傳不同，當必有據。”余案，此黄氏誤也。此本前列“大德丁未前進士竹埜倦翁八十四歲書于聚德樓”一序，次陰復春序，曰：“延祐改元，甲寅秋鄉試後五日幼達書。”次陰勁弦序，曰：“敬遵先子凡例，時遇謹白。”明是竹埜翁爲宋寶祐九經科，入元不仕，而其子相與輯此書，竹埜敘曰見季子棐几萬籤，則書爲弟輯可知。時夫一名時遇，而字勁弦；中夫一字幼達，一字復春。如謂寶祐登科爲時夫，則宋寶祐凡六年，以第六年戊午計之，至大德丁未已五十年，其父八十四歲，在寶祐則三十四歲，時夫即早生，十六七即登科矣。豈其書乃荒陋如此！更至延祐改元爲五十七年，時夫兄弟亦六十許矣。身爲畸人，乃孜孜爲此熏香摘豔之瑣事，亦非人情。蓋倦翁以三十餘登九經科，入元不仕，而二子復應元科舉，故棐几萬籤，鉤新標異，爲此一編，因於鄉試之期刊而行之，藉以取名。黄氏誤合父子爲一，致有此誤。《提要》所見乃延祐本，非大德本，亦小誤也。

十五日(2 月 13 日)晴。　盧栗甫來辭，回山東。

余評義山詩，增出刺鄭顥之説，頗自覺其精當，已詳考墨諸書眉矣。更有未盡者，如《又效江南曲》云：“莫以采菱唱，欲羨秦臺簫。”意尤分明顯淺。《無題》云：“東家老女嫁不售，白日當天三月半。溧陽公主年十四，清明暖後同墻看。”老女自喻，公主以刺戚畹。《蝶詩》云：“重傅秦臺粉，輕塗漢殿金。”《銀河吹笙》云：“不須浪作緱山意，湘瑟秦簫自有情。”喻己以宗室流落，令狐、鄭以戚黨翩翔。《無題》二首，一七律云：“身無綵鳳雙飛翼，心有靈犀一點通。”一七絶云：“豈知一夜秦樓客，偷看吴王苑内花。”亦言己雖疏遠而一心事主，彼雖貴近而藉勢于權，秦樓、雙鳳互相發明。馮孟亭乃謂次首乃竊窺王茂元姬人，太傷輕薄，何其目光如豆乎？不獨此也，《韓碑》一首亦是自喻，碑因唐安公主而仆，亦況令狐與鄭顥以公主之勢排陷異己，扶植私人，而己在擯斥之列耳。要之，宣宗一朝專任元和子孫，固有成見，而倚任令狐，實因與鄭氏姻婭之故；寵愛鄭顥，實因公主下降之故。《新》《舊》書雖言之不詳，其迹自不能掩，而讀史者略之，甚至注義山之詩亦復略之。於是,《無題》各篇,沈鬱頓挫之懷,千古莫喻,强作解人,則以爲刺入道公主而作。求之史,既于情事不合,且公主入道即間有放恣,亦于國事何涉?而煩義山爲之揚垢播污,談及中冓乎?惟其目擊權奸戚黨,蔽日滔天,爲國爲身,情難自已,故不覺反復長言,託於香草美人之旨,而注家轉以盜贓誣及良人,執此吹求,勢且以《離騷》爲屈子之有遺行矣,不亦哀哉!

十六日(2 月 14 日)大風揚沙。　是日開館,邀贊臣來陪仲璋。余嗽疾未愈,悶甚。

十七日(2 月 15 日)風稍止,猶寒栗異常。　雲楣來,所刊《管子地員考證》譌字甚多,爲之復校更正。以兒輩不循學規,撻之。

十八日(2 月 16 日)晴。　韓芰舟孝廉來話。

桂未谷《晚學集稿》有《書〈魏志・吕布傳〉後》一篇:"布請於曹公曰:'明公將步,令布將騎,則天下不足定也。'太祖有疑色。劉備進曰:'明公不見布之事丁建陽及董太師乎!'於是縊殺布。後人謂先主恐曹公得布難制,故殺布以除其患,先主之高智也。馥以爲不然,人之反覆有如布者乎?布能甘心爲禽虜,伏首以聽曹公之驅策乎?不能則間隙生,間隙生則布以不自安。當此時,使客説布,其言易入,則董卓之事無難再見矣。是先主活布,適所以殺曹,不此之圖而畏其得布難制,魏將勇如布者豈能盡殺乎?故吾謂先主計短也。"余按,未谷之言未揆時勢。布敗於濮陽,東奔先主,結爲兄弟,先主之有恩於布大矣。及與袁術相持,布即乘虚襲取下邳,狼子野心,此豈能以恩結情感者?操之權術百倍於卓,使得布而使智能之士驅策用之,足以展布之長,並足以制布之詐。布焉肯反覆,轉爲先主用?是布得生益於曹而害於劉,勸曹殺布乃自除切膚之灾,非爲曹計也。先主由許復出,仍據下邳。使魏武既赦吕布,或即留布守徐,或與先主均暫還許,而邀擊袁術之役即以布與先主並將,則先主且不能再至下邳。雖其後爲曹公挫敗,未能以徐爲基,而先主初念未嘗不望得徐。魏武既殺布,復挾先主同還,而以徐授車。曹其陰譎過人,即非先主言,亦必殺布,明矣,何云先主計短耶?

十九日(2 月 17 日)晴。　得吴蘭石書論壽丈事。復高陽一紙。索孝達所作《合肥壽序》,復之。

灾異之説,推求過密,往往舛誤,而儒者不廢其説,藉以警動人君。蓋君之分位至尊,惟敬天足以動之。王荆公創爲“天變不足畏,人言不足卹”之説,後世非之。而《史通》乃亦有此論,如《書志篇》曰:“吉凶遞代,如盈縮循環,此乃闗諸天道,不復繫諸人事。”何其悍然不顧也。近西法流行,動以天道與人事全不相涉爲詞,余未敢以爲是。使文王、箕子爲愚人則可,否則《易》《範》之理何嘗不兼數學?不明此而慢天之念,一生水旱灾祲視爲適然之故,未有不危亡者,後之君子幸察余言。

二十日(2月18日)晴。　得都中書。晦若來小坐。

《宣紀》貶李朱崖制:“方處鈞衡,曾無嫌避,委國史於愛婿之手,寵秘文於弱子之身。”衛公婿不知何人,詢之晦若,亦不知。《武紀》:“宰相監修國史李紳,兵部郎中、史館修撰判館事鄭亞進重修《憲宗實録》四十卷,頒賜有差。”亞乃李習之之婿,與衛公無涉。頃閲《唐語林》,云:“路相隨幼孤,其母問:‘汝識汝父否?’曰:‘不識。’曰:‘正如汝面。’隨號絶久之,終身不照鏡。李衛公慕其純篤,結爲親家,以女適路氏。”則衛公之婿,路相之子也。而《路(隋)[隨]傳》不載其子,《世系表》亦遺之,知唐事遺略多矣。

劉三復,衛公辟爲賓佐。時杭州有蕭協律者悦,善畫竹,家酷貧。白樂天嘗敍曰:“悦之竹舉世無倫,頗自秘重,有終歲求其一竿一枝不得者。”又遺之歌曰:“餘杭邑客多羈貧,其中甚者蕭與殷。天寒身上猶衣葛,日高甑中未掃塵。”悦年老多病,有一女未適。他日,病且亟,謂其女曰:“吾聞長史劉從事,非有通家之舊,復無舉薦之力。欻自原闕衆爲賢侯幕府,必有足觀者。今知未昏,吾雖未識,當以書託汝。”三復得其書,數日未決。會夜夢有黄衣使,致藁一束於其門,言於衛公,公曰:“藁,蕭也。此固定矣。”三復遂成昏。亦見《語林》。此極佳話,三復子鄴遂爲相,可云吉耦。《詩》不云乎:“白茅純束,有女如玉。”蕭女必有容色,可知其對擇不嫁,故重其選也。

二十一日(2月19日)晴。　《困學紀聞》八:“‘行一不義,殺一不辜,而得天下,皆不爲也。’諸葛武侯謂漢賊不兩立,其義正矣,劉璋之取,可謂正乎?”按,此迂論也。昭烈不取璋,必爲曹氏所取,取璋反經合權,安得謂之非正?吾以爲昭烈最失之計,莫甚於不取荆州。劉琮代表遣使降操,先主屯樊，不知曹公卒至，至宛乃聞之，遂時其衆去。過襄陽，諸葛公說先主攻琮，荆州可有，先主曰吾不忍也。此所謂小不忍而亂大謀者。夫琮已降操，此取操之荆州，非取表之荆州，何不忍之有？說者謂曹公師已迫境，昭烈之意恐取荆州亦不能有，故陽示不忍，實則力有所不及。審如是，則諸葛爲失言乎？觀曹公，恐昭烈據江陵，輕軍到襄陽，聞先主已過，精騎急追，實有望外之喜。昭烈與其以輜重徐行，日止十餘里，何如急攻襄陽，扼守以拒曹操，然後使關侯之師來會，結吴拒曹，赤壁之功未必不在襄陽。取之於琮，曹不能争，孫亦不敢争，舍此不圖，藉吴力以敗曹，於是，暫借荆州，遂生吴、蜀争荆之釁。夫先主之舍襄陽而趨江陵，曰以人爲本耳，當陽一敗，人衆全爲曹所獲，人於何有？即爲人衆計，亦宜順人心以據襄陽，明甚。然則何以愎諫若此，曰畏曹也。其時諸葛之謀未著，而阿瞞之用兵如神，乃昭烈夙所震驚者，故不覺其瞀亂至此。及自結孫權，從武侯之策，則舍此計無改之耳。備豈英雄哉？失之琮，得之璋，何王氏獨以不正爲疑耶？

二十二日（2 月 20 日）晴。　巽之辭，回都。

二十三日（2 月 21 日）晴。　武億《授堂文鈔》："《史記·荀卿列傳》云：'翟，或曰並孔子時，或曰在其後。'《索隱》：'按《别録》云：墨子書有文子。文子，子夏之弟子，問于墨子。如此，則墨子者在七十子之後也。'案，《外傳·楚語》：'惠王以梁與魯陽文子。'《經》：'文子，平王之孫，司馬子期子，魯陽公也。'惠王十年爲魯哀公十六年，孔子方卒。又翟本書《貴義篇》：'子墨子南游于楚，見楚獻惠王。'《楚世家》無此名，是獻惠王誤衍一'獻'字。案，獻亦非衍字，史、子異文耳。審是，則翟實當惠王時，孔子未卒，故太史公一云並孔子時，說非無據。自班《志》專謂在孔子後，後人益爲推衍。畢氏據本書稱中山諸國亡于燕、代、胡、(貉)[貊]之國，以中山之滅在趙惠文王四年，當周赧王二十年，則翟實六國時人，至周末猶存。竊以翟既與楚惠王同時，必不能歷一百九十餘年尚未即化，此固不然。中山諸國之亡，蓋墨子之徒續記而竄入其師之說，以貽此謬，何可依也？"按，畢氏《墨子》最爲陋簡，得汪容甫兩序及此篇足以糾正其鉅失。特容甫爲人狷執，措詞間有過當處，轉似崇墨輕儒。聞王樹枏有《墨子注》，當求之，如未的，思詳考周、秦諸子以論墨子之學，訓詁特其末節耳。

二十四日（2 月 22 日）晴。　作伯潛書，未封，又得其十二月十二日書，並復之。晚，復樂山書。

竹垞詩近有翻刻本，原刻二十三卷。《青宫再建》五律一首，後已刓去，翻本則有之。其詩曰："震驚由地奮，巽命自天申。復睹重光日，毋煩四老人。堂懸銀牓舊，笥出紵衣新。愧遠青雲路，難揚蹈舞塵。"然原本即事之後，青宫再建之前，尚有《某重過草堂話舊》二律，刓本雖去其名，尚存其詩，翻刻本即直删之，似亦未見原刻矣。孫注無此三首，楊注有《再過草堂》二律，而亦闕其名，蓋雍正間禁人也。然前一卷《詠白杜鵑花應東宫教》未删，必竹垞後人畏禍刓改，去之未盡耳。當日黨禍甚熾，亦可略見一斑矣，擬求未剜本考之。原刻已剜本雖存二律，而剜其題，亦不可解。"龍眠山下白鷗沙，謝傅園林迹已賒。興發詩題千丈壁，人傳畫殺滿川花。白鹽赤米前朝寺，僧帽儒衣到處家。才子趨庭齊著作，清門偕隱最堪誇。　羅雀門閒地百弓，抽帆且檥鴨闌東。當塗書重嵇中散，左海經傳鄭小同。雨過旗槍茶栅外，月明歌板幔亭中。客游到處休都騎，難道新詩不禦窮。"

題曰《某泊舟繡鴨灘，重過草堂話舊，以二詩見投賦答》，而初過草堂之時，贈答如何，全集無之，疑竹垞已自删之矣。與晦若同閱，定爲戴名世。聞《南山集》近有刊本，當一核之。嗣得一本，有《青宫再建詩》，而無此首，與翻刻本同，然則竹垞此卷竟是一剜再剜耳。

二十五日（2 月 23 日）晴。　芰舟又至，遞公呈請再同學行，宣付史館。

蘭駢館易一聯，乃吴學士清鵬所書，文曰"白月半窗抄术序，清泉一器授芝圖"。合肥詢"术序"所出，余曰："此皮襲美詩也。"記《緯略》考此二字最詳，云："初不知术序所出，後讀《道藏・僊經》有載紫微夫人撰《术序》，其略曰：吾察草木之勝負，益於己者，不及术之多驗乎？所以長生久視者，遠而更靈，非謂諸物減于术也。以术之用，今之所要，末世多疾，宜當服餌。今撰术數方，以傳好尚。此服术之法也。《列僊傳》載涓子餌术、陳子皇餌术、南陽文氏食术。梁庾肩吾亦有《謝陶貞白賚术並啟》。襲美詩最好用术，如：'多擕白术鍤，愛買清泉缸。倚杉閒把易，燒术静論元'，'白石静敔蒸术火，清泉閒洗種花泥’，‘度日竹書千萬字，經冬术煎兩三缸’，皆言术也。”余按，唐人多好用术入詩。王績云：“龜蛇采二苓，赤白尋雙术。”張九齡云：“去去勿重陳，歸來茹芝术。”李白云：“庭寒老芝术。”孟郊云：“飯术煮松柏，坐山斠靈霞。”李洞云：“帶土移嵩术，和泉(煮)[送]尹魚。”柳子厚更有《種术》一篇，類書均未采擷也。陸士衡《招隱詩》亦云：“嘉卉獻時服，靈术進朝飡。”术之爲用，視葠、蓍爲平和，故服食家尚之，但近日於潛已乏佳术矣。

二十六日(2 月 24 日)晴。　余自安圃出都，兩年不入帝城。高陽、霸州兩師累書召之，誼不可却，非所願也。巳初，攜三僕陸行，未正飯楊村，六十里。日暮蔡村宿，廿五里。

《中州集》載玉田詩人二人，王寂《拙軒集》今已由《大典》輯出，而盧待制元詩僅録一首《閒詠》，云：“天近蒼龍闕，居連白馬堂。松聲得鄰舍，山色出宫墻。巷陋輪蹏少，庭閒日月長。九衢紅霧裏，亦有白雲鄉。”格律頗老。案傳，元字子達，父敁臣，字雲叔，第進士，仕宦亦達，自號浭水先生。《和趙元發劉師魯葛藤韻》云：“乳兔生長角，鏖湯結厚冰。木終成假佛，髮不礙真僧。莫認指爲月，須明火是燈。拈花微笑處，只記老胡曾。”子達幼而敏惠，年未二十試于長安，爲策論魁，擢第後又中策魁。明昌初，章廟設宏詞科，命公卿舉所知，子達與郭黻、周詢、張復亨就試，凡七日，並中選，遂入翰苑，累遷至待制。二兄，長庸，弟曾，名進士，又俱擢高第。時人以燕山竇氏比之。《屏山故人外傳》云：“爾子安，字希謝。翔，字仲升。仲升，正大末登科。”盧氏世有詩名，累葉科第，而州志遺之，殊可慨也。

二十七日(2 月 25 日)晴。　蔡村曉發，行三十三里，至安平午飯，黄沙蔽天，勉進十八里，至馬頭，左耳忽大痛，徹夜不寐，寒熱交作，夜半耳中流膿血甚多，然耳輪外並不瘇也。

二十八日(2 月 26 日)晴。　由馬頭折回，宿楊村，耳痛如前，作書半幅，諭允言使告高陽、霸州兩師。

廿九日(2 月 27 日)晴。　午刻回署，延洋醫診視，耳尚濕濕也。合肥疑余過肥體虚，而洋人力辨爲體實，姑妄聽之。

記朱竹垞有《耳疾示王周二上舍詩》，曰：“我齒未七十，恒苦兩耳充。

患此已三年，入秋輒内訌。始焉輪濕濕，既乃氣爞爞。牀下駭鬬牛，門前失吠狨。有如兩豆塞，難使五藥攻。因之日静坐，物理究初終。是非始聽聞，褒貶將安窮。屬垣第自苦，察察爾何功。讒柄變白黑，治道淆污隆。君子天地貶，小人地天通。世事付一聵，葆我以太沖。免慴喪七雷，免驚擲鷁風。人勞我則逸，美疢丁我躬"云云。頗欲和其韻，而狨字竹垞已牽强，且體疲頭眩，且俟之病痊後也。案，耳爲心候，或以爲肝，或以爲腎，欲聾則必先流汁。余病殆以將聾之漸歟？然耳疾究無礙於事，方今時艱世態，正以塞耳不聞爲妙。屬國淪亡，倘以褎如充耳爲譏，吾知免矣。

二月初一日(2月28日)晴。　余少日不好漁洋詩，廿餘年來久不掛眼。去年，伯潛以余詩詞太直、意太盡見規。適得《帶經全集》，因復披閲一過，終覺塗澤多而無所爲真神韻，七古、五絶太弱太呆，尤所不喜。竊以固哉之見，糾謬一二，以待他日君子論定。《(過)觀音碥》五古，結句云："鑱我《郙閣銘》，敵彼《小海唱》。"《晉書·隱逸傳》夏統曰："伍子胥諫吴王，言不納用，見戮投海。國人痛其忠烈，爲作《小海唱》。"觀音碥，本名閻王碥，賈漢復改名，有宋荔裳《棧道平歌》題壁，此何能以子胥事相擬，而借之收束通篇乎？直謂之煉句可耳。《河間從山公乞滄酒詩》第二聯"朔風初過毛萇里，西日難遮庾亮塵"，用毛公切河間，"庾亮塵"句借用塵字，究嫌湊韻。《贛州謁王文成祠》"萬古許孫同廟食，一時張桂太傾危"，桂嘗謂公事不師古，言不稱師，張與文成何涉？若以大禮爲言，則文成亦以爲然者，即出附會，然大禮與文成又何涉乎？此則湊字而已。又有《送袁士旦之玉田》詩，云"水出彈筝峽，春(深)[生]種玉田"，案，玉田無彈筝峽，徧考《水經注》及歷代地志以及《畿輔安瀾志》《方輿紀要》，亦無出彈筝峽之水，不知所本，注家以《昌平山水記》彈琴峽爲證，則尤誤。要之，以彈筝峽對種玉田，終是牽强。

初二日(2月29日)晴。　起甚晏，耳疾未愈，煩懣之至。

初三日(3月1日)晴。　得粤督電，馬丕瑶内艱，張聯桂護撫，安圃兼署藩司。

高陽師專足送書問疾，命抄胥作一紙復之。閨人喉痛，擾擾竟日。左耳似有聾意。

初四日(3月2日)陰。晨小雨,旋霧。　得允言書,言杜夫人病,又亟作數行復之,甚累也。

初五日(3月3日)陰。　載之月朔到滬,作書復之。

初六日(3月4日)晴。　檢點積卷,欲有所作,終日心緒棼如,不能數紙,輒掩卷欲起。洋醫云當理胃,中醫云有脾濕,竟不知病在何經也。

晚得都電,邊外姑杜夫人已於今日寅刻去世,得年六十四,殊堪悲惻,作電復之。

初七日(3月5日)晴,夜雪。　夜至晦若處閒話。

初八日(3月6日)雪霽,有風。　雲楣辭行,力疾彊起見之。

初九日(3月7日)晴。　寄都中書。是日高陽亦有書至,耳汁漸止,微有聾意。

初十日(3月8日)晴。　復高陽書,手作兩紙,甚累。晦若來,知其弟淵若以家事辭樂山歸,談次頗煩懣也。

十一日(3月9日)風,寒甚。

十二日(3月10日)雪。

十三日(3月11日)陰。

十四日(3月12日)又雪,風大,甚寒。

十五日(3月13日)大風,甚寒。　仲彭入都。晚,過晦若略話。得樂山書。買王氏《書畫苑》《貸園叢書》、徐氏《喻林》。

十六日(3月14日)晴。　陳仲勉叔毅自閩來。得伯潛書。

十七日(3月15日)晴。　答二陳,不值。淵若由熱河來晤,語良久。得潤師復書。

十八日(3月16日)晴。　午後,仲勉來話。

十九日(3月17日)雪。　春寒甚厲,醉睡而已,耳疾若失。得黄秦生書。

二十日(3月18日)晴。　過晦若、淵若少談。

二十一日(3月19日)晴。　得高陽書。連日頗閱《晉》史,間有所得,懶於劄記,隨即忘之,然亦讀書一適也。

二十二日(3月20日)晴。　仲璋赴禮闈,延涇縣增生吴脩甫元瑞代庖。

《晉書·王導傳》:"桓彝初過江,見朝廷微弱,謂周顗曰:'我以中州多故,來此欲求全活,而寡弱如此,將何以濟!'憂懼不樂。往見導,極談世事,還,謂顗曰:'向見管夷吾,無復憂矣。'"《温嶠傳》:"于時江左草創,綱維未舉,嶠殊以爲憂。及見王導共談,歡然曰:'江左自有管夷吾,吾復何慮!'"兩説皆因導爲元帝委仗,朝野號爲仲父,因而附會名流之説,以爲茂弘之重,實則陶士行有言"蘇武節當不如是"。導尚不足爲子卿作奴僕,況夷吾乎?史不删,併而兩載之,尤爲複沓。

二十三日(3 月 21 日)晴。　督兒輩課文。沈丹曾自閩來,宗子戴自浙來。

二十四日(3 月 22 日)晴。　得八弟書。

二十五日(3 月 23 日)晴。　聞河冰已解,此心翩然,遂定入都之計。鞠耦亦知余懷鬱勃,所見相同,因令借舟束裝。

二十六日(3 月 24 日)晴。　得安姪書,並寄安邊桂兩塊、檬羅桂兩小塊、乳汁桂一塊,專治利疾,皆上中品也。申初登舟,永詩來談,夜泊北倉,行三十里。

夜不成寐。聞歸雁,偶成一律:"嘗盡江湖險,翻忘塞外寒。稻粱誠足戀,矰繳恐無端。我亦倦游者,悲歌行路難。長風思借翮,何處水雲寬。"展轉反側,至四鼓始得睡。津航中夜來。

二十七日(3 月 25 日)晴。　微明用津航乘順風拕舟早發,辰正已過楊村矣。初始起,傍午風逆,黄沙蔽天。過蔡村後,輪舟因迷不能行,泊兩時許,風略定,始解維至傅莊。輪舟閣淺而止,適得一測河礮艇留之,同泊荒岸,距河西務尚三十里也。傅莊一名王家務,是日行一百二十里。

口占四絶:今年占閏苦春遲,節到司分水不澌。終是楫師能體物,冰消畢竟不多時。　下水輕便上水難,半程篙槳似危灘。世情最是風神慣,偏卷狂沙助逆湍。　數家臨水自成村,又得鮮魚網曬門。問客營營竟何事,茅柴新甕坐開尊。　夜半荒雞喔喔啼,閒蹤今日宿河西。如何枕上聞嚴鼓,猶激風雲夢瘴谿。

二十八日(3 月 26 日)晴。　旁風行一百里,宿香河,日方落,即停舟。余嫌其惰，遂以夜發，微明已至馬頭，夜適順風也。

二十九日(3月27日)陰。　順風，酉正抵通州，楊藝舫來夜話。

三月初一日(3月28日)晴。　晨起，由通州車行，午刻到都，寓緑勝盦。諸從孫均來。申刻至南宅，高陽邀晚飯，至二更始返。

初二日(3月29日)晴。　至龍泉寺吊邊師母。過潤師，留午飯，飯後略話即返。許鶴巢來談。廠肆書畫估沓至矣。

初三日(3月30日)晴。　遣朱存歸。午後至南宅，王翼北、張叔憲均來。叔憲病後頗有老態。高陽來答，並約晚飯。夜至繩匠胡同，二更回緑勝盦。檢各家所送書目，可取者寥寥也。

初四日(3月31日)陰，黄霾蔽日。　潤師招談，于次棠在坐，十年不見，彼此均居廢籍。次棠忠勁之氣未衰，而論人漸入和恕，亦韜光養晦之故也。午後，仲彭來寓小談。

初五日(4月1日)陰，有風。　晤許香如。光榮，鶴巢之子。晚，高陽來召，余不能飲，枯坐而已。

初六日(4月2日)晴。　過潤師，次棠在坐，談馬江事竟日，始返。廉生來，至夜分禁城已開，始去，仿佛庚辰、辛巳在廣雅夜談，光景已十年矣。

初七日(4月3日)晴。　至常宅，樂秋娶葉爾根覺羅氏，郎中奎煐之女。已生子矣，名毓焯，小名辛兒。張夫人留飲，王雲舫館中略話即歸，途遇廉生，還鄉祠買定李怡亭書，遂爲回津計。晚，廉生遣一楊姓送書來，楊頗長於目録之學。名世楨，字維周。至永寶取甕器數種。

初八日(4月4日)晴。　約仲彭同返。午前書笥均料理完，因增書四簏，亦足豪也。高陽餞余，自言盛饌敬客，多年師生須脱略形骸，並出大滌、不谷各種精品助醉後談興。而高陽年邁易倦，余亦病後頗疲，縱話至日莫，長揖遂别。過南宅略話。夜，詣潤師，二鼓始回。尚有送書人在寓，復得士禮居殘刻一二種。德寶始知余入都。買琴一，甚舊。

初九日(4月5日)晴。　辰刻，允襄、允燮、允褒來送。辰正，發都門，未初到潞河舟中，車至通州西門内忽覆，手足微傷，似戒閑人不宜時入都也。酉刻，仲彭亦至，並延一琴師。三舟以僊航拕之，琴師别顧民舟緩行，均明日淩晨言邁。夜，與仲彭小飲。

初十日(4月6日)晴。　無風,行甚駛,亭午已過香河。午後,逆風,泊舟兩時許。薄暮始至河西務也。夜,泊蔡村。

十一日(4月7日)晴。驟煖,易棉袷。　巳刻至署。九弟寄《宋三賢集》柳河東、穆參軍、尹河南。余在都正得穆集抄本,見此可發一笑,物罕見珍,此之謂矣。

十二日(4月8日)晴,有風。　過晦若小談,僊航入都,以百五十金償書價。新吾以禊帖數種寄内人,皆明翻僞跋,還之。子久之子,袁啟之世承來,贈未斷《聖教》一本。

十三日(4月9日)晴。頗寒。　以羊毫十管寄高陽,並復八、九兩弟書。載之僕自泝攜書畫箱來,遣之赴滬。連日料理所購書籍,興致甚佳。晚,吴摯甫、范肯堂均來。

載之自滬寄嚴鐵橋《全上古及先唐文目》來,閱之,甚愜意也。

王漁洋補謚文簡,《靈巖山人稿》作文懿,當有據,此足備考謚法者訂正。《名臣傳》作文簡,此殆弇山誤記。

十四日(4月10日)陰。　晦若來話。

宋熊方《後漢書補表》十卷,鮑以文所刊,經錢竹汀、盧召弓校正,足補范《書》之闕。其九卿外兼表百官,雖非《前書》之例,余頗以《前書》不表百官爲太簡,此實變通盡善,非可以爲失體也。性好陳壽書,亦思爲之補表,適得萬氏《歷代史表》,當取之爲權輿而稍補綴訂定焉。未知能耐煩分擘否? 姑識于此。洪齮孫有《三國職官表》。

《遼金正史綱目》,青浦楊陸榮采南著,向無刊本。潘志萬笏盦手鈔一本,復爲校正其誤,共六册三十卷,抄以戊寅,距今十五年矣。不知近人已爲刊行否,俟訪之藏書家。

十五日(4月11日)晴。　過肯堂,答吴摯甫也。肯堂昨以《中復堂全集》見贈,報以《古微堂内外集》及《書古微》。晚,檢擇石、道古各集,不覺月午。

十六日(4月12日)晴。　允言自里至大沽顧廷一處留七日,以巳午間至津,飯後來署。榮履吉自山東來。

十七日(4月13日)晴,夜雨,旋大風。　履吉辭,回山東。允言午後亦返都下。復伯潛書。

余評義山詩,既主朱長孺、駁馮孟亭矣,都下又得程午橋本,擬擇其足助予説者録之。如《潭州》一首,謂傷衛公之遠貶;以《渾河中》,謂嘆大中討黨項之無人;讀《任彦昇碑》,以爲爲令狐子直作。皆恰合情事,乃益歎孟亭之穿鑿附會,誣衊文人,爲心勞日拙耳。

十八日(4 月 14 日)風。　寄都中書,並還書一篋。《西河集》不全。

字滄兒曰伯蒼,潛兒曰仲黯,滄别字羲初,潛别字確初。

俞長城字宀廟諱[寧]世,其《可儀堂文稿》,藝海珠塵刊之,有《留侯論》甚佳。其略曰:高帝欲廢太子者,以列國分争,强臣跋扈,惠帝以仁柔處之,懼天下莫肯臣也。於是廢立之議興,傲然數不臣之士,父不能致而子致之,帝於是爽然自失。留侯之計所以慰帝,而非以劫帝。太子立,趙王必不安,乃求倔强不屈之周昌而傳之。若曰太子有四皓,趙王有周昌,足以相持,而不知太子不恃四皓,趙王非周昌所能全,帝之似智而實愚也。噫!古今嫡庶宗孽之争,皆其君父自詒之。高帝本無廢太子之意,而吕疏戚密,其迹有似于廢立。於是吕氏陰結留侯爲自固計,即留侯亦疑帝之將廢惠帝也,以爲此足以亂漢而亟爲之謀。蓋當日見聞但知吕直戚曲,吕孤戚暱,而不料吕氏之得權,幾殺高帝子孫殆盡也。高帝雄猜,外以詐馭群臣,内並以詐馭妻子,徒以正嫡奪宗之迹爲戚姬母子召禍,而更使周昌以速之。戚姬、如意之死,非吕后殺之,實高帝自殺之耳。然古今英雄暮年荒亂,往往於嫡庶間顛到錯亂,釀成家禍,覆轍相尋,豈獨漢高也哉!

十九日(4 月 15 日)晴。　晚飯以青蛤下酒,陶然醉矣。夜,閲《卮林》一卷,無所得。

二十日(4 月 16 日)晴。　文美送來《文恭集》四十卷,乃浙江翻聚珍本。案,聚珍初刻止四十卷,其後復收《大典》所未輯者,釐爲五十卷,補遺一卷。此本尚是四十卷者,少文一百餘首,以四金留之。又得《池北偶談》一種。余向不喜漁洋,故此類全未收取也。今乃無意遇之,津門書少,收例稍寬。

《池北偶談》:"宋柳開仲塗《河東文集》十五卷,附行狀一卷,門人張景所編。其文多拗拙,石守道極推尊之,其《過魏東郊》詩,上擬之皋、夔、伊、吕,下擬之遷、固、王通、韓愈,殊爲不倫。《東郊野夫傳》,開所自述,與《補亡先生傳》,皆載第二卷。又穆修《伯長集》,代州馮秋水方伯如京順治中刻之金陵,文拗拙亦與開類,詩尤不工。唐末宋初,風氣如此,其視歐、蘇,真陳涉之啟漢高耳。景,字晦之,逋竄,改姓名曰李田,所至題曰:'我非東方兒木子也,不是牛耕土田也。欲識我蹤迹,一氣萬物母。'景作柳集序,破題曰:'一氣,萬物之母也。'見《湘山野録》。"據此,則穆集已有馮刻,然《四庫》所收乃鈔本,粤刻《三宋人集》亦據丁雨生所藏抄本,蓋馮刻已如星鳳矣。

二十一日(4 月 17 日)晴。　蒯理卿自籍來雜談。得載之書。

閲畢仲游《西臺集》三十卷,聚珍板。仲游《上蘇學士書》稱其"知畏于口,未畏于文",深戒其以文字賈禍。又,《上温公書》稱其欲廢新法,而左右皆安石之徒,懼其禍之,猶在於紹聖事,不啻蓍蔡先知,《提要》已盛稱之。其《青苗議》曰:"《管子》云:'農群萃而州處,少而習焉,其心安焉,不見異物而遷焉。'後世之治民者,雖不能盡如《管子》之説,至于耕田力作而禁追擾,徭役之外,稀使至于城郭,則近日之政尚或有之。自散青苗,農民憧憧來往於州縣。"余喜其此言能分别荆公之學術與《管子》之治理迥然不同。《役局議》曰:"非無定法,無定心。"《役錢[議]》曰:"熙寧以來,大姓兼中民,中民兼下户。"《熙河蘭會議》曰:"今已取而復棄之,棄之利如彼,其害如此。守之利如此,其害如彼。非遥度之所能盡,必有馳至河隴,圖上方略者然後可決。"均極明白簡當。此才元祐竟不大用,惜哉!

二十二日(4 月 18 日)晴。　得都中書。李怡亭寄來書兩種,《輟耕録》及《頻羅庵集》也。

山舟題袁簡齋先生《隨園雅集圖》,其第三首云:"小園庾信江陵宅,妙繪王維輞口[川]圖。我比陶公歸更早,至今松竹尚荒蕪。"自注:"先生有三十七致仕章,同書歸時三十六也。"因憶余早有隱居之意,使秦時道中患腹疾,幾於一飯三遺矢。適過介山,翻然萌去志,述之孝達,此爲戲語。余正色言之,孝達力以爲不可。還朝復命,旋有譯署之寄,時越事方棘,不敢辭,時年正三十六也。坐此因循,遂爲世網排擠,淪謫薪槱,有愧前賢遠矣,蓋自恨知幾之不早耳。

都中書賈如一閧之市,有極可笑者。《舊唐書》列入正史,既有殿本、閣本,復有岑氏懼盈齋本,搜遺網佚,亦已大備。論此書,自當後來居上,聞人本爲之嚆矢,厥功自不可没。然非如宋元舊本之經史子集後來翻刻,或有省改,因而貴尚祖本者可比也。近一貴宦忽覓聞人本甚急,因之門下諸公亦均購求,此書厰市甚少,索價遂至百金。余入都時,有以樊姓家藏本來售,每卷均塗抹,如《易知録》上標題價猶八十金,旋爲一貴宦門客取去。余辛巳歲以百金得監本《金史》,中附馮刻《三國》及此本,廉生以爲此一書足以償矣。因歎書之高下亦隨貴宦爲輕重,可歎也。晦若有此書,贈一師去矣。

二十三日(4月19日)晴。　寄復載之、皥民兩書。李少軒同年來。肇南由洗馬守鳳陽。恭邸寄《革錦吟》九、十兩卷。庚寅、辛卯。

袁正獻公《絜齋集》,《永樂大典》所輯,聚珍板刊行。《提要》謂厲樊榭《宋詩紀事》遺之,蓋未見斯集也。詩一百七十七首,真氣流溢,頗近自然。如《營房告成,有亭翼然,名曰勸功,爲詩訓迪有衆》,頗具深意。其《上陳舍人》云:"亦有濟時策,無因通帝閽。公居清切班,日對龍顔温。嘉會千一遇,論思毋憚煩。"《送黄疇若尚書》:"强敵未殄滅,罷甿正恫瘝。譬如建大厦,運斧無輸般。"《送樓叔韶》云:"古人重世家,非爲世其禄。世禄非不朽,風流要相續。尉職最親民,亦足行所學。吾民爲安枕,微官有餘樂。"均有蘊蓄,而不流於有韻語録。有《白髭》詩,云:"人生恶白髭,鑷去恨不速。欲留少年容,藻飾欺盲俗。"一首尤淺近透快,居然樂天矣。絜齋有《管仲論》,可録出。

絜齋有《蠟梅》一首:"金相玉質竟同科,暗裏清香萬斛多。絶俗風流寧不似,調羹功用竟如何。"頗有所諷。其《詠淩霄》云:"侵尋縱上雲霄去,究竟依憑未足多。"《拒霜》云:"霜隕葉枯紅粉落,元來根也(果非)[未爲]剛。"非不刻意求新,而失之直腐,無回味矣。

二十四日(4月20日)晴。　寄八弟書。鶴巢寄闈藝來。

閲《敬齋古今黈》,李冶仁卿,真定欒城人,金末登進士第,辟知鈞州。金亡後,家于元氏。世祖屢加禮聘,最後以學士召就職,期月以老病辭。其出處不能始終一致,良可惜也。其書《四庫》輯存八卷,論經史子集各有心得,然亦無甚深微者。其論詩云:"歐陽永叔作詩,少小時頗類李白,中年全學退之，至于暮年則甚似樂天矣。夫李、韓、白之詩，其詞句格律各有體，而歐公詩乃具之，但歲時老少差不同，故其文字亦從而化之耳。”以歐公詩爲似樂天，此語頗合。歐之性不似韓，故詩文皆學韓而不近也，然文不似韓，却自成一家；詩不似韓，却不能自成一家。又並世有王半山、蘇眉山兩公，亦歐之不幸歟！

敬齋於蘇詩用典錯誤處亦頗有指摘，然亦無傷坡之全體，且可爲學蘇者作箴砭。其一條云："徐凝爲《廬山瀑布詩》，云：'千古長如白練垂，一條界破青山色。'坡笑之，謂之惡詩。及坡自題云：'擘開蒼玉峽，飛出兩白龍。'予謂東坡之擘開與徐凝之界破，其惡一也。此［宇］文叔通《濟陽雜記》云爾。洎近讀坡集，其《游灊山詩》：'擘開翠峽出風雷，截破奔崖作潭洞。'[①]然則坡之詩，峽凡兩度擘開矣。殊不知擘開用巨靈事，豈得與徐凝同譏乎？"又云："東坡《雪詩》：'欲浮大白追餘賞，幸有回風驚落屑。'或以爲落屑亦體物語。或者之言非也，蓋用陶侃竹頭木屑事耳。所見無乃沾滯，信考據家不可與論詩矣。"又云："東坡《書韓幹二馬》云：'赤髯碧眼老鮮卑，迴策如縈獨善騎。'按，《晉書》王湛乘其姪濟馬，姿容既妙，迴策如縈，善騎者無以過之。此善騎之騎，自合作去聲讀之。書傳中言善騎射者多矣。今押作平聲，定誤。"佩綸案，《說文》："騎，跨馬也。從馬，騎聲，渠羈切。"《廣韻》收入支韻者，訓跨馬，安得以押平韻爲誤乎？東坡每行役必攜小學，未可輕議。

二十五日（4 月 21 日）晴。　歸來倏已半月，案頭書籍縱橫，今日始稍稍清理，欲定課程未果也。年未五十已有老境，可歎。

閱《濟美集》鈔本，有何義門、惠紅豆、馬曰璐、改琦收藏圖書，又名《經濟文集》，元李士瞻著。《提要》："士瞻字彥聞，先世新野人，徙居荊門。至正初，中大都路進士，拜翰林學士承旨，封楚國公，以至正二十七年卒。《元史》不爲立傳，惟《順紀》載：'樞密副使李士瞻上疏極言時政，凡二十事。'大氐當時急務，蓋亦讜直之士也。是集爲其曾孫伸所編，始於右司掾，而迄於奉使閩中，故《元史》所載《時政疏》不在其中。然所載往來簡劄

① 按，東坡詩原作："擘開翠峽走雲雷，截破奔流作潭洞。"詩題乃《同正輔表兄游白水山》，而非《游灊山》。

至七十餘通,幾居全集之半,拳拳憂國之忱,亦不在《時政疏》下。《元史》於順帝時事最疏略,存此一集,深足爲考證之助,正不徒重其文章矣。"此集曰《濟美》者,後附其子繼本之作。《提要》稱繼本《一山文集》九卷,此止寥寥八頁,亦稱孫伸、侃編定,殆全集流傳甚少,至四庫開時馬裕進其足本,故此集不足者不復置論矣。俟求得《一山全集》九卷再考之。

《中州文表·姚牧庵集》非足本。劉昌云:"《牧庵集》五十卷,聞松江士人家有刻本,南北奔走,竟莫能致,今刻僅十之二。"黄梨洲序《天一閣書目》亦云:"聞胡震亨有《牧庵集》,復求之不得。"《永樂大典》釐爲三十六卷,較《年譜》所載雖少十之二三,較《文類》所選已多十之五六矣。獨恨全集松江士人存之而秘不示人,終於散佚。藏書家之慳吝,視嗇於財者尤爲可恨耳。《牧庵集》亦足補《元史》之闕,俟收元人集較多,當料理之。

二十六日(4月22日)陰,煖,復御袷衣。薄暮雨。　閲《簡齋集》。《提要》:"與義之生,視元祐諸人稍晚,故吕本中《江西宗派圖》中不列其名。然(建炎)[靖康]以後,北宋詩人,凋零殆盡,惟與義爲文章宿老,巋然獨存。其詩雖源出豫章,而天分絶高,工于變化。風格遒上,思力沈摯,能卓然自闢(町畦)[蹊徑]。《瀛奎律髓》以杜甫爲一祖,以黄庭堅、陳師道及與義爲三宗,(雖)[是固]一家門户之論,然就江西詩派中言之,則庭堅之後,師道之(前)[上],實高置一席無愧也。"《揅經室外集》呈進《增廣箋注簡齋詩集》三十卷,《無住詞》一卷,阮撰《提要》云:"《簡齋集》十六卷,《四庫全書》已著録此本。胡穉箋作三十卷,末詞一卷。蓋穉作注時去雜文,每卷復釐爲二卷。首有樓鑰序併穉自序,及所編《年譜》,及續添《詩箋正誤》。鑰序稱穉約居立學,日進不已,隨事標注,遂以成編,貫穿百家,出入釋老,云云。今觀所注,多鉤稽事實,能得作者本意,絶無捃拾類書、不究出典之弊。凡集中所與往還諸人,亦一一考其始末,固讀《與義集》者所不廢也。"案,聚珍本第一卷雜文、第十六卷詞,胡箋去雜文,每卷釐爲二卷,則詩二十八卷,其二卷乃續箋也,不知詩之首數與此集有增益否,阮《提要》略之,疏矣。《宋詩鈔》編年,聚珍則分體,其七古類中《旨字疊韻》二首,《義字疊韻》《次葛汝州後》,不知所和爲何人。阮云集中往還諸人一一考其始末,亦未拈出此節爲何人,似於兩本初未推勘也。簡齋當南渡時,仕至參知政事，不爲不達，非下吏沈淪者比。乃閱其傳中，趙鼎主用兵，上主議和，與義言，若和議成豈不賢於用兵，萬一無成則用兵。必不免於君相之間調停兩可，初無剴切深透之論。雖旋即引疾，然其所蘊蓄亦頗可睹矣。文人論事全無實用，而徒於詩中作慷慨激越之音，終爲浮聲空響耳。徽宗以《墨梅詩》賞之，高宗復以“客子光陰詩卷裏，杏花消息雨聲中”二語激賞以至執政，又以見其用人之輕，此何時而以詩拔人耶？至二劉因論後村以爲簡齋以老杜爲師，造次不忘憂愛，須溪以爲較勝黃、陳，比東坡，云：“如論花，高品則色不如香，逼真則香不如色。”吴《鈔》取之，尤屬井鼃之見。晦齋《序》述與義論詩之旨，云學蘇者指黄爲强，附黄者指蘇爲肆，必識蘇、黄之所不爲，然後可以涉老杜之涯涘，然簡齋亦未能自行其言也。

二十七日(4 月 23 日)雨。復著棉衣，亦間有衣裘者。　寄吴誼卿書。以百元送陸小湖，助其婚費，月湖師相期甚切，余不能周卹其子，愧悚之至，誠陸氏一荒莊也。作九弟一紙，亦覺百端交集也。閱闈中策題，經庸熟史，問《新》《舊唐[書]》，乃知廠市《唐書》所以增價，次《荀子》，均謝、郝之説。次東三省水道，《朔方備乘》。次農書，亦皮毛。

閲《浮溪集》。《提要》云：“藻工于儷語。所作代言之文，如《隆祐太后手書》《建炎德音》諸篇，皆明白洞達，曲當情事，詔命所被，無不悽憤激發，天下傳誦，以比陸贄。雖楊萬里《誠齋詩話》紀藻與李綱不叶，其作綱罷相制詞，至比之驩兜、少正卯，頗不免爲清議所譏。然其文章自能雄視一代，固未可以一眚掩也。”佩綸案，藻始爲黄潛善所惡，其後復爲言者所論，以爲蔡京、王黼之客，秦檜死，始復職，不解何故，乃與忠定不咸，致干清議。今全録其詞，以爲文人輕於下筆之戒。

《李綱落職鄂州居住制》：“朋姦罔上，有虞必去于驩兜；欺世盜名，孔子首誅于正卯。肆朕纂承之始，昧于考慎之宜，相靡有終，刑兹無赦。具官某空疏而不學，凶愎而寡謀，志輕天下而自謂無人，權震朝廷而不知有上。靡顧國家之大計，但營市井之虚名。專殺尚威，傷列聖好生之德；信狂喜佞，爲一時群小之宗。比再被于延登，朕頗懷于虚佇。而果于修怨，姦以事君，庇己姻親，至擅刊夫詔令；括民財力，曾罔卹于基圖。念存體貌之恩，姑解鈞衡之任，雖居遠外，猶極優崇。謂上印以投閒，能闔門而訟過。乃傾家積,陰與賊通。伊舉錯之非常,于聽聞而實駭。宜鐫寵秩,移置偏州。昔漢棄京房,罪本繇于不道;唐誅元載,惡蓋在于罔悛。往革乃心,毋忘予戒。”

館臣案:“李心傳《繫年要録》:‘建炎元年八月,殿中侍御史張浚論綱擅易詔令,竊庇姻親等十餘事。上召禮部侍郎兼直學士朱勝非草制,罷綱爲觀文殿大學士、提舉杭州洞霄宫。時浚章不下,所坐皆宰相黄潛善密傳。右正言鄧肅疏辨綱實無罪,不知遣詞者何所據,而言十月以浚論綱罪,未已,落綱職。十一月,浚復論綱素有剛愎無上之心,復懷怏怏不平之氣,當置之嶺海,乃命鄂州居住。中書舍人汪藻草制’云云。即此篇也。藻蓋憑張浚前後論章遣詞,視朱勝非之得自密傳更復不同。故比之驩兜、少正卯、京房、元載因是爲清議所譏。《宋史》列之《文苑》,而曰屬時多事,詔令類出其手,雖豔之,實惜之也。”佩綸案,浮溪又有《秦檜制》,曰:“定策而安劉氏,素聞周勃之賢;矢謨而翊舜朝,終賴臯陶之智。”以繆醜爲臯陶、周勃,則忠定自是驩兜、正卯矣。雖曰官責代言,然亦見其胸無黑白,豈得以箭在絃上自解乎?

二十八日(4 月 24 日)雨止,微陰。　忠定入相,肘腋間有黄潛善、汪伯彦兩小人,即無張浚一劾,亦不能久於其位。而魏公之劾,則專以殺宋齊愈一事。齊愈論綱,謂:“民財不可盡括,西北之馬不可得,東南之馬又不可用;至于兵數,郡增二千,歲用千萬緡,費將安出!”綱即憾之不應,過於范宗尹、顔岐也。迨齊愈獄起,以一緋囊授浚曰:“齊愈不過遠貶,它時幸爲我明之。此李(實)[會]勸進張邦昌草稿也。”時御史王賓未得實,聞有文書在浚所,遽發篋取之。賓密諭會,使自辨析而證齊愈。齊愈引伏,法寺當齊愈謀叛斬,該大赦,罰銅十斤。帝曰:“使邦昌之事成,置我何地?”乃命殺之。據《三朝北盟會編》所引《遺史》,則曰:李擢與齊愈在圍城中,皆非純臣。擢先發制人,具齊愈議立邦昌事繳,駁之曰:“新除諫議大夫宋齊愈,昨三月初間,同王時雍等在皇城司聚議,乞立張邦昌,拜大金賜詔畢,書立狀時。雖時雍等恐懼不敢填寫邦昌姓名,而齊愈奮然執筆大書‘張邦昌’三字,仍自持其狀以示,四坐無不驚駭。齊愈自言‘自從二月在告不出’,誕欺若此! 今除諫議大夫,士心以爲當是陛下未知其人邪佞,而朝廷未有人論列，更乞聖裁!”遂罷諫議大夫，令御史臺王賓根勘具案。賓勘得：衆議推舉狀草，齊愈問王時雍：“舉誰?”後參驗，王時雍言語即是要舉張邦昌，輒自用筆于紙上書寫“張邦昌”姓名，呈時雍，又徧呈在座。李會狀亦同，似此罪狀明確，即不殺亦寬大特恩，殺之實不爲失刑。而魏公以素與齊愈相習，信其飾詞，受其來餽，徇朋友之私，忘宰國之急，君父之仇，而以劾忠定自任。夫忠定進退，繫南宋興衰，而罷相遷謫，實浚一力傾之，其罪視富平、苻離尤重矣。忠定於僞命一事，持之甚力。浮溪草隆祐制，亦在圍城中者，其必有懋于忠定，故於其去也，不禁喜溢胸宇，踴躍行詞，致立言全無皂白耳。

因此事復檢《建炎以來繫年要録》，閲之，據《日曆》六月癸未，齊愈罷官，根勘乃在李相上三議之前，《要録》乃據張栻私記耳。南軒以誣善爲幹蠱，既誑得徽公，又欲誑天下後世，而不知形迹之不可揜也。吕中《大事記》云，浚，齊愈友，潛善客，然則極論忠定，其爲徇私迎合可知。竊謂魏公如晉之劉琨。琨初亦爲賈謐客，而晚節以臣復自任，終亦無成。若劾忠定一事，則小人之尤耳。琨所不爲矣。

二十九日(4 月 25 日)晴。　至吴修甫處少談。

朱勝非《秀水閒居録》云：“李綱拜相再閲月，御史張浚、黄潛善所引，力攻綱，至貶海南。浚出使陝蜀，富平之役，追還薄譴，俾居福州，而綱自南遷回，亦寓是州焉。先是，綱百計求復用，富於財，交結中外，不效。及浚至，綱謂此奇貨，可以傾心結納。浚亦自云深悔前日之言，相與歡甚。紹興四年冬，金、齊合兵犯淮泗，朝廷震恐。宰相趙鼎者，嘗失身於僞楚，初無敢薦者，而浚獨薦爲言事官，鼎德之。至是乘急變召浚，浚復秉樞機。召命下，綱贐行百餘奩，皆珍異之物，又以《論時事疏》託之。浚至行在，即日進綱疏，且降語奬諭。明年敵退，鼎左相，浚右相並兼都督，即起綱帥豫章，許其入覲。”又云：“綱靖康初以右丞充御營使，謀劫敵砦，失利罷政，遂興伏闕之變，京城大亂。淵聖大懼。於是，賜予無度，晝夜絡繹，擁集門巷，行路不通。有人約計物價，不啻百餘萬緡。三月，上皇歸自江浙，以綱爲迎奉使。上皇畏之，群奄尤畏之，日加重賜，隨行珍奇既盡，至解御服犀帶賜之，宸翰褒嘉，具實懇告，聞者扼腕。至於拜綱宣撫使，往援太原，賜予金二萬兩，他物稱是。由是綱之私藏過於國帑，乃厚自奉養，侍妾歌童，衣服飲食，資身之具極於美麗。每饗賓客，殽饌必至百品，道路府傳常至數十擔。張相自福[州]被召，廳行一百二十合，合以朱漆鏤銀裝飾，樣製如一，皆其宅庫所有也。”余按，張、李解隙定交，此自有忠定雅量，魏公富平敗後，盛氣漸摧，悔心頗切，故能以國事釋憾。朱本張邦昌之戚，似此任意誣衊，讀之可怒，亦復可笑。然忠定猶蒙此謗，吾輩横遭口語，不足怨尤矣。

三十日(4 月 26 日)晴。　濮子泉扶柩回杭，泊舟三岔河韓家門口，往吊之。袁慰廷來。午後，寄孫慕韓一紙。

洛陽耆英會。

富彦國弼，年七十九。文寬夫彦博，年七十七。席君從汝言，年七十七。王安之尚參，年七十六。趙南正丙，年七十五。劉伯壽凡，年七十五。馮肅之行己，年七十五。楚正叔建中，年七十三。王不疑慎言，年七十二。張昌年問，年七十。張景元燾，年七十。

温公未及七十，用狄監盧尹故事，亦預于會，元豐五年也，時温公年六十四。

東坡《六一集序》曰：“歐陽子論大道似韓愈，論事似陸贄，記事似司馬遷，詩賦似李白。”推崇至矣。實則歐陽之才學識，不逮此四人遠甚。

四月初一日(4 月 27 日)晴。　崔琴友同年自皖來，合肥留之署中。午後，答之。

南宋以淮西之變罷張魏公，此罪之當罰者。秦檜主屈己求和之義，衆論皆以爲非，而高宗百折不回者，以還梓宫、太后及河南地耳。以還河南爲檜功，則金人敗盟，復失河南，豈得不以爲檜罪？而上意決不用魏公，檜亦不待罪求去，大奸劫制，牢籠之術，殊不可測。其後遂罷諸將兵柄，毅然誣僇岳侯，謂非與金通謀，夫誰信之？《北盟會編》載金人李大諒《征蒙記》曰：兀朮諸軍饑苦耳，不忍聞，獨與蕭平章計議，大言檄宋，約詣轅門計議，如敢違拒，星電水陸越江。月餘，忽蕭平章躍騎走報，與南使同來，止淮爲界，班師回泗，點集軍馬輜重騾馬，依稀四分，奴婢十中無六七。惜哉，軍機至此而不能決,若能決,無一人一騎回也。噫!宋之君臣方以得和爲萬幸,而金人議論乃如此,可謂朝無人矣。兀朮遺言,如宋敗盟,即用智臣爲輔,遣天水郡王桓安坐汴京;若守誓言,供須歲幣,色色往來,竭其財賦,使重斂擾民,必作叛亂。十五年後,南軍衰老,縱用賢智,亦無驅使。噫!自淮界中分之後,檜一相十八年,果中其南軍衰老之計。使非完顔内亂,以亮之梟雄,長驅南牧,豈采石一捷所能久持?夫戰固不易言,主和者尚無以公孫禄殁世之説誤乃國是也。

初二日(4月28日)晴。　伯平自大名來,夜過晦若一談。湯伯述由都引見回。得崔惠人同年書。

虞允文楊林之捷誠非赤壁、淝水可比,然爾時海陵果由采石渡江,則李顯忠尚未至軍,劉錡之疾已篤,金人長驅而下,席卷江東,紫茸不往攻泰州,其下無由弑逆。即大定已立,亮終不能撫有南邦,而宋之爲宋已不能國矣。然則虞公之功豈可没哉,蹇駒《采石斃亮記》、員興宗《采石大戰始末》所記,誠不免鋪張失實,王明清《揮麈三録》、趙甡之《遺史》則痛詆允文不遺餘力。熊克《中興小曆》則云:"時王權所留水軍車船咸在,而諸將未有統屬,莫肯用命,盡伏山崦,惟張振、王琪稍任其責。允文自建康來,因使人督之,敵舟漸近,於是振、琪與統制官時俊、盛新等徐出山崦,列於江岸。我軍用海鰍船迎擊(之),[士]皆死鬥,人舟沈溺,遂不能濟。"原云沈溺數萬,今不取。其意亦歸功諸將,尚得其平。蓋諸將非有一二人先作備禦,即一書生慷慨激勸,亦無由藉手以却敵也。然能戰自是諸將之功,勸其力戰自是允文之功,功狗、功人兩不相掩。及李顯未至軍,允文即以京口無備欲往任之,乞其分兵相助,所見殊爲忠壯。劉錡大功出一儒者語,自因瓜洲一敗引咎自責,其極推允文,正見錡之孤憤。乃全謝山作《劉錡論》,則以世之譏短劉太尉,皆允文之徒所造謗,而以允文楊林之勝張皇已甚。即據趙甡之《遺史》爲斷。且云:"亮於次日棄采石而趨瓜步,亦豈以允文之勝,蓋亮素畏太尉,聞其以病退,而瓜步已下,故思合勢以進,非因敗而走也。假使亮次日不去,金師竟渡,未卜允文何以應之。乃會逢其適,從而夸大之,且謂太尉愧死,不亦過乎?"所論殊未平允。夫楊林之捷,不能走亮,實已敗亮。亮至瓜洲,允文亦至鎮江,其氣固惟敵是求,即亮采石復濟，允文亦豈無以應之乎？謝山之意，以爲臨敵之際，宿將必過於書生，不知宿將之善於避事，更勝於書生也。

初三日（4 月 29 日）晴，午後陰。夜，聽内人彈琴。　伯平來。飯後，作《劉叔濤詩序》一篇。崔琴友、袁慰廷先後至。

温公《進資治通鑑表》曰："臣之精力盡于此書。"其《與宋次道書》曰："某自到洛以來，專以修《資治通鑑》爲事，至七八年，僅了得宋、齊、梁、陳、隋六代以來奏御。唐文字尤多，託范夢得將諸書依年月編次爲草卷，每四十年爲一卷。自課三日删一卷，有事故妨廢則追補。自前秋始删，到今已二百餘卷，至大曆末年耳。向後卷數又須倍此，共計不減六七百卷，須更三年，方可粗成編。又須編删，所存不過數十卷而已。"其費功如此。温公居洛十五年，故能成此書。今學者觀《通鑑》，往往以爲編年之法，然一事用三四處出處纂成，自其爲功大矣。不觀正史精熟，未易决《通鑑》之功績也。《通鑑》采正史之外，其用雜史諸書凡二百二十二家。以上《緯略》。佩綸案，《通鑑》以資治爲主，故删之令簡。然使當日少棄多取，則累代稗史雜史附之以傳，豈非幸事？宋三大書之外，以《資治通鑑》爲一大書。惜《元龜》不載所出，《英華》斷自《文選》以後，而《通鑑》又裁剪過嚴耳。

初四日（4 月 30 日）陰。仍衣棉。　姚馨圃自都來，持潤民師書見之，時赴兖曹濟道任。伯平之弟佩珩大令文瑋來談。

《輟耕録》："盧疏齋先生《文章宗旨》云：'古今文章大家數，甚不多見。六經，不可尚矣。戰國之文，反復善辨。孟軻之條暢，莊周之奇偉，屈原之清深，爲大家。西漢之文，渾厚典雅。賈誼之俊健，司馬之雄放，爲大家。三國之文，孔明之二表、建安諸子之數書而已。西晉之文，淵明《歸去來辭》、李令伯《陳情表》、王逸少《蘭亭敘》而已。唐之文，韓之雅健，柳之刻削，爲大家。夫孰不知，然古文亦有數。漢文，司馬相如、揚雄，名教罪人，其文古。唐文，韓外，元次山近古，樊宗師作爲苦澀，非古。宋文章家尤多。老歐之雅粹，老蘇之蒼勁，長蘇之神俊，而古作甚不多見。蓋清廟茅屋謂之古。朱門大厦，謂之華屋，可；謂之古，不可。太羹玄酒謂之古。八珍，謂之美味，可；謂之古，不可。知此者，可與言古文之妙矣。夫古文以辨而不華，質而不俚爲高。無排句，無陳言，無贅辭'"云云。案，疏齋此論，鹿門八大家所昉，桐城派無排句之説亦本於此。然所謂無排句，取其不華不俚也，非不準有一排句之謂。試以疏齋所指大家言之，孰是無排句者乎？古不古之説甚細，此即詩家古調、唐調之别，學古文者不可不知。

初五日（5月1日）晴。　午後，答陳伯平昆仲。過晦若，商定《詩序》。都中寄時文數種。晚，崔琴友、洪翰香來小坐。復趙菁衫書。

昨見沈文起先生《幼學遺書》有《王荆公文集注》，因思《東坡文集》獨無注，頗存掇拾之意。檢張金吾《愛日精廬藏書志》有《經進東坡文集事略》殘本二十九卷，爲宋迪功郎新紹興府嵊縣主簿臣郎廟日諱［曄］晦之所進。張氏曰："晦之即注《陸宣公奏議》者。前有孝宗《御製文集贊》及《贈太師制》。東坡詩文衣被天下，然《文集》未有注者。是書鉤稽事實，考核歲月，元元本本，具有條理，可與施元之、王十朋詩注相頡頏。原書卷數無考，今存卷一至卷十一，卷三十至卷四十，又卷二十一至二十七。每卷二字，俱有補綴之迹。細審板口，似是五字，所改或卷五十一至五十七歟？《季滄葦書目》著録，注：'宋板，不全。'此本每卷俱有滄葦記，即季氏舊藏也。"余案，月霄藏書及身斥賣，不知此本兵燹以後尚存否，若據以爲底本，豈非快事？又不知世尚有全書否。

初六日（5月2日）晴。　毛太淑人忌日，祀畢，枯坐愴然。

初七日（5月3日）晴。　黄秦生自徽州來。國瑄。袁慰廷辭行。午後，伯平過談。晚，崔琴友來小坐。仲璋由都回，在班卿處候榜。

《史通・品藻篇》："班書《古今人表》，仰包億載，旁貫百家，分之以三科，定之以九等，其言甚高，其義甚愜，及至篇中所列，奚不類於其敘哉！若孔門達者，顔稱殆庶，至於他子，難爲等衰。今乃先伯牛而後曾參，進仲弓而退冉有，求諸折中，厥理無聞。又楚王過鄧，三甥請殺之，鄧侯不許，卒亡鄧國。今定鄧侯入下愚之上，夫寧人負我，爲善獲戾，持此致尤，將何勸善？如謂小不忍亂大謀，失於用權，故加其罪。是則三甥見幾而作，決在未萌，自當高立標格，置諸雲漢，何得止與鄧侯鄰伍，列在其中庸下流而已哉？又其敘晉文之臣佐也，舟之僑爲上，陽處父次之，士會爲下。其述燕丹之賓客也，高漸離居首，荆軻亞之，秦舞陽居末。斯並是非瞀亂，善惡紛拏，或珍瓴甋而賤璠璵，或策駑駘而捨騏驥。以兹爲監，欲誰欺乎？"宋王觀國《學林》亦云："《古今人表》第九等謂之愚人，班固以不道之君、逆惡之臣皆置之九等，桀、紂、妲己、管、蔡、幽、厲、州吁、趙高之徒，皆在九等，宜矣。而鯀與周平王亦在九等之列，蓋鯀在舜之時，群臣僉舉以爲可治水，則其才智固已素稱於朝，不幸而績用弗成，則智有所困，而力有所不足故也，殛鯀，所以戒群臣。鯀非愚也，譬猶戰而敗績耳，戰而敗績，豈遽爾爲愚人耶？周平王爲西戎所逼，東遷以避之，迫於不得已也。平非不道之君，鯀非逆惡之臣，班氏列在愚人之等，誤矣。又如荀卿居第二，而孔子弟子則居第三，老子嘗爲孔子師，乃居第四，列子者有道之賢，莊周嘗師之，乃與師曠、扁鵲同居第五，孔文子爲孔子之所稱美，而反居第七。如此之類，升降不倫，不可勝計，奚足以盡公議耶？《表》無漢人，有古無今，豈書未成歟？"案，錢竹汀先生作《廿二史考異》，於班《表》頗存迴護。次古人不表今人，乃小顏之説。竹汀則云："今人不可表，表古人以爲今人之鑒。孟堅《序》但云究極經傳、總備古今之略要，初不云褒貶當代，則知此表首尾完具。"又《原序》："桀、紂、龍逄、比干欲與之爲善則誅，于莘、崇侯與之爲惡則行。可與爲惡，不可與爲善，是謂下愚。"錢云："依此文，桀、紂當竝列九等。今《表》以紂與妲己、飛廉、惡來列九等，而桀與末喜、于莘乃在八等，又失載崇侯名，皆轉寫之譌脱也。"今本次第亦展轉錯誤，與張晏、劉知幾所見本岐異。如張晏云老子在第四，今本列第一格，乃唐人刊定本。《舊唐書・禮儀志》天寶元年丙申詔《史記・古今人表》玄元皇帝昇入上聖，正謂此也。南監本老子在第四格，郯子之後，此班氏元本。張晏云田單、魯連、藺子在第五，今本魯、藺在第二格，田單在第四格。又，張説寺人孟子在第三，今在第四格。嫪毐上烝昏亂，惡不忍聞，乃在第七，今本不列毒名。至知幾所指，如晉文臣佐，今本則舟之僑、陽處父均在第三，士會在第四矣。燕丹賓客，則高第四，荆第五，秦第六矣。《史通》原注乃五、六、七三等。鄧侯原注第七等，今則在第六。三甥本第六等，今則第五，非轉寫訛舛，即後人以意升降，均失其舊。《文集》又有《漢書古今人表跋》，云："此《表》爲後人訾病久矣，予獨愛其表章正學，有功名教，識見敻非尋常所能及。觀其列孔子於上聖，顔、閔、子思、孟、荀於大賢，孔子弟子列上等者三十餘人，而老、墨、莊、列諸家降居中等，孔氏譜系具列表中，儼然以統緒屬之。其敘次九等,祖述仲尼之言,《論語》二十篇中人物,悉著於表,而他書則有去取。後儒尊信《論語》,其端實啟於此,而千餘年來鮮有闡其微者,遺文具在,可覆按也。古賢具此特識,故能卓然爲史家之宗,徒以文章雄跨百代推之,猶淺之爲丈夫矣。"佩綸案,錢氏之説過涉推崇班《序》,以未知焉得仁?定仁爲二等,智爲三等,令尹子文之忠、陳文子之清,皆孔子論定,所謂未知者而冒居三等智人之列,固已顯背。《論語》臧文仲竊位蔽賢,居蔡,山節藻棁,何如其智也,亦在智人中。逸民七人,伯夷、叔齊、朱張、少連均在二等,可也,虞仲何與周章並居五等?既以朱張爲人名,不應獨遺夷逸,而柳下惠不見《表》中,尤爲疏漏。子禽、陳亢,定是一人,而陳亢、子禽均居五等,陳子亢又居六等。其於《論語》之學疏舛實多,恐不能盡以傳寫重沓譌誤爲之曲解。叔梁紇誕生聖子,逼陽之役勇聞諸侯,何至與弒逆之中行偃、被僇之揚子同儕下上?是亦顛倒任意者耳。要之,此《表》實《漢書》一贅疣,不存可也。

初八日(5月4日)晴,巳刻陰晦。　陳兒患水痘。黄秦生來,留之午飯。盛宣懷過談。得九弟書。

初九日(5月5日)晨雨雹。　秦生來竟日。

初十日(5月6日)陰。　湯伯述來。午後,答秦生。連日棖觸舊游,百感横集,讀書不能終卷也。袁敵之大令過談。晚,與琴友至仲彭處小坐。

晦若最喜鮚埼亭古文,余亦愛其文之雋快,然其中亦有過當者。如《春秋五霸失實論》,以五霸,齊一、晉四。"文公垂老得國,急於求霸,既有成矣,而圍鄭之役見欺於秦,此其所以深恨也。幸襄公真肖子,足以繼霸,自靈以後而始衰,成公以邲之敗,幾失霸,至景公而復振,至厲公而又衰,中興於悼,其規模赫然有先公風。平公以後,至昭、頃則無譏矣。故文也,襄也,景也,悼也,接齊桓而五。"案,晉成公以魯宣九年卒于扈,十二年始戰于邲,則晉景公之三年也,安得以邲之敗屬成而謂景公復振乎?邲敗之後,景雖拓土赤狄,搴戰勝齊,而前者宋人告急,委之鞭長莫及;後者陽橋之役,魯人竊與楚盟,晉亦不能討也。既而歸公子穀臣與連尹襄老之尸,以求知罃。既而歸鍾儀以求成,始終畏楚。華元之合晉楚,遂開向戌之先。是謂華夷狎主，齊盟中國，失伯之漸，豈得儕諸五霸之中？夫霸政以攘楚爲功，厲雖不終鄢陵之役，上繼城濮，下開三駕，何可没也？若厲以被弑見抑，則齊桓身後，至於諸子争立，蟲出於户，豈得復屏小白乎？要之，《春秋》謹内外之防，嚴華夷之界。楚莊、吴夫差，决不能推之爲伯，即秦穆亦止倔强西戎，安有尊王禦侮之績？五霸之説自當求諸東西二伯中，以"五霸，桓公爲盛"語求之，諒非自桓而始。與其爲齊一晋四之説，不如以齊僖小霸，開桓之先，而以襄、悼續文之後，較爲平允耳。他日更與晦若決之。

十一日(5月7日)晴。　秦生來辭，將入都見高陽，作一書與之。午後，贊臣、楚寶均見過。

余在塞上，以李雁湖《王荆公詩注》甚略，頗取宋人稗説補之，復求沈文起《荆公文注》不得，時以爲念。謝山有《題雁湖注荆公詩跋》，云："《荆公詩注》五十卷，見於昭德《讀書志》，而不詳誰作。今雁湖之卷與之合，然晁侍郎年輩不及見嘉定以後書，則《志》所列别是一本，非雁湖作也。但不知雁湖之前既有注，何以絶不一引及之，不可解矣。雁湖居撫州，築峨峰草堂以箋公詩，又引曾景建以自助，其功甚勤，其材甚博，然尚不能無失。信乎注書之難。"吴兔牀騫《拜經堂詩話》："雁湖《王半山詩注》，海鹽張氏所雕者，乃元劉辰翁節本，失雁湖本來面目。曾見知不足齋所藏半部，箋注並全，每卷後又有庚寅補注，不知出自何人，晁氏《讀書志》亦未之及，或疑即雁湖所補。考壁以寧宗開禧丁卯出居臨川，箋注詩集當在是時。其卒于嘉定壬午，至理宗紹定庚寅，雁湖殁已八載，安得復出其手？或其門人如魏鶴山序中所謂李四美之流爲之，則未可知耳。"觀此兩則，雁湖以前有注，雁湖以後有補注，而張刻尚非雁湖足本。藏書不多，何能輕言著述哉！

十二日(5月8日)陰。　過晦若，以容民下第甚悶，鶴巢、永詩均報罷，無一相識者。得都中書，九弟寄素心蘭八盆來。

琴友澹泊誠確，而性好道書，偶談老莊，亦有心得。顧獨癖耆神僊之説，以爲長生可致，未免其蔽也愚。嘗告合肥，以親見純陽，得其秘授，欲傳之，合肥師大笑而止。琴友畏余口，亦不告我也。案，世所傳純陽詩大都囈語。《直齋書録解題》有"《肘後三成篇》一卷，稱純陽子"，"其言《小成》七，《中成》六，《大成》五，皆導引、吐納、修鍊之事”。又有《純陽真人金丹訣》一卷，與《三成篇》微不同，大要皆依託也。明段元一，自號涵虛子，又號永明道人，崇禎間摭拾《道藏》之言，以端的上天梯爲號，著《化機彙參》五卷六十四篇，序稱親請正於吕洞賓。《提要》稱其爲乩僊幻術所惑，可云透頂之識。余每笑秦皇、漢武皆聰明英異之才，乃惑於神僊，爲方士所弄，又何怪宋真宗之愚騃、徽宗之佻達者？名臣大儒如李鄴侯之讜直，乃自稱嘗與赤松、王喬、羨門、安期游處，終屬詭誕不經。朱子少耽禪學，已爲識者所訾，乃爲《參同契》考定同異，實則所校勘不過六七處，餘皆隨父詮釋，有類箋注。雖云貶謫之後藉此排遣，殊屬學力不純，較昌黎之邀大顛同游，亦復何别？東坡《靖長官詩》，雖文人游戲，有託而逃，然亦習聞東封西禪之説，見理不真，究屬詩中一病耳。夫求僊與養生，截然不同，静與躁，嗇與貪，極相反也。以躁與貪求長生，可乎？

十三日（5月9日）晴，午後陰。　潤師寄雁湖《荆公詩注》來。余昨方考證此本，亦巧合矣。又賜年刻《陸宣公奏議》一部，皆精本也。昨得子涵一紙，索北食，寄之。午後，仲璋來談，商定回館日期。陳兒病嗽將半月，令林聯輝視之，據云所患頗重，以屋小霉氣所蒸也。

《鶴林玉露》:“葉石林云：‘杜工部詩對偶至嚴，而《送楊六判官》云“子雲清自守，今日起爲官”，獨不相對，切意“今日”當是“令尹”傳寫之謁耳。’余謂不然，此聯之工，正爲假‘雲’對‘日’耳。兩句一意，乃詩家活法，若作‘令尹’則索然無神。且送楊姓人，故用子雲爲切題，豈應又泛然用一令尹耶？如‘次第尋書札，呼兒檢贈篇’，亦是以‘第’假對‘兒’，詩家如此類甚多。”又云：“杜詩‘桑麻深雨露，燕雀半生成’，後山詩‘輟耕扶日月，起廢極吹噓’，或謂虛實不類。殊不知生爲造，成爲化，吹爲陰，噓爲陽，氣勢力[量]與雨露日月正相配也。”案，羅氏如此論詩，殊涉纖瑣。

十四日（5月10日）晴。　得八弟書。李筱荃丈寄《廣雅局叢書》來。晚，邀仲璋、修甫便酌，令陳兒來齋中静養。

十五日（5月11日）晴。　以兒輩書室須小改窗户，暫移几案於晦若之西齋，琴友下榻處也。屋尚絜凈，然院亦偪側，署中甚隘，少隙地也。仲璋回館，修甫辭歸贊臣處。

伯述極稱孫可之古文，此欲求異於桐城，而失之奇僻者。《讀書志》引東坡之言，稱“學韓愈而不至者爲皇甫湜，學湜而不至者爲樵”。毛晉以坡爲非，《提要》則深韙之，此實可之定評也。汪韓門有《孫文志疑》一篇，謂三十五中惟《文粹》所傳十篇爲真，餘皆僞託。此亦極力迴護可之之説，故紀文達不以爲確。可之集《自序》云：“檢所著文及碑碣書檄、傳記銘記，得二百餘篇，叢其可觀者三十五篇，編成十卷。”竊謂十卷本乃其二百餘篇足本，今存三卷，乃其三十五篇選本也。三十五中十篇獨佳，則姚氏選擇之精耳。即以十篇論之，《武侯碑陰》云：“武侯之治，比於燕奭，彼屠齊城、合諸侯，在下矣。”陳《志》固云：“梁益之民，咨述亮者，言猶在耳。雖甘棠之詠召公，鄭人之歌子産，無以遠譬也。”則亦仍本之承祚，未爲創見。《西齋録》簡古自喜，然以“天后擅政之年，下繫中宗”，此説《通鑑》取之，何義門、全謝山均不以爲然。懼後世牽以稱臨也，句亦未妥帖，前云“叢冗禿屑”，後云“叢閣飽帙”，與其《自序》“叢其可觀者”參看，有意造奇，實則捉襟肘見矣。《復佛寺奏》與《諫佛骨疏》，無論文字高下，一則自奏，一則擬之，令李行方代奏，李亦卒未奏也。一虛一實，分量遂相去遠矣。學韓不成，其敝猶可爲湜；學孫不成，則澀而怪，奚可擇術不精，走入僻徑乎？

十六日(5月12日)晴，天氣漸煖，御袷衣。　呂庭芷前輩來。洪翰香過談，云胡墨莊先生之族從孫會試過此，有家藏《墨莊遺書》可以寄贈，詢墨莊先生家事，則惟一霜居孫婦，不知有遺息否。午後，過晦若久坐，論古文甚暢。晚，朱存言黄定侯超群已於去年下世，馬江同事，零落已盡矣。胡名青雲，己卯舉人。

合肥處送闈墨來，閱之。寄宗湘文、龍松琴兩書，皆久忘作答者。

十七日(5月13日)晴。　午後，翰香偕劉仲儀文鳳來。劉生，桐城人，集賢都講也。

十八日(5月14日)晴，有風。　廉生寄書數種來，作書復之。午刻，載之寄贈《聖教》一册，乃程易疇藏本，有拙老人宏遠堂藏記，易疇及何蝯叟兩跋，未斷本也。沈石田一小幅，亦精絶。安圃書來，云粵西有亂，首逆已擒。至仲彭處少談。爲黄秦生寄朱亮生書。

《直齋書録解題》：“《唐百家詩選》二十卷，王安石以宋次道家所有唐人詩[集]選爲此編。世言李、杜、韓詩不與，爲有深意，其實不然。按，此集非特不及此三家，如王右丞、韋蘇州、元、白、劉、柳、孟東野、張文昌之倫，皆不在選。意荆公特選，世所罕見，其顯然在人者，固不待選耶？抑宋次道家獨有此一百五集，據而擇之，他不復及耶？未可以意斷也。”館臣案：“晁公武《讀書志》：宋敏求爲三司判官，嘗取其家所藏唐人一百八家詩，選其佳者凡一千二百四十六首，爲一編。王介甫觀之，因再有所去取，且題曰：‘欲觀唐詩者，觀此足矣。’世遂以爲介甫所纂也。”《提要》云：“《讀書志》作於南宋之初，去安石未遠。晁氏自元祐以來，舊家文獻，緒論相承，其言當必有自。邵博《聞見後録》引晁説之之言，謂荆公籤帖其上，令吏鈔之，吏厭書字多，輒移所取長詩籤，置所不取小詩上，荆公性忽略，不復更視，今世所謂《唐百家詩選》曰‘荆公定’，乃群牧司吏人定也。其説與公武又異，然説之果有此説，不應公武不知。考周煇《清波雜志》，與博所記相合，煇之曾祖與安石爲中表，煇持論多左袒安石。當由安石之黨以此書不愜公論，造爲是説以解之，託其言於説之耳。”今本爲宋牧仲所刊，余購得之。較《讀書志》所云多十六首，《提要》以爲《讀書志》寫者之誤，此書或以爲僞。閻百詩先生歷引《唐詩品彙》及《書録解題》以證其真，然以《讀書志》考之，詩已溢於次道原選之數，不見荆公去取之迹，然則此本乃次道所選，非吏人易之，亦非荆公定本也，否則昭武《讀書志》誤耳。高達夫、皇甫茂政、岑嘉州、韓致堯四家最多。

十九日(5 月 15 日)晴。　醫云陳兒已痊，而余咳矣。仲璋來談，問四六源流。得八弟書，寄琴絃四分，作一紙復之。誼卿書來，云清卿五月可入都。

二十日(5 月 16 日)晴，甚煖。　復謝載之。兩至晦若處久談遣悶。咳甚，不能閲書。晚，李子木自都來。

二十一日(5 月 17 日)晴。　得鶴巢書，卷爲戴兆春所擯，久困場屋，爲之慨歎。

二十二日(5 月 18 日)晴，甚煖。　復誼卿書。午後，翰香來。重校《臨川集》。塞上校李注，此以李注過《臨川集》。

二十三日(5 月 19 日)晴。　得高陽書。

二十四日(5 月 20 日)晴。　以時魚兩尾寄高陽。晚，秦生來。陳兒已愈，令回書室。

二十五日（5月21日）晴。　秦生來，夜咳甚，不能成寐。

二十六日（5月22日）晴。　昏臥竟日。夜，作一箋謝潤師賜書。

二十八日（5月24日）晴。[1]　沈丹曾來。寄伯潛書。吴蘭石及秦生均來談。連日擾擾，不能讀書。爲秦生作香濤一紙。

二十九日（5月25日）陰，晚大雨。　午後，送秦生歸。移尊至晦若處小酌，共嘗時魚，雨中涼爽，酒亦微醺。復勞玉初一紙。

梁詩五孝廉來，商子峨《管注》，意欲寫定刊行，請余一閲，允之。子峨考證稍疏，議論頗有闡發處，似宋明人説經，爲《管子》開一生面，似亦可存耳。

五月初一日（5月26日）晴。　夜，秦生來，得廉生書也。載之寄羊毫及新翻《聖教》。

初二日（5月27日）晴。　容民下第，歸咯血，偕晦若連騎候之。湯伯述來。晚，過晦若久坐。

三餘堂送書來，得《宋詩紀事》一百卷，《才調集》二馮評本，乃闕一卷矣，還之。韋縠編，十卷，千首。

《提要》云："縠生於五代之際，所選取法晚唐，以穠麗宏敞爲宗，救鸁疏淺弱之習，未爲無見。至馮舒、馮班意欲排斥宋詩，遂引其書於崑體，推爲正宗。不知李商隱等，《唐書》但有'三十六體'之目，所謂西崑體，始於宋之楊億等，唐人無此名也。"

馮武序："先世父默庵、鈍吟兩先生，承先大父嗣宗公博物洽聞之緒，學無不該，尤深於詩賦。默庵名舒，字已蒼，以杜樊川爲宗，而廣其道於香山、微之。鈍吟名班，字定遠，以温、李爲宗，而溯其源於《騷》《選》、漢魏六朝，雖逕路不同，其必謹飭雅馴則一也。"兩先生皆右西崑而闢江西，誠恐後來易入魔道。

又云："韋君以白傅冠通部，取其昌明博大，有關風教諸篇，而不取其閑適小篇也；以温助教領第二卷，取其比興邃密，新麗可歌也；以韋端己領第三卷，取其氣宇高曠，辭調整贍也；以杜樊川領第四卷，取其才情横放，有符風雅也；以元相領第五卷，取其語發乎情，風人之義也；以太白領第

[1] 按，缺二十七日日記。

六、第七卷，而以玉谿生次之，所以重太白而尊商隱也；以羅江東領第八、第九卷，取其才調兼擅也。其他如司空表聖非不超逸，而不取，以其取材不文也；李長吉歌行非不峭媚，而不取，以其著意險怪，性情少也；韓退之非不協《雅》《頌》，而不取，以其調不穩也；柳柳州非不細麗，而不取，以其氣不揚而聲不暢也；高達夫、孟浩然非不高古，而所取僅一二篇，以其堅意不同也；韓致光《香奩》非不豔冶，而不取，以其發乎情而不能止乎禮義也；襄陽、東野非不奇，而所取亦僅一二，以其艱澀也。要之，韋君此書，非謂可盡一代之人，亦非謂所選可盡一人之能事，合者取之，不合者棄之，亦自成韋氏之書云爾。"余按，簡緣之説亦類於"固哉高叟"，實則韋氏不過宗法中晚。二馮一喜元白，一喜温李，因之立説，要自成爲馮氏之學，非韋氏之書必如此也。趙飴山執此以與漁洋抗衡，楚固失矣，齊亦未得。

初三日（5 月 28 日）晴。　午後，班卿來。閱散館單，伯潛之弟叔毅改部屬。閱《歸太僕集》竟日。同年王玉森梅舫以疾久不散館，此次入都散知縣。

初四日（5 月 29 日）晴。　過晦若談。贊臣來。朱存辭去。塞上三年，舊僕均無去志，余以爲人情不薄。及來津，又閒居四年，則瓦解矣，世豈有潁士奴哉？

載之寄翻刻宋拓《聖教》一本。"佛道崇虚"之"道"字，兩點有黑子間之，此已摹失。"波""飛"二字亦無黑子。

初五日（5 月 30 日）陰雨。　寄黄鐵生書，交聯僊蘅轉致，並復廉生數行。夜，作九弟書，論鄉事。樂山有書，復之。

初六日（5 月 31 日）陰。　楓臣來辭。午後，劉儒章教授世珍來，以己丑進士歸班選奉天昌圖府教授，乃乙亥伯潛所得士，同邑縣西北人。

初七日（6 月 1 日）晴。　得載之書。復高陽一箋，交姚斛泉。李觀察興鋭來，以薛叔耘電見示，不預世事，一笑置之。

《大雲山房雜記》引《默記》言，歐陽文忠省試請題，乃目眊瘦弱少年，各書皆言公貌豐，豈弱於前而豐於後耶？此《記》可笑。人少年瘦，晚年或肥，此何足怪？

《記》又云："昭烈伐吴，乃欲伐吴之後滅魏耳。蓋以荆州前事爲戒，恐出師中原，吴躡其後也。又其時吴弱小於魏，先攻弱小，舉弱小則足以持强大矣，况魏爲國之賊，吴爲賊之黨，春秋之義，宜先翦者哉。後世以猇亭不幸，遂斥爲憤兵。不知昭烈生平，未嘗以一事悻悻，不過以吴殺前將軍爲出師之名，其謀則未嘗不深遠也。”余案，此説甚是，然尚有未盡。武侯隆中之對本云：“天下有變，則命一上將將荆州之軍以向宛、洛，將軍身率益州之衆以出秦川，百姓孰敢不簞食壺漿以迎將軍者乎？”荆州未失，隱然以上將屬前將軍矣。即失荆州，亦止能自出秦川，而命趙順平輩攻吴，故武侯謂“法孝直若在，則能制主上，令不東行；就復東行，必不傾危”。其意蓋欲昭烈征魏，别將東行，若東行不致傾危，亦是一策。但終失討賊之義，日久則魏已定矣。

初八日（6 月 2 日）晴。　得九弟書。花農來。過晦若略話。

初九日（6 月 3 日）晴。　以衣料鍼黹復都寓，答允燮之贄也。答庚樂秋一紙。連日整理書帙，眉目稍清。夜，得陳伯平太守書。

初十日（6 月 4 日）晴。　得子涵書。復誼卿一紙。

十一日（6 月 5 日）晴。　趙燧冬明經曾槐、羅與三孝廉崇齡、陳佩珩司馬文瑋均來。復子涵書。

余十八游海陵，從載之得《兩當軒詩》，愛不忍釋手，抄全集半月而成，詩筆頓進。其後抄本爲八弟取去，案頭亦未購《兩當軒》也。今日書賈偶持書數種來，中有此集，遂買之。披閲一過，如遇故人。按，子木論詩云“中有黄滔今太白”，翁覃谿亦云“詩非雙井乃太白”，其序中並云稺存評其詩出於太白，然稺存《然犀集》中則謂仲則詩宗少陵、昌黎，亦時時染指昌谷也。今觀仲則有《詩評》七則，云：“杜固詩之祖，而李東川實可謂祖所自出，後人法門亦遂無所不備。篇幅雖少，而渾然元氣，已成大觀矣。愚見欲以岑嘉州與李昌谷、温飛卿三家彙刻，似近無理；然能讀之爛熟，試令出筆，定有絶妙過人處，亦惟解人能知之也。阮亭云歐陽文忠七言長句高處直追昌黎，自王介甫輩皆不及也。愚謂歐、王異派，各有佳處，不能較優劣也。王詩得辛味居多，其沈雄處，要不減前人。二晁宗蘇參黄，其沈峻刻鍊處，又公然有離立之勢。補之篇幅尤大，按其勝處，竟直入昌黎之室矣。人多謂附蘇而傳，詎知有非蘇亦傳者耶？遺山詩學杜兼李，天資才力，爲後起之勁，微嫌其成句太多，然不害爲盤盤大手筆也。伯生沈鬱頓挫，不肯爲一直筆，固是後來之雄，但有過爲團刻處，一失之運掉不靈耳。”此可得其宗旨所在。穉存與之深交，爲得其實，袁翁以爲似太白，就其資近耳。潘瑛《詩萃》云：“七古神奇變化，獨近青蓮。觀其《太白墓詩》有云‘我所師者非公誰’，可以知所本矣。”不知學韓即上兼李杜，下啟歐王也。

十二日（6 月 6 日）陰，小雨時作時止。　爲兩兒改文字數篇。答永詩。陸蔚廷同年乞假南旋。

十三日（6 月 7 日）晴。　安圃有書，以二百金還載之。

十四日（6 月 8 日）晴。　復安圃書，寄家塾束脩廿兩。

十五日（6 月 9 日）晴，蒸煖。　寄都中書，並附潤師啟，明日均交摺弁。

十六日（6 月 10 日）晴。　過晦若談。得雲舫書。聞梅舫同年欲改教，書生末路，聞之慨歎。直隸同年入詞館六人，曉帆乃戊辰補殿試者，子錚散館知縣，心齋以杭嘉湖道攝臬事，雲舫以祭酒直上齋，皆須鬢蒼然矣。梅舫久病，無子女，今年已六十，最爲潦倒也。趙燧冬辭行。

《韓詩外傳》：“學以爲人，教以爲己。”此兩語道盡世儒伎倆。

十七日（6 月 11 日）晨雨，涼爽。　午後，答陳佩珩。爲兩兒改賦兩篇、詩四首，甚覺疲乏。

樂府中有閱世語。《飲馬長城窟行》：“枯桑知天風，海水知天寒。入門各自媚，誰肯相爲言。”讀之，煞有餘味，少時亦自忽略讀過。

《尚書》孔疏引《晉書·皇甫謐傳》云：“姑子外弟梁柳邊得《古文尚書》，故作《帝王世紀》，往往載《孔傳》五十八篇之書。”又云：“晉太保公鄭沖以《古文》授扶風蘇愉，字休預；愉授天水梁柳字洪季，即謐之外弟也；季授城陽臧曹字彥始；始授汝南梅賾字仲真，爲豫章內史。遂于前晉奏上其書而施行焉。”此兩事今《晉書》皆不載，《尚書後案》以王肅注與孔傳多合，遂謂《僞古文》非謐所造，即肅所造。余謂謐、肅自造而自引之，未免心勞日拙，焉知非僞書竊取《世紀》及肅注乎？是亦未可以竊鈇之疑斷鄰人也。《古文》真僞聚訟紛如，末學不復置論矣。閻百詩謂《論語》前經無“論”字，“論道經邦”出於《考工記》“坐而論道”。全謝山云閻必以《古文》爲僞，故有此說。是謝山之說頗主西河，然《鮚埼集》亦未昌言之也。

十八日(6月12日)陰。　督兩兒作課。九弟寄《三朝北盟會編》來，作書復之。夜，浴甚爽。

諭教之法，必擇正人。以漢文之賢主，豈不知賈、晁優劣？然賈傅懷王而晁爲太子家令，使賈生即老壽，景帝之世亦未必能大用也。而晁以刻覈導景，景即以夷三族報之，待師傅之恩可云薄矣。其後仁柔如孝元，乃迫蕭望之自殺。若孝成之尊禮張禹，詢以外戚，則更諛之，雖禹之老耄負國，亦以帝之懦更甚於孝元，王氏之權更甚於恭顯，殆深鑒於蕭傅之禍也。至於幼主即阼，例選名儒，如孝昭之蔡義、夏侯勝，孝和之桓郁，均恩禮始終，惜乎天禄不永，究爲憾事。宋之哲宗元祐，衆正盈廷，講讀極一時之選，然伊川竟特行貶黜，其他亦以紹述論起，概予貶謫，極無舊學之情。豈德由天縱，固非講幄所能挽迴匡救耶？至萬曆之於江陵，則又有説矣。

十九日(6月13日)晴。　過晦若談。伯平有書來，復之。陳兒又病，甚悶悶也。

《岑嘉州集》，《四庫》竟不收，未詳其故。今通行者，明刻八卷本，正德謝元良刊。又有三卷本，乃錢遵王所藏，後歸汪氏振綺堂。又有明初七卷本，昭文張氏所藏，云較明八卷本爲善，未之見也。《直齋書録解題》亦無岑集，《苕溪漁隱》於嘉州詩未録一條，似宋人不喜嘉州之證。惟荆公《百家詩選》嘉州詩最多，疑荆公亦有所矯也。集有京兆杜確《序》，稱其："徧覽史籍，尤工綴文，屬辭尚清，用意尚切。其有所得，多入佳境，迴拔孤秀，出於常情。每一篇絶筆，則人人傳寫。雖閭里士庶、戎夷蠻貊，莫不諷誦吟習焉。時議擬公於吴均、何遜，亦可謂精當矣。"七卷本張金吾又跋稱，歷考《唐書·藝文志》《崇文總目》《郡齋讀書志》《通志》《通考》均稱十卷，從無作八卷者。此本與確《序》合，似無脱佚，意者詩七卷，文三卷，合十卷歟？亦見《季滄葦書目》。惟跋云卷四有《唐博陵郡安喜縣令岑府君墓銘》《果毅張先集墓銘》二首，八卷本所無，不知兩文何編於第四卷中，殊無體例可尋，又無排律一類，似詩少於八卷本矣，亦未見其善本耳。按，《直齋》"别集類"未收十卷本，"詩集類"收八卷本，《通考》並收，張亦考之未審也。七卷、三卷定是十卷殘本，未能校其優劣。

嘉州，《新》《舊》均無列傳。《直齋》云："嘉州刺史岑參，文本之曾孫。

天寶三年進士，爲補闕左史郎官，與杜甫唱和。”晁氏云：“南陽人，文本裔孫。天寶三年進士，累官補闕、起居郎，出爲嘉州刺史。杜鴻漸表置幕府，爲職方郎中兼侍御史，罷，終于蜀。參博覽史籍，尤工綴文，屬辭清尚，用工良苦。其有所得，往往超拔孤秀，度越常情。每篇絶筆，人競諷誦。至德中，裴迫薦杜甫等，嘗薦其‘識度清遠，議論雅正，佳名早立，時輩所仰，可以備獻替之官’云。集有杜確序。”按，確《序》：“參，天寶三載進士高第，解褐右内率府兵曹參軍，轉右威衛録事參軍，又遷大理評事，兼監察御史，充安西節度判官，入爲右補闕。頻上封章，指述權佞，改爲起居郎，尋出虢州長史，又改太子中允兼殿中侍御史，充關西節度判官。聖上潛龍藩邸，總戎陝服，參佐寮史，皆一時之選。由是委公以書奏之任，入爲祠部、考功二員外郎，轉虞部、庫部二正郎，又出爲嘉州刺史。副元帥相國杜公鴻漸表公職方郎中兼侍御史，列於幕府，無幾使罷，寓居於蜀。時西川節度因亂受職，公著《招蜀客歸》一篇，申明逆順。旋軫有日，吉往凶歸。”晁、陳撮敘殊不詳也。《宰相世系表》作嘉州都督。案，乾元元年三月，劍南節度使盧元裕請升嘉州爲中都督府，尋罷。《舊書·地理志》“劍南道”。參爲元帥府參佐，始刺嘉州。德宗以元帥會軍於陝州，乃代宗即位時事，都督府罷久矣。其後始出爲嘉州，乃刺史也，《世系表》誤。

二十日(6月14日)晴。　洪人使恩毓來，候選入都。雅賓同年來。福建遺缺，將補延平。容民入署。

以《文苑英華》《唐百家詩選》校明刻《高常侍》《岑嘉州集》，因歎世之議荆公《詩選》，殊無真見也。其説曰：“吏厭書字多，輒取所籤長詩移置所不取小詩上。荆公性忽，遂不復察。”此實謬論。荆公自作一詩，往往推敲入細，改至三五次始定，豈於選詩忽略至此，坐令吏人欺蔽，形如木偶乎？夫詩之佳否，豈以長短爲憑，安見荆公不一取小詩而必盡取長篇者？即以高、岑二家斷之，高詩七十二首律詩僅[1]首，餘皆古詩長篇；岑詩八十一首，選古詩至四十五篇，此豈吏之所易置者乎？且其選兩家詩於其名篇俊作盡入，搜羅去取甚有深意。不知何者不愜公論，而其黨必造爲此説以誣荆公也。夫荆公之新法可議，而其文章固未可輕議。或因其文而取其人，

① 按，原文此處空格，没有數字。

務翻定論；或因其法而議其文，全作貶詞，皆非也。

二十一日(6月15日)晴。　楊上舍朝慶字雲史，伯行之婿來謁。夜，杜、李兩賈赴滬，以二百金交其物色書帖。答雅賓同年。

二十二日(6月16日)晴。　楊雪廬孝廉來。

得高陽復書，寄狼毫十支，作書謝之。午後，答容民。夜，至仲璋處小坐。寄二百金與載之。閩督卞寶第乞老，允之。

二十三日(6月17日)晴。　季士周來，商戴子輝求合肥書院事。

《漢魏百三名家》僅存西漢九人，《提(庫)[要]》謂枚叔亦可輯成一集。案，《隋·經籍志》漢之有集者：《武帝集》一卷梁二卷；《淮南王集》一卷梁二卷；騎都尉《李陵集》二卷；諫議大夫《谷永集》二卷；司空《師丹集》一卷梁三卷，録一卷；光禄大夫《息夫躬集》一卷；《班婕妤集》一卷，合所輯九集，共十六集。① 其梁有隋亡者，曰《鼂錯集》三卷；曰漢弘農都尉《枚乘集》二卷，録各一卷；曰光禄大夫《吾丘壽王集》二卷；曰太常《孔臧集》二卷；曰丞相《魏相集》二卷，録一卷；左馮翊《張敞集》一卷，録一卷；曰射聲校尉《陳湯集》二卷；丞相《韋玄成集》二卷；曰涼州刺史《杜鄴集》二卷；騎都尉《李尋集》二卷，共七集，合前爲二十六集。《舊唐[書]》以《開元四部》爲志，所列漢集曰：《武帝》二卷；《淮南》二卷；《賈誼》二卷；《枚乘》二卷；《司馬遷》二卷；《東方朔》二卷；《董仲舒》二卷；《李陵》二卷；《相如》二卷；《孔臧》二卷；《魏相》二卷；《張敞》二卷；《韋玄成》二卷；《劉向集》五卷；《王褒集》五卷；《谷永集》五卷；《杜鄴集》五卷；《師丹集》五卷；《息夫躬集》五卷；《劉歆集》五卷；《揚雄集》五卷。視梁，闕班倢伃、鼂錯、吾丘壽王、陳湯、李尋五集，而卷數或多於梁。今九集已非原本。此十七集，以嚴氏所輯《漢文》考之，武帝存詔令九十八篇，賦一篇，辭一篇，《河渠書》有《瓠子》《宣房》兩歌。幾溢二卷之數。淮南存二篇，班倢伃存三篇，孔臧存六篇，鼂錯存九篇，司馬遷存四篇，吾丘壽王存三篇，李陵存四篇，《文選》有詩三首。魏相存七篇，韋玄成存六篇，陳湯存二篇，谷永存廿五篇，師丹存四篇，李尋存五篇，息夫躬存四篇，而《張敞集》則全輯之，得十五篇，與嚴同。《枚叔集》則周守敬輯

① 此處眉批：九集惟《賈誼集》隋已亡，《褚少孫集》即所補《史記》，古無此集，乃張氏臆撰。

之，得廿四篇。嚴輯不收詩，僅十五篇。《文選》謝朓詩注引《枚乘集》有《臨灞池遠訣賦》，今亡。大可爲《隋志》作證也。

二十四日（6月18日）陰。　摺弁入都，寄復陳仲勉、叔毅及壽伯茀書。

二十五日（6月19日）晴。　雅賓來談。

“直遵化之南餘一舍，有山壁立而秀者，蓮峰也。求之圖志，不知其所本。里俗舊云，以其諸峰環列，狀若浮蓮，或謂山有蓮池，而因以名焉。遼大安八年，祐國寺僧傳戒上人普鑒，厥初往來山間，駐錫泉上，初謂蓮華院。後歲旱得雨，報謝之夕，池有神龜浮鏡而出，又山巔時見大窣堵波。寶塔龜鏡之名始于此矣。”王寂拙軒《寶塔山龜鏡寺記》也。其《記》又謂，靈蹤秘迹皆質于傳戒之塔銘與義熙之石刻。義熙蓋晉安帝年號，此地非晉有，何從而致此？相傳是碑與石羅漢像三，皆發地得之。惟池廢但存一井矣。此碑乃遵化一故事，而今州志遺之，亦足見秉筆者之淺陋耳。因與兒輩説鄉事，筆之。

王寂之弟名宲，自號曲全子，拙軒有其《詩集序》，惜已不存。①

《中州集》：寂，薊州玉田人。而寂敘其父《行狀》，乃大名莘人，六世祖晝乃文正從弟，爲遼人所得，羈縻于景州南部落，因家焉。葬遵化縣，未涉玉田一字也。

二十六日（6月20日）晴。　李大令振鵬來，求見甚切，及見，乃干以事，可鄙，揖而退之。午後，延永詩來爲陳兒一診。夜，薄飲醺然。得誼卿書。

二十七日（6月21日）晴，夏至。　復誼卿書，寄五十金，還金吉石書畫價，交載之。

二十八日（6月22日）晴，大風。　晨起，得蘇州書估侯念椿書，言有宋無注《管子》一本，半葉十行，行廿一字。屬誼卿致之。廉生寄書數種。永詩昆仲同來。雅賓辭行。有持曉嵐先生所藏朱文正、彭文勤、翁覃谿、錢辛楣諸公尺牘均與文達書也來售者，欲以賤值得之，索價太昂，摩挱良久而已。

---

① 按，四庫本《拙軒集》，卷六有《曲全子詩集序》，卷五有《寶塔山龜鏡寺記》。

二十九日(6 月 23 日)晴。　得宗氏昆仲兩書。子涵寄聚珍板八十餘種來。傍晚,送雅賓行,並聞李村夫人過津,至潘子静處見之。

《論語意原》,宋鄭汝諧撰。《提要》云:真德秀稱其出于伊洛,然所說頗與朱子異。如衛靈公問陳非不可對,乃有託而逃;以子賤爲人沈默簡重,非魯多君子,不能取其君子,皆足以備一解。至以"使民戰栗"爲哀公之語;以"見善如不及"連下齊景公、伯夷、叔齊爲一章,則太奇矣。然綜其大致,精密居多。朱子亦云,贛州所刊《論語解》,乃是鄭舜舉侍郎者,中間略看,亦有好處。是朱子不以其異己爲嫌。案,《意原》改"三嗅"爲"三歎",而以雉之欲集必回翔而後下,歎其或飛或下皆得其時,此繆協說也。以問子西爲鄭大夫,此馬融説也。"善人之道"與"論篤是與"爲一章,此何晏《集解》本也,是亦兼取古義。於"吾十有五而志於學"章,謂聖人次第言之,舍是而論生知非知聖人者也。於"子張問行","書紳",則云其學少進。於"紂之不善"章,則云不善莫如紂,子貢猶恕之。回視古人之心,蓋已洗滌無遺,見其學問積久,從少至老,日有進益,故言之親切如此。其兼采宋儒之説,正與朱子《集傳》體例相同。如"匹夫小諒"節引程子說,朱子亦引之。宜朱子不以爲異己,而稱其亦有好處矣。

六月初一日(6 月 24 日)晴。　復子涵一書。晚,劉仲儀來。檢點子涵所寄各書,不覺竟日。

初二日(6 月 25 日)晴。　閲《涑水記聞》。邀永詩來爲陳兒定方。

初三日(6 月 26 日)晴。　鞠耦生日,值伯夫人小極,未能撥甕取醉也。廉生寄《九家注杜》,三餘書估亦送書來。周子玉調荆宜施道,而天津虧萬四千金,作書乞憐于余,云以應酬致累。余微知之,故子玉到津,雖饋一盆花、一串茶,皆不受也,盍亦覓受其苞苴者爲之地乎?世事若此,亦可慨歎矣。

《漁洋精華録》,惠定宇先生爲之訓纂,雖以李杜文章未得如此博學通儒爲之作注者,竹垞、楊孫各注遜之遠矣。乃吴中金榮林始復有箋注之刻,其《凡例》云後始見惠注,實則無一非惠注也。其所增益,皆習見之典,惠所不屑取者及不必注者。而近日箋注易得,訓纂難致,何也?其卷末有補惠注二十一紙,龍輔見《左傳》,而引《三餘帖》;勃海,《史》《漢》習見而引《博物志》;定武《蘭亭》亡於靖康,乃引《春明夢餘録》。其陋如此,餘仍掇拾惠注而已,宜徵君有金氏箋注辨譌之録也。尚有徵君未及辨者,《謁王文成[公]祠》"一時張桂太傾危",徵君知漁洋用事小誤,因徐龍友云"張璁與文成無涉",遂引擒宸濠時張忠、許泰讒文成于武宗事而加案語,疑張指張忠,桂指桂萼,箋注不知有《明史》,乃云惠云張忠、桂萼讒于武宗,不可發一大噱乎?然定宇於詩詞所涉甚淺,亦多遺漏。於"寒肌起粟",不知引坡公《雪詩》;於"吹香",不知引李頎"密葉吹香飯僧徧";"麥飯"不知爲《五代史·家人傳》語;"大漠"不知爲《後漢·竇憲傳》語,又爲《提要》所譏。至《提要》云是書先有金注,棟書出而榮書遂爲所軋,則似未一檢金注,未知金之竊取惠書耳。

初四日(6月27日)晴。　復廉生書。得安圃一緘。

《環溪詩話》,《四庫》收一卷,《學海類編》者三卷,偶從李估借得舊抄本,乃戈小蓮過義門舊抄。其論詩以實字爲佳,如"一句説半天下""滿天下"之類太淺近,《賓退録》已駁之矣。其論山谷云:"除拗體似杜而外,以物爲人一體最可法。然亦有可有不可,如'春至不窺園,黄鸝頗三請',是用主人三請事;如詠竹云'翩翩佳公子,爲政一窗碧',是用史,可也。又如'殘暑已趣裝,好風方來歸','苦雨已解嚴,諸峰來獻狀',亦無不可。若'提壺要酤我,杜宇賦《式微》',則近于(穿)鑿,不可矣。不如'把菊避席,雲月供(張)[帳],黄花韜光,白鷗起予','蘭含章[而]鳥許可',以至《演雅》一篇,大氐以物爲事,而不失爲佳句。是山谷所以取名也。"按,環溪以杜爲一祖,韓、李爲二宗,與西江派異,故所取于山谷止此。然所得於山谷,固谷詩之一節,而山谷之所以得名在此類,山谷之所以落派亦在此類。其祕旨以比爲賦,自能避俗生新。如《詠猩猩毛筆》云:"平生幾兩屐,身後五車書。"此渾成而大方者。若以車走羊腸喻煎茶,以牛角繭栗喻牡丹,非山谷爲之,罕能妥帖者。句法過於研鍊,往往成穿鑿之病,此在善學者矣。

初五日(6月28日)晴,甚熱。夜半微雨。　終日讀書,雖解衣磅礴,而心地清涼,知以瓜鎮心,猶未得書中之趣也。

《賓退録》載姚平仲乘青騾亡去,奔蜀,至青城山留一日。復入大面山,行二百七十餘里,度采藥者莫能至,乃解縱所乘騾,得石穴以居。乾道、淳熙之間始出,至丈人觀,時年八十餘,紫髯長數尺,面奕奕有光。行不擇崖塹荆棘，速若奔馬。爲人作草書，頗奇偉，然秘不言得道之由。陸放翁所作《平仲小傳》如此，復有詩寄之。案，靖康劫寨之役，平仲首謀，漏語於數日之前，所謂謀人而使人知之，兵法已疏。及戰敗，惟一死足以自解，乃健騾行遁，反致老壽。其人全無心肝，而放翁稱美之，以爲得道不足訓也。年八十餘，世所恒有，速若奔馬，亦武人所恒有，此豈得道耶？吾嘗謂宋之不振久矣，金人兵臨城下，种師道遷延師期，請過春分節，亦畏金耳，爾時固無一能戰之將也。無事則酣歌恒舞，有事則張皇乞和，及敵情無厭，倉卒欲一戰，以邀天幸之功，其勢必至於此。李忠定《傳信録》曰："平仲于二月一日親率騎萬人劫金寨。雖种師道不知，余時以疾給假，卧行營司。夜半，上遣中使降親筆曰：'平仲已舉事，卿可將行營司兵出封丘門，爲之應援。'余具劄子辭以疾，且非素約，兵不預備。斯須之間，中使三至，責以軍令，不得已力疾會諸將。詰旦出封丘門，戰于幕天陂。而平仲所折不過千餘人，恐以違節制爲師道所誅，即遁去"云云。夫平仲之鹵莽圖功，與欽宗之不更兵事，不足責矣。忠定此段亦多可議，夫二十七日與平仲同對期，二月六日舉兵，此時忠定即有病，圍城之中，何可情假，此一失也；平仲改期，忠定主國事、主戰事，晏然不知，此二失也；既奉御筆，則平仲兵已去，惟有銜枚疾起，以夜赴之，即不能轉敗爲勝，尚又可冀應援交綏，乃往復遷延，俟詰旦始出國門，此三失也。然則忠定亦書生耳，天下事，不可以成敗論，然此舉關係非輕，豈能盡諉其過於君父乎？忠定無一自責之語，而復多粉飾於其間。吾亦敗將，竊不取之。

初六日（6月29日）晴，時有陰雲，頗涼爽。　過晦若。晚，翰香來。

初七日（6月30日）雨。　新盛觸礁沈於成山。八弟、子涵書來，均由舟中搶出者，沾濕不可讀矣。夜，容民來談。復八弟書。

初八日（7月1日）晴。　復子涵書。廉生寄《雁塔聖教》一本，以補余明初拓闕字，居然一色。

校《太玄》。以馮嗣宗校本、何義門校本合勘。

初九日（7月2日）晴。　琴生處老僕來。頌民寄物四包。伯夫人病篤，内人終夜侍守。余亦枕上反覆不能成寐，以合肥今年老運推之，深爲憂悶也。

初十日(7 月 3 日)晴,夜大雨。　巳刻,伯夫人下世,壽五十五。合肥屬其甥士珩料理喪務。臨殁竟無一言,顧余若有所屬。

十一日(7 月 4 日)晴,大雨。　卯刻,伯夫人大斂,余率兩兒吊唁。連日疲倦,即枕片時,復與合肥略商喪禮。内人爲伯夫人所鍾愛,素性篤孝,傷痛不能自持,亦無從勸慰也。

十二日(7 月 5 日)晴。家忌。　寄安圃第四書。

十三日(7 月 6 日)晴。　清卿入都,過此吊唁。合肥留之午飯,邀余作陪。飯後過余齋略話。

十四日(7 月 7 日)晴。　清卿來邀余午飯,辭之。未刻,答清卿,出示張公洞卷,申刻還。

十五日(7 月 8 日)晴。　清卿來談,得一新莽鷹符"廣有郡",乃漢廣陽國,今京師也。

十六日(7 月 9 日)晴,甚熱。　過晦若。晚,清卿來辭行,以有事謝不見,贈元押兩枚。十二,摺弁回,得家書。叔毅分刑部,自都回閩,過談。

十七日(7 月 10 日)晴。　清卿來話别。午後,至舟中送之。有畫師陸恢廉夫在坐。翰香來,以其族人書籍數種來售。晚,楚寶過談。范肯堂之弟仲林明經來,名鐘。

十八日(7 月 11 日)晴,晚大風,微雨,甚涼爽。　過晦若少談,容民、楚寶均在坐。得兩弟書。

十九日(7 月 12 日)雨。　復兩弟書。

二十日(7 月 13 日)陰。　復頌民書,以其去年生子,寄小兒鐲鑅之類貽之。

二十一日(7 月 14 日)晴。　連日復手校《太玄》一過,以祛悶懷。

二十二日(7 月 15 日)雨。　吴贊臣來,新署天津道也。是夜耿耿不寐。

二十三日(7 月 16 日)晴。　晨起,酣睡至午始覺。作伯夫人挽聯,云:"高爽開列,得承彦家風,論才堪配武鄉,爲丞相理八百株桑,聰慧早成生重器;忠款信誠,助齊桓内治,善遇自慚重耳,使亡人有二十乘馬,艱難備歷負虚名。"自以爲頗工切,而衆口謂齊姜非衛姬女,對爲不稱,如此論古，可歎也。

二十四日（7月17日）晴。入伏。　過晦若談。

二十五日（7月18日）晴。雨一陣。　寄朱子涵復書。八弟書來，爲余推五星，向不甚信，一笑置之。

二十六日（7月19日）雨。　湯伯述以《水經釋地》抄本見贈。

二十七日（7月20日）晨霽。　寄高陽書，又附寄廉生一緘，得伯潛五月二十八日書。

二十八日（7月21日）陰，涼爽如秋，夜雨。　劉薌林子進、楊藝舫、沈子梅均來，均闖然而入，不能不見也。崔琴友由蕪湖來。

藍鼎元作《儀封先生傳》："張文端請革先生職，刑訊定擬極刑。聖祖察其冤，命入都陛見，當事以同知胡某監行。瓜州、維揚、邵伯、高郵父老乞一見，均爲胡所格。至淮安，總河來會，見先生所乘船敗，以己舟易之。行暮，將泊清口，胡督舟子乘夜渡黄河。細雨方霏，周天如墨，濤浪湍急，皆曰命畢矣，然不得不行。俄而雨霽浪静，星斗燦爛如晝，遂渡黄河。舟人皆大喜相慶賀，先生亦不以爲意。"此説奇譎無理，總河既易以己舟，則舟子皆總河之舟子，於法不當夜渡。雖有胡之迫促，亦未必肯行。胡即奉當事指，不畏已擬極刑之巡撫，獨不畏總河乎？且胡亦人耳，即媚權貴，亦不過貪利禄之見，設冒險夜渡，清恪固葬魚腹，胡豈有泅水之技可以入河不死哉？若云舍死以期殺清恪，則手刃之可矣，何取費此周折？若形容先生之膽識，則能抗噶禮，何懼黄河？此亦儘可不論也。與袁子才作《陳恪勤傳》叙李丞事，同一過當。李丞因獄卒私哺恪勤，杖四十。及督南河，李官邳睢同知，南岸崩，芻茭翔貴，公勒令李傾家治河。河平，來驗工官，纓帽小車，即李所杖江甯獄卒也，既，李竟慚恨死。此與李廣殺醉尉何異？書之，殊傷恪勤雅量。要之，皆不善學史公者。

二十九日（7月22日）晴，雨後涼爽。　趙氏昆仲及新吾、友山均廿一來，廿九行。

吴贊臣來，時永定決口，論河工許久。晚，至仲彭處略話。琴友來相約也。得廉生書。

國朝諸儒崇尚考證，名爲漢學，其端發自顧亭林、閻百詩諸先生，自乾隆、嘉慶間，彬彬稱盛矣。其間主張太過，至於詆毀程朱，門户之見太重。江藩作《漢學師承記》，嗤毀宋學，不遺餘力，余嘗心非之。方植之東樹殆心疾其非，乃著《漢學商兑》四卷，大攻漢學，然其言亦多過當。其上卷列諸儒詆毀宋學之説，如毛西河毀朱子，謂道學本道家學，兩漢始之，歷代因之，至華山而張大之，宋人又死心(搨)[塌]地以依歸之。錢辛楣云："訓詁者，義理之所從出，非別有義理出乎訓詁之外。"又曰："訓詁之外，別有義理，非吾儒之學。"中卷之下，引惠氏曰："《通俗文》惜不傳。蓋因南宋俗儒，空談道學，凡有用之書，至南宋而皆亡。"中卷之上，引焦理堂曰："宋儒言性言理，如風如影。"戴東原曰："程朱以'理'爲如有物焉，得之于天而具之于心，啟天下後世人人憑在己之意見而執之曰'理'，以禍斯民，更淆之以無欲之説，執其意見甚堅，而禍斯民甚烈。"又曰："《大學》開卷説'虚靈不昧'，便涉異學；《論語》開卷説'可以明善而復其初'，出《莊子》，全非孟子擴充言學之意；《中庸》開卷説'性即理也'，如何説性即是理?"汪容甫云："宋(學)[世]禪學盛行，入之既深，遂以被諸孔子。求之經典，惟《大學》之'格物致知'，可與傳合。"又稱墨子與曾子相表裏，孔墨但不相謀。誠如方氏之説，太覺謬妄，敢於立言辭而闢之可也。然宋儒之獨到處千古常存，漢學家駁之，朱子不見損；方氏尊之，朱子亦不見益。乃反脣相譏，其氣囂陵，其語龐雜，其識瑣碎，所謂女子與賈豎争言，殊失大體。至國朝諸儒之考證，亦自不廢江河，流傳萬古。方氏惟以小學音韻爲漢學諸公絶業，爲唐宋以來所未有，而其他率一筆抹殺，而結之曰主張宗旨既偏，則邪説謬言實亦不少。未免有意輕藐，與江藩之過推漢學同一謬妄，此皆門户相激之偏，遂至學士大夫成一攻訐之派。吾謂真能通經之漢儒，真務究理之宋儒，必不如是。或曰方因阮刻《皇清經解》，不取望溪，故創爲此論，未知確否。

居今日而論儒術，漢學家流於瑣碎，於小學尚未深通，輒拾乾嘉諸儒唾餘，摇脣鼓舌，所謂碎義逃難者，正漢儒之所鄙，宋學家竟已絶響矣。竊謂必泥漢學，不過歸於無用；必泥宋學，亦不過歸於無用，去通經致用甚遠。夫人生此世，必以切於世用爲主，窮通得失，自天主之，而所自主者，則在砥名厲行。以漢學之考證，求之制度事物，識其大者而小者可遺；以宋儒之義理，歸之身體力行，踐其實者而空者可略。於是，達而在上，則建言行政，均能斟酌古今，有裨實濟；即窮而在下，治經自無漢儒黨同妒道習氣，窮理自無宋儒講學標榜習氣。子謂子夏曰："女爲君子儒，毋爲小人儒。"如此，庶乎君子矣。余思輯《漢儒近思録》，專取漢人躬行實踐之語，依《近思録》分門别類，使治經、窮理兩途同歸於制行立身，而免於口舌之争。又思輯《漢唐以來學案》，申明通儒之學，斷以外能濟世、内能律身爲主。而所謂訓詁也，語録也，特學中之支流，不必千氣萬力，耗精神於無用之地，而使吾儒所以自謬與所以教人者，無以異於朝市之争凌。雖余非其人，庶一息尚存，此志勿懈耳。

三十日(7 月 23 日)晴，仍涼爽。　得鶴巢書。楚寶來談。吕庭芷前輩送爽秋詩一册來。

壬　辰　下

閏六月初一日(7 月 24 日)晴。　復廉生書。夜，樂山商淵若復來。過晦若，不之許。

初二日(7 月 25 日)晴。　琴友來談。晚，過琴友，翰香在坐。復八弟、載之各一書。

初三日(7 月 26 日)晴。　午後，琴友來談。夜，過晦若。得誼卿書。

初四日(7 月 27 日)雨，甚涼。　閱蘇詩竟日。

初五日(7 月 28 日)晴，夜雨。　昨夜耿耿不寐，晨起即枕，至巳正始醒。午後，得侯念椿書，所寄《管子》即莫子偲所藏明本，作宋本求售，每卷前兩行均剜去，以掩其迹，殊可厭也，還之。

初六日(7 月 29 日)晴陰仍未解。　作祭伯夫人文一篇。得高陽書。

初七日(7 月 30 日)陰。　送琴友行。沈子梅、洪翰香來。午後，吴摯甫、二范同來雜談。明日有摺弁，寄廉生書。並寄一帖一圖。

初八日(7 月 31 日)陰。　侯估寄書四種，均不可留，留柳文一種而已。邵班卿來。

初九日(8 月 1 日)雨。　過晦若略坐。得九弟書。

初十日(8月2日)陰。　得八弟書,寄《玉海》一部與兒輩。寫祭文訖。夜甚涼,仍浴。

十一日(8月3日)晴。　復九弟書。

十二日(8月4日)晴。　袁敵之來。

十三日(8月5日)晴。　内人爲伯夫人諷經三日,從俗例也。晚,陸宣來,得樂山書。

十四日(8月6日)晴。　吴至父歸蓮池。

十五日(8月7日)微雨。　過范肯堂小坐。

十六日(8月8日)陰,甚熱。　得鶴巢書。

十七日(8月9日)陰。　寄廉生書。贊臣來。

十八日(8月10日)晴。　夜,閨人驟患霍亂,擾擾竟夕。

十九日(8月11日)陰,夜微雨。　盛杏孫來。

二十日(8月12日)晴。　寄鶴巢書。鞠耦已愈。

二十一日(8月13日)晴。　濮子泉自浙來。志仲魯自粤來。

二十二日(8月14日)晴。　朱伯平自都來。午後,楚寶過談甚久。楚寶,梅村弟子,故論文具有根柢,合肥姻戚中此爲通人。

二十三日(8月15日)晴。　友山來。得安圃書。

二十四日(8月16日)雨。　答友山。

二十五日(8月17日)陰。　寄安圃書。

二十六日(8月18日)陰。　白鏡江贈一册,乃搨石墨筆花卉。大兄以贈李墨緣者,三十年故物重逢,不能割愛,遂留之。晚,約楚寶來談。

二十七日(8月19日)雨。　贊臣、翰香來談。

偶檢《金匱》閲之。張機仲景,舉孝廉,建安中官長沙太守,書亦名《金匱玉函經》,晉高平王叔和所編。范史《方術傳》有郭玉、華佗。玉著《鍼經》《診脈法》傳於世。佗臨死,出一卷書與獄吏,吏不受,佗舉火燒之。仲景所著,晉人編之,而范氏竟不著於《方術傳》中。豈以其學不足傳,抑其書至宋已不顯耶?竊謂太史公作倉頡、太倉公列傳,以系醫學源流,遂有深意。班氏沿襲龍門,獨删去此類,以爲高簡,而醫學亡矣。《藝文志》引諺曰:“有病不治,常得中醫。”此不知爲劉子駿所引,抑孟堅所增?然臣子之於君父，斷難執有病不治之説以自解，而病之在本原者可以不治治之，病之在外感者不治即死，烏可據時諺而盡廢醫藥哉？班氏謬改史例，致西京一代，倉公之外醫派不傳，承祚乃於《國志》列華佗及其弟子吴普、樊阿二人，以遥接倉公一脈。范史紀東都一代，自不能專以華佗了之，甚矣其疏也。近日醫道日陋，合肥因中國之醫不足恃，乃篤耆洋醫。而洋醫之入中國者，技殊不精。且外國長於瘍科而短於方藥，其藥皆出自外洋，華人不知其性，殊非慎重之道也。

二十八日（8月20日）晴。　閲《汪梅村文集》，其集中《與戴子高書》云："中西諸法，涬溟莫測，以南豐吴氏爲指迷方；索易戎夏，目眩吴楚，以宛溪顧氏爲醒心湯；小學以高郵王氏爲洗眼擅場；史學以嘉定錢氏爲青囊；散文以桐城姚氏爲長桑；駢文以西溪曾氏爲折肱之良；詩以新城王氏爲岐黄，可知其學力之大凡。"又《答甘建侯書》，謂："無益於世莫如治經，垂緒於後莫如讀史。經有十四，則《三禮》《毛詩》爲上，《書》《左氏》次之；史二十四，則《宋》《明》爲要，《史》《漢》《三國》《晉》《五代》次之。"又言："胡文忠教人十書：《通鑑》《皇朝經世文編》《農政全書》《五禮通考》《紀效新書》《行水金鑑》《日知録集釋》《近思録》《方輿紀要》《張太岳集》。按，公案頭猶有《武備志》《籌海圖編》《孫子十家注》。蓋公方經武備也。士鐸議學術十書曰：《宋元明儒學案》、《學案小識》、《漢學師承》、《宋學淵源》二記、洛浙關閩四學編、《先正事略》，此學人之綱領也。擬以五代十國、宋、遼、金、元、明六代爲通紀，分國政財賦，文事及禮，武備及疆事，國政及職官，輿地及水利河防，交鄰注以詞令儀注道里六項，年經月緯而略其餘，加以輿圖小注，此前人所未爲也。"讀書必專始能精，此即東坡八面受敵法。學者不必泥於汪説，但就性之所近，識大識小，執一爲之，久必有獲。

二十九日（8月21日）陰，紫竹林大雨，津微雨一陣而已。　余向持論，以爲國朝人之漢學，大氐皆宋《黄氏日抄》、王氏《困學紀聞》兩派而加詳耳，可以傲明儒之弇陋，不足以傲宋儒。而項安世所著《項氏家説》，則亦開國朝經學之先。其説《易》，反對旁通臚舉諸家，即仲氏《易》所本也。其説《詩》，拈押韻疏密及變例重韻，即顧、江、段、王與阮芸臺論《詩》韻所本也。其説《周禮・九穀》，即程易疇《九穀考》所本也。其以《説文》説經，即本朝諸家均不外此矣。然則所謂漢學者，正是宋人之漢學，而漢之微言大義轉不如是耳。

項氏又曰：徐幹《中論》"考僞""遣交"二篇，前篇詆郭林宗之徒，周行郡國，訓掖後學；後篇詆徐孺子之徒，游學四方，千里會葬者也。幹爲魏氏父子兄弟所敬，想見當時人士講説大率類此，故魏氏之興，卒變節義而爲通人，則幹之所願亦已行矣。應劭賢于徐幹遠矣，至論漢之人物，則意與幹同。以韓棱陰助太守爲當禁錮終身，以皇甫規上書入黨爲當伏大辟，至謂范滂、杜密、徐穉、郅惲皆爲罪人，文人率名自古而然。辨博文雅之人，自以爲當世師表。而海内乃皆尊名節如水赴壑，心所不平，固應出此，曾不思得志，而逮名士，論以大辟，則曹節、王甫何其幸哉。語殊透快！

七月初一日(8月22日)晴。　晨起，別蓍布卦，得《大有》之《豫》。

宋元嘉十三年，文帝疾篤，劉湛説司徒義康，以檀道濟立功前朝，威名甚重，左右腹心並經百戰，"宮車一日晏駕，不(可復)[復可]制"。義康因矯詔殺之。道濟見收，憤怒，目光如炬，脱幘投地曰："乃壞汝萬里長城！"其後魏人南牧，帝復思之。史亦深以道濟爲冤。案，徐傳謝廢營陵，時以道濟先朝舊將，威服殿省，且有兵衆，乃召道濟以謀。告之謝晦，夜邀其同宿，道濟就寢便熟。案，廢立大事，以晦之處心積慮尚復悚動不眠，誠天良之未盡澌滅，而道濟處之坦然，直是全無人心。乙酉詰旦，道濟引兵居前，是殺二侍者，傷少帝指，扶之出閤，皆道濟軍士爲之。謀每出於徐傳，力則資於道濟。科其謀逆之罪，不啻趙盾之有趙穿、司馬師之有賈充也。討謝晦之役，帝欲召道濟，王曇首以爲不可。帝以道濟止於脅從，本非創謀。道濟至，即攘臂自任，以未陳可禽對視，詔暴徐傳謝弒逆之罪。若己無與焉者，面詐背不汗，其狡也，正其愚也。元惡既除，從逆烏能苟免？義康雖云矯詔，兄弟之仇不反兵，所謂權而不失其正者。武帝酖零陵，距羨之弒當陽首尾不及三年，天道可云不爽。而道濟爲宋大將，視君如仇，宜其不得良死，安足當長城之目哉？

初二日(8月23日)晴。　復清卿書。

初三日(8月24日)晴。　得高陽書，知赴醇邸園掃青。伯平亦有書至。夜，晦若、楚寶來談。

初四日(8月25日)晴。　復伯平書。新吾自都來。

初五日(8月26日)晴。　張巽之自都來。

初六日(8月27日)晴。家忌。　得筱荃丈書。

東漢之世,矯節取名,余所不喜。如許武以二弟晏、普未顯,乃割産,自取肥田廣宅奴婢强者,鄉里皆稱弟克讓而鄙武,以此並得選舉。武乃以理産所增三倍,悉推二弟。夫使前之獨取厚産,二弟皆知其意,是一家譎謀以欺鄉里而罔舉主也。使晏、普不知,及其既得選舉,乃自明以還之,是武迫於公議,飾爲此説以釋二弟之疑也。相率爲僞,與兄弟鬩墻者,相去不能以寸耳。趙元叔强通羊陟,陟尚未起,因舉聲哭,陟遂奇之,與袁逢共薦。及過候皇甫規,門者不即通,規追書謝之,仍去不顧。一則冀其稱薦,故動之以哭;一則示其孤高,故絶之以書,皆矯詐也。禰正平襲元叔之餘風,而不能先傲後屈,操、表、祖又非羊陟、皇甫規比,遂致自殺其軀矣。

初七日(8月28日)大雨如注。　端午橋工部方、勞玉初大令乃宣均來。新吾、巽之午後至。晚,載之自滬來會吊,留之夜飯,雨小止去。

《津逮祕書》收宋人題跋,獨遺《攻媿》,蓋未見其集也。録其《跋王伯長定武修禊序》,云:定武本凡"湍、流、帶、右、天"五字全者,皆謂在薛紹彭之前,然不能知歲月之久近,此誠善本。王順伯謂是熙寧前摹拓于中山者爲可貴。近見畢少董所藏董氏淳化閣本,尤爲精好。自言爲兒時親在定武,見青石本"帶、石、天"三字已闕壞,大觀再見之,與舊所見無異,則五字未必皆紹彭劖損也,更當考紹彭在中山時歲月云。近以五字損本、五字不損本紛紛聚訟,殆亦未見樓跋爾。

初八日(8月29日)雨,晚,雨止放霽。　伯夫人立主。午後,載之之姪子容茂才彭年來。致廉生書。

《石淙詩》闕張昌宗、易之名,《攻媿》跋,章達之所藏。此刻列武三思以下十二人,復有姓名殘缺者,則二張之名劖削,自宋已然矣。他日擬以此跋録于帖後,以資考證。

余作《莊子漢義》,取蘇《記》及荆公《論》之意,以分别内外篇之旨。兹閲《攻媿·張正字莊子講義跋》云,大率探莊生之深旨,得二公之遺意,凡世人真以爲荒唐謬悠者,皆推引以通乎六經之意,與余竟先後同揆。張君名興祖，廣漢人，興字又與余小名同，亦一異也。

初九日(8月30日)晴。　顧廷一來。載之小坐即去。

初十日(8月31日)晴雨相間，夜大雨。　吉雲帆來談。

十一日(9月1日)巳刻雨止，晚乃大晴。　是日合肥夫人之柩，擬殯於北河新浮橋之新宅，以雨改期。《異義》："《公羊》説雨不克葬，謂天子諸侯也。卿大夫臣賤，不能以雨止。"本朝諸儒，如毛西河《春秋傳》、孔氏《公羊通義》、萬氏《學春秋隨筆》，則皆據《王制》"庶人縣封，葬不爲雨止"之文，在大夫士即無冒雨而行之理，況殯又輕於葬乎！及改期已决。巳刻，乃雨止漸晴矣。

十二日(9月2日)晴。　復高陽書。載之來談。

十三日(9月3日)晴。　得邊潤師書。晚，仲璋來談。以弟病欲解館南返，却之。

十四日(9月4日)晴。　巳刻贊臣來。午後，載之過談。合肥治事日有恒課，而吾輩讀書不能有恒，詩文均無進境，爲可愧也。以後當自努力，歲月堂堂坐耗，誠爲可惜耳。

十五日(9月5日)晴。　王漢輔來，送姪孫女回都也。姪孫女欲來署，止之。勞玉初、邵班卿同過談。

十六日(9月6日)晴。　載之來久坐。得僊蘅復書。

十七日(9月7日)晴。　午後，至姪孫女舟中小坐。寄復安圃及邊師書。

漁洋《十種唐詩選》，合唐殷璠《河岳英靈集》、高仲武《中興間氣集》、芮挺章《國秀集》、元結《篋中集》、失名《搜玉集》、令狐楚《御覽詩集》、姚合《極玄集》、韋莊《又玄集》、韋縠《才調集》及《文粹古詩》爲十種。諸家所選，各有命意。《文粹》以宋人選唐詩，蒐羅極博，不名一格，又非九種可比。今漁洋乃强而齊之，近於削趾適屨，截鶴續鳧，殊屬無謂。如殷選於姓名之下各有品題，仲武亦然。漁洋自應存其原品，而加以按語，著所以去取之故，乃通體無一字之評，無一語之按，令讀者莫測其復選之奥妙，尤不可解。疑此書乃託名漁洋者，果漁洋，則可鄙極矣。

十八日(9月8日)晴。　午後，載之叔姪來。子容將回南，先行。清卿至，則已將飯，辭之。侯念椿寄來《蔣氏書目》，美不勝收，索價萬金也。

十九日(9月9日)晴。　檢點書籍，臨褚《聖教》數紙，頗有所得。

二十日(9月10日)小雨，夜大風。　清卿來談。得廉生兩書。

二十一日(9月11日)晴，乍涼。　清卿索賁幼公漢章詩，作三絶與之。寄書與誼卿。料理蔣氏書，力不能致，思擇一二以自娱。

荆公之人之法之文，余已屢論之。偶從書肆得蔡元鳳《荆公年譜考略》，於荆公被誣失實諸私記辨駁殆盡，並主李穆堂先生説，以司馬温公《諫青苗書》、蘇明允《辨奸論》皆爲僞作，亦頗有證佐。蓋其意猶以温公、老泉爲重，故不能不以爲僞造，而荆公人品始可附爲君子，不得不爲此孤掌之鳴。自論青苗，則穆堂、元鳳均不能不以爲執拗，而以韓、歐、小蘇之説爲是。天下無兩是之説，三公是，則荆公不是矣。然則荆公盍爲出此？曰始則所見者小，以爲可一縣，亦可天下也。繼則人言藉藉，一改正，即須去位，不得不力持之，止此一念以至群小新進，貽害無窮。蓋荆公品實高，而學與才不足濟之耳。神宗實大有爲之主，熙寧實可有爲之時，用安石如此其專。惜其所操之術不過如此，而所爲老成者又專以簡陋安静爲主，與安石更張枘鑿之不相入。荆公固非，而攻安石者亦未必是。及温公作相，荆公之所行者，或有成效，或有流弊，然民間久亦相安，乃取其法而盡更張之。更張本不安静，而更張安石之更張以求安静，實則亦不安静，於是宋之爲病乃益深矣，荆與温，當分任其咎也。穆堂不敢斥温公，不免游移其詞，而不知荆公立異於前政，温公立異於荆公，皆私心也。余向持此論，因以論今日之政：所謂土槍土礮，泄沓因循以爲是者，皆温公之類也；所謂輪車鐵路，揚厲鋪張，而舍國本人情於不顧者，皆荆公之類也。噫！

二十二日(9月12日)陰，午後始晴。　前夕感寒，昨夜卧不適，晨興頗倦乏。申酉間，載之來，小坐即去。夜，召楚寶來，商明日送殯禮節。

温公《涑水記聞》據《玉照新志》云：元祐初修《神宗實録》取引甚多，徐德占母事，其一也。按，《記聞》十六卷載蔡承禧言，“[徐]禧母及妻皆非良家，禧與其妻先姦後婚，妻恃此淫佚自恣，禧不敢禁”云云，禧爲魯直姊夫，其妻即魯直《與徐師川書》所謂八姊郡君者也，安得謂其非良家而有遺行乎？蔡景繁醜詆之，温公直書之，未免誣人閨閫。修《實録》時，范、黄、晁、張皆預其列，山谷見之，必當駁正，何僅隱其妻事而仍及其母事乎？疑明清之言不確。否則，不徒謗史，直穢史矣。

二十三日（9月13日）晴。　送伯夫人殯，暫停於防軍公所。內人歐吐作冷，勉彊成禮而歸。仲彭伴靈。

二十四日（9月14日）晴。　吴玉君秀才來。慎生之族姪，名瑞熙。清卿許其薦北洋者，實未薦也，寒士謀食，貿貿然可鄙亦可閔也，爲言於合肥，資遣之。

二十五日（9月15日）陰。　得吴壯孫書。遷藩正街，與何六福堂同居。夜，仲璋來話。

二十六日（9月16日）晴。　載之來談。午後，張巽之來辭行。

二十七日（9月17日）晴。　夜，容民來小坐，同過晦若，談不暢，廢然而返。

二十八日（9月18日）晴。　趙少屏增琦來，亮臣之子也，赴處州。

二十九日（9月19日）晴。　買李竹嬾《六研齋筆記》三種、《紫桃軒雜綴》兩種，皆抄本也。

三十日（9月20日）晴。　與合肥商去住。合肥不願其去，婉留之，力不能歸，情不可却，殊悵然也。

《六研齋二筆》云：曹縣張黄坡名庚，爲褒城令，改築衙宇，掘地得銀把杯二，上刻“孔明佳玩”四字，後其家鎔以輸官銀，輒片片碎，不受鎔而罷。余謂此囈語也，“孔明佳玩”四字，即非漢時語，以此推之，亦相如犢鼻、洪厓幞頭之比耳。

又烏鬚髮方：用豬板油一斤、蜂蜜一斤、核桃肉一斤、好茶葉一盌，共搗碎和合，用錫器盛之，於飯甑上蒸熟。每早起取少許化沸水（中）［冲］服之，三月鬚髮無不黑者。此方亦平淡無奇，不效，初無大礙，但油、蜜著錫器中，三月恐不能食矣。

八月初一日（9月21日）晴。　璩楚珍孝廉珩來謁，集賢生徒也。晚，翰香辭，赴蕪湖。

初二日（9月22日）晴。　閱《二程遺書》。朱子記云：“二先生［門人］記其所見聞答問之書也。始，諸公各自爲書，先生没，［傳者］頗以己意私竊竄易。家有先人舊藏，皆著當時記録主名，語意相承，首尾通貫。蓋未更後人之手，故其書最爲精善。後益以類訪求，得凡二十五篇，因稍以所聞歲月先後，第爲此書，篇目皆因其舊，而又别爲之録如此，以見分别次序之所以然者。後附録一卷，則行狀、墓表之類也。”此本爲吕氏寶誥堂刊本，藏書家以爲佳刻。

“今之學者岐而爲三，能文者謂之文士，談經者泥爲講師，惟知道者乃儒學也。”見卷六。余按，談經、能文，四科之文學該之。知道，則德行也。古之學者，造詣各有淺深，是以儒分爲八耳。

伊川先生云：“漢儒近似者三人，董仲舒、大毛公、揚雄。”見卷三。不知伊川與子雲何所取，豈以《法言》耶？游定夫録明道語，則云：“揚子於出處之際不能無過，光武之興，使雄不死，能免誅乎？古之所謂言遜者，迫不得已，如《劇秦美新》之類，非得已者乎？”此説較伊川爲正。光武朝，表章不仕莽者，而仕莽者亦頗厠高位，莽大夫亦未必見誅，但儒者出處豈宜如此苟且，立言豈宜如此謬妄？作《劇秦美新》時，其心固已死矣。

初三日（9月23日）晴。　朱雲甫編修來。錦。昨夕得廉生書，並寄聚珍三種，劉彭城、强祠部集及《周髀算經》也。明日，適有摺弁，作書復之。又得安圃書，亦復一紙。又得侯念椿來書，有宋本《新唐書》，顧千里手校，求售不能得也。

閱《秦淮海集》。蘇門四學士，如淮海者，向特以詞人目之。及讀其《財用策》兩篇，所見乃超出宋人熙、豐、元祐諸公之表。其上譏新法也，而其末云：“今國家北有抗衡之虜，西有假息之羌，中有大河之費，公私窘急，可爲塞心。此正人臣揚権斂散以究盈虚，以濟用度之秋也。而耻（用）[言]財用之事，是晉人而已矣。晉人王衍者，口不言錢，而指以爲阿堵物。臣竊笑之，以爲此乃姦人故爲矯亢，盗虚名於暗世也。何則？使顔、閔言錢，不害爲君子；盗跖呼阿堵物，豈免爲小人哉？晉人尚清談而廢實務，大氐類此。昔管仲（道）[通]輕重之權，范蠡計然否之策，蕭何漕關中之粟，財利之臣也。東郭咸陽之鬻鹽，孔僅之冶鑄，桑弘羊之均輸，亦財利之臣也。士大夫言財利，有如東郭咸陽、孔僅、桑弘羊所爲也，則不可有如管仲、范蠡、蕭何之所爲也，亦惡乎而不可哉。”亦不甚取温公一派。其文雖不及畢西臺，然議論、識力沾溉於子瞻者不淺矣。

初四日(9 月 24 日)晴，午後陰。　有摺弁入都，寄安圃、廉生書，又作巽之一紙。

《瀛奎律髓》，余有吴瑞章重校本，兹復得紀文達評本。文達之言曰："文人無行，至方虚谷而極。周草窗之所記，不忍卒讀之。至其論詩之弊：一曰黨援，堅持'一祖三宗'之説，一字一句莫敢異議。一曰攀附，元祐之正人，洛閩之道學，不論其詩之工拙，一概引之以自重。一曰矯激，詞涉富貴，則排斥立加；語類幽棲，則吹嘘備至。是直詭托清高以自掩其穢行。凡此數端，皆足以疑誤後生，瞀亂詩學，不可不亟加刊正。海虞馮氏嘗有批本，曾於門人姚考功左垣家借閲。顧虚谷左袒西江，二馮左袒晚唐，冰炭相激，負氣詬争，遂併其精確之論，無不深文以詆之，矯枉過正，亦未免轉惑後人。因於暇日，細爲點勘，别白是非，命曰《瀛奎律髓刊誤》。方氏之僻，馮氏之激，或庶乎其免耳。"文達以校《四庫》書，不暇專意於詩，而論詩極爲深透。余學蘇，而蘇之今體未敢以爲精純。觀文達之論，亦云蘇詩古勝於今，王見大必爲文忠佞臣，處處迴護，轉近阿私矣。此評不主晚唐，亦不主西江，學詩者可以爲法。

學杜須從義山入，半山説也。學杜須從山谷入，虚谷説也。文達主半山，而不以虚谷爲然。余遂服膺此語。

初五日(9 月 25 日)晴。　昨夜得沈丹曾書。先是，丹曾過津，欲爲余及伯潛聯朱陳之好，言之再三。余以兒子頑鈍，且恐伯潛劫於其鄉議，未敢輕問名也。丹曾力任之，至是書來報，允以舊交而成姻好，從此昏嫁願了，庶可作禽向之游乎？伯潛有來津意，作電詢之。

閲《初月樓古文緒論》，吕月滄述吴仲倫語也。吕名璜，吴名德旋。其論桐城三家，極推姚惜抱，乃恪守桐城者。品第乾嘉名家，均有識，然亦有過當者，如袁簡齋文不如其小説，朱竹坨敘事文較議論爲優，但少風韻之類是也。竹坨不循八家之轍，學問淵懿，議論風韻均佳，惜不選剔一番，使尺牘考證之體闌入散文中，遂爲古文家所擯。隨園小説最下乘，其文儘有佳處，非劉、姚所能到，不必强合之也。

《史記》如海，無所不包，亦無所不有，古文大家未有不得力於此者。

韓文擬之若江河耳。　古文善用疏，莫如《史記》。後之善學者，莫如昌黎，看韓文濃郁處皆能疏，柳州則有不能疏者。　《史記》於《左傳》長篇只用一二語敘過，正是其妙處。須知質而不俚，只是敘此等如道家常，所以高耳。　此三則論《史記》。而又曰歸震川似《史記》，豈震川勝韓、柳乎？震川不免小説氣，才學識均平平，亦無二千年事供其敘述，豈能望龍門肩背乎？

初六日（9 月 26 日）雨意油然，沈陰竟日。　仲彭回署，將南行也。得載之及八弟書。

初七日（9 月 27 日）雨。　午後，過仲彭少談。夜，仲璋過齋中小坐。朱祥撤回。

初八日（9 月 28 日）晴。　贊臣來，遣王升回里經理祠墓一切。

初九日（9 月 29 日）陰。　至防軍公所一行。復八弟、載之及柳質卿書。

初十日（9 月 30 日）晴。　鞠耦因昨日赴伯夫人靈所歸，徹夜不寐，孕幾五月，忽然漏血，延醫吴江盛星山孝廉鍾岐、常州陳鞠生、劉雨人兩茂才及李誠甫同診。陳名廷儒，劉名鶚，李名沐仁。　後察之，非孕也，擾擾幾及半年。

十一日（10 月 1 日）晴。　内人病未愈，申酉間頗急，入夜少平。

十二日（10 月 2 日）晴。　内人病稍愈。得正孺書。

十三日（10 月 3 日）晴。　内人病如昨。

十四日（10 月 4 日）晴。　内人病已。晚，仲璋來話。

十五日（10 月 5 日）晴，夜，月色時明時暗。　有差弁入都，寄復正孺書，並以修敬與鶴巢。夜不成寐。閱徐靈胎醫學八種，頗有所得，惜老矣，不能從事於斯。良相良醫，均不易爲也。得潤眉子歙研一方。

靈胎篤信《神農本草》。按，《漢書》引《本草方術》，而《藝文志》闕載。賈公彦引《中經簿》有《子儀本草經》一卷，不言出於神農。至《隋·經籍志》始載《神農本草經》三卷，與今分上中下三品者相合。孫淵如偕其從子馮翼從《大觀本草》釐正之。《記》曰："醫不三世，不服其藥。"鄭康成曰："慎物齊也。"孔沖遠引舊説云："三世者，一曰黄帝鍼灸，二曰《神農本草》，三曰《素女脈訣》。康成《周禮注》亦曰：'五藥，草、木、蟲、石、穀也。'其治合之齊，則存乎神農、子儀之術。"竊疑舊説以《素女脈訣》爲一世，恐不足據，當是世官之意也。如士之子恒爲士，農之子恒爲農。

十六日(10月6日)晨晴，午後陰。　寄九弟書，商治家祠祭器。夜有所感，不能成寐。是日得高陽復緘，論合肥贈公專祠立傳謝恩事。

侯朝宗有《金陵贈范司馬》七古一章，賈静子開宗曰："崇禎十一年，景文爲南司馬。是歲，相楊嗣昌，太子中允黄道周論之，下吏。御史成勇救道周，并逮勇。景文會諸公卿申救不得，去位。十五年，起爲相。燕京陷，死之。按，侯子己卯在金陵，是時景文亦以司馬去位，寓金陵而贈之也。"徐恭士作肅曰："崇禎三年，景文佐司馬(贈)[鎮]通州，侯子父司徒公佐司馬鎮昌平。五年，景文去，司徒并通州代之。與景文素善。九年，司徒爲温體仁、薛國觀所忌，下獄，久不解。景文蓋嘗營救之也。寓金陵，及營救侯司徒。"《范文忠集》似未説，姑記於此。

讀揚子《法言》。宋人所以尊揚子者，以其漢儒而好論名理，與宋人學問相近。至"漢公之懿"稱之，謂自周公以來所未有，勤勞過于阿衡，亦以爲危行言孫。孫則有之，所謂寂莫投閣，清浄符命，亦危行耶？直不可解也。雄本文人，罔知名節，即言理亦極平淺，《法言》何足以擬《論語》？仍是其辭賦之習，華辭而已。其稱史公爲實録，又曰聖人有取而括之以愛奇，已非史公微指。及歷論各傳，率以三五語、一二字該之，自謂簡抄，實則皮毛之見，不足以得史公之深也。語語抱定孔子，宋人便以爲得聖道，正其善於藏拙處。自云制律不如弘、恭，草奏不如陳湯，以大儒而與官者較量，弘、陳並稱，知其全無分曉也。

十七日(10月7日)晴。　得家書。

十八日(10月8日)晴。　黄秦生自鄂來，留之便飯始去。午後，得載之書。

十九日(10月9日)晴。　秦生來談。買宋學士《道古堂集》。余篋中集部最少。

二十日(10月10日)晴。　鞠耦病愈。章煥之來談。午後，蔣性甫太史來見，名式瑆。與允言同年，廉生次子之内兄，玉田人也。其胞叔祖軼倫與先人己卯同年，官完縣教諭。復玉初書。玉初爲録《范文忠遺書》拙跋來。

夜得叔毅一緘。

二十一日(10月11日)晴。　得廉生復書,寄宋鳳墅石刻禊圖來,以二金得之。鞠耦酷嗜《蘭亭》,得此頗可喜。賸以明益藩重刻禊圖,則八金矣。

買影元抄《千金方》一部,價六金。日本人所影抄。

樂山書來,欲設灤陽鎮,或添練河屯協兩營,屬爲酌定。古北口練軍常駐蘆臺、熱河,地面遼闊,腹背單寒,非設總兵不可。僅練兩營乃因陋就簡之計,恐合肥尚不以爲然,以餉無所出耳。邊海並重,平時媕重海防,及有戰事又主和議,此何策也。思之可笑。

二十二日(10月12日)晴。　季和以迴避其叔,調大理,近劾河款,山中樞府之所忌,故由副憲左遷之也。鐵香亦亡,同時建言諸臣零落殆盡矣。

二十三日(10月13日)晴。　永寶估郭、劉二姓來,留《道因碑》一本。"冰、善、逝"三字尚完。據稱宋拓,索二百金。又六如、衡山兩圖,西涯兩卷,價均甚昂,堅置齋頭而去,姑以之消遣半日。張巽之爲致薛曜《封祀壇碑》,不及《石淙詩序》之清楚矣。鏡江來小坐片刻。

二十四日(10月14日)晴。　陸蔚廷自粵來,午後答之。一事已過一日,閒人竟不能勞,可慨也。

二十五日(10月15日)晴。　寄九弟書。菁衫寄《望海亭記》來。

閱《陸清獻年譜》。先生論《漢書》之失,有云:"《儒林傳》敘《易》獨詳,而於《毛詩》、《春秋》三傳甚略,毛公及公羊、穀梁子皆不載其名,及其授受《尚書》,自伏生以上亦絶不知其授受。"余夙論如此,不意先生竟先言之。近日動謂道學家空疏,殊未然也。考據家護前之見太重,處處推尊漢學,於班氏語語據爲典要,不知其書乃摭拾而成,於經學並未入門,故言之疏漏太爾。《史記·儒林傳》寥寥,却當時博士具官均已全列矣,不若班之紊雜也。别有《儒林傳糾正》詳之。

陽明之功,本不必以講學重。然既有陽明之功,坐言起行,議者亦自可寬假。乃尊王學,如湯文正,固屬持之太過;闢王學,如清獻,則又絶之太嚴,皆客氣也。應潛齋至曰陽明之功,譎而不正,詭遇獲禽。又曰陽明自少馳馬試劍，獨學無師，而堅於自用。於一代名臣必欲刮垢求瘢，深文周内，恐非與人爲善之旨。必如此而始爲程、朱入室弟子，無怪愈講愈迂，空談心性而不知世事矣。

《三魚堂》有《致谷老師霖蒼先生書》二札。《年譜》先生以順治十三年補博士弟子員，時谷公爲提學也，較小曹之識何義門爲不侔矣，而邑志遺之。兩書采入《涇小録》，亦泛泛通問語。

二十六日（10 月 16 日）晴。　寄張巽之、王廉生書。以《望海亭記》寄允言。晚，得誼卿、載之兩書，均論買書事。

二十七日（10 月 17 日）晴。　復載之書。午後，贊臣來話。

閲《亭林遺書》。亭林詩頗得杜意，文亦不俗，品學俱第一流故也。《郡縣論》九篇，言之反復鄭重，不免迂闊難行，轉起儒無益於人之詬病。以此知立言之不易。

二十八日（10 月 18 日）陰。　寄九弟書。士周來談，携戴子輝前輩書一緘。午後，閲舊拓一二種。若詩，若文，若書法，近均有悟境，而不能如少年之精專。心緒筋力爲之蹉跎，半世一事無成，如何如何。

二十九日（10 月 19 日）晴。　寄鶴巢書。

得《鄒道鄉集》，乃道光間刊本，李申耆任校刊，而删節《外紀》入《年譜》中，究不如依舊本全刻爲是也。按，振綺堂有宋刊本，惜刻時僅據明萬曆本耳。《外紀》乃道鄉裔孫忠允所作，萬曆本始有之，删尚無礙。

三十日（10 月 20 日）晴。　吴贊臣來，時方恭釗已到吴，將卸道篆也。申刻，劉雨人秀才來。晚，得樂山及八弟書。

買得朱休度《壺山吟稿》。朱，字介裴，官廣靈知縣，秀水朱稼翁之族孫也。其姪鴻謂其詩貌近宋金，而晚律之細已入老杜之室。鴻著有《杜詩雙聲疊韻表》，即本之介裴，故介裴亦以雙聲、疊韻爲詩，然詩格則不甚高。

九月初一日（10 月 21 日）晴。　復樂山書。永詩由都來。晚，約仲璋來話。玉初書至。

以《藝文類聚》大字本復校引《管》數十條。此王氏原本也。夜，檢褚《聖教雁塔》三本，兩明本，一劉燕庭拓本。細勘一過，《雁塔》定在《同州》之上，以《同州》爲佳者實皮相之見也。

《玉照新志》:"石才叔蒼舒,雍人也。與山谷游從,尤妙於筆札,家蓄圖書甚富。文潞公帥長安,從其借所藏褚遂良《聖教序》墨蹟一觀。潞公愛玩不已,因令子弟臨一本。休日宴寮屬,出二本令坐客别之,客盛稱公者爲真,反以才叔所收爲僞。才叔不出一語以辨,但笑啟潞公曰:'今日方知蒼舒孤寒。'潞公大哂,坐客赧然。"據此,則褚之墨蹟,北宋猶存。惜潞公不泐石作别本,而徒臨一贋迹也。然今日果得文氏臨本,亦瓌寶矣。

初二日(10 月 22 日)晴。　袁慰廷書來,薦梁如浩者留意製造,屬余見之。香山人,字孟亭,三十二歲,從陳副憲蘭彬出洋,詢之,云陳已淩矣。午後,永詩來談。李誠甫爲内人一診,脈甚和。贊臣來話。得安圃書,明日有摺弁,復之,並寄還忠義堂顔帖兩册。

閱《長短經》,校其引《管》者。惜宋本已經校改,讀畫齋本也,恐不盡可據矣。

初三日(10 月 23 日)晴。　午後,復吴誼卿書,又復八弟一紙,時弟有卸富陽之説。

初四日(10 月 24 日)晴。　午後,吊唐景星。復趙菁衫書。閱《癸巳類稿》一册。

陳定九鼎《東林列傳》用意甚關激勸,而體例殊未盡善。《熹紀》豈宜附列傳之後?東林肇自龜山,有宋諸臣止須撮敘,列爲首卷亦屬無謂。其中本非東林而忠正者,則進之;本東林而晚節不終者,則去之,殊涉袒護。至流爲二氏,如熊開元、姜埰、方以智輩因老而爲僧,亦一概不入,尤屬無理。三子之爲僧,不欲薙髮易衣冠也,較殉節者次一等則可,豈得謂之攻異端乎?余作《漢黨錮》《唐牛李》《宋元祐》三表,以慶元黨禁、東林列傳均有成書,不復厝意。今略一翻閱,乃偏激若此,似宜重爲補正,以存其實。蓋當日東林聲氣太廣,賢愚不免雜揉,無所用其迴護,録正人以見東林之實有根柢,録僞士以見吾道之未許攀援。斯則勸懲並寓,揚激兼施,庶爲公論耳。

七録者,《天鑒》一,《雷平》二,《同志》三,《薙稗》四,《點將》五,《蠅蚋》六,《蝗蝻》七。或百餘人,或二三百人,或多至五百餘人。與《東林黨人榜》並考,當有可觀。余僅有《點將》一録耳。

初五日(10 月 25 日)晴。　樊介軒自浙來。午後,得伯潛書,寄《左海集》一部，即作三紙復之。寄樂山書，論幕友事。

閱《黄漳浦集》。集有《書管子後》三章，於仲不甚滿意。而公年五十五還山守墓，以前疏批旨有朋串之語，乃於石養山中塋廬之上别構數椽。左曰十朋軒，壁間位置曰管葛，曰鄭董子産、廣川，曰吴郭季札、林宗，曰晏丙平仲、丙吉，曰張李留侯、鄴侯，曰黄王叔度、文中，曰田羊田叔、叔子，曰疏魏廣、舒，曰管陶幼安、淵明，曰邴皇邴原、皇甫謐，曰申阮申屠蟠、阮孝緒，曰梅張梅福、張翰，曰周沈周磐、沈麟士，凡二十六人。右曰九串閣，壁間位置曰屈賈，曰魯李仲連、太白，曰樂王毅、猛，曰劉韓向、愈，曰汲魏長孺、鄭公，曰黄張黄霸、乖厓，曰五馬第五倫、馬賓王，曰高蘇高允、蘇頌，曰謝李安、綱，曰王白右軍、樂天，曰陸蘇宣公、眉山，曰宋范宋璟、文正，曰裴韓晉公、魏公，曰張趙曲江、清獻，曰李馬李絳、温公，凡三十人。又以管仲居首，至五十六人之不甚相類。公自别有取意，不敢妄議。惟以嚴旨中語，采以名其軒閣，究屬非宜。此等處，公不免稍涉意氣耳。此本乃陳恭甫所輯。

初六日(10月26日)晨起微霧，旋晴。　巳刻，介軒復來，留之便飯，粗具雞黍而已。飯後送之登舟，至經堂一轉而返。寄蔚廷一書。

初七日(10月27日)陰，微雨。　昨得秦生書，借礮艇，其姪婦王貞女過門，將還鄂渚也。作一紙交艇弁。午後，爲陳兒改賦一篇，艱澀之至。

張文潛《柯山集·讀唐書四首》，其論裴晉公、李衛公，以晉公中和、衛公矜才快意，故安危不同，此亦處世有得之言。然以晉公處宦者劉承偕長流，衛公誅郭誼爲説，則不甚相類。夫劉承偕有寵于母后，而劉悟以其監軍積侮爲言其罪，本不至於死也。斬之則傷母后之意，流之則足安藩鎮之心，是亦足矣。況度先請斬，復云不能斬，則流之，是逆揣憲宗之必不斬而始出于流也，此在度特無甚關係之事，不足以定其生平。澤潞乃武宗、衛公君臣一生作用。衛公云，劉稹小子安知？及誼始教之而終賣稹以求生，卒斬之。當藩鎮積重之後，不赦稹則足以杜子弟自爲留後之風，不赦誼則足以絶將佐相助爲虐之弊。衛公權之熟矣，以爲求名而殺之，殆一孔之論也。獨牛僧孺聞劉從諫滅而歎，衛公構成其往來之迹近於抵隙報嫌，稍失雅量，然當日有無往來亦難取決。要之，晉公遇文宗，故恩禮不替，衛公遇宣宗，故貶謫横加，氣運爲之，不關其處事之和與刻也。獨兩公於宦者均不敢稍示懲創，亦足見爾時奄寺之横矣。

初八日（10 月 28 日）晴。　摺弁回，得廉生復書。翼北寄李字元押一枚、圖書石七方。

歐陽通師相武后月餘，以張嘉福請立武三思爲太子，通與岑長倩固執不可，遂忤諸武，爲酷吏所陷，被誅。其忠於唐室，不愧世臣，乃不入《宰輔傳》，而附之《率更傳》後。事實寥寥，《新》《舊》一轍，忠義爲書名所掩，歐陽文忠、宋子京之史例亦可議矣。《舊》傳："通，少孤，母徐氏教其父書。每遺通錢，紿云：'質汝父書迹之直。'通慕名甚鋭，晝夜精力無倦，遂亞於詢。"《新書》則云："母徐教以父書，懼其墮，嘗遺錢使市父遺迹，通乃刻意臨倣以求售。數年，書亞於詢。"由《舊》史之説特紿言父書可售錢，以策其子肄書耳。如《新書》所云，則先賣詢之書以取利，後仿詢之迹以誑人。此母子竟是販賣僞書畫手段，何以稱爲賢母肖子乎？不知何所據也！因閲《道因碑》，偶駁正之。

初九日（10 月 29 日）晴。　改賦兩篇。

初十日（10 月 30 日）晴。　至防軍公所小坐，聊以遣悶。晚，與仲璋少談。

閲《遜志齋集》，乃康熙間淮南俞氏本也。燕世子仁厚，其弟高煦狡譎，有寵，嘗欲奪嫡，正學謀以計間之，白帝，遣張安賜世子璽書，世子不啟封，並安送燕王。此計可云迂拙，年譜載之，《明史》即據之作傳。余以爲遜國諸臣事實被三楊删削殆盡，此必非其實也。譜於俞斌復姓事盛稱之，而《傳》則云方氏察其僞言，於官不知，俞氏於康熙間刻書，何尚沿其謬誤？孫詒讓家有三十卷本，與通行之廿四卷者編次迥殊，惜不可得見。要之，正學一代孤忠，未能稍有展布，並其欲復《周禮》六官之説，恐亦不足信耳。

十一日（10 月 31 日）晴。　合肥云，仲良引疾又賞假，聞孝達有請覲之説，永詩來話。

借蘇子由《古史》，録其《管仲傳》一篇。《古史》直不足取，夾漈踵之作《通志》，皆宋人之謬也。

十二日（11 月 1 日）晴。　孫慕韓自浙入都，少談，欲往答之，以舟在大王莊，不果。得九弟書，閲後惘然。夜，慕韓贈《武林掌故叢編》十四函，乃杭州丁氏所刊。丁氏頗有藏書，惜所刊有井鼃之見，不足與鮑緑飲作僕隸也。至舟一談，並晤仲璵，時已泊吴楚公所後涯矣。戌正回署。

十三日（11 月 2 日）晴。　伯行由日本回，至經堂唁之。湯伯述、曹藎臣來話。

十四日（11 月 3 日）陰。　晚，伯行來談。得高陽書。

十五日（11 月 4 日）晴。　寄廉生書，交差弁。吴贊臣來談河工。薄莫，秦生來，迎其姪信成聘室王貞女過門守志，舟泊鐵橋下。夜，步行登舟答之。

十六日（11 月 5 日）晴。　邵班卿午後來話。

留秦生午飯，寄本甫復書，以三十金寄吴壯孫，以二十元詒貞女。晚，陳容民來談，劉義自粤來。得九弟書。

十七日（11 月 6 日）陰。　午後，李芍農前輩過談，晦若亦至，坐至一時許，無甚要語，蓋芍公素性如此。秦生乘輪南下。夜，挑燈獨坐，不覺惘然。

十八日（11 月 7 日）陰。　往答芍農學使，小坐即歸。伯平奉其太夫人來津，午前過我，答之未值。夜，作復高陽書，論畿輔水患，宜疏通海口。

十九日（11 月 8 日）晴。　伯平來談。得樂山書。復九弟書後，午後不能穩卧，閒檢舊書，聊以破悶。

二十日（11 月 9 日）晴。　夜，閱《宋學士集》。景濂之文雍容渾穆，爲有明開國文臣之首，年六十八致仕而歸，可云進禮退義矣。乃因其孫慎陷入胡黨，太祖欲置之死地，賴馬后懿文營救，始得遠徙茂州，竟卒於夔，去致仕僅四年耳。使其戀恩不去，庸知不如青丘輩之竟被刑章。以此證之，仕宦實爲畏途，子陵之不仕光武，非無見也。

二十一日（11 月 10 日）晴。　楊俊卿卸西甯回幕。

魏收《北魏書》，當時目爲穢史。《提要》於《北史・收傳》所詆各節，一一均爲辨證，謂平心而論，“未甚遠於是非”，即《北史・收傳論》亦云：“勒成魏籍，婉而有則，繁而不蕪，志存實録。”按，《史通》最指斥《魏書》，今具録之。《題目篇》云：“魏世鄰國編於魏史者，於其人姓名之上，又列之以邦域，申之以職官，至如江東帝主，則云僭晉司馬叡、島夷劉裕；河西酋長，則云私署涼州牧張實、私署涼王李暠。可謂滋章之甚。”《采撰篇》云：“沈氏著書，好誣先代。而收黨附北朝，尤苦南國，遂云[司]馬叡出於牛金，劉駿上淫路氏，可謂助桀爲虐，幸人之災。”《斷限篇》云：“黨附本朝，淩駕前作，遂乃南籠典午，北吞諸僞，比於群盜，盡入傳中。但當有晉元、明之時，中原秦、趙之代，元氏膜拜稽首，自同臣妾，而反列之於傳，何厚顔之甚耶！”《雜説中》云：“劉氏獻女請和，太武以師昏不許，此尤可怪。何者？江左皇族，水鄉庶姓，若司馬、劉、蕭、韓、王，或出於亡命，或起自俘囚，一詣桑乾，皆成禁臠。此皆魏史自述，非他國所傳。北之重南，其禮如此。安有屈己求昏，疑而不納。其言河漢，不亦甚哉！”《曲筆篇》云：“魏收高自標舉，爲失已多，而李氏《齊書》稱爲實録者，何也？蓋以重規李百藥字亡考未達，伯起以公輔相加，字出大名，事同元歎，既無德不報，故虚美相酬。然必謂昭公知禮，吾不信也。語曰：‘明其爲賊，敵乃可服。’如王劭之抗辭不撓，可以方駕古人。而魏收持論激揚，稱其有慚正直。不彰其罪，而輕肆其誅。蓋由君懋書法不隱，取咎當時。或有假手史臣，以復私門之耻，不然，何盜憎主人之甚乎！”其他小小指摘，不一而足。蓋知幾之於佛助，直深惡而痛絶之，然大致惡其重北輕南。知幾，彭城人，不免町畦未化也。夫南指北爲索虜，則北必斥南爲島夷。《南》《北》諸史都不能免此惡習，何獨痛詆佛助？《史通》議論縱横，微傷憤激，此亦其不平之一端歟！

二十二日（11 月 11 日）陰。　王福自籍來。琴生舊僕，録之籍中。伯平、伯行均來談。

《張南軒集》論《温嶠得失》，謂其絶裾而行，將命，豈無他人？其意不過以江左將興，奉檄勸進，儌幸投富貴之機，赴功名之會耳。此論甚韙。嶠蓋功名之士，觀其全傳，初則稱王導爲夷吾，繼則推庾亮爲盟主。平蘇峻之役，推奉陶侃，其謀發於嶠之從弟充。侃未即下，嶠遣使謂之曰：“仁公且守，僕當先下。”去已二日，賴毛寶説之，嶠始改書。所以然者，以侃、亮有嫌耳。此豈乃心君國所爲哉？至其絶裾而南，則非徒赴功名之會，亦兼有避禍害之心。其時琨已失勢，依段正磾。嶠策其不能有爲，必爲正磾所害，故藉此自脱，苦請北歸，亦非誠意，特藉之自解耳。蓋其人絶有機智，不獨王敦、錢鳳在其算中，即王導、庾亮、陶侃亦落其度内。嶠稱錢世儀精神滿腹，可以移爲嶠之傳贊。狡變如此，豈待然犀燭怪，始知其不復永年哉？觀《陶桓公表》，稱其"忠誠著於聖世，勛義感于人神"，似余説爲過刻，然此《表》正見侃之待人以誠。至於太真之赴國難，大氏推崇庾亮之意居多。觀其數戰皆北，使非充、寶有謀，以侃爲盟主，雖灑泣登舟，何益哉？

二十三日（11 月 12 日）陰。　昨夜内子又病，晨起延醫診治，擾擾竟日。

二十四日（11 月 13 日）晴。　得載之書，知已回上海。内子病，較昨日略平，尚未痊復也，夜不成寐。廉生有書論《道因碑》。

二十五日（11 月 14 日）晴。　南中寄新蟹，與合肥持螯共酌，薄醉解愁。俊卿來談。

二十六日（11 月 15 日）晴。　永詩來。内人病痊，心境略暢。

二十七日（11 月 16 日）晴。　復廉生書。高陽請假，以前書卜之，似有感冒，馳箋候之。夜得樂山一紙。

二十八日（11 月 17 日）晴。　樂山僕任慶至，附復樂山書。

二十九日（11 月 18 日）晴。　有摺弁入都，復鶴巢書。

十月初一日（11 月 19 日）晴。　鞠耦大愈。李怡庭、杜心垣自南致書帖來。午後，陸伯澐世泰自都來謁，月湖師之從子也。得宗載之書。

得黄蕘圃舊藏影宋《管子》抄本、十三卷以下，黄氏補抄。元本《千家注杜》、杭堇浦《續禮記集説》抄本、明初刻《貝清江集》四十卷足本。萬曆刊本三卷。康熙桐鄉金氏刊本十三卷，其本有天台徐一夔序，乃其子翱編刻者。邵《目》僅許氏有四十卷抄本，不多覯也。金刻亦足本。邵注誤也。

初二日（11 月 20 日）陰，作雪未成。　鄒岱東以家庖甚美，獻於合肥，招余及肯堂、晦若與諸子孫輩同嘗之，大致效《隨園食單》，有意出奇，非真知味者。坐無酒人，陶然自酌，已半醉矣。

初三日（11 月 21 日）雨。　陸伯澐來談。

初四日（11 月 22 日）雨甚大。　李、杜來議書價，擬全取之。得秦生電，貞女到鄂，婦姑相安。

長吉之詩，杜樊川《敘》之，謂："使賀且未死，少加以理，奴僕命《騷》可也。"劉須谿駁之，謂："樊川反復稱道，非不極至，獨惜理不及《騷》，不知賀所長正在理外。"董伯音亦云："長吉詩深在情，不在辭；奇在空，不在色。至謂其理不及，則又非矣。詩者，緣情之所，非談理之書。顯而言理，則有禮；幽而言理，則有易。不必依於理，而不能自已於情之所之，則爲詩。如以理爲詩，直名爲易，與禮不得名爲詩。《騷》之《天問》《九歌》，《風》之十五國，若律之以理，所存者蓋寡，如以君臣理亂激發人意疑賀無，有則若《宫體謡》《黄家洞》《猛虎行》《吕將軍》《瑶華樂》《假龍吟》《龍夜吟》數十篇，皆隱約諷喻，指切當世，恨讀者之不深，殊不能知之矣。"此皆推尊昌谷太過耳，亦未喻樊川之語意也。王琦琢(庵)[崖]痛駁須谿，引宋潛溪之説，謂之醉翁寐語，而於長吉精神、樊川評騭亦未之解。樊川精於詩，所謂理者，即老杜"熟精《文選》理"之理，"奴僕命《騷》"，乃世人推許之論。杜則云"蓋《騷》之苗裔，理雖未及，辭則過之"，是杜已就世之説長吉者翻進一層，謂其理不及《騷》，而辭已過《騷》，推崇如此，尚有疑於樊川之不足長吉耶？夫長吉之詩，從《騷》得法而理不及《騷》者，年爲之，境爲之，時代爲之，此天限長吉耳，不足爲長吉病。余篋中有王琢崖及(姚)[陳本禮]《協律鉤玄》本①。姚以各本彙集，自附己意，故曰鉤玄，然所見尚未盡愜。擬暇日一評點之，與所評玉谿詩合爲一編，然亦未暇耳。

初五日(11 月 23 日)晴。　約楚寶來談。

閲《劉孟塗集》，亦桐城派也。有《與儀徵相公論文書》，大致以儀徵不取望溪，因言震川熟《史》《漢》，學歐、曾，而時藝太精，不能不囿於八家。望溪之弊與震川同，然其大體雅正，可以楷模後學，不得不推爲一代之正宗。學《史》《漢》者由八家而入，學八家者由震川、望溪而入，則不誤於所向。然不可以律非常絶特之才，必也以漢人之氣體，運八家之成法，本之以六經，參之以周末諸子，則所謂争美古人者，庶幾其有在焉，蓋以媚儀徵也。其論駢體也，云："駢中無散，則氣壅而難疏；散中無駢，則辭孤而易竭。"與余持論相合。然觀其散文，才氣縱横而失之理不卓、骨不堅。駢體亦立意矯俗，自以爲取法《離騷》，實則《淮南》《抱朴》一派，亦嫌未能遒健，所謂駢中之散，近於弱；散中之駢，近於浮。蓋欲改望溪之薄弱而多用駢

① 按，原文"姚"字后空两格，李賀詩清代有姚文燮《昌谷集注》。《協律鉤玄》作者乃陳本禮。

以騁其氣，而不知其筋脈之拘攣爲病也。姚姬傳稱“其文命意遣詞俱善，如此做去，吾鄉古文一脈庶不斷絶”，殆指其少作而言。觀其《致阮文達書》，即竊取《古文辭類纂》，議論以先秦諸子、六經裝點門面而已，實未能有所心得也。觀其致韓桂舲、陳笠颿、曾賓谷書，均未同，而言近於江湖游客之派，此又錯學昌黎《上時相書》而居之不疑者，是則惜抱所不屑爲者矣。

初六日(11 月 24 日)晴。　伯澐回都，志仲魯以道員分發江蘇，來見，即乘輪南下矣。

穀人祭酒以駢文著，詩亦有聲，《蒲褐山房詩話》稱其詩才超越，繼朱、査、杭、厲之後，隱然以浙派目之。覃谿先生之《序》獨曰：“予之望君以少陵，而他人之知君者目以樊榭。然樊榭一生精力多在南宋，而以鐵厓樂府神趣行之。夫鐵厓不及道園，而以樊榭與鐵厓校量，口露單窘之狀，則何也？詩家之韻味，與考訂家之研覈途不同也。無他，仍於杜未深耳，杜非貌似之謂也。義山以移宫换羽爲學杜，是真杜也；山谷以逆筆爲學杜，是真杜也。今之讀杜者，鑿求之則妄，執守之則泥，非[深]徹《三百篇》以下變通之故者，不可以讀杜；非歷宋元以來諸家之利病者，不可以學杜。此不傳之祕也，君應笑而許我否?”余謂覃谿論樊榭當矣。其由虞、黄入杜，是覃谿詩境，與穀人無涉。祭酒詩才筆不雄，去樊榭尚遠。有效老杜《諸將五首》，如雲呼風嘯，空拳搏地，棘天荆戰，骨撑入穴，此時如破竹據橋，有將獨横矛，不免失之堆垛瑣碎，亦未涉杜藩籬也。然則覃谿之譽，故屬過情，即蒲褐山房之品，亦非汝南定評耳。浙派中如竹垞、樊榭，各有獨到處，未易接響也。

初七日(11 月 25 日)晴。　張小船、崔琴友來。琴友自南，今年屢至。鞠耦之病小有反復，悶甚，夜不成寐。

《至正直記》載虞邵庵之論，云：“一代之興，必有一代之絶藝足稱於後世者，漢之文章，唐之律詩，宋之道學，國朝之今樂府，亦關乎氣數音律之盛。其所謂雜劇者，雖曰本于梨園之戲，中間多以古史編成，包含諷諫，無中生有，有深意焉，是亦不失爲美刺之一端也。”按，此論出於邵庵，恐未必確。即以文論，元之今樂府可與漢文、唐詩、宋道學竝乎？直是謬説，此何關於一代之氣運哉？余謂一代之興，必有一代之絶勝，獨至處不在文章之末也。漢之興，以法律；唐之興，以致典；宋之興，以禮教；元之振古鑠今，實以武功。觀俄國至今强盛如此，而當日並入版圖，可云武矣。至於漢之經術、宋之道學，則與晉之清談同爲一時之風氣，謂漢以經術治、以經術亂，宋以道學存、以道學亡，皆文人意爲之説，不值一哂也。然經術明，則朝多通儒；道學盛，則朝多正士。其人心風俗自有相持於不敝者，所以享國久長，非若祖尚玄虚之再傳即亂，是亦與世運頗有關係。若元之曲，則有何關係乎？疑孔行素之私撰，託之邵庵耳。《直記》多穢褻語，甚至其叔續娶孀婦，其姊受紿惡尼，均列於篇，殆妄人也。

初八日(11 月 26 日)晴，晨有風。　借宋本《周禮》五册，欲以嘉靖本對校，未暇也。晚，得宗甥電，八弟因服涼藥病危，焦急萬狀，馳電載之赴富，以備不虞。

初九日(11 月 27 日)晴。　晚，琴友來談。永詩自保定來。

初十日(11 月 28 日)晴。　得滬電，八弟病稍愈。載之十一日由滬赴富陽。合肥幕中延一黄介臣孝廉，祖戴，乙亥舉人。乃松泉編修之從弟也，許樞及汪柳門所薦耳。

十一日(11 月 29 日)晴。　得吴誼卿書。復高陽、廉生書。

十二日(11 月 30 日)風，晴。　杏孫來。午後，晦若約談，少坐即返。

十三日(12 月 1 日)晴。　張紹華來，以陸伯澐屬之。

十四日(12 月 2 日)晴。　寄都中雲舫、蔚廷、廉生、鶴巢書。李、杜之便也。

十五日(12 月 3 日)晴。　仲彭由合肥回，往返兩月。得孝達書，論鐵政。

十六日(12 月 4 日)陰。　於蘭駢之西屋安牀，位置略備。以北宋婺源本《周禮》校嘉靖本。

十七日(12 月 5 日)陰。　得洪翰香、章頌民、劉獻夫書。

十八日(12 月 6 日)陰。　劉映藜來，永詩之弟也。欲出門，倦懶而止。

十九日(12 月 7 日)陰。　袁啟之來。得九弟書。復獻夫、翰香、頌民各一緘。得載之電,八弟已痊,卸富陽,又生一女。十四日亥刻,慶姬所出。

二十日(12 月 8 日)陰。　九弟寄祭器一箱來,作書復之。李仲僊觀察來,入都候簡也。

二十一日(12 月 9 日)陰。　介軒寄《九曜石》拓本來,並得高陽書。夜得都電,允言又舉一男。

二十二日(12 月 10 日)陰,有風。　永詩來。馮仲治由河南還都過此,時服未闋。毛荔孫來自都門。

二十三日(12 月 11 日)陰。　過永詩,其女爲允燮之婦,出見歸安,將返都也。悶甚,夜被酒,校《周禮》一卷。

二十四日(12 月 12 日)晴。　復高陽書。

二十五日(12 月 13 日)晴,天氣稍和。　杏孫來,論孝達鐵廠事。校《周禮》兩卷。

二十六日(12 月 14 日)晴。　夜,復介軒、慕韓書。

二十七日(12 月 15 日)晴。　得八弟書。病初愈,倚枕作。知富陽交卸,府委代理新城,敷衍度歲而已。

二十八日(12 月 16 日)晴。　仲僊攜書畫一笥,皆精品,邀余爲之鑒別。最佳者大癡山水一幅,程青溪《棧道圖》亦有氣魄,餘皆王惲、戴諸賢卷册。因鞠耦未能健,尚須醫藥,不及縱觀細賞也。

二十九日(12 月 17 日)晴。　余生日,忽忽又一年矣。是日校《周禮》竣。

三十日(12 月 18 日)晴。　過仲僊,遇楚寶略談。

崔浩之禍,固由國(史)[使]然。魏世祖後亦悔之,有"崔司徒可惜,李宣城可哀"之語,何至盛怒之下夷族及其姻親。《浩傳》第曰真君十一年下詔誅浩,其後敘浩毁佛經,害李順,以示報應而已。《北魏書·李順傳》已亡。考之《北史》:"順死後數年,其從父弟孝伯爲世祖知重,居中用事。及浩之誅,世祖怒甚,謂孝伯曰:'卿從兄往雖誤國,朕意亦未便至此。由浩譖毁,朕忿遂盛。殺卿從兄者,浩也。'"浩之讒順,通國皆知,而孝伯宣播帝語,明是掩其傾浩之迹,疑浩之族孝伯有力焉。《浩傳》敘其夢云:"俄而順弟息號哭而出,以戈擊之,悉投於河。"是隱指孝伯輩也。《高允傳》:"浩之被收，允直中書省，恭宗使吴延召允入，仍留宿宫内。翌日，恭宗入奏世祖，命允驂乘，謂曰：'入當見至尊，吾自導卿。脱至尊有問，但依吾語。'允請曰：'爲何等事也？'恭宗曰：'入自知之。'"是收浩之事，恭宗預聞，何極力爲允脱罪，曾不爲浩一言？恭宗之總百揆，浩實輔政，使與浩相得，諒不至視其族滅極不申請。涼州之役，李順等言姑臧無水草，恭宗亦有疑色，及世祖至姑臧，以澤草茂盛詔恭宗，疑此詔乃浩爲之。恭宗雖謂宫臣，以言者何面見帝爲解，而忌浩之智已萌於此，是則浩之禍實萌於涼州一役，違衆建議，以氣陵人也。第不解伯起作史之因，何不直敘其事，豈其詳於《李順傳》中而今佚之耶？要之，浩之罪，高允所云"犯觸罪不至死"之語，得之當時，世祖震怒，於上太子坐視，於下極無一人爲之申理，必别有故，而以浩之三世寵眷，倏忽誅夷，又可慨然於仕宦之爲畏途也。

十一月初一日（12 月 19 日）晴。　仲僊來，與之偕至晦若處略坐。復安圃書，並寄鶴巢一紙。

王敬則以高、武舊將起事，百姓擔蒿荷鍤逐之十餘萬。明帝之疾已篤，東昏至，急裝欲走，少日而敗，豈武進陵竟無靈爽，不能假手以復金翅食小龍之仇哉？蓋蕭鸞誠爲猜忍，而敬則初非能忠於故主者。其反也，特以張瓌平東之號，咄咄相逼，謝朓洩謀，徐庶告密，倉卒而起。迹其至會稽後，心懷憂恐，晝自安之策，初未嘗處心積慮爲高、武子孫求復舊基也。且爲高、武討明帝自是義舉，敬則兩與乎弑，豈能令其成義舉之名？此中蓋有天焉。蕭子顯乃高帝之孫，親見明帝殺戮同宗之慘，故於敬則之舉兵有幸詞，於敬則之兵敗有惜詞，實則明之戮高、武子孫，與齊之害宋宗室何異？所謂天道好還，疏而不漏，袁、劉忠於宋而不能救宋之亡，況敬則之於高、武乎？此類篡弑得國之君，爲臣不忠，天亦不使其得享忠臣之報也。《禮志》："永明十年，詔褚淵、王儉、柳世隆、王敬則、陳顯達、李安民，配饗太祖廟廷。"時敬則、顯達尚存，輒稱故驃騎大將軍王敬則、故鎮東大將軍陳顯達，亦奇。

初二日（12 月 20 日）晴。　鞠耦又病。

《皇華紀聞》云："東阿令李君經邦説：'阿膠真者，煮用阿井，浸用狼溪之水。'狼溪，城中水也。舊聞杭西湖産蓴，必浸以蕭山湘湖之水乃佳。物類相感,志惜未及此。”今阿膠佳者極少,更無人知以狼溪浸膠之説矣。

初三日(12 月 21 日)陰。

初四日(12 月 22 日)晴。　鞠耦之疾,醫者莫明,殆由思母鬱悶所致,守不藥,中醫之説得之。

初五日(12 月 23 日)晴。　獨坐無憀,閲詩話自遣。

《南齊書・王敬則傳》:“與壽寂之同斃景和。”又云:“太祖命敬則於殿内伺機,未有定日。既而楊玉夫等危急殞帝,敬則時在家,[玉夫]將首投敬則。”敘弑蒼梧事浮沈。若玉夫自行弑逆者,非爲敬則諱,爲太祖諱也。按,《南史》敘七月戊子事亦云道成與直閤將軍王敬則謀之,即子顯所謂伺機,則明是道成、敬則預結玉夫伺機弑帝耳。特子顯深没其交結之迹,遂若敬則自伺機,玉夫適行弑逆者,否則蒼梧之首何以逕將投敬則耶?《南齊書》又云:“敬則馳首詣太祖,太祖慮蒼梧所誑,不開門。乃於墻上投進其首。”似太祖倉卒聞變,全不知情,以《桓康傳》證之:“七月六日,少帝微行至領軍府,帝左右人曰:‘一府人皆眠,何不緣墻入?’帝曰:‘我今夕欲一處作適,待明日夜。’康與太祖所養健兒盧荒、向黑於門間聽得其語。明夕,敬則將帝首至,扣門。康謂是變,與荒、黑曉下拔白刃欲出。”是玉夫所以必七夕行弑者,道成得桓康之報,刻期殞帝,而不遽開門者,康等恐蒼梧之誑阻之也。夫簒弑之禍,自春秋時已亂賊接迹。至於六朝,則“殺老牛莫之敢尸”之説久迂,視之名分蕩然,視如草菅。齊之國祚最促,高、武子孫受禍尤慘,豈非自積之餘殃哉?

初六日(12 月 24 日)晴。　吴贊臣、盛杏孫均來。

蕭順之爲梁武之父,傳附《武紀》,《梁書》僅具官位。《南史・武紀》前稍詳,如云:“宋帝昏虐,齊高謀出外,順之以爲一旦奔亡,則危幾不測,不如因人之欲,行伊、霍之事。齊高深然之。”又云:“袁粲據石頭,順之聞難作,率家兵據朱雀橋,黄回覘入還告曰:‘朱雀橋南一長者,英威毅然,坐胡牀南向。’回曰:‘蕭順之也。’遂不敢出。時微皇考,石頭幾不據矣。及齊高即位,深相忌憚,故不居臺輔。”此或梁武即位後粉飾之詞,以齊之創業,全賴其父,隱然若肇基王迹者。就今所言,皆實亦一簒逆之死黨耳,何足爲榮哉?考《南史・魚腹侯子響傳》:“上遣順之領兵征子響,順之將發,文惠太子素忌子響，密遣不許還，令便爲之所。子響見順之，欲自申明，順之不許，於射堂縊殺之。子響密啟藏妃王氏裙腰中，具自申明。及順之還，上心甚怪恨。百日於華林爲子響作齋，上自行香，及見順之，嗚咽移時。順之慚懼，感病，遂以憂卒。"《南齊書》作於梁時，有所隱諱，自不如《南史》之得實也。合而觀之，前則助逆臣而導以不忠之計，後則媚太子而成其不友之愆，遂至取忌懷慚，鬱鬱以致是，亦宋、齊間一險陂無義之人耳。梁之積累如此，宜其享國不長歟！

初七日（12月25日）晴。　李子丹來談，儒弟及王升來。

初八日（12月26日）陰。

初九日（12月27日）晴。

初十日（12月28日）晴。　得廉生書。李估自都中來。

十一日（12月29日）陰。

十二日（12月30日）大風揚沙。　檢點書籍，略有就緒，惟宋本《祖龍學集》不知遺落何所，悶甚。

十三日（12月31日）晴，風略止，甚寒。　得樂山書。復玉初一紙。忽患外痔，甚痛，殆衰象也。

十四日（1893年1月1日）晴。　過晦若少坐。合肥召談朱少桐事，遂過儀齋。

俄使争大小帕米爾。洪鈞據俄圖以爲非中國界，遂撤蘇滿之卡，俄即進兵守之，譯署惶惑，求計於合肥。羅豐禄據英圖"喀約"駁洪説，一曰薛使所寄圖，乃英地學家裴艮所繪之界，靡特雅什里湖、蘇滿，及哈喇，及馬爾巴爾、噴赤、坎巨提、棍雜、那戛爾等均中界；一曰泰謨斯新報圖，英、俄之界，俄界係由圖攸克蘇山口，循穆爾格阿布河，及奥克色斯江，則舒格南等處自非俄地；一曰英領事云，英、俄約，自維多利亞湖南向直畫一綫之東，皆中國，則大小帕米爾自屬中國。合肥據以復譯署，並調停其間，擬以烏斯別里山口之經綫爲界，北自烏斯别里山口一直往南，至阿富汗界之薩雷庫里湖爲止，如此則大帕米爾可得大半，小帕米爾亦全境均在綫内。蓋作書時本擬痛斥洪説，晦若以胡文忠圖據内府輿圖，大小帕米爾在界外，遂以洪圖非據俄圖，實據胡圖。合肥兩存其説，不免遷就，不知内府之綫乃喀什噶爾界綫，非中俄界綫也。余既不預聞公事，事後知之，深惜合肥持論尚未能斬截了當。俄得此地，足以窺印度，瞰後藏，並踐回八城藩籬，即合肥力争亦無能挽回，而洪鈞不待約定，遽創議且撤蘇滿之守，開門揖盜，真誤國奸人也。

十五日(1月2日)晴。　三日來人頗懶悶。

《吕東萊集》四十卷者不可得，余所藏乃陳思臆本二十卷者，亦佳。其《家傳》敘吕好問勸張邦昌事委曲詳盡，所謂含垢忍耻以就大計者。然人生遇此等變故，即忍死斡正，終是可惜，不如一死塞責爲斬截痛快。姜伯約之於蜀亦然。

十六日(1月3日)陰，有風。　檢得《[祖]龍學集》，爲之一快。午後，閱《毛詩稽古編》一二卷，爲潤師代作陳春麓《讀詩識小録序》。春麓，名震，文安人，乃陳子翽之族，潤師大父之師。其所録雜采漢宋，間以評騭，非説經之體也。得子涵書。

十七日(1月4日)晴。　寄潤師書。

閱《紫巖詩選》，詩凡三卷。于石，字介翁，婺之蘭谿人，宋逸民也。沈椒園有跋云："介翁貌古氣剛，善詼諧。幼慕杜古高之爲人，後從王宗庵業詞賦。年三十而宋亡，遂高隱不出，以詩自豪。所居鄉名紫巖，因以爲號。晚徙城中，更號兩谿。集久不傳，傳者僅此册耳。同里門人吴師道，字正傳，元至治間進士，爲之選次。金履祥爲之序。詩凡三卷，内闕二頁，其來已久，不復能補矣。乾隆丁亥汪生中容(叔)[甫]持贈，藏之隱拙齋。"此本爲知不足齋重録，後有"通介叟過眼，時年八十二"一行，惜未刻入叢書。其詩若存若亡矣。

十八日(1月5日)陰。

十九日(1月6日)雪。　復子涵書。

二十日(1月7日)雪霽。　寄帖數種，還隸古。復廉生書。連日心境粗浮，讀書殊無所得。

《謝晞髮集》，惟平湖陸大業所編者較有條理，共《晞髮集》十卷，《晞髮遺集》二卷，《遺集補》一卷，附《天地間集》一卷，《西臺慟哭記注》《冬青引注》一卷。《天地間集》已非完帙原五卷。余所藏乃明歙縣程煦所刊，僅詩文五卷，附録一卷，非足本，即知不足齋本亦不全也。

二十一日（1月8日）晴。

二十二日（1月9日）陰。

二十三日（1月10日）陰。　與邵班卿書，論等韻之學。

玉初以《等韻一得》兩卷本，《皇朝通志・七音略》以國書十二字頭爲主，又有書詢《康熙字典・等韻》兩卷本之何書。余案，《字典》兩卷半出於《貫珠集》之歌訣，其下卷通咸十六攝則取之《切韻指南》，特劉氏始通終咸，故曰《切韻》。《字典》用等子舊法，始果終流，故曰《切音》，惟前揭十二攝及寄韻借入諸歌訣，不知所本。證之《提要》存目，於梅建所刊重刊《馬氏等音外集内集》云，“借用入聲，即葉秉敬《韻表》之説”，疑借入歌訣蓋取諸此，寄韻則《指掌圖》舊例也。《指掌圖》二十圖，一獨高交驕驍，二獨公○弓○，三獨孤○居拘，四獨鉤○鳩樛，五獨甘監○兼，六獨○○金○，七開干姦犍堅，八合官關勬涓，九開根○巾斤，十合昆○君均，十一開歌嘉迦○，十二合戈瓜○○，十三開岡○薑○，十四合光江恇○，十五合觵肱○扃，十六開搄庚驚經，十七開該皆○○，十八開○○姬雞，十九合傀○歸圭，二十合緺乖○○，《字典》之十二攝：迦十二合葉，十一開。結借入作平，十一開第四。岡十三開，十四合。庚十六開，併十五合二獨。裓十八開，併三獨。高一獨。該十七開，併二十合。傀十九合。根九開併六獨十合。干七開八合。鉤四獨。歌。十一開。其以根併金、以干併甘最謬，乃參以《字彙横圖直圖》而成者，特以《切韻指南》平上去入分等，望之瞭然，似乎異《字彙》，兩圖之淩雜耳。其時安溪未預修書，故《音韻闡微》已變其説，不待《提要》始痛詆《字彙》也。

二十四日（1月11日）陰。　午後，突得富陽宗甥電，八弟於廿三日辰刻去世，聞之悲痛無似。庶母一生苦節，僅存八弟，竟無子，如何！電商九弟赴杭，風雪波濤，未知其氣體能耐此勞苦否？天色慘淡，枯坐斗室中，熱淚横流，萬感交集，真不知有生之樂也。

二十五日（1月12日）陰，有風。　九弟電來，欲以其次子承繼八弟，報允之。

二十六日（1月13日）大風揚沙，奇冷。

二十七日（1月14日）風霾如昨日。

二十八日(1 月 15 日)昨夜風略止,侵晨風仍猛烈,冷甚,滴水皆冰。得仲良書。

二十九日(1 月 16 日)風。　得九弟電,初三、四赴杭,呵涷作書,淚痕滿紙。

三十日(1 月 17 日)風略小,仍寒。　載之似可到杭,作一書交湘文轉交。三兄書來,欲赴富陽,畢竟手足情深,視漠不關懷者迥異,作書止之。

慈聖發内帑二萬振卹順、直。聞饑民徧地,連日風勢如虎,凍餒而死者甚衆,殊堪憫惻也。

十二月初一日(1 月 18 日)晴,有風。　晦若、容民來相慰藉,湘文亦有電。

初二日(1 月 19 日)晴,風止。　得鶴巢書,以寄皞民詞一闋見示。

初三日(1 月 20 日)晴。　合肥送《遵化州志》來,未暇細閲,交湯伯述作序。

初四日(1 月 21 日)晴。　有摺弁入都,寄安圃書。第十一號。又寄九弟一書,交湘文轉送。

初五日(1 月 22 日)晴,晨起微雪,漸霽,天似較昨夕略寒。　得昨日九弟電,初四坐德公司船赴滬局事,王大使德昌代辦。

初六日(1 月 23 日)雪。　復誼卿書。

初七日(1 月 24 日)雪。　《宋史・包孝肅傳》:"初,有子名繶,娶崔氏,通判潭州,卒。崔守死,不嫁。拯嘗出其媵,在父母家生子,崔密撫其母,使謹視之。繶死後,取媵子歸,名曰綖。"偶閲《南澗甲乙稿》則云"通判潭州者名誕",不知史誤,抑韓无咎誤記也。包孝肅祠在崔氏節婦臺,世傳孝肅無子,因其對仁宗一言,實則有子也。

初八日(1 月 25 日)雪甚大。　電滬局,詢九弟到滬否。

初九日(1 月 26 日)雪霽。　晦若約談,與伯述商《州志序》耳。小坐遣悶。

初十日(1 月 27 日)晴。　閲《木鐘集》。買祭田六十畝,擇族中無田者種之,以租供祭掃,以糧濟族中之貧寒者。銀四百七十兩,九弟所寄者三百金，余以百七十金足之。

十一日（1月28日）晴。　寄都信及鶴巢書。得九弟書，乃十一月初所寄。

閱《南江文抄》四卷，半應制，及《四庫提要》末，有時文序。

十二日（1月29日）晴。　得玉初書。

十三日（1月30日）晴。　復玉初書。張筱傳自通州來。夜，得載之書，云得八弟十一月十一日親筆，尚云病體漸愈，距其歿十二日耳，不知因何變證。閱之，淚下不止。

十四日（1月31日）晴。　李贊臣來，過仲璋略話。電復載之，並以電問滬局，探九弟到滬否，心境紛如。

十五日（2月1日）晴。　在蘭駢館半日，與内人茗談遣悶而已。

十六日（2月2日）晴。　花農來談。得廉生書，云翼北之病漸愈。

十七日（2月3日）晴。　保定廪生許涵志上書合肥，願執贄從余游。合肥許之。今日來見，字士先。乃浙江紹興籍，寄居保定者。其父官教諭，從兄涵度官山西忻州，資以膏火，肄業蓮池，似不滿於主講者，故自求名師。然余非其人也，辭之不可，許以寄文而不許其稱師。詢其所業，則經治《左氏》，詩好昌谷，年二十七矣。

十八日（2月4日）晴。　至夏茂才處小坐。仲彭處館師。

十九日（2月5日）晴。　寄潤師及廉生、鶴巢書。

二十日（2月6日）晴。　至晦若處小坐。贊臣來。

二十一日（2月7日）晴。　仲璋有疾，候之。

二十二日（2月8日）晴。　高陽饋歲，有書賈振勝入都，檢食物答之，亦不暇作書也。龔厚庵署牧來，云明年正月二十六日州考。

二十三日（2月9日）晴。

二十四日（2月10日）晴。　八弟生日也。念七、八兩弟，爲之愀然不樂者竟日。

二十五日（2月11日）晴。　課兩兒，爲明年應小試計。

得九弟電，眷屬至杭，八弟柩停湖上，明年遷回。

二十六日（2月12日）晴。　得九弟電，五姊殉烈後，攢於浙之雞籠山者三十二年，擬遷之還里，啟棺，面色如生。噫，異矣！以此悟忠骸烈骨萬年不朽也。

二十七日(2 月 13 日)晴。　至海軍公所答謝伯行，仲彭以八弟事來唁也。得高陽書。

二十八日(2 月 14 日)晴。　趙菁衫以漁翁小像索題，並贈秋谷臨褉一册。不佳，疑是僞迹。牙板一方，萬字香四合。

二十九日(2 月 15 日)晴。　王懷祖先生論古韻當分二十一部，又論《詩》隨處有韻，云《詩補韻》不載。而所謂《詩補韻》不可得見。忽有以《六書音均表》來售者，附録一册，全是《詩》韻，雖仍照十七部，而分配入部大有更易，後附《經義述聞》"論《詩》韻"一條，"軌牡上"考證一條，與《述聞》小異，即《述聞》所謂初説段氏大以爲是者也。《六書音均表》亦有評改，籤題"王懷祖更正本"，而書無圖記，不知爲王懷祖手迹，抑復抄之本。以索價太昂，力不能有之，乃竭兩日之力悉録之《六書音均表》上。從此齋中又增韻書一種矣，亦急景明年中破悶之具也。

三十日(2 月 16 日)晴。　寄九弟書。

《徐騎省集》，藏書有舊抄本。孝達云，有明刊本，未之見也。近黟縣李宗煝得舊抄刻之，適有書賈持售，因繙閱一過，以消遣歲華。有《除夜》一首，云："寒燈耿耿漏遲遲，送故迎新了不欺。往事併隨殘曆日，春風寧識舊容儀。預慚歲酒難先飲，更對鄉儺羨小兒。吟罷明朝贈知己，便須題作去年詩。"案，此詩在第二卷，猶其仕南唐作。度年未衰老，不知何以淒苦乃爾，知孱國君臣衰颯之氣已流露於毫端矣。

癸　巳　上

正月初一日(光緒十九年，1893 年 2 月 17 日)晴。　去年儲書漸富，懶與擾兼，未能務學。今年當努力於其大者要者，書此以自驗其勤惰。

道州何文安公凌漢《宋元學案序》云："先河後海之義，漢儒之功，實先諸儒。自先秦以迄有唐，六藝源流，具有端緒。梨洲之於學案，由明儒以及宋元。然則由宋元以上溯漢唐，綜其師承門徑，輯成一書，其可少也哉!”余自謫居放還，日怦怦於此事，懼其學術淺陋，藏書不多，恐不能卒業，作輟者屢矣。竊考《太史公自序》《論六家要指》，而其指歸則在“紹明世，正《易傳》，繼《春秋》，本《詩》《書》《禮》《樂》之際”。其傳儒林，曰:《魯詩》多本於申公，《齊詩》皆本轅固生，燕趙間言《詩》者由韓生。《尚書》由伏生，《禮》由高堂生，《易》本太史公家學，故傳經系次尤詳。而《春秋》三傳，仲舒，《公羊》;胡母，《春秋》;江生，《穀梁》;太史公《十二國表》則兼取《左氏》。繹之，皆學案也。班氏推之，則曰:《易》有施、孟、梁丘之學，施家有張、彭之學，有翟、孟、白之學;梁丘有士孫、鄧、衡之學，有京氏之學;有費直、有高氏學;高、費未嘗立學官。伏生《尚書》有歐陽氏學，有大、小夏侯之學，大夏侯有孔、許之學，小夏侯有鄭、張、秦、假、李氏之學，而孔氏古文爲别派。《魯詩》申公之後有韋氏學，有張、唐、褚氏之學，《齊詩》有翼、匡、師、伏之學，《韓詩》有王、食、長孫之學，而《毛詩》則本於徐敖。《禮》有大戴、小戴、慶氏之學，大戴有徐氏，小戴有橋、楊氏之學。三傳，《公羊春秋》有顔、嚴之學，顔有泠、任之學，復有管、冥之學，《穀梁》有尹、胡、申章、房氏之學，而言《左氏》則本之賈護、劉歆。繹之，亦皆學案也。范史《儒林傳》便已紊雜，而統觀後書，如《桓榮傳》，有《桓君大小太常章句》。《鄭興傳》:“世言《左氏》者多祖於興，而賈逵自傳其父業，故有鄭、賈之學。”《張霸傳》:“霸以樊儵删《嚴氏春秋》猶多繁辭，迺減定爲二十萬言，更名《張氏學》。”疑本各家《漢書》之舊文，猶得馬、班分别學派遺意。擬以國朝諸儒之《傳經表》爲主，釐爲《兩漢諸儒學案》，以次推之魏晉南北朝及隋唐五代焉。

初二日(2月18日)晴。　午後，邀縣學武校官聯璧、珏生來談，詢以州考事。

全謝山《宋元學案》一以程朱爲宗，是也。卷末立荆公新學略、蘇氏蜀學略，則非是。汪玉山《與朱子書》曰:“東坡初年亦闢禪學，其後乃溺之，謂其不知道可也，概與王氏同貶，恐太甚。”余謂荆公新學使天下棄注疏而入於空陋，此爲學之大害也。蘇氏之學何害於人?朱子立道之大閑，本無取辭而闢之，所以與王氏同貶者，以洛蜀交閧之故。以東坡《易傳》與穎濱

《老子解》同入《雜學辨》，則潁濱之支離，孔老並稱，實爲大謬，而東坡之《易傳》何罪？特不合於伊川《易傳》而已。朱子論二蘇，乃云小蘇勝於大蘇者，豈定論哉？謝山之學，亦未能優入聖域。千載而下，平心論事，亦宜取蘇氏《書傳》《論語解》細爲參考，瑕瑜並見，折衷定論。乃於蔡氏之取蘇氏《書傳》，朱子之取東坡《論語解》一概抹殺，而徒取朱子之《雜學辨》列之，且以李屏山爲王、蘇餘派，鍛鍊周内，於蘇氏何損毫末？以此尊程朱，所見亦甚陋矣。且講學之名亦惟洛閩始有之，坡、潁本未嘗講學，乃爲之創立講友，同調名目，一若三蘇，呼朋引類，創興蜀學，以與洛學角者，豈非捕風捉影乎？如高平、廬陵亦爲之强立講友，同調若干人，皆屬武斷。其内外出入之辭，殊未允愜也。

初三日（2 月 19 日）陰。　花農來。寄九弟電。聞慈壽以今年舉行癸巳恩科。

初四日（2 月 20 日）晴。　復高陽書。

閱《元憲集》，宋宋庠撰，《大典》中輯出共四十卷。《提要》云："《通考》於是集之下又附注曰：'一作《湜中集》二十卷。'其名又異。然《大典》實止標《宋元憲集》，則非《湜中集》明甚，故今仍舊目，不取《通考》之名。"今案，《元憲集》三十六卷有《緹巾集記》云："余幼學爲文，尤耆篇什而不能工，亡逸頗多。一日忽得新舊詩十餘册于几案間，乃小兒充國等所次。覽之，不禁掩口胡盧而笑，謂之曰：'此燕石也，與瓦甓無異。雖緹巾什襲，庸足寶乎？'兒曹懇祈，姑爲限斷，凡五百餘首，勒爲十二卷，命曰《緹巾集》。"是湜中乃緹巾之譌。緹巾，莒公自定集名，元憲則後人所題也。《記》存集中，而館臣不知考證，輒據《大典》以駁，誤本《通考》，殊可怪也。《記》乃約録。《大典》本載全部，《四庫》例删青詞之類，存三十六卷耳。集多駢文，與景文足以方駕燕、許，詩亦工雅，不得以昇平格律未全迴一筆抹倒也。《提要》稱其渢渢乎治世之音。夏竦見其《落花詩》，以爲有臺輔器，竦乃一奸，竟能識人於未遇，亦奇。

初五日（2 月 21 日）晴。　張筱傳來。過晦若少坐，論儲書並近年書價之貴。

閱《景文集》。本傳稱集百卷，《藝文志》則稱百五十卷。館臣就《大典》所載，釐爲六十二卷。別有日本《佚存叢書》本，稱原一百五十卷，今存三十二卷，内又殘闕十卷。其所存自十六卷至三十二卷皆律詩也，八十一卷至八十五卷皆表狀也，九十六、九十七兩卷爲序，九十八爲説録題述，九十九爲論，一百一爲雜文策題補詞，一百二爲齋醮文，一百七爲行狀，一百十八至一百二十五爲啟狀。元序乃文化庚午天瀑山人撰，已知中國有六十二卷本，故以此宋本殘帙刻入叢書。云初疑其以《大典》輯本顛到錯亂，以夸彼族收藏之富。及詳細檢閲，如律詩内《皇帝邇英閣講畢五經》五言十韻一首，爲《大典》本五言長律内所無，其齋醮各文惟《祈雨》爲《大典》本所存，餘皆例加芟削，而佚存本尚存數首。若竭數日之力以兩本對勘，必可補出數篇。倭一島國，安能及中朝收書之博？其文學亦僅僅通順，又烏及乾隆館臣？而藉此一刻，足備校訂之一助，亦泰山不讓微塵意也。子京又有《西州猥稿》一種，自序尚存集中，今所傳《北宋小集》中有之，則從《成都文類》《律髓》《文翰》諸選本采輯而成，亦非原第矣。

初六日(2 月 22 日)晴。　寄安圃第一書。

去年購書，間有精抄本，然心緒煩劣，不能審閲也。晴窻偶檢《鄧巴西集》，閲之，係抄本經校者，從《元文類》補文五篇，《石渠寶笈》補《鄭僉事平安書》二通，乃從鮑氏通介叟家藏本過出，亦善本也。又得《居竹軒》及《蒲順齋閑居叢稿》，亦抄本。然余所心愛者，則以黄蕘圃所得舊抄《管子》、顧千里所得舊抄《韓子》兩種爲最。兩本，《管》已爲金陵局所刊，《韓》則吴山尊刊之，然局刊《管》本少一頁，抄本誠可寶矣。

初七日(2 月 23 日)晴，地震。　爲兩兒改課作三首，頗形遲鈍，子爲豚犬，我作馬牛。讀杜陵"有子賢與愚，何其掛懷抱"句，不覺自笑。然選理傳家，杜亦何能作達哉？得玉初書。

《公是弟子記》："五經者，五常也：《詩》者温厚，仁之質也；《書》者訓告，信之紀也；《易》者淵微，智之表也；《春秋》褒貶，義之符也；惟《禮》自名，其道專也。"此説甚諦。公是未與伊洛游，故講學者罕相稱述。《提要》謂"元豐、熙寧之間卓然一醇儒"，洵然。此本乃宋淳熙趙不黯校本傳刻者，猶善本也。

初八日(2 月 24 日)晴。　得皞民書。復玉初一緘，又與樂山書，皆論延訂丁季莘孝廉事也。

初九日(2月25日)陰。　陳序東來。

閲毛滂《東堂集》,忽寄蘇内翰,忽壽蔡元度,忽上曾太尉書。蔡卞之王夫人讀其"貪戀恩波未肯飛",笑謂"適從曾相池中飛來"。誠爲可鄙。然元祐、元符之間,兩黨迭爲勝負,文人求名丐食其間,稍不自持,即不免出素入緇之病。讀之,止覺其可憐耳,忍苛責之哉?

初十日(2月26日)陰。　閲《秦淮海集》。淮海有《法帖通解》,辨證閣帖,摘録之:《千文》乃梁武得羲之所書千字,使周興嗣次之。蔡遠浪《釋辰宿》一帖,興嗣文也,豈得爲漢章帝書?歐陽文忠以謂前世學書者已有此語,不始羲之,殆亦可疑。《辨漢章帝書》。古文雖非科斗,而世常謂之科斗,以其類科斗爾。此帖題曰《倉頡》,了不與科斗相類,乃近大、小二篆。《辨倉頡書》。仲尼銘季子墓,字徑尺餘。唐張從紳記舊本湮滅,開元中,玄宗命殷仲容摹搨,至大曆中蕭定又刻于石,此字乃後人依仿。《辨孔子書》。漢碑存者皆隸,而程邈此帖乃小楷,豈敢信以爲秦人?《辨史籀、李斯》。文忠考魏、吴二《志》,權以是年閏十月方取荆州,至十二月竣,明年正月告捷,繇安得於閏月先賀?《辨鍾繇》。

以上各條均極諦當。其論懷素草書,引歐陽文忠云:"魏晉時人逸筆餘興,初非用意,自然可喜。後人乃棄百事而以學書爲事,如一未至,至於終老窮年,疲敝精神,而不以爲苦,是真可歎也,懷素之徒是已。"文忠此論可謂名言,雖永叔、少游均不以書名,未足服善書者之心而關其口。然士大夫立身行己自有不朽者在,詩文已是餘事,書則更是餘事,徒取工於書,遂欲以此傲天下士,實則人亦污下,其書亦世亦不復珍之矣。

十一日(2月27日)昨夜微雪,今日放晴。　閲《晉書・劉寔傳》。寔"尤精三傳,辨正《公羊》,以爲衛輒不應辭以王父命,祭仲失爲臣之節,舉此二端以明臣子之體"。《王接傳》:"常謂《左氏》辭義贍富,自是一家書,不主爲經發。《公羊》附經立傳,經所不書,傳不妄起,於文爲儉,通經爲長。任城何休訓釋甚詳,而黜周王魯,大體乖硋,且志通《公羊》而往往還爲《公羊》疾病。乃更注《公羊春秋》,多有新義,後喪亂盡失。長子愆期,流寓江南,緣父本意,更注《公羊》。"

十二日(2 月 28 日)晴。　武珏生來,爲兒輩商定,認保廩生俞聯翩藹人,派保廩生吴廷濂蘭坡軒。

閲《劉後村詩集》十六卷,《詩話》二卷,《詩餘》二卷。《後村大全集》,昭文張氏有之,《四庫》著録者五十卷,此姚培謙所刊者耳。後村雖受業西山,晚節不終,年已八十,乃爲秋壑一出。漁洋有是集跋,謂其論揚雄作《劇秦美新》《元后誄》,蔡邕代作《群臣表》,阮籍作《勸進表》,均詞嚴義正,而其《賀賈相啟》《賀賈太師復相啟》《再賀平章啟》,諛詞諂語,蹈雄、邕之覆轍而不自覺。較陸放翁《南園記》猶存規戒者,抑又甚焉。老而干進如此,名節蕩然,不足置論。其詩更弱于文,姚雖揚之,實亦江湖之末派耳。其《詩話》兩卷,於放翁、誠齋極爲推崇。放翁,云"古人好對,何被放翁用盡";誠齋,云"今人不能道語,被誠齋道盡"。又云:"放翁,學力也,似杜甫;誠齋,天分也,似李白。"蓋其生平宗旨所在。其末云:"余涉世齟齬,每誦歐公'平生名節爲後生描畫略盡'之言,輒爲慨然。晚逐於朝,交游皆掉臂去。"此亦翟公署門之慨,不知爲秋壑一出,後生之描畫,昔爲虚構,今爲實徵。士大夫脱節淩遲,大氐因一蹶之後,世態炎涼,憤而求進,轉喪生平,可慨也!

十三日(3 月 1 日)晴。　余嘗論魏之高貴鄉公,以操、丕禪讓竊國,殃及其子孫。然在魏之諸臣,苟有同心鋤奸者,未始不可成功。王沈爲公所引,號爲文籍先生,乃聞公謀,與王業馳白司馬昭,封安平侯,其罪與成濟等。孽子浚遂覆其宗,有心見天道之倚伏也。夫沈罪至重法,不宜有令子,況彭祖又很愚凶悖以速之亡。論者徒以彭祖承賈后旨,與孫慮共害湣懷,神人共憤,以致中有伏尸之禍,不知沈告密以害高貴,浚即黨奸以害愍懷,旨出於公閭之女,謀成於處道之兒。殺司馬家兒者,即是當日助司馬殺曹氏之嫡裔,懸象森浮,可畏!其不爲亂臣賊子寬也,審矣!裴秀亦爲高貴鄉公所引,號爲儒林文人,而《秀傳》不及之,但云"以曹爽故吏免,頃之,爲廷尉正,歷文帝安東及衛將軍司馬,軍國之政,多見信納"而已。夫司馬氏至昭得政,已歷三世,魏臣皆其爪牙腹心,高貴鄉公欲於此時謀之,決非倉卒所能僥倖。秀雖未預密謀,亦未至如沈、業之背主而與賈充爲僚婿,豈有不心向司馬者?然則文籍儒林,皆爲司馬之間諜耳,豈不哀哉?

其後，秀子頠雖正色立朝，卒以附賈后爲趙王倫所殺。秀之奸不及沈，故頠之禍亦不及浚。合觀之，足以明天意矣。

十四日(3月2日)晴。　閱《澗泉日記》，韓无咎子淲撰。其中卷記无咎交游甚詳，如徐應祺螽則云作兼净亭在水竹間，先公爲作銘。尹彦明焞則云伊川高弟"在道山時，先公嘗拜之"。劉竹簡一止則云"有文詞，先公出入其門，爲作行狀"。張子韶九成則云"先公得游其門，號横浦先生，好禪學，士論或以爲不醇"。程可久迥則云"號沙隨先生，有《易解》，先公嘗招之一飯，淲近年亦得一二通問"。蔡肩吾迨則云"蔡文忠齊之孫，流落川蜀，先公典銓，日以文卷來訪，先公奇之，既薦之，又作《鼎説》以送之"。龐祐甫謙孺則云"先公友也，號白蘋老人，善騷雅"。王德修時敏則云"先公友也，從吕居仁學"。芮國器煜則云"作祭酒，有文名，先公與之善"。范元卿端臣則云"先公友也，談論滑稽，文采可觀"。李仁甫燾則云"先公與之同在從班，往來亦相善"。陸子壽九齡則云"先公僅與一日相會，時望歸之"。洪景廬邁及其兄洪适、遵則云"先公均與之相善"。范致能亦然。此外如章冠之甫、趙德莊彦端、陸務觀游、毛平仲幵均一一舉其生平。若晁氏、吕子則更其姻婭，使排比之，何減子厚先友記也。朱子亦其先友，而淲未敘及，但云張敬夫之識見、吕伯恭之議論、朱元晦之編集，各具所長。又云朱强辨自立處，亦有膽略，似未得朱子之深也。

十五日(3月3日)晴，有風。

十六日(3月4日)晴。　得九弟電，已於昨日由滬回粤，乘廣利船。過容民話，晦若、永詩在坐。

郗方回當桓温北伐時，請督所部出河上。《愔傳》。時愔在北府，徐州人多勁悍，温恒曰："京口酒可飲，兵可用。"深不欲愔居之。而愔暗於事機，遣箋詣温，欲共奬王室，修復園陵。《超傳》。超取視，寸寸毁裂，乃更作箋，自陳老病，不堪人間，乞閑地自養，得會稽太守。按，嘉賓此策逆探温之隱衷，使其父頓失兵柄，不獨誤國並且賣父，疑方回始終不知其故，直至嘉賓亡後，門生呈箱中往反密計，乃見此稿耳。《晉書》於《方回傳》中云用其子超計，固辭解職，勸温並領。殆不諒方回之意，乃受子之欺，非用子之計也。北府勁悍，愔誠非將帥才，不足制温，然有超在温幕，亦不至忌愔而遽奪其兵。廢立之謀，或當稍有所遏抑，而不得騁如此，則王、謝在内，愔在外，足以相維不敝，而温亦庶幾逆迹不彰。計不出此，乃導温奪其父柄，遷之散地，其後乃因方回優游閑地，不若謝安石之入掌機權，不亦大謬乎？超之贊温，皆逢惡助奸，無一足取，殆郗氏不肖之子，典午不令之臣也。謝傅得政，宜加顯僇，乃猶有散騎常侍臨海太守之除，豈以其父故耶？超之黨温，路人皆知，而方回必見書始不復哭，亦闇蔽甚矣。

十七日（3月5日）晴。　巳初二刻，兩兒由鐵道車回里應試，二十七日州考也。請館師仲璋孝廉送考，僕人則蘇福、東升、張林及廚人袁華。視余庚午北來襆被，不攜一僕，光景迴殊矣。送仲璋後，因昨夜感寒頗咳，齋中小卧片刻。

十八日（3月6日）晴。　王觀國《學林》論藝精斯掩德，引戴安道破琴不能爲王門伶人，殷洪喬不能爲寄書郵，以爲二子能辨之于早。夫琴，藝也，寄書郵豈藝乎？士大夫不甘以一藝自見，可引之事正多，而引洪喬爲證，考據家往往疏於持論，可笑。

十九日（3月7日）晴。　寄介軒書，以子儁疏稿與之，時爲子儁作傳也。

二十日（3月8日）晴。　伯行南歸，得載之書，論八弟富陽新城交代。

二十一日（3月9日）晴。　過晦若。覓楊俊卿一談，商交代辦法。復載之書。贊臣來。

二十二日（3月10日）晴。　出門答武珏生，順道至贊臣處小坐，詣海軍公所一轉，得曼農電，已回粤矣。高陽有書來。夜，滄、潛啟，知已到州。

二十三日（3月11日）晴。　得伯潛書。贊臣來談。買《尚書後案》一部。篋中止學海堂本也。

二十四日（3月12日）晴。出九，便覺暄和。　吕定之前輩來談。復載之書。

新城何世璂《然燈記聞》，自述爲漁洋口授。其一則云："爲詩須博極群書。如十三經、廿一史，次及唐宋小説，皆不可不看。所謂'取材於

《選》’‘取法於唐’者，未盡善也。”余謂“取材於《選》”“取法於唐”固非，而經史之外，如唐宋小説，則宜博觀而約取。大氐宋以後之事且不宜多用，自宋以後之碎事俚語一味闌入，則詩味頓薄矣，吾於竹垞，正嫌其雜用宋元詞語入詩耳。又云：“七律宜讀王右丞、李東川，尤宜熟玩劉文房諸作。宋人則陸務觀，若歐、蘇、黄三大家，祇當讀其古詩、歌行、絶句，至於七律必不可學。學前諸家七律，久而有所得，然後取杜詩讀之，譬如百川學海而至于海也，此是究竟歸宿處。”此論七律甚精，異於前宗七子之説矣。又云：“學者從其性之所近，伐毛洗髓，務得其神而不襲其貌，則無論初盛中晚皆可名家。不然，學中晚而止得其尖新，學初盛而止得其膚廓，則又無論初盛中晚，均之無當也。”且歷詆“世之依附盛唐者，但知學爲九天閶闔，萬國衣冠，而自命高華，自矜壯麗”，爲優孟衣冠。此殆漁洋晚年之論，足爲學七子者痛下鍼砭。

二十五日(3月13日)晴。夜，地微震。　得廉生復書，並贈《天壤閣叢書》一部。

二十六日(3月14日)晴，午後大風。　晚，得鹿喬笙書，復之。爲其祖壯節公祠事，求合肥奏請列入祀典，已奉旨俞允矣。

二十七日(3月15日)晴。　得九弟十四日書，述八弟身後諸事，悲愴之至，作書復九弟，竟日鬱鬱不能作他事。陸伯澐來。余薦之筱傳處，爲鶴巢所誤，因病南歸，贈以十二元而已。

二十八日(3月16日)晴。　得樂山書，合肥以事屬孝達，而因鐵廠借款頗相持不下，乃由鄙人從中通之。五年來先施於厚禄，故人者惟此而已，然究無謂也。爽秋授皖南，將出都門，有書通意，以書復九弟並簡載之。

二十九日(3月17日)晴。　枯坐竟日。寄子涵書。

《漢書·儒林傳》司馬遷亦從安國問故，遷書載《堯典》《禹貢》《洪範》《微子》《金縢》諸篇，多古文説。王氏鳴盛云，如《湯誥》《太誓》皆古文説。

二月初一日(3月18日)雨，晚霽。　代樂山訂丁孝廉，明日有摺弁，寄都門書，附復安圃第二緘。得孫慕韓書。

閲紀文達、朱文正兩集，思得《笥河集》參考之。

《永樂大典》輯逸書之奏，出於竹君學士，而文達實總其成。文正、文達同日宣麻，文正正拜，而文達協揆，爾時畿輔人物之盛如此。文達一生精力在《四庫提要》，其集中一鱗片爪，無非龍之全體。文正作《文達墓銘》，謂曉嵐初則文人相矜，後乃折服，不敢道一不字。然文正之學，似非文達匹也。

《竹書紀年》，余以爲僞。閻百詩不信《竹書》而信《史記》，是也。王氏鳴盛亦以爲晉人僞撰，而徐位山則篤信之。孫淵如復刻之《平津館叢書》中。暇日思考證之，偶閱知足齋有《書孟子四考後》一篇，以《竹書》爲不足據，因漫記於此。

初二日（3 月 19 日）晴。　得子涵書。遣王福赴杭迎五姊及八弟夫婦之柩，附海晏南行。寄載之書。又寄朱潔泉一緘，詢以交代事，擾擾竟日。

初三日（3 月 20 日）晴，是日春分。　得安圃書。僊蘅前輩寄宣紙、徽墨，索余書，並以一聯見贈。午後，復趙菁衫書。

初四日（3 月 21 日）陰，微霰。　連日復讀《莊子》，頗有訂郭注之誤處。又閲徐文靖《竹書紀年》，笑其拙滯。檢孫刻《竹書紀年》有洪筠軒序。今本《竹書紀年》之非舊，《提要》可爲推勘入微矣，而筠軒强爲之辭，《莊子》所謂猶一蚊一蝱之勞也。今日几案灑然，筆墨生潤，頗有讀書之樂。

鄭學至國朝諸儒掇拾殆徧。《隋・經籍志》儒家類：《孟子》七卷，鄭注。焦氏《正義》竟不能徵引，其佚久矣。

《隋書・牛弘傳》：里仁上表請開獻書之路，以秦皇下焚書之令，爲書之一厄。王莽之末，長安火起，宫室圖書並從焚燼，爲書之二厄。孝獻移都，西京大亂，一時燔蕩，爲書之三厄。劉、石憑陵，京華覆滅，爲書之四厄。周師入郢，蕭繹以文德之書，及公私典籍，重本七萬餘卷，悉焚之於外城，爲書之五厄。周氏創基，保定之始，書止八千，及後收集，方盈萬卷。及東夏初平，獲其經史，四部重雜，三萬餘卷。所益舊書，五千而已。今御書單本，合一萬五千餘卷，部帙之間，仍有殘缺。比梁之舊目，止有其半。至於陰陽河洛之篇，醫方圖譜之説，彌復爲少。於是下詔獻書，經籍稍備。按，《隋書・經籍志》："平陳以後，檢其所得，多太建時書，紙墨不精，書亦拙惡。於是總集編次，存爲古本。召天下工書之士，京兆韋霈、南陽杜頵等，補續殘缺，爲正副二本，其餘以實秘書内、外之閣，凡三萬餘卷。”修《經籍志》時，考見存，分爲四部，合條爲一萬四千四百六十六部，八萬九千六百六十六卷。甚矣，聚書之難也！

初五日(3月22日)晴。　心緒紛如，讀畫自遣。

初六日(3月23日)晴。　以牛乳餅十匣寄伯潛。讀書竟日無所得。得滬電，王福今早已到滬矣。

初七日(3月24日)晴。　摺弁回，得都下書，以局刻書三種寄允褒。午後，得仲璋書，知州考初九可定長案，即作復緘，並所需之洋燭等件交專人帶州。復高陽書。

初八日(3月25日)晴。　得載之書，八弟交代仍未了結，悶甚。

初九日(3月26日)晴。　載之書甫復，又得載之書，則所存公款尚無侵蝕，前書亦太過。甚矣，身後無人之難也！

初十日(3月27日)陰。　復劉仲良書。午後，袁爽秋來談。晚，得兩兒電，滄州試第一，潛第九。

十一日(3月28日)晴。　爽秋來談，留之午飯。得載之書。夜，武珏生來詢考試事。

十二日(3月29日)晴。　午後，爽秋來，晦若亦至，所談皆日下事也。復載之書。

十三日(3月30日)晴。　閱《笥河集》。都中楊估寄書目來，苦無異書到眼也。贊臣來話。寄廉生書。

十四日(3月31日)晴。　劉子徵總兵來。爽秋夜話。丁季莘由保定至，赴樂山之招。

十五日(4月1日)晴。　爽秋辭，仍回都。午後，儒弟及王地師來，知允襄、允燮已回里應歲科考矣。

讀《莊子》，以《吕覽》《淮南》證之。

十六日(4月2日)雨。　得兒輩復書，允言之書亦至。

十七日(4月3日)晴。　永詩來。

十八日(4月4日)晴。　摺弁入都，復廉生書，問翼北之疾。

甚矣，張茂先之無識也。賈后謀廢太子，劉卞勸華以太子四率精兵萬人廢后，華不從，卒爲趙王倫坐以后黨害之。人皆爲茂先惜，實不足惜也。楚王瑋矯詔害汝南王亮、太保衛瓘。帝用華計，以騶虞幡麾衆，衆走執瑋。瑋臨死，出懷中青紙詔，流涕以示監刑尚書劉頌，頌亦歔欷不能仰視。青紙詔者，后遣黄門齎以授瑋者也。是時華既執政，若追究授詔之黄門，得其情實，即以矯詔之罪坐賈后，廢而幽之，誰曰不宜？乃於闇主虐后之間，欲以彌縫補闕爲功，女史之箴何足感動弑姑不道之賈南風乎？楊后之廢，引趙太后爲孝成后故事，愍、懷之事，亦不能强諫，始終依違，立小異而不能力争。即中臺星坼，華果遜位，其能免乎？原之者，謂其拘牽文義，似后有母道，非臣下所敢廢，然亦思賈后親弑其姑，乃名教罪人，《春秋》之所必誅，安可泥常經而不識權變哉？推其隱衷，得柄由裴頠贊成，頠爲賈之姻連，華實頠之昵友，感頠亦即感后，其彌縫聊以卹人言而已，意在助后爲政，非忠於晉也。張林責以式乾之議，諫若不從，何不去位？宜華之不能答歟。

十九日(4 月 5 日)晴。　杜估自都來，以綫斷《皇甫碑》請售，驗“務”字已壞，後半並補以三監[本]，索價三百金，還之。

二十日(4 月 6 日)晴。　伯夫人冥壽，至公所行禮，俗例也。復寄州寓百金，以濟考費。

二十一日(4 月 7 日)晴。　得都電，知允褒亦往應院試，州縣皆補卷也。寄九弟書。

二十二日(4 月 8 日)晴。　得孝達電，時徐大理致祥劾孝達。廉生云，語涉及余也。得載之書。

楊估寄書數種來，殊少佳者。附廉生一緘，知翼北病略愈矣。

二十三日(4 月 9 日)陰，晚微雨一陣。　寄伯潛書，附奶餅，餘皆閒文也。孫茶孫來，託以雇船載柩事，悒悒竟日。

閱《笥河集》。表彰江慎修、汪雙池兩先生，遺書推尊之至。篋中無汪書，適有以《參讀禮志疑》來售者，因留之。文章有神，即古人亦能感召也。稼書先生於《禮經》甚有心得，視空言講學者自異矣。

清獻《讀禮志疑》曰：“賈公彦《周禮》《儀禮》二疏有功學者，《唐書》不爲立傳，止附見於其師《張士衡傳》中，其生平及字均不可考，可惜！但載其子大隱以直諫著於武后之世。又載其傳業趙人李玄植，該覽百家，高宗時數召見，以帝闇弱，頗箴切其短。帝禮之，不寤，遷巴令。可想見公彦之教。”按，《舊唐書·儒學》有《公彦傳》，但載洺州永平人，永徽中官至太學博士，撰二《疏》而已，語太寥寥，與《新唐》不立傳相等。《新唐·士衡傳》云：“以《禮》教諸生，當時顯者永平賈公彦、趙李玄植。”後又云公彦傳業玄植，亦欠分明。永平乃永年之譌也。

二十四日（4月10日）晴。　偶得雷學淇《介庵經説》。契至湯八遷者：契始居蕃，見《水經·渭水》注引《世本》。後封商，見《詩》。昭明居砥石，復遷商，見《世本》《荀子》。相土居商丘，見《左傳》。子亥遷殷，見《紀年》。上甲徙司馬，見《世本》《路史》。帝甲九年復居商丘，見《紀年》。湯居于亳。見《書序》。至盤庚五遷者：仲丁遷囂，河亶甲居相，祖乙圮于耿、見《書序》。遷庇，南庚遷奄。見《竹書》。共十四遷，不止十三遷。兒輩試題有“自契至湯八遷解”，因摘記之。

又《吕覽·首時》曰：武王立十二年，而成甲子之事。《唐書》一行《日度議》，引《管子》《家語》亦云十二年。今《管子》書無此語。余案，此可收入《管子逸文》。

《唐書·曆志》一行《日度議》，《竹書》十一年庚寅周始伐商，而《管子》及《家語》以爲十二年，蓋通成君之歲也。

《道藏》無《管子》①，而俞理初《癸巳類稿》引《道藏》本，不知以何本誤作《道藏》也？俟考。

二十五日（4月11日）晴。　晚，仲璋忽歸，言母及弟病，欲回里，實因班卿之母病也。談考事竟夕，神爲之疲。有始無終，師道、友道均爲未合耳。得兒輩書。

二十六日（4月12日）晴。　洪子彬贈牧齋《初學集》，乃明刻。吉雲帆來。得九弟書。寄諭兒帖。

二十七日（4月13日）晴。　史竹孫來。得菁衫書。

二十八日（4月14日）晴。　吕子莊來，選房山訓導，菁衫内弟，在萬

① 按，《道藏》有《管子》。

全相識者。寄諭兒帖。

二十九日(4月15日)晴。　借《有學集》觀之。絳雲藏書,而其中宋本題跋甚少。既爲降人,而又深文曲詆,似長樂老之敘歷朝恩遇,同一無耻,牧齋則長樂之變相耳。昔人謂王覺斯人品日下,書亦隨之,而錢詩則《有學》勝於《初學》。余以爲《初學》詩文站得住,《有學》詩文則站不住,未聞無地以自處而可以爲詩文者也。凡詩文能勝人者,均先以人品衡之,有人品高而不能詩文者,未有人品不高而能爲詩文者,余固哉之論如此。

雜閱宋人集中題跋以考《管子》,無所得,僅取韓无咎《讀管子》入抄。

三月初一日(4月16日)晴。　五姊及八弟夫婦雙柩至津,登舟一慟,遣王福、郭升及八弟之僕婁升送回,命族弟佩紀於河頭迎歸,俟秋冬卜葬。

初二日(4月17日)晴。　復九弟書。樂山來書,云丁季莘已到灤陽。

初三日(4月18日)晴。　得州寓書,三屬經古,合取滄兒第一,允褒十一,潛兒十二名。

初四日(4月19日)晴。　以波羅蜜果詒晦若。悶甚,檢書輒不能終卷也。

嚴鐵橋《書〈漢書·律曆志〉後》云:"漢興承秦建亥,用秦顓頊曆。百有二年,孝武改朔建寅。鄧平、司馬遷、唐都、(洛)[落]下閎等造太初曆。煌煌鉅典,順孔聖承天之文,爲萬世則。而行僅百餘年,莽移漢祚,改用三統,十許年而漢誅。史法于秦顓頊故術略宜編次,次至鄧平術臚列周詳,末及《三統》,庶爲信史。而孟堅末殺顓頊術,并末殺鄧平術,專取《三統》以充篇,是直莽曆志,豈漢曆志哉?"余夙糾班,每謂班氏黨于王莽,於《自序》中直言之,故於王莽事津津樂道。不獨《律曆志》也,即以十志言之,惟《天文》爲其妹昭及馬續所修,餘皆固作。《禮樂志》則紀王莽興辟雍,及樂陵夷壞于王莽,而以世祖事入之,不知斷代爲史,亦不應闌入光武。與《藝文志》以東京或入或省,攙亂向、歆,同一失於限斷。《刑法志》亦然。《食貨志》敘莽事數千言。《郊祀志》亦以莽興神僊事終之。《地里志》詳紀莽曰某某。《溝洫志》,莽未施行之空語,亦必詳列之。儼然以莽爲一朝附於

《漢書》之中。今閱班書者，喜其足資考證，而不知其深乖史法也。夫固既立自注之例，則莽事何嫌附注於下，而於漢之大政更加詳載，亦誰以爲煩冗者？莽事愈多，則漢事從略，終爲全書之疵。三長中，少一識字也。班書紀莽事太多，望溪文已議之。

初五日(4 月 20 日)晴。　得劉獻夫書。

初六日(4 月 21 日)大風。　仲璋來辭行，賗以洋蚨二十番，匆促不能具卮酒也。

初七日(4 月 22 日)陰。重御棉。　案上元甆水盂爲新來小僮誤碎，駭而遁去。自愧不爲奴僕所信，蓋余從不以誤碎物呵斥僮僕，惟書則禁止塗抹耳。復載之書，並附符笑拈復信。

初八日(4 月 23 日)陰。粹玉忌日，風霾。　得都中書，知翼北病又劇，此子恐不復永年矣，甚爲悵悶。柳質卿來，適有事未得見。

初九日(4 月 24 日)晴。尚御棉衣。　《説郛》一部，以無意得之。富華閣碑賈王春山來，欲赴朝鮮搨碑，乃廉生所薦，此君古興可謂豪矣。

初十日(4 月 25 日)晴。　復獻夫書。

開元賢相推姚宋。然姚之心術，余不甚取之。趙彦昭劾崇，是否爲燕公指使，亦無顯證。説詣岐王不遇，畏文獻當國耳。崇乃以岐王陛下愛弟，張説輔臣而密乘車出入王家，恐爲所誤，於是説出相州。夫説之歸，誠明皇久矣，而崇尚能浸潤構讒，其心地險譎至矣，安得謂之賢臣也？小説以“死姚崇算生張説”爲佳話，後閱《燕公集》，則姚碑乃奉敕撰，並非私家所請，直是姚家門生故吏所揑造耳。燕公爲明皇東宫侍讀，久相愛重，即《五君詠》候蘇瓌忌日，致頲之説亦屬謠言。《許公碑》亦燕公所撰，小許公豈不知之，必待其《五君詠》而知爲父執耶？燕國子均、垍從賊，本不宜附其傳末。《舊書》因均、垍復附陳希烈，尤謬。姚諸子通饋遺，宋子深與李林甫善計，納薛稷女甥，均穢家聲，而姚曾孫有武功，宋轉一衰不振，何歟？

十一日(4 月 26 日)晴。　會經書估，以南來書請閲，中有《儼山外集》，索價十金，還之。偶閲其《傳疑録》，曰：“《周詩》：‘有周不顯，帝命不時。’毛曰：‘不顯，顯也。’‘不時，時也。’《集傳》亦因之。不字當是丕字，《清廟》之‘不顯不承’，即《書》之‘丕顯丕承’。”汪容甫所本也。又以周宇文護母留齊，貽書護曰："昔在武川鎮生汝兄弟，大者屬鼠，次者屬兔，汝身屬蛇。"謂此乃胡語，不知後漢已有歲在龍蛇之説矣。

十二日（4 月 27 日）晴。　買《康對山集》，足本不易得，《四庫》所收乃十卷本也。勞玉初來。

十三日（4 月 28 日）晴。　吴摯甫來，與之談及馬莪園遺詩，屬刻之，以終子儁之志。申刻，李、杜兩估自都來，將南下搜書。余以蔣氏書委之。寄廉生書。

十四日（4 月 29 日）晴。　得高陽書。

樓攻媿有《答楊敬仲論詩解》書，反復論辨，頗有裨於經旨。如《氓》之詩："士之耽兮，猶可説也。女之耽兮，不可説也。"楊注引俗説，以女淫爲大醜，此即《毛傳》"女與士耽，則傷禮義"。樓駁《鄭箋》云："士有百行，可以功過相補。至于婦人無外事，惟以貞信爲節。然功過相補，則士可耽也。每疑其害教，近得一説，無與士耽，已是自悔而反正之言。蓋其初來即我謀，後又以車來，則非女之奔之。其言曰始者以士之耽兮，故我今日猶可説也。若是女之耽兮，則我不可説也。如此則得詩之意，又免功過相補之害教。"其説甚厚。《狼跋》之詩，毛、鄭均以狼興周公，程氏謂無以豺狼譬聖人者。樓取蜀人楊少卿民望説，詩人蓋以狼之跋疐比四國，而公處其中不懼，此説最爲得之。樓稱楊書以《左傳》《爾雅》《大學》所引多牽合，"先王在商，世難拘以《周禮》，文王以服事商，不應作禮樂"。皆前輩未發，尤用服膺，惜敬仲《詩解》不可得也。

十五日（4 月 30 日）雨。　閲《張燕公集》。《郭代公行狀》："太平公主、竇懷貞潛結凶黨，謀廢皇帝，睿宗猶豫不決，諸相皆阿諛順旨，惟公廷争不受詔。及舉兵誅竇懷貞等，宫城大亂，睿宗步[出]肅章門觀變，諸相竄外省，公獨登奉天門樓躬侍。睿宗聞東宫兵至，將欲投于樓下，公親扶聖躬，敦勸乃止。"兩《唐書》敘此甚略，《舊書》云："睿宗登承天門，元振躬率兵侍衛之。"《新書》云："睿宗御承天門，諸相走伏外省，獨元振總兵扈帝。"於睿宗倉皇幾欲自投之狀，均諱之。明皇前戡韋庶人，不啟睿宗可也。今以君廢臣，自應一面發兵討太平，一面以兵扈上皇，同御承天門觀變。乃陰謀鋤賊，置老父不顧，設元振不至，睿宗自投，不知明皇將何以爲人，何以爲子也？厥後，以驪山講武，軍容不振，坐代公纛下，將斬之，未必不以其黨附上皇爲憾。明皇之不孝，宜歸自蜀道，受李輔國之毒也。郭在太學，有人以五世未葬求濟，郭舉資畀之；後入朝，有人馬前送狀，得騾馬二十餘匹，帛三千匹，即太學請葬士所報也。此本瑣事，《舊書》不載爲得體。《新書》載前遺後，又以薛稷、趙彦昭相詣爲駭歎，均失神理。

十六日(5月1日)陰。　李怡庭爲致書數種，頗有佳者。勞玉初來談。吕子莊辭，赴房山任。

十七日(5月2日)晴。　《舊書·張説傳》："初，説爲相時，玄宗欲討吐蕃，説密奏許其通和，以息邊境，玄宗不從。及瓜州失守，王君㚟死，説因獲巂州鬭羊，上表獻之，以申諷諭。"《新書》："説密請和，帝曰：'待王君㚟計之。'説出，告源乾曜曰：'君㚟好兵以求利，彼入，吾言不用矣。'後君㚟破吐蕃於青海西，説策其必敗，因上巂州鬭羊，帝識其意。後瓜州失守，君㚟死。"由劉書言之，則燕公因君㚟已死，始獻鬭羊，是爲迎機利導。由宋書言之，則燕公先策其必敗，因獻門羊，是爲先事抒誠，後因此復相，似《新書》爲得實矣。《燕公集》有《右羽林大將軍王公神道碑》，亦奉敕撰。夫君㚟與燕公和戰異議，而碑極稱其忠勇氣力，並云"即敘者，老生常談；和親者，豎儒怯計"，以檃括已之密請和戎，蓋承敕而作，體制如斯，足證《姚文獻碑》亦非梁公之遺命秘算也。《燕國集》有《高元福碑》，乃力士父，更有《代伎女祭元十郎文》，殊可笑也。

十八日(5月3日)晴。　得廉生書。儒弟來，酌定八弟葬期。陸眉五由太倉至。

《曹子建集》以無《七步詩》者爲佳本，然子建實有《七步詩》，見於《世説》。詩云："萁在竈下然，豆在釜中泣。本是同根生，相煎何太急。"《文選·竟陵王行狀》注亦引之，則古本有此詩可知。又，《張燕公集》今通行二十五卷，而朱竹君有宋刊三十卷本，不知當日何以不獻之《四庫》。宋王禹偁《小畜集·外集》僅存七卷，爲紀文達所藏，蓋唐及北宋專集傳刻漸希，不知永樂輯《大典》時，何以亦未搜羅，抑館臣未及采擇耶？偶因《曹集》略及一二，其詳具余書目附注中。

十九日(5月4日)晴。　爽秋來，之蕪湖任。復高陽書。

二十日(5 月 5 日)晴。　滄兒歲入第一名,潛兒第七名,允褒十四名,以書告九弟及鶴巢、朱子涵、邊潤師。命兩兒還里展墓,明日可歸。

二十一日(5 月 6 日)晴。　兩兒回津。復樂山書。

二十二日(5 月 7 日)晴。　眉五來。

二十三日(5 月 8 日)晴。　連日書估南來者集津,頗有所得。

二十四日(5 月 9 日)晴。　得九弟書。過晦若少談。李、杜南去。寄誼卿及朱式如書,並假二估以資,爲物色佳帖異書也。作函謝仲璋。

二十五日(5 月 10 日)晴。　料理回里,寄九弟一緘,並函謝鶴巢及復廉生書。

二十六日(5 月 11 日)晴。　乘輪車回里。未刻至胥莊,酉刻至陀。由莊至陀,向西北行,過趙家莊八里,小稻地三里,岔口七里,王家莊五里,至陀五里。族中凋零,僅子中秀才老健可談,年六十九矣。重陽日生,明年七十,乞余一聯。

二十七日(5 月 12 日)晴,夜大風。　至家祠行禮後,於五姊、八弟靈前一奠,出東門,至所卜墳地察穴閲工。劉芝坪孝廉鎮疆來。午後,秦宅甥女來。劉玉書上舍鍾琪來,九弟之内姪也。夜耿耿不寐。

二十八日(5 月 13 日)晴,風止。　巳刻葬八弟夫婦於小齊家陀之北。未刻葬五姊於清湖莊之東。悲傷之餘,疲乏殊甚,然夜仍不能寐也。

二十九日(5 月 14 日)雨。　敬詣祖、父各塋,並至二叔塋及珊網砦。雨中疲甚。午後,酬襄事諸族人,至六門一走。

三十日(5 月 15 日)晴。　至五姊、八弟墓設祭畢,回明致書屋。早飯不能下咽,即令僕從先發。過族兄子中秀才及劉芝坪。兄弟輩送余岐路,不覺惘然,九弟在,遠送者皆族昆弟也。申初到河頭,寓同和客店,孫小雲來,與之閑行。晚,即枕即酣,蓋連日疲乏甚矣。四鼓時醒,起,秉燭以候明。

四月初一日(5 月 16 日)晴。　早車回津。吴樂山同來談淮部舊事,頗足醒脾。午初到署。

初二日(5 月 17 日)晴。　崔琴友來,其子祥惺已入泮。過晦若少談。柳質卿來見。寄九弟書。

初三日(5 月 18 日)晴。　以於朮寄廉生,翼北久病也。樂山亦病,求醫于津，復書候之。

初四日（5 月 19 日）晴。　以《五音類聚》寄玉初。寄載之書。質卿復來。晚，至琴友處略談。

初五日（5 月 20 日）晴。　得庚樂秋書，並王雲舫一紙。午後，保定書估奎文堂王姓由内所薦來，無可取者，買《孟亭集》。閲之，其考證金石書畫，學甚淺陋，宜注玉谿詩之支離，詩學玉谿而劣甚，竝不能望西崑肩背，何也？意甚鬱鬱。未二鼓即入内齋，與鞠耦略談舊事。

初六日（5 月 21 日），昨夜甫即枕，雷聲殷然，雨勢頗急。晨起，濕雲尚油油也。　生母忌日，枯坐無俚。午後，與鞠耦略話，屬僕輩整理書籍，而卧榻上觀之。有持《四世司成詩卷》來售者，爲鄂拜、鄂爾奇、鄂容安、潤祥。鄂拜乃文端之父，潤祥則剛烈之姪孫也。中有石庵、竹君、覃谿、蕉林諸公詩，值昂，還之。

初七日（5 月 22 日）晴。　清秘又持米二帖來，一《珊瑚帖》，一《復官帖》，快雪堂曾刻之。由安儀周展轉歸傅文忠、成邸、定邸，索價千五百金，讓至千金，無力購之。内人暇中雙鉤之，惟妙惟肖，亦閑中一樂也。琴友南還。

初八日（5 月 23 日）晴。　得劉獻夫書。薌林來。趙梓芳自南來，因仲良保送引見，年六十六矣。

初九日（5 月 24 日）晴。　吊邵班卿母喪。午後，晤梓芳。

前讀兩《唐書》，歎廣平之後不振。今日檢顔魯公所撰《宋文貞碑》，碑側有記云："公第六子衡，謫居沙州，參佐戎幕，河隴失守，介于吐蕃。以功累拜工部郎中兼御史河西節度行軍司馬，與節度周鼎保守燉煌，僅十餘歲，遂有中丞常侍之拜。恩命未達，而吐蕃圍城，兵盡矢窮，爲賊所陷。吐蕃素聞太尉名德，曰：'唐天子，我之舅也。衡之父，舅賢相也。落魄如此，豈可留乎？'遂贈以駞馬，送還于朝。大曆十二年十一月，以二百騎盡室護歸，士君子偉之，乃古來所無也。上欲特加超奬，且命待之于側門。"而《舊書》云，衡居官坐贓，流貶。又云，衡最麤險，廣平風教無復存矣。《新書》亦云："衡最險悖，廣平之風衰焉。"雖史筆之於家碑體裁迥異，史或直筆，碑或曲原，而衡於沙州貶後，又有復參戎幕，洊至中丞常侍一事，史胡略之？不可解也。《世系表》衡仕至檢校左散騎常侍，是後亦未有超獎。然魯公所紀之爲確實，可知華之子儼能與魯公交，請其撰碑大書，則諸孫中亦尚有賢者，史亦稍刻矣。

初十日（5月25日）晴。　得熱河電，樂山病重。

十一日（5月26日）陰。　顧廷一來。

十二日（5月27日）雨。　悶坐，無所事事。

十三日（5月28日）陰。　擬閱太白詩，忽忽一日，仍未開卷也。

十四日（5月29日）陰。　得都門書，楊佔寄書十餘種來。

閱陸仲昭時雍《古詩鏡》《唐詩鏡》。其《總論》以神韻爲宗，情境爲主。余謂漁洋拈"神韻"二字以開一時風氣，實濳取仲昭也。仲昭上下千古，頗有特識，學詩者不可不閱其《總論》也。

十五日（5月30日）晴陰相間。　丁春稟富陽交案已結。

考差題"澤梁無禁"、次"辭尚體要"二句，詩"密林生雨意"得"林"字。姚合《郡中西園詩》，一作許渾。按，原刻《少監集》席刻作"雨氣"，《韻府》作"雨意"，不知何本也。

十六日（5月31日）晴。　寄九弟及載之書。李搏霄來。晚，趙宇香自山東至。得菁衫書。

十七日（6月1日）陰，微雨旋止。　過晦若略話。湖北參案免議，趙鳳昌革職，驅逐回籍，孝達之巡捕也。後爲提要處，常州人。粵督復奏，平和劾趙乃江督奏語爾。

復獻夫書。載之有書至。

十八日（6月2日）陰。　得章頌民書。

唐貞觀十七年，趙國公無忌、河間公孝恭、萊國公如晦、鄭國公徵、梁國公玄齡、鄂國公敬德、衛國公靖、宋國公瑀、褒國公志玄、夔國公弘基、蔣國公通、郥國公開山、譙國公紹、邳國公順德、郥國公亮、陳國公君集、郯國公公謹、盧國公知節、永興郡公世南、渝國公政會、莒國公儉、英國公勣，並胡國公叔寶，圖形淩（雲）［煙］閣。見《新書·秦叔寶傳》。按，太宗兼文武之資，以得天下，然群策群力，亦一時將相之功。而《新》《舊》兩書於諸將敘述均少精神。《舊書》叔寶貞觀十二年卒，《新書》並此節之，則十三年由翼國改封胡國，竟不知其爲殁後、爲生時矣。迹其改封，必叔寶有子孫承襲，傳皆遺落不載，殊爲疏闊。程知節子處默襲盧國公，處亮尚太宗女清河長公主，授駙馬都尉左衛中郎將，少子處弼官至右金吾將軍，處弼子伯獻開元中左金吾大將軍。《新書》並省去，第曰"子處亮尚清河公主"而已，安得曰"文省而事增"乎？惟《尉遲敬德傳》極爲鋪敘。考《舊書·許敬宗傳》："爲子娶尉遲寶琳孫女，《新書》作敬德女孫，敬宗與敬德同時，不應年輩參差，子娶鄂公曾孫女，似《新書》得實，《舊書》誤衍一"孫"字耳。多得賂遺，及作寶琳父敬德傳，悉爲隱諸過咎。太宗作《威鳳賦》以賜長孫無忌，敬宗改曰賜敬德。"按，鄂公未降之先，爲秦叔寶所破，其後破世充、建德，及息巢之役，與秦、程皆同預密謀，不應鄂公淩煙之名遂列於杜後房前，疑亦許敬宗有所抑揚，而《舊》《新》兩書均沿其謬也。

十九日(6月3日)晴陰相間。　李贊臣來談。得熱河電，樂山病仍如前。九弟書至，草草復之。

二十日(6月4日)晴，夜雨。　洪翰香自蕪湖來。

二十一日(6月5日)晴。　翰香復來。午飯時士周及楊藝舫踵至。

二十二日(6月6日)雨。　寄李村夫人書。

二十三日(6月7日)夜雨。　得廉生書，言翼北病危，語甚酸惻。秦藝林來。

二十四日(6月8日)夜雨。　與合肥論馭僕事。過晦若。復廉生書。連日欲踵章[宗源]作《隋書經籍[志]考證》，粗創條例，旋復作輟，無非心緒之擾雜耳。内人又小病，殊悶悶也。

二十五日(6月9日)晴。　秦藝林來。

《老子·論德章》："失道而後德，失德而後仁，失仁而後義，失義而後禮。"此數語最有病。按，《韓子·解老篇》作"失道而後失德，失德而後失仁，失仁而後失義，失義而後失禮"。然後恍然，《老子》古本如此，删去下之"失"字，不可通矣。

二十六日(6月10日)晴。　陸眉五自都來。得蔚廷書。翰香及其兄露軒至。潘子静函告蔣處之書不能成交易，悶甚。

二十七日(6月11日)晴。　張筱傳來談。

隋受周禪，遂爲無耻。尉遲迥舉兵，實爲義舉。韋孝寬受周累世深恩，乃甘心爲堅爪牙，行至朝歌，察迥有變，稱疾徐行，又欲怒斬兄子藝，具得迥謀，是其心固已黨於楊氏矣。此何待李渾之申，意孝寬背周即隋之罪已無可逭。破迥之後，未及隋氏受禪而死，列於《周書》，轉若周之純臣者。李穆諂堅，渾亦代布腹心，卒爲宇文述陷之誅死，天殆假手以正其背周之惡，非不幸也。當尉遲兵起，若孝寬與之合力，足以殺堅，惜哉！

二十八日(6 月 12 日)晴。　翰香來談。

《北史》《隋書》及唐《舊》《新》兩書《李密傳》均不詳盡。《通鑑》所敘較有眉目，今略輯之。

蒲山公李密，弼之曾孫也。少有才略，志氣雄遠，輕財好士，爲左親侍。帝見之，謂宇文述曰："向者左仗下黑色小兒，瞻視異常，勿令宿衛。"述乃諷密使稱病自免，密遂屏人事，專務讀書。嘗乘黄牛讀《漢書》，楊素遇而異之，因召至家，與語，大悦。謂子玄感等曰："李密識度如此，汝等不及也！"由是玄感與爲深交。時或侮之，密曰："人言當指實，寧可面諛！若決機兩陣之間，喑嗚咄嗟，使敵人震慴，密不如公；驅策天下賢俊，各申其用，公不如密。豈可以階級稍崇而輕天下士大夫耶！"玄感笑而服之。

玄感反，召密，密適至。玄感大喜，以爲謀主，謂密曰："子常以濟物爲己任，今其時矣，計將安出？"密曰："天子出征，遠在遼外，去幽州猶隔千里。南有巨海，北有彊胡，中間一道，理極艱危。公擁兵出其不意，長驅入薊，據臨渝之險，扼其咽喉。歸路既絶，高麗聞之，必躡其後。不過旬月，資糧皆盡，其衆不降則潰，可不戰而禽，此上計也。"玄感曰：［"更言其次。"密曰：］"關中四塞，天府之國，雖有衛文昇，不足爲意。今帥衆鼓行而西，經城勿攻，直取長安。收其豪傑，撫其士民，據險而守之。天子雖還，失其根本，可徐圖也。"玄感曰："更言其次。"密曰："簡精鋭，晝夜倍道，襲取東都，以號令四方。但恐唐禕告之，先已固守。若引兵攻之，百日不克，天下之兵四面而至，非僕所知也。"玄感曰："不然，今百官家口並在東都，若先取之，足以動其心。且經城不拔，何以示威？公之下計，乃上策也。"

玄感至東都，自謂天下響應，得韋福嗣，委以心膂，不復專任李密。福嗣每畫策，皆持兩端。密揣知其意，謂玄感曰："福嗣元非同盟，實懷觀望。明公初起大事而姦人在側，聽其是非，必爲所誤，請斬之！"玄感曰："何至於此？"密退，謂所親曰："楚公好反而不欲勝，吾屬今爲虜矣！"李子雄勸玄感速稱尊號，玄感以問密，密曰："昔陳勝自欲稱王，張耳諫而被外；魏武將求九錫，荀彧止而見誅。今者密欲正言，還恐追蹤二子；阿諛順意，又非密之本圖。何者？兵起以來，雖復頻捷，至於郡縣，未有從者。東都守禦尚彊，天下救兵益至，公當挺身力戰，早定關中，迺亟欲自尊，何示人不廣也！"玄感笑而止。

玄感解東都圍，引兵西趣潼關，宇文述等諸軍躡之。至弘農宫，父老遮説玄感曰："宫城空虚，又多積粟，攻之易下。"玄感以爲然。弘農太守蔡王智積謂官屬曰："玄感聞大軍將至，欲西圖關中，若成其計，則難克也。當以計縻之，使不得進，不出一旬，可以成擒。"及玄感軍至城下，智積登陴詈之，玄感怒，留攻之。密諫曰："公今詐衆西入，軍事貴速，況乃追兵將至，安可稽留！若前不得據關，退無所守，大衆一散，何以自全？"玄感不從，遂攻之，三日不拔，乃引而西。宇文述等軍追及，玄感大敗，獨與弟積善徒步走，謂積善曰："我不能受人戮辱，汝可殺我！"積善斫殺之，磔尸東都市。

案，玄感直一無賴少年，法主從之爲逆，玄感不用良謀，誠爲自取滅族。然爾時即用法主上策，亦不能有功也。由黎陽長驅入薊，豈救兵不能四集乎？即以玄感不用密言，遂謂其真可制勝入關之策。唐用之以開基，然唐起於隋已敝之後，玄感反於隋未亂之時。即行中策，亦無能爲此。非成敗論人，善讀史者當有遠見。

二十九日(6月13日)晴。　衛達三來。

密亡命爲人所獲，送東都。《考異》："《隋書·密傳》：'密間行入關，與玄感從叔詢相隨，匿於馮翊詢妻之舍，尋爲鄰人所告，遂捕獲，囚於京兆獄。'又云：'及出關外，防禦漸弛。'又云：'至邯鄲，密等七人皆穿墻而遁。'《唐書》雖不云囚於京兆獄，亦云出關。按，密若自關中送高陽，不當與韋福嗣同行。今從賈閏甫《蒲山公傳》及劉仁軌《河洛行年記》。"樊子蓋鎖送福嗣、密及楊積善、王仲伯等十餘人詣高陽，密與王仲伯等竊謀亡去，悉使出其所齎金以示使者曰："吾等死日，此金並留付公，幸用相瘞，其餘即皆報德。"使者利其金，許諾，防禁漸弛。密請通市酒食，每宴飲，諠譁竟夕，使者不以爲意。行至魏郡石梁驛飲，防守者皆醉，穿墻而逸。《河洛記》曰左樂驛，今從《蒲山公傳》。密呼韋福嗣同去，福嗣曰："我無罪，天子不過一面責我耳。"

按，密以福嗣兩端，嘗請玄感斬之，安肯呼之同去乎？

大業十二年，密之亡也，往依郝孝德，《考異》引《壺關録》，不取。孝德不禮之；又入王薄，薄亦不之奇也。密困乏，至削樹皮而食之，匿於淮陽村舍，變姓名，聚徒教授。郡縣疑而捕之。密亡去，抵其妹夫雍丘令丘君明。君明不敢舍，轉寄密於游俠王秀才家，秀才以女妻之。君明從姪懷義告其事，帝令懷義自賫敕書與梁郡通守楊汪相知收捕。汪遣兵圍秀才宅，適值密出外，由是獲免，君明、秀才皆死。

五月初一日(6 月 14 日)晴。　黄秦生來。清卿有書寄山谷淡山石刻。晚，陳覲虞過我閒話。頭痛，卧一時許始解。

初二日(6 月 15 日)晴。　午後，秦生來。得樂山及高陽書，復樂山一紙。

初三日(6 月 16 日)晴。　洪翰香來。午後，得翼北凶問，殊可痛惜。

初四日(6 月 17 日)陰。　端午賜樞臣慈聖御筆畫扇，合肥亦得賜二扇，有專弁謝恩。附寄高陽及廉生書。

初五日(6 月 18 日)晴。　牛李黨，《舊書》指牛僧孺、李宗閔；《通鑑・唐紀》五十九，牛僧孺入相，德裕以爲李逢吉排己，由是牛李之怨益深，則以牛指牛僧孺，李指德裕，蓋温公之誤也。《通鑑》於長慶黨意在執中，而宋人議論喜安静、惡生事，不免袒牛李而貶衛公，有極不公者。試拈一二則以爲讀史眼鼻。

八關、十六子。《考異》曰："按宰相之門，何嘗無特所親愛之士，數蒙引接，詢訪得失，否臧人物，其間忠邪渾殽，固亦多矣。其疏遠不得意者則從而怨疾之，巧立名目以相譏誚，此乃古今常態，非獨逢吉之門有八關、十六子也。《舊・逢吉傳》以爲'有求於逢吉者，必先經此八人納賂，無不如意'。亦恐未必然，但逢吉之門，險詖者爲多耳，此皆出於李讓夷《敬宗實録》。按，栖楚爲吏，敢與王承宗争事，此乃正直之士，何得爲佞邪之黨哉！蓋讓夷，德裕之黨，而栖楚爲逢吉所善，故深詆之耳。"按，栖楚極諫，《敬宗實録》以爲賣直，並云克明之難皆栖楚兆之，誠爲偏謬。然李逢吉之護惜栖楚，雖云重其敢言，亦必平時親昵，始肯爲之調劑，亦何能因其一節之長而遂欲出之八關之列哉！然猶云善善從長也。維州之罪，温(光)[公]亦曲爲奇章，原之胡氏云："米脂四寨之棄，大率類此，不足論矣。牛僧孺爲山南東道節度，漢水溢壞，襄州民居此，自隄防不辦，罷爲太子太師，初非苛罰。"《通鑑》則曰："德裕以爲僧孺罪而廢之，牛李與劉從諫交通。河南尹吕述言稹破報至，僧孺出聲歎恨，孔目官鄭慶言從諫每得僧孺、宗閔書疏，皆自焚毁。"此或吕、鄭希旨誣之，然德裕奏請貶黜，示以直報怨而已。《鑑》則以鄭慶之言出於德裕所令，不亦鍛鍊周内乎？

初六日(6月19日)陰。　得鶴巢書。

《五代史·任圜傳》稱其相明宗，"選辟才俊，抑絶僥倖，公私給足，天下便之"。余以爲任圜之負莊宗至矣。圜素爲莊宗所獎賞，當魏王之殺郭崇韜，命圜代將其軍。歐《史》。其時明宗監國，圜攻康延孝於漢州，旋至渭南，繼岌遇害，圜代總其軍。薛《史》。歐作："魏王先至渭南，自殺"，益爲圜解，今不取。按，繼岌以從襲告以時事已去，王宜自圖，乃自伏於牀，命僕夫李環縊殺之。其時圜若不在軍中，則王死，軍必四潰，圜安得代總其軍以歸？以情勢推之，圜必以繼岌孺子不足奉，觀望不前，故一任李[環]輩殺王。而圜既不究繼岌被害之故，全師以爲己功，明宗遽命爲相，非嘉其全師之功，嘉其殺繼岌之功也。歐《史》於《繼岌傳》云："繼岌面榻而卧，環縊殺之。"即繼以"任圜從後至"，何其巧耶？"圜率征蜀之師至京師，明宗撫慰久之，問圜繼岌何在，圜具言繼岌死狀。"嗣源與圜之奸謀畢露矣。繼岌雖云童騃，人情無不惜死，觀其處置郭崇韜事，初則不肯負心，亦尚非全無識見者。其在渭南，浮梁雖斷，左右雖潰，而任圜之軍固在，何難召圜以決進止，乃遽以從襲一言倉皇就榻，甘就縊死？初無死中求活之一念，豈情也哉？然則當日情事，必任圜已受嗣源之密指，因迫繼岌殺身以爲己功。觀其葬繼岌後，並不追究從襲輩，直以自殺爲言，罪狀明白矣。使圜當日心乎莊宗，以勝蜀之師擁戴繼岌，與孟知祥相結以平内難，名正言順，雖敗猶榮，況未必敗乎？計不出此，委心明宗，及判三司，復以成都富饒，欲運蜀財以富國，欲因知祥爲莊宗近姻，欲擾之以不安其位也。計既不成，終爲安重誨所忌，矯制賜死，聚族而殲，可謂天道不爽矣。薛、歐無識，不能深抉其隱，率以恕詞，予之不示，奸邪之幸乎？

初七日（6月20日）晴。　吴樂山來。致廉生書慰之，並諭姪孫女一紙。

初八日（6月21日）晴。　贊臣來。

初九日（6月22日）晴。　陳冠生自都回浙過此。蔚廷寄《李光禄傳》稿。

初十日（6月23日）晴。　盛杏孫來。得樂山電，索肉桂。

十一日（6月24日）雷雨。　過晦若。以桂寄樂山。

十二日（6月25日）晴。　致蔚廷書。

十三日（6月26日）大雨竟夕。　屋皆穿漏，河水長三尺許。

十四日（6月27日）晴。　《梁書·徐勉傳》："常與門人夜集，客有虞暠求詹事五官，勉正色答云：'今夕止可談風月，不宜及公事。'故時人咸服其無私。"按，《江蒨傳》："勉因蒨門客翟景爲第七兒繇求蒨女昏，蒨不答，景再言之，乃杖景四十，由此與勉有忤。除散騎常侍，不拜。是時勉又爲子求蒨弟葺及王泰女，二人並拒之。葺爲吏部郎，坐杖曹中幹免官，泰以疾假出守，乃遷散騎常侍，皆勉意也。王泰出閣，高祖謂勉：'蒨應居選部。'勉對曰：'蒨有眼患，又不悉人物。'高祖乃止。"既能修怨，即能市恩，風月之談特以拒虞暠耳，不得謂之無私也。

十五日（6月28日）晴。　右北平郡縣十六，錢坫及洪亮吉、李兆洛説異，今列之。洪與李均本《一統志》。

平剛。錢：永平府東北四百里。李同。無終。今玉田縣。今薊州治。石成。今奉天府承德縣西北。李同。俊靡。遵化西。西北。廷陵。闕。贊。闕。當在遵化。徐無。遵化東。遵化西北。字。子谷口。李同。山海關邊外。土垠。豐潤東十。同。白狼。奉天西北。承德西北。夕陽。闕。灤州西南。昌城。永平西南。灤州西南。驪成。撫甯。樂亭西南三十。廣成。奉天西北。承德西北。聚陽。闕。平明。闕。

又閲陳澧《漢書地理志水道圖説》，以撫甯爲絫，海陽爲樂亭，字爲灤州，似較明。而説龍鮮、封大、緩虛三水，既曰闕疑，又列之灤州、豐潤之間,蓋以《水經注》此三水在鮑丘之東、濡之西也。然以《水經》論,則濡之西尚有素河、九過口、清水、木究水、北陽孤淀諸水。以《漢志》論,則右北平下字縣榆水出東,《水經》已湮其迹矣。甚矣,右北平之地理水道不易條分縷晰也。尚有洪頤煊及吴卓信兩家未見。

白狼在奉天承德,此説最謬。《水經注》:"石城川水出西南石城山,東流逕石城縣故城南,北屈逕白鹿山西。"顧亭林云,白鹿山即白狼山也。據此,知白狼在今承德府屬之建昌。《一統志》白狼山在縣境,今名布祜圖山是也。《魏志·田疇傳》:"上徐無山,出盧龍,歷平岡,登白狼堆,去柳城二百餘里。"以此度之,平岡在今之平泉,白狼在今之建昌,距甯遠道里差合,而石城故縣定是漢之石城,在建昌白狼山之東北可知。《魏書·地形志》"廣興"下云"有雞鳴山、石城、大柳城"。白狼、石城、柳城相距在二百里間。李以柳城爲永平,大誤。又以廣興爲在錦縣,似皆未審。

十六日(6月29日)晴。　遼西郡縣十四。

且慮。永平城東。盧龍東。海陽。樂亭。灤州西南。新安平。永平城東。灤州西。柳城。錦州甯遠州西南平山營城,是。永平府境。令支。永平東南。遷安西。肥如。永平。盧龍北三十。賓從。徒。當在錦州。交黎。奉天西北。昌黎縣地。陽樂。永平城東。撫甯西。狐蘇。錦州府地。錦縣地。徒河。錦州府地。文成。盧龍縣境。臨渝。奉天西境。承德縣西。絫。昌黎。同。

十七日(6月30日)晴。　約贊臣來話。

遼東縣十八。

襄平。奉天府城。遼陽州北七十。新昌。海城縣東。無慮。錦州廣甯。廣甯治。房。奉天海城。廣甯東南。候城。奉天北境。承德縣北。遼隊。海城縣地。海城西六十。遼陽。遼陽州。同。險瀆。廣甯東南。居就。遼陽州西八十里。州西南。高顯。奉天府境。安市。蓋平東北七十里。同。武次。奉天東境。承德東。平郭。蓋平地。鐵嶺東北四十。西安平。遼陽東南鴨緑江入海之所。遼陽東。文。奉天府境。番汗。朝鮮京畿道國城西北。望平。開原。廣甯東北一百五十。沓氏。遼陽州境。

十八日(7月1日)晴。　潘子儁來。得誼卿書。晚,陳序東、龔厚庵商《州志》。晚,過晦若略談。

漁陽郡縣十二。

漁陽。密雲西南三十里。同。狐奴。順義東北二十里。三十里。雍奴。武清。武清東八。泉州。武清東南三十里。四十里。平谷。通州北。平谷縣東北十二。安樂。通州西北。順義西南。厗奚。密雲西。密雲東北。獷平。密雲西南。密雲東北。要陽。密雲東南六十里。承德府西。白檀。密雲縣南二十里。承德府西南。第三誤厠。路。通州東南。通州東八。滑鹽。平谷縣西北。承德府西南。

《漢書·李廣傳》"彌節白檀"注:孟康曰白檀屬右北平。誤也,但臨右北平。盛秋而彌節白檀,則白檀當與右北平接界。洪《志》:灤平縣,白檀故城,在縣西南。漢要陽廢縣,在縣西南。《魏武紀》:建安十二年"乃塹山堙谷五百餘里,經白檀,歷平岡,涉鮮卑庭,東指柳城,未至二百里,虜乃知之"。《田疇傳》亦言:"嘿回軍,從盧龍口越白檀之險,出空虚之地。"其後但言出盧龍,越平岡。以《武紀》互勘,白檀在盧龍口外,必先經白檀而始達平岡,其在灤平無疑矣。

十九日(7 月 2 日)晴。　《水經注·鮑丘水》篇:"泇水,出北山,山在傂奚縣故城東南,東南流逕博陸故城北,又屈逕其城東(又屈逕其城東)。世謂之平陸城,非也。漢武帝璽書,封大司馬霍光爲侯國。文穎曰:博大陸平也,取其嘉名而無其縣,食邑北海、河東。薛瓚曰:按,漁陽有博陸城,謂此也。今在且居山之陽,處平陸之上,匝帶川流,面據四水,文氏所謂無縣,目嘉美名也。"按,此段酈注支離。以瓚説考之,疑即右北平之聚陽,莽之篤睦也。瓚誤右北平爲漁陽,猶孟康之注白檀誤漁陽爲右北平。篤睦、博陸,一聲之轉,且居及聚亦一聲之轉,在且居山之陽,故名曰聚陽也。

二十日(7 月 3 日)晴。　晚,贊臣及洪氏弟兄並來,與伯述在晦若坐上商議《州志》事,宜屬伯述先創體例。

《水經注》以秦置右北平治此,指無終。莽所謂北順也。後漢治土垠,晉治徐無。《方輿紀要》無終城在玉田縣治西,徐無在縣東,土垠廢縣在縣西北六十里。又垠城鋪在縣東十里。是漢、晉右北平太守治均在遵、玉、豐境内。擬立《右北平太守表》,漫紀於此。

《右北平太守表》。

漢:李廣。路博德。師子將。見《元和姓纂》。卑躬。見《元和姓纂》。河間人。本《風俗通》。

東漢：衡方。漢碑。賤瓊。亦見《風俗通》。張宇。見《唐宰相世系表》。又見《燕公集》，皓子。劉政。《後漢・劉虞傳》。

晉：劉膺。《宋書・武紀》。宗正德後。膺生熙，熙生旭孫，旭孫生混，始過江。韋廣。《梁書・韋叡傳》。叡族弟愛之高祖，其子軌，孝武太元時居襄陽。閻鼎。見《世系表》。讃孫，亨子。字玉鉉。安成亭侯死，劉聰之難。此河南新安之閻鼎，與《晉書》閻鼎别是一人。沈炳震以鼎傳不言其祖即纘爲疑，不知彼乃天水，此乃新安，彼字臺臣，此字玉鉉，彼假豫州刺史，此爲北平太守，非一人也。

前趙：楊平。

後趙：陽裕。段遼北平相。石虎建武四年北平太守。

前燕：孫興。儁朝。遷中山太守。楊鉉。《隋・高紀》。《唐宰相世系表》。震八代孫。

秦：皇甫傑。苻堅時。

二十一日(7月4日)晴。　至海防公所。

二十二日(7月5日)晴。

二十三日(7月6日)夜雨。雷震大王廟棋杆。

二十四日(7月7日)晴。　佟蓮溪來。漢勛。由兩粵還。得九弟書。

二十五日(7月8日)晴。　至海防公所。

二十六日(7月9日)晴。　晚，得玉初書。

二十七日(7月10日)晴。　白鏡江署趙州來談。季士周、盛杏孫亦至。午後，孫小雲表兄來，李搏霄復請見，皆椎瓛子也。錢念劬太守自外國還。

二十八日(7月11日)晴，夜大雨。　佟蓮谿復來。晦若、容民晤談片刻。得廉生復書，以《畿輔通志》一部送伯述備考。

二十九日(7月12日)晨霽，晚陰。　午後，得熱河電，樂山本日辰刻卒于任所，其夫人先於廿二日中風去世，殊可傷也。

六月初一日(7月13日)晴。　至公所。搏霄來。

初二日(7月14日)陰。　昨夜受寒，晨吐瀉交作，昏卧竟日。得子涵書。伯行來，以病未見。

初三日(7月15日)晴。　鞠耦生日，以失母故，寂然寡歡，余亦病餘懶茶也。午後，晦若約伯述來談志例，適趙梓芳父子叔姪至，罷談而散。

初四日(7月16日)晴。　伯行來談。答趙氏父子，歸覺頭目眩暈之至。午後，閱壽老所修《畿輔志》，欲考證陡河，不得要領。

初五日(7月17日)晴。　朱伯平來，與之略話。約龔厚庵來商修志事，得趙菁衫兩書，致吕子莊一緘。

初六日(7月18日)晴。　得廉生書，過伯行。午後，贊臣來。寄元世兄書及樂山幛，遣陸宣赴熱河。

初七日(7月19日)晴。　得魏大令摺儒書，述樂山身後情形。是日讀邸抄，樂山照都統例賜卹，賞銀五百兩治喪，子元桐賞員外郎。夜，翰香來。

初八日(7月20日)雨。　得獻夫書。

初九日(7月21日)雨。　吴贊臣、曹藎臣均來。内人小病。

初十日(7月22日)晨雨止，申後又雨。　伯夫人周年忌，至經堂一行，午後返。

十一日(7月23日)大雨。　劉秀才功懋來。仲彭處權館者。

十二日(7月24日)雨。先慈忌日。

十三日(7月25日)雨。

十四日(7月26日)雨。　周玉山來，云盜風甚熾。沈子眉來，云常熟瞿氏藏書有出售意。

十五日(7月27日)晴，午後雨。　容民來談，子眉復過談。

十六日(7月28日)晴。　至經堂。晚，過梓芳丈略話。水溢，聞都城尤甚。

十七日(7月29日)晴，晚雨。　伯夫人柩歸葬，送至紫竹林，薄暮始返。梓芳父子明日行。

十八日(7月30日)晴。

十九日(7月31日)晴，酷熱。　水勢益長。午後，洪魯軒辭行。黄立庵上舍樹成自湖南來。

二十日(8月1日)晴。

二十一日(8月2日)陰，夜微雨一陣。　省晦若疾。晚，浴後受涼。

二十二日(8 月 3 日)晴。　病矣,昏睡竟日。

二十三日(8 月 4 日)晴。　馬植軒恩培、史竹孫均來。兩人同名也。是日作燒,因鄉人勉接之。夜,微汗就愈。

二十四日(8 月 5 日)晴。　文美來售書,中有朱式曹校諸子九種,大氐録王氏《雜志》之説。索價甚昂,手録其校《管》一册。僅十餘條,已説耳,亦淺甚。又有焦里堂《毛詩物名釋》稿本,闕《二南》《衛風》《鄭風》《秦風》至《曹風》《小雅》"鹿鳴""南有嘉魚"兩什,《周頌》"清廟"之什。此書未知刊行否。

二十五日(8 月 6 日)晴。

二十六日(8 月 7 日)晴。　過晦若。

二十七日(8 月 8 日)晴。　晚,馬植軒又來。陳序東率遵化書辦董事至。得獻夫書。

二十八日(8 月 9 日)晴。　萬壽節。伯述、永詩來談,與永詩商館師。復獻夫書。閲《二林居集》,儒釋雜糅,殊無足取。

二十九日(8 月 10 日)晴。　李怡庭寄書帖來。

三十日(8 月 11 日)晴,酷暑。

七月初一日(8 月 12 日)晴。　趙再盦同年來,以長沙府明保引見也,即答之。

初二日(8 月 13 日)晴。　洪翰香來。

初三日(8 月 14 日)晴。　晦若、伯述來談。

初四日(8 月 15 日)晴,夜雨。

初五日(8 月 16 日)晴。　贊臣來。

初六日(8 月 17 日)晴。漸涼。　先人忌日。得高陽書。

初七日(8 月 18 日)晴。

初八日(8 月 19 日)雨。

初九日(8 月 20 日)晴。　遣王福歸里。寄九弟書。

初十日(8 月 21 日)晴。　楊彝卿及搏霄來。復高陽書。聞廉生得河南試差。

十一日(8 月 22 日)雨,雷。　黄秦生來。晚,過晦若一談。

十二日(8月23日)晴。　翰香來。晚,薛次申至,並見秦生。

借晦若《穆堂别集》閲之,《漕行日記》於截尾幫留津春運言之甚詳,有以見河運之艱,自國初已然,復河運者可以悟矣。

十三日(8月24日)晴。　《元次山集》有《爲董江夏自陳表》,其略云:"潼關失守,皇輿不安,四方之人,無所繫命。及永王承制,出鎮荆南,婦人童子,忻奉王教。意其然者,人未離心。臣謂此時,可奮臣節。王初見臣,謂臣可任,遂授臣江夏郡太守。近日王以寇盜侵逼,總兵東下,旁牒郡縣,皆言巡撫。今諸道節度以爲王不奉詔,兵臨郡縣,疑王之議,聞於朝廷。臣則王所授官,有兵防禦,鄰郡並邑,疑臣順王,旬日之間,(致)[置]身無地。臣本受王之命,爲王奉詔;王所授臣之官,爲臣許國。忠正之分,臣實未虧;蒼黄之中,死幾無所。"江夏本自陳,而王之總兵東下,本因寇盜,不啻爲永王代陳,然則永王信冤也。即董爲王黨,次山賢人,肯爲之執筆詭詞,顛到黑白耶?此足爲太白詩一佳證。

十四日(8月25日)晴。　夜,遣滄兒入都應秋試,潛兒年才十七,余意不欲其速成,擬以待來年也。寄都中諸師友書五函。高陽、潤師、鶴巢、蔚廷、慕韓。

十五日(8月26日)晴。　過晦若小坐,遇肯堂。

十六日(8月27日)晴。先祖忌日。　得張祈伯書,寄褚帖、曼生沙壺。廉生亦有書至,以今日行也。王福由里回。

十七日(8月28日)陰,微雨。　秦生、厚庵來。湯伯述入都。

十八日(8月29日)晴。　士周來,因交蔚廷信也。

毛稺黄《惲氏論畫記》:"世傳北宗以唐李思訓、昭道父子爲主,俱極工整麗密之致。由劉松年、李唐、馬遠、夏圭輩觀之,豈復有二李遺意耶?故北宗以李將軍論,則可謂衣鉢失傳矣。余因斷自劉、李、夏、馬始。近言北宗惟仇、唐,仇不及唐之高秀,而精工又得士氣,最不易得。浙則戴静庵、文進遠宗馬、夏,然視仇又千里矣。"畫之北宗已失傳,然豈惟畫哉?學派亦復無衣鉢,此吾北人之耻也。安得一二賢者振起之乎?毛説見《潠書》。

十九日(8月30日)晴。

二十日(8月31日)晴。　寄樂山挽聯。夫婦各一副。

二十一日(9月1日)晴。　黃定侯建簃、秦生及穀士同年均來。穀士由河南藩司入都。

二十二日(9月2日)晴。　寄吴蘭石書，以秦生薦師，詢其在籍否。一康孝廉澤溥，一孫孝廉承灝，均蓮池高材生也。後得蘭石書，康已下世三年，孫則病，兼有煙癖。

二十三日(9月3日)晴。

二十四日(9月4日)晴。

二十五日(9月5日)晴。

二十六日(9月6日)晴。　陳養源來。允頤，容民之兄。得伯平書。

二十七日(9月7日)陰。　過晦若。秦生赴保定。夜夢子儁。

二十八日(9月8日)晴。　李摶霄來。晚，持螯取醉，醒則夜已半矣。得永詩書，薦常熟孫同康，即今年在學幕閱兩兒文者，余意不欲延名士，復之。

二十九日(9月9日)陰。　輯《字統韻略》成。

國朝人有《古兵仗考》，所考殊陋，今更博徵之，使與桂未谷《釋甲》相次。王晫《兵仗記》。

盾。瞂也。所以扞身蔽目。瞂。盾也。䁢。盾握也。𣄃。盾也。櫓。大盾也。刀。兵也。鉫。刀握也。鏢。刀削末銅也。珌。佩刀下飾。劍。人所帶兵也。㓷。刀劍刃也。鐔。劍鼻也。鏌。鏌釾也。釾，同。璏。劍鼻玉也。戈。平頭戟也。戣。《周書》：侍臣執戣，立于東垂。兵也。𢦚。有枝兵也。從戈倝。《周禮》：戟長丈六尺。戛戟也。戭。長槍也。戉。斧也。戚。戉也。柯。斧柄也。矛。酋矛也。建於兵車，長二丈。矜。矛柄也。𥎋。矛屬。𥏂。矛屬。矠。矛屬。鈒。鋋也。鋋。小矛也。鉈。短矛也。鏦。矛也。錟。長矛也。錞。矛戰柲下銅鐏也。鐏。柲下銅也。鈗。侍臣所執兵也。《周書》曰：一人冕，執鈗。殳。以杸殊人也。《禮》：殳以積竹，八觚，長丈二尺，建於兵車，旅賁以先驅。祋。殳也。杸。軍中士所持殳也。矢。弓弩矢也。从入，象鏑括羽之形，古者夷牟初作矢。栝。一曰矢栝。弓。以近窮遠，象形。《周禮》六弓：王弓、弧弓、夾弓、庾弓、唐弓、大弓。弴。畫弓也。弭。弓無緣可以解轡紛者。弰。角弓也。弧。木弓。彄。弓弩耑弦所居也。弩。弓有臂者。《周禮》四弩：夾弩、庾弩、唐弩、大弩。彈。行丸也。弦。弓弦也。榜。所以輔弓弩。檄。

榜也。

癸巳下

八月初一日(9月10日)晴。　閲《庭立記聞》:"宋南渡四大將,韓、岳偉矣,張俊、劉光世何以並稱?曰:姦俊無足道,劉乃劉錡,非光世也。《宋史·俊傳》甚明,而傳論又以爲光世,此史臣之謬。吾謂南渡四將,韓、岳外,當數劉錡、吴玠。許周生云,開禧二年,史官章穎上《南渡四將傳》,劉錡、岳飛、李顯忠、魏勝,皆不能遂其志,賫恨以終者。"綸案,四將之説,必本舊説。據章穎所上《傳》爲是,次則《俊傳》,高宗且以俊勝於世忠矣。舍當時語而别有優劣,則史論非事實也。

初二日(9月11日)晴。　至班卿處略談。夜,陳劭吾選開州。惟彦向所。寄實夫書。

近刻《三國志證聞》一書,錢儀吉撰。《劉封傳》"本羅侯寇氏之子",引趙一清云:"羅侯,地名也。"《水經注》云:"潤水西過長沙羅縣西,羅子自枝江徙此,世猶謂之羅侯城。"按,此説非是。《封傳》:"孟達與封書曰:'以足下之才,棄身來東,繼嗣來侯,不爲背親也。'"又云:"若足下翻然内向,非但與僕爲倫,受三百户封,繼統羅國而已,當更剖符大邦,爲始封之君。"是羅侯乃其父封爵,非地名也。

初三日(9月12日)晴。　馬植軒回里過談。趙菁衫遣其從子恩淅來,以曹賓及先生小像索題。名鈖,澹庵先生之子。

初四日(9月13日)晴。　魏芷汀來,知樂山未予謚,並言朝陽之亂,蒙教欺民,於先而賊兵劫民,於後迭受四害,孑遺可哀。

《[少室山房]筆叢》:"《春秋繁露》十七卷,自宋以來,咸以爲疑。劉氏《七略》春秋類惟《公羊治獄》十六篇,絶無《繁露》之目。《隋·經籍志》始有之,或以爲即《公羊治獄》十六篇,非也。余讀《漢·藝文志》,儒家有仲舒百二十三篇,東漢不可考。《隋志》特出《繁露》一十七篇。今讀其書,爲《春秋》發者,僅僅十之四五,意此八十二篇之文,即《漢志》儒家百二十篇。

東京而後，章次殘缺，好事因以《公羊治獄》十六篇合於此書，又妄取班氏所記《繁露》之稱繫之，而儒家之董子世遂無知者。後人既不察百二十篇所以亡，又不深究八十二篇所從出，徒紛紛聚訟篇目間，故咸失之。當析其論《春秋》者，復其名曰《董子》可也。"佩綸頗韙其說。因取《繁露》考之，自第一至十七皆說《春秋》，較《漢志》《公羊治獄》多一篇，而《滅國》分爲上下，實止十六篇也，此十六篇即《公羊治獄》無疑。自十八篇《離合根》至八十二篇《天地施》六十五篇，其中及《春秋》者，如《三代改制質文》，如《爵國》，如《仁義法》，如《觀德》，如《奉本》，如《深察名號》，如《郊義》，如《郊祭》，如《順命》，間亦闡發《春秋》，然旁徵博引，與前十七篇微異。案，《漢書·董傳》："仲舒所著，皆明經術之意，及上疏條教，凡百二十三篇。而說《春秋》事得失，《聞舉》《玉杯》《蕃露》《清明》《竹林》之屬，復數十篇，十餘萬言，皆傳於後世。掇其切當世施朝廷者著于篇。"所謂"數十篇"即《志》之十六篇，百二十三篇即《志》之儒家百二十三篇。雖尚闕五十八篇，而以《漢書》三策及《五行志》所載補之，與《玉函》所輯《春秋決事》之類，仲舒兩書大意具存。近淩曙作《春秋繁露》非不詳密，而於篇目離合之故不置一詞，與孔氏《公羊通義》、陳氏《公羊疏》全以《繁露》爲本，而不知《繁露》即《公羊治獄》，故采胡說而詳識之。

初五日(9月14日)晴。　寄九弟書。吕定之前輩來。

太史公"牛馬走"有解作"先馬走"者，其說頗是。《越語》："句踐身親夫差前馬。"《韓非子》云："爲吴王洗馬。"《淮南子》云："爲吴王先馬走。"乃馬前引導之人。《漢書·百官表》："太子太傅、少傅屬官有先馬。"張晏曰："先馬員十六人。"

《晉書·顧衆虞潭傳贊》："顧實南金，虞惟東箭。銑質無改，筠心不變。"《顧榮傳》："榮言：'陸士光貞正清貴，金玉其質；甘季思忠款盡誠，膽幹殊快；殷慶玄質略有明規，文武可施用；榮族兄公讓明亮守節，困不易操；會稽楊彦明、謝行言皆服膺儒教，足爲公望；賀生沈潛，青雲之士；陶恭兄弟，才幹雖少，實事極佳。凡此諸人，皆南金也。"《薛兼傳》："少與同郡紀瞻、廣陵閔鴻、吴郡顧榮、會稽賀循齊名，號爲'五儁'。初入洛，司空張華見而奇之，曰：'皆南金也。'"史臣亦云："顧、紀、賀、薛等並南金東箭，世胄高門。"何一時品藻均以南金東箭爲評，不可解也。東箭本孔融《答虞翻書》："聞延陵之理樂，睹吾子之治《易》，乃知東南之美，非徒會稽之竹箭也。"潭本翻孫，衆亦榮族，今但知潭、衆爲金箭，不知虞有兩世東箭，顧有三人南金，且一時紛紛品題如此，是皆以詞人執史柄，故複沓可議耳。

初六日(9 月 15 日)晴。　爲陳兒及杰姪改《趙雲論》各一篇。

《王祥傳》："母常欲生魚，時天寒冰凍，祥解衣將剖冰求之。冰忽自解，雙鯉躍出，持之而歸。"《王延傳》："母卜氏嘗盛冬思生魚，敕延求而不獲，扶之流血。延尋汾叩凌而哭，忽有一魚長五尺，踴出水上，延取以進。母食之，積日不盡。"兩孝子均姓王，均冰剖得魚，事相類。《嵇紹傳》："紹之行也，侍中秦準謂曰：'今日向難，卿有佳馬否?'紹正色曰：'大駕親征，以正伐逆，理必有征無戰。若使皇輿失守，臣節有在，駿馬何爲！'聞者莫不歎息。"《卞壼傳》："壼司馬任臺勸壼宜畜良馬，以備不虞。壼笑曰：'以順逆論之，理無不濟。若萬一不然，豈須馬哉！'"兩忠臣均不畜良馬，事又相類。

初七日(9 月 16 日)晴。似南中桂花蒸。　《張賓傳》附《石勒載記》後：賓卒，勒"流涕，顧左右曰：'天欲不成吾事耶，何奪吾右侯之早也！'程遐代爲右長史，勒每與遐議，有所不合，輒歎曰：'右侯舍我去，令我與此輩共事，豈非酷乎?'因流涕彌日"。及考《載記》："清河張披爲程遐長史，遐甚委昵之。張賓舉爲別駕，引參政事。遐疾披去己，又惡賓之權盛。勒世子弘，即遐之甥也，自以有援，欲收威重於朝，乃使弘之母譖之曰：'張披與張賓爲游俠，門客日百餘乘，物望皆歸之，非社稷之利也，宜除披以便國家。'勒然之。至是，披取急召不時至，因此遂殺之。賓知遐之間己，遂弗敢請。未幾，以遐爲右長史，總執朝政，自是朝臣莫不震懼，赴于程氏矣。"觀此則勒殺張披已疑賓，賓以憂死耳，豈賓死而又悔之耶? 方之苻堅之於王猛，勒爲不終矣。

勒將營鄴宫，時大雨霖，中山西北暴水，流漂巨木百餘萬根，集于堂陽。勒大悦，謂公卿曰："諸卿知不? 此非爲灾也，天意欲吾營鄴都耳。"前在襄國，勒下令曰："去年水出巨材，所在山積，將天欲孤繕修宫宇也，其擬洛陽之太極，起建德殿。"遣從事中郎任汪帥使工匠五千采木以供之。何石氏屢有漂木之異？既云所在山積，仍須發徒采木，其詐妄明矣。

初八日（9月17日）晴。　李摶霄來，贈畫扇兩握，乃其夫人繆珊如所繪也。天津知府鄒振岳卒。得廉生邯鄲道上書。

夜，耿耿不能成寐。

初九日（9月18日）微雨。　復安圃書，並論滄兒以復蔚廷書交士周。

初十日（9月19日）晴。

十一日（9月20日）晴。①　劉薌林來。余在翰林屢論朝鮮君昏后謬，臣下朋黨，軍政不修，終爲日本所吞併。而袁慰廷狃於花房竹添之役，侈然自大，於朝鮮則操之過蹙，於日本則漠不加意。心以爲危，以詢薌林。薌林亦以日本甚貧不足慮立論。余終不謂然，語云"知己知彼，百戰百勝"，徒知日本之貧而不知中國之苟安姑息，患更甚於日本也。北洋將驕卒怨，合肥老矣，左右又無良佐，徒恃一虛憍尚氣之袁慰廷以支吾朝鮮，恐厝薪火上，自以爲安耳。吾謀不用，尤願吾言不驗，則中國之福耳。薌林既去，爲之太息者久之，所謂曲突徙薪，無人領會也。

十二日（9月21日）晴。　紀愛來。

十三日（9月22日）夜微雨。　得滄兒書，寄首場文字，平妥無出色處，二三較佳。

偶與潛兒論今科詩題，記郝文忠有"伊昔詩家杜少陵，酷愛賦馬并賦鷹"。不知少陵不獨馬、鷹詩多，並喜以馬、鷹作對如此。《醉歌行》："天馬長鳴待駕馭，秋鷹整翮當雲霄。"前又有《醉歌行》則云："驊騮作駒已汗血，鷙鳥舉翮連青雲。"《送李校書》云："代北有豪鷹，生子毛盡赤。渥洼騏驥兒，尤異是龍脊。"《贈別賀蘭銛》云："老驥倦驤首，蒼鷹愁易馴。"《贈陳二補闕》云："皂雕寒始急，天馬老能行。"《送郭中丞》云："雕鶚乘時去，驊騮顧主鳴。"《觀安西兵過赴關中》云："老馬夜知道，蒼鷹飢著人。"《簡王明府》云："驥病思偏秣，鷹秋苦怕籠。"《簡高三十五》云："驊騮開道路，鷹隼出風塵。"《寄劉峽州》云："放蹄知赤驥，捩翅服蒼鷹。"凡十餘聯，各有佳處。然究嫌犯複，或少陵之性愛馬愛鷹，信手拈來，不自覺耳。又《贈韋左

① 影印本日期之上有"智燭幾先"四字，鈐"宣統宸翰"印。

丞》云："老驥思千里，饑鷹待一呼。"

今科策問頗有筆誤。如"姜嫄育契"，"拓跋建都統萬"，均爲人所詬病。記江鄰幾《雜志》："歐陽公知貢舉，出《豐年有高廩》，云見《大雅》，爲御史吴中復所彈，罰金四斤。"乃知通人往往犯此，不足爲怪也。檢原書，乃主省試，余亦誤記。

十四日（9 月 23 日）陰。　作書諭滄兒，屬十八九即歸。

十五日（9 月 24 日）晴。　夜，得九弟書，七月十九日得一子，以生母生日得此書，爲名之曰慈佑。兄弟六人，今止兩房幸得五子矣。添丁之喜，南面王不與易也。

十六日（9 月 25 日）晴。　《三朝北盟會編》：建炎四年五月，岳飛與劉經合軍戍宜興。岳領兵赴建康，經欲殺其母妻而并其軍，岳令姚政圖之，遂殺經。《金陀粹編》則以爲岳王夫人事，云："在宜興日，先臣嘗召至行在，部下謀叛，夫人得之，不言。一日，會諸將于門，即坐告之，捕斬叛者，一軍肅然。夫人李氏，名娃，字孝娥，封秦國夫人，晉封楚國。"據此，則武穆夫人亦有才智矣。夫人有五子二女，長安娘，夫高祚，次即銀瓶也。明錢士升《南宋書》誣夫人棄姑更嫁，岳王不欲迎之，謬甚！孝宗《復楚國夫人告敕》云："眷念前朝，既下生還之命；志伸今日，再加甄敘之封。"是嶺海言旋，子孫復仕，門户再興，猶及見之。世豔稱梁夫人親執桴鼓，而李夫人不顯，故表而出之。大致由《庭立紀聞》摘敘。

十七日（9 月 26 日）晴。

十八日（9 月 27 日）晴。涼。　陸眉五來。復九弟書。

十九日（9 月 28 日）晴。　復菁衫書。

二十日（9 月 29 日）晴。　復聯僊蘅書。

二十一日（9 月 30 日）晴，夜雨。

二十二日（10 月 1 日）陰。　過晦若雜談。聞陳冠生去世。冠生得大魁，十年三世相繼委化，家業亦折閱殆盡，真如曇花一現耳。

二十三日（10 月 2 日）晴。　劉蘭谷來。名盛芬，省三之子，直隸試用道。

二十四日（10 月 3 日）晴。

二十五日（10 月 4 日）晴。　巳刻滄兒回。

二十六日(10月5日)晴。　郭升回粵,交以衣物,賜壽覃十歲、慈佑滿月也。紀愛亦將回涇。復頌民書。

二十七日(10月6日)晴。

二十八日(10月7日)陰,夜雨。　寄都中書。陳牧、龔令來。

二十九日(10月8日)晴。易棉衣。　借晦若《東塾集》閱之。贊臣及袁敞之來。

蘭圃先生《北辰解》引《春秋合誠圖》"北辰其星,五在紫微中",《史記·天官書》索隱引。爲最古最確之説。又有長白山説,以上殷臺、西蓋馬二縣爲大清發祥之地。其説以《漢書·地理志》之馬訾水今鴨緑江,鹽難水今佟家江,鴨緑源出長白山。《漢志》於近塞之水源出塞外者,必著之馬訾,不言出塞外,則長白乃漢西蓋馬之山。上殷臺雖無考,以水道鉤稽,不在高句驪之北之西之南,又不在西蓋馬之西之南,必在高句驪之東,西蓋馬之東之北爲長白之北無疑也。按,馬訾爲鴨緑江,鹽難爲佟家江,《一統志》云爾。東塾以水源不言塞外,定爲西蓋馬境内。讀書得間,上殷臺必在長白山之北,則太無證佐,未敢信爲必然。

三十日(10月9日)晴。　得伯平書。

《晉書·任愷傳》:"愷既失職,乃縱酒耽樂,極滋味以自奉養。初,何劭以公子奢侈,每食必盡四方珍饌,愷乃踰之,一食萬錢,猶云無可下筯處。"按,《何曾傳》:"廚膳滋味,過于王者。每燕見,不食大官所設,帝輒命取其食。蒸餅上不坼作十字不食。食日萬錢,猶曰無下箸處。"《劭傳》:"食必盡四方珍異,一日之供以錢二萬爲限,時論以爲大官御膳無以加之。"曾、愷、劭三傳略同。曾一日萬錢,劭一日二萬錢,愷一食萬錢,以再食爲節,是愷等於劭而非踰於劭,且愷語遂與曾同,未免複沓。他如衛瓘之被害,則曰:"初,瓘家人炊,飯墮地盡化爲螺,歲餘及禍。"《石崇傳》亦云:"崇家稻米飯在地,經宿皆化爲螺。時人以爲族滅之應。"稻米之粒在地爲蟲蛾所食,安能化而爲螺?粒小螺大,不類。《陶侃傳》:"劉弘謂侃曰:'吾昔爲羊公參軍,謂吾其後當居身處。今相觀察,必繼老夫矣。'"《應詹傳》亦云:"弘請爲長史,謂之云:'君器識弘深,後當代老子於荆南矣。'"殆以弘爲鎮南,詹歿後亦贈鎮南,與弘、侃同鎮荆州相類,故傳會之,殊覺無謂。

九月初一日(10月10日)晴。 趙再盦、燧冬叔姪來,陳覲虞亦至。

初二日(10月11日)晴。 黄立庵辭行。

初三日(10月12日)晴。 得載之書。趙再盦辭行,李仲僊放湖南鹽法道來見,以子儁《讀鑑隨録》《使蜀日記》稿本交再盦,攜至長沙交吴壯孫。

閲何博士備論文,似蘇長公,故長公喜之。其論漢武最佳。論李廣祖孫,謂武帝用廣失之難,用陵失之易,亦近似其劣伯升而優光武,長仲達而短武侯,則皆成敗論人之見。讀書泥於句下,不足與之論兵,亦不足與之論史。其論伯升,謂當舉宛之威,因世祖破尋邑之勢,勒兵誓師,以僇新市、平林之驕將而黜更始,此説誠快。伯升之失,在起兵時不即自立,至新市、平林已議立聖公,則伯升難以發言。當時張印拔劍而衆即從之,是伯升亦苦無彊助,非不欲梗議,力不能也。既立更始,其罪未著,反而相殘,則勢且瓦解,如破尋邑之勢,足以制更始,則光武聞伯升之變,亦反旆征之耳,何馳詣謝爲?至謂五丈原之役,武侯千里負糧,餉師十萬而求戰者十旬,仲達提秦雍之勁卒以不應而老其師,尤爲謬妄。夫仲達之策,武侯必西上五丈原者,聊以安衆心也,豈真有制敵之算哉?幸而武侯星隕,懿得解嚴,否則事未可知。不敢窮追,疑武侯誘之入伏,然亦諜候不明之故。生仲達之智且出死諸葛下,乃泥於"將略非所長"一語,反復贊揚司馬,而以諸葛爲墮其術中,真書生之目論也夫!

初四日(10月13日)晴。 答仲僊。寄都門書。

閲邸抄。周福清之家人以萬元券賄關節,爲御史所劾,革職歸案審辦。周與正考官殷如璋辛未同年。周,紹興人也。浙江科場弊竇已深,非徹底根究不能摧陷廓清。如周者,尚是笨伯耳。周以庶常改官江西,爲沈文肅所劾,引見捐中書,終以此敗,可歎也。

初五日(10月14日)晴。 張沚蒓來。時開缺修墓。崔琴友由南至。

初六日(10月15日)晴。 陳庶常樹屏來見。字介庵,望江人,壬辰進士,合肥延課子孫。李怡庭、杜心垣自杭州來。得式如書。《結一廬書目》四本並至。

《張暢傳》,《宋書》兩見,已爲校刊諸臣所糾,更以《南史》證之,小有同異,無所增損。其敘與李孝伯問答事,即今之譯署問答也。如《宋書》云:

"孝伯追曰:'長史深相敬愛,相去步武,恨不執手。'暢因復謂曰:'善將愛,冀蕩定有期,相見無遠。君若得還宋朝,今爲相識之始。'孝伯曰:'待此未期。'"《魏書·李孝伯傳》則曰:"今當先至建業以待君耳。恐爾日君與二王面縛請罪,不暇爲容。"如《南史》及《宋書》所敘,不應孝伯頓爾辭窮;如《魏書》所云,亦不應張暢頓爾默息,似此任意抑揚,何關使令?乃彼此鋪敘,累累千餘言,殊爲浪費筆墨。孝伯因此進爵宣城公,尤爲可怪。李延壽於《南》《北》史,敘暢則曰:"隨宜應答,吐屬如流,音韻詳雅,風儀華潤。孝伯及左右人竝相視歎息。"敘孝伯則曰:"風容閑雅,應答如流,暢及左右甚相嗟歎。"而兩傳則問答互有詳略,殊不周悉,何如盡敘於一傳中,而以互相嗟歎括之乎?此於史筆殊少翦斷也。大約八《書》及《南》《北》史,此類冗詞甚多,恨不删其複重,以歸畫一,庶不以辭累耳。

初七日(10 月 16 日)晴。　仲僊、琴友、贊臣、翰香同來,久坐。晚,李、杜以書帖來售,苦乏佳本。

初八日(10 月 17 日)午後疾雷風雹。　晦若、容民、伯述雜坐。

初九日(10 月 18 日)晴。

初十日(10 月 19 日)晴。

十一日(10 月 20 日)晴。　晦若屢來,以候電傳紅録也。此君於科名事極所垂意,每届如是。

十二日(10 月 21 日)晴。後領落卷,第十五房評:詞旨修潔,前路略有滯語,次有作意,惟於下章太略,下注一"備"字。房官,南海戴鴻慈少懷。　閱録竟,滄兒下第,仲僊、琴友均來。琴友南回。寄子涵書。

十三日(10 月 22 日)晴。　電朱式如問書。甄貴自浙來。得式如一紙,求金甚急。

都中盛行國朝畫家,云"四王吳惲",吳畫罕見。偶得《墨井詩抄》兩卷,前有錢蒙叟序,未剜。漁山乃明都御史文恪公訥之七世孫,問詩於牧齋,問畫於煙客,棄家浮海,至西洋,經數萬里,歸而隱於上海,或往來嘉定,畫益奇逸。年八十四尚存。張樸村《小傳》,節。《甌陂漁話》云:"漁山老年好用西法作畫,其後竟從西教。"徐紫珊跋漁山像:"邑之大南門天主墳有碑云'天學修士漁山吳公之墓'。兩邊小書云:'公諱歷,聖名西滿,康熙二十一年入耶穌會，二十七年登鐸德，行教上海嘉定，五十七年在上海，卒于聖瑪第亞瞻禮日，壽八十有七。'"此漁山入彼教確有明徵也。余嘗見日本畫法，始知陳老蓮之衣紋石皴多取資於東洋，不料墨井之法又竊取於西洋也。夫兼收並蓄，爲六法别開生面，原無不可，乃以物外之高人，竟蹈泰西之邪教。吴生吴生，竟不能以畫工論矣，惜哉！

十四日(10月23日)晴。　送仲僊、燧冬行。若農復滄兒文，所以慰藉之者甚至。

十五日(10月24日)晴。　盛道來。午刻爲滄兒定課程。夜，欒山舊弁陸宣回，詢欒山家事，爲之愴鬱竟夕。

十六日(10月25日)晴。　《舊唐書》："李宓率兵擊蠻於西洱河，糧盡軍旋，馬足陷橋，爲閤羅鳳所擒。"《新唐》亦同。《通鑑》系之天寶十三載。《容齋隨筆四》引《高適集》中有《李宓南征蠻》一篇，序云："天寶十一載。有詔伐西南夷，丞相楊公兼節制之寄，乃奏前雲南太守李宓涉海自交阯擊之，往復數萬里。十二載四月，至于長安，君子是以知廟堂使能，而李公效節。"以證宓歸至長安，未嘗敗死。其年又非十三載也。余案，洪説甚泥，高詩明云前雲南太守李宓，此十一載之役即《通鑑》所云劍南節度使鮮于仲通討南詔，國忠掩敗爲功是也。宓涉海自交阯爲奇兵，故史從其略。及至長安敘功，十三載復討南詔，以宓爲帥，故《鑑》書劍南留後李宓。蓋宓以十一載立功，十三載敗績，以詩證史，歷歷如繪，奈何合爲一事乎？其詩云："野食掘田鼠，晡餐兼僰僮。"洪云："味詩中語，師非勝歸。"第高止敘其懸師深入之艱，非謂其糧盡援絶。下云："收兵列亭(候)[堠]，拓地彌西東。"勝歸明甚。宓狃於蒲騷，始以深入小利，終以深入大挫耳。

十七日(10月26日)晴。　以元押張字寄九弟。復載之書。爲潛兒定課程，滄令校《水經注》，潛令抄《文獻通考》。

陳眉公《晚香堂小品》無甚可取，惟論淵明有深入處。其意謂陶公《命子篇》曰："夙興夜寐，願(我之)[爾斯]才。爾之不才，亦已焉哉。"其《責子篇》曰："雖有五男兒，總不好紙筆。天運苟如此，且進杯中物。"蓋先生不仕宋，即諸子皆不欲其仕宋，故作詩自污以晦其才，才則必以陶氏門地拔矣。此苦心也，善乎，莊生曰："以不才終其天年。"此意注陶者均未見，及杜陵以不達譏之,更被靖節瞞過矣。

十八日(10 月 27 日)晴。　李贊臣來。復吕子莊書。

閲《爾雅新義》。江鄭堂《漢學師承記》稱,余古農撰《注雅别鈔》,專攻是書及蔡卞《毛詩名物解》等書,就正於惠松厓,松厓以爲不足辨。余謂農師此書附會穿鑿,初閲之,未有不失笑者。然其於蟲魚草木皆舍偏旁,以本字釋之,可以悟六書假借之理。蓋草木蟲魚皆後人加其偏旁孳乳之字,其原名即屬本字,从何字得聲即從何字得義,決非浸然。《釋名》專以諧聲爲解,《新義》專以本字爲解,各得一義,固可節取,以爲訂正故書之助。

十九日(10 月 28 日)晴。　寄子涵一紙。過晦若略談。

二十日(10 月 29 日)晴。　遣王福偕李怡庭至浙取書。

二十一日(10 月 30 日)陰。　杜心垣來,以舊拓《八關齋[碑]》來售,索價甚昂,還之。寄都門書,附巽之一紙。

二十二日(10 月 31 日)晴。　得鶴巢書。

《四朝聞見録》:"考亭先生,太常初謚文正。《丁集》云'初謚文忠'。考功劉彌正覆謚,謂先生當繼唐韓文公,又嘗著《韓文考異》一書,宜特謚曰文。且謂:'本朝前楊億,後王安石,雖謚曰文,文乎文乎,豈是之謂乎?'旨從之。自後議諸賢謚,周元公以下,如程正公、吕成公之類,均用一字。"朱子功在四書諸經,可以爲文,如以《韓文考異》之故得謚,恐紹翁之説未確。且文正、文忠何遽不如一字之文? 亦不可解也。姑記之以資考證。

二十三日(11 月 1 日)晴。　韓芰舟孝廉來談。得子涵書。

二十四日(11 月 2 日)晴。　黄花農來,借翰香所藏《齊民要術》校本。

閲《春渚紀聞》。其論琴,云:"余謂古聲之存於器者,唯琴音中時有一二。不患其器之樸拙,使人援弦促軫,想見太古自然之妙,然後爲勝。近(日)[世]百器惟新,惟琴器略無華飾,以最古蛇腹紋爲奇。至有縫張弛拆,而聲不散者,亦不加完,獨此有三代遺製云。"又云:"蔡中郎《琴賦》云:'左手抑揚,右[手]徘徊,指掌反覆,抑按藏摧。'嵇叔夜亦云:'徘徊顧慕,擁鬱抑按,盤桓毓養,從容秘玩。'人知藏摧毓養四字之妙,雖試手調弦,已勝常人十年工用。"鞠耦好琴,近以幽憂久不彈矣。書此貽之,俾知琴之妙理。

褚彦回，聚袁粲舍，援琴奏《别鵠》之曲。王彧、謝莊并在坐，撫節而歎曰："以無累之神，合有道之器。"彦回何足當之？然以琴爲有道之器，自是佳語。

二十五日(11月3日)晴。　復子涵書。恭邸寄《苹錦吟》並序跋題詞。余集唐十六首，僅存十首，其六首因涉牢騷删之，蓋敬慎不敗之意也。李搏霄來，言陳冠生身後可閔！

二十六日(11月4日)晴。　過晦若。

《松崖(日)[筆]記》："列子明於《易》，有一則與《乾鑿度》同。《仲尼篇》：'顔回曰：吾昔聞之夫子曰："樂天知命，故不憂。"'此《繫辭》爲孔子作之明文也。歐陽公謂《十翼》非夫子作，失之。"佩綸案，惠説是也。余嘗謂顔子冠四科之首，不當學無所傳。韓子《顯學》有顔氏之儒，定是顔子門人，其學著於《論語》，曰"約我以禮"，又曰"非禮勿言，非禮勿視，非禮勿聽，非禮勿動"，則所授受於聖門者在《禮》。《繫辭》又曰："顔氏之子，其庶幾乎?"則《禮》之外，又傳《易》。觀《莊子》所述聖門弟子，顔淵之問最多，皆與《易》理相發明，不應盡屬寓言。蓋莊、列之派，承顔子學術之緒餘。其流入於道家，故不得不稍失其真，而即其精微奥妙，以上窺孔子，鑄顔之化，知性與天道，顔固可得，而聞亦足以發者。余《讀莊》十篇中詳演其義，足與松崖之説相發明，私幸讀書得間，默契惠氏矣。

二十七日(11月5日)晴。　得子涵書。韓芰舟、鄭進士輔東來。

二十八日(11月6日)晴。　贊臣來。過晦若。復子涵書。

二十九日(11月7日)晴。　贊臣及鄭覲侯來。

閲《郁離子》，《四庫》入雜家存目，原十卷，今止二卷。《四庫》所存有天台徐一夔序，此本乃章氏重刻本，無徐序，而有吴從善序。本附載《青田集》中，蓋基初仕元不得志，棄官入山時作。其書殊少精義，大氐挾《國策》之唾餘，而傳以六朝之浮藻，牽而際遇明祖，聲名日盛，而此書今尚留傳。儻不幸而死，則其人槁首黄壤，書亦覆瓿而已。其中有極可笑者。曰："趙人患鼠，乞貓于中山。貓善捕鼠及雞，月餘，鼠盡而雞亦盡。子告其父：'盍去諸?'其父曰：'吾之患在鼠，不在無雞。夫有鼠，則竊食毁衣，穿垣墉，傷器用，不病於無雞乎？吾將飢寒焉。無雞者，弗食雞而已，去飢寒猶遠。’”此以喻以將防敵，雖貪亦可用耳。然不思將之貪，至於虐取其民人，掊克其士卒，食雞過飽，其勢且不暇捕鼠矣。去貓之計固疏，孰如更求良貓之專捕鼠而不食雞者乎？疑青田有感於明之葅醢功臣，爲此矯枉過正之説，非作於元時，否則無取義也。

十月初一日（11月8日）晴，有風。　陳伯平來。

近日好用“一代偉人”四字。《魏志·鍾繇傳》：“時司徒華歆、司空王朗，並先世名臣。文帝罷朝，謂左右曰：‘此三公者，乃一代之偉人也。’”語本諸此。《晉書·燕載記·韓恒傳》：“後與李産俱傅東宫，從太子入朝，儁顧謂左右曰：‘此二傅一代偉人，未易繼也。’”前則篡朝之元老，後則偏霸之師臣，沿襲殊爲無謂。至禿髪傉檀，喪國頽聲，殊無足取。而姚興遣使觀釁，其尚書郎韋宗，因傉檀機變無窮，辭致清辨，亦歎曰“車騎神機秀發，信一代之偉人”，則尤謬。《晉史》不加刊削，殆失之誣。

初二日（11月9日）晴，大風。　仲彭歸。午後，翰香來。

《何義門集》，道光間韓崇、吴雲、翁大年輯刻，中有《家書》云：“閻百詩先生扶病赴四府之招，加以炎暑，於初九日謝世。東南讀書人又弱一個，惜哉！個當作个，原本如此。竹垞先生近何如？渠所緝《明詩綜》，前偶見五六卷。費日力於此，殊不可曉。詩之去取幾於無目。高季迪名價却要幾社諸妄語論定，即此已笑破人口；其《詩話》並有即將《列朝小傳》中語增損改换據爲己有者。甚矣，其寡識而多事也。二十年來所敬愛之人，一見此書，不覺興盡。封面再得渠親寫八分書，便是二絶矣。書名先走樣，不特是薛孝穆文在之流；每卷刻一州同，同定又在茂倫之下。”按，《提要》謂：“錢謙益《列朝詩集》[出]，以記醜言僞之才，濟以黨同伐異之見，逞其恩怨，顛倒是非，黑白混淆，無復公論。彝尊乃編纂此書，以糾其謬。不横牽他事，巧肆譏彈。所評品[亦]頗持平。於私憎私愛之談，多所匡正。”是竹垞之選明詩，正與蒙叟立異，而義門謂其增損《列朝詩集》據爲己有，此必有憾於竹垞而爲此言，不止文人相輕也。特不知義門選時文費日力，於此又何益耳。

初三日（11月10日）晴。　伯平來談。秦生自河工回。孫小雲及族弟佐軒佩綵來，得慕韓書。

《陔餘叢考》引王充《論衡》云：“《左氏》傳經，詞語尚略，故復選録《國語》之詞以實之。"唊助謂《國語》非一人所爲，蓋《左氏》集諸國史以釋《春秋》，後人便傳著丘明也。雲崧主其說，以爲左之采《國語》，僊人之脱胎換骨也；《史記》采取《國語》《左傳》，則天吴紫鳳，顛到裋褐也。余謂不然，《史記》采《左氏》，乃删節之。其不同則《左氏》本古文，子長與子駿釋文同異耳。《左氏》當日所據書不止《國語》，是以互有詳略，凡一切典禮語言，决非任意增損者。

初四日（11 月 11 日）陰，頗寒。　小雲、佐軒復來。寄都中書。晚，過晦若。

《陔餘叢考》云：《新書·李泌傳》："德宗謂泌曰：'人言盧杞是姦邪，朕殊不知。'泌曰：'此乃杞之所以爲姦邪也。'"《舊書》杞及李勉《傳》則俱以此語爲勉之言，而《泌傳》不載。《通鑑綱目》與《新書》同，《舊書》應誤。余按，《新書》及《通鑑》均取諸《鄴侯家傳》，似不得與《舊書》争審也。時杞由新州除澧州刺史，袁高以杞奸邪貶，未塞責，故德宗與勉論及，勉所對失指，以是見疏，由此罷知政事。而李繁掠美誣善，有以見《家傳》之不能核實。宋子京、司馬君實均過信而采之，誤矣。

初五日（11 月 12 日）晴。　劉仲儀來，龔厚庵亦至。宗湘文寄抄本孫雨人《弟子職注》，與前慕韓所寄共兩本，均抄自仁和丁氏也，作書復之。載之亦有書至。

《顧千里集》爲刊者删去《學制備忘記》與段氏駁辨諸篇，余深恨之。其《與阮雲臺書》，謂："近人痛斥王子雍，而不能言其所以然。又讀《説文》，反復有年，見許氏自有義例，具在本書，後來治此者馳騖於外，遽相矜炫，非徒使許氏之指沈晦，且他書亦苦牽合附會。意欲刊落浮詞，獨求真解，就本書之義例，疏通而證明之。"惜澗蘋終未卒業，其言則確有心得。本朝漢學家皆支支節節，未能就一書融會貫通，此深中其病。

初六日（11 月 13 日）晴。　伯平來辭，回大名。

伯平好填詞。余未嫻詞律，每不深談，而伯平强之，因詢以所好何家，以竹垞、樊榭對。日來每以醉蟹下酒，余因舉樊榭《張龍威送醉蟹詞》云："無復爬沙樣，風味付廚娘。纖手紅椒擘繡匡，只合糟邱葬。春雨瀟瀟夜窗。背燈情況，畫眉人肯分將。"只是"糟邱"一句説醉蟹耳，餘亦蟹之恒詞。記樊榭又有《酒蟹詩》:"草泥纔出海邊田,不共茶鐺煮碧泉。漁舍西風成昨夢,醉鄉清味破中堅。香留皂莢看燈夜,餅卧黄花小雪天。可惜老饕情思淺,只將一語爲君傳。"結意亦不切蟹。以樊榭之體物,然且未盡巧合,詠物詩亦甚難矣,其詞與竹垞殆未能頡頏也。

伯平又云,於宋不喜姜、張,喜吴夢窻。《吴文英詞稿》,汲古亦刻之。沈義甫云"夢窻深得清真之妙,其失在太晦"。張叔夏至謂其"如七寶樓臺,拆碎不成片段"。沈伯時《樂府指迷》稱:"與夢窻講作詞之法,然後知詞難于詩。蓋音律欲其協,不協則成長短之詩;下字欲其雅,不雅則近纏令之體;用字不可太露,露則突而無深長之味;發意不可太高,高則狂怪而失柔婉之意。"此誠詞家秘旨,然詩亦豈有不協、不雅、直突、狂怪以爲工者? 詞究詩餘,有工詩而不工詞者,未有不工詩而能工詞者也。

初七日(11 月 14 日)晴。　植軒辭行。午後,送伯平。夜,過容民,聞紅廟走占,仍未合龍。

初八日(11 月 15 日)晴。　花農、秦生均來。午後,陳介庵以所書散館卷過余略話而去。洪魯軒由里來津。晚,得九弟書。

《潛邱劄記》:"古者不分銀錫,而銀皆稱錫。《衛風》'如金如錫',金爲黄金,則錫非銀乎!《考工記》攻金之工皆曰金、錫。金即銅,錫即銀也,故曰金幾分,錫居幾,以爲斧、斤、戟、刃之屬;桌氏爲量,煎金錫,聲中黄鍾之宫。假如以今之錫,豈可摻和作斧、斤、戟、刃,而量能聲中宫乎? 況今之錫與銅亦不可摻和以冶也。《史・平準書》《漢・食貨志》皆稱銀、錫,(武漢)[漢武]造銀、錫爲白金,其稱猶爲近古也。《越絶書》:'赤堇之山破而出錫,若邪之谷涸而出銅,歐冶用以爲純鉤之劍。'尤可證鑄兵用銅,蓋必兼以銀乃淬利也。"余按,百詩此説殊誤。《考工記》:"攻金之工,築氏執下齊,冶氏執上齊,梟氏爲聲,桌氏爲量,段氏爲鎛器,桃氏爲刃。金有六齊,六分其金而錫居一,謂之鍾鼎之齊。五分其金而錫居一,謂之斧斤之齊。四分其金而錫居一,謂之戈戟之齊。參分其金而錫居一,謂之大刃之齊。五分其金而錫居二,謂之削殺矢之齊。金、錫半,謂之鑒燧之齊。"桌氏,鄭注:量,當與鍾鼎同是,亦六分其金而錫居一者。宫聲乃金聲,非錫聲也。《説文》:銀,白金。鉛,青金。銅,赤金。鐵,黑金。金以黄爲之長,而銀、鉛、銅、鐵皆可以金該之，錫則銀鉛之間，故《詩》及《考工記》均以金、錫並言，不得謂錫中無銀，正不必謂錫即指銀也。

初九日(11 月 16 日)晴。　馬弁振芳自宜昌回。李怡庭及王福亦報今日由杭起程。

初十日(11 月 17 日)晴。　至海防公所。晚，過晦若一談。寄王廉生、許鶴巢書。

十一日(11 月 18 日)晴。　延劉仲儀秀才課讀到館，李贊臣、洪翰香作陪。

十二日(11 月 19 日)陰。　午後，佟蓮[溪]來，范肯堂過談。復載之書。

閱《浮沚集》，永嘉周行己撰。《提要》稱其"早從伊川程子游，傳其緒論"。陳振孫稱爲"永嘉學問所從出"。其"學雖從程氏，而與曾鞏、黄庭堅、晁説之、秦觀、李之儀、左譽諸人皆相倡和。集中《寄魯直學士》一首，稱'當今(詩)[文]伯眉陽蘇，新詞的爍垂明珠'。于蘇軾亦極傾倒，絶不立洛蜀門户之見"。觀集中有《壽時相三首》云："皇天祐德必生賢，尊主功高五帝前。嶽骨昴精來間氣，彭齡耽壽與齊年。遠無憂患身先退，近有湖山樂更全。祇恐蒼生須謝傅，每聞人誦衮衣篇。　每聞人誦衮衣篇，又值君臣慶會年。臘雪已先調鼎實，春風還是作霖天。經綸道自心源出，損益時隨世變遷。當宁旰宵懷舊德，非公誰與濟商川。　非公誰與濟商川，年德俱隆文武全。省事省心民自定，足兵足食務當先。烹鮮取治惟無擾，置器期安在不偏。公壽且千君且萬，四方永永樂堯年。"其詩中相已罷退，玩"省心省事"及"烹鮮無擾"，決爲元祐中宰相，以爲范忠宣，則文武兼資似爲近之，然亦未及其貶謫事，豈作於忠宣未貶之先耶？賢如忠宣，即何必名爲時相乎？當細考之也。

十三日(11 月 20 日)晴，晚陰。　答陳介庵。晚，仲儀來談。黄秦生以先集乞序，夜閲數册。

近日讀書，每苦愛博不專，雖手不釋卷，而掩卷輒忘。因憶朱子有言："昔陳烈先生苦無記性，一日讀《孟子》'學問之道無他，求其放心而已矣'，忽悟曰：'我心不曾收得，如何記得書？'遂閉門静坐不讀書百餘日，以收放心，却去讀書，遂一覽無遺。始知爲學不可不先治心也。”又云：“讀書無疑者，須教有疑；有疑者却要無疑，到這裏方是長進。”以此二説參之東坡“八面受敵法”，須以專静反復求之，庶不至虚擲光陰耳。

十四日（11月21日）陰，微雨，夜，雨止作霰，大風。　過晦若略話，閲《子壽文集》竟。

十五日（11月22日）晴。　花農來。吴蘭皋辭回粤東。

朱子頗疑《古文尚書》，故閻氏以下攻古文者，均援朱子爲證。西河既爲《古文冤詞》，即不能不詆及朱子。然朱子疑之，未嘗攻之，如人心、道心之别，屢有問答，未嘗以爲僞也。而今文中亦頗有致疑者，如《康誥》“外事”與“肆汝小子封”等處，則曰：“只合闕疑。”“君子所其無逸”，東萊解“所”字爲“居”字，則曰：“若某則不敢如此説。”蓋當日於《尚書》未能通體貫徹，故與《春秋》均未有論著，此正見賢者心虚處。然偶有一二乃極通達。如解“金曰從革”：“從者，從所鍛制；革者，又可革而之他。故與‘曲直’‘稼穡’皆成雙字。‘炎上’者，‘上’字當作上聲；‘潤下’者，‘下’字當作去聲，亦此意。”孝達以從革爲從横，以篆文黄字與革近也。然實從朱子此説悟出“從横”雙字。“《康誥》‘天畏棐忱’猶曰‘天難諶’，引顔注《漢書》云‘棐’，古‘匪’字，通用。孔傳訓作‘輔’字，殊無義理。”又云“率乂于民棐彝，乃是率治於民非常之事”是也。蔡《傳》不從，何歟？乃閻攻古文，則以朱子謂古文可曉，今文不可曉爲病，而西河又以朱子疑古文爲非。皆非能通貫《朱子全集》而執單詞以爲口實耳。

十六日（11月23日）陰。　晦若來。時因慈壽，外吏及鹽商均報效，官員三萬，商八萬也。元公子桐寄樂公摺件，求撰行述。

閲《吴禮部集》。有《題牟成父鄧平仲小傳跋》，大略爲：吴曦之誅，實楊巨源、李好義舉義之功，爲安丙輩娼忌掩没。李心傳《朝野雜記》亦略於巨源。近有續陳均《宋編年》者，頗載巨源事，而復以擅殺孫忠鋭之罪歸之。惟俞文豹《吹劍録》具載巨源本末，併所撰治書，及丙與彭輅謀奪巨源兵，令樊世顯殺之大安城下，又言其妻子流離困苦狀，使人憤惋。平仲之志壯矣，使牟君不記，世未必知之也。今《吹劍録》抄本載巨源甚略，賴《宋史》略采之，而鄧平仲事，《牟傳》不可考矣。此禮部之疏，何但詳巨源而轉不略采平仲之事實乎？李好義亦遇毒死，禮部載其一詞，有云逆黨却封侯，又云"廳上一員閑總管，門前幾個紙燈毬"，詞殆怏怏不遷，深怨安丙之作。安既攘功，却得佳傳，而楊、李事蹟，《雜記》所載均有專書，惜今皆散佚，惜哉！

十七日（11月24日）晴。　仲彭來談。得安圃書。陸蔚廷寄史館《子儁傳》稿來，十五年而始成，可慨也。肯堂陪吴摯甫過我，適晡時謝之。

禮部有《跋司馬丞相人物記》一篇，云："文正《人物記》，其間書元祐元年或書丙寅，正公爲相時也。蓋因其所見所接者記之，而時疏其才行賢否於下。而所記如蔡京、卞、曾布輩，亦未知其何以處之。"禮部既獲見真迹，如京、卞、布三人之下，所注爲賢爲否，殊不詳言，悶甚！文正以變役一事深賞蔡京，諒不以爲無才。余嘗謂司馬入相已是暮氣，幸而即死，否則舉錯必有大乖物望者，非苛論也。又《跋牟成父濟邸事略》："據方回所跋《寶慶録》，謂彌遠既訪求得理宗，楊后欲見其人，因策士曰令理宗入内廷，后于簾中審視之，計遂定。牟則謂寧宗崩，彌遠夜召理宗，使楊谷、楊石白后，后持不可，七往返，以危言脅之乃從。與方所記異，以事推之，方記當是。"今《宋史》於《楊后傳》全采牟説，而《鎮王竑傳》直謂彌遠之立理宗始終，藉《鄭清之傳》語事前初未相見者，恐權奸布算，必不如是之疏忽也。清之自附善類。牟略能發其隱而曲爲后諱，不知楊史當日蹤迹甚詭密矣。

十八日（11月25日）晴。　復安圃第九書。交都寓。

永嘉之學如葉水心，乃一大宗。其議論斷斷，幾與朱陸相抗爲鼎足。其言務爲新異，尤背謬者，則爲不滿曾子"一貫"之傳。古今無間言，水心以爲："忠以盡己，恕以盡人。雖曰内外合一，而自古聖人經緯天地之妙用固不止於是。子貢雖分截文章、性命，自絶于其大者而不敢近。孔子丁寧告之，使決知此道雖未嘗離學而不在于學，其所以識之者，'一以貫之'而已。是曾子之易聽，反不若子貢之難曉。至于退言之學，但夸大曾子'一貫'之説，而子貢之所聞者，殆置而不言，此又予所不能測也。"至謂："一貫之指，因子貢而麤明，因曾子而大迷。"夫子不嘗答子貢一言終身之問，曰

"其恕乎",以一恕字足以終身,安得謂忠恕非體用兼備之學哉?至"曾子有疾,孟敬子問之"一章,時以曾子親傳孔子之道,死復傳之于人,原屬過當,而水心以爲:"君子所貴乎道者三,而'籩豆之事,則有司存',尊其所貴,忽其所賤,又與一貫之旨不合。故世以曾子爲能傳而予以爲不能。"夫曾子之遺言,《大戴》十篇及散見於《論語》《大學》及《禮記》者不少,乃獨執此節以爲曾子之道,非孔子之道,且曰:"以曾子問禮及《雜記》諸禮與《儀禮》考之,益知其所謂'籩豆之事,則有司存'者,蓋曾子之所厭而不講者也。雖然,籩豆,數也,數所以出義也。孔子與其徒未嘗不習禮,雖逆旅茇舍不忘。貫而爲一,孔子之所守也。執精略麤,得末失本,皆其所懼也。"抑若曾子生平惟有此語,竟坐實曾子爲棄禮者,不知禮有本有文,容貌、顔色、辭氣、籩豆皆禮之文也。動正出,則必有其本矣,其人既近信而遠於暴慢鄙倍,已得乎禮之本。則籩豆之事,自有司存,固不必(下)親其事,衛靈問陳,子曰:"俎豆之事,則嘗學之矣。軍旅之事,未之聞也。"曾子豈不知孔子之習禮者,而故反其説以告敬子哉?孔子嘗曰"我戰則克",又稱靈以王孫賈治軍旅,爲得人而告靈公,則以軍旅未學爲言,不欲啟其好戰之心也。曾子生平問禮致詳,而告敬子則以籩豆司存爲言,不欲啟其逐末之心也。且孔子亦嘗告懿子以禮矣,而三家僭禮如故,曾子於此爲之詳陳度數,則雍徹奚取於三家?亦自有難於盡言者,使之先去其暴慢鄙倍之弊,則退而考之器數節目之間,亦當憬然自得,所謂歸而求之有餘師也。水心学從經制入,一偏至此,可謂不善讀書。

十九日(11 月 26 日)晴。　仲儀來話,秦生亦至。晚,允言因迓其婦來津,匆匆晚飯即去。據云,襄過肥,賡過瘦,均可慮也。

魏文靖答人書云:"多看先儒解説,不如一一從聖經看來。蓋不到地頭親自涉歷一番,終是見得不真。來書乃謂只須祖述朱文公諸書,讀之久矣,正緣不欲於賣花擔上看桃李,須樹頭枝底方見得活精神也。"佩綸案,鶴山此説甚壯,非獨宋學不宜泥於朱子,即漢學亦不宜泥於許、鄭也。凡治經莫妙於以經證經,較之專用力於注疏者,自有卓見。又莫妙於即本經反復尋味,自然得其脈絡之所在,較之專折衷於衆説者,自有真知。不獨此也,爲文而專主一家,制行而依傍門户,皆爲無本,無本而欲其卓然自立，久亦終於無成。故士君子自弱冠以後，當以立志爲始，無一事不溯根探源，擇善而從，博觀約取。凡事自立門面，而不可專守一先生之説以自畫。今作古文者，剽竊桐城而不知上溯秦漢；談漢學者，涉獵《説文》而不知上溯群經；講宋學者，幾於絶響，即有之，亦不過摭拾語録，而不知内治身心；務西學者，左道旁門，實亦據一二譯出之書，人云亦云，爲趨時捷徑，而二三大人先生敞敞焉，舉國從之，而究未嘗窮西學之所由來，良可慨也。鶴山之語，窮達以之自然，有毅然獨立氣象。

二十日（11 月 27 日）晴。　過晦若。午後，李怡庭及王福取書回。共一百八十五箱，書百八十二箱，三箱雜帖，無佳者。

二十一日（11 月 28 日）陰。　得勞玉初書，丁季莘辭奎宅館，作一紙寄孟虞。

二十二日（11 月 29 日）晴。　贊臣、翰香均來。

閲宋本《陸士龍集》，乃項墨林、季滄葦舊臧，前無序目，蓋已壞挩。宋諱構字闕筆，則南宋本矣。士龍詩文較士衡稍弱，人品則勝其兄。其《與兄書》云："《二祖頌》甚爲高偉。雲作雖時有一佳語，見兄作又欲成貧儉家。"而其規士衡處，則亦嫌其才多爲患，可云深得甘苦矣。其論蔡伯喈云："景猷有蔡氏文四十餘卷，小者六七紙，大者數十紙。文章亦足爲多，然其可貴者，故復是常所文耳。"所下應闕一字，而宋本連刻，板亦未精。又云："蔡氏所長惟銘頌耳。銘之善者，亦復數篇，其餘平平耳。兄詩賦自與絶域，不當稍與比較。"既因伯喈《祖德頌》而倣作一頌，又欲以己所作頌比蔡氏，是其心摹手追，乃在中郎。雖譏貶之，實宗仰之也，千秋定論。邕附郿隖，陸附成都，同一披猖。文人末路，均被無識之嗟，亦可惜矣。

二十三日（11 月 30 日）晴。　肯堂來，因其戚熊錦孫館事。名道鑫，江西廪生。

二十四日（12 月 1 日）晴。　過仲儀略談。

二十五日（12 月 2 日）晴。　吕庭芷前輩來。盛杏孫交卸關道赴南，黄花農代理。張宜閑孝廉來見。名燦文，問津生徒。

閲《蔡虚齋集》清，有《岳飛班師論》，大意以將在外，君命有所不受，公素好《左氏》，何不執苟利社稷專之之例，而以不得擅留一語自誤？記有人駁之，謂諸軍已撤，萬一失利，進退皆非。自以駁者爲老成之見，虛齋則憤激之詞也。又有《皋陶執瞽瞍疑》一篇，大旨謂舜爲天子，其父必無殺人之事。其説甚正。《孟子》此節極言執法不當避權貴，不知舜爲天子，瞽瞍亦厎豫。舜斷不致釀成其父殺人之獄，如周世宗之父守禮也。虛齋之學，初主於静，既又主於虛。林俊見素序。江西督學時，與林見素並爲寧庶人所嫉，引去，逆瑾干政，起祭酒，而虛齋已殁矣。集凡五卷，余亦未能細讀，姑撮其略於此。

二十六日(12 月 3 日)晴，夜大霧。　伯潛寄福橘。秦生來。新孝廉陶喆甡字仲明、高淩雯字叔彤來見。問津生徒。復伯潛書。

買得《大瓢偶筆》抄本。"李後主云：後世書家可得右軍之一體，虞得其美韻而失其俊邁，歐陽得其力而失其温秀，褚得其意而失其變化，薛稷得其清而失于窘拘，顔得其筋而失于麤魯，柳得其骨而失于粗獷，徐浩得其肉而失于俗，李邕得其氣而失于體格，張旭得其法而失於狂。獨獻之俱得，而失于驚急，無蘊藉態度。此評誠有根據，但歐甚秀，褚變化，而張亦可(取)[商]，因改其語曰：歐得其力而失其變化，褚得其巧而失其拙，張得其變化而失其收斂。未知有識者又以予言爲何如也？"鄙人不能書，姑識之以資考證。

二十七日(12 月 4 日)晴。　過晦若略話。

二十八日(12 月 5 日)晴。　以孫敬軒先生希旦《禮記集解》授兩兒，孫約鄭、孔及衛《集説》，而間下己意，甚便初學。紅廟合龍。張筱傳、吴贊臣兩觀察均來。

閲《鄱陽集》，十二卷，宋彭汝礪撰，乃彭文勤家藏寫本。文勤跋云："《鄱陽先生集》，晁、陳兩家不著録，馬《考》亦無之。《宋史》本傳，著《易義》《詩義》《詩文集》凡五十卷。此本標《文集》，僅得詩十二卷，非足本也。近嘉善曹氏輯《宋百家詩存》，所選《鄱陽集》無出此外者。《浙江遺書目録》亦寫本十二卷，或流傳祇此。今饒州諸宗皆祖先生，不審有無家藏本，它日當訪之，無則當勸鐫之。乾隆癸卯燕九日記。"《四庫》所藏亦十二卷本，所云古律複混之病，文勤均已更正於下，間有校注。器資立朝侃直，風節懔然，神宗命中人王中正與李憲主西師，汝礪極言，在廷歎服。因論吕嘉問事，與蔡確異趣。及確爲吴處厚所誣，又力争得罪，人以此益賢之。東坡作《六祖贊》，稱與器資往還，集中亦多與僧往還之作。偶耽禪悦，亦北宋文人習氣，不足爲器資病也。惟其弟汝霖竟附曾布，元祐之禍再興，汝霖請按紹聖案籍，不必候指名彈擊，於是司馬温公以下復行貶削。此則小人之尤，殊足爲賢兄玷耳。幼弟汝方殉方臘之難。史云汝霖字巖老，汝方字宜老，集中有《寄君時、君宜弟詩》，疑即其人。又有《寄叔宜弟詩》，云："池外墻頭花好在，會應留著待君歸。"其友于之誼，亦甚篤也。

二十九日(12月6日)晴。　秦生來談，爲余審定藏帖。午後無事，寄正孺書。

三十日(12月7日)晴。

十一月初一日(12月8日)晴。　摺弁回。得廉生復書，言朱處之書以《周禮》《晉書》及《兩漢會要》爲最，蔡夢弼《史記》次之，其難得在唐宋元明鈔本各集。

初二日(12月9日)晴。　晚，過晦若。

《十駕齋養新録》云："《舊晉書》無劉伶、畢卓傳，《新書》始增之。劉遺民、曹纘皆于檀氏《春秋》有傳，今《晉書》無其名。"按，《文選》四十七劉伯倫，注引臧榮緒《晉書》曰："劉伶，字伯倫，沛國人也。志氣曠放，以宇宙爲狹，著《酒德頌》。爲建威參軍。卒以壽終。"是臧書有伶傳，不知竹汀之説何據。新《晉》可譏議處不少，劉知幾所謂"干、鄧[之]所糞除，王、虞[之]所糠粃，持爲逸史，用補前傳"者，誠爲塵黷，在今日則止嫌其漏略，不嫌其蕪雜矣。

初三日(12月10日)晴。　仲儀診余脈，據云病在中焦。黄秦生來，約楚寶，屬致書磁牧拓北齊蘭陵武王及高翻孝宣公碑。

初四日(12月11日)晴。　孫大及佐先來。午後，嚴範孫自都乞假過談。李怡庭至。晚，雜話求書之法。

閲《歸田類稿》，元張養浩撰。《四庫》輯《大典》及明本，得雜文、賦、詩五百八十四首，釐爲二十四卷。此本則二十八卷，後附文忠碑銘像贊，較明本多一卷，乃朱竹垞先生藏本。寫手古拙，其中斷裂殘闕，悉依原本，殆從元刻影抄者。所據本已非初印，殆明中葉抄本也。蘇天爵輯《元文類》僅録養浩文二篇，明葉盛《水東日記》頗以失載《諫燈山疏》爲譏，漁洋得其《王友開墓志》，載之《皇華紀聞》。此本則俱有之，殆輯《大典》時所據即是本歟。惜不得《四庫》本互校之也。末畫像乃泰定初元謝事閒居時所畫，鄱陽劉耳贊云："立朝之言，閒居之跡，懍乎高風，千載一日。"虞道園有《挽希孟》詩，云："十年七聘不還朝，起爲饑民夜駕軺。嘉樹百年誰忍伐，生芻一束不能招。西州華屋交游少，北海清尊意氣消。欲寫濟南名士傳，泉聲山影晚蕭蕭。"可以想見其生平矣。《和陶詩》雖不得見集中，詩格清蒼，卓然一作手也。復檢周永年刊本，二十卷，不附《三事忠告》，雖從《四庫》本，而廿四卷删併之迹不具，較此本互補，庶爲善本。

初五日（12 月 12 日）晴。　有蒙古官蘇達納睦求見，因合肥以請見之，乃喀拉沁旗世襲四品塔布囊烏梁海氏，時從其王來津。據云，嘗從穆圖善因徧游琿春一帶，見俄强中弱，岌岌可危，並言四十八盟之弱，深慮爲俄所并。蘇字子愚，其妻莊邸族人。湯伯述來，欲辭保甲局。據云，方道之顢頇，欲黥飢民以爲識别，李守回局，軟弱難與共事耳。午後，令佐先、孫大回。李怡庭及寄觀閣來。至館與仲儀話，知其兄文麒以事爲府縣所窘。晚，過晦若及容民。

初六日（12 月 13 日）晴。　吴贊臣來談。夜，患咳。容民過話久坐。

初七日（12 月 14 日）晴。　咳未止，命僕輩檢理書籍，聊以自娱。晚，李怡庭來。夜，范肯堂以近作一册見示。仲彭來館雜談。

初八日（12 月 15 日）晴。　怡庭回都，寄復蔚廷、廉生兩書，均交之。咳止。仲館來齋中少坐，貽戴文節小品一册。秦生來，以《玄秘塔》與潛兒。

初九日（12 月 16 日）晴。　復朱亮生、勞玉初書。午後，伯述來議志事。

初十日（12 月 17 日）晴。　花農來。此心擾擾不静，微有衰意。贊臣過談。寄劉獻夫書。

閱宋劉習之學箕《方是閒居士小稿》。習之，崇安人，劉韐之曾孫，子犟之孫，劉瑋之子也。方是閒乃其堂名。閒居不仕，自號種春子。《四庫》著録者乃景元鈔本，此則屏山書院復刻本也。劉淮、趙蕃兩序已失去，惟存趙必愿及習之自記與其門人游郴等跋。郴，《四庫》作彬，誤。《提要》謂：劉淮稱其詩摩香山之壘，詞拍稼軒之肩。詞如《和稼軒金縷曲》，忠孝之氣，奕奕紙上，置之《稼軒集》中不能辨。詩則稍快稍麤，與香山又别一格。余不解詞，其詩誠有快麤之弊，殆於斯事不深。獨愛其《東屯莊監秤六言》，首四句云："讀書不執箋注，治生奚用豐財。詩吟一首兩首，酒飲三杯五杯。"翛然自足，吾方以讀書儆豐財者，自習之視之，斤斤箋注，殆與持籌握算同愚，不禁廢然掩卷矣。此本爲季滄葦故物，並有檇李、項靖藥師兩章。十二日復檢，得景元抄本，補全劉、趙二序。

十一日（12月18日）晴，午後陰，有雪意而未成。　李搏霄來，將以卓異入都引見。潘江代理。寄九弟書。心跳之病亦愈，漸能讀書矣。

閲《馮少墟先生集》。先生云："有經世之學，有出位之學，有闇修之學，有私己之學。以出位爲經世，以私己爲闇修，此學者大病。然有經世之學而無出位之學，便是闇修而非以不講爲闇修；有闇修之學而無私己之學，便是經世而非謂講經世之學者，盡皆出位好名之人。"佩綸按，仲好此説尤煩。約之，但曰闇修、經世之學而已。宋之末派，心性章句，紛如聚訟，而於世務茫然，不知此不能爲經世之學，亦不能闇修者也。闇修之學，經史子集皆是經世之具，修己而已。不必聚徒而講，即講明之，亦不過二三心知足以入道者足矣。講即浮夸，即不私己，已出位矣。吾以爲與其出位，不如私己也。近日之病，則又患世太不講學，安於孤陋者既不知所謂闇修，習於貴倨者又不知所謂經世矣。

十二日（12月19日）晴。　仲儀過齋中，復診止藥。

閲《説學齋稿》，有《浸銅要略序》一篇。其略云：德興張理以國家方更錢幣之法，獻其先世《浸銅要略》于朝。宰相以其書之有益經費，爲復置興利場。至正十二年三月授理爲場官，使董其事。宋盛時，三司度支判官許申能以藥化鐵成銅。久之，工人厭苦之而罷。今書作於紹聖間，其説始備。蓋元祐元年，或言取膽泉浸鐵，取礦烹銅。其泉三十有二：有五日一舉洗者，有七日一舉洗者，有十日一舉洗者。政和五年雨多泉溢，所洗浸爲最多。理爲宋參知政事,忠定公燾之裔。從祖懋及其父遜,均以是書在元武宗朝爲場官,未鑄而罷。不知理行其術,果有效否,以泉浸銅,不知仍用藥否,惜原書不可見,而序中不及其藥名、洗法也。克虜伯礮廠有鍊鐵爲鋼之法,亦秘有一藥,僅二三老匠知之。而中國已先有此法,考工失傳,致西洋用機巧以擅富强,而我之七陶、八冶尠有師承,器窳藝拙,官吏一切聽之,殊可歎也。稿無刊本,皆從歸震川所輯展轉傳抄。廷尉别有輯本,視歸本增多,可寶也。

十三日(12 月 20 日)晴。　與晦若談。晦若贈《四川通志》一部。余欲儲各省通志也。心氣仍未舒,不能多閱書也。

十四日(12 月 21 日)晴。亥刻冬至。　洪翰香歸道班,改委會辦水師學堂,過談。陳介庵來。晚,至仲彭處小坐。

十五日(12 月 22 日)晴。　翰香、贊臣均來。是日,廷寄許振禕兼程來京陛見,會勘永定也。晚,得蔚廷書。

十六日(12 月 23 日)沙霾蔽日,天作金色,晝晦,至申時始止。　吴贊臣來,論永定河事。午後,曹藎臣亦來談河事,以下口當改冰窖,屢獻議,不見納,意甚怫然。次則榆垡至蘆溝橋作遥隄二十餘里,可以遏水溢灌都城之患云。

十七日(12 月 24 日)晴。　花農送菜八器,以餉藎臣。過晦若小坐。

十八日(12 月 25 日)雪。　閲《節孝先生集》。中有論《管子》兩事,可采。摺弁回,得安姪書。合肥出示許僊屏電,會勘永定,意甚謙畏。後復來兩電,則頗興高采烈也。許亦非治水才,孫引之耳。

公嘗言賈誼篤好《管子》,幾爲《管子》所誤,何以見之?公曰:管仲誠奇才,所言所行皆適于時宜,其言《幼官》則非也。賈誼亦一時之豪士,其法于《管子》者非一,且如言色用黄、數用五,殆爲《幼官》所誤也。其一則《四維辨》,駁柳柳州。仲車門人江端禮録,故稱爲公。

東坡稱積詩文怪而放,如玉川子。《提要》謂:似盧仝,而大致依經立訓,不失爲儒者之言,則非仝之所及。惟《復河説》,不究地形,不明水勢,欲求九河故道穿之,未免失於迂僻。其《語録》已單行,故《四庫》分之,所收乃明嘉靖劉祐重刊宋景定翁蒙正本。此本則宋淳祐間王夬亨所編刻,而元大德中翻本也。

仲車拈“人棄我取，人取我與”以爲學者之法，申之曰：“學能知人所不知，爲文用人所不能用，斯爲善矣。”操論如此，固足取異於流俗，稍不自持，且流於乖僻一路，不足爲訓。《安定言行録》又載，仲車見安定之侍姬，問安定曰：“門人問：‘見侍姬否？’如何答法？”安定曰：“莫安排。”仲車從此悟入，殊不可解。豈記者過於形容，轉失其本意耶？

十九日(12月26日)雪未已。　復蔚廷書。

孝宗在宋允爲高宗幹蠱之令子，其志在恢復而迄用無成，論史者至今惜之。然其故由於發之太驟，而持之不堅，不能盡諉諸運數也。《建炎以來朝野雜記》謂：上於張魏公禮貌之隆，群公莫及。符離師敗，上眷頓衰。虞雍公乞撫西師，上親作詩送之，恩禮尤盛。虞公抵漢中，未踰年而殁，以屢趣師期不應，甚銜之。二公皆追謚。夫魏公當隆興之初拜命而起，承久和弛備之後，必物色將才，整飭戎備，始能言戰。乃上方鋭意恢復，浚久在行間，屢經敗挫，初不加以慎重，仍以粗心浮氣應之，雖半爲史浩所撓，實則咎由自取。孝宗既失之於張，中復牽於和議，氣已中餒。及授雍公以宣撫，自應久任而責成功，乃臨行有“西師出而朕遲迴，即朕負卿；朕已動而卿遲迴，即卿負朕”之諭，急遽無序，仍欲以浪戰制强金，何其淺躁而不諳軍事也！雍公之死，安知不因屢趣師期，而西軍實未簡練，以至憂憤而亡乎？故主戰者當快之於始，而持之以堅，斯得之矣。

二十日(12月27日)晴。　得潤民師書，論中亭六郎隄事。范肯堂以余評其詩，稍作忠告，贈七律一章。午後，趙菁衫、吴壯孫均有書至。

二十一日(12月28日)晴。　吕定之前輩來談。午後，答嚴範孫，久不出門，藉以排悶也。袁敞之來。範孫云，永清朱槐之祐三及其弟樫之、楹之，家有藏書，三人均博洽，兩孝廉一秀才。

二十二日(12月29日)晴。　黄花農來談，傅瑶軒同年式芳自博野至，新河掌教，由吏部改知縣候選。年六十矣。午後，過晦若小坐。秦生來。復潤師書。

閲《勿軒集》，宋熊禾撰。禾初名鉌，字去非，號勿軒，又號退齋，建陽人。咸淳十年進士，授寧武州司户參軍。宋亡不仕，教授鄉里以終。《提要》云："是書《易學圖傳》二卷、《春秋通義》一卷、《四書標題》一卷、詩文三卷、《補遺》一卷。蓋明天順中舊刻，猶爲完帙。惟前列許衡《序》，稱其'晚年修《三禮通解》，將脱稿，竟以疾卒'。末署至元十八年，而禾卒於仁宗皇慶元年。自至元訖皇慶，相距三十餘年，依託顯然。"此本亦八卷，卷一序跋銘約，卷二記，卷三記族譜，卷四文疏上梁文，卷五啟劄，卷六經籍説祭文吊慰，卷七詩五言，卷八詩七言長短句詞，後有附録。則《四庫》所收天順本詩文皆非完帙，亦如張清恪所刊，多所删削矣。倘合兩本刊之，可得十二卷，庶勿軒經義、詩文均免散佚耳。嘉蔭簃藏此舊寫本，末附録亦有闕葉，而轉寫許序於前，未免佛頭著糞也。《養新録》載朱子玄孫淵、洽、潛、濟、濬、澄，集中《考亭書院》記公三世孫朱沂充書院山長，既没，四世孫椿襲其職，則朱氏自松之後，五世復從木矣，可備一證。

二十三日（12 月 30 日）晴，夜微雪，旋止。

二十四日（12 月 31 日）晴。　復允言書，並以宋本《廣韻》寄廉生。夜，得九弟書，肯堂來話。

二十五日（1894 年 1 月 1 日）晴。　白趙州、李贊臣同來。九弟電，欲與夏太守獻銘字子新，新建人連姻，其庶女與覃兒同歲也，復電報諾。過晦若。

二十六日（1 月 2 日）陰。　洪翰香來。

欲改《定州志》，檢吴卓信《漢書地理志考證》右北平亦甚寥寥，悶甚。

閲《滋溪集》。蘇伯修以身任一代文獻之寄，既著《元名臣事略集》三十卷，碑版至百有餘篇。此本乃東武劉燕庭所藏，實得之朱笥河者，兹復歸于余。伯修研究掌故，其碑志行狀足以考證《元史》之疏，而所紀多北人，尤足補畿輔志乘之不及，惜無力梓而傳之。思刺劉取姚、虞諸公及兹集碑版，作《元史補》，未知能成否。伯修長于史例，其《寄歐陽原功三史質疑》，所論極精。遼人之書，今惟存《龍龕手鏡》。耶律楚材所進耶律儼《實録》，不知采入《遼史》否，不可考矣。其論宇文虚中，以讒訕權貴被殺，並無乘金主郊天舉事之謀；海陵死後，徒單后亦無被殺之事；宋太宗燭影遜避之獄，絶爲可疑，均足資史證也。

二十七日(1月3日)陰。　吉雲帆觀察來。

閲《清江三孔集》，彭文勤知聖道齋鈔藏本。《提要》作四十卷。《直齋書録解題》稱文仲二卷，武仲十七卷，平仲二十一卷，與《四庫》本合。而彭鈔及小山堂兩抄本均止三十卷，平仲共十一卷，豈殘佚後十卷耶？文勤不應不見《四庫》本也。經父獨取李訓，謂其志在安宗社而尊君父，而惜其不謙厚沈默，以致甘露之禍。常父不取陸贄，以其與吴氏弟兄争寵，及與于公異有隙，發其舊惡而擯之，及疑李吉甫以爲胸中太淺，不足任天下之重。毅父似闕，故無史論。夫訓固可原，而無如進由宦寺；贄亦可議，而無如奏議卓卓，實佐中興。今欲求立異於史評，而所諒者乃在李訓，所摘者乃在宣公，是何異處元祐之世，賞蔡京而劾程子耶？文字雖新，未衷於道也。

二十八日(1月4日)陰。　花農來。得三兄書。

二十九日(1月5日)晴。　白趙州來辭行。復三兄暨安姪書。午後，趙宇香來，屬其訪求吾邑先達所著詩文集。過晦若小坐。得廉生書。

三十日(1月6日)晴。　搢弁回。又得廉生書。安圃寄百合粉來。

閲許白雲、張光弼、陳夷白三集，皆金氏文瑞樓精抄，後歸法梧門，展轉入結一廬。梧門不以藏書名，而所收甚富。蓋其時舊本易得，不如今日之難能可貴。且見老輩無不儲書，决不如今之名士手一二唐宋人集，便膽大以粗，睥睨一切也。

十二月初一日(1月7日)晴。　翰香來。林守昌虞來見。穎叔之子。秦生雜話良久。仲彭過我，論古今文《尚書》。得廉生所寄隋甎及翼北《穀梁集解糾謬》。

閲《樂静集》，宋李昭玘成季撰。李方赤家抄本，東武劉氏、仁和韓氏傳録者，有榮振起之墓銘。其先北平無終人，似可采附《榮毗傳》之後也。

成季有《上顔朝奉書》，中有云："見諭子由先生云，《管子》中有佛書精要處，此亦無可怪，但至理無二，言會於理，便爲真際，井巷常談出於鄙夫鄙婦，有與聖人合者，理不外是故也。鬼谷、韓非之書，推本道德，時近玄旨，二子安足知老子哉？其言適中爾。管氏之時固未聞有佛，縱有之，亦不爲佛。觀其書者，喻其理可矣，安在學所問耶？昔人有談不死者，或從而學之，未及門而其人已死，猶恨其學之不早。或曰自謂不死，而其人已死，乃誣也，奚恨曰彼雖死，安知其無不死之術？正如管氏未知佛，而其言有似之也。”余按，佛書來自西域，六朝人以己意譯之，大氐竊取諸子緒餘，此乃佛竊《管》，非《管》似佛也。子由沈迷於佛老，既以孔、老爲一家，復以《管》、佛爲一母，謬哉！

初二日（1 月 8 日）陰。　晦若言，伯述約陳建侯修志無成。許庚身卒，徐用儀入樞垣。

初三日（1 月 9 日）晴。　閱《默堂集》，宋陳淵撰。淵字知默，官至宗正少卿，龜山高弟，了齋姪孫。《宋・藝文志》作二十六卷，《四庫》所收止二十二卷，此本卷數與《提要》同。《提要》謂其《論淵明》不知義，力崇洛學，而於了齋事佛津津推奬，未免牽於私情。余觀其《論和戰》三疏，有云："彼之意常欲戰，不得已而後言和；我之意常欲和，不得已而後有戰。"洞悉南北主臣心曲。又云："荆州人爲關侯家置一祠，室中之語，度非侯之所欲，則必相戒以勿言。"以此證之，則忠義威靈在宋已然，不始於明也，此足見神之久遠矣。度乃默堂之女夫，見集中，即編定其集者。

初四日（1 月 10 日）晴。　得鶴巢書。李贊臣來。寄安圃書，交都寓。

閱《龜巢集》，元謝應芳撰。有《學書》一篇，云："訓蒙者率以上大人二十五字先之，然所謂三千七十，殆若指孔門弟子而言。第四字乃聖人名諱，理合迴避，豈宜手之口之，以瀆萬世帝王之師乎？其末兩語之乖剌尤甚，故某不揣狂瞽，嘗易之"云云。上大人爲村學究所秘，不意元末明初已有之。今第四字作孔，想即謝所易歟？集中謝名蘭，疑應芳其字，或以字行也。文甚平淺，《提要》稱之過矣。

初五日（1 月 11 日）陰。　爲伯平撰其弟文獻墓銘。過晦若，伯述在焉。容民述吕庭芷以其家藏胡忠簡小像研求題，研蓋有成化二十三年泰州儲瓘題。庭芷曾祖幼心先生定爲儲文懿，然文懿名巏，《明史・文苑傳》及《列朝詩傳》《進士題名録》均作巏，蓋爲僞作無疑。

閱《澹庵集》，三十卷，明鈔本，曹倦圃舊藏也。案，《忠簡集》百卷，本傳。又作七十卷，《志》。《四庫》所收僅六卷，乾隆間其裔孫澐刊者三十二卷，補遺三卷，附録六卷。此卷數較祠堂本尚少，不知遺失殘闕，抑胡澐所刊別加裒輯，故較增於舊抄也。余所藏六卷，乃知不足齋抄校本。

澹庵一疏，金人購之千金，爲秦太師批抹，至孝宗始修割裝潢之。然隆興知忠簡亦徒榮其身，未能用其言也。行幸建康，何以中輟？和議必不許，何以中變？復以攜拏舉人被劾，且不能久安其位。是孝宗恢復之志，始則失之太鋭，而廟算未周，繼則失之太餒，而虛文相飾耳。集中《水戰論》一篇極精，似欲練吴楚水師，爲直搗勃碣之計，特引而不發，借古抒憤。《上張丞相書》謂，今之所以戰者，其決出於一定之計，抑出於倉卒而僥倖一時，則足以砭魏公浪戰之失者忠簡也。惜魏公亦忽置之。

初六日（1 月 12 日）陰。　張芸叟云："退之詩，惟《虢園二十一詠》爲最工，語不過二十字，而意思含蓄過於數千百言者。至爲《石鼓歌》，極其致思，凡累數百言，曾不得鼓之髣髴。豈其注意造作，求以過人與？夫不假雕琢，得之自然者，遂有間耶？由是觀之，凡人爲文，言約而事該，文省而旨遠者爲佳。"余謂《虢園》紆餘，《石鼓》卓犖，似難以五絶例長歌，惟歌中如"陋儒編詩不收入，二雅褊迫無委蛇。孔子西行不到秦，掎摭星宿遺羲娥"，未免以氣傷理。豈《車攻》之詩不及《石鼓》，文武之雅不如宣王，乃因此微致不滿於尼山？過矣。

初七日（1 月 13 日）晴。　晦若贈《竹葉亭雜記》。孟孝瞻茂才繼坡來見，問津舊生徒也。

劉器之云："《新唐》敘事好簡略，其詞簡，故其事多。鬱而不明，此作史之弊也。且文章豈有繁簡，必欲多，則文冗而不足讀；必欲簡，則僻澀令人不喜。假令《新唐書》載卓文君事，不過云少嘗竊卓氏，如此而已，而班固乃近五百字，且文君之事何補於天下後世哉？然作史之法不得不如是。《唐書》事增於前，文省於舊，病正在此，所以不如兩《漢》。"按，器之此說已爲歐、宋定論，然敘事終以簡明爲貴。卓氏之事，史當不載，史公好奇敘之，而班不敢删耳。不載，則文人無行不見，此其所以繁不可删也，亦須相題爲之。

初八日（1 月 14 日）晴。　子涵有書復之，並復菁衫書，問疾。

閱《佩玉齋類稿》,元楊翮撰。翮字文舉,官至太常博士。《提要》作十卷,此本有謙牧堂藏書記,共十三卷。第九卷漢高祖、四皓、張良、項羽及光武論五篇,不應僅論兩漢。第十卷題跋三則。後三卷樂、歌、啟、箴各一篇,雖多三卷,未必足本。大要此類秘抄幸未盡亡,其遺失固已不少矣。道園爲其父執,父名剛中。稱其文因事明理,不以艱險自窒;盡言伸義,不以曠達自高。雖齒牙餘論,假借後生,要不失先民矩矱也。

初九日(1月15日)晴。　答陳介庵,小坐。

初十日(1月16日)晴。　龔京卿照瑗來,未之見。近年九卿均爲使臣占盡,有宋育仁者,以翰林作參贊,以出使爲仕官捷徑。此與丁維禔之以夤緣奄寺得試差,僅隔一塵耳,可以觀世變也。晚,秦藝林來送小胡蘆一枚。

十一日(1月17日)晴。　容民來,小坐即去,贈新翻《華山碑》一册。趙烈文覆長垣本。趙辨翁據壽門本,非長垣本,而楊守敬所刻亦入目,疏矣。楊極善作僞。

十二日(1月18日)晴。　午後,至仲儀處小坐。陳介庵闖然入。余遂過晦若略話而還齋中。孫茶孫來。得九弟書。

十三日(1月19日)晴。　花農、永詩、翰香均來。午後,又過仲儀。龔三又請見,拒之。

閱《河南集》,二十七卷,宋尹洙撰。洙久歷邊塞,未竟其用,卒以貶死。其由渭徙慶,以争水洛城。其貶也,以董士廉挾仇上控,士廉即前城水洛爲洙所械繫者也。水洛之城,發之者劉滬,主之者鄭戩,復勘者魚周詢。力争以爲不當城者,上則安撫使韓琦,下則副總管狄青,而洙言之尤切。卒城雖由周詢,而實則參政范仲淹贊之,其言曰:"策應軍馬由儀、渭二州始到,始到如能進修水洛城,斷西賊入秦庭之路,其利甚大,非徒通諸路之勢,因以張三軍之威者也。"又言:"劉滬、董士廉率四路都部署節制往修水洛城,即非二人擅興。況滬是沿邊有名將佐,累有戰功,國家且須愛惜,不可輕棄。士廉京官,亦與將佐一例枷勘,更未合事理。"是師魯械繫滬、士廉,且争水洛不宜城,范公不以爲然也。其時諫官歐陽修以仲淹築大順城,种世衡築青澗城,劉滬築水洛城,滬尤爲艱勤。余靖亦請戒敕洙、青，並以滬、青既有私隙，寧移青，不可移滬，以失新附之心。是歐、余亦不以洙爲然也。然師魯所持，乃備多力分之説。其所陳分兵輸粟生事，召寇四害，深得兵家要領。於士廉反復開諭，集中存《第三書》。不從，始命狄往械繫，亦軍令宜然。水洛既成，旋就和議，亦無甚益，而師魯轉爲士廉所中。其就希文而死，正所謂伯仁由我而死耳。歐作《墓志》，雖自解説，終不及韓忠獻《墓表》之直捷，亦所見稍左也。

十四日（1月20日）晴。　午後，洪魯軒來。寄九弟書，爲三姪題學名，曰志潭、志浩、志淦，三姪女曰志湄、志泠、志湏。以富陽有董雙成宅丹鼎也。得安圃書，有喉左右因外感生兩包，聞之，甚悶悶。

十五日（1月21日）晴。　花農、翰香、秦生雜至，喧甚。得廉生書。

午後，閱漢碑三兩種，心甚静定，近真不耐俗味矣，而爲境所困，不能遯世入山。每與閨人談，輒爲鬱鬱。夜，肆估以王懷祖所校補《六書音均表》來售，去年所未得者，今仍歸之我，亦可喜也。

十六日（1月22日）有雪意，旋霽。　袁啟之來。劉蘭谷辭行回六安。甲午春間，蘭谷因其父撻責，服毒而死，可傷也。省三於適子寡恩如此。

閱《問經堂叢書》，承德孫馮翼所刻。其中多輯逸書，蓋與淵如敘族誼，因之洪頤煊、宋翔鳳、章學源所輯之本，均爲代刊，而附一同校之名耳。章氏《隋書經籍志考證》僅存史部，餘稿爲馬氏所購，未及詳考，率獵爲己有，刊爲《玉函山房輯逸書》。倘有力者以此書及《漢學堂叢書》合刊，補其未備，輯其未搜，俾《隋志》補全，實爲一部書目精本。嚴氏《全上古漢魏六朝》亦可參正也。

十七日（1月23日）晴。　作安圃書，以來緘有喉左右兩包甚念之也。又復廉生一紙。

十八日（1月24日）晴。　延仲儀診脈，據云心火仍未降。贊臣過談。

王南陔輯《周人經説》，僅存四卷，似補輯之不止此數。南陔經學本不甚深，其所著《説文段注訂補》及《管子地員考證》均過繁冗。此種以經解冠首，作序自以爲謹嚴，殊屬無謂。潘文勤與其經説並刻之《功順堂叢書》。功順堂所刻，大氐網羅散佚，惜亦雜糅無甚驚人者，與《滂喜》相類。因歎孫淵如、黄蕘圃輩刻書之精，惜乎今之有力者，不能如是其詳慎也。

十九日(1月25日)陰。　復都寓書,並以食物數種寄元孟虞。午後,陳介庵來。得獻夫簡,知已服闋,明年三月來津。

仲儀極稱章實齋《文史通義》。塞上著《管子》時,曾取其數則入稿,如謂集大成者周公而非孔子,學者不可妄分周孔,殊有語病。近世遂有以周公之書,全爲劉歆僞作者,康祖詒。又有以孔子之學專與周公立異者。不知周公思兼三王,此君相之治術;孔子垂教萬世,此師儒之學術,皆集大成而所遇不同,安得謂孔子非集大成乎?謬矣。

二十日(1月26日)雪。　李搏霄來,由都引見歸也。談輦下新聞,付之慨歎。午後,晦若處小坐。是日爲朱式如填通判。實收得安小峰侍御書,請以吴祠歸隴,西白無書,此子殊不解事。

二十一日(1月27日)雪霽,夜又雪。　洪翰香來。鄭覲侯自都門至,留陪仲儀晚飯。

二十二日(1月28日)大雪。　作致伯平書,以改定其弟墓銘,寄之。

二十三日(1月29日)雪未止。　仲儀讀《管子》頗有所得,與之略談。明年思以《讀管》寫本,付之校勘也。得廉生復書,代致監本《新唐》一種,於是監本廿二史全矣。晚,晦若來,論永定河,時言路交章,此間仍持周馥舊説也。許河帥明正來此,合肥將同往會勘矣。得伯平書,言已交卸道篆,明年將乞病假來津。

永定河遥隄之説,顧用方河督琮創之,爲鄂文端所駁。嗣陳文恭暢言其利,未知施行否。而挑淤之策,則裘文達及周公元理會奏設立浚船,乾隆三十五年舊案也。道光間,裁減經費,廢之,河患之亟,未始不因乎此。曾文正奏言河内至險灘林立,樹木叢生,是其明證。今部議封章均主挑沙之説,夫以七十餘年之老沙,欲以六萬金、三千人挑之,豈能有濟?然老沙固不能去,嫩淤則不可留。永定情形與黄河異,黄河爲四瀆之一,能自達於海,永定則必入清河以達海,愈東則河身愈狹,不能改沙,而清河及下游均掛淤矣。然則目前急務止有遥隄一法,而以截灘挑淤爲秋汛後逐漸補苴之上策。其效不能即見,而年年實力行之,舊淤漸去,新淤不生,自有無形之益。部議固舉重若輕,看事太易,必執挑沙爲謬論。並新淤漲灘,而亦聽之,則河之病日深。雖築高於邱山之隄,亦策垣行水而已。

二十四日(1月30日)雪,晴。　復伯平書。倪順歸,得都門書,附安圃一函,十月初七日(孿)[孿]生一女一子,其子息可云蕃盛矣。此子女旋不育,雙生一子一女,俗忌之,亦罕成立者。

二十五日(1月31日)晴。　花農來。午後,得高陽書,並惠食物四種。作書復之,亦以食物四種爲報。與之五閱月不通箋候矣。高陽頗疑其疏懶,蓋與世相忘,故於長安知舊書問自希。每月必有書,惟廉生耳。劉季威來謁,名文虎,仲儀之弟。在豐潤孔大令署中司記室。

二十六日(2月1日)晴。　翰香來。午後,吴修甫秀才至,匆匆而去。前以安晓峰來索吴祠,商之安圃,得復電云,問西白爲妥。

閱《貞素齋集》,元舒頔撰。官台州路儒學正,明興,屢召不出。此本乃其裔孔昭所輯,《提要》所稱八卷本也。集中有《石印詩序》,曰:"邑南七里,潭曰油潭,石曰石印,汩没沙磧,春大雨,乃獻奇。"頔以爲理侯政教之應,且引郡志,令廉石乃見。崔正言、蘇子由、張仲紀以後,復見於理侯,間以告理,士夫合飲。理名答里麻識,字天章,高昌人。復有《石印辨》一篇,則痛詆其誣,並云:"理君亦喜其事,拉余往觀,至則癡焉。頑精無甚奇者,意欲毁其石,絶其誣,使後人無復疑。"一人之見,而先後矛盾如此,殊不可解。此與高隱不仕而欲明功德,同爲不倫。《提要》曲原之,無謂也。頔弟遠遜,附《北莊遺稿》一卷。頔本名迪,字道原。嘉蔭簃藏本。

二十七日(2月2日)晴。　贊臣、永詩均來。得皞民書。夜,仲儀解館,邀覲侯、季威同飲,晦若招余。閱合肥《謝慈聖御書摺》稿。菁衫復書,云疾已小愈。

二十八日(2月3日)晴。　吴樂山來。季士周以陳書玉同年家事來商。書玉已故,爲其弟學源謀館事也。余以北洋人浮於差,勸其謀之穀士,時穀士新得浙撫。書玉名夢麟,浙之會稽人,官編修。

得九弟書,寄志潭所定婚八字來,親家夏子新太守獻銘,江西新建人,亦舊族也。執柯爲張曉帆。

磁州訪得蘭陵王、孝宣公兩碑,以天寒未能精拓也。

二十九日(2月4日)晴。　花農、楚寶均來,得都門書。夜,過晦若少坐。

閲《提要》,林希逸《鬳齋集》有《上賈似道啟》,極口稱譽,以趙普、文彦博比之。王柏《魯齋集》亦有《壽秋壑詩》,極稱其援鄂之功,諛頌備至。二人皆道學,柏至攻孔子手定之經,而於秋壑乃諛附如此。宋季諸儒多不明事理,眼界不高,且講不到人品也。故講學以識力爲先。

三十日(2 月 5 日)晴。　檢點詩文,僅五十餘首,文十餘篇,一年又虚度矣。惟得書數萬卷,書高於屋,債積於山,殊無可樂也。潘大令江來。庚午同年。

校《齊民要術》竟,系之以詩,庶明年得二頃薄田,自耕不餒也。

滿眼工商策,胼胝笑荷鋤。流亡驚草野,沸鬱慨河渠。乞糴錢何貴,屯田穀不儲。歸耕吾未晚,終夜校農書。

甲　午　上

正月初一日(光緒二十年,1894 年 2 月 6 日)晴,午後陰。　聞元旦萬壽恩詔,合肥賞三眼孔雀翎,子經邁由主事賞員外郎。合肥召余及晦若談,遂過晦若小坐。國朝漢臣賞三眼翎自合肥始,向例必賞寶石頂,四團龍補服,後始得三眼翎。由珊瑚頂得二眼翎,亦自合肥始,此亦一掌故也。和忠壯亦未賞寶石頂,存考。

讀《宋史·蔡襄傳》:外間傳言,以厚陵之立,襄有論議,帝疑之,由三司使乞杭州。《歐陽文忠集》紀之最詳,云:慈壽垂簾,嘗爲中書言:"仁宗既立皇子,追思鄂王。宦官宫妾,争相熒惑,而近臣亦有異議者。其文字已於鑪内焚却。"中書不敢問姓名,外人稍稍言襄,於是上屢厲色詰責。及乞罷,韓魏公質上,上曰:"内中不見文字。"執政多方譬説,似聖意未解,此最得實。王明清《玉照新志》:以君謨嘗按晉江章拱之贓罪,至是訟冤於朝。因撰君謨《不立厚陵爲皇子疏》,售於相籃中,中人得之,遂干英宗,怒。此殆傳聞過當之語也。厚陵入宫,時累表辭讓,此時有天下而不與,方見聖量,顧斤斤於投杼之言,不能置襄度外。然則前之讓,非僞飾歟?襄亦明練者,似既立皇子後,未必敢爲此疏,而既動上疑,止能引身而去,故君子於襄無責焉。

初二日(2月7日)晴。　除夕作廉生一書,今日合肥《謝慈聖福壽松鶴字疏》,有差弁入都,即交其賫送,時信局未開市也。

閱《真西山讀書記》。其甲編《孔門傳授》一卷,可采入余所撰《述學》中。二十七卷、二十八卷。惜其思、孟後,直接荀、揚、董、文中,而於漢儒一概不録後,二十九、三十。即録韓昌黎,而以周、程、邵、張及程、張門人以至朱子,此即梨洲《學案》之椎輪也。余擬移其《春秋名卿事業》在乙集於前,分别《春秋學案》,而以孔門繼之。蓋胚胎於《史記》,而古今之學術治術脈絡貫通矣,非徒考究學派也。

初三日(2月8日)陰。　花農來,秦生亦至,洪翰香率其子慎孫賀正。午後,贊臣過談。

閱《姚牧庵年譜》。牧庵四十二始娶紫陽先生中女,楊氏次年卒,四十四又娶趙氏。牧庵伯父樞家門鼎盛,不審何以晚娶。先生作《南寺碑》,以碑中用"祝髮"及"于佛焉依"句,"緇流以祝髮,罵僧爲秃焉"爲未定之辭,竟命趙子昂、元復初别撰其文。張希孟祭先生文有"磨淮西碑"語,然先生集中竟書"祝髮"句,實則存其原文,亦是一重公案也。

初四日(2月9日)晴。　顧廷一來,以其外舅《淩筱南詩集》求序。名焕。孔少軒大令憲廷求見。其父昭馨,丁卯舉人,嘗爲内子館師。昭馨人甚謹飭,學亦粹雅,閨人深得其益也。許僊屏河督來津過談。

閱《皇朝仕學規範》,宋張鎡撰。有張叔未跋,云:"此淳熙三年丙申原刻本,係楊鐵崖、袁忠澈舊藏,乾隆間武涉令海昌查宣門開所珍貯者。嘉慶中,余從宣翁之子棗庵秀才,以銀十餅購得。前缺序目,後缺作文、作詩二類,八卷。余與海鹽朱春甫錦及余次兒慶榮從宋槧覆刻本影抄補足,授慶榮珍之。道光二十五年乙巳七月廿四日。"《四庫提要》稱其可補《宋史》之遺,與朱子《名臣言行録》體例雖殊,同爲一代文獻之徵云。余案,作詩、作文兩類,與《餘師録》相似,特《餘師録》較爲繁博,此則專取宋人議論而已。

錢明逸久在禁林,不滿意出爲秦州,居常怏怏不事事。公聞之,語人曰:"雖不足意,獨不思所部有萬千生靈耶?"公初不知何指。語出《名賢遺範録》,以"上收慶曆中,與希文、彦國同在兩府"語考之,似韓魏公,而此段之前則是王文正。面目不清,亦此書之一病也。

初五日(2月10日)晴。　晦若來。午後,答僊屏前輩,得獻夫書。

閱黄梨洲《周易象數論》。其辨圖書論共六篇。其第一篇略云:"歐陽子言'河圖洛書怪妄之尤甚'者。自朱子列之《本義》,家傳户誦。今且以歐陽爲怪妄矣。後之人徒見圖書之説載在聖經,雖明知其穿鑿附會,終不敢犯古今之不韙而黜之。魏鶴山則信蔣山之説,以先天圖爲河圖,五行生成數爲洛書,而戴九履一者則太乙九宫之數。宋潛溪則信劉歆以八卦爲河圖,班固《洪範》本文爲洛書。皆礙經文而爲之變説也。是故歐陽既黜圖書,不得不並《繫辭》而疑其僞,不僞《繫辭》,則'河出圖,洛出書'之文駕乎其上,説莫能申。然則欲明圖書之義,亦惟求之經文而已。六經言圖書凡四:《顧命》曰'河圖在東序',《論語》曰'河不出圖',《禮運》曰'河出馬圖',《易》曰'河出圖,洛出書,聖人則之'。聖人作《易》,象天察地,天垂象,見吉凶,仰觀於天也。'河出圖,洛出書',俯察於地。謂之圖者,山川險易,南北高深,如後世之圖經。謂之書者,風土剛柔,户口阨塞,如夏之《禹貢》,周之《職方》。謂之河洛者,河洛爲天下之中,凡四方所上圖書,皆以河洛繫其名也。"按,梨洲解圖書甚辨,而實未諦當。上古結繩而治,後世聖人易之以書契、八卦。未畫之先,安得有所謂圖經職方者?周公始營洛邑,未聞羲、軒之世以河洛爲天下之中而都之,且無以解出圖、出書、出字之義。《禮運》明言地出醴泉,山出器車,河出馬圖,圖經與醴泉、器車並舉,亦屬不類。即康成依緯書云河圖有九篇、洛書有六篇,亦緯書附會之説,此九篇、六篇是何人所造乎?疑伏羲時河中出一物似圖,伏羲因之以畫卦;神禹時洛中出一物似書,禹因之以演疇。書乃六書,非一篇之書也。以八卦爲河圖,《洪範》本文爲洛書,尚是以聖人所推演,爲天地自然之文。實則先有河圖後有卦,先有洛書後有《洪範》耳。

初六日(2月11日)晴。　致高陽書。

閱周行己《浮沚集》。其《兩漢興亡策》云:"西漢興于韓信之一言,亡于張禹之一言;東漢興于邳彤之一言,亡于胡廣之一言。"蓋以信決策東向,世祖欲因二郡之衆入關,彤廷争故也。余謂兩漢亡於張、胡,誠然。禹引《春秋》之事,以固王氏;廣於質帝之没,苟合梁冀,罪胡可逭?至謂龍興由於韓、邳，則持論甚快，恐未盡合。高祖之興，自由於納樊噲、張良之諫，封府庫，除苛法；光武之興，自由於納鄧禹之説，延攬英雄，務悦民心，非韓、邳也。

初七日（2 月 12 日）晴。　得廉生書。午後，張巽之辭回都。過晦若。仲儀到館旋去。

閱《臞軒集》，宋王邁著，所謂"敕賜狂生"者也。其所上劄子，以上欺天下欺君立論，極爲激切。中有云："前日之賄賂，惟入權臣之一門。今日之賄賂，或入外戚，或入奄宦，或入近習，旁蹊曲逕，不止一途。此較桓靈鬻爵，錢入公家；晉武鬻爵，錢歸私室，又下一乘矣。末流之弊，何所不至，良可深慨也。"《提要》稱其於濟王竑事反復規勸，見拳拳忠愛之心。今詳閱《大典》輯出遺編，雖闕略不少，而其勁直之氣歷劫不磨，可謂古之狂直矣。

初八日（2 月 13 日）晴。　僊屏贈所刻曾文正、祁文端書及自書格言。得九弟書。

閱《金氏文集》，宋金君卿撰。原十五卷，今僅由《大典》輯存二卷。《提要》據曾子固所作其父温叟《墓銘》稱，君卿欲以其所爲爲天下，慨然有志，則其人亦非碌碌者也。遂極口論之，並以集中有文潞公、韓魏公《生日詩》《范文正移鎮杭州次韻詩》《和歐陽文忠潁州》及《芍藥》二詩，謂所與游者，皆一代端人。諸疏尤有裨世用。然富臨序稱，君卿在熙寧中，敕書獎諭，曰："爾使於遠方，盡瘁乃事，推我新令，爲天下先。"則君卿亦附和新法之人，與介甫同鄉。金，浮梁人。集中亦有與介甫倡和。《提要》謂可補李注之所不及，顧於富序所述敕書獨未拈出，與全書議論相岐，豈徒以新法之罪苛介甫而寬其徒從？抑此《提要》爲江西人所撰，意存迴護耶？按，總校爲彭檢討元琉。君卿字正叔。

君卿又有《易説》，今已佚。其集中敘傳《易》之家云："昳於秦，薄蝕于漢，諸家之説棼焉，而聖道微矣。輔嗣特起，斥去異端，天人之道俄焉而明然，猶時若氛翳未能廓然，若將有以待焉爾。"輔（輔）[嗣]之《易》正是異端，而以爲斥去異端，則其所爲《易説》者可想矣。

初九日（2 月 14 日）晴。　嘗松雞，甚美。寄桂林弟一書，並復安小峰侍御吴祠事，須候西白來信。

閲《戴剡源文集》，韓小亭校，云補《蠅虎賦》一篇，實未之補，當檢録足之。元戴表元帥初撰。

剡源有一絶，云："毛錐自是今無用，鐵硯還知古可穿。不惜日抄三萬字，勝儲百畝剡中田。"閲之，慨然。余竟日蕭閑，竟無抄書之課；插架萬卷，而無二頃之田，仍歲依人，殊自哂也。毛錐無用，則古今同慨耳。

初十日(2 月 15 日)晴。　仲儀開學，招贊臣作陪。僊屏辭行，却之，遣人投刺送别。

閲唐確慎《學案小識》。張武承先生之學，篤守程朱，深疾陽儒陰釋之徒，以閑邪衛道爲己任。顧其操論，亦有過當處，以陽明之詆朱子也，峻詞以詆陽明。其《讀史質疑》至曰：弘治己未，陽明成進士，其年六月孔廟灾，九月建陽書坊灾。陽明之出，孔、朱之厄也。夫陽明即不從朱，未必能厄朱，況厄孔乎？甚至謂：閹、獻之形，日積於學。士大夫之心術，而天下不可爲，而以陽明之術爲盡變天下之學術，盡壞天下之人心，卒以釀亂亡之禍，實爲倡亂之首。大聲疾呼，同於救焚伐叛，實則深文周内而已。此種叫囂氣質豈是讀書人口吻？而確慎以爲《質疑》一書與《陸子學術辨》三章，正宜刊(本)布天下，以警人心而留學脈，殊可笑也。孫芝房以漢學釀粤、捻之亂，同是一種議論。士大夫略涉章句，入仕途後，專趨禄利，泄泄沓沓，積爲風氣，中外大臣無二三老成練達剛正明果者爲之挽迴，馴至大亂，不此之責而責諸講學，豈非迂繆之見哉？武承以陽明爲功臣而亂首，没其平宸濠之勛，而坐以階流寇之罪。如此論史，古人人人可危矣。

十一日(2 月 16 日)晴。　復王廉生、劉獻夫書。秦藝林來。

閲《王魏公集》，乃《永樂大典》輯本。《提要》謂：如元絳墓銘，可補史闕。檢《宋史》核之，均具崖略，蓋國史不能如私誌之詳也。惟絳有《文集》四十卷，又有《讞獄集》五十五事，爲十三卷，傳於家，史未載耳。厚之諂事荆公及其子弟，故安禮曲爲粉飾，似亦諛墓之詞多，核實之事少。《宋史》删節，未爲過簡也。《菉竹堂[書目]》尚載《魏公集》，今已無傳。《提要》謂其文視安石規模稍隘，而體格約略相似。然安禮固譏刺新法者，文亦不甚似其兄也。

十二日(2月17日)晴。　寄趙菁衫書並《竹葉亭雜記》二册。勞玉初來久坐,談不甚暢。

《胡仲子集》,明金華胡翰撰。有《米南宫蘭亭跋》,云:“米南宫論禊帖毫髮無遺,至其所自書,乃縱横若此。蓋出入規矩,晚年筆也。南宫嘗稱,善書者得一筆,已獨有四面,故其對帖臨仿者與真無辨,而任意揮灑者入妙自得,人鮮及焉。余昔見黄正獻公恨不及以此質之。”按,米以己得四面自詡,然南宫書以得晉法者爲佳,其任意揮灑者終有俗韻。觀其人出入兩黨,非能卓然自立者,故得筆四面正其短處,非勝於古人也。

十三日(2月18日)晴。　吕陶《浄德集·杜敏求墓銘》:子美生二子,下江陵,留二子守成都,籍楊子琳之亂,避患奔眉之東山大埡,因家焉。其後族姓蕃衍,爲郡大姓。有葬青神者,遂爲青神人。按,元微之《杜工部墓銘》言子美之孫光業啟柩之襄祔事偃師,未嘗言其子孫遷眉也。顧浄德與杜敏求爲友,必親見其譜牒,似亦不盡出依託,惜言之不詳。或宗文一支留眉耳。敏求字趣翁,官至潼川府路提點刑獄,有文集三十卷。七歲嘗賦《閔雨詩》,有“農夫苦相問,燮理是何人”。是工部之後,又得一詩人矣。

十四日(2月19日)晴。　花農、覲侯、玉初均來。仲儀病歸。

閱《小峴山人集》,秦瀛著。有《彭蠡説》,謂彭蠡即鄱陽,非巢湖。《敷淺原説》,謂廬山即敷淺原,引證甚少,説經考地非其所長也。魏默深年丈據《禹貢山水澤地》記彭蠡澤在豫章彭澤縣北,以爲在湖口下游小孤山左右,力闢鄱陽爲彭蠡之妄,以爲彭蠡無在江南理。《漢志》豫章歷陵縣南有傅陽山,傅陽川在南,其文以爲敷淺原。《通典》以江州潯陽之蒲唐驛當之,正當大江之盡,又當廬山麓之盡,亦非廬山也。

十五日(2月20日)晴。　閱《碧溪詩話》,宋莆田黄徹撰。論詩以杜爲宗,中多理語。如云《否卦》:“包承,小人吉。”説者謂小人在下者包之,小人在上者承之,蓋處否宜然。元次山《賦石魚》詩云:“金魚吾不須,軒冕吾不愛。”此所以能不徇權勢而專務愛民。杜老剛腸嫉惡,宜其孩弄嚴武,而遭田父泥飲,被肘不悔,所謂不畏强禦,不侮矜寡。范文正《淮上遇風》:“一棹危于葉,旁觀亦損神。他年在平地,無忽險中人。”卒然而作,可想見其兼濟加澤之心。均因小見大,雖不免固哉之見,其胸次之高,亦可略見一斑矣。

十六日(2月21日)晴。　至海防公所。檢書閱屋,爲遷居計。陳覲侯過談。

閱《劉忠肅集》,武英殿聚珍本。忠肅向用方殷,忽以交結邢章,干宣仁之怒,遂解政柄。劉器之爲之作序,極力推崇,而於此節亦難置辨。其言云:"公家子弟與章惇之子相識,因入都應舉。而公家子弟亦游科場,嘗至府第,言者指爲交通之迹。邢恕謫官,至京師,以書抵公。公答以手簡,云爲國自愛,以俟休復。爲茹東濟所發,以休復爲復辟。"此固言者之險很,然忠肅之自處亦不得謂不疏也。忠有嘗劾章惇,其子稍知大義,不當事公子弟游;公子弟稍知大義,亦不當與章子游。即復邢之疏,身在政地,亦不宜作此語。豈逆揣元祐之局不能持久,不欲開罪於小人耶?然公實改易新法之魁,即周旋若輩何益乎?

十七日(2月22日)晴。　翰香來。午後,秦生過談,知本甫已還湘中。楚寶以房圖相示。陳介庵過談館政。

閱《浮溪集》。彦章於越州行在,條具時政,首陳馭將三説,曰示之以法,曰運之以權,曰別之以分。大致謂:諸將已如驕子,恐有蕭墻之禍,意欲精擇偏裨十餘人,人付兵數千,直隸御前,而不隸諸將。其言當時未即施行,旋有苗傅、明受之變。度高宗厭兵,而忌諸將者已深,是以秦檜之策得行也。夫高宗播遷在越,正時危注意將之日,駕馭自有法,必屏武夫,不得預謀,而獨與白面書生商國是,勢不至覆敗不止。其時,惟當慎擇將帥,忠誠善戰者,付以閫外而不疑,驕悍怯敵者,奪其兵符而不用,庶幾足以有爲。今浮溪乃爲深防固拒之説,意在折驕將之萌,而轉以塞忠義之心,失勞臣之用,非應務才也。其謂諸將飛揚跋扈,所至焚掠驅虜甚于敵人,則又足見當日用將之非人耳。

十八日(2月23日)晴。　洪魯軒來談。合肥云,孫楫之罷,由講幄與樞庭立異,然政以賄成。聖人明目達聰,固國家之幸也。

閱《浩然齋雜談》:"李易安紹興癸亥在行都,有親聯爲内命婦者,因端午進帖子。時秦楚材在翰苑,惡之,止,賜金帛而罷。"易安之誣,近俞理初詳辨之矣，此亦其遺忌之一端也。夫易安既已霜居，何取以才華自顯？楚材之嫉娟固屬可鄙，而易安亦嫌不自潛晦矣。雖然如易安之才，不得如班大家、宋學士輩，殊可惜也。

十九日(2月24日)陰。　寄廉生書，並合肥書扇一握。李光禄祠落成，合肥屬爲代擬楹帖，三日中得六聯，思路艱澀，可歎。仲儀病愈回館。

閱《申齋集》，元吉水劉岳申撰。集中有《文丞相傳》，與《宋史》互有詳略，可資考證。《宋史》："王(績)[積]翁言：'南人無如天祥者。'世祖遣(績)[積]翁諭旨，天祥曰：'國亡，吾分一死矣。儻緣寬假，得以黄冠歸故鄉，他日以方外備顧問，可也。若遽官之，非直亡國之大夫不可與圖存，舉其平生而盡棄之，將焉用我？'(績)[積]翁欲合宋官謝昌元等十人請釋天祥爲道士，留夢炎不可，曰：'天祥出，復号召江南，置吾十人於何地！'事遂已。"申齋則曰："上將付以大任，王積翁、謝昌元率以書諭上意，天祥復書曰：'諸君義同鮑叔，而天祥事異管仲。管仲不死，而功名顯天下；天祥不死，而盡棄平生，遺臭于萬年，將焉用之？'積翁知不能屈，猶請釋天祥，以爲事君者勸。"黄冠之説即有之，亦詭辭求還爲号召江南計。今以劉傳證之，乃積翁詭詞，非信公原書也。其時宋已無可爲，信公惟求一死，决不遜詞求南還，明甚。申齋復留説，可疑。其正命之故，史以爲坐狂言，傳以爲因參知政事受述丁。吾以爲受述丁乃信公知己，勝於王積翁。黄冠得請，何如柴市浩歌乎？

二十日(2月25日)陰，微雪。　贊臣來。夜，武珏生校官過訪。

閱彭文勤《恩餘堂經進稿》，凡三集，末附策問及讀書跋尾各一册。其《山谷刀筆跋》云：此書與集微有異同，不可偏廢。以歷官編次，尤足考當時出處之迹，與黄畬編詩入《年譜》同意。嘗以蘇編年有施注，而黄無編年，欲取任、史三家之注，以畬譜敘次，及同時人倡和附見，都爲一編，命曰《黄詩三集補注》，亦有零雜稿本，而忽忽三十年不能成書云。此意與余塞上評黄本正同，惜不得文勤稿本爲藍本，事半功倍也。

二十一日(2月26日)晴。　花農來，聞上海輪船二十六日來。午後，摶霄、永詩、伯述、魯軒雜至。

得明弘治吕夔刻《王右丞集》六卷本，即所謂"山中一半雨"本也。惜吕删去《施宅爲寺表》。明人每喜更改宋元本面目,大率此類。

王琢崖序右丞詩,云:"右丞詩句妙九州,《楚詞後語》獨謂其詩萎弱少氣骨。丹青妙絶古今,米友仁獨云:'王維畫見之極多,皆如刻畫,不足學。'此二語可謂别開生面者。"豈小米所見非摩詰畫真本耶?詩少氣骨,則酸鹹耆好不同矣。

二十二日(2月27日)晴。　楚寶來。午後,約秦生一談。

閲《亥白詩稿》。兒時即讀船山詩,後亡其書,以究心唐人及北宋諸家,不復厝意。後得士禮居《船山詩鈔》,非足本也。塞上歸來,始復於廠市得之,而《亥白詩》迄未見。其集爲壽門所刻,凡八卷,前有王椒畦學浩敘,謂其於韋、孟之外,别闢一徑。壽門跋但紀刻詩之始末耳。亥白後船山一年而卒,其後亥白、船山眷屬不知是否與壽門同居,詩中亦無明文。船山柩厝元墓,不知歸蜀否。詩人例窮,讀之憮然。

二十三日(2月28日)陰。　秦生來。午後,甘雨香大令澤宣見過。代理豐潤,其尊人小滄同知,丁酉拔貢,官浙江錢唐縣,升石浦同知,嘗與先人同僚也。名鴻。雨香官江蘇震澤,詿誤來直。湯伯述過,商志例。

閲淩仲子《校禮堂集》。仲子所著《禮經釋例》,爲説《禮》之宗。集中有《復禮説》三篇、《荀卿頌》一篇,大致以《禮》爲聖人之學,而宋儒言理爲禪學。與余謂六經皆禮之説,先後同意。其學於《禮經》外,長於史及樂律。

權文公有《酷吏[傳]議》,大略謂,《詩》美仲山甫曰:"剛亦不吐,柔亦不茹。"故體備健順,是謂全德。得柔之道者爲循吏,失剛之理[者]爲酷吏。復爲馬、班列郅都於傳首爲非。淩氏駁之,謂:"酷吏者,武健剛毅,不畏彊禦。京兆、司隸、長安、洛陽難治之區,非此不足勝任。椎埋沈命、舞文巧詆者,酷吏之過,史氏因而載之,非即以此爲酷吏也。《新唐書》始以索元禮、來俊臣等爲酷吏,則大乖史法矣。不知酷吏者,申韓之學也;循吏者,黄老之學也。傳曰:'道之以政,齊之以刑,民免而無耻。'酷吏近之。又曰:'上失其道,民散久矣,如得其情,則哀矜而勿喜。'循吏近之。是二者或剛或柔,皆未能合乎先王之道,然則循吏非褒之,酷吏非貶之也。殘忍慘刻之小人,不足以蒙其稱也明矣。"案,淩氏之説,辨矣。所謂循吏,黄老之學；酷吏，申韓之學，亦似是而非。太史公《酷吏傳》歷引孔老，然後云："法令者，治之具，而非制治清濁之源。"是以循吏爲儒而兼老之學，不能專以黄老該之。以鼂錯引起郅、甯，似乎酷吏近於法家，然史於列傳諸人必先詳其所學，《酷吏傳》無之，不得冒居申韓。即張湯與趙禹共定律令，然律令與法家有間矣。詳在余《讀〈史記・老韓列傳〉書後》。贊云："雖慘酷，斯稱其位。"而又偏舉馮當暴挫一流，以爲何足數，斯誠貶中有褒，然此特史遷之例。若班氏則别出張、杜，純乎貶矣。同一循吏、酷吏，《史》《漢》例已不同，何責乎宋子京也？

二十四日（3月1日）陰。　午後，過陳介庵。

閲管異之《因寄軒文集》。異之有《與友人論文書》，云："自周以來，雖善文者亦不能無偏。僕謂與其偏於陰，無寧偏於陽。取道之原，六經其至極。而論其從入之塗，則《公羊》、《國策》、賈誼、太史公皆深得乎陽剛之美者。"陽剛之説，發自惜抱，曾文正主之，然實一偏之論。文自以剛柔交濟爲妙，氣盛自剛多柔少，筆曲自柔多剛少。顧謂六經惟《公羊》爲剛，然則《詩》、《書》、三禮皆柔乎？皆不可學乎？鄧嶰筠序其文，云："望溪學廬陵而兼子固，海峰學廬陵而兼子瞻，惜抱學廬陵而兼子長。"噫！子長之境，豈桐城所能到？與震川皆貌似耳。

二十五日（3月2日）晴。　寄九弟一書，復僊蘅簡。昨日京察，罷尚書烏拉喜崇阿、松森，侍郎景善、志顔，自萬、董以後，無此黜陟矣。烏達峰與余在西堂同事，才短而度甚和，臺事絶不掣肘，已引疾，未允，遽入察典。惜乎，見幾之不早也。王福乞假回籍。

《南華真經義疏》，彭文勤評本，疏爲唐西華法師成玄英撰。《四庫》未收，今《古逸叢書》刻之，此尚傳抄本也。文勤謂其未得《莊子》用意，然注典處可采。余以作《莊子義詁》，嘗細校之，其衍郭注處，支離沾滯，不得晉人清理，不獨非郭之功臣，且爲莊之罪人。即注典，亦未能精核，並多附會舛誤處。文勤自記稱，乾隆丙申春南旋舟中評點，嘉慶丁巳秋删益。用功甚細密，且多補改之迹。大致以莊爲子夏弟子，非師老聃。所掊擊非真聖人，類於坡公所謂實予而文不予者。然説來四通六闢，而一篇之用意不甚貫串，特以己之所見串合之而已。於訓詁既略，於義理亦粗，蓋隨手評點，久而不能割愛。雖兩經删改，首尾完具，以視《莊子雜志》，一詳考證，一究微言，未能相提並論也。余之《義詁》擬先將文字考定，然後略釋其命意之所在，還以周秦諸子互證之，而折衷於六經。此書可略備參證之一耳。

二十六日（3 月 3 日）晴。　午後，摶霄辭赴省。吴贊臣赴永定，來談。夜，過晦若，得廉生書。

閱《娉雅堂别集》，趙文哲撰，鮑倬評本。《蒲褐山房詩話》："升之論詩，以新城爲主，既而於唐宋元明本朝諸大家名家無所不效，亦無所不工，以殉金川難，卹贈光禄寺卿。"按，集中有詩話數十則，謂蘇、李規橅不得，陶亦不宜多學，以謝康樂爲根柢，玄暉爲妙品，應制以顔延之爲粉本。唐則五古學右丞，與韋、柳同爲正宗。昌黎五古已開宋人門逕，學者須相題而施。若以韓、孟之體冒王、韋之題，則成笑柄。本朝唯推漁洋，以愚山學杜而失之質，朱竹坨初年學《選》而或未入微，陳其年全學宋人，皆非正軌。七古推東川、右丞、嘉州，而嚮往於太白，極之宋人而後已。謂漁洋全學韓、蘇，稍嫌清薄，然無可瑕摘，究爲初學所當取法。竹坨初學盛唐，晚乃入宋，才氣突過漁洋。五律取右丞，而以襄陽、嘉州爲輔，李逸杜大，句語不無利病。明取空同、大復、昌穀、茂秦，而以屈翁山爲後勁，仍推漁洋第一。七律不取《黄鶴樓》，以右丞、東川、嘉州爲準的，而推重老杜，以爲降而爲中唐之錢、劉，再降爲晚唐之温、李，再降爲宋之蘇、陸，要無不對而可云律者。漁洋僅取數篇，而推漢槎爲精美無瑕，特乏變化。五七絶則兼取中晚，劉禹錫、李益、李商隱、杜牧及宋之蘇、陸暨姜白石也。頗有心得處，余近方持分體兼采衆長之説，録之以備參考。

二十七日（3 月 4 日）晴，有風。　得安圃書，並廉生一緘。

閱《寇忠愍公詩集》，范雍所編。《提要》云："《石林詩話》有《過襄州留題驛亭》詩，《侍兒小名録[拾遺]》有《和蒨桃》詩，《合璧事類前集》有《春恨》《春晝》詩，皆集中所無。蓋諸詩語淺格卑，雍殆有所持擇，非遺漏也。準以風節著，詩乃含思悽婉，綽有晚唐之致。然骨韻特高，非凡豔所可比。"范序則以其含悽爲暮年遷謫流落不歸之意，其《詠杜鵑》一首，幾於先《詠南行》，而平昔乃酷愛王右丞、韋蘇州。然余讀其詩，殊與王、韋不類，《提要》晚唐之評近之。所藏兩本，一舊抄，海鹽馬氏所藏；一聽香樓校刊宋本也。

二十八日（3月5日）晴。　花農來談。復伯平書，以伯平連寄兩書也。

《梁書·沈約傳》："高祖命范雲：'明早將休文更來。'雲出語約，約曰：'卿必待我。'雲許諾，而約先期入，雲徘徊壽光閣外，但云'咄咄'。約出，問曰：'何以相處？'約舉手向左，雲笑曰：'不乖所望。'梁臺建，約爲散騎常侍、吏部尚書，兼右僕射。高祖受禪，爲尚書僕射，又拜約母爲建昌國太夫人。奉策之日，左僕射范雲等二十餘人咸來致拜。俄遷尚書左僕射，常侍如故。"是雲爲左僕射，約爲右僕射也。《雲傳》則："梁臺建，遷侍中。受禪，遷散騎常侍，吏部尚書。"實以約遷僕射，雲代其位，其年東宫建，始遷尚書右僕射，猶領吏部，是約遷左，雲始得右也。其後坐違詔用人，免吏部，猶爲僕射。天監二年卒。雲未嘗爲左僕射，明甚。二《傳》同卷而舛誤至此，以《高紀》天監二年正月尚書僕射沈約爲左吏部尚書，范雲爲右，又與《雲傳》其年東宫建始遷，舛兩月。蓋約之先期入正，欲賣雲而出其上，舉手向左，亦是誑雲，故始終雲在約後。《約傳》作"左僕射"，乃蒙上而誤衍，是時雲方吏部尚書耳。

二十九日（3月6日）陰。　秦生來。得九弟兩書，並《全上古至隋文》兩部。

閱《蒙齋集》，宋袁甫撰。有《時習堂詩》，一章詠習坎心亨，二章詠兑澤講習，三章詠曾子傳習，四章詠孔子習周公，五章詠坤六二不習無不利。又各取《禮記》一句，一爲王制習鄉上齒，二爲射義習射于澤，三爲月令鷹乃學習，四爲玉藻習容觀玉聲，五爲月令上丁習舞釋菜。未免失之小巧，且初詠坤後於坎兑，後詠月令兩見，鷹乃學習亦與四句不類爾。諡正肅，絜齋之子，三世均以儒術名。

二月初一日（3月7日）晴。　翰香、士周均來。合肥姪李耕娱孝廉過談。名經鈺，癸巳新孝廉，丹岩母弟也。午後，永詩、秦生踵至。得本甫書，寄書筆、菌子。

《宋書·宗室傳》："韞，道憐之孫，義欣之子，人才庸鄙。"按，子勛爲亂，韞棄郡歸朝，爲太宗所寵，不可謂非知幾之士。及蒼梧被廢，道遇彦節。韞問:"今日之事,故當歸兄耶?"彦節云:"吾等已讓領軍矣。"韞搥胸曰:"兄肉中詎有血邪,今年族矣。"道成聞而惡之。是其識遠過劉秉,足以取忌於齊高帝。石頭之役,韞與卜伯興謀其夜共攻道成,會秉去,事覺。道成先遣王敬則收之,遂爲所害。此實宋宗[室]之翹異者,沈約斷其凡鄙,所證實不過蔡興宗一事。韞自畫圖,興宗指問何人在輿,特是戲語。韞答以(政)[正]是我,其人談嗍不甚靈速,則有之,何足以爲庸鄙之證在?隱侯在齊時修《宋史》,任意誣謗宋之君臣,不足深論。李延壽《南史》仍而不改,則幾乎以庸鄙爲彦文之定評,略其大節不論,而苛舉其小疵,此足爲信史乎?余意劉秉、劉韞兩傳,當與袁粲合敘,而《鮑照傳》附於《諸王傳》中,亦屬不倫。沈書之可議,不止此一事,而錢宫詹乃盛稱之,何歟?

初二日(3月8日)晴。　得伯潛書。陳墨樵來。午後,永詩復至,仲彭過談,寄九弟一緘,並草草作安圃復函,交永詩攜入都中,覓便寄桂。是日有摺差,附復廉生論志及律書。

子瞻讀《范滂傳》,而前已有讀《范滂傳》者。《南史》:"王寂,字子玄,性迅動,好文章。讀《范滂傳》,未嘗不歎悒。"以其官止祕書,歿才二十一,事遂無稱之者。蘇詩以采燭珠爲鳳皇爲僧虔事,注家摘其誤,《南史》引或説,正謂"僧虔采燭珠爲鳳皇",伯父弘"稱其長者",注者但見類書耳。如此見注書之難也。采燭珠事,《齊書》但作僧虔,《南史》作僧綽。

初三日(3月9日)陰。　花農來。洪公述孝廉自湖北至。翰香之弟。得高陽書。蔚廷亦有書至。

閱《學易集》,劉跂撰,忠肅子也。景迂生作跂墓志:"仕至主管成都永寧觀。政和末以朝奉郎卒。"較摯附傳爲詳。觀其集中,乃有《使遼作》十四首,不知以何官出使,晁《志》亦未及也。有《趙德甫金石録序》,又有《劉成叔金石苑序》,其人蓋亦長於金石考證。《提要》謂其詩(作"黄庭堅體")[多似"陳師道體"],《江西宗派圖》中不列其名,殆以摯爲朔黨,門户不同。此説非是,跂與劉貢甫有倡和,既朔與涪翁並列爲宗,又不能屈居於派,安得江西之耶?

初四日(3月10日)晴。　復高陽及伯潛書。吴誼卿書來,以人言辭節幕,爲之憫然。夜,與合肥商定遷居事宜。

閲《南陽集》，宋趙湘撰。方回所謂清獻家審言也，其詩如《送人南游》云“僕懶嫌書重，驢幽喜骨輕”，《自樂》云“洗池秋得月，移菊夜棲螢”，《贈省安上人》云“夜講香飄月，晨齋磬入松”等句，均有晚唐風味。《提要》謂：《瀛奎律髓》取其體近江西者，殊不盡湘所長，洵然。其文亦有李習之、孫可之遺意，殆穆、柳一流也。湘字叔靈。有《迎富文》，正與《送窮[文]》作對。

初五日(3 月 11 日)晴。　合肥以海防公所圖見示。午後，同楚寶往相宅。晚，贊臣來談。

初六日(3 月 12 日)晴，有風。　午後，至海防公所。得雲舫書。

初七日(3 月 13 日)陰。　午後，至海防公所。摺弁回，得廉生書，並惠《蘭亭》二種。連日以俗事擾擾，未能静坐讀書也。

初八日(3 月 14 日)陰，微雨即止。　寄九弟書。

《南史・崔祖思傳》：宋議封齊高帝爲梁公，祖思啟曰：“讖云‘金刀利刃齊刈之’。今宜稱齊，實應天命。”從之。又曰，衆議將加九錫，祖思獨曰：“君子愛人以德，不宜如此。”帝聞而非之，曰：“祖思遠同荀令，豈孤所望。”由此不復處任職之官，而禮見甚重。垣崇祖受密旨參訪朝臣，祖思又曰：“公退讓誠節，故宜受之以禮。”崔文仲與崇祖意同。及受禪，文仲、崇祖封侯，祖思加官而已。夫祖思引讖以勸道成，固明著齊當代宋，何至九錫又獨異議，忽諂於齊，忽忠於宋，反覆不倫。且以《本紀》考之，齊公九錫之命，同以昇明三年三月甲辰，不應祖思勸作齊公，獨阻九錫。而《南史》敘此在道成爲齊王後，尤爲紀、傳自相違戾也。《南齊書》無之，殆李采異聞而誤。至祖思啟陳政事，南齊在建元元年上初即位，《南史》作武帝即位，亦復互異。

初九日(3 月 15 日)陰。　花農、楚寶、摶霄均至。

閲《南史・江祏傳》，悚然於倚伏之理，誠有莫之爲而爲者。蕭鸞不臣，祏勸其以赤誌示人。及太史密奏圖緯：“一號得十四年。”自以爲根深蒂固，臣主俱榮矣。乃明帝遽崩，祏受顧命，竟爲東昏所殺，豈非天道好還哉？尤可異者，明帝欲以劉暄爲雍州，暄希内職，投祏，祏以暄相得州便躓爲解，上默然，遂用梁武。使非祏爲暄地，梁武不得雍州，何以能成篡業？是祏以相開明帝之篡，旋以相暄開梁武之篡，而祏初不覺也。暄不出鎮，旋與祏兄弟受遺輔政，因議廢立不協。暄告祏謀，祏、祀同日見殺。使暄主雍州，無由同受顧命，祏立遥光，未必兩敗。是祏留暄之策爲暄地，即爲暄殺祏地，而祏亦不覺也。豈非天奪其魄，冥冥中報應不爽哉？暄亦旋爲東昏所誅。《南史》謂：暄"聞祏等戮，眠中大驚，投出户外。問左右：'收至未？'良久意定還坐，大悲曰：'不念江，行自痛也。'"《齊書》無之。案，暄告祏謀，何至驚駭若此？蓋恐祏亦發其謀耳。小人同役而不同心，事之有無不足深論，要足爲陰謀察察之戒。

初十日(3月16日)晴。　趙燧冬自浙來。午後，至公所，與楚寶商定各屋窻廊瑣節。得載之書，云南中喧傳余主鍾山講席。

《吕浄德集》中有《乞降詔舉郡守狀》，因及郡守之濫，云：王子文前知華州，有百姓過狀者，子文先聞其人年幾生月日時，爲之算命，告云："爾星辰未佳，必不得理，且休過狀。"又因雜職行杖生疏，子文下廳親決一杖示之。今差知懷州霍唐臣者知眉州，每公會設食，留數品，折請估直。今差知海州趙袞者權滎州事，爲子決父，爲婦決姑。今知廣安軍張堯士者，堯佐同族，好誇族望，輒以温成皇后真容示監司。又嘗差簿尉分往村鎮販買諸物，圖市易之息。又嘗因病殺牛祭鬼獲罪者，堯士云："爾雖有病，何如且服藥，休殺牛。《易》曰：'東鄰殺牛，不如西鄰之禴祭。'"今知彰州。此數公不知罷斥否，閲之，可入笑史，今則滔滔皆是矣。吕論事侃侃，爲蜀黨中矯然者，其於蜀茶利害言之尤瑣屑詳盡。今日以茶絲爲通商大宗，不知榷法較宋時何如，思考户部税例，與吕集一勘證之。大氐欲助邊計，先在不擾民，不病商。若今之蜀鹽，則盡奪商利歸公，度亦不能持久，以利之所在，民必起而争之耳。

十一日(3月17日)陰。　翟梅巖來。去年江南十九名舉人。午後，文芸閣自籍入都，暢話。徐鎮送隋甎十餘方。

十二日(3月18日)晴。　琴生之母八十，撰一聯送之，並致食物，擾擾竟日。潘子儁來。答介庵。

閲張文靖守《毗陵集》，有《章政平刺血上表乞父北還表跋》，云："士之爲親訟冤者有矣，刺血之詞則未之前聞。故河中使君章公孝愛天至如此。事雖沮格，而上章之明年，丞相北歸，兹豈偶然也哉？囊封既達御府，後三十餘年復歸公家,尤異事也。其子傑出以示余,曰此非止手澤,且遺體也,襲藏巾笥,猶懼遺逸,乃龕石而瘞之先塋之側,且摹搨以傳不朽。念大觀間,公牧吴興時,余爲郡掾,受公之知,三復至於出涕云。”案,政平爲坡公知貢舉所得士,其文卓然似蘇。父爲老奸,而能動劉忠肅。且坡公由嶺海歸來,政平致書,實有爲其父文過乞憐意,父之奸不能揜其子之孝,更有此節,其亦可謂幹蠱者矣。范忠宣南遷,諸子乞以與温公不合求免,忠宣不可。今政平刺血,不知子厚知之否。此又見小人一遭患難,無所不至。當日元祐諸公紛紛投領表,人各有子,不知申公此時一動念否乎?

十三日(3 月 19 日)晴。　洪翰香來。午後,鄭守焕來見。遷居之説,合肥中悔。

閲《蛾術編》,王西莊稿,而迮鶴壽參訂者。原本九十五卷,迮删其《説刻》十卷、《説系》三卷。《説刻》見《金石粹編》,《説系》,迮以爲宜入家譜,今則無從訪佚矣。刻前輩之書,最忌改頭换面。而迮君乃頗不滿於西莊,以其譏元凱剽竊九峰妄繆爲過分,力斥亭林、東原爲文人相輕之習,於原書頗多删節,而下附案語。其中正西莊之誤固多,而西莊不誤,迮轉引誤者亦復不少。且人心不同,各如其面。西莊駁杜、蔡、顧、戴,迮則譏之,而迮之指摘西莊亦多過當之處,何也?如卷二“南北學尚不同”條,王引陸澄與王儉書,云:“王弼注《易》,玄學所宗,今若弘儒,鄭不可廢。”迮云:“徧檢《澄傳》,竝無此語,未知從何處拾來。”案,《南史·陸澄傳》:“與儉書:‘王弼注《易》,玄學之所宗。今若弘儒,鄭注不可廢。’”迮但檢《南齊》而不檢《南史》,乃敢於譏貶西莊,謂其從何處拾來,真爲巨謬!卷七十六王論杜《送孔巢父》詩云:“題中並無蔡姓,詩中突出蔡侯,殊無理。别本無之,又太促。”迮云:“蔡不過餞行之人,故題中不列,至謂别本無之,則託言也。”案,王洙引别本止十二句,無蔡侯兩句,仇注引之,此非僻書。迮竟未寓目,而武斷以爲託詞,以己之孤陋而嗤前輩之虚造,可鄙也。其它類此,姑摘二則,以爲臆改前人著作者戒。

十四日(3 月 20 日)晴。　孫小雲來。午後,過晦若,芸閣勸其學佛,借《指月録》觀之。假翰香尊人琴西先生所藏宋元本十二種,思付寫官。

《公羊疏》,《唐志》不載,《崇文總目》始著録,不著撰人名氏,或云徐彦。董逌《廣川藏書志》亦稱世傳徐彦，不知時代，意其在貞元、長慶之後。《提要》因"邲之戰"一條，猶及見孫炎《爾雅注》完本，知在宋前；"葬桓王"一條，全襲楊士勛《穀梁疏》，知在貞觀以後；中多自設問答，文繁語複，與丘光庭《兼明書》相近，亦唐末之文體，今從逌説，定爲唐人。王西莊《蛾術編》以爲北魏徐遵明所作，迮鶴壽駁之。阮氏《校勘記》以其文章似六朝人，不似唐人，王説不爲無見。按，《北史》及《魏書》：遵明讀《孝經》、《論語》、《毛詩》、《尚書》、三禮，於唐遷蠶舍又讀《服氏春秋》，於趙世業家手撰《春秋義章》三十卷。是所撰者，《左氏》服義非《公羊》何學。雖傳序有"《公羊傳》大行於河北"一語，不得據以爲遵明作《公羊疏》之證。惟梁祚尤善《公羊》，亦不言其著有義疏，是王説究屬武斷。《隋書・經籍志》何休有《公羊問答》五卷，《荀爽問魏安平太守徐欽答》二卷，《晉庾翼問王愆期答》亡，是問答乃公羊家法，亦難以《兼明書》例，遽決爲唐末之人。《隋志》有《春秋公羊疏》十二卷，不著撰人姓氏，疑即此書耳。

十五日（3 月 21 日）晴。是夜月蝕。　復吴誼卿書。小雲辭回里。介庵、翰香、贊臣先後來。

閲《止堂集》，彭忠肅龜年撰。《宋志》四十七卷，今從《大典》輯出，僅十八卷矣。觀其光、寧兩朝所上各疏，悱惻之忱，剛勁之氣，百世下猶爲感動，而光宗竟不過宫，寧宗惑於平原，竟不能容一舊學，孱宋至此，安得振作有爲哉？集中有《罷刊時文疏》，云："自古文士多出東南，東南之士不患乏詞藻，惟患不篤實。今居東南之地，用東南之人，猶病其不文，可不深究所以然哉！"語甚切至，可謂洞見癥結矣。

十六日（3 月 22 日）陰，微雨。　同贊臣至海防公所。劉永詩自都回。吴摯甫及范肯堂來。趙燧冬久談。夜，過晦若。得柳門書。

止堂有《壽張京尹》七絶十首，其三云："四百山河朝帝京，紫巖有志未全伸。知公久抱中原略，日日搜羅度外人。"頗得南軒志量。南軒承魏公之學，以恢復自任，其氣象閎大似父而精密過之。其知江陵府，郭杲問緩急有保寨否，應以"此間出門即平原，走襄陽僅六百里，所恃者襄、漢，立得定折衝捍蔽耳。太尉當力任此事，要兵要糧，此當往助。若教賊入肝脾裏，人以瓦碎，何守備爲？向來劉信叔、張安國皆有緩急移保江北之論，乃大謬也。賊到此地，何以爲國守臣？但當握節而死”。郭爲悚然。“嘗與朱子書曰，祈請竟出疆，顛到絆悖。極可憂，某決求去，蓋會慶在近，不忍見大使之至也。”當南渡之日，正當以制敵復仇爲學問，此即是性，此即是仁。其對孝宗所謂上念祖宗之仇耻，下聞中原之塗炭，惕然於中而思有以振之。此心之發，即天理之所存也。南軒可謂識時務之俊傑矣！黄梨洲謂：南軒早知持養是本，朱子缺却平日一段涵養工夫，晚年始悟。似軒張輊朱，然亦未得南軒之所以不可及處。

十七日（3 月 23 日）雨，夜雷，下雹一陣。　永詩來談。李子木觀察自山東來。夜得菁衫書，贊臣過話。

王晞苦辭侍中，曰：“非不愛作熱官，思之爛熟耳。”此誠處亂世之法。但少游鞏、洛，與盧元明、魏季景結侶同契，往天陵山，有終焉之志。如果知幾遠引，終身不出，豈不更高？乃委曲於顯祖、昭帝之世，屢被杖脛，究爲屈辱。攝政勸進，實爲逢惡首謀。既不欲作熱官，亦何取預人家事，導以不義也？流連魚鳥，武成雖嫌其儒緩，而終不見誅，實亦幸免。讀《北齊書》，天地變色，無生人之趣，晞頗有黄、老術，故備論之。

十八日（3 月 24 日）陰，有風。　花農來。李襄廷經藩、汪桐門鳴鑾，柳門弟，筱公三婿均由海道入都過此。

閲趙蕃《乾道淳熙章泉三稿》。蕃字昌父，晚受學於朱子。周益公與先生有州里之舊，先生意有不可，寄詩有“公如在廊廟，我亦遂簞瓢”之句。益公居相位，屢加薦引，竟不受，其品詣可想。劉宰所撰《墓表》，視《宋史》本傳爲詳。朱子《答徐斯遠書》云：“昌父志操文詞，均非流輩所及。且欲其刊落枝葉，就日用間深察義理之本然，庶幾有所據依以造實地，不但爲騷人墨客而已。”先生耄矣，猶虞末路之難，命所居曰難齋，可謂好學也已。

十九日（3 月 25 日）晴。　答李、汪，因過晦若略坐。夜，閲右丞詩，略有所得。

《攻媿集》一百二十卷，武英殿重編本，删去青詞、朱表、齋文、疏文之類一百六十七篇。案，傳抄本僅存四十餘卷。此本與《宋志》及《直齋書録解題》所載相同，誠爲舊帙孤本。中缺七十七卷、七十八卷，而五十六、七十三、七十四亦有缺篇，何以不從《大典》細檢，乃云無從校補？殿本例芟青詞，然從《大典》輯出者，不存可也。無故就原本芟削，不能增補一篇，而反薙削其舊，當時編纂諸臣亦未免過於畫一，不知愛惜舊本，以致失其真面耳。

二十日(3 月 26 日)晴。　至大悲院。午後，洪魯軒及贊臣來，宗甥堯年自滬至。復柳門及雲舫書。

《攻媿題跋》數卷，美不勝收。其《跋樂天集》，云："'周公恐懼流言日，王莽謙恭下士時。若使當年身便死，一生真僞有誰知。'今在《王文公集》中，不知香山詩也。"又《跋付官奴樂毅論》，云："《半山集》中有《江鄰幾邀觀三館書畫》詩，或云梅聖俞作，有云：'羲獻墨迹十一卷，水玉作軸排疏疏。最奇小楷樂毅論，永和題尾付官奴。'豈承平時此論猶有真蹟耶?"此二則可入荆公詩話。

二十一日(3 月 27 日)晴。　宗子戴來。午後，堯甥至。

閱《彭城集》，宋劉攽撰。貢父以不能奉行新法黜，元祐初，孫覺、胡宗愈、蘇軾、范百禄交薦之。集六十卷，今《大典》輯本僅四十卷。《提要》稱其在北宋諸家"軼三孔"而"陵兩宋"，蓋兼其兄公非言之。其《重黎絶地天通論》云："重者，治神之官。黎者，治民之官。民神易治，則幽明不相亂，清濁不相惑。是謂天地不相通。"又作《桓公不用伊尹論》云："孟子嘗言，伊尹、伯夷、柳下惠三者均聖。桓公時，柳下惠爲魯士師。桓公審能用伊尹，則胡不求展禽而相之?"意極恢詭，王深甫無以難之。不知惠三黜不去，桓雖欲用之，如惠不入齊何? 此亦虚詞構難，未足以爲定評者耳。又有《設常侍郎對》謂："黽錯變古亂常，不死則亡。"似刺介甫變法。《書李廣傳後》，以廣自訟殺降，不封爲篤厚君子，亦刺當時之開邊者。余最喜其《處士論》兩篇，上篇謂處士非明君不出，以挾制高論、誣罔世主者，爲純盗虚名；下篇謂以處士之風流，而與游俠同衣食求甘美，居處求佚樂，内有聲色之奉，外崇名譽以誇人，而曰我高尚不預事，則孰不能爲處士? 此兩作非獨兩宋士習一筆抹倒，千古儒修宜奉爲龜鑑焉。

二十二日(3 月 28 日)陰。　午後，永詩來。留宗甥晚飯。

閱《公是集》，亦《大典》輯本。侍讀之文，從經術出，朱子謂其氣平文緩，比蘇公有高古之趣。余略涉其藩，覺篇篇皆可讀，尤喜其《仕者世禄論》，“爲士之子恒爲士，世世有禄，非世世其禄”，此足以破“世禄之家，鮮克由禮”爲僞古文。又《與春秋譏世卿不相背釁相與爲人後論》，解“與作求，求爲人後”，自是背父黷宗，與漢詁之“爲人後人者”迥異。公非序謂其“考百子之雜博，可以折衷六經；極帝王之治功，可以按行今日”，非虚譽也。

二十三日（3月29日）晴。　過晦若。丹曾自閩至。晚，堯甥辭行。趙宇香有專差赴山東，附寄菁衫書。

公是有《讀漢書》一篇，云：“明燈一編書，往古千歲事。值歡輒孤笑，觸憤還累欷。四旁寂無聲，童僕正熟寐。歡憤雖不同，均非平和氣。可憐自戕伐，忽忽老將至。反愛童僕愚，冥然不識字。”又有《讀三國志》一首，云：“獨夜一卷史，上尋千歲間。咄嗟興廢更，俛仰朝市遷。古人病無聞，愚智矜後先。共樂無窮中，正如朝露然。向觀功名際，自以皆萬年。邇來令人悲，蚊蚋過目前。安得謝浮俗，高舉淩九天。捐書以絶學，寄心(空同)[崆峒]僊。”二詩非不蒼老，然第一首作《讀國志》，第二首作《讀漢書》亦無不可，即作讀他史亦無不可，蓋製題稍失之率耳。

二十四日（3月30日）晴。　姚子讓孝廉來。名文枬，上海人。陳文祺自閩至。姚子讓，去年欲延課兩兒，故不得不一見之。褚季蓀校官成允書來，乃廿五年前書院舊友也，贈其尊人《爽齋先生詩集》，二千餘首，可謂富矣。

宋人集中，如《耻堂集》《南澗甲乙稿》，均有進故事，分日摘進，此即日講遺意。以此法讀史，日摘數事，久而自富，亦可爲讀書法也。

《耻堂集》，宋高斯得撰。邛州蒲江人，官至參知政事，爲留夢炎所搆，罷官予祠。宋(居)[亡]，隱居苕、霅間而卒。其父稼，端平間知沔州，與元兵戰没。可謂忠孝世家矣。《提要》稱其始沮于史嵩之，中厄于賈似道，晚擠于留夢炎，不得大行其志，憫時憂國之念，一寄於詩。今讀其集，洵然。而其所進故事，或引漢唐，或引本朝先正，均以指陳時事。其取愠於群小，未必不由於此。叔季之世，未嘗無人，病在小人乘權，沮厄君子而國事隨之，可勝浩歌，獨一耻堂哉？

二十五日（3月31日）晴。　介庵來，贈《杜溪集》，宿松朱書著。

耻堂進故事，引哀帝時鮑宣疏云：“今朝臣亡有大儒骨鯁、白首耆艾、魁壘之士，論議通古今、喟然動衆心、憂國如飢渴者。”又引順帝時李固疏：“一日朝會，見諸侍中並皆少年，無一宿儒大人可顧問者。”此誠叔季一轍，顧近有貌爲大儒如孔光、胡廣一流，則又出鮑宣、李固意表矣。噫！少年以外戚嬖倖進，誠不足與謀國，而以僞君子爲老成，其弊亦有不可勝言者。知人誠不易歟！

二十六日(4月1日)晴。　保定耿估以元本《文粹》及劉須溪評點《王荆文公集》來售。《文粹》余已有之，王集愛不忍釋。

袁燮《絜齋集・跋涪翁帖》，以涪翁“論爲人父母，非聽獄求盜之謂”爲非是，其言曰：“獄訟得情，亦盜輒得其爲急務，與勸學養士等，而抑揚若是，不亦偏乎？先聖言兵食可去，信不可去，豈謂兵食果可缺哉？如是而觀，不以辭害意，涪翁之説亦無可議云。”余謂涪翁之意，特本“聽訟猶人”“苟子不欲”兩章而敷衍之耳。以實考之，涪翁亦文人，非吏才，亦非有道大儒，其説本不足據。

二十七日(4月2日)陰。　答介庵。趙四赴大沽來辭，往送之。適在介庵坐，與仲彭共談一時許而散。秦編修綬章有書，寄湖南闈墨兩册，去年副主考也。

袁《又跋涪翁帖》謂：“涪翁書大率豪逸放肆，不純用古人法度。雅意于不俗，有戈戟縱横之狀。此帖乃能斂以就規矩，本心之所形也，良可寶云。”余謂涪翁書從褚出，處處均有規矩，以爲豪逸放肆，乃皮相也；以爲出《蘭亭》，亦皮相也。即此可悟涪翁之書，正當於規矩求之，勿徒賞其縱横。

二十八日(4月3日)晴，夜雨。　盛杏孫由上海回任。午後，何士果、羅與三均由粤來。陳錫純者，月湖師老友程忠愍營務處，來談陸師家事，言世兄養泉甚佳。袁啟之亦至。晚，容民來辭，赴都門會試。

與三以《黎二樵評長吉詩》見贈。今日因晤何士果、陳葆初，話平生師友家事，觸緒紛來，意多感喟，乃以《長吉集》自遣。余所藏有王琢崖、陳素村兩本，王注事實，陳闡詩旨，黎則專評詩之工拙，合此三本，可以得協律之真際矣。學古人，須采其精華，遺其糟粕，如玉去瑕，如金去礫，守一先生必爲疵纇。

姚羹湖文燮《昌谷集注・凡例》云：“昌谷生二十七歲，然無年譜可考。

杜牧之序在太和五年，稱賀死後十有五年。自太和五年溯之，賀卒于元和十二年丁酉。又自元和十二年溯之，是賀生于建中二年辛酉。”王琢庵云：“長吉之生當在貞元七年辛未，數至元和十二年，恰二十七年。若云生於建中辛酉，則多十年矣。”案，賀之年，《新書》作二十七，《舊書》作二十四。玉谿小傳與《新書》合。至七歲能辭章，韓昌黎、皇甫持正不信，同往造之，賦《高軒過》，自是有名。以辛未生計之，七歲爲丁丑，是年昌黎在董晉幕中，及爲張建封朝正京師，賀九歲矣。亦可備一考也。

二十九日(4 月 4 日)陰。　得允言書，復載之一緘。夜小疾，向明始愈。

閱《南澗甲乙稿》，宋韓元吉撰。《宋史》無傳，乃韓維玄孫，尹和靖門人，而朱子之友也，官至吏部尚書。其子淲仲止亦清介自持，以詩名于宋季。《朱子語類》謂“无咎詩做著者儘和平，有中原之舊，無南方啁哳之音”云。其集久湮没，兹《大典》輯出，詩賦六卷，詞一卷，文十五卷。其《讀管子》一篇，余已采入《管子注》中，而擇其稍有關係者於左。

无咎《舉自代四狀》：“一舉吏部員外郎蘇嶠，議論堅明，操履純正，名臣之裔，綽有典刑。一舉傅自得，元祐曾任中書傅堯俞之後，靖康首立死節傅察之子，敏于文詞，通于政事。一舉郭見義，乃權發遣光化軍，器資純厚，力學能文，累任遠地，不事虚名，務以職業自修。”其一則朱子也，其注考云：“氣質端方，議論通亮，安貧守道，力學能文。”蘇、傅均元祐名臣之後，郭見義乃與朱子同有“力學能文”之考，諒非凡才。

无咎有《答朱子書》云：“嘗謂學者要須有得，始能自信。故《易》與《中庸》《大學》，中皆語其得。孟子又發明自得之説，此猶默識，非口耳之學矣。至于自信，則所謂考諸三王，建諸天地，質諸鬼神，百世俟聖，無所疑惑，然後可也。”語殊有味。

朱子力辭召命，謂成命已行，不欲追寢，則請復畀祠官。无咎致書云：“嶽祠須自請，朝廷之意雖未可知，亦不應便以嶽祠除下。至謂無用於世，非復士大夫流，不知元晦平日所學何事。願深考聖賢用心處，不應如此忿激，取怒於人也。與世推移，蓋自有道，要不失己，但人于道不熟，便覺處之費力耳。”似亦深得聖賢出處之道，語氣極爲和平。

集中有《上賀參政書》:“國家越在東南垂四十年矣。講和之議興,與敵結好又二十年矣。果以和爲萬世策,則自古無倚外敵而可以立國者。如欲自治而款之,則二十年之間不爲不久,何尚未發也?越十年生聚,十年教訓,二十年之外,吴其爲沼。我之大二十年之久,不知何以待敵者,得毋愧于越歟?議者徒知歸咎秦檜,檜死五年矣,國勢强弱,視敵若何?夫講和之議未大失也。敵雖吾仇,一旦許以還母后,復梓宫,休甲兵,而謂之和,亦何説以拒之?其所失者,歲入之幣,始不當甚厚,以困吾民爾。”案,无咎非主和者。其云敵以梓宫、母后爲辭,迫我以不得不和之勢,雖爲高宗,原亦尚能諒其苦心,特既和之後,泄泄沓沓,遂以爲長治久安。此則從來議和之弊,往往如此。

其書又借三國爲喻,云:“三國之時,吴、蜀皆欲取魏。然魏卒不可取者,蜀不能有吴,吴不能有蜀,吴、蜀通,而魏病。今敵據中原,猶魏也,吾兼吴、蜀之勢,反不能取魏,何也?關公取襄陽,魏幾移都。今襄陽蓋吾有也。劉備取漢中,操始不能與抗,其後由此出師,關輔響震。今漢中蓋吾有也。荆州之地,魏得之制吴、蜀,吴、蜀得之足以制魏。今荆州蓋吾有也。”所論形勢瞭然,無如畫淮自守者何。

又上自治三策,曰人曰兵曰財。其論用人之得失,謂武臣無功而予之以官職,予官而置之閒地。其論招兵之利害,曰西北兵老,召募東南之人與西北子弟,務多不務精。其論聚財之緩急,則尤極言諸軍之僞券。余以爲與今日弊端悉合:無功得官,今之海軍;濫募充數,今之淮湘各軍;而僞券之弊,則水陸皆然。以此自强臨事,慮不可用也。

集中有《孟子論》,發明性善之旨,曰:“言天之道,莫辯乎《易》。欲知人性,盍觀《易》之所謂天乎?欲知人性之善,盍觀天之所謂玄乎?玄者何謂?太極未判,陰陽未形,于是有理焉。聖人無以表之,故曰玄。玄者,善所由出也。人之性有以異於此乎?喜怒愛樂之未形,于是而有理焉,故曰善。善者,出于玄者也。惟《易》言之,惟孟子明之,荀況、揚雄其皆未達於《易》乎?”案,趙岐謂孟子長於《詩》《書》,七篇中言《春秋》,言《禮》,獨未言《易》。今以无咎之説推之,《繫辭上》云:“一陰一陽之謂道,繼之者善也,成之者性也。”孔子《繫易》已明,明揭“性善”二字,以示天下後世。孟子得之，拈出以告後學，正是生平學孔真傳。此“性善”二字乃是大《易》至精至微之理。趙氏僅謂孟子長於《詩》《書》，不知孟子實長於《易》，《中庸》足以證《易》，不知孟子亦足以證《易》。无咎之讀書得間矣。

三十日(4 月 5 日)晴。　清明設祀，百感横生。午後，仲璋入都過此。得廉生復書。過晦若少談。

閲《雪山集》，王質撰。質，隆興間爲太學正。上《論和戰守疏》，曰：“前日，康伯持陛下以和，和不成；浚持陛下以戰，戰不驗；浚又持陛下以守，守既困，思退又持陛下以和。陛下亦嘗深察和、戰、守之事乎？李牧之在雁門，法主乎守，守乃所以爲戰。祖逖之在河南，法主乎戰，戰乃所以爲和。羊祜之在襄陽，法主乎和，和乃所以爲守。是和、戰、守本殊塗而同歸者也。”語與李忠定能戰而後能和，不啻重規疊矩矣。

質有《張(益)[翼]德廟記》，其言曰：“敗曹公也，其人爲周瑜，户知之。説孫公也，其人爲武侯，亦户知之。以舟師濟先主也，其人爲壯侯，亦户知之。至斷橋却敵，以免先主，未有明爲高於他功者。微公，先主虀粉矣。武侯、壯侯安在哉？而尚赤壁耶？”又云：“先主北向以争天下，中道而失壯侯，實建安二十四年也。東向以争江南，中道而失公，實章武元年也。不二年，無兩公。先主身老志彫，而永安之變已矣，天其可知也。武侯上失先主，下失兩公，而黄忠之卒，以壯侯死之明年；馬超之卒，以公死之明年。異哉，其參會也！漢之羽翼，殄矣！”又有《富池昭勇廟記》，神爲甘興霸，其言曰：“吴所以興，有五人焉。不能退曹公，使曹公順流而下，吴必亡，其退之者，周瑜也；不能謀關公，使關公卷襄漢而上，吴必亡，其謀之者，吕蒙也；不能却漢先主，使先主順流而下，吴必亡，其却之者，陸遜也；不能取黄祖，使黄祖據中而主，吴必亡，其取之者，王也，魯肅也。”又云：“漢高帝之興，韓信壇上之辭也；漢先主之興，諸葛隆中之對也；吴大帝之興，王所建取武昌并荆州之謀也，周、吕、魯、陸班也。陳武、淩統、董襲、蔣欽非班也。”兩文同一機軸，説來殊如火如荼。桓侯以葛相、關公並提，尤允。興霸，則稍溢美耳。

三月初一日(4 月 6 日)陰，日有食之。　翰香來，始嘗時魚。

姚春木有《樗寮詩話》三卷，其論詩一宗惜抱，無甚卓見。其一則云：

"洪稚存文長駢儷,於散體非所究心,晚年舟過崑山,感賦二絶云:'人言太僕繼南豐,微覺前賢面目同。我讀亭林居士集,不求工處自能工。'似以矯桐城之流失。然古文一事,正不在書多學富。惜翁論書云:'雄才或避古人鋒,真派相傳便繼蹤。太僕文章宗伯字,正如得髓自南宗。'其言自平允也。隨園論文,與望溪異趣,而於錢詹事之議方甚有微辭,可以知公論之不可廢矣。"此守一先生而暖暖姝姝者也。歸、方自是文之一派,必天下人均出於其途,始得謂之古文,所見殊隘陋。惜抱於唐宋八家外,一筆抹倒,直接歸、方,一若有統緒相傳者,然則茅鹿門竟是古文宗匠定論矣。古文不在書多學富,亦一偏之論,必如考據家之堆垛穿鑿,此注疏體而非古文。若無萬卷書爲之融會,則辭不雅馴,意不精卓,未有不寒儉枯窘者。桐城流弊大率病此。樓大防《紅梅詩》:"何人擊碎珊瑚樹,惱得瑶妃面發紅。"極粗獷,而春木以爲佳句,其論詩亦不深也。

初二日(4 月 7 日)陰,有風。　復廉生書。贊臣來。夜,過仲彭。

明憲宗初政,尚守成法,乃其後有漸失本真者,吾不能不歸罪於内嬖也。太監梁芳以諂事萬貴妃,務爲淫巧,日進珍寶,致内帑七窖金頓盡,而帝亦不罪萬安,託爲戚畹。既以淫藥獻媚,即繼曉亦以祕術,因芳而進。夫孰非萬貴妃從中主之?刑部員外郎林俊疏繼曉、梁芳罪狀,下錦衣衛獄拷問,經歷張黻救之,亦下獄,懷恩力争,免誅,仍各杖三十。二人直聲震天下,而帝之失德,可歎矣。從來内寵干政,未有不以奄寺爲耳目者;奄寺乘權,未有不藉僉壬爲羽翼者。況外戚鉤連,妖僧蠱惑,使其主蔽目塞聰,雖有良言,焉能進?此苦口之藥在哉。其時萬安納囊罕弄重賄,别立安撫司,授其子思柄,致木邦諸部擾攘,用兵數十年。而孝宗生已數齡,始能識父,立其子,卒不能庇其母。萬妃之罪,上通於天矣,其不亂者,天幸也。英宗寵用王振,以致土木之難,本無所謂詔謀諭教。景泰之廢憲宗而立其子,于忠肅所以不力争者,疑必有見於憲宗之不堪負荷而然,無如景泰之基構更薄耳。觀成化稗政,殊慨然於前明衰弱之漸,所由來者遠矣。

初三日(4 月 8 日)晴。　過晦若。崔惠人來。洪翰香、陳葆初踵至。

明季開鑛之害最爲秕政。王錫爵、申時行均力持之,既而國用大匱,營建兩宫,計臣束手。前衛千户仲春復請開鑛助工,帝遂俞允。由是自畿輔以至河南、雲南，無地不開，中使四出，給以關防，甚至良田美宅，指其下有鑛脈。後又增設税使，民不聊生，其弊若此。嘉慶間欽定《明鑑》引乾隆御批，以爲朘削元氣，誠聖謨也。惟以今日時勢而論，雲南銅鑛，商疲峒老，五金之脈，無從采訪。而煤爲軍事命脈，非此則機器、輪船無由運動。不開鑛則無以足用，開鑛則效甚微，而害亦甚重。雖不至如明之中官四出恣擾，而民間亦不以爲然，其故何歟？曰此皆奸商之故也。明之奸商恃中官，今之奸商恃洋人。誠奪其所恃於西北荒僻，後以官帑開鑛，未始無利。大氐人居益稠，則鑛苗亦即蝕化。開鑛不宜在繁聲之區，而當在荒僻之地，西北自甚於東南。即以煤論，山西之煤甲於天下，其明證也。誠能通山西煤鐵之路，使機器得入，煤鐵得出，則幣不外耗，而國且日富日强。此事余在譯署嘗極論之，惜孝達旋去，不克有成耳。

初四日(4月9日)晴。　惠人復來，合肥邀同小酌，談其家事，鄙吝殊不可耐。午後，介庵來談，得雲舫、範孫書。範孫寄卷摺十餘種。

《繫辭》作"結繩而爲網罟"，韓氏於結繩無注，直以網罟釋之。"上古結繩而治"，《正義》引康成注云："事大，大結其繩；事小，小結其繩。"不意高密大儒乃爲此不根之説。案，後之結繩，即前所謂作結繩書契之法。即從結繩悟入，所謂道始於一也，以一貫三謂之王，貫即繩也。余意結繩乃算學，《吕覽·勿躬》注："結，交也，以繩交互爲算，上以觀天，下以測地。"《管子》："伏犧造六峑，以迎陰陽。作九九之數，以合天道。"《易稽覽圖》："天地開闢，五緯各在其方，至伏羲氏乃合。"《坤靈圖》："伏犧立九部而民易理。"故至今論天文，必云經緯直度，猶沿上古交繩之名，此其證也。此章九事，聖人發揮制器，尚象之理，以八卦始，以書契終，而以結繩束之，若僅爲罔罟而發，則止是一器之用而已，何必重言哉！即以九事言之，自罔罟外，舟楫耒耜弧矢，何者能離乎交繩之法？得此則一切後來之中西算術，一以貫之矣。韓氏取名不取象，全失本意，而漢《易》家諸經闕佚，遂致結繩精意千古茫昧，爲可惜也。《漢書》但云："作罔罟以田漁，取犧牲，故天下号曰庖犧氏。"竟特作結繩與八卦，全行抹殺，尤謬。

初五日(4月10日)陰。　龔厚庵來，言將設土藥税局於宣莊，並云水田蕪廢，僅存數十頃矣。摺弁劉彬入都，寄廉生書。

洪齡孫《補梁疆域志》第一條“揚州州治”,引《通鑑》:元帝承聖元年九月,以王僧辯爲揚州刺史。二年正月,僧辯發建康,陳霸先代鎮揚州。九月,詔僧辯還鎮建康,以明州治之在建康耳。然此乃元帝以後之制,武帝世,刺史率以諸王兼之。《太祖五王傳》:臨川王宏,天監元年至十五年,普通元年復,七年三月解州。南平王偉,天監六年遷刺史,未拜,進中權將軍。簡文紀。通二年。《高祖三王傳》:邵陵王綸,大通四年。哀太子大器。大同四年。蓋高祖以揚州牧受禪,故爲諸王兼官,其中間偶以命諸臣,則不云刺史。天監十七年,臨川病免,則以蕭景爲安右將軍,監揚州。普通元年,遷郢州去。按,《武陵王紀傳》:天監十三年,揚州刺史。《武紀》:大同三年以前,揚州刺史。《武陵王紀》:復爲揚州刺史。紀不詳天監之命,而傳不詳復爲揚州,故略之,仍附著於此以備考。

是梁之揚州如宋制,寄治京邑,及元帝都江陵,始正名,以僧辯爲刺史,治建康,不當以後定前也。疆域本不當論官制,又輯諸書而少斷語,轉不詳悉矣。始拈一則論之,擬再詳考。至汪梅村《南史北史補志》,則撮八書之志而薈萃之,更有抄撮之功,而少疏通之處矣。地理之學,不易也。

初六日(4 月 11 日)晴。　惠人來談。李鴻藻、徐郙、汪鳴鑾、楊頤爲會試主考。是科無一滿人。

閱《明史・擴廓帖木兒傳》即王保保:“太祖心敬擴廓。一日,大會諸將,問曰:‘天下奇男子誰也?’皆對曰:‘常遇春。’太祖笑曰:‘遇春雖人傑,吾得而臣之。吾不能臣王保保,其人奇男子也。’”按,保保奔和林,後元太子嗣位,復任以國事。太祖遣徐達、李文忠、馮勝等將十五萬衆至領北,與擴廓遇,大敗,死者數萬人。劉基以擴廓未可輕,帝思其言,以諸將輕信無謀爲戒。是擴廓能支殘元之國脈,折初明之軍威。雖卒於洪武八年,實元之孤臣也,其傳宜附于元,不當厠於陳友諒、張士誠之後一卷。明史館殆以《元史》脱遺,故與梁王陳友定合傳耳,然亦當名曰“元三臣傳”以别之。淩仲子有《擴廓論》,意同。

明之興,元梁王以雲南後亡,卒死於普寧。及明之末,桂王亦以雲南後亡,卒爲緬甸誘執。何其結穴相似,此理之不可解者。吴三桂則學沐氏不成,流爲叛逆,亦可異也。史臣敘蔡子英事於王保保後,謂:“元歸塞外,一時從臣必有賦《式微》之章於沙漠之表者,惜其姓字湮没,不得見於人間。”斯真史家卓識,惜當日不考之蒙古諸藩,稍闡潛幽光采耳。

初七日(4月12日)晴。　寄爽秋、琴友書,爲惠人了家事也。許僊屏寄王女史采蘋《讀選樓詩集》二册。高陽書來,乃初五日所寄。

明仁宗享國不長,亦無失德。然觀李時勉所疏,有"諒闇中不宜近妃嬪"語,則盛德不無可議。洪熙病久體肥,或亦傳聞之譌歟?不可考矣。李忠文公以此疏,幾死於武士之金爪,又幾死於指揮之縛斬西市。而仁宗既崩,宣宗復以"皇太子不宜遠左右"一語太息,稱忠,復官侍從。其遭際,與魏之鮑勛正相反也。時勉忤王振,被枷,有石大用者,上章願以身代。大用,吾邑人。樸魯初不爲六館所知,及是名動京師,明年中鄉試,官至户部主事。吾邑類多俠士,田疇之後,復得大用,亦可傳也。忠文爲祭酒,列"格致誠正"四號訓勵諸生,人以比太祖朝之宋訥,惟其直節重望爲士類所依歸,故諸生亦多自勵於名行。今成均爲育才之地,而司成所尚,徒以文字短長爲考校,於是浮華競進,樸學不興,諷春華秋實兩言,深爲慨歎。故近日肄業率南士而少北人也。

初八日(4月13日)晴。　惠人辭行。是日粹玉忌日,悶甚。過介庵、晦若雜談。

明之賢祭酒,得南陳北李。陳者,陳敬宗也。顧李以忤王振得禍,陳不謁王振,及振貽文錦羊酒,求書《程子四箴》,敬宗亦爲書之。雖返幣不往見,較之北李,似遜一籌。又有魯鐸者,爲司業,以李賓之生日,與祭酒趙永皆其門生,相約以二帕爲壽,比檢笥亡有,徐曰:"鄉有饋乾魚者。"盡以此往詢諸庖,食過半矣,以餘詣東陽。李喜,爲烹魚置酒,留二人飲,極歡。觀此,則矯激取異,與瓦器遺公卿者等耳。君子不尚也。

初九日(4月14日)晴。　贊臣來談,仲儀言兩兒學無進境,爲之慨然。

忠義之後必顯。無錫嵇氏,累世相業,實基於留山先生。先生名永仁,爲范忠貞承謨客。先是,留山父中書君與范太傅有舊。留山客浙,忠貞邀之入閩,意不欲行,中書强之,遂與忠貞均爲耿藩所幽。忠貞殉節,留山亦自經死。同難者,會稽王幼譽龍光、雲間沈天成上章也。及文恭貴,刊其遺集曰《抱犢山房》,王、沈詩亦附焉。留山没時,文恭才四歲,母楊氏茹苦撫孤,以至成立云。又有忠貞族弟承譜,亦同殉者,惜事實不傳。

初十日(4 月 15 日)晴。　得廉生復書,云買得北魏寇謙之《西嶽寺碑》,海内孤本也。劉幼農序班燕臣來見。其父毓敏,丁未貢士,庚戌進士。嘗隨先人在皖,由徽州送喪到嚴,嘗一見之,甲申年卒。幼農亦三十三矣,嘗入邑庠。陳介庵辭行。

《後漢書·楊終傳》:"受詔删《太史公書》爲十餘[萬]言。"《應奉傳》注,袁山松書曰:"奉又删《史記》《漢書》及《漢記》三百六十餘年,自漢興至其時,凡十七卷,名曰《漢事》。"以馬、班之史,而楊終、應奉敢於刊削,豈非妄誕? 至於經生亦然。《張霸傳》:"霸以樊儵删《嚴氏春秋》猶多繁辭,減定爲二十萬言。"《桓榮傳》:子郁傳《尚書》,"榮受朱普學章句四十萬言,浮辭繁長。榮入授顯宗,減爲二十三萬言。郁復删省定成十二萬言"。其它讖緯律本删除複重者,不一而足。是西漢治經面目已爲東京改换殆盡,不待六朝矣。安知所謂繁辭中無微言大義乎?

十一日(4 月 16 日)晴。　袁敵之來,送介庵行。永詩、晦若過談,陳葆初、潘子静、洪翰香均至,擾擾竟日。

閲孫豹人《溉堂集》。溉堂者,取"誰能烹魚,溉之釜鬵"意,秦志也。其人豪,其詩亦粗,詞近稼軒。陳迦陵序之曰:"李自成亂,孫子結同里少年殺賊,天陰月黑,墮土坑中,追者垂及,屬有天幸得不死。後走廣陵,學小賈則傾諸中賈,稍學中賈則又傾諸大賈,三年三致千金。旦日出北郭門,鳴箏跕屣之相隨屬者踵相接也。一日忽自悔恨曰:'丈夫處世,既不能舞馬矟,取黄金斗大,則當讀數十萬卷書耳! 何至齷齪學富家爲?'於是自秦隴迎婦,僦居董相祠旁,閉户讀書,家漸落矣。"集中有《塒齋記》,大率爲諧語。齋之旁,婦養雞,故日塒齋耳。噫! 士不讀書不能明理,而徒讀書不能治生,豈唯豹人哉? 余以耽書,故書日富,家日貧,才亦日短,欲與古人争一席,而一切世事輒閣置不問,書之中有窮道焉,此誠非計之得也。顧欲如楊惲之治生,則又恐污名觸禍。甚矣,世道日非,誠無措手足處耳。

十二日(4 月 17 日)陰,微雨。　伯平來,同至晦若處。

晦若近談禪理,偶詢余。龔定庵抄本集中有《神不滅論釋》,云:"江艮庭藏。鄭鮮之此論四難四答,三千名有奇。宋楊傑序,宋槧本也。因究神不滅之論起於何時,余不甚信釋氏説,以爲此南北朝一重公案而已。"案,桓譚之論形神，雖本老氏，已近禪宗。晉釋慧遠《沙門不敬王者論》，其五篇云：形盡神不滅，以爲火之傳於薪，猶神之傳於形。其後鄭鮮之作《神不滅論》，《宋書》《南史》，鮮之有傳，論見《釋藏》車五及《弘明集》五。五難五答，一千六百名有奇，不同宋槧。疑宋槧推演之，抑或《釋藏》節删之，然五難答與四難答不同，殆定庵誤記也。羅含《更生論》、宗炳《明佛論》，均持此説。梁范縝有《神滅論》以難，竟陵子良集僧難之，而不能屈。其後，梁蕭琛、曹思文、沈約均有《難神滅論》。曹有《重難神滅論》。梁武帝有《敕答難神滅論》，休文並有《神不滅論》，均見《弘明正續二集》。定庵至以游魂爲變，援經以證其説，然終不如子真"人生如花，墜茵落溷"之語爲簡而妙，即此已括一篇論旨矣。

十三日(4 月 18 日)晴。　縠士擢浙撫，過此晤談。花農、伯平均來。復褚季蓀書。孫慕韓刑部回里過話。

徐有貞原名珵，以請南遷被呵，乃更名。治張秋有功，擢副都。景帝亦遂忘其爲徐珵，獨怪用人多決於于忠肅。珵屬忠肅門下士游説，求爲國子祭酒，忠肅即爲進言，帝以其傾危不允。忠肅正人，豈不悟有貞之奸，乃受門下之屬託？竟欲處以成均，及其更名詭進，又不直陳其詐，未免君子之過，失於太厚，不可爲訓。甚矣，小人有才之可畏也。

十四日(4 月 19 日)雨。　答縠士，欲答慕韓，不果。午後，晤晦若，劉幼農來。

《明史·王翱傳》："性頗執。嘗有詔舉賢良方正、經明行修及山林隱逸士。至者率一部試，翱黜落，百不取一二。性不喜南士。英宗嘗言：'北人文雅不及南人，顧質直雄偉，緩急當得力。'翱由是益多引北人。晚年徇中官郭聰屬，爲都御史李秉所劾，翱自引伏，蓋不無小損云。"按，文雅自推南人，質直自推北士。忠肅籍隸鹽山，其引北人雖不免鄉里之見，但所引既無不職僨事之徒，何得據以爲貶？此修史者有南北之見，非忠肅之短也。時至明中葉，隱逸類純盜虛聲，黜落未爲大過。《傳》稱，有中官同事贐珠，忠肅固辭，不得已納而藏焉，中官死，召其從子還之。其自處清婉如此，何至受郭聰之屬託，李秉劾之，翱乃引伏，正其得大體處，未可執此誣之也。修《明史》多南人，故於忠肅不能不吹毛求疵。前既云在銓部謝絶請謁,後復云受中官屬,或其晚年鳳德之衰歟?抑即此南士僞儒造言以巇之也?如丘瓊山方謂其持論偏激,自是引重秦檜之類,乃諱之,而謂其辨白于忠肅能持正論,皆自相矛盾者耳!

十五日(4 月 20 日)晴。　午後,衛汝貴孫顯寅新放四川川北鎮來。夜,仲儀來話。

《晉書·吐谷渾傳》與《宋書》《魏書》《北史》互證,世次參差。《晉》《宋書》並云:“碎奚子視連卒,有子二人,長曰視羆,次烏紇提。”《北史》則云:“視連死,弟視羆立。死,弟烏紇提立。”一以爲兄弟,一以爲父子。烏紇提死,視羆之子樹洛干立。《晉書》紀其爲乞伏乾歸所敗,遂降乾歸,後屢爲乞伏熾磐所破。又保白蘭,慚憤發病而卒。有子四人,世子拾虔嗣。《宋書》《魏書》《北史》略之,第曰:樹洛干死,弟阿豺立。臨死,召諸子弟告之曰:“先公車騎捨其子虔,以大業屬吾,豈敢忘先公之舉而私於緯代!其以慕璝繼事。”緯代,其長子;慕璝,其弟也。前視連視羆,爲父子、爲兄弟,竟難證明。拾虔不嗣,則《北史》言之甚詳,而敕撰《晉書》何竟不相參證,各執一詞,殊爲疏謬!《晉書》視羆稱吐谷渾爲高祖,若果視連之子,則自吐谷渾、吐延葉、延辟、奚視連至視羆已第六世,不得稱爲高祖,此亦《晉書》自納敗闕之證。又,吐谷渾據羌氐之地,君臣類多不學,而《晉書》飾以華辭,儼同上國,不知所據何書。今注《晉書》,因撮三書詳略異同,詳注於《晉書》之下,以備參稽焉。

十六日(4 月 21 日)晴。　穀士辭行,贊臣來。

《明史》卷一百七十七傳贊曰:“天順、成化間,六部最稱得人。王翱等正直剛方,皆所謂名德老成人也。”顧其所稱王翱、李秉、年富,則謂其“任封疆”,王竑則謂其“擊奸黨、活饑民”,而不及其治部,則所稱非所論矣。大氐明之中葉,部臣權重,故雖有奄寺干政,而大臣守法持正,故尚可以立國。此數公者,誠爲卓卓。乃若王忠肅受中官之屬,則李襄敏秉即劾之;年恭定富以陝西治餉無人請,稍有黜置,則王忠肅翱又劾之。雖曰和而不同,猶有畛域門户之見伏於中,未可謂同寅協恭也。姚大章夔於慈懿别葬三上疏固請,侃侃不撓,極爲得秩宗之正。顧王忠肅爲吏部,專抑南人,而文敏則頗右南人。史臣於翺則曰“北人喜之”,於夔則曰“論薦率能稱職”,何不曰夔抑北人,南人喜之?此則南人執筆,顯爲外向之辭,適爲有識所笑而已。夫賢不肖隨在,皆有此數公遭際升平得以黼黻休明,培養元氣,而身名俱泰，即小德出入，不失爲賢。若處艱難之會，則即此偏見忮心，亦足以僨事誤國耳。

十七日(4月22日)晴。　過仲儀。吴易州煥采來。

明賢相推三楊。南楊文定公得政稍晚，其後孤立於朝。王振用事，後起者以爲依違中旨，釀成賊奄之禍。論雖過刻，而賢者不能不受此責備。東西二楊孰愈乎？余曰：以趙王事斷之，文貞優於文敏也。陳山於高煦叛後，請乘勢襲彰德，榮厲聲責士奇撓大計，而文貞卒力持保全之説，深得大體。又文敏嘗短文貞，而文貞顧稱其長，尤不可及。至王振之張，始欲傾榮，榮適先卒，使易地以處，文貞、文定不能制者，文敏亦不能制也。獨惜文貞暮年，子稷以傲很殺人，憂鬱至不能起，未免家法不嚴，然亦耄荒不決，懸車之過耳。

十八日(4月23日)晴。　伯平來，午後答之。孫小雲及佐先自里來津，商定八弟塋旁地，與劉芝評家交易。天氣驟煖，殊形煩躁。得勞玉初書，聞月之二十六日大考，自乙亥至今年，十九年矣。

梨洲《明儒學案》專爲姚江而作，即《宋元學案》亦然。今爲謝山改定，則朱陸之間出主入奴，失其本意矣。梨洲學宗餘姚，故力辨良知爲孔孟真傳，非釋氏本心之説。又輯爲浙中、江右、南中、楚中、北方、粵閩王門六派，具詳其得失淺深之故，可謂陽明功臣。顧梨洲承墜緒於蕺山，以通姚江之血脈。蕺山稱，善學善教無如姚江者。而梨洲曰："《大學》只説致知如何，先生定要説個致良知，以爲學術所關不敢不辨。不知良知即至善，知止即良知。良字以《孟》證，庸非先生强增之也。"同時湯文正公亦爲陽明之學，《與稼書先生書》謂，當日桂文襄之流，不過同時忌其功名，今何爲者？此足以杜詆主者之口矣。潛庵之言曰："文成致良知之説返本歸原，門人以虛見承襲，不知所以致之之方。至龍溪四無之説，儒佛藩籬盡撤。"蕺山先生，生文成之鄉，而與忠憲、端文游，其學以慎獨爲宗，以静存爲要，則姚江、梁溪均可融會貫通而無疑，此真能抉姚江學派之要也。

十九日(4月24日)晴。　至海防公所。午後，贊臣來。夜，仲彭來閒話。

胡文定云："世事當如行雲流水，隨所遇而安可也。毋以妄想戕真心，客氣傷元氣。”吴康齋拈此以自課。余生平亦無他過，惟妄想“客氣”二字尚未盡除耳。康齋又云：“人須於貧賤患難上立得脚住，克治麤暴，使心性純然，上不怨天，下不尤人。物我兩忘，惟知有理而已。”此尤中余之病。不怨不尤，非做不到，然終不能物我兩忘也。其故亦在無消遣之法，除讀書外，琴棋無所解，止於拈毫飲酒而已。

二十日(4月25日)晴。 寄子涵書，及馬夫人七十壽禮。搏霄來。

《明儒學案》謂：許敬庵先生孚遠與李孟誠先生材最善。材所至，聚徒講學，學者稱見羅先生。見羅下獄，敬庵拯之。“及見羅戍閩，道上仍用督撫威儀。先生時爲閩撫，出城迓之，相見勞苦涕泣，已而正色曰：‘公蒙恩得出，猶是罪人，當貶損思過，而鼓吹喧耀，此豈待罪之體？’見羅艴然曰：‘迂闊！’先生顔色愈和。其交友真至如此。”案，梨洲師説以見羅自出手眼，以“止修”二字壓倒良知，然亦只是尋將好題目做文章，與題下無與。其論敬庵，則云：“深夜與門人弟輩窅然静坐，輒追數平生酒色財氣、分數消長以自證。”大致右敬庵而袒見羅。然以戍員而用督撫威儀，鄉黨自好者不爲，見羅而非賢者歟？則敬庵不必拯之，既交誼切至，則此非細故力争之，不失爲諍友，何取默爾而息也。史稱見羅性好講學，遣部卒供生徒役，又改參將公署爲學宫，致參將米萬春譁噪，乃歸罪副使丁惟寧。而申文定庇之，遷天津善地以去，則其所謂止修者誠未能躬踐力行，宜梨洲不甚滿之矣。顧孟密之役，以夷攻夷，亦頗有才。其酷意學文成，而未能以功名始終，則亦正坐多一講學耳。

二十一日(4月26日)晴。 裴芳伯來。署磁州，名敏中。送到《魏孝宣公高飜》《齊蘭陵王碑》及響堂寺石刻。

閲《明史·耿定向傳》：恭簡立朝有時望，然時相如華亭、長洲、太倉均不齟齬，則亦善於仕宦。江陵奪情，寓書友人，譬爲伊尹，未免太過。其學本於陽明，而殊無真見。《答唐元卿》云：“格物即求仁之别名。”又示諸生：“以夫子出，而單提爲仁之宗；陽明出，而單提良知之旨。”良知，智也。與孟子提義，宋儒提禮，皆一貫。所論亦粗妄無足取，蓋皮傅於講學者耳，宜其不能勝李卓吾也。

二十二日(4月27日)晴。 吴寄荃孝廉來。名燕紹，望雲之弟子。

《明史·王璟傳》:給事中高涝劾璟及高銓,銓即涝父,承劉瑾意也。其後,瑾誅,銓復官致仕,而涝以劾父不齒於人。又陳壽本仁者,爲給事中,言時政無隱,獨不喜劾人,曰:"吾父戒吾勿作刑官,易枉人,言官枉人尤甚。吾不敢妄言也。"夫劾父之爲謬妄不待言矣,守其父之説,慮枉人而不劾一人,則亦矯枉而過。其直不作言官,則可。既任是職,詳察深思,求其不枉,可矣。奈何爲寒蟬仗馬耶?

二十三日(4 月 28 日)晴。　容民由都應試回,廷一言允言久疾,(淡)[痰]中見血,家書中未及也。

馮子仁恩擢南京御史,上疏以張孚敬爲根本之彗,汪鋐爲腹心之彗,方獻夫門庭之彗。比朝審,汪鋐欲拽之西向跪,恩怒叱卒,卒皆靡,詆鋐不已。鋐推案,欲毆之,恩聲愈厲。都御史王廷相、尚書夏言引大體爲緩解。長安門士民觀者如堵,歎曰:"是御史,非但口如鐵,其膝、其膽、其骨皆鐵也。"因稱"四鐵御史"。後以子行可請代父死,得免死戍邊。子仁,陽明弟子也。後赦還,穆宗朝,即家拜大理寺丞,致仕。"三彗""四鐵",甚新穎。《松江華亭志》亦載之。

二十四日(4 月 29 日)晴。　得朱式如書,專函訊允言疾。

閱《江鄭堂文集》。有《公羊先師考》,以徐彦疏引戴宏序所傳授爲不然,又駁徐彦謂胡母生授董氏猶别作《條例》之説不可信,其言曰:"董子書僅成殘闕之《繁露》,其説往往與休説不合。《繁露》之言二端十指,亦與《條例》之三科九指迥異。今之《公羊》乃齊之《公羊》,非趙之《公羊》也。"與余前所説合,鄭堂已先發之,助我張目。故余意每思尋繹《繁露》大義,别創條例,以明《公羊》董氏之學,恐力不能勝耳。

二十五日(4 月 30 日)晴。　劉獻夫觀察來。得九弟書。

閱《慈湖遺書》。"汲古問:'《益卦》象有以爲雷行風從,相資相益,此説是否?'先生曰:'見善則遷,有過即改,當如風雷之疾,如此則獲益也。舜聞一善言,見一善行,若決江河,沛然莫之能禦。以舜之道心精一,故無有沮滯也。'"余按,慈湖此解最精透。《樂記》:"鐘以立號,號以立横",横非正音,"君子聽鐘聲,則思武臣",偏矣。"磬以立辨,辨以致死,君子聽磬聲,則思死封疆之臣",死節雖正,而尊言於此益偏矣。又曰絲聲哀,竹聲濫,亦非正音,“至聽竽笙簫管,則思蓄聚之臣”,與《大學》反,此條亦細。孔子問《禮》於老聃,恐非莊子所謂老聃者。何以言之?所言絶不類也。豈有與孔子議《禮》如此之詳,而又以《禮》爲亂之首也?莊子所言皆痛絶仁義,所論亦有得間處。濂溪《通書》,亦有疵,如云:“元亨,誠之通;利貞,誠之復。”於天下至一之中,忽起通復之説,穿鑿爲甚。又曰:“誠精,故明;神應,故妙;幾微,故幽。”異哉,裂一道而三之。

慈湖之學本於陸文安,提“本心”二字作主者。其駁《通書》,即朱陸辨無極而太極之餘波也。然讀書甚有識,固異於絶無心得者。謝山少之,亦偏。

二十六日(5 月 1 日)晴,大風。是日大考翰詹。　獻夫暨容民、晦若先後來。

《隋書·蘇威傳》:“時天下大亂,威知帝不可改,意甚患之。屬帝問侍臣盜賊事,宇文述曰:‘盜賊信少,不足爲虞。’威不能詭對,以身隱於殿柱。帝呼問之,威對曰:‘臣非職司,不知多少,但患其漸近。’帝曰:‘何謂也?’威曰:‘他日賊據長白山,今者近在滎陽、汜水。’帝不悦而罷。”此威不諱盜賊矣。後又云:“群盜蜂起,有表奏詣闕者,詆訶使人令減賊數。故出師攻討,多不克捷。”既非威之職司,何故令其減數,諱於下而聞於上,何意?竊謂威之喪節在宇文述篡弑後,其先尚非裴蘊、虞世基比,此亦過甚之詞。若改駁郡縣章奏,即盜賊漸近之説乃飾詞耳。一傳自相舛異,亦史氏之疏也。

二十七日(5 月 2 日)陰,黄沙竟日。　花農、贊臣均來。得都中書。

姚江之學既紛紜同異矣,余亦不甚喜之。竊以爲三原之學勝於河東。所著《石渠意見》亦心安理得。其子康僖公承裕暨從游弟子如馬伯循理、韓苑洛邦奇,均卓然自立。三傳而爲椒山,剛大之氣,百折不回,不止韓門之聯璧,實亦三原之一龍也。河東《讀書録》非不縝密,但於于忠肅之獄依違其間,優柔不斷,衆乃以諸相與(徐)[石][①]亨忤,均下詔獄。河東獨苦爲得卷懷之道者,真謬論也。三原即不講學,不失爲名臣;河東即講學,不過一老儒而已。富平楊斛山先生爵亦出韓恭簡門,以劾夏言、郭勛及修雷壇

① 按,原文爲殘缺的“徐”字,當作石亨。見《明儒學案·河東學案》薛鏇小傳。

下鎮撫司，在獄講學不輟。匣鎖死而復甦，錢緒山獄中先釋，告斛山以静中收攝精神。隆慶間，謚忠介。所謂韓門二楊也。斛山以火中呼冤見釋，椒山以附入張襄愍案中被禍，足爲三原學派生色也。

二十八日(5月3日)晴。　答獻夫。秦生來。以魏、齊兩碑寄廉生。

《明史・吴寬傳》:"時詞臣望重者，寬爲最，謝遷次之。遷既入閣，嘗爲劉健言，欲引寬共政，健固不從。他日又曰:'吴公科第、年齒、聞望皆先於遷，遷實自愧，豈有私於吴公耶?'及遷引退，舉寬自代，亦不果用。"謝、劉皆賢者，劉之不欲引吴，必有所見，而史略之，竟不能明，豈以侍武宗東宫不能弼成聖德? 雖有《請不問講讀》一疏，而委蛇不去，非難進易退之流，故不引之作相。或以甘盤舊學，不欲如霍光用蔡義耶? 未可知也。

二十九日(5月4日)陰，有風。　趙燧冬來談。得僊蘅書。

《陸陳二先生文抄》，蒯德模所刊也。陸世儀字道威，陳瑚字言夏，與江士韶、盛敬，世所稱"太倉四先生"者是。桴亭《乾卦講義》:"不能充善遏惡，存天理去人欲，則不謂之乾，不謂之元亨利貞，不謂之天人合一。而今日之講《易》，徒成一番空話，從身體力行立説，可以見其學之踐實。"確庵《水繪園講義》云:"性善之説，本於子思，實本於孔子。《易》:'繼之者善也，成之者性也。'善在前，性在後。程子云:'善固性也，惡亦不可不謂之性。'似與孟子相左，而其實相合。此就氣質論性，即孔子上智下愚不移之説。陽明之説，無善無惡，未免近於空虚寂滅。"辨析亦甚分明，兩先生皆明末遺老。桴亭絶意科舉，確庵辭隱逸之薦，視梨洲所處，尤峻絜矣。桴亭有《感遇》詩，云:"思欲披緇衣，寄迹空門端。君臣義已廢，棄親殊未安。俛首混儕俗，流涕傷心肝。"確庵亦有《和陶貧士》詩，云:"卓然高義人，漢代傳兩龔。餓死棄溝壑，苦節慚未同。想見其卓行，孤詣心不忘。"明較之以披緇溷疏者，又進一籌。張清恪公序陸集云:"力矯時趨，黜華崇實，一惟考亭之規矩是遵。"序陳集云:"大中至正，有規矩可尋。薛、胡諸君子何以加焉?"可以想其德量、學術矣。

四月初一日(5月5日)晴。　翰香、秦生均來。沈子眉亦至。閲大考單。不全。第一文芸閣，係奉朱筆應列一等者。周錫恩、費念慈、崔國因、陳鼎、陳光宇均不準列一二等。聞廉生由三等十八拔置一等第六，曹竹民由三等改二等，未知尚有更動否。計應考者共二百八人。四等二人，王繼香、雷在夏。

閱《明史·徐貞明傳》："京東水田實百世利，事初興而即爲浮議所撓，論者惜之。初議時，吴人伍袁萃謂貞明曰：'民可使由，不可使知。君所言，得無太盡耶？'貞明問故。袁萃曰：'北人懼東南漕儲派於西北，煩言必起矣。'貞明默然。"已而王之棟遂言水田必不可行，且陳開虖池不便者十二，遂諭令停役如袁萃言。案，貞明之説，在明順天巡撫張國彦、副使顧養謙行之薊州永平、豐潤、玉田，皆有效；在我朝怡親王、陳子翽學士行之畿輔，又有效。而至今廢罷者，北人不喜稻，且有司奉行故事故也。余嘗論之，亦未允行。偶與合肥論及，減北方之差徭以力役，沿水並禁北方之罌粟，以上腴治稻，實爲萬世之利，非徒益京倉也。海路梗而我之軍備足，水道闊而敵之騎兵罷，實今日當務之急。合肥心善之，不能從也。噫！豈唯《潞水客談》抱空言無補之憾哉！

初二日（5月6日）晴。　劉薌林、張筱傳來。午後，得袁爽秋書，贈黄山茶、徽墨。

閱《積學齋叢書》，有錢大昭《後漢郡國令長考》。余方創《歷代郡國表》，可資考證。

初三日（5月7日）陰。　合肥啟行，大閱海軍。午後，寄荃孝廉來，得九弟書。

閱大考全單。廉生外又有移動，上南兩齋在後者均升之。徐致靖父子同考，致靖由三等後移前。三等十名。而其子仁鑄則抑之三等一百名後。倒數第五。繆荃蓀以三等一名改三等一百廿名。倒數第四。作合肥一紙，交戈什哈，寄小棧，明日閱盛軍操也。

初四日（5月8日）晴。　合肥巡海。署中清寂，讀書倦則與閨人閒談，或至塾中與仲儀雜論經義。得廉生書，賦爲徐東甫所屏，在三等末。公閱改三等十八，及張、徐、翁覆閱，改一等六名。事類樊川第五矣。都寓有安圃書。

初五日（5月9日）晴。　陶仲明孝廉喆甡來。寄九弟書。夜，閱張南華扇面，惜不諧。

閲《解文毅集》。牧齋云:“學士倚待,輒數萬言,未嘗起稿。善爲狂草,揮灑如雨風,才名傾動海内。俗儒小夫,讕言長語,委巷流傳,皆藉口學士。今其集存者,出自後人掇拾,往往潦草牽率,不經意匠,遂令蒙謗千古。”西涯亦謂其集真僞相半。《提要》以縉《大庖西封事》有云:“陛下好觀韻府雜書,鈔輯穢蕪。願集一二儒英,隨事類别,勒成一經。”其後修《永樂大典》,縉實爲總裁。以功在典籍而論,其著作亦宜存録。今披閲全集,詩非不爽秀,而造語雅俗互陳,境地太淺,實質美而未學者。當由功名早達,以敏速自矜,遂無好學深思之益耳。集爲遵化古松段公所刊,惜段無序跋,當考其人。

初六日(5 月 10 日)陰。生妣忌日。　夜感寒,晨起勉力祀事,悶卧竟日。

初七日(5 月 11 日)雨。　陸眉五來。

吾鄉志乘寥寂。明世宗母蔣氏之父蔣斅,大興人,追封玉田伯,此亦宜補入者。蔣氏即聖母章聖皇太后也。按,大禮議固由璁、蕚導諛,亦章聖啟之。后至通州,聞考孝宗,恚曰:“安得以吾子爲他人子!”留不進。所執如此,安能不以孝宗爲伯考哉?明代選后妃,多自民間,故嫡庶之間往往任意徑行,不獨章聖也。

初八日(5 月 12 日)晴。　夜,僕輩將玻璃擲碎,遺火於淡巴菰上,幾爇,爲之悚然。

嚴世蕃之獄,賴徐文貞始得竟。及高新鄭當國,所以扼文貞者無不至,用前知府蔡國熙爲監司簿録,其諸子皆編戍,似爲分宜報復者。夫君子小人,分在賢奸,不分於禍福。但《明史》稱階子弟亦頗横於鄉里,且三殿餘材營萬壽宫,階發其端,子璠董其役,以此璠由主事超擢常少,又予階一子中書舍人,亦與世蕃之憑藉父廕者無甚分别。其福之來也,由於倖致,即其禍之來也,亦伏於幾微,可不慎歟?

初九日(5 月 13 日)晴。　午後答伯平。仲彭來。

邵青門妄改《施注蘇詩》,爲世詬病久矣。此真本聞在虞山許,無由見也。《淩仲子集》有詩,云:“宋漫堂中丞重雕宋本《施注蘇詩》,乃青門改竄。原本殘蝕斷爛,僅十之七。中丞裝褫藏篋,自他山所見影寫本,後世久不知有真鼎。乾隆癸巳,覃谿師以十六金得之燕市,舊題曰:'注東坡先生詩。'款書:'吴興施氏、吴郡顧氏。'有毛子晉及宋中丞印,始知所行者非真也。"王見大以不得見原書題名爲憾,得此可喜,未知其行款何如耳。

初十日(5月14日)晴。是日地震。或云,有朱姓盜火藥,積屋中,炸裂自焚,傷六人,故左近皆震動耳。 俊卿、永詩來。午後,摶霄至。寄高陽復書,以十二出榜也。

周草亭先生著《蜀漢書》八十卷、《杜詩詳説》二十卷。其集中有《二陸祠議》,極透快。大致謂:二陸父爲吴之宗臣,身又嘗爲吴將。及入晉,爲成都將兵向京師而攻惠帝。大節如此,何以祠爲?此實起機、雲於地下,百喙無以自解者。西顧瞻、尚,能無愧死耶?草亭,吴中高士,十八歲講學,與桐鄉張考夫,吴江張佩葱、王寅旭,崑山顧寧人,烏程嚴潁生均訂交,世居松江泖上,名篆,字籀書,翁君海村輯其詩文以傳。《蜀漢書》已佚,《杜詩集説》存吴淒張氏,今不知存否。

十一日(5月15日)晴。 午後,至永詩處小坐,以允燮之婦歸安,一幼女在津種牛痘也。容民來話。

《明史·韓文傳》:文,宋宰相琦後。"生時,父夢紫衣人抱送文彦博至其家,故名之曰文。"卒年八十有六。潞公大年,忠定亦大年,豈真有前身後身之説,抑出於附會耶?潞公入元祐黨,而劉瑾榜奸黨姓名,劉、謝外,尚書以文爲首,亦頗相似,斯亦奇矣。惟潞公轉劫竟爲魏公裔孫,亦是怪事。其率大臣力争,欲去"八虎",風骨則更勝於潞公也。

十二日(5月16日)晴。 惠人來,以爲張樵野所讒,意甚不平,因慰藉之。士周過署,同話片刻,晚飯後送之乘新裕赴威海。李幼山由金陵入都,送部引見也。

十三日(5月17日)晴。 夜閲《右丞集》,微有所得,偶加評點,既而悔之,於詩事終不敢自信也。復載之書。沈寬甫大令來。爾裕,署豐潤令,穀士之戚。

陸桴亭《思辨録》云:"教女子只可使之識字,不可使之知書義。蓋識字,則可理家政,治貨財,代夫之勞;若書義,則無所用之。古今以來,女子知書義而又閑禮法，如曹大家者有幾？不然，徒以導淫而已。李易安、朱淑真，使不知書義，未必不爲好女子也。”佩綸案，桴亭此論偏謬殊甚。書義豈導淫之具乎？《三百篇》多婦人之詞，貞淫各判，未必通書義者皆淫，不通書義者皆貞也。然則因世有王莽、曹操，而令男子亦不得通書義，可乎？三代以後，婦教不修，正坐不令通書義之故。誠令入塾通經，示以禮法，則上以贊其夫，下以教其子弟，其益非淺。桴亭方以儒術化後進，而先趨天下之女子不令通書，其亦所見之不廣矣。且識字而不通書，則涉覽説部，流弊尤多乎！

十四日（5 月 18 日）晴。　午後，方冕甫、陳伯平均來。得高陽書。

閲明刻《王忠文集》。忠文往諭梁王，有降意。會元裔有自立於朔漠者，遣其臣脱脱徵糧餉於梁王，覘知梁王欲附中國，乃劫以危言，迫王殺禕，禕遂遇害。忠文累代事元，而身已食明之禄，銜命使滇，自當臨難不屈。獨脱脱以朔漠一使竟能劫制梁王，斬僇明使，亦元季之矯矯者，較定遠之斬匈奴使尤爲正大。明平滇南後，禕無褒卹。至正統時，因義烏縣丞劉傑上言，始贈官予謚。開國之規模亦太略矣。

十五日（5 月 19 日）晴。　仲儀來，摶霄亦至。

閲《蔡忠惠集》。其《茶録》兩篇，上篇論色，曰：“茶貴白，皆指焙茶也。”下篇論器，曰：“茶色白，宜黑盞。”所見殊不可解。且云茶匙宜以黄金爲之，更殺風景！今明前均作淡緑色，以活火烹之，最宜白盞，故余品茶最不喜宜興沙壺，謂其能亂茶色也。烹茶亦止宜陶器。端明云“注湯有準，黄金爲上”，人間以銀鐵或甆，不爲之鐵，則能變水味，金銀亦徒飾觀而已。然則端明此《録》因屢承仁宗之問而作，實導上以侈心，於茶之真趣茫然不知。坡詩以“前丁後蔡”並譏，非苛論矣。

十六日（5 月 20 日）微雨旋止，陰雲竟日。　邵班卿來，云丁氏承抄文瀾閣書，欲向余所藏借抄廿四種。考所藏，初無此書，殆傳譌也。

顧涇陽講學東林，而以救李三才故，貽書時相，終爲出位之思。其後救三才者，争辛亥京察者，衛國本者，發韓敬科場弊者，請行勘熊廷弼者，抗論張差挺擊者，最後争紅丸移宫者，忤魏忠賢者，率指目爲東林，抨擊無虚日，借魏奄毒焰一網去之，善類爲空，此亦無異東京黨錮也。噫！明季齊、楚、浙三黨大熾，論此者勿專咎東林也可。

十七日(5 月 21 日)大風一陣，陰。　得柳質卿書，復之，亦爲丁氏借書。蓋朱氏藏書名海内，惜已有散佚，不知羽化屬何人矣。過仲儀，談館政。趙宇香書來，收得周氏所著四種。

嘉靖之喜獨斷，刑法偏頗已甚，尤莫奇於復套之獄。曾襄愍建復套之議，所陳八事，曰定廟謨，立綱紀，審機宜，選將材，任賢能，足芻餉，明賞罰，備長技，自是籌邊偉略。帝既令夏言擬旨，優獎銑，鋭意出師，鳩兵繕塞，初無敗釁之事。乃主眷潛移，忽然詬責，既不復套，言、銑罷職足矣，無故逮之殺之，誠不可解。夫明祖取元上都，即其地置開平衛，復於外設東勝衛，自寧夏至偏頭二千里聲勢聯絡，三衛廢而河套遂爲敵衝。正德間楊文襄、嘉靖初御史陳豪均議復之。襄愍才足辦此，既以廟算同心，即可坐收成效，特因嚴嵩、仇鸞浸潤之潛，無故而加刃勞臣，縱敵長寇。以世宗之果於有爲而顛到是非如此，然則其色厲内荏，於軍國大計茫然不辨而已。夫張經輩雖殺之過當，猶曰倭患已深也。銑特以開邊故，致併夏言就僇，則凡籌邊計者孰不以因循粉飾爲事，無怪乎明自嘉靖而益弱矣。

十八日(5 月 22 日)晴。　龔厚庵來。復質卿書。

淩仲子有詩云："苦被饑驅不自持，雞鳴爲利日孳孳。年來猶喜傭書暇，抄得昌黎一卷詩。"詩雖直率，想見其劬學之專。仲子家貧業賈，年二十餘始復讀書，翁覃谿導之爲四書文，竟成進士。有手抄群經，《昌黎集》其一端也。仲子慕江、戴之學，頗非朱子以理學爲禪學。其肄經精於《士禮》，又於聲音訓詁、九章八綫皆造其極。與阮伯元相國至契。顧官止教授，年五十三遽卒而無子，可謂窮矣。

十九日(5 月 23 日)晴。　劉幼農來。

閱趙汸《東山集》，乃趙吉士重刊。虞伯玉《行狀》闕二葉，朱竹垞告以滄葦藏書有之，亦未借抄，非佳本也。竹垞《贈天羽》詩云："處士東山卜宅深，百年論定首儒林。屬辭最善春秋教，作史無慚高尚心。棗木流傳終有待，蟫魚泯滅試重尋。發揚端藉雲孫力，早晚書成報好音。"是書之刻，藉竹垞迫促之力，而卷中加以評點，疑非原本之舊，蓋天羽於板本不甚講求耳。思考抄本一證之，不可卒得。

二十日(5月24日)晴。　陳墨樵下第南歸。寄伯潛書。得爽秋書。

元世祖至元間,僧格作相。其後敏珠爾卜丹、崔彧上言,僧格當國四年,中外諸官鮮有不以賄而得者。其昆弟、故舊、妻族皆授要官美地,唯以欺蔽九重,朘削百姓爲事。時僧格已死,因妻弟積贓伏法,仆其輔政碑矣。夫徇私受賄至四年之久,其流毒已如此,況久秉國均乎?余謂私其族姻,弊猶顯而易防,惟賣官鬻爵,則賄多即疏者可親,賂重則愚者可智,顛到是非,莫甚於此,爲政者之深鑒也。

二十一日(5月25日)晴。　何士果、宗子戴下第,過談。晚,邀伯平、覲虞昆仲夜酌。覲虞病,未終席而去。得合肥電,廿三可歸。

元武宗奉皇太后燕大安閣,閣中有故篋,乃世祖貯裘帶者。内侍李邦寧曰:"臣聞聖訓曰,藏此以遺子孫,使見吾樸儉,可爲華侈之戒。"有宗王在側,遽曰:"世祖雖神聖,然嗇于財。"此宗王不知何人,一言啟人主侈心,宜即責譴之。時太后及帝雖深許邦寧之言,而其時土木頻興,太后造寺五臺,軍人供役至六千五百人,不亦勞費乎?

二十二日(5月26日)晴。　士果復來談家計,無策周之,相對惘然。

《州志》訪董定岩先生事不得,偶閱《桑弢甫集》,有《和定岩豐臺》詩。先生迎養太公,於署東疊土山結椶亭,名曰豐臺,以豐潤有此鎮,寄土思也。弢甫時主講濂溪書院,與定岩交契。嘗約之赴豐潤,會董丁艱,没於舟次。弢甫送喪,至董閣莊,有《哭定岩》詩,似可略采,以補志乘之遺。其《紀程》詩云:"河斜月澹無人見,荒忽魂隨楚水流。"爲定岩作,則先生實厄於水也。次日,檢《弢甫文集》,得《定岩墓志》,尤可喜。

二十三日(5月27日)有風。　酉刻,合肥自渝關歸。同惠人、晦若談。

閱《彝齋集》。《四庫提要》謂:子固平生始末,諸書不同。《齊東野語》云終提轄左帑,身後有嚴陵之命。姚桐壽《樂郊私語》謂"孟堅入元,不樂仕進。從弟孟頫來訪,既退,使人濯其坐具"。惟集中有《甲辰歲朝把筆詩》有"四十五番見除夕",以干支逆數之,當生于慶元己未,距宋亡幾七十八年。孟頫仕元,孟堅必不能見。《鐵網珊瑚》載孟堅《梅竹譜卷》有咸淳丁卯葉隆禮跋,稱:"子固晚年工梅竹。予自江右歸,將與之是正,而子固死矣。”是孟堅之卒于丁卯以前云,此足證姚説之誕妄。按,集中有《投泉使賈秋壑先生啟》,又有《改官謝總使賈秋壑先生啟》,《宋史·賈似道傳》不載其嘗爲泉使。淳祐元年,改湖廣總領,子固改官當在此時,距甲辰三年,時四十二也。《啟》云“蚤歲游昌黎之門,(隔)[來]年被山公之薦”,則於秋壑爲舊識。至云“摩頂放踵皆被德,天高地厚諭深思”,可云極其諂昵。又有《問梅寄秋壑一絶》,末云“地寒先却得春風”,亦寓感謝意。集中《賀秋壑總領仍兼泉使》,知泉使在先。是其由運司幕知諸暨,出於秋壑推薦,後以言者疏劾罷歸。師憲威權日盛,竟未再起。雖嘗比匪乞恩,終能自拔。視子昂身事二姓,固略勝耳。

二十四日(5 月 28 日)晴。　惠人來。答晦若。午後,金簡臣來,仲彭所延館師也。名翊運,望江孝廉。

和氣致祥,乖氣致戾,天道也。宋至徽、欽,危矣。顧禪讓之際,兩宫嫌隙遂生,洊至青城之禍。元末亦然,外寇蜂起,而奇后爲太子日謀内禪,其討博囉尚欲以重兵擁太子入城,脅帝禪位,使非庫庫散遣其軍,未必無主父沙丘之變也。父不父,子不子,雖有粟,烏得而食諸? 奇后挾高麗之憾,興兵更置,致遭覆没,爲博囉所幽,能以計免,復欲變亂朝綱,更易帝坐,是亦元之禍水也已。

二十五日(5 月 29 日)晴。　惠人回都。午後,答燧冬,燧冬復過談。

閲《姜氏祕史》,明姜清撰,正德辛未進士。靖難之後,建文一朝事蹟大氐遺失,是書於故案文集搜輯遺聞,編年紀載,至地道出亡等事,則未嘗載及,頗見精核。《提要》。其與《明史》異者,惟燕王來朝行御道不拜,爲曾鳳韶所劾。《明史稿》以爲必無之事,而此書實據《吉安府志》及潘瑄《貼黄册》。《明史》云王艮死節,而是書云艮以建文辛巳九月卒,見其家譜。案,正德距永樂時代較近,其所摭拾止是,則建文朝所建置爲成祖君臣芟刈殆盡矣。以建文之仁柔,當成祖之雄猜,即齊、黄削藩之議不起,彼燕人豈遂肯鬱鬱北邊? 誠所謂削亦反,不削亦反者。所惜齊、黄之迂不及鼂錯,而以軍師之任寄之耿炳文並不及周亞夫,故吴楚敗而燕遂成耳。永樂之毒過於蕭鸞,建文自焚,與後唐末帝燔宫不異,必造作從亡一説,轉爲永樂寬免。姜氏此録作於正德時,具見人心不死,公論猶存,雖革除年號何益?

余嘗謂，宋太宗奪德昭之位，雖南渡後孝宗入纂，亦不得爲天道好還。成祖以臣叛君，居然享國久長，傳祚十餘世，尤理之不可解者。

二十六日(5月30日)晴。　閲《宋書》。沈約表云：何承天始撰《宋書》，止於武帝功臣，志惟《天文》《律曆》，此外，悉委山謙之。孝建初，蘇寶生續造元嘉名臣諸傳。大明中，徐爰因何、蘇所述，勒爲一史，起自義熙之初，迄于大明之末。至於臧質、魯爽、王僧達諸傳，又皆孝武所造。永光以來，至於禪讓，闕而不録。今謹更創立，云云。按，《梁書・裴子野傳》："曾祖松之，宋元嘉中續修《宋史》，未及成而卒。"《宋書》則云未及撰述。疑約有所攘竊，故湀其文也。揭徯斯曰："有學問文章知史事，而心術不正者，不可與。"其休文之謂歟？

二十七日(5月31日)晴。　晦若略談。時微聞朝鮮事，合肥秘不告，晦若亦不肯言，可笑。

閲《明史・熊文燦傳》。文燦總理軍務，謁所善僧空隱。僧迎謂曰："公誤矣。公自度將兵足制賊死命乎？"曰："不能。"曰："諸將有可屬大事，不煩指揮而定者乎？"曰："未知何如也。"曰："二者既不能當賊，上特以名使公，厚責望，一不效，誅矣。"文燦却立良久，曰："撫之何如？"僧曰："吾料公必撫。然流寇非海寇比，公其慎之。"僧殊恢詭，惜熊不深求其故也。噫！流寇非海寇比，海寇已可慮，況海國爲寇乎？前二者則略如熊之所云矣。

二十八日(6月1日)晴，晨微雨。　閲《王徵士集》。彝字常宗，嘉定人，自號嬀蜼子。坐太守魏觀事，與高青丘同伏法。錢牧齋《小傳》謂其得蘭谿金文安之傳。王行先《硯堂記》稱其本陳氏子，欲復本姓，然卒不果。名在"北郭十友"中。此本傳刻都穆所刊，僅詩文四卷。尚有劉廷璋、浦杲輯《補遺》及《續補遺》，未之見也。《香祖筆記》謂其歌行學李賀、温庭筠，墮入惡道，餘體亦不能佳。《提要》亦嗤其爲楊維楨作《文妖》一篇，詬厲傷雅。而宋牧仲序則稱其學有端緒，文不蹈襲云。

二十九日(6月2日)晴。　過晦若談。吴贊臣自工所來。閲散館單，留三十九人，餘均改部屬知縣。陳介庵以二等九名亦改知縣，以臺諫條陳疏通編檢也。午後，至金簡臣處小坐。

萬承蒼《宋書考證》云訪求裴子野《宋略》，鮑衡卿、王琰《宋春秋》，已亡。按，《南齊書·王智深傳》尚有智深所撰《宋紀》三十卷，亦不可考矣。《智深傳》：約多載孝武、明帝諸鄙瀆事，世祖謂約："孝武事迹不容頓爾。我昔經事明帝，卿可思諱惡之義。"《史通》謂蕭武見而勿尤。然齊武猶有此言，視約之挾私揚穢，可末減矣。

三十日(6月3日)晴。　洪孝廉槃來。晤吕庭芷前輩。

《楊文公談苑》："周世宗嘗爲小詩示竇儼。儼言今四方僭僞，主各能爲之，若求工則廢務，不工則爲所窺。世宗遂不復作。"《避暑録話》云："度當時所作詩必不甚佳，故儼云爾。非世宗英偉，識帝王大略，豈得不以儼言爲忤？又安能即棄去？信爲天下者在此不在彼也。"案，古今誼辟英君未有不嫻文墨者，而斷不可耽於文墨。若以吟風嘯月自矜，規模狹小，轉不如起自武功者作爲闊大矣。儼真有相臣之識。

五月初一日(6月4日)晴。　海防公所一行，往見伯平。午後，得劉博泉書。九弟書來。

初二日(6月5日)晴。　得廉生書。寄都寓一函。過晦若。劉燕臣來。午後，永詩過談。

初三日(6月6日)晴。　劉景韓來。午刻，若農侍郎試畢過談，申初始去。復約晦若同過試院夜話。沈子眉辭行回滬。

初四日(6月7日)晴。　得九弟書。

初五日(6月8日)晴。　醉卧竟日。

初六日(6月9日)晴。　翰香來。得惠人書，行險儌幸，難矣哉。

初七日(6月10日)晴。　摺弁回，得廉生書。

初八日(6月11日)晴，午後陰，微雨。　廉生得南齋。甘雨香大令來。

初九日(6月12日)雨。　合肥因慈聖賜扇，有疏謝，附寄都中書，並復廉生一緘。

班書《自序》以外戚爲榮，已可笑。沈約《宋書自序》則尤羞澀矣。其高祖警、曾祖穆夫均事孫恩。穆夫受恩僞命，沈預告官，警及穆夫被殺。此本晉之罪人，於法應死。其祖林子乃屠預一家老幼，雖曰不共戴天，然仇法非報仇孝子也。約之父璞又久事始興王濬，爲元凶，淮南太守，世祖僇之，定是逆黨。約諱之，乃云顔竣欲與璞交，不酬其意，世祖時，至讒以奉迎之晚，横罹世難。此逆臣子握筆造史，宜其痛詆宋君臣以快意矣。

初十日(6月13日)晴。　仲璋來，下第後就汪君牧館。爲高陽草會試録前序。

十一日(6月14日)晴。　寄復高陽書。

《南齊書·良(吏)[政]傳》：裴昭明，松之孫，駰子，官廣陵太守，中興二年卒。其從祖弟顗，昇明末爲奉朝請。“齊臺建，世子裴妃須外戚譜，顗不與，遂分籍。太祖受禪，上表誹謗，掛冠去，伏誅。”此自是宋之節士，宜附《松之傳》中，而沈約《宋書》没之。考《宋書》在梁武時頗有改定，約即諱之於齊代，不應諱之於梁初，六朝人不知忠義爲何事，直以爲誹謗當誅而已。使非蕭子顯附載《昭明傳》中，則其人忠於宋而死，竟至淹寂無傳矣。按，《南史·松之傳》附昭明子子野事，稱沈約所撰《宋書》稱“松之已後無聞焉”，子野乃撰《宋略》，云“戮淮南太守沈璞，以其不從義師故也”。約徒跣謝之，請兩釋焉。是休文有私憾於裴氏，並駰之述作、昭明之政事均以無聞了之，何況於顗？雖兩釋，而裴氏之事仍多湮没，惜哉！李延壽既明著其事，乃復削去《齊書·顗傳》，不附《松之傳》後，尤爲疏舛。噫！舍舊圖新者，生拾青柴，歿耀竹素，而憔悴貞壹之士殉名無名，亦可慨已，余故表而出之。

十二日(6月15日)晴。　午後，陳葆初來。

十三日(6月16日)晴。　陳以培來。過晦若略話。寄子涵書。

十四日(6月17日)晴，午後大雨。　贊臣、翰香過談。搏霄來。

十五日(6月18日)晴。　仲璋來談。得清卿書並《湖南志》。

北齊無積累，其享國誠不能久長。然使宮禁中無胡太后之荒淫，後主之謬惑，及陸令萱、穆提婆、高阿那肱輩扇構，怙寵弄權，則亦不至忽亡如此之速。馮淑妃之罪尤著，乃《北齊書》頗略其事，亦不附《穆后傳》中，使非《北史》，則小憐幾於湮没。即野史傳之，未足徵信，此李百藥之疏也。後主以小憐慧黠，願得生死一處，故至長安，仍乞之周武。及後主遇害，以賜代王達，小憐不一死以報緯，復譖達妃，幾致於死，必至妃兄令其布裙配春,仍復遷延苟活,何其隳節惜命若此?非妃母逼令自殺,則小憐得生,亦必如胡太后之恣行淫穢以殂耳。高氏内亂,宜有此報。當明著之,以爲寵嬖妃妾者戒。《北齊書》於《恩倖·高阿那肱傳》略及淑妃事,而不詳其本末。

十六日(6月19日)晴。　晦若來談。夜,贊臣來。

十七日(6月20日)晴,夜雨。　寄廉生及允言書。午後過伯平。

十八日(6月21日)雨,頗涼。是日夏至。　連日讀《白氏長慶集》。

十九日(6月22日)晴。　張筱傳來。孫慕韓由揚州回都,留之午飯。贊臣稍論瑣事。玉山自永定來,談伯平事良久。得安圃及廉生書。

二十日(6月23日)晴。　過晦若。翰香來。

二十一日(6月24日)晴。　劉季威來。復清卿書。

二十二日(6月25日)陰。　洪公述來辭行。寄吴壯孫書並三十金。

二十三日(6月26日)大雨如注。　晤晦若、容民。

《宋書》闕《到彦之傳》,不知何人於此卷《張邵傳》增入其子《敷傳》,敷自有傳,互有詳略。張暢複出,前人糾之;敷複出,考證未之及也。《孝武紀》:海陵王休茂舉兵反,義成太守薛繼考討斬之。萬氏承蒼云:"繼考乃爲休茂盡力之人,何一書之中互相悖謬至此?"《南史》載:"參軍尹玄慶起義,討之,傳首建鄴。"爲得其實。案,《文五王傳》:繼考初助休茂,及休茂被殺,繼考脅劉恭之,作啟云立義,自乘驛還都,上以爲永嘉王子仁北中郎諮議參軍、河南太守,封冠軍侯。尋事泄,伏誅。則《紀》所書,乃據實録舊文,非互謬也。萬氏讀《休茂傳》,乃過鶻突耳。

二十四日(6月27日)陰,晨起,天容如墨,雨脚如繩,午雨止,時作小陣,潮熱不可耐。　贊臣來。

二十五日(6月28日)陰。　繆小山自都赴鄂過此。復爽秋書。

二十六日(6月29日)晴。　日本以兵脅朝鮮,欲使爲自主之國,不認中屬。合肥甚愠,與幕僚集議竟日。余廢人也,謀未必合時,殊爲憤悶,姑無言預坐而已。沈願來。得九弟書。廉生亦有復函。

二十七日(6月30日)雨。　晦若、永詩、獻夫、啟之先後來。昨,琴西都轉之次子荷亭大令來見,乃琴生親家,人甚質實精密,頗有父風。以元本《豫章集》見示,今日稍暇,乃披玩之,頗佳也。聞朝鮮已服日本,袁世凱解歸，中國失此近藩，勃海、鴨淥處處與朝鮮毗連，倭韓合則我孤，長爲邊海患矣。

《羅集》乃元曹道振編，至正癸未先生五世孫鋟本，凡一十三卷，《附録》三卷，《外集》一卷，《年譜》一卷，道振有跋。此本以《年譜》别置於前，殆明成化八年張泰重刻本也。既失曹跋，並張泰序去之，以充元本耳。卷一《經解》，有録無書，故近本並去其目。《遵堯録》八卷，即晦翁《名臣言行録》先河也。

全謝山云："讀豫章之書，醇正則有之，精警則未見。所造袛在善人、有恒之間。龜山之門，篤實當推横浦，通才當推湍石，多識當推紫微，知禮當推息齋。横浦、紫微不能自拔於佛氏，爲朱子所非。豫章亦未脱然，若因弟子並其所出而推之，是門户之見，非公論也。"梨洲以豫章教學者静坐中看喜怒哀樂未發氣象，是明道以及延平一條血路，故謝山譏之。其意以延平爲邃，朱子爲大，豫章若閏運耳。然文質《遵堯録》辨微及議論要語，亦有精警處，似不必抑羅揚李，强爲軒輊也。

二十八日(7 月 1 日)陰。　杏孫來三次，蓋欲竊取餘論以迎合合肥，可厭之至。

閱張仲遠所刊四姊詩，宛鄰先生琦四女皆能詩，長曰䌌英，字孟緹，適吴偉卿比部其鈖；次曰綸英，字婉紃，適孫叔獻劼；次曰綳英，字緯青，適章政平；季曰紈英，字若綺，適王季旭曦。婉紃書學北魏，若綺並能爲古文，惟䌌英偕老偉卿以名翰林改官秋曹差，享閨房之福。緯青早卒，叔季均嫠居，依弟以終。天忌才，尤忌女子之才，此何故耶？若綺女亦能詩，處境似其母，尤酷，不可解也。

二十九日(7 月 2 日)雨。　贊臣來。

閱《西齋集》。集後附《雙影記》，託名爲徐騎省子黄保儀之姪女。又有《通天台》《臨江關》兩種，皆亡國餘哀，疑西齋自謂也。祭酒生平大類騎省，故西齋借騎省之子自悼。澤州相國序其集，謂當魁天下，故以徐適作《琵琶賦》，爲狀元自嘲耳。西齋名璟，字元朗。

甲　午　下

六月初一日(7月3日)雨。　同晦若、容民雜談竟日。倭韓消息甚惡也。得子涵書。李怡庭自都至。

閲《新舊唐書合鈔》。晦若極稱《廿一史四譜》,閲之,殊未愜心。按,沈東甫炳震,歸安人,世居竹墩,家門極盛,與弟幼牧並膺詞科之薦。沈文慤謂當時此科若爲東甫開者,乃召試,仍不遇,浩然而歸。後錢香樹以《合抄》進呈校勘《唐書》,史館采之。其弟炳巽,繹旃字。著有《補正水經》。幼牧名炳謙,以五法九。①

初二日(7月4日)雨。　獻夫來。

房、杜爲唐創業元臣,顧子孫均不振,殆以玄武門之故也。當時隱、巢相偪,執而廢之,亦已足矣,何至誅及其裔,實爲淫刑以逞。遺愛既以主故,奪兄封爵,復以謀反伏誅。楚客復爲魏王泰潛結朝臣用事者,説泰可爲嫡嗣,以兄晦有佐命功免死,廢于家。夫楚客能勸晦救淹,而勸泰與承乾構釁,豈非習見晦之處太宗兄弟耶?晦子構亦中年不禄,皆房、杜自遺之殃耳。

初三日(7月5日)雨。　夜過晦若。

光武諸將,余最喜大耿。及曹操將篡,耿紀爲操所敬異,獨能與太醫令吉平、丞相司直韋(況)[晃]等謀起兵誅操。事雖不克,亦足見故家遺佚之盛。所謂與漢興衰者不獨大將軍二人、將軍九人及列侯、尚主、九卿、刺史之不替也。弇嘗與十三將軍追賊至潞東及平谷,遂窮追於右北平無終、土垠之間,至浚靡而還。是嘗於軍功於吾里,設余還鄉,當建廟祀之。以《耿傳》證之,右北平治不在土垠可知。

初四日(7月6日)雨。　雨中無事,臨《樂毅論》一通,快雪堂涿搨也。

---

① 按,此處似乎未完,清陳康祺《郎潛紀聞二筆》卷七"湖州三炳秀州二年":"炳謙幼牧,説五法九政,受知浙督程元章。"

余求沈繹旃《水經》不可得，得張三悦匡學《水經釋地》，以今地證古地，殊鶻突。即以京東論之，以陳宫山屬豐潤，而以觀雞屬密雲，又以土垠屬永平城西南，如此之類，不一而足。有不勝訂正者，可謂無知妄作矣。余嘗有此意，欲以《水經》後涉於山川、溝渠者，從史及地志繁徵博引爲一書，附於《水經》之下，以補《水經》之略，以糾郡注之疏。然身未行萬里而半天下，不敢涉筆也。即全校《水經》，亦未盡善盡美耳。

初五日(7月7日)夜雨。　衛達三、吴樂山來，初議師出平壤。達三頗奮勇，請行。及聞倭船游弋大同江，丁汝昌不敢出巡，衛亦中沮矣。晚，晦若來話。

宋熙寧四年，高麗始通貢。先是，高麗爲遼所阻，不通中國者四十三年。至是福建轉運使羅拯令商人黄貞招接通好，高麗王徽願備禮朝貢。拯以聞，謂可結以謀遼，乃命拯諭意，徽遂遣其民官侍郎等由登州入貢，復與中國通接。宋欲謀遼，而徒結援於高麗，此空言耳。其時水師未能精練，説見《東坡奏議》中。沿邊布置未密，和之不遑，而欲結外援以圖無隙之遼，實爲迂論。時新法方盛，張大之以爲觀聽耳。然在今日而論，欲固遼東，非兼護朝鮮不可。朝鮮折而入倭，則勃海失其半，不但遼瀋處處可通，彼以師船出没於登旅間，即天津、山東亦無安枕之日矣。然則今之高麗不獨視爲股肱，直當視爲心膂也。其大旨以漢江口及大同江爲要隘，唐之平百濟自熊津入，平高麗自浿水入，其明證也。海軍既如宋之水師，舍而趨平壤，則彼之犯我，由海道逸而且近；我之護朝鮮，由山道勞而且迂。又僅僅以驕蹇之提臣、刻薄之鎮將當之，懼不可用也。

初六日(7月8日)晴。　獻夫來。得高陽復書。

《志雅堂雜抄》，殊瑣碎無足取。所云華亭市上一物，如桶無底，非木非竹，非鐵非石，一老商名爲海井，究竟是石乎？非石乎？竟不能詳。此妄談耳。又紀子昂説以雪糕爲畫綢絹法勝於麪糊，不黴不脱，則直以米粉作糊，豈不省事？何取改糕爲糊乎？迂瑣可笑。又云以小粉作糊，此則近人皆用之矣。間記經史，均極淺陋，無異兔園册子，其人特今之骨董家而已。士大夫得一精抄以爲秘本，甚無謂也。所見乃余集刻本，亦有抄本一册。

初七日(7月9日)晴。　晨過伯平，草草一飯。是日俄使來和議，無成，合肥甚憤，始決用兵意，然陸軍無帥，海軍諸將無才，殊可慮也。

《後漢書》："南單于於漠北遺寶憲古鼎，容五斗，其傍銘曰'仲山甫鼎，其萬年子子孫孫永保用'，憲乃上之。"安得如此巧合？鼎非單于僞造，即班孟堅妄釋以愚憲耳。近日講鍾鼎者，大率類此也。從來識古字而不惑於古器者，莫快於張京兆之辨郊鼎。自東京以來，承莽造讖文、漢興"赤伏"之後，古器之作僞者多矣。

初八日(7月10日)晴。　杏孫來，同晦若、容民談。

初九日(7月11日)晨起風雨。　贊臣、翰香先後來。巳刻，内人患霍亂，吐瀉兼作，竟至昏暈，既受夜涼，復因伯夫人忌日在邇，思深痛迫也。急延醫服藥，擾擾竟日。寄九弟書。

初十日(7月12日)晴。　伯夫人二周年，至經堂一行。得安圃及廉生書。

十一日(7月13日)晴。　贊臣來。合肥云，各國以漢城、仁川均商岸，勒令日本撤兵，和局可成。果爾，則東方和戰之權西人操之，亦中國之耻也。而譯署欣欣，冀可收無事之福。時部撥的餉三百萬，上意蓋主戰云。

十二日(7月14日)晴。　家忌，未見一客。

十三日(7月15日)晴。　復廉生書。夏太守敬頤自廣西來。字養泉，覃兒之内兄也。樊州同恭壽字銘叔，舉人，介軒之弟自都來，赴江蘇。贊臣來談，和局變，調兵矣。

十四日(7月16日)晴。　寄安姪書。花農來。三日亢熱之至。内人小愈。

十五日(7月17日)晴，夜有微風。聞都中雷雨，平地水深數尺。　晦若約談。賈制壇來，奉召募八營之劄也。翰香、銘叔均至。

十六日(7月18日)晚，雨。　贊臣來，族人佩綵至，屬回里取兒輩録遺卷。午後，陳景熙約大埔李寶森字穀生，聶鎮士成客來詢朝鮮形勢。李夸誕，不及陳之確實也。得廉生書，並《律心》一部。爽秋亦有書至。

十七日(7月19日)雨。　四兄忌日。夜，合肥示樞譯會疏有和意，時翁、李亦派入集議也。十三日所派，十四日復奏。

十八日(7 月 20 日)陰,時作急陣。　晦若來,復僊蘅書,並屬代致《律例根源》。贊臣過談。

十九日(7 月 21 日)晴。　以爽秋書及琴友所寄各件,由三晉源寄惠人。仲彭來話。

二十日(7 月 22 日)晴。　獻夫、翰香、贊臣均來。晦若來詢倭韓消息。高陽十七專足來,亦詢東事。夜,袁慰廷自朝鮮回。

二十一日(7 月 23 日)晴。　摶霄、慰廷均來。復高陽書。

二十二日(7 月 24 日)晴。　誼卿自蘇州至。夜,劉秀才燕臣辭行,回東應試。

沈端恪《遺書·勵志録》云:"有一前輩,潔己而不求人弊。予曰爲小官則可,若居大位,須以激揚爲先。養惡容奸,正是己之不潔。"佩綸謂此弊居大位者犯之最多。其實不求人弊,即居小官不可,小官不察吏役家丁之弊,必累其名矣。豈獨此哉?居家而不求弊,則不能齊家;求友而不察弊,則必遭損友。要在躬自厚而薄責人,斯可耳。不求人弊而徒務絜己,自了漢耳。

又云:"華亭周荆山謂余云:'錢虞山《初學集》,君子之文;《有學集》,小人之文。'"此説與佩綸合。端恪又云,虞山初附東林,故其文可觀,迨其敗名喪節,則文亦趨下。又見文章不可僞爲,此即余以人品論文品之證也。

又云,後世多訾議王弇州文字,然弇州氣節才品極高,即其扶持椒山一節,已見梗概,非震川所能及。文雖淡絜如震川,而議論不足明道。紀載無關於治亂興衰之迹,則亦尋常應酬之作耳,其中豈有物哉?又論震川惟治治,以《張貞女》一篇爲得意,即修《宋史》,亦不能佳。識力均卓絶也!

二十三日(7 月 25 日)晴。　誼卿來談。午後,啟之過話,以慰廷所上條議見示。晚,伯行由南來。

二十四日(7 月 26 日)晴。　陳景熙志先及姜翰卿桂題、程平齋允和來。程由牙山至,詢以朝鮮情形。誼卿來談。午後,聞牙山運兵三船被襲,濟遠奔回,廣乙沈没,操江被擄,高升所載千二百人及洋員漢納根兩營官均没。合肥召談,慨歎而已。晦若、容民兩來。

二十五日(7 月 27 日)大雨。　讀《後漢·竇融傳》:"融還大司空,自以非舊臣,一旦入朝,在功臣之右,容貌辭氣卑恭已甚,數辭爵位,因侍中金遷口達至誠。"范史稱其"放遠權寵",誠可謂智。顧遜位不獲,至於策免,旋行衛尉,又復就職,未免爲蛇畫足。既而兄子林以罪誅,倉皇乞骸歸第。而年老,子孫縱誕不法,至於交通輕薄,屬託郡縣,干亂政事。馴至穆等均免官,家屬歸故郡,而隻身獨留京師,豈非多壽多辱哉?融嘗疏言,子性頑鈍,不令觀天文,見讖記。而穆等所爲,又豈稍通經藝者?此固諸子之不肖,亦融年衰戀位,有以致之,豈若高密教子一經之爲善處功名哉?甚矣,融不得爲智!

二十六日(7 月 28 日)晴,午後雨。　誼卿來。花農亦至。

二十七日(7 月 29 日)雨。　聞北路軍至義州城外三十里,平壤已失。有商船至煙臺,云葉軍與日本戰,斃其千餘人,我軍傷亡百餘,見進劄水原。所傳均不確。

二十八日(7 月 30 日)晴。　枯坐竟日。念倭事無人,勢將大挫,顧無權可以振之,悶悶而已。豈非天哉?

元征日本,至平壺島遇颶風,敗舟。《經世大典》云:"諸將上言,至日本,欲攻太宰府,暴風破舟,猶欲議戰。萬户厲德彪、王國佐等不聽節制,逃去。本省載餘軍至合浦,散遣還里。未幾,敗卒于閶脱歸,言官軍八月一日風破舟,五日文虎等各擇堅好船坐去,棄士卒十餘萬於山下,衆推張百户爲主帥,伐木作舟欲還。七日日本人來戰,盡死,餘二三萬虜去,盡殺蒙古、高麗、漢人,謂新附人爲唐人,不殺而奴之。蓋行省官議事不和,故皆棄軍耳。"余謂越海征夷,不悉風色、地勢,而遽以海軍委之敵,其遇風非不幸也,擇將不慎耳。況王磐已諫於前,文虎請回回礮匠又不與,輕敵甚矣,安得不敗?

二十九日(7 月 31 日)晴,夜雨。　周玉山來。合肥欲派赴北路,玉山力辭。

英宗處置任守忠事,皆以爲韓魏公,《邵氏(見聞)[聞見]録》載之甚詳。惟李燾《長編》引《文潞公私記》言:"治平元年八月,諫官司馬光、吕誨劾入内都知任守忠交鬬宫闈,光又疏其十罪,乞斬之。時富弼爲樞相,乞行諫官之言，英宗命竄逐之。弼與中書同奏事殿上，韓琦進曰：‘陛下登極之初，守忠亦頗有勞，願少寬之。’弼奮而前曰：‘先帝親授陛下以大器，皇太后協贊有功。而此輩乃云某有功，某有勞，臣不知此等語，且將置先帝與太后於何地邪？’上韙弼言。琦悚然失色，却立數步。”正與邵氏相反。按，守忠交構兩宫，實則讒英宗於曹太后前也。魏公能厲聲撤簾，顧畏一任守忠而爲之乞恩哉？即潞公《私記》非僞託，必弼欲重懲之。而琦僅以蘄州安置，輕輕了之，不慊韓公之意耳。時富(韓)[鄭]公與魏公已有隙，故兩説軒輊若此。以情度之，守忠讒英宗，英宗左右亦必有進萋菲者，當時能兩貶之，方爲交盡其道。而韓、歐當日但注意於英宗而忽曹后，猶之元祐間諸臣但注意於宣仁而忽哲宗，皆爲未得其平。元祐激爲紹述治平之世，幸而未生他釁耳。

七月初一日(8 月 1 日)雨。　玉山來。翰香、誼卿、制壇踵至。聞葉軍廿六七又捷，共傷亡倭兵二千餘名，我軍亦傷亡二百餘。倭傾漢城之兵攻之，未知勝負。水原險要可扼，戰守地也。後聞此戰乃譌傳，葉廿七日已退去矣。可歎。

初二日(8 月 2 日)陰。　玉山、慰廷來。聞葉軍仍在牙山。

初三日(8 月 3 日)雨。　玉山、慰廷、誼卿來。過晦若。遇肯堂，已捐光禄署正。夜，晦若來，慰廷復至。寄廉生書，並銀三十兩。王升來。

初四日(8 月 4 日)晴。繼祖妣靳太淑人忌日。　吴樂山闖然入，願援牙山，不能拒客也。合肥以爲大愚。晦若送巽之，電欲慰廷入都，師意不可，以琴生宣付史館奏交贊臣。聞牙山大挫，所增之江自康營已爲倭攻破。

初五日(8 月 5 日)陰。　聞葉提督有陣亡之耗，内責海軍。合肥以臨敵易將爲慮，與余議不合。余執不在其位之例，不聽即已，亦不力争也。晦若、玉山均來。吕鎮本元，字道生將赴平壤，辭行。得家書，知許鶴巢下世，爲之惘然。

初六日(8 月 6 日)晴。先君忌日。　伯行來談，勸余助合肥，不可。讀蘇詩一册，心緒甚煩。余平生不合時宜，真略似坡公也。

初七日(8 月 7 日)晴。　晦若來。陳葆初過談。

初八日(8 月 8 日)雨。　得載之書，將赴鄂。贊臣小坐。周玉生復願赴平壤，談片刻。

初九日(8 月 9 日)夜雨。　誼卿來。午後，吕道生至。

初十日(8 月 10 日)晴。　仲儀入都，陳葆初、陳序東來。倭船犯威海，旋退，此游兵也，不足慮。髀患一癤，甚苦。得廉生書。

十一日(8 月 11 日)晴，晨大雨。　午後，允言來。欲歸里，中元祭墓，以鐵道阻雨不果。

十二日(8 月 12 日)晴。　獻夫、玉山、慰廷、仲璋雜至。坐久，體爲之疲，創破，病榻小倚，殊有玄德撫髀之感。曹藎臣過談，甚壯。得慕韓書，怒甚，復之。

十三日(8 月 13 日)晴。　仲儀辭行，尚力疾見之，延林醫治疾。聞聶鎮追至金川，中有黄州倭軍阻隔，作一紙請合肥令前敵策應。

十四日(8 月 14 日)晴。　誼卿入幕。

十五日(8 月 15 日)晴。　贊臣、翰香均來。得外姑馬太夫人訃電。

十六日(8 月 16 日)晴。　允言十二即赴大沽，今日歸，留宿兒輩齋中。晦若、容民來。

十七日(8 月 17 日)雨。　聞丁雨亭來見合肥，即去。誼卿、晦若均來。是日以創已，血盡生肌，不能步履，卧寫管齋。

十八日(8 月 18 日)雨旋止，陰。　兒輩入都。允言同行。十六日强起，作澗師一紙。

十九日(8 月 19 日)晴。　閱《荆公集》兩卷。摺弁歸，得廉生書、慕韓書。覲虞來。

二十日(8 月 20 日)晴。　輪舟回，送至馬頭，水淺，兒輩明日可到都矣。周臬司、袁道、仲璋、誼卿、晦若先後至。清卿告奮勇，已俞允。葉軍亦退至平康，即可抵平壤矣。

二十一日(8 月 21 日)晴。　久卧牀褥，無客至亦悶，客來則又厭之。得趙菁衫書。贊臣來。作一紙復慕韓。是日入内齋見合肥少談。

二十二日(8 月 22 日)雨。　晚，仲彭來久坐，甚乏，飯罷即眠。贊臣書來，云葉已退至江口，距平壤不遠矣。

二十三日(8 月 23 日)晴。　贊臣來。得九弟書。孝達有電，詢朝鮮事，草草復之。慰廷來談，出巽之書相示，翁、李均以巽之爲謀主，可笑也。强起復載之一緘。

二十四日(8月24日)晴。　晦若來。伯平銷假至，已委署保定府矣。午後，伯行來話。

二十五日(8月25日)晴。　伯平來辭行。九弟有書，復之。

二十六日(8月26日)晴。　聞葉志超得總統，可笑之至。相從退回之文武員弁均請優獎，不知何功也。慰廷來。

二十七日(8月27日)陰。　贊臣來。朱伯平丁艱，以一幛唁之。得兒子書，廿三日到都。

二十八日(8月28日)晴。　獻夫暨翰香來。午後，贊臣、誼卿來話。内意欲去丁汝昌，合肥屬晦若復疏護之，晦若持稿見示，余不贊一辭也。以考籍寄都。

二十九日(8月29日)晴。　復子涵書，以幛聯各一、洋四十元寄奠。

三十日(8月30日)晴。　得兩兒書。贊臣、晦若均來。子涵有書至，告急。

元武宗初年，右丞相阿實克布哈舊作阿沙不花諫曰："陛下八珍之味不知御，萬金之身不知愛，而惟麴蘖是耽，嬪妃是好，是猶兩斧伐孤樹，未有不顛仆者。"帝大悦。爾時蒙古風氣質樸，君臣之際有若家人父子，故其言直率如此。惜帝説而不改，至大之政錫賚太優，泛賞無節，頓失至元、大德規模，而享年亦復不永，爲可惜也。仁宗即位，李孟謂："陛下御極，物價頓減，方知聖人神化之速。"此雖孟之諛詞，然亦足見武宗之朝，民氣愁慘，百物騰貴矣。

八月初一日(8月31日)晴。　獻夫、翰香均來。朔日祀先，跪拜略能成禮矣。誼卿來談。

初二日(9月1日)晴。　清卿自請辦幫海軍，得旨申飭。誼卿來談，相與詫怪而已。聞鶴巢柩眷過此，遣僕以祭筵奠之，余尚未能出門也。明日有摺弁，寄廉生及兩兒書。

初三日(9月2日)晴。　誼卿、晦若均來。復菁衫書。

初四日(9月3日)晴。　曹藎臣來談，歷詆葉之驕蹇，衛之刻薄，深爲東事憂之。誼卿旋至。午後，陳志先通判景熙來，其人心頗深細，頗多中肯語。得兩兒書。

初五日(9 月 4 日)晴。　傷風感冒甚重。寄諭兒書。伯行來，馬植卿由金陵至。

初六日(9 月 5 日)晴。　傷風略愈。黄秦生來，未得見。兩兒託帶家言，主考薛允升、徐郙、長革、楊頤，皆無文名者。

初七日(9 月 6 日)晴。　周臬、袁道辭行。盛亦尾至，囂談可厭。午後，晦若、誼卿均來。夜，袁又至。

初八日(9 月 7 日)晴，甚燠。　黄秦生來。午後，董少溪甡自鄉至，任采訪之役。癸巳副貢。

初九日(9 月 8 日)雨。　午後，翰香、贊臣先後至。清卿留防威海。聞汪鳳藻有革職之説，形同聾聵，宜哉。

初十日(9 月 9 日)晴。　午後，出門至晦若、誼卿處小坐即返。龔厚庵、董少谿同來，獻夫亦坐談良久。

十一日(9 月 10 日)晴。　聞楚寶被劾，合肥準其奔喪。午後，顧廷一及誼卿來，誼卿眷屬至，廷一則接楚寶差也。得兩兒書，搢弁九日始回，以道爲霖潦所阻耳。

十二日(9 月 11 日)晴。　十一日，閣抄上諭："御史端良奏請將革員驅令回籍，以免貽誤事機等語。革員張佩綸獲咎甚重，乃於發遣釋回後，又在李鴻章署中，以干預公事，屢招物議，實屬不安本分。著李鴻章即行驅令回籍，毋許逗留。欽此。"合肥頗愠。余謂人言宜卹，君命當遵，擬節後遷居，以息浮議。晦若、誼卿、贊臣均來。屬贊臣料理新屋，蓋屋尚未成，不能春夏早遷，實由於此，遂爲言者所中，可慨也。寄九弟及兩兒書。

十三日(9 月 12 日)晴。　翰香及王楓臣來。得九弟書。

十四日(9 月 13 日)晴，夜雷雨。　秦生來，即赴河防局。吴清卿、誼卿同至。孝達贈書三篋。午後，容民、晦若、摶霄來談。復九弟書。

十五日(9 月 14 日)夜半大雷雨。　不見一客。

十六日(9 月 15 日)晴。　與合肥言，定於明日出署。孝達電來，云因高陽會議有復用之機，忌者下此毒手。實則非毒手也，求去者三次，非奉特旨，何能遂此懷耶？

十七日（9 月 16 日）晴。　辰刻，至合肥齋中小坐，辭行。合肥黯然，余灑然。永詩、容民、晦若相繼來，遷居[派]水草堂。

十八日（9 月 17 日）晴。　花農來，默坐良久而去，可笑。邵班卿、章仲璋同至。晦若書來，云葉志超十五日專足至安州，電稱四面合圍，督戰三晝夜，不能支。平壤城低而圮，倭架礮百餘俯擊，城中人馬皆糜爛，又無處汲水，萬不能守。韓民竟接濟倭兵，援師恐來不及，求先將情形奏明等語。合肥請調宋慶、宋索三十營出防義州，誼卿來云已退至義州，未知確否。

十九日（9 月 18 日）晴，午後陰，晚急雨一陣。　兩兒歸。允褒以迴避同來。午後，仲彭至，知以師老無功，合肥褫三眼翎、黄馬褂。而平壤失守，水師殺傷相當，致遠、經遠已沈燬，銘軍幸登岸，然我之海軍不能成隊矣。夜，繞室不能成寐，爲大局慨，自笑其愚甚於杞人之憂天也。仲彭去後，曹蓋臣過談，以余被誣，至於下淚，殊可感。

二十日（9 月 19 日）陰。　晦若來。

二十一日（9 月 20 日）晴。　内人遷居，萍飄絮泊中室家暫聚，亦足樂也。蓋臣復來，問津諸生欲遞呈相留，余以爲不必遞。

二十二日（9 月 21 日）晴。　仲彭來，知諸軍已棄安州，義州亦將不守。作寄桂林書，交允褒。

二十三日（9 月 22 日）晴。　遣允褒歸。余亦回里。晦若來送，云合肥自請嚴議。蓋臣亦至，云諸生呈已遞，合肥方被讒譏，豈能於救過不遑之時兼顧鄙人？余亦不願再入署，志之以見諸生深意而已。夜，至胥莊。

二十四日（9 月 23 日）晴。　回里。

二十五日（9 月 24 日）晴。　爲甘大令題其尊人甘小蒼鴻《孤山補梅雙隄補柳圖》三絶句，歲荒族貧，量加助卹，不能久居。

二十六日（9 月 25 日）晴。　自里赴蘆臺，居劉小閬家，九弟内兄也。小閬母存。

二十七日（9 月 26 日）陰。　寄桂林書，交津寓。

二十八日（9 月 27 日）晴。　自蘆赴灤州缸窑，主秦庠家。

二十九日(9 月 28 日)晴。　谷甥來。

與坐客論熊廷弼獄。廷弼之冤,徐爾一《訟冤疏》最爲悚切,其後大學士韓爌等之議,委婉曲折,亦復動聽。然史謂其令汪文言賄内廷四萬金祈緩,既而背之,忠賢大恨,誓速斬廷弼,此則冤更甚於傳首九邊者。觀忠賢之黨希指趣成其獄,知忠賢藉熊以傾清流,設謀甚毒。廷弼有意氣,以取禍,非肯賄賂求緩者。釋而背賂,猶慮復逮,安有身在狴犴,忽賄忽背,自速其禍? 廷弼有智計,亦斷不至愚妄如此。疑忠賢索賕不應,故既殺其身,又誣以家資百萬,以破其家。當時清流務攻廷弼,而反授忠賢以柄,悉以受賄坐之。吁,可歎也! 熊之罪在輕王化貞,而反與化貞同退,蓋度量狹而意氣豪,方自以爲料事多中,可收效於桑榆。而不知朝廷之上,朋黨成群,不論是非,而論同異也。觀此,足爲叔季處功名之鑒。

九月初一日(9 月 29 日)晴。　趙宇香來。

初二日(9 月 30 日)晴。　由灤州回蘆臺。

初三日(10 月 1 日)晴。　得家書,知合肥有辨疏,余策其必不准,雖多此一辨,亦稍明余之素行。即允准,余亦斷不入署也。並聞翁叔平來津,有責備合肥語,並微露主和之意。東洋非西洋,似無和理,和則朝鮮爲日本所併,勃海分其半,北洋無安枕日矣。

初四日(10 月 2 日)晴。　由蘆出陳家溝,欲至家一轉,聞初六至初十伯夫人服闋諷經,遂赴劉園宿曹藎臣家。

初五日(10 月 3 日)晴。　藎臣談一日。

初六日(10 月 4 日)晴。　仍主藎臣家。聞都中有遣王雲舫出京,會同曹藎臣辦理團練意,遂行。

初七日(10 月 5 日)晴。　仍到蘆臺。

初八日(10 月 6 日)晴。　由蘆至灤,宿秦氏。

初九日(10 月 7 日)晴。　復廉生書。是日回蘆。

初十日(10 月 8 日)晴,夜有風。　午後,由蘆放舟。薄暮過七里海,宿淮沽。

十一日(10 月 9 日)晴。　薄暮到派水草堂,内人云:“硃批:張佩綸獲咎甚重,李鴻章何得再爲剖辨? 仍令回籍,不准在該督署中居住。”摺内云已經回籍，未細觀也。

十二日（10月10日）晴。　贊臣來，酌定移居，並託其覓一媪，因倪媪已去也。

十三日（10月11日）陰。　翰香來。

十四日（10月12日）陰。　復買舟，爲漫游計。夜半登舟，舟中攜杜、蘇、王、朱四家集，合之義山，頗不寂莫矣。

十五日（10月13日）晴。　放舟，泊虹橋。

十六日（10月14日）晴。　舟泊淮沽。

十七日（10月15日）陰。　抵蘆臺。

十八日（10月16日）晴。　抵豐臺，不到近十年矣。聞盤山道不可行，悵甚。

十九日（10月17日）晴。　允襄由都至里，適與相值。

二十日（10月18日）晴。　得家書，閨人有疾，遂由胥莊回津。允襄同返。

二十一日（10月19日）晴。　内人患（利）［痢］，延醫治之，遣王升明日回里。

二十二日（10月20日）晴。　得曹藎臣書。

二十三日（10月21日）晴。　滄兒生日，内人爲作湯餅。

二十四日（10月22日）晴。　内人疾漸愈，稍慰悶懷。是夜遣襄回都，耿耿不能成寐。

二十五日（10月23日）晴。　獻夫來談，云九連城恐不能守，合肥一籌莫展，云聞上感瘧疾，憂悶之至。杜詩“獨使至尊憂社稷，諸君何以答昇平”，請爲當事誦之。十九日尚召見，二十日未召見。

二十六日（10月24日）晴。　贊臣來談。得頌民書，又生子，命名毓箕，爲琴生慶，九京有知，當不以余爲勢交也。

二十七日（10月25日）晴。　檢《王子安集》閱之，近人吴縣蔣清翊注本。

二十八日（10月26日）晴。　聞倭恒額兵敗，宋慶退至天山。九連城又被襲，劉、聶輩均圍困，可歎之至。又有倭兵二千至皮子窩登岸，窺大連灣，旅順亦震，過順小輪爲倭截奪，我兵如此之怯懦，殊可慨也。

二十九日（10 月 27 日）晴。　內人疾愈。

裴行儉以士之致遠，先器識而後文藝。勃等雖有文藝，而浮躁淺露，豈享爵禄之器耶？後惟楊至令長，史録之，以爲名言。然裴所賞之蘇味道模棱兩端，王勮坐綦連耀謀逆，與弟勔伏誅，勮亦非令終者，較駱丞事亦相類。夫以蘇之模棱責行儉不知人，彼必謂吾論享爵禄與否，非論人品也，如勮及賓王，何以判之？豈職卑即無器識，職尊即不令終，亦有器識耶？是裴乃勢利之謬論。杜陵所謂"爾曹身與名俱滅"者也。讀《子安集》，有《上裴侍郎啟》，有云："伏見銓擢之次，每以詩賦爲先，誠恐君侯器人於翰墨之間，求材於簡牘之際，果未足以采取英秀，斟酌高賢者也。"因上《古君臣贊》十篇。侍郎即行儉，是裴本以文藝取士，殆又不喜王、楊、盧、駱之文，因李敬玄語而駁之，四人爲裴所抑，坎軻以終，正裴蔽賢之罪，而反以爲有知人鑒哉！雖王仍以文字干進，然文有"殊恩屢及，嚴命頻加"語，乃裴索其文而勃始上啟，與無故貢卷者自異。乃即以王之説，反而苛勃信口譏評，驕鄙極矣。勃有《周易發揮》《大唐千歲曆》，乃學人而非僅文人；又作《漢書顔注指瑕》，具有史識。徒以《鬥雞》一檄爲怕婆漢所逐，歸之無命，可矣。

十月初一日（10 月 29 日）晴。　料理行裝。

閱《知止齋集》，元和朱綬著，凡詩十二卷，文八卷，詞一卷。綬，道光辛卯舉人。其詩董國華敘之，其詞戈載敘之，其文吴嘉淦序之，皆道光間吴中名士也。綬詩文均以潔自許，故晚字仲潔，其爲人似超然塵表者。但文有仲宣體弱之病，詩亦未能剛健。所作《五人墓》詩，乃微貶五人，持論殊庸腐；《送林文忠》詩尤涉應酬氣；小詩與詞則楚楚有致。蓋吴下囿於歸愚之説，能超拔自振者罕矣。

初二日（10 月 30 日）陰。　游盤山，以辰初發浦口，三十五里，早飯，又五十里，宿蔡村。

初三日（10 月 31 日）陰。　由蔡村三十五里至河西務早飯，行十五里許，由晉莊過渡，本由紅廟渡，近日始改渡口。十二里至香河。值香河廟會，各店人滿，於南門内住一小店，偪仄之至。

初四日(11 月 1 日)晴。　由香河至邦均有兩道,由黄莊爲下道,由溝口爲上道,群以上道爲易達,遂逕溝口,二十五里,溝口至新集,又二十五里。時已未初,度不能到邦均,自新集至邦均必由桑枝,由桑枝稍折而北,則至段家嶺。乃且行且問,十二里至桑枝,日已落矣。遂覓人引導,由馬房至渠頭,由渠頭至嶺上,凡三易,人到店已將三鼓矣。不陷於淖者幾希,游山韻事,而行役之勞如此。

初五日(11 月 2 日)晴。入山後微雨。　由領上二十里至邦均早飯,由邦均入山亦二十里,宿天香寺,住持湛紋,距天城下院里許。

初六日(11 月 3 日)晴。　登山道險不能步,以兩木縛一椅,四人肩之而行,從犖確中取徑,捷若猨猱。由寺南過静寄山莊,宫垣半圮,見石佛樓、晾甲石,折而北。至少林寺,行宫已廢,後有白塔,又稍東北,至東竺庵。庵西木石甚佳,僧欲售去,惜庵左亦行宫故址,故無敢購之者。稍憩,西北行,歷磴道十八盤,至雲罩寺,登舍利塔,望自來峰。隆奇和尚木訥,近有道者,留午齋,以松下菌雜扁豆煮之,殊有野味。觀塔頂佛牙舍利,有明萬曆壬子重修銀牌。牌云:壬子八月,貴妃鄭氏、順妃李氏委漢經廠掌壇御馬監太監盧永壽、張然重修。乾隆八年、嘉慶十七年,均以雷震發帑修之,乃宫保方恪敏暨温承惠任也。八年牌云:原辟支佛牙一具,舍利六十粒,今僅存四十七粒。二十三年及嘉慶再修,則未及舍利粒數,今僅見五粒矣。又有水晶珠一,不知所來,僧亦數典忘祖矣。出寺而下,南行,立紫蓋峰,後望上方寺、懸空石,迴望行宫,歷歷如畫。過桃園洞,又南訪朴公墓、青溝寺,已鞠爲茂草,望古中盤,過天池,稍西南歷東甘澗、西甘澗,過天成寺及蓮花池,回宿天香,石松泉之外,柿梨霜葉與松翠相絢,亦壯觀也。

初七日(11 月 4 日)晴。　游中盤萬松寺,登李衛公舞劍臺,庵已圮矣。寺僧訇然,問辛巳之方丈源真、知客、蘭坡,均已退院。雙峰法藏一過,皆殘破。下山游天成寺,寺僧雍坡仍辛巳方丈,須已白。湛雯於蓮花池相候。過李氏廢園,乃李寄雲所居。其孫李祐雲孫售與雨蒼幼雲觀察,乃寄雲少子希杰贖回。顧園林偪仄,已經雨倒塌,即並隔墻康宅屋均買之,不能遷居也,一笑置之。湛雯勸買圓通庵廢址,東西五畝,南北七畝,有柿林及梨、杏均二三百株,價止百金,在中盤之下,二盤之上,余未決也。

初八日(11月5日)晴。　游西山白峪寺,乃遼金舊刹,亦無碑可稽。或云山莊可游,余不欲冒禁而止,游先師臺、望龍亭石及僊人石,至感化舊址一游,出山右,邦均午飯,是日仍宿新集。

初九日(11月6日)晴。　過香河,程文炳威清軍渡河,無店可飯,於回回店小坐而行。過渡,宿河西務。

初十日(11月7日)晴。　蔡村早飯。至楊村,爲程軍占,店借雲字營居之,王恒風已爲曹克忠調充三營統領,哨官何長吉接充,宿松人也。

十一日(11月8日)晴,大風。　三鼓行,遇風,寒甚。辰刻抵草堂。内人自初五歸省未還,晚歸,知倭寇大連灣,勢將不守。

十二日(11月9日)晴。　都下遷徙紛紛,人心涣散。可歎! 得允襄書,述潤師語甚詳。

十三日(11月10日)晴。　贊臣、翰香均來。内人歸省,知雲楣至督餉械,准專奏,合肥甚稱之,高陽所保也,實亦濫好人而已。

十四日(11月11日)晴。　晦若來。

十五日(11月12日)晴。　誼卿來,留之晚飯。

十六日(11月13日)陰。　永詩來,寄潤師一書。

十七日(11月14日)晴。　翰香、贊臣同至。

十八日(11月15日)陰,微雨。　仲彭來。聞張蔭桓此來爲求和計。随員景月汀,寶文靖猶子,丁憂,江蘇糧道也。

十九日(11月16日)晴。　藎臣來言,所募津勝軍尚未成營。雲舫苛碎不甚諧,從來文武共事,往往如此。

二十日(11月17日)陰。　閱邸抄,初六日常熟、高陽及廣東巡撫剛毅均入樞府,當有更易政府意。

二十一日(11月18日)雨。　孫茶孫來。

二十二日(11月19日)雨。　夜半,仲彭來。

二十三日(11月20日)陰。　聞額、張出政府,禮、孫猶在,未爲澄清,且聞欲用王文韶也,邊潤師擢閩督云。

二十四日(11月21日)陰,大風。　閱《寒石詩鈔》,沈紹姬著,字香嚴。詩學長慶、劍南。

集分體刊，七律類有《朱竹垞、陸澹成兩太史留飲宿澹成齋頭示應制諸作》一首，檢《竹垞集注》，無紹姬行實。集首有傅澤洪序云："香嚴生長素封，早負盛名，不幸遭家多難，奔走四方。今行年七十有六，老病孤窮。"郎星序云："查東山稱其填詞第一。"周斯盛序云："過宋，與香巖相見。"集中有《周屺公訪余宋州官署》詩，似在宋州幕中。如黄梨洲、查伊璜，均與之習。《國朝别裁》選其詩九首，云："香巖羈蹟淮右，垂老不歸，浙中詩壇亦罕數其人者，仍于清江于氏得手抄一册，亟采入之。其生平出處，未遑詳悉。"是歸愚亦未得其生平蹤迹也。按，集有"楊守知次也參閲"，與歸愚同時，不知歸愚何以未經考訂，擬他日檢《浙江通志》證之。今書篋均封庋，未及開編探討也。惟集有《庚子三月老病將返錢唐作首邱計》，則其人似還浙中，非没於淮右者。歸愚未審，亦未見其刊本全集耳。

二十五日(11月22日)陰。　翰香來，留之午飯。飯後，仲彭過談。

閲《百一山房詩集》，仁和縣孫補山相國著，其孫古雲襲伯均所刊。補山謚文靖，與金鐀孫平叔先生同謚。平叔深於小學，其所著《泰雲堂集》彬彬大雅，視補山爲優。

二十六日(11月23日)陰。　寄袁爽秋書。夜，仲彭來，知旅順失守。

閲《晚聞居士集》，蕭山王宗炎著，湯文端之師，王南陔族兄也，志傳多蕭山人。

二十七日(11月24日)陰。　贊臣來。夜，仲彭送電抄至，合肥革職留任，摘頂。

二十八日(11月25日)陰。　曹藎臣來談。内人歸省，聞中樞求和甚急，爲唤奈何。夜，微感寒，徧體痠痛，夢中作囈語。

二十九日(11月26日)晴。　余生日，感傷身世，爲之憮然。贊臣、翰香來談。

閲《李武曾集》，附李分虎符《香草居集》。

三李齊名，斯年之集，惜不得見。武曾本名法遠，分虎本名符遠，與兄繩遠齊名，後乃更今名。

永年申檢討涵盼常語人曰："聞朱十論詩文使人愲，未若李十九之可親也。"朱竹垞撰《武曾狀》。曹秋岳賦《春草詩》,和者徧江左,謂人曰:"得李生作,庶幾老懷一洗乎。"後郵寄四章,定爲壓卷。高層雲撰《分虎墓表》。分虎《春草詩》佳句,如第一首收處云:"山中曆日無由見,藉爾春青記歲年。"第三首結句:"只愛中華風候暖,白羊城外不知春。"均有致。其中如"日照總如金翡翠,煙籠真見碧琉璃",又"錦似織時花半落,碧相交處柳三眠",一嫌板重,一涉纖巧,均無餘意。曹以壓卷,未喻也。

十一月初一日(11 月 27 日)雪。　合肥出閱大沽等處營壘,晦若、藎臣從。

初二日(11 月 28 日)晴,夜大風。　贊臣來,仲彭亦至。

初三日(11 月 29 日)晴。　浮橋衝斷,以河將合凍斷凌之力也。日來親友多勸徙居,余以藏書過多,思由海道運至滬上,而鬱鬱無聊,復不能決,有許男不足定遷之感。

初四日(11 月 30 日)陰。　懿旨以瑾妃、珍妃習尚浮華,時有乞請降爲貴人,以示薄懲而肅内政云。至西偏院一覽,不成片段。侏儒觀一節,張楚寶即此監工一端,料其胸無邱壑。虞世南子作匠,匠亦正不易作耳。

初五日(12 月 1 日)雪。　合肥回津。

初六日(12 月 2 日)晴。　翰香來。晚,藎臣過話,此次隨節同閱沽唐也,留之晚飯。是日内人歸省,因浮橋今午始成耳。

初七日(12 月 3 日)晴。　内人歸,言爲老人計,請籌款多買槍礮,老人頷之。噫!板屋同仇,閨中弱質,所見如此。而合肥猶冀和議之成,殊可歎也。聞倭由岫巖進,余曰此欲夾攻宋軍,宋軍退,必扼蓋平,是引之入關矣。昔孫文忠守關,初守甯遠,後守右屯,築城大淩河。雖大淩河之役工竣,即爲我軍所圍,宋偉、吴襄不相能,敗於長山,城亦被毁,然非今日比也。似宜進扼右屯,兼防甯遠,無閉關自守理。合肥亦不能從。

初八日(12 月 4 日)晴陰相間,頗寒。　安姪擢粤東臬司,冀九弟可迴避離五羊矣。

初九日(12 月 5 日)晴,夜大霧。　聞岫巖失守,不幸多中,如何如何。張楚寶因誣以盗賣軍火,旨飭南洋拏問,亦不白冤也。

初十日(12 月 6 日)陰,霧猶未散。　聞張樵野將來,和局殆可定矣。

爲之憮然。

閲查蓮坡爲仁《盤游日記》。自津過賈家口十八里，至北倉，日午至漢口，入武清道中，望楊村，過大石橋，名星宿橋。又行三十里，薄暮抵崔黄口。二月三日。次日東行十五里，至大口屯，俗名打狗屯。入寶坻界，過雙王寺，再東至馬家店，十五里至寶坻。由寶坻出北門，十五里至三岔口，溝水入流處。五十里至邦均。《松漠紀聞》作邦軍。去以留寶坻一日，爲三日程。歸則午飯邦軍，夕宿馬家店。次日四十里至大口屯，大石橋午飯，薄暮抵津，才二日耳。惜游山時未得見此集，迂途勞頓矣。甚矣，地理不熟，即游山亦不可行也，況行軍乎？

十一日（12月7日）陰。　閲邸抄，恭邸復入樞府，凡四入矣。内人歸省，知和局仍未定，倭人驕甚，而内意決欲成和。聞之，殆爲憤惋。晚，藎臣來辭，赴小棧寫菁衫挽聯，云："滏水集長留，試從里社論詩，遠與拙軒堪並駕；秣陵書未答，欲向墓門縣劒，愧非季子負平生。"並作宇香書，唁之。夜，自煎茶，甚美。

十二日（12月8日）陰。　晚，翰香來。

十三日（12月9日）陰。　獻夫來。怡庭以書若干種交陳謹，頗有一二小品可觀者。得爽秋書。約贊臣來談，同飯，聞張蔭桓已回京。

十四日（12月10日）陰。　爲洪子彬題其太夫人家傳。作書復爽秋，明日交署加封，仍爲崔惠人事，可厭之至。夜，憂從中來，耿耿不寐。

十五日（12月11日）晴。　浮橋又開，過凌也，旋合。仲彭、贊臣均來。

閲朱稼翁《六峰閣集》，集四卷，未知爲足本否，板已漫漶。《梅里詩話》云六峰閣乃其少壯所作，至老篇章尚未付梨棗，或者竟就蟫蠹耶？爲之悵然。

十六日（12月12日）陰。　得廉生書，寄回《方山静憩圖》一合。安姪亦有書，作一紙復之，亦未能暢。

十七日（12月13日）雪。　與内人檢點祭器。

閲《山静居遺稿》，石門方薰撰。《題靖海圖詩》有序云："明嘉靖間，倭寇蔓延，三吴巡按胡宗憲平之，士民頌其功，文衡山爲繪圖以傳。初，倭患棘，總督張經籌畫防禦，屢殺其勢，援寡徵兵，議大舉。趙文華劾以養寇，疏方上，大捷王江涇。文華攘其功，經竟論死。余懼，觀是圖者，知有胡而不知張，有心成之也。”薰可謂有史識矣。

十八日(12月14日)晴。　翰香、仲彭均來。仲彭晚飯後始去。

《明史·湯和傳》：洪武間，倭寇上海，帝强和一行。和與方鳴謙俱，鳴謙，國珍從子也，習海事，常訪以禦倭策。鳴謙曰：“倭海上來，則海上禦之耳。請量地遠近，置衛所，陸具步兵，水具戰艦，則倭不得入，入亦不得傅岸。近海民四丁籍一以爲軍，戍守之，可無煩客兵也。”帝以爲然。和乃度地浙東西，竝海設衛所城五十有九，選丁壯三萬五千人築之，盡發州縣錢及籍罪人貲給役。役夫往往過望，而民不能無擾，浙人頗苦之。或謂和曰：“民讟矣，奈何？”和曰：“成遠算者不卹近怨，任大事者不顧細謹，復有讟者，齒吾劍。”踰年城成。稽軍定格，得五萬八千七百餘人。明年，閩中城工亦竣，詔書褒諭。嘉靖間東南倭患，和所築沿海城戍皆堅緻，久且不圮，浙人賴以自保，多歌思之。按，北方倭患如沿海置衛設戍，仿長圍平捻法，似亦可行。第在得人經理耳，否則役苦民擾而工不堅，無益也。

十九日(12月15日)晴。　晚，仲彭復來，云海城十七不守。

二十日(12月16日)陰。　顧廷一來。得安姪書。

二十一日(12月17日)陰。　石聘之來，留之午飯，久談。陳兒小病。夜，五中煩悶，不能成寐。

二十二日(12月18日)晴。　仲彭夫人來，王媪病，遣余媪來替。贊臣至，雜談。李誠甫來視兩兒疾，蓋皆患喉蛾，殊悶悶也。遼瀋軍情又惡。復安姪書，並允言一紙。

二十三日(12月19日)晴。　贊臣來。内人歸省。

嘉靖間，鄭端簡曉總督漕運。大江南北皆患倭，漕艘幾阻。曉請發帑金數十萬，造戰舸，築城堡，練兵將，積芻糗。中國奸民利倭賄，多與通。通州人顧表者尤桀黠，爲倭導，以故營砦皆據要害，盡知官兵虚實。曉懸賞捕僇之，募鹽徒驍悍者爲兵，增設泰州海防副使，築瓜州城，廟灣、麻洋、雲梯諸海口皆增兵設堠。遂破倭於通州，連敗之如皋、海門，襲之吕泗，圍之狼山，斬首九百餘。曉因賊多中國人，言：“武健才諝之徒，困無所逞，甘心作賊。非國家廣行網羅,使有出身,恐孫、盧出其間,禍滋大矣。洪武間倭寇近海州縣,以高皇帝威靈,兼謀臣宿將,築城練兵,經略數年,猶未乂安。乃招漁丁、蜑户、島人、鹽徒籍爲水軍至數萬人,遣使出海,宣布威德。久之,倭始不爲患。今江北雖平,而風波出没,倏忽千里。倭恃華人爲耳目,華借倭人爲爪牙,非詳爲區畫,後患未易弭也。"其言切至,今日讀之,猶覺洞中倭情。

二十四日(12 月 20 日)晴。　孫表兄及佐軒來,聞倭欲我遣重臣乞和方肯止兵,内意已動。可歎!世誠無人,丁、葉、龔均拏交刑部治罪,豐升河、聶桂林亦拏問矣。夜,曹藎臣有書來,論祁口、埕子口形勢。

二十五日(12 月 21 日)陰。　聞遣張蔭桓、邵友濂赴日本乞和矣。寄都門書,並賀潤師一紙。由顧廷一專人往。

客問於余,曰:"和議,子以爲然歟?"曰:"身在廢錮,不敢言。"客曰:"吾嘗聞淩仲子之説矣。其《讀宋史》云:'靖康之(世)[時],不幸用李伯紀之言,東都旋亡。紹興之(世)[際],幸而不用胡邦衡之言,南渡僅存。'其《金衍慶宫功臣贊》云:'南渡納幣,北面稱臣。蓋由崎嶇兵間,灼見情勢,知强弱之不敵,故委曲而圖存。論者不察,猥以和爲失計。斯皆利害不關於心,紀載未經於目,何足責哉?'"余曰:"唯唯否否。仲子迂儒也,其論金章宗南遷,謂不問吾所以待敵者何如,而以和爲可恃,豈蒙古因金不南遷遂不再至?是又以和而遷爲得計者。不知平日不修戰備,倉卒而非和不足圖存,此謀國者之罪。無戰備之和,和何難於持久?又恃遷都爲苟安,寇能往奈何?此論發於乾嘉間,可爲文之妖矣。"

二十六日(12 月 22 日)晴,冬至。　晦若、獻夫均來。兩兒見愈。聞牛莊不守,宋軍退田山莊。

二十七日(12 月 23 日)陰。　孫小雲、佐軒歸里。午後,内人入署。

二十八日(12 月 24 日)晴。　感寒小病。

閲《楊氏全書》,江陰楊文定公名時撰。文定作直隸學政時,坐主李文貞公作撫。或讒公與巡撫比而招權利,又適有武生驚蹕事,遂命出防南河,十年始召。及督滇,李敏達爲鹽道布政使,恃恩眷,氣淩其上。公裁抑之,遂陰間公,至定斬監候,罪雖加恩寬免,留滇七年,清苦絶塵,日或不能舉火。至乾隆朝召入。文定,康熙辛未進士也。余前以馬江獲咎,陳子良謂似林文忠。而文忠微巧,余悚謝不敢當。今客合肥,所以干預公事,受誣亦與文定事微近,誠不能追蹤先正萬一,而居易俟命。閱前人所遇,不覺爽然於命之理微,豈辛未真有榜運,例應磨蝎臨宮耶?

二十九日(12 月 25 日)陰,夜雨。　是日病甚,至後河,冰轉泮,當雪而雨,皆異事也。

三十日(12 月 26 日)陰,大風。　病愈,兩兒侍坐,詢以所好,滄嗜漢學已入骨,陳堅云好理學書記。今正所言,已如是,未知信否。姑徇其志,以《明儒學案》授之。

《明史·鄭洛傳》:"三娘子佐俺答主貢市,諸部皆受其約束。及辛愛襲封,年老且病,欲妻三娘子。三娘子不從,率衆西走,辛愛自追之,貢市久不至。洛計三娘子别屬,則辛愛雖王無益,乃使人語之曰:'夫人能歸王,不失恩寵,否則塞上一婦人耳。'三娘子聽命。辛愛更名乞慶哈,貢市唯謹。乞慶哈死,子撦力克當襲。三娘子築城别居。復諭撦力克曰:'夫人三世歸順,汝能與之匹,則王,不然封别有屬。'撦力克盡逐諸妾,復妻三娘子。"洛以宣大總督導一婦人爲逆倫失節之事,以保貢市之屬,可醜極矣。其後撦力克卒有洮河之役,卒爲言者劾罷。雖石星辨其無重利啗敵之事,然洛之所以不顧禮義而出此下策者,不過爲貢市計,卒之貢市化爲干戈,其亦可以悟矣。

十二月初一日(12 月 27 日)晴。　洪翰香來,以病初愈尚避風,未之見也。得都門復書。

《明史》:黄正賓,歙人。以汪文言獄詞連及坐贓千金,遣戍大同。崇禎初元起故官。時魏黨徐大化、楊維垣已罷官,猶潛居輦下,交通奄寺,正賓抗疏發其奸,勒二人歸田里。帝以疏中有"潛通宦寺"語,令指名。正賓以趙倫、于化龍對。帝以其妄,斥回籍。劾人令回籍,而即以回籍斥之,處分甚妙。遣戍而又回籍者,得此一人。然正賓所坐,視余爲勝矣。正賓以貲郎,思樹奇節,始以力詆長洲,斥爲民。李三才、顧憲成咸與游。三黜而直道事人,不渝初志,自愧弗如也。

初二日(12 月 28 日)晴,風沙。　内人還,余病亦愈,能閱書矣。

初三日(12月29日)晴。　喉微痛。

初四日(12月30日)陰。　獻夫來,知劉峴莊派欽差大臣,安維峻以上疏迹涉離間,革職遣戍云。

初五日(12月31日)陰。　喉痛。翰香來。

孫高陽疏:"將吏匿關内,無能轉其畏敵之心以畏法,化其謀利之智以謀敵。"此兩語古今通病。文忠,字稺繩。

初六日(1895年1月1日)晴。　僮奴張林去,以余欲南行,堅不願隨也,可笑!今日喉疾愈,惟口尚作渴耳。

初七日(1月2日)陰。　贊臣來。

初八日(1月3日)晴。　寄都門書。

初九日(1月4日)晴。　仲彭來談。

初十日(1月5日)晴。夜,月色甚佳。　得琴友書。

十一日(1月6日)晴。　翰香來,同午飯。

十二日(1月7日)晴。　内姪女暨國煦來,杰姪久不見矣,甚思之。

十三日(1月8日)晴,有風。　孫小雲、佐軒弟均至,買祭田百十二畝。午後,約秦生來談。

十四日(1月9日)晴。　得安圃書。

十五日(1月10日)晴。　洪翰香、李贊臣先後來。午後,晦若過談,知倭人又攻蓋平,今日議和之使張蔭桓方到津也。蓋自有洋務以來,未有倉皇畏葸若此者。

十六日(1月11日)晴。　聞蓋平失守,僅嵩武分統楊壽山陣亡云。於是四衛盡失矣。小雲、佐軒回里。

十七日(1月12日)晴。　誼卿來談,所持皆蘇人議論。聞毓慶停直,未見明文,不知確否。宋慶議處,章高元、徐邦道均嚴議,以蓋平之敗也。聞倭軍數百游奕營口,我師倉皇矣。奈何!吴清卿來津,聞左子異以五營駐錦州,並無槍械。劉峴帥尚趦趄于都門,亦無趣之出者。倭餉不支,械亦並不富,而内意急和,墮其術中,外則欽差、督臣及統兵大員無一以禦倭自任者,局外杞憂何益哉?

十八日(1月13日)晴。　致藎臣一紙。

十九日(1月14日)晴。　昨夜感寒,洞瀉十四次,並作歐吐。

二十日(1月15日)晴。　悶甚,招杰姪來半日。

二十一日(1月16日)晴,大風。　病較愈,以風大,未延醫也。

二十二日(1月17日)晴,風止。　稍進飲食,補完桂林書,寄都。聞衛鎮廿一棄市。

二十三日(1月18日)晴。　内人歸省。秦生來談,自粥廠回。

偶檢《涑水記聞》一則,云:叔禮爲余言,王德用在定州。朝廷發兵屯定州幾六萬,逆旅及民家喧闐殆滿,無一人敢暴横者,偶以倉米擾,德用撫之而定,云云。余謂此謬説也。兵至六萬,不使之於城外設險列屯,而散居於逆旅民家,即不暴横,爲閭閻害甚矣。温公乃信其説而筆之,所見如此,宜其不能經畫西夏也。蓋宋人之見耳。

偶得明拓《于大猷碑》。大猷,志寧孫,碑作褚河南體。

二十四日(1月19日)晴。　得廉生書、安圃書。聞依、長兩將軍收復海城及析木城。

《序卦傳》曰:"窮大者,必失其居,故受之以旅,旅而無所容,故受之以巽。"余境似之。《易》道真有憂患者之言也。

二十五日(1月20日)晴。　午後,仲彭來。

項安世《周易玩辭後序》云:"項公昔忤權臣,擯斥十年,杜門却掃,足迹不出户限。"《直齋解題》亦稱其慶元中謫居,杜門潛心,起居不出一室,送迎賓友未嘗踰閾。余近似之,而賓友亦不來,尤相宜也。

二十六日(1月21日)晴。　洪翰香、黄秦生均來。蓋平之役,宋降二級留任,章、徐均革職留任,罰亦輕矣。聞倭船來圖威海,有自(容)[荣]成登岸之説。

二十七日(1月22日)晴。　約贊臣來談。

二十八日(1月23日)晴。　得曹藎臣書,復之。

二十九日(1月24日)晴。　晚,獻夫來,聞王文韶派幫辦北洋大臣,上之疑合肥深矣。處此地位,誠亦進退維谷也。夜,伯平、秦生過談,三鼓始散。

偶得《沈歸愚集》閲之。歸愚以諸生困場屋,六十二舉鴻博不遇,六十六七連捷成進士，七十一大考二等第五，一年之中由中允至侍講學士。蓋高宗憐其晚達，驟用之以償其劬苦也。壽至九十七，晉尚書、宫傅，極詩人之榮遇，誠熙朝人瑞矣。如余之少躋清班，中遭坎坷，正歸愚累試不第作秀才時。閱之，覺心地益曠然怡然也。

又閱《長文襄年譜》。文襄以平張格爾封二等威勇公，然其在陝甘總督任，以在東撫任失察屬員私借養廉辦差，發往伊犁，旋由科布多參贊、烏里雅蘇臺參贊復擢豫撫，再任陝甘。以失察教匪，雖屢獲勝仗，旋改授伊犁參贊。其辦張格爾也，先賞紫韁，旋以疏縱褫之。先賞雙眼花翎，旋改單眼。至元惡就擒，始賞還雙眼翎、紫韁，復有紅寶石頂、三眼花翎、兩團四團龍補服之賜，以至由二等公晉封一等，時文襄已七十一矣。仰見宣宗馭將之微權，恩威不測。而人臣處崇高之境，當擾攘之時，惟當置禍福榮辱於度外，一意圖功，塞馬得失，不足介意耳。

三十日（1 月 25 日）晴。　晨起，杰姪來，依依有情，頓解煩悶。午後，内人小妹暨仲彭之女均至。内人旋歸辭歲。秦生亦至，略話。今年八月以後運否極矣。然藉此出署離局，未始非福，正當敬以承之，静以待之，不宜稍涉憤激憂傷，以負天之玉女也。

以賤直得《儼山集》，明陸深撰，向止有其外集，不意中得此一快。《明史》稱：“深少與徐禎卿相切磨，爲文章有名，工書，仿李邕、趙孟頫。賞鑒博雅，爲詞臣冠。然頗倨傲，人以此少之。”《提要》以“正、嘉之間，七子之派盛行。而深獨以和平典雅爲宗，不失故步，可謂有守”。按，集中有《致嚴介谿閣老書》，有“老妻特念尊夫人不置，又命楫兒託東樓兄轉達”，亦間有與介谿倡和之作，較崔銑《洹詞》中有《鈐山堂集序》同病。銑序作於嵩作宗伯時，而深書作於嵩大拜後，尤難曲諱。薛蕙於嵩同年，頗相倡酬，及嵩當國，蕙即謝絶往還，削去舊作，邊貢以送嵩之作壓卷，論者以此優劣之。如文裕之倨傲乃小疵，此嵩則不免白圭之玷耳。題跋中篤好顏書，亦不僅法北海漚波也。

乙　未

正月初一日(光緒二十一年,1895年1月26日)晴,晚風霾。　祀祖迎神,儉不廢禮。巳刻,仲彭暨杰、燕、熊姪均來,循鄉俗共喫水角、茶蛋。水角北風,茶蛋南風也。秦生來。

閲《盤洲集》,洪文惠适撰。有題跋數則,考證温大雅、張平高名字相溷之故,甚詳碻。且以《南》《北》史訂《唐書・宰相世系》,可爲讀《唐書》法。忠宣忠義之報,三洪名滿天下。顧文惠及弟文安均黨湯思退,湯罷相,文惠草制無譴責語,晁公武劾之;文安亦以草制無貶詞,汪澈言之,提舉太平興國宫。文學雖優,與文敏奉使辱命,終愧忠宣堂構云。

初二日(1月27日)晴,風止。　秦生、贊臣均來。午後,約永詩以與伯平締兒女姻,託永詩與秦生作冰人也。

盤洲有《重編唐登科記序》,云:"《藝文志》著録姚康、崔氏、李奕三家二十三卷,《會要》載鄭氏上宣宗者十三卷,《崇文總目》有樂史修定者四十卷,今多亡矣。予家藏崔氏書,貞元中校書郎趙傪爲之序,大氏顓載進士續之者,自元和方列制科,訖周顯德乃止。又從毗陵錢紳氏得一編,起武德,盡大和,頗兼制科,而十遺五六。嘗考《會要》《續通典》補正之。據唐人集增入策問,及校中秘書,亦得一編,冠以趙序,與舊藏略同,而序次又不相類。蓋後人損益,俱非崔舊。世所傳《雁塔題名進士》,存者鮮焉,獨長慶一年不闕,以證諸本,皆異。唐去今不三百年,而數家之書矛盾若此。先忠宣還自朔庭,得昭文館姚康書,前五卷最詳盡,而亡其十一卷,所載高祖、太宗兩朝進秀甲乙,總二百六十三人,證此本乃九人而已。故今所輯一以姚氏爲正,天寶以後則以三本合一,至其後先乖次不可悉辨,爲十有五卷云。"文惠又有《大宋登科記》,自建隆庚申至紹興庚辰,爲二十一卷。今兩書均佚。徐星伯有《唐五代登科記》,《畿輔叢書》刻之,不及余所藏抄本之完備,暇日當詳考之。

初三日(1月28日)晴。　午後,晦若、翰香均來。

初四日（1月29日）晴。　晚，曹藎臣自小棧來。

初五日（1月30日）晴，夜微雪。　合肥生日，内人歸祝。發肝眩，十一月廿七、臘月廿三，與此而三矣。

楊忱爲人，《涑水記聞》極貶之，而《傳家集》有《送楊太祝忱知長洲縣》五律一首，云："三吴佳縣首，民物舊熙熙。專用清談治，知非俗吏爲。林疏丹橘迥，稻熟白芒欹。宜使民無忘，嚴修太伯祠。"所以期許之者甚至。忱作《管子序》，故余有見輒録之。

子瞻有《賈生論》，不知温公亦有此論，以賈生爲學不純正。其言曰："治天下之具，孰先於禮義。安天下之本，孰先於嗣君。賈生以禮義儲嗣列之於後，以爲餘事，顧切切以列國外夷之爲慮，皆涕泣之，可謂悖本末之序，謬緩急之宜，謂之知治體，何哉？"論作於慶曆三年，知非爲荆舒發以論賈生。余惟嫌其論淮南諸子過刻禮義，論教外夷，内外並重，似不能以此責其不正。宋戒用兵，温公學術宜其不憙賈生也。

初六日（1月31日）陰，夜，大風又雪。　請永詩、秦生爲媒妁，聘伯平前輩次女爲志滄婦，年十六矣。辰刻禮成。巳刻，伯平來談。

初七日（2月1日）雪止，晴寒。　聞威海南岸龍廟觜礮臺不守。作安圃及都寓書。仲彭來。

《周書·王思政傳》：思政守潁川，齊文襄堰洧水攻之。思政率左右據土山，欲自刎。先是，齊文襄告城中人："有能生致王大將軍者，封侯。若有損傷，左右皆從大戮。"都督駱訓等因共止之，不得引决。文襄遣趙彦深執手申意，引見文襄，辭氣慷慨，無撓屈之容。及齊受禪，以爲都官尚書。史臣以爲："雖運窮事蹙，城陷身囚，壯志高風，足奮百世。"噫！文襄以虚禮奪思政之節，而其督將分禁諸州地牢，數年皆死，思政靦顔苟活，更受齊官，史乃以爲壯志高風，然則於禁降蜀亦宜無譏乎？思政之子，《周書》作秉，《北史》作康，並云：康沈毅有度量，爲周文所親信。思政陷後，以因水城陷，非戰之罪，增邑三千五百户，以（龍）［康］襲爵太原郡公。有弟揆，亦進爵爲公。揆弟（刊）［邗］，封侯。（刊）［邗］弟恭，恭弟幼，均封伯。康姊封縣君。康兄元遜亦陷，封其子景縣侯。《周書》略之。若以康入隋，故《隋書》亦無傳也。周不罪思政，已寬於降將之後，剖珪錫爵，如此優隆，而思政反面事仇，初無愧耻。史乃以其家無蓄積極意褒揚，使南董執筆，當不如是。

初八日（2月2日）晴。　花農過談。午後，仲彭又至。得都寓書。

初九日（2月3日）陰。　翰香、晦若均來，秦生亦至。聞威海北岸亦失。戴宗騫遁。

《周書》於諸臣列傳皆敘及其子孫，而《長孫紹遠傳》不及其子覽，《長孫兕傳》不及其子熾、晟，豈以《隋書》已成，故略之？抑以長孫氏方貴，故不敢涉筆耶？疑宋本不可得，此本或有遺脱歟？

初十日（2月4日）立春，陰。　聞聶提督奉調回直，旋因倭犯摩天嶺中止。得藎臣書，言軍械略可敷用。

僕輩捆載書簏，偶拈一册，乃僧無住《谷響集》也。有《擬塞上曲》二首，云："金笳叫月夜將分，萬馬群嘶徹陣雲。戍卒半成邊地土，麒麟閣上畫將軍。　漠漠黄雲關塞秋，邊人八月擁貂裘。偶來飲馬長城下，沙底泉清見髑髏。"噫！一將功成萬骨枯，誠堪浩歎。若今之萬骨已枯，而將不成功者尤堪痛恨矣。小人已化蟲沙，君子不爲猿鶴，將若之何？善住，元時詩僧，多與仇山村倡酬之作，詩惟近體，末有詩餘一卷。《元詩選》以宋子虚寄無住詩"句妙唐風在，心空漢月明"，可以評定其詩。又以其論詩有"典雅始成唐句法，麤豪終有宋人風"，謂可知其格調所由來。余喜其僧詩無蔬筍氣，蓋得力於武功、"四靈"者。

十一日（2月5日）晴。　得都寓及潤師臘月廿五日書。贇臣陪吴少蓮來，吴知醫，爲内人診脈。午後，獻夫來，時已放江西糧道。聞倭拒使臣議和，不日將由長崎言返，所謂自取其辱也。吴名景毓，嘉興附生。

閲《周書·儒林傳》，僅盧誕、盧光、沈重、樊深、熊安生、樂遜六人。沈有《周禮義》《儀禮義》《禮記義》《毛詩義》《喪服經義》《周禮》《儀禮》《禮記音》《毛詩音》。樊有《孝經》《喪服問疑》《七經異同説》《義（經）[綱]略論》[並]《目録》。熊有《周禮[義疏]》《禮記[義疏]》《孝經義疏》。樂有《孝經》《論語》《毛詩》《左氏春秋序論》《春秋序義》，通賈、服説，發杜氏違，列之儒林可也。盧誕雖博學有詞采，初無著述。光精於三禮，善陰陽，解鍾律，而所撰僅傳《道德經章句》。且性崇佛道，至隨周太祖所指，獨見山上桑門，因而立寺棄儒從釋，何足矜式士林，乃裒然居傳首？案，其實徒以誕爲魏諸王師，光爲周高祖師耳。然則師傅即大儒乎？史氏失之。

十二日(2月6日)晴。 仲彭來談。

袁簡齋《[重修]于忠肅廟碑》以諫易儲無關輕重，最爲直捷痛快。蓋英宗本不宜復辟，即沂王本不宜爲太子也。昨閲劉鳳誥《存悔齋集·題[于]忠肅[公]畫像》後謂："《明史》[書]景泰八年正月丁丑，帝輿疾，宿南郊齋宫，己卯群臣請建太子，不聽。碑曰正月丁丑景皇帝不豫，公同廷臣上章乞復皇儲，未報。公上疏復儲，月日不出乎此。它時憲宗在位，獨不許論廢立事。蓋先年已簡及公疏，制追卹，復其子官，可以明其志也。"附録阮文達《題語》，謂邵學士晉涵嘗見明景泰間通政司舊册，署某月日于某一本爲太子事，惜其年月未能記憶，文字漫抄，謂憲宗于忠肅褒卹有加，實曾見手疏之故。案，邵親見舊册，何勿録其全文，乃爲此閃爍之語，殊爲可怪。此豈足以破千古之疑。要之，忠肅之冤，亦不藉有此一疏與否也。

十三日(2月7日)陰。 贊臣陪吴茂才來，診内人病。翰香亦至。

閲《明史·戚繼光傳》：繼光以都督同知總理薊州、昌平、保定三鎮練兵事。上疏言："薊門之兵，雖多亦少。其原有七：營軍不習戎事，而好末技，壯者役將門，老弱僅充伍，一也；邊塞逶迤，絶鮮郵置，使客絡繹，日事將迎，參游爲驛使，營壘皆傳舍，二也；寇至，則調遣無法，遠道赴期，卒斃馬僵，三也；守塞之卒約束不明，行伍不整，四也；臨陣馬軍不用馬，而用步，五也；家丁盛而軍心離，六也；乘障卒不擇衝緩，備多力分，七也。七害不除，邊備曷修？而又有士卒不練之失六，雖練無益之弊四。何謂不練？夫邊所藉惟兵，兵之所藉惟將；今恩威號令不足服其心，分數形名不足齊其力，緩急難使，一也。有火器不能用，二也。棄土著不練，三也。諸鎮入衛之兵，嫌非統屬，漫無紀律，四也。班軍民兵數盈四萬，人各一心，五也。練兵之要在先練將，今注意武科，多方保舉似矣，但此選將之事，非練將之道，六也。何謂雖練無益？今一營之卒，爲礮手者常十，不知兵法，五兵迭用，當長以衛短，短以救長，一也。三軍之士各專其藝，金鼓旂幟，何所不蓄？今皆置不用，二也。弓矢之力不强於寇，而欲藉以制勝，三也。教練之法，自有正門，美觀則不實用，實用則不美觀，而今悉無其實，四也。臣又聞兵形象水,水因地而制流,兵因地而制勝。薊之地有三:平原廣陌,内地百里以南之形也;半險半易,近邊之形也;山谷仄隘,林薄蓊翳,邊外之形也。寇入平原,利車戰;在近邊,利馬戰;在邊外,利步戰。三者迭用,乃可制勝。今邊兵惟習馬耳,未嫻山戰、林戰、谷戰之道也,惟浙兵能之。願更予臣浙東殺手、礮手各三千,再募西北壯士,足馬軍五枝,步軍十枝,聽臣訓練,軍中所需,隨宜取給。”時當國者右戚,遂命繼光鎮守薊州、永平、山海諸處,薊門軍容遂爲諸邊冠。今畿東空虛甚於明時,而明惟防邊,今兼防海事,更棘於嘉靖也。

十四日(2月8日)陰。　聞劉公島失守,海軍盡没,於是登、旅門户盡爲倭據矣。昌勝憤悶,合肥自請罷斥,未知中旨若何。得允言書,眷屬擬十九出都。

閱《譚綸傳》。綸總督薊遼保定軍務。疏言:“薊昌卒不滿十萬,而老弱居半,分屬諸將,散二千里間。敵聚攻,我分守,衆寡强弱不侔,故言者亟請練兵。然四難不去,兵終不可練。夫敵之長騎,非募三萬人習車戰,不足制敵。三萬人月餉,歲五十四萬。此一難也。燕趙之士,鋭氣盡於防邊,非募吴越習戰卒萬二千人雜教之,事必無成。議者以爲不可信。此二難也。軍事尚嚴,燕趙士驕,驟見軍法,必大震駭。且夫京師近,流言易生,徒令忠智之士掣肘廢功,更釀他患。此三難也。我兵素未當敵,戰而勝之,彼不心服。能再破,乃終身創,而忌嫉易生;欲再舉,禍已先至。此四難也。以今之計,請調薊鎮、真定、大名、井陘及督撫標兵三萬,分爲三營,而授繼光以總理練兵之職。詔悉如所請。綸相度邊隘,分薊鎮爲十二路三營,東駐建昌備燕河以東,中駐三屯備馬蘭、松、太,西駐石匣備曹墻、古石。”此疏足與戚並峙,誠防邊至論也。綸,字子理,宜黄人。

十五日(2月9日)陰。　廷一、翰香均至。午後,仲彭夫人暨其兒女來。

《戚傳》云:“諸督撫如譚綸、劉應節、梁夢龍輩咸與善,動無掣肘。”《譚襄敏傳》則云:“巡撫劉應節異議。”《應節傳》中不載所議若何,殆江陵諭解後形迹已化矣。應節官撫時,嘗以永平西門抵海口,距天津僅五百里,請募民赴天津領運,同運官出海。部議以漕卒冒險,改發山東、河南粟十萬石儲天津，令永平官民自運。及代襄敏作督，疏言：以兵二十餘萬，復大寧，萬年之利。集三十萬，分屯列戍，百年之利。不然，則選主客兵十七萬，訓練有成，不藉鄰鎮，亦目前苟安計。勾新軍補主兵舊額十一萬，與客兵番休，不得已之計。語恢廓而卒不行，較譚、戚則似不切也。應節，字子和，濰縣人。觀此，則明季之邊餉病國耗民爲已甚矣。

十六日(2 月 10 日)晴。　鞠耦歸省。孫茶孫來。

十七日(2 月 11 日)陰，微雨。　延吴生診脈。贊臣同來。秦藝林亦至。聞劉公島未失，船尚存，四遠魚雷艇及六鎮全沈矣。遣滄兒回里掃墓。晚，仲彭來。

《周書·賀若敦傳》：敦孤軍深入湘州，俄而霖雨不已，秋水汎溢，陳人濟師，江路遂斷，糧援既絶。恐侯瑱等知其糧少，於營内多爲土聚，覆之以米，集諸軍，若欲給糧者。因召側近村民，若有訪問，令於營外遥見，隨即遣之。瑱等聞之，良以爲實。相持歲餘，瑱等不能制，借船送敦渡江。晉公護以敦失地無功，除名爲民。《北史》亦然。按，敦至湘州，已苦糧絶，嗣未聞周遣援師，而軍次湘羅，民廢農業，何以能相持歲餘不憂飢潰？然則前所爲糧絶，及本傳裝船設伏，及牽馬著船，兩事皆敦，誰言以自掩其失地敗軍之咎耳？卒以此怨望致禍，敦亦不善處敗矣。

十八日(2 月 12 日)陰。　小雲、佐軒來，爲覓王姓叔姪兄弟三人以供驅使，皆近村人也，曰勔，曰勑，曰青兒。

十九日(2 月 13 日)陰。　翰香來談。佐軒云，永、遵兩屬能放鳥槍者，可得三萬人擡槍。按鎮斂之，亦可得數千桿。並有聶姓係南人，占籍於吾邑者，能改擡槍爲後膛，如聶之伎，邑中約有三五人，云惟團練不如法。富户承大祲之後，均不願捐，以練選有名無實也。紳耆均望余任此事，余以此益不敢言歸。蓋鄉團之急，不能不任，而君父之命不敢不遵，誠兩難耳。夜，仲彭來，滄兒自里歸，遣佐軒、小雲回。

二十日(2 月 14 日)雪，夜大風。　署中送寄諭來。合肥賞還翎頂、黄馬褂，開復革職留任處分，授爲頭等全權大臣，與日本議和。王文韶署直督北洋大臣。雪中，内人歸省，合肥殊坦然，不以爲危。苗開泰來商酌南行事宜。贊臣同吴生來診，匆匆即去，以病略愈，亦未定方。

單騎見回紇，共傳爲郭令威望所致，然回紇特爲僕固懷恩所誘，本無戰志，故得以開誠布公，講信修睦，此不可狃也。其後，吐蕃尚結贊之於唐德宗，即有梨樹劫盟之變，其言曰唐之良將李晟、馬燧、渾瑊而已。當以計去之，乃入鳳翔境内，無所俘掠，以兵二萬直抵城下，曰李令公召我來。上亦忌晟功名，會吐蕃離間，張延賞等騰謗於朝，無所不至。至於表請爲僧尚結贊，復因馬燧求和，上以邢君牙代晟，謂大臣既與吐蕃有怨，不可復之鳳翔，而遣渾瑊與吐蕃盟於清水。晟深戒之，以盟所爲備不可不嚴。延賞以我有疑彼之形，則彼亦疑我譖之，上召瑊戒以推誠待虜，勿自爲猜貳。及盟，駱元光伏兵營西，韓游瓌亦遣五百騎伏於其側，吐蕃伏精騎數萬於壇西，游騎貫穿唐軍，出入無禁。瑊入幕，易禮服，虜伐鼓三聲，大譟而至，殺宋奉朝等於幕中，瑊偶得他騎遁去。是役也，晟知其詐，柳渾書生亦知其詐，而張延賞輩以忌晟故不信其言，致渾侍中幾瀕於死，辱國甚矣。戎狄豺狼，夫豈信誓可結乎？至金之於宋，要宰相即宰相，要親王即親王，時金師已迫汴都，而徽、欽闇主，何㮚輩皆庸臣，固無足論。甚矣，使事之不宜忽也。

二十一日（2月15日）陰。　劉獻夫、顧廷一、洪翰香均來。連日狂風，冰未能遽解，殊悶人也。聞丁汝昌、劉步蟾均死，劉公島已不守。夜，贊臣餽肴四器，來話行事，殊有别意。

二十二日（2月16日）陰。　晦若來談，將隨合肥入都也。吴西白寄柳堂《攜雪集》。

二十三日（2月17日）陰，大風。　贊臣、翰香來。聞合肥二十五日入都。

二十四日（2月18日）晴。　獻夫來。是日内人歸省，送行殊難爲懷，夜半始歸。陳序東自遵化至。

二十五日（2月19日）大風沙，晴。　晦若來話别，與之同行至浦口，送合肥，少談而返，歸寓已戌正矣。

二十六日（2月20日）晴。　得伯平書。仲彭來。聞九弟患口偏，作電詢之。

二十七日（2月21日）陰。　延吴少蓮來爲内人診脈，午間贊臣同至。夜，少蓮自來。

二十八日(2月22日)雪。　輸香爲約少蓮同行，獻夫來談，午後少蓮來診。

二十九日(2月23日)雪。　少蓮又來診。得九弟除夕前一日書，云各病均愈，惟患口偏，尚未肯辭差也。

三十日(2月24日)晴。　贇臣來。夜，仲彭過談，示合肥電，知倭欲甚奢，各國助勸不能用力，請幫辦不允。聞濟甯以下無水，悶甚。

二月初一日(2月25日)晴。　寄都門書，附安圃一緘、吴西白一緘。少蓮來。

初二日(2月26日)晴。　探聞由濟至浦，以築壩故無水，非改道，即須陸行，殊難決計，何命之窮也。贇臣、秦生均來。連日雖不廢書，而心緒紛如，殊無所得。

初三日(2月27日)陰，夜雪。　少蓮來，以道口水程迂遠告。夜，仲彭至，示合肥書，知長春違和，尚未得見也。

薛史久湮，乾隆間自《永樂大典》輯出，又補以《元龜》《通鑑》諸書，首尾略具。《提要》謂其"文雖不及歐陽，而事蹟較備"。余謂歐如《公羊》，薛如《左氏》。蓋歐惟重書法，往往因文略事耳。周臣僅王朴、鄭仁誨、扈載三人，未免太拘，既不敢録韓通，而王溥、范質輩又仕宋室，是以所取太隘，一朝文治武功竟不得其要領。薛史則復失之雜，與王朴同傳者楊凝式、蕭愿、盧損、王仁裕、裴羽、段希堯、司徒詡、邊蔚、王敏及居正父仁謙，凡十人，孰足與朴相提並論者？居正欲尊其父，擬文伯以自重，可也，何至猥雜若此？殆館臣以意次第之矣。嘗思五代各辟，惟周世宗英毅有爲，父事契丹之石氏固不足道，即趙之太祖、太宗合爲一人，亦不足望其項背。乃陳橋謀變，既以顯德七年没其嗣君，改元之號，而受禪之後，曾不聞如南唐之於義祖，隆世宗以别祀之禮，可爲涼薄。擬輯世宗一朝爲本紀，而以其時將相爲傳，以存其南北征討之略，足以上掩李、劉諸辟，下掃隆、平兩朝。馮道云："陛下能如唐太宗否？"噫，無太宗之福與壽，天厄之也。至於才，則庶幾矣。

初四日(2月28日)陰。　石聘之、王楓臣來。午後，仲彭夫人過商行事。河有解凍意，尚慮有風。

初五日(3月1日)晴，夜大風。　翰香午來，秦生夜至，皆閒話也。

初六日(3月2日)陰，有風。　夜，李搏霄來。

初七日(3月3日)晴。　苗開泰帶護隊來見。

初八日(3月4日)晴。　翰香來。

初九日(3月5日)晴。　贊臣來話。

初十日(3月6日)晴。　合肥約至浦口一見，仲彭陪往。午後，襆被宿浦口。

十一日(3月7日)晴。　巳刻合肥至浦口相見，午飯後歸。贊臣來，晦若亦至，翰香送行。

十二日(3月8日)晴。　内人歸省，河冰已泮，而楊柳青一帶尚未全開，悶甚。晚，聶提督士成來，贊臣爲介。連日書篋衣笥，均陸續發交招商棧房。

十三日(3月9日)晴。　仲彭來送行。

十四日(3月10日)雪。　聞宋軍大敗。伯行自南來，隨合肥赴倭者。

十五日(3月11日)晴。　河冰全解。小輪及各船均備，可以行矣。内人歸省。贊臣、翰香、廷一至。崔琴友自南來。得允言書，知容舫夫人及姪孫等均抵清江浦，將寄居揚州，以待安圃。

十六日(3月12日)雪。　獻夫來送。午後，仲彭至寓，共登舟，與仲彭夫人之舟同泊署左馬頭。仲彭夜話，三鼓始散去。贊臣送至舟中。與兒輩同宿。

十七日(3月13日)晨陰，午後雪，風甚大。　辰刻放舟，午刻至楊柳青，逆風作雪。贊臣返，仲彭夫人舟滲漏不能行，遂泊，偉郎留余舟中。是日行四十里。得晦若書，云送合肥行後，避居山寺月餘。晦若本從赴東洋，忽爾變計，殆入都爲芸閣諸君所動也。

十八日(3月14日)大風雪。　因仲夫人易舟，仍泊楊柳青，河又合冰。

十九日(3月15日)大風，午後晴。　夜，仲彭來，以洋學生麥信堅至，因偉郎患(炸顋)［痄腮］，恐是外證也。聞合肥已於巳刻出洋。

二十日(3 月 16 日)晴，有風。　冰尚未解。午刻，仲彭回津。仲夫人來内人舟，余因徧歷黄十田、仲彭處館師。名禮耕，戊子孝廉，霍山人。吴少蓮各舟，薄暮始返。

二十一日(3 月 17 日)晴。　小三、小二均感冒。午後至少蓮處略談。河仍未泮。仲彭遣鄒琳送水、菜來，有書復之。

二十二日(3 月 18 日)晴。　晨起，冰猶皚皚。午後，南來二百餘船，共椎之，凍解。德州運械舟與輪舟争道，武弁温如瑛竟喝令劣勇陳學義、王振興持刀斫人，水勇受傷，慈航管駕許復昌出，始解。使民舟遭之，則忍氣吞聲而去耳。官差之横如此，可歎也。由鮎魚觜開行，至小沙窩，去楊柳青十八里矣。觜距青三里，僅行十五里也。偉侯病漸愈，其弟妹則霍然也。

二十三日(3 月 19 日)晴。　寅正鼓輪二十二里，至獨流，出天津界二十里，至静海縣小泊，延少蓮爲偉郎診。時已午正，及買藥、菜至，已未初矣。復行五十里，泊唐官屯，共行九十二里，以風逆，兩輪各挈三舟也。沿途無所見。惟距静海廿五里之陳官屯，以及東釣臺、張官屯、高官屯一帶稍有果木，然麥畦猶凍，柳岸不春，殊不足以擴眼界耳。

二十四日(3 月 20 日)陰晴相間。　寅正鼓輪，十八里柳河，里許至馬場，出静海界，四十里至青縣。又四十里至興濟，明廢縣也，宋之范橋鎮，大觀初置縣。酉初，維舟、少蓮來，爲偉郎診。是日風仍逆，共行九十八里。夜，將輿夫小舟撤去。德州王佑修遣使來候。

二十五日(3 月 21 日)晴。　晨起展輪，十里至覺樓，出青入滄，四里吴家觜，四里花園，五里劉家院，五里大圈，一里獻城，六里玉皇廟，一里滄州，時已午矣。以偉郎延吴少蓮及麥作之信堅診治，稍稽數刻，復行二十七里，泊留佛寺，州六里至問流，八里張家崖，四里脚店，九里至寺。共行六十三里。遣人回津取藥，並命王廷棟由甎河遵陸在德州爲小住計，以偉郎外證難即痊可也。

二十六日(3 月 22 日)晴，大逆風。　留佛寺，行九里，至甎河，十二里白楊橋，六里馮家口，出滄州界。此村河東屬南皮，河西屬交河。又六里劍屯，八里小薛家窩，四里大薛家窩，距南皮縣十五里，又四里至尹家圈。風大不能行，小泊片刻。余舟房艙見水，擾擾良久，蓋相隨無經事健僕也。薄暮復行八里，泊齊家埝。圈、埝皆屬交河，以河東無村落也。竭一日之力，僅行五十七里，可笑。

二十七日（3 月 22 日）晴，風仍逆。　自齊家埝五里至迎流，十九里至泊頭鎮，交河之新橋驛也。河西屬交河，河東仍屬南皮。八里至朱家圈，四里迎河口，莽改南皮爲迎河亭是也。八里下口，十里油坊，十里東光。小泊，延醫定方，入市買菜。復行十五里，至十五里口泊，共行七十九里。

二十八日（3 月 23 日）晴。　微明駛行廿五里至連鎮，僧邸殲李開芳於此。入吴橋界，所謂連窩驛也。又十五里，至上十五里口，又五里曰范家圈，出吴橋界，河東德州，河西景州，二十里至安陵小泊。《水經》大河，故瀆經蓨縣，故城東又北逕安陵縣西，酈注以爲安陵鄉是也。唐武德四年置縣，旋廢，屬德州，今爲景州界。延麥生爲小三診視。風勢轉西北，急放舟，十二里至華家口，十八里至桑園，即柘園鎮也。出鄉，入齊，十八里至高公場，爲德州屬。是日共行一百十三里。從此避地他邦，不知何日言旋鄉國，爲之憮然久之。

二十九日（3 月 24 日）雨。　晨起，偉郎瘍決。由高公場開行，十八里老君堂，十八里白草窪，十五里小閘，三里至德州，方午刻也。苗開泰於河干借一屋，略葺之，擬明日登陸晤轉運局委員大名縣陳忠儼，字孟威，勾山後人，與芰聲同年同宗，爲其族姪。糧道恩叔涵燾、知州王筱珊佑修來，均使人却之。恩乃西臺舊僚，王則庚午同譜也。王榜名燦修，安徽英山人，丁丑進士。聞議停戰不行，清卿撤去幫辦，來京聽候部議。

三月初一日（3 月 26 日）雨。　孟威爲借德成糧店暫憩，居在北倉，故典肆也。店爲遊擊李大勇所設。嵩武備部，運局幫辦。午後，孟威來，商定由山路行，遣各舟回津。作仲彭、贊臣兩書，交慈航。

初二日（3 月 27 日）晴。　王筱珊同年、恩叔涵糧儲先後至。叔涵頗講求書籍，久坐長談，頗能理麈尾，王則老吏耳。晚，李得名送藥來，云大沽北唐已有倭船游奕，爲脅和計。石山站不守。清卿不知下落，所部均潰散矣。

初三日(3月28日)晴。　孟威來,料理陸行。

初四日(3月29日)晴。　辰初由德州行至黄河崖午飯,由涯至曲陸店宿,共行五十里。由德州繞東關約十里,名五十,殆六十里而近。臨發,得仲彭電,廿八日倭陰遣刺客以槍傷儀叟左頰,幾蹈來歙、費禕之轍,聞之憤恨。顧儀續電云,雖傷不礙,仍議停戰,津眷如未行可緩云云。何其晦豫如此!

初五日(3月30日)晴。　辰正二刻,行二十五里,在平原縣東關午飯,又十八里,宿平原二十里鋪。據路程單,曲陸至平原三十里,至鋪廿里,此五十里甚近。今日仍走半站,以鞠耦昨歐吐,不敢遺程,由曲陸至此均平原界,代理縣寶坻王之榦乃王閣學祖培同族。

初六日(3月31日)晴。　晨起,得贊臣書,由陳孟威寄來,内附庚世兄一緘。贊臣又有電,知王福已抵上海,可喜。孟威書云,傅相如夫人已由津南來。辰正三刻起行,二十五里,李家砦小駐茶坐,又三十里,宿禹城橋,橋距縣西僅四里。知縣海州楊學淵,字海峰。專人回德州,與巡捕倪芳帖,因合肥師衣箱事。店甚敝絜。澎湖不守,清卿改降調爲革留,即赴湘任云。

初七日(4月1日)陰,申刻微雨一陣,旋止。　辰正啟行,四里過禹城縣,又十一里曰戚家橋,又十里曰蒙莊,又二十五里曰晏城。此非正道,以泥淖改途耳。志以爲平仲采邑,今爲馬驛。店甚僻狹,草草午飯。或傳湘軍三營過境,欲宿晏城。余以爲不必慮,遂復行二十五里,宿齊河縣。店皆爲湘軍所占,知縣王祝蘐大令爲借督揚書院作寓。祝蘐名敬勳,曉林侍郎之少子也。是日共行七十里。作復仲彭電及一書,遣王國柱赴濟南,交李子木觀察寄都。

初八日(4月2日)晴。　出東門,渡河行長隄,歷玉符水豐齊鎮,至杜家廟,距縣僅廿五里,而新築長隄宛延曲折,昔由南逕行,今由東轉而西南。約卅五里,過一山,詢之土人,名曰峨眉山,疑即玉符山,見於《水經注》者,《方輿紀要》云一名方山。豐齊爲漢茌縣,唐天寶改曰豐齊,元和十五年併入長清,五代時置豐齊驛,梁敬翔《編年録》驛在濟州東南三十里,即此鎮北二里,即祝阿故城,云廟距鎮亦三里許,過河皆長清境。途遇黄本富所募富字營,頗横。

初九日(4月3日)晴,頗暖。　辰正二刻行,二十五里,實二十里。至開山早飯,又二里曰炒米店,又十三里曰崮山驛,均賸破店,又十五里,歷青崖崮至張夏縣丞駐,此共行五十五里,實四十四里。山道以八爲十也。張夏在長清東南五十里,青崖、隔馬諸山環之,所經溪澗即南沙,河道雜沙石,磐確難行,幸旅店尚潔耳。王弁回,李子木不在濟南,密電無寄處,作孟威書,由德達都。兩兒同宿一店。

初十日(4月4日)晴。　辰正啟行,十里石店,五里土門,五里青楊樹一名楊莊,五里金莊,五里玉陵關,有橋,五里小灣德土人曰萬德,五里大灣德,午飯。十里長城,所謂齊有長城鉅防,足以爲固也。《日知録》有考,非《管子》所云長城。五里皮條店,皆買馬鞭者,五里墊臺,共行六十里,皆長清界。按,《方輿紀要》:長城在平陰,而泰安有長城嶺,蓋齊所以備楚者。城東至海,西至濟州,濟州關則長清界也。

十一日(4月5日)晴。　辰正二刻,五里界首,十里新莊,望見泰山,早飯。五里鶴領,九里大華領土人名大佛寺,十五里泰安,又三里宿南關。偶行店後菜圃,乃孔玉雙前輩别業,園叟往告。夜,玉雙來談,十二年不見矣。共行四十七里。未至大華領,歷泰安二十里鋪,距泰安五里,有御碑樓。十二年中,兩過岱宗而不得一游。玉雙云,岱宗可游之地。玉雙,可談之人。何不勾留數日? 殊愧斯言。出新莊,即見泰山,距府城尚四十里。

十二日(4月6日)陰,有風。　辰初二刻,過玉雙,未起,居麟趾街。即還,登車。五里歸莊,五里十里河,五里紅廟,十里邱家店,垣墻甚高。十里于呂二莊,渡汶河。又渡一小河,至崔莊午飯,店破爛矣。十二里越一領,至池家莊,過小泰山,即新甫,十里化馬灣,十里王法嶺,十里官橋,或曰板橋,又有一小橋,曰呂家橋。十一里黄領,八里羊劉。共行一百二里,到店已薄暮矣。沿途層巒疊嶂,則徂徠、龜山在望,到眼皆古跡也。羊劉亦作羊流。

十三日(4月7日)晴。　巳初起行,八里官路莊,十里福邱,五里四槐樹,五里崖頭,五里翟莊,午飯。十里葛溝橋,過淙河,又過西周河,十五里至新泰縣,宿西門外鹽店。仲彭夫人宿城内平陽書院。知縣徐子怡庚午北榜同年,與容舫同出黄觀虞房。出郊十里相迓,到店久談,投刺答之。

至書院一行，返寓。

借《縣志》閲之，淩襍無法。羊流爲羊叔子故里，祖墓存焉，盧紘爲之立祠。余不滿羊太傅，且太傅未歸葬，故疑而未記。西周入小汶。又有李公祠在羊流，爲明萬曆間知縣江南如皋人以振荒築城，民爲建祠，縣署有靈槐書院，因孫明復爲平陽人，其實即以泰山名之爲得實。

十四日(4 月 8 日)晴。　巳初行，子怡來送。十二里沈家莊，六里敖陽，即敖山之陽，本宿處店亦甚狹，五里溝子，三里官莊，四里常盧。午飯，皆小店，有欠伸打頭之歎。五里五里橋，十里西諸佛領，五里東諸佛領，以儒者之邦而領以佛名，必非其初起矣。五里茶棚，宿蒙陰東關，距茶棚又五里。共行六十里。凡歷九領八河，水不没踝，而山路崎嶇，車煩馬殆，知縣濮賢恪乃清士太守子，以海防捐補缺。龜蒙、鳧繹均在望中，惜地主無雅人，不能策杖一游耳。

十五日(4 月 9 日)晴。　命兒輩在關祠拈香，與少蓮均寓祠中也。眷寓鹽店，與祠相鄰。辰初三刻行，過五里保，三里曰保德，五里公家城，本鎌處。一里小沙河，四里青山埠，三里明義橋，五里北桃墟，即《春秋》之桃丘也。午飯，店甚陋。一里朱家店，七里蔣溝橋，四里三家店，二里交界墩，四里界牌，五里朝僊橋，四里丁旺莊，三里垛莊。共行六十二里，或云七十里，虚數也。垛莊有店，亦絜浄，爲山道之冠。以兵差駱驛，額裕如方伯亦至，乃假劉氏宅作館。主人劉曰楙，字桂生，候選道，而家居者三子，伯臣昇厚、仲山昆厚、叔德景厚。桂生四十三，有二孫矣。饒於貲，屋甚敞大，殊有閒適之樂。其九世祖翰明，字翊之，崇禎拔貢，入國朝守大名，攝備兵。其屋則曾祖家音所創也。得伯平、孟威書，自桃墟以下，皆沂水界。知孫錫元，字會一，癸酉舉人，丁丑庶常散館，佛臬司爾國春之子。家音，嘉慶初人。

十六日(4 月 10 日)雨，晚晴。雨中微兼雹，幸不傷麥。　束裝待發，先馬已行，忽油雲作雨，乃解鞍弛轡，仍寓劉宅。午後，雨益甚，幸申酉間放晴，遂循劉氏花圃展眺，聊以遣悶。行幐所攜書已隨大車至青駝鎮，燈下枯坐而已。

十七日(4 月 11 日)晴。　巳初行，八里泉橋，七里回生莊，十里雙堠，午飯。道甚濘，兼山路磊確。十里艾峪湖，《左·隱六年》：“公會齊侯於艾。”州西有艾山，此即艾山之溪水也。五里徐崖，五里青駝寺宿。《紀要》云，穆公城在州西北九十里，相傳魯穆公所築，東有九女墩，南有青駝鎮是也。有東大寺，即青駝寺矣。鎮屬沂州。蘭山知縣朱鍾琪，浙人。余所歷皆沂水及費縣界也。

十八日（4月12日）雨。　辰正三刻行，時春陰陰密，出鎮二里許，過長橋。青駝寺有碑記。又三里曰小河，又五里曰磨石浦，至浦則微雨灑塗，八里徐公店，七里大峪崖。欲就崖午飯，店甚狹穢，與内人瀹茗茅簷下，復冒雨行。三里關墩，五里沙臺峪，五里大山峪，七里半城。共行四十五里，宿至宿所，雨益甚，破竈冷房，殊不可耐。山東道因兵差，故不市酒食，較余乙酉過此時尤蕭條矣。

十九日（4月13日）晴。　昨夜將半，雨止。辰正二刻，三里秦家莊，三里大橋，六里棗溝頭，七里鄂莊，有小店，三里北齊房，三里南齊房，俗傳武侯故里。《紀要》中立城或謂之諸葛城，相傳武侯居此，以《蜀志》證之，知其誣妄，殆武侯先世舊居，舊志以爲即《春秋》隱七年之中丘。按，邱有期音，是以譌期爲齊歟？十二里七德莊，涉枋水。水在州北二里，出費縣大崖崮，東南流入州境，合於沂水，二水瀠洄，謂之兩河口。志以爲即祊田，恐未必然。二里至沂州，入城，出宿南關。共行四十五里，實止三十九里。署府李馨，署縣朱鍾琪。自北門至南關，約五六里，故俗以爲四十五里耳。

二十日（4月14日）晴。　辰正三刻起程，二里南壇，八里十里堡，十里中壇，五里孫家莊，七里劉家沙溝，五里唐家沙溝，三里白家沙溝，四里王家沙溝，渡沂水，一里李家莊。共行四十五里，宿自中壇。問路，或云止二十里。有隄甚高，一路果木甚繁也。明日令大車按站先發，眷屬仍緩轡徐行。李家莊屬蘭山，而《郯城志》云，何無忌握節亭在焉，今亦無可考矣。

二十一日（4月15日）陰，微雨一陣，旋霽。　辰正二刻雨作，姑策騎而行。五里界牌，七里華埠，八里沙墩，二里劉家莊，三里石橋，十里馬莊，十里大埠界牌。雨止，至埠則日色曈曈矣。午飯後，行十五里至傾蓋橋，即郯城十里鋪，相傳孔子遇程子處，有傾蓋亭在聖祠内。聞郯城更有問官亭，郯子朝魯而孔子問之，乃建亭於郯縣，殊失之附會矣。鋪店太少，假王氏屋三間。主人王濟民惠卿、治民叔均、洽民虞琴，與其姪之棟幹臣、叔均之子之枬壽臣均在庠。三民之父宗臣，壬戌舉人，八九。此均列膠序，可云盛矣。家有田十二頃，兄弟四房，男女丁口六七十人，而不異爨，尤足敬也。橋跨白馬河，河亦入沂水。

二十二日(4月16日)晴。　辰正三刻行，秀才夫婦均來送行，贈以房資，不受。五里萬里口，五里郯城北，五里黄亭，三里北店子，二里南店子，七里曹村，四里黄家樓，四里重興集。午飯，店甚陋。三里三家店，三里王家砦，二里前莊科，一里後莊，二里前店子，一里後店子，六里紅花埠。共行五十二里。一路梨白柳青，桃紅榆翠，春色極爲絢爛。曹村有郯子墓，志云沭水隄歷本縣至埠，然沿途初未見水也。紅花埠，《寰宇記》：梁天監二年僮縣人張高等鑿渠引沭水溉田二百餘頃，俗名紅花水，埠得名以此。僮縣廢城，在沭陽。晚，清江淮軍轉運局專勇送仲彭電，兼得贊臣書。

二十三日(4月17日)晴。　巳初二刻始行，出埠。三里入江南宿遷界小解莊，一里水口，沭水口也。五里張家莊，六里淩家莊，五里新安鎮，五里小馬莊，一里中馬莊，一里大馬莊，一里蘇家營，二里唐家店。午飯。五里坡石橋，六里龍田溝，一里柳泉莊，六里李莊，五里七里澗，過司吾山，宿司吾鎮。宿遷，古鍾吾國。《紀要》：宿遷有司吾城，在縣東北，梁普通五年魏東海太守韋敬欣以司吾城來降是也。今有司吾鄉，又云峒峿鎮，在峒峿山下。五代漢乾祐初，成德欽敗之於峒峿鎮。或曰即故司吾縣，又云峒峿山在縣北七十里。忽作司吾，忽作峒峿，鎮在北，而城在西北宛溪地，皆雜鈔州縣志而成，未能畫一，往往如此。遽以地理專門許之，未敢附和也。

二十四日(4月18日)晴。　辰正三刻行，四里橋北鎮，六里下馬牌，五里小湖子，五里章山村。人方趁墟，頗雜遝，大率所市皆生蔥老菜而已。十五里小店子。午飯，店誠小矣。十七里景龍頭，四里車路口，四里順河集。宿遷典史張沅辰，山陰人，字翰雲，嘗爲華亭典史。别二十餘年，聞余至，出郊來謁，與之久談，年已六十一，頗有見到語。據云，與徐州教授王亦曾聯昏。王字鶴琴，庶常散館，以廣西令改教，長於算學，翰雲之子祖培從之游。王，甲戌庶常，吴縣人也。

二十五日(4月19日)晴。　辰正三刻起行，六里文昌閣，十四里王家莊，五里羅家店，十八里崔家莊，二里朱家莊，五里仰化集，未初一刻到，行五十里，離集三四里，過一小河，乃白洋河也。夏令水大通舟，今有土壩可行車。

二十六日(4月20日)晴。　巳初行，九里曰九里岡，入桃源界。三里紫莊，十三里崔鎮。黄河嘗決於此，明萬曆六年潘季馴築滚水石壩於崔鎮一帶，今爲運河隄，河壖種麥，一水如帶。鎮僅數十家，店甚小，頗絜，主人楊姓。下輿啜茗，余食雞子，内人僅稍以藕粉充飢耳。五里雲家渡，十七里姜家橋一名劉家莊，八里衆興。初欲由此改水路下浦，而馬頭僅小舟，不便，遂中輟。先是大車按站前發，至是苗誠泰由浦來迎。得贊臣書，知顧廷一已於初九日逝世，殊出意外。

二十七日(4月21日)晴。　辰初二刻行，四十里三槐樹，假吴氏廢宅午飯，野菜徧地，荒凉中却有曠敞之趣。三十二里至西壩，頗繁庶。驛道本由漁溝至浦，八十里而遥，改道七十餘里而近，西壩則歸總邑矣。八里至清江浦，寓周澂之學海河丞宅，玉山之子也。淮軍轉運局王贊齋河丞飛翹來，知合肥有廿三晝押回華之説。

二十八日(4月22日)晴。　至河干閱船，周澂之來。謝子受同年觀察淮揚，過談，假小輪爲拕船計，以水淺船大也。

二十九日(4月23日)陰。　巳正上船，共滿江紅四隻。適合肥莫姬及小女亦同日至浦，已覓一南灣子同行。復由謝子受同年借淩風、乘風兩小輪及一魚雷艇拕帶。其送馮萃亭提督之兩輪曰普濟、永安者，經香濤電飭漕帥諭示，竟不願行，可云横惰。因輪舟擾擾，今日竟未能行也。仲彭夫人乘向長茂船，黄麥乘向善盛，余乘向登雲，兒輩乘曾紀祥船。

三十日(4月24日)晴。　黎明放舟，十五里板閘。潘季馴經理運河，創此隄，今爲淮安關。王贊齋及都司徐獻廷來送。十里湖觜，射陽湖口也。出清河界，五里至淮安府，二十里二浦，二十里平橋，十里涇河。出山陽界，十里黄浦，二十里寶應縣，二十里劉家保，十里窪澱，十里汜水，即汜光湖之口也。黄浦至界首驛八十里，有東西兩隄，西隄濱湖爲舊隄，東爲新隄，所謂宏濟河也。二十里至高郵之界首驛泊舟，買石炭。共行一百七十里，風逆水順，天尚未暮。是日舟中略理書篋，與内人共讀坡詩，稍釋行役之勞矣。